A marca FSC é a garantia de que a madeira utilizada na fabricação do papel deste livro provém de florestas que foram gerenciadas de maneira ambientalmente correta, socialmente justa e economicamente viável, além de outras fontes de origem controlada.

JONATHAN FRANZEN

Pureza

Tradução
Jorio Dauster

Copyright © NEW BOOK 2015 by Jonathan Franzen

Grafia atualizada segundo o Acordo Ortográfico da Língua Portuguesa de 1990, que entrou em vigor no Brasil em 2009.

Título original
Purity

Capa
Elisa von Randow

Foto de capa
Markus Altmann/ Corbis/ Fotoarena

Preparação
Ciça Caropreso
Ana Cecília Agua de Melo

Revisão
Ana Maria Barbosa
Isabel Jorge Cury

Dados Internacionais de Catalogação na Publicação (CIP)
(Câmara Brasileira do Livro, SP, Brasil)

Franzen, Jonathan
  Pureza / Jonathan Franzen; tradução Jorio Dauster. —
1ª ed. — São Paulo : Companhia das Letras, 2016.

  Título original: Purity.
  ISBN 978-85-359-2722-1

  1. Ficção norte-americana I. Título.

16-02714   CDD-813

Índice para catálogo sistemático:
1. Ficção : Literatura norte-americana   813

[2016]
Todos os direitos desta edição reservados à
EDITORA SCHWARCZ S.A.
Rua Bandeira Paulista, 702, cj. 32
04532-002 — São Paulo — SP
Telefone: (11) 3707-3500
Fax: (11) 3707-3501
www.companhiadasletras.com.br
www.blogdacompanhia.com.br
facebook.com/companhiadasletras
instagram.com/companhiadasletras
twitter.com/cialetras

Para Elisabeth Robinson

... Die stets das Böse will und stets das Gute schafft

PURITY EM OAKLAND

SEGUNDA-FEIRA

"Oi, minha querida, estou tão feliz de ouvir sua voz", a mãe da garota disse ao telefone. "Meu corpo está me traindo outra vez. Às vezes acho que a vida não passa de um longo processo de traição do corpo."

"A vida de todo mundo não é assim mesmo?", disse a garota, que se chamava Pip. Ela se habituara a telefonar para a mãe no meio do dia, aproveitando a hora do almoço na Renewable Solutions. Ajudava a aliviar seu sentimento de que não era a pessoa certa para aquele emprego, que tinha um emprego que não era apropriado para ninguém ou que não havia nenhum emprego adequado para ela; então, depois de vinte minutos, podia sinceramente dizer que precisava voltar ao trabalho.

"Minha pálpebra esquerda está caindo", sua mãe explicou. "É como se tivesse um peso nela, puxando para baixo, como a chumbada de um anzolzinho, coisa assim."

"Ela está caindo agora?"

"Só de vez em quando. Fico imaginando se não é a paralisia de Bell."

"Seja o que for essa paralisia de Bell, tenho certeza de que você não tem isso."

"Se você nem sabe o que é, minha queridinha, como pode estar tão certa?"

"Sei lá... Por que você não está com a doença de Graves? Ou hipertireoidismo? Ou melanoma?"

Não que Pip se sentisse bem gozando sua mãe. Mas o relacionamento entre elas era sempre marcado por um *risco moral*, expressão útil que aprendera nas aulas de economia da universidade. Ela era como um banco grande demais na economia de sua mãe para falir, um funcionário indispensável demais para ser despedido por mau comportamento. Algumas amigas suas de Oakland também tinham pais problemáticos, mas ainda conseguiam falar diariamente com eles sem que nada desagradável acontecesse porque até os mais complicados possuíam como recursos muito mais que apenas uma filha única. Para sua mãe, Pip era tudo.

"Bom, acho que não vou poder ir trabalhar hoje", disse sua mãe. "Meu Endeavor é a única coisa que faz aquele emprego tolerável, e não posso me conectar com o Endeavor quando há uma *chumbada de pescador* invisível puxando minha pálpebra."

"Mãe, você não pode faltar por doença outra vez. Ainda nem estamos em julho. Imagine se você pegar mesmo um resfriado ou algo do tipo."

"Enquanto isso, todo mundo fica imaginando o que é que aquela velha com metade do rosto caindo até o ombro está fazendo lá pondo as verduras deles na sacola de compras. Você não faz ideia de como tenho inveja do seu cubículo. Da invisibilidade que ele dá."

"Também não vamos romantizar o meu cubículo", disse Pip.

"Isso é que é terrível nos corpos. Eles são muito *visíveis*, muito *visíveis*."

A mãe de Pip, embora sofresse de depressão crônica, não tinha nada de louca. Conseguira manter um emprego como caixa no mercado da New Leaf Community em Felton por mais de dez anos e, tão logo Pip abria mão de seu modo de pensar e aceitava o de sua mãe, a entendia perfeitamente. A única decoração nas paredes cinzentas de seu cubículo era um adesivo de para-choque que dizia PELO MENOS A GUERRA CONTRA O MEIO AMBIENTE VAI INDO BEM. Os cubículos de seus colegas estavam cobertos com fotos e recortes de jornais, porém Pip entendia muito bem a atração pela invisibilidade. Além disso, como esperava ser posta na rua a qualquer momento, não havia por que se instalar de vez.

"Você já pensou como vai querer não comemorar o seu não aniversário?", perguntou à mãe.

"Sinceramente, gostaria de ficar na cama o dia todo debaixo das cobertas. Não preciso de um não aniversário para me lembrar que estou ficando mais velha. Minha pálpebra já se encarrega disso muito bem."

"Por que você não faz um bolo e eu vou até aí para comermos juntas? Você está parecendo mais deprimida que o normal."

"Não fico deprimida quando vejo você."

"Ah, pena eu não estar disponível em pílulas. Você sabe fazer um bolo usando estévia?"

"Não sei. Estévia provoca alguma coisa engraçada na química da minha boca. A minha experiência me diz que é impossível tapear uma papila gustativa."

"Açúcar também deixa um gosto na boca", disse Pip, embora soubesse que era um argumento inútil.

"Açúcar deixa um gosto amargo que não é problema para as papilas, porque elas são feitas para registrar o amargo sem se fixar nele. Uma papila não precisa passar cinco horas registrando uma coisa estranha, muito estranha. Foi o que aconteceu comigo na única vez em que tomei uma bebida com estévia."

"Mas eu garanto que o gosto amargo também permanece."

"Há algo de muito errado quando uma papila gustativa continua registrando um gosto estranho cinco horas depois que você tomou uma bebida adoçada. Sabia que se você fumar metanfetamina uma única vez, a química do seu cérebro fica alterada pelo resto da vida? É assim que eu sinto o gosto da estévia."

"Não estou aqui sentada fumando metanfetamina, se é isso que você está querendo dizer."

"O que eu estou dizendo é que eu não preciso de um bolo."

"Não, vou achar um bolo diferente. Desculpe ter sugerido um tipo de bolo que é um *veneno* para você."

"Não falei que era veneno. É que a estévia simplesmente faz uma coisa engraçada…"

"Sei, na química da sua boca."

"Minha queridinha, como qualquer bolo que você trouxer, o açúcar refinado não vai me matar, eu não quis te aborrecer. Filha, por favor."

Nenhum telefonema estaria completo se uma não deixasse a outra infeliz. O problema, Pip achava — a essência das desvantagens que ela sentia ter, a suposta causa de sua incapacidade de fazer qualquer coisa bem —, era que ela amava a mãe. Tinha pena dela; sofria com ela; ouvia com prazer o som de sua voz; sentia um tipo esquisito e nada sexual de atração pelo corpo dela; era solícita até com a química de sua boca; desejava que ela fosse mais feliz; odiava atormentá-la; simplesmente gostava dela. Esse era o bloco maciço de granito no centro de sua vida, a fonte de toda raiva e sarcasmo que ela dirigia não apenas contra a mãe, mas, o que se tornara mais e mais destrutivo nos últimos tempos, contra objetos não apropriados. Quando Pip se zangava, não era realmente com sua mãe, e sim com o bloco de granito.

Tinha oito ou nove anos quando lhe ocorreu perguntar por que o seu aniversário era o único comemorado na pequena cabana onde moravam, numa floresta de sequoias perto de Felton. Sua mãe havia respondido que ela não tinha um dia de aniversário; que o único que interessava para ela era o de Pip. Mas Pip a importunara até ela concordar em comemorar o solstício de verão com um bolo que elas chamariam de seu não aniversário. Isso suscitou a questão da idade da mãe, que ela se recusou a revelar, dizendo apenas, com o sorriso adequado para quem propõe uma charada insolúvel: "Tenho idade suficiente para ser sua mãe".

"Não, que idade você tem *de verdade?*"

"Olhe as minhas mãos", sua mãe havia dito. "Se treinar bem, você pode descobrir a idade de uma mulher olhando as mãos dela."

Então — pela primeira vez, pareceu — Pip olhou as mãos de sua mãe. No dorso, a pele não era rosada e opaca como a sua. Era como se os ossos e as veias estivessem subindo aos poucos para a superfície; como se a pele fosse o mar recuando para expor formas no fundo de um ancoradouro. Embora o cabelo fosse abundante e muito longo, havia fios grisalhos parecendo mais secos, e a pele na base da garganta lembrava um pêssego já passado. Naquela noite, Pip ficou acordada na cama, preocupada com a possibilidade de que sua mãe fosse morrer em breve. Foi sua primeira premonição do bloco de granito.

Desde então, passou a desejar ardentemente que a mãe tivesse um homem em sua vida ou qualquer outra pessoa que a amasse. Entre os candidatos potenciais ao longo dos anos tinha havido sua vizinha Linda, que também era uma mãe solteira e também estudava sânscrito; o açougueiro da New Leaf, Ernie, que também era vegano; a pediatra Vanessa Tong, cuja forte atração pela mãe de Pip a levara a tentar fazer com que sua mãe se interessasse pela observação de pássaros; e o faz-tudo Sonny, com barba de homem da montanha, para quem qualquer conserto, por menor que fosse, precisava ser acompanhado de um discurso sobre o modo de vida dos antigos habitantes dos Pueblos. Toda essa boa gente do vale do San Lorenzo havia entrevisto na mãe de Pip o que ela própria, no início da adolescência, tinha vislumbrado e de que se orgulhara: uma espécie indefinível de grandeza. Não é preciso escrever para ser um poeta, não é necessário criar coisas para ser um artista. O Endeavor espiritual de sua mãe era por si só uma forma de arte — uma arte feita de invisibilidade. Nunca houve uma televisão ou um computador na cabana delas antes de Pip ter doze anos; a principal fonte de notícias de sua mãe era o *Sentinel* de Santa Cruz, que ela lia para ter o pequeno prazer diário de se chocar com o que acontecia no mundo. Isso, aliás, não era tão incomum no vale. O problema é que a mãe de Pip irradiava uma crença modesta em sua grandeza, ou pelo menos se comportava como se tivesse sido alguém importante num passado anterior a Pip, sobre o qual se recusava terminantemente a falar. Ela não se sentia ofendida, e sim humilhada, quando Linda comparava seu filho Damian, que caçava rãs e respirava pela boca, com a especial e perfeita Pip. Imaginava que o açougueiro ficaria arrasado para sempre se ela lhe dissesse que ele cheirava a carne mesmo depois de um banho; sentia-se péssima quando fugia dos convites de Vanessa Tong, em vez de simplesmente admitir que tinha medo de pássaros; e, sempre que a enorme caminhonete de Sonny estacionava diante da cabana, ela obrigava Pip a atender a porta enquanto fugia pelo quintal rumo ao bosque de sequoias. O que lhe dava o luxo de ser tão inacreditavelmente exigente era Pip. Muitas e muitas vezes deixou claro: Pip era a única pessoa que satisfazia seus requisitos, a única pessoa que *ela* amava.

Naturalmente, tudo isso deu origem a ardentes constrangimentos quando Pip chegou à adolescência. Mas então estava ocupada demais em odiar e punir a mãe para registrar o mal que a falta de sociabilidade estava causando a suas próprias perspectivas de vida. Não havia ninguém lá para lhe dizer que, se quisesse se dar bem na vida, talvez não fosse uma boa ideia terminar a universidade com uma dívida estudantil de cento e trinta mil dólares. Ninguém a alertara de que o valor para o qual devia atentar ao ser entrevistada por Igor, o chefe do departamento de vendas da Renewable Solutions, não eram os "trinta ou quarenta mil dólares" de comissões que ele sugeriu que ela poderia ganhar já no primeiro ano, e sim o salário-base de vinte e um mil dólares oferecido, ou de que um vendedor tão habilidoso como Igor também pudesse se mostrar competente em convencer jovens de vinte e um anos a aceitar empregos de merda.

"Sobre o fim de semana", disse Pip em tom duro, "já vou avisando que vou querer conversar sobre uma coisa da qual você não gosta de falar."

Sua mãe deu um risinho que pretendia ser amistoso, indicando sua vulnerabilidade. "Só há uma coisa que eu não gosto de falar com você."

"Pois é exatamente sobre essa coisa que eu quero conversar. Só para você já ir sabendo."

Sua mãe não respondeu. Em Felton, a névoa agora já teria se dissipado, a névoa que todos os dias sua mãe lamentava ver se dissolvendo, porque ela revelava um mundo luminoso ao qual ela preferia não pertencer. Praticava seu Endeavor melhor na segurança das manhãs cinzentas. Agora o sol devia estar brilhando, esverdeado e dourado ao passar pelo filtro das minúsculas agulhas das sequoias, o calor do verão se insinuando pelas sonolentas janelas da varanda, protegidas por telas, e jorrando sobre a cama que Pip, como adolescente sequiosa de privacidade, exigira para si, banindo a mãe para um catre na sala até ir para a universidade, quando ela a retomou. Naquele instante, provavelmente ela estaria na cama se exercitando no Endeavor. Nesse caso, não voltaria a falar a menos que alguém se dirigisse a ela: todo o seu corpo estaria concentrado na respiração.

"Isso não é uma questão pessoal", disse Pip. "Não vou a lugar nenhum. Mas preciso de dinheiro, e você não tem, eu também não tenho, e só me ocorre um lugar onde eu talvez possa arranjar algum. Só há uma pessoa que me *deve* alguma coisa, mesmo que em tese. Por isso vamos falar sobre o assunto."

"Minha queridinha", disse sua mãe com tristeza, "você sabe que eu não vou fazer isso. Sinto muito que você esteja precisando de dinheiro, mas não se trata de gostar ou de não gostar de falar, e sim de poder ou não poder. E eu não posso, por isso vamos ter que pensar em outra coisa para você."

Pip franziu a testa. Muitas vezes sentia necessidade de lutar contra a camisa de força das circunstâncias em que se encontrara metida dois anos antes, tentando achar alguma folga nas mangas, mas toda vez sentia a camisa de força tão apertada quanto antes. Ainda devendo cento e trinta mil dólares, ainda sendo o único consolo de sua mãe. Era realmente incrível como, de modo instantâneo e absoluto, ela se vira apanhada na armadilha um minuto depois de terminarem os quatro anos de liberdade que havia gozado na universidade; seria o bastante para deprimi-la se pudesse se dar ao luxo de ficar deprimida.

"Está certo, agora vou desligar", disse ao telefone. "Trate de se vestir para ir trabalhar. Seu olho provavelmente só está incomodando porque você não tem dormido o suficiente. Às vezes acontece comigo quando não durmo."

"É mesmo?", disse sua mãe, ansiosa. "Você também se sente assim?"

Apesar de saber que isso prolongaria o telefonema, talvez levando a discussão para o terreno das doenças geneticamente herdadas e sem dúvida exigindo numerosas mentirinhas suas, decidiu que sua mãe estaria melhor pensando na insônia do que na paralisia de Bell, até porque, como Pip vinha insistindo em vão havia anos, existiam medicamentos que ela poderia tomar para combater a insônia. Mas o resultado foi que, quando Igor enfiou a cabeça em seu cubículo, às 13h22, Pip ainda estava ao telefone.

"Mãe, desculpe, preciso desligar, tchau", ela disse, encerrando a ligação.

Igor olhava direto para ela. Era um russo louro e injustamente lindo, com uma barba que dava vontade de acariciar. Para Pip, a única razão imaginável para ele ainda não tê-la despedido era por se comprazer em pensar que poderia trepar com ela; no entanto, Pip tinha certeza de que, se isso acontecesse, acabaria humilhada em dois tempos, porque Igor não apenas era lindo mas lindamente remunerado, enquanto ela era uma garota que só tinha problemas. Pip estava certa de que ele sabia disso também.

"*Desculpe*", ela disse. "Desculpe este atraso de sete minutos. Minha mãe está com um problema de saúde." Pensou no que havia dito. "Não, apague isso, não tenho por que me desculpar. Quais as chances de eu obter uma resposta positiva em sete minutos?"

"Eu dei a impressão de que a estava censurando?", perguntou Igor, exibindo os cílios num rápido fechar e abrir dos olhos.

"Então por que enfiou a cabeça aqui dentro? Por que está me olhando assim?"

"Achei que você poderia querer jogar Vinte Perguntas."

"Acho que não."

"Tente adivinhar o que eu quero de você; vou limitar minhas respostas a inofensivos sim ou não. Escreva o que estou dizendo: só sins ou nãos."

"Você quer ser processado por assédio sexual?"

Igor riu, contente consigo próprio. "A resposta é não! Agora você tem dezenove perguntas."

"Não estou brincando sobre uma ação judicial. Um amigo meu que estuda direito diz que basta você criar um clima."

"Isso não é uma pergunta."

"Como posso lhe explicar o quanto isso não tem graça para mim?"

"Por favor, faça perguntas que exijam sim ou não como resposta."

"Meu Deus. Vá embora."

"Você prefere falar sobre o desempenho que teve em maio?"

"Vá embora! Vou começar a telefonar agora mesmo."

Quando Igor se foi, ela trouxe sua lista de telefonemas para a tela do computador, examinou-a com má vontade e a minimizou de novo. Em seus vinte e dois meses de Renewable Solutions, só em quatro deles Pip conseguira ser apenas a penúltima, e não a última, no quadro branco em que eram registrados os contatos bem-sucedidos dela e de seus colegas. Talvez não fosse mera coincidência que quatro em vinte e dois meses fosse aproximadamente a frequência com que ela se olhava no espelho e via uma garota bonita, e não uma pessoa que poderia ser considerada bonita por qualquer um, mas não por ela própria. Sem dúvida herdara alguns problemas corporais da mãe, porém ao menos tinha as duras provas de sua experiência com rapazes para sustentá-la. Vários se sentiam muito atraídos por ela e poucos terminavam não concluindo que tinha havido algum erro. Igor vinha tentando resolver essa charada nos dois últimos anos. Analisava-a sem parar, tanto quanto ela se analisava nos espelhos: "Ontem ela parecia bonita, no entanto…".

Em algum momento, quando cursava a universidade, ocorreu a Pip a ideia — sua mente era como uma bexiga com aderência estática, atraindo ao acaso ideias que flutuavam nas proximidades — que o suprassumo da civilização consistia em passar a manhã de domingo lendo um exemplar do *New York Times* num café. Isso se tornara um ritual de todas as semanas, e na verdade, de onde quer que a ideia tivesse surgido, era nas manhãs de domingo que ela se sentia mais civilizada. Mesmo quando havia bebido até tarde na véspera, às oito da manhã comprava o *Times*, o levava para o Peet's Coffee, pedia um bolinho amanteigado e um cappuccino duplo, se refestelava em sua mesa predileta num canto e durante algumas horas felizes esquecia seus problemas.

No inverno anterior, havia notado, no Peet's, um rapaz magricela e bem-apanhado que cumpria o mesmo ritual aos domingos. Passadas algumas semanas, em vez de ler o jornal ela ficava pensando em como o rapaz a estaria vendo enquanto ela lia, e se devia levantar os olhos para flagrá-lo olhando para ela, até que por fim se tornou claro que precisava encontrar outro café ou então falar com ele. Quando seus olhares se cruzaram de novo outro dia, Pip ensaiou uma inclinação convidativa de cabeça, mas tão anêmica e artificial, que ficou chocada com seu rápido efeito. O rapaz se aproximou dela imediatamente e propôs, com grande ousadia, que, como os dois iam lá na mesma hora todas as semanas, poderiam compartilhar o jornal e salvar uma árvore.

"E se nós dois quisermos ler o mesmo caderno?", perguntou Pip com alguma hostilidade.

"Como você já vinha aqui antes de mim", o rapaz disse, "terá prioridade na escolha." Em seguida queixou-se de que seus pais, em College Station, no Texas, tinham o hábito perdulário de comprar dois exemplares do *Times* no domingo, para não brigar por causa dos cadernos.

Pip, como um cachorro que só sabe seu nome e cinco palavras bem simples da linguagem humana, ouviu apenas que o rapaz vinha de uma família normal, com pai, mãe e dinheiro de sobra. "Esse é o tempo que tenho só para mim na semana toda", ela disse.

"Desculpe", o rapaz disse, recuando. "Tive a impressão que você queria dizer alguma coisa."

Pip não sabia como não ser hostil com rapazes de sua idade que se mostravam interessados por ela. Muito disso porque a única pessoa no mundo em quem confiava era sua mãe. Graças a suas experiências no ensino médio e na universidade, já tinha aprendido que, quanto mais simpático o rapaz, mais doloroso seria para os dois quando ele descobrisse que ela era muito mais complicada do que suas maneiras gentis o fizeram crer. O que ela ainda não havia aprendido era como não querer que alguém fosse simpático com ela. Os rapazes não simpáticos eram especialmente capazes de perceber isso e explorar tal necessidade. Portanto Pip não podia confiar nem nos simpáticos nem nos não simpáticos, além de não ser muito boa em distinguir um tipo do outro até estar na cama com eles.

"Talvez a gente possa tomar um café outra hora", ela disse ao rapaz. "Desde que não seja nos domingos de manhã."

"Está bem", ele respondeu um pouco na dúvida.

"Porque agora que acabamos conversando não precisamos mais ficar olhando um para o outro. Podemos apenas ler nossos jornais, como seus pais."

"Aliás, meu nome é Jason."

"O meu é Pip. E agora que sabemos o nome um do outro, temos mais uma razão para não ficarmos nos olhando. Posso pensar Ah, olha lá o Jason, e você Ah, olha lá a Pip."

Ele riu. Ela soube que Jason era formado em matemática na Stanford e que vivia o sonho de qualquer pessoa que tivesse um diploma nessa área, trabalhando para uma fundação que promovia o conhecimento da ciência dos números enquanto tentava escrever um manual que, ele esperava, revolucionaria o ensino de estatística. Depois de saírem duas vezes, Pip passou a gostar dele o suficiente para achar que era melhor terem relações sexuais antes que um dos dois se machucasse. Se ela esperasse muito, Jason ia acabar sabendo que ela era uma confusão de dívidas e obrigações, escapando enquanto era tempo. Ou ela teria de lhe dizer que sua afeição mais profunda era dedicada a um sujeito mais velho que não acreditava em dinheiro — na moeda corrente dos Estados Unidos, na mera posse daquilo — e ainda por cima era casado.

A fim de não ocultar tudo, contou a Jason sobre o trabalho voluntário que fazia nas horas vagas em favor do desarmamento nuclear, mas, como ele parecia conhecer bem melhor o assunto, apesar de ser o "trabalho" *dela* e não dele, Pip se tornou um pouco hostil. Por sorte ele era bom de conversa, revelando grande entusiasmo por Philip K. Dick, por *Breaking Bad*, por lontras marinhas e leões da montanha, pela matemática aplicada ao cotidiano e, em especial, por seu método geométrico de ensino de estatística, tão bem explicado que Pip quase o entendeu. Na terceira vez em que se viram, num restaurante que servia *noodles* e onde Pip foi obrigada a fingir que estava sem fome porque seu salário na Renewable Solutions ainda não havia sido depositado no banco, ela se viu numa encruzilhada: arriscar-se a criar uma verdadeira amizade ou recuar para a segurança de uma relação sexual sem maiores compromissos.

Ao saírem do restaurante, com um leve nevoeiro na calma dominical da Telegraph Avenue, ela entrou em ação e Jason reagiu avidamente. Pip sentia o estômago roncando ao se apertar contra o dele e esperou que Jason não estivesse ouvindo aquilo.

"Quer ir para a sua casa?", ela murmurou no ouvido dele.

Jason disse que não, infelizmente sua irmã estava de visita.

Ao ouvir a palavra *irmã*, o coração de Pip se contraiu, cheio de hostilidade. Não tendo irmãos, ela era incapaz de não se melindrar com as exigências e o apoio em potencial dos irmãos de outras pessoas, da normalidade de uma família nuclear, da rica intimidade herdada.

"Podemos ir lá em casa", ela disse com uma ponta de aborrecimento. E estava tão absorta em sentir raiva da irmã de Jason por expulsá-la do quarto dele (e, por extensão, do coração dele, embora ela não desejasse ardentemente um lugar nele), tão irritada com suas dificuldades enquanto os dois desciam a Telegraph Avenue de mãos dadas, que já tinham chegado à porta de sua casa quando ela se lembrou de que não podiam ir lá.

"Ah", disse. "Ah, você me espera aqui um segundo enquanto eu resolvo um probleminha?"

"Hum, claro", ele respondeu.

Ela lhe deu um beijo de agradecimento e eles ficaram se agarrando por dez minutos na porta, Pip feliz em ser tocada por um rapaz limpo e altamente competente, até que o ronco forte e audível de seu estômago acabou com o encanto.

"Um segundo, está bem?", ela disse.

"Você está com *fome?*"

"Não! Bom, na verdade, de repente sim, um pouquinho. Mas no restaurante eu não estava."

Girou silenciosamente a chave na fechadura e entrou. Na sala, Dreyfuss, um sujeito esquizofrênico com o qual ela dividia a casa, estava vendo um jogo de basquete com Ramón, um debiloide com quem também dividia a casa, numa televisão encontrada no lixo e cujo conversor digital Stephen, a terceira pessoa com quem dividia a casa e por quem estava mais ou menos apaixonada, tinha obtido em troca de alguma coisa na rua. O corpo de Dreyfuss, inchado por causa dos remédios que até então vinha tomando obedientemente, ocupava toda uma poltrona baixa também pega no lixo.

"Pip, Pip", Ramón exclamou, "Pip, o que é que você está fazendo agora? Você disse que ia me ajudar com o meu vocabulário. Quer me ajudar agora?"

Pip levou um dedo aos lábios e Ramón tapou a boca com as mãos.

"Isso mesmo", disse Dreyfuss em voz baixa. "Ela não quer que ninguém saiba que ela está aqui. E por que isso? Será que é porque os espiões alemães estão na cozinha? Naturalmente, eu uso a palavra 'espiões' de forma genérica, embora talvez não de forma inadequada, à luz do fato de que o Grupo de Estudo sobre o Desarmamento Nuclear de Oakland tem uns trinta e cinco membros, dentre os quais Pip e Stephen certamente não são os mais indispensáveis, e, no entanto, foi na nossa casa que os alemães escolheram para se instalar com toda a determinação e capacidade de intromissão tipicamente germânicas durante já lá se vai quase uma semana. Um fato curioso, digno de nota."

"Dreyfuss", Pip sibilou, aproximando-se dele para não ter que levantar a voz.

Dreyfuss cruzou os dedos com toda a tranquilidade sobre a barriga e continuou dirigindo-se a Ramón, que jamais se cansava de ouvi-lo. "Será que Pip está querendo evitar os espiões alemães? Talvez especialmente hoje, quando trouxe um jovem cavalheiro, o qual andou osculando na porta de entrada durante os últimos quinze minutos?"

"*Você* é que é o espião", Pip sussurrou indignada. "Odeio sua espionagem."

"Ela odeia porque eu observo coisas que nenhuma pessoa inteligente deixaria de notar", Dreyfuss explicou a Ramón. "Observar o que está à vista não é espionar, Ramón. E talvez os alemães também só estejam fazendo isso. O que torna alguém um espião, porém, é o *motivo*, e aqui, Pip…" Ele se voltou para ela. "Eu a aconselharia a se perguntar o que esses alemães decididos e inquisitivos estão fazendo na nossa casa."

"Você não parou de tomar os remédios, parou?", Pip sussurrou.

"*Oscular*, Ramón. Essa é uma boa palavra para o seu vocabulário."

"Quer dizer o quê?"

"Significa *colar os lábios. Beijar de boca aberta.*"

"Pip, você vai me ajudar com o meu vocabulário?"

"Acho que ela tem outros planos para esta noite, meu amigo."

"Querido, não, agora não", Pip falou baixinho para Ramón e depois para Dreyfuss: "Os alemães estão aqui porque nós os convidamos, porque tínhamos espaço. Mas você está certo, preciso que você não diga a eles que estou aqui."

"O que você acha, Ramón?", perguntou Dreyfuss. "Devemos ajudar? Ela não está ajudando você com o seu vocabulário."

"Ah, por favor. Trate você mesmo de ajudá-lo. Você é quem tem um vocabulário imenso."

Dreyfuss voltou-se de novo para Pip e a olhou fixamente, seus olhos refletindo apenas inteligência e nenhum afeto. Era como se os medicamentos conseguissem controlar sua doença o suficiente para impedi-lo de trucidar pessoas na rua com uma espada, mas não para banir tal ideia de seus olhos. Stephen havia garantido a ela que Dreyfuss olhava para todo mundo da mesma maneira, mas Pip continuava achando que, se em algum momento ele parasse de tomar os medicamentos, ela seria a pessoa que ele perseguiria com uma espada ou coisa que o valha, a pessoa a quem seriam atribuídos todos os males do mundo, a conspiração contra ele; e, o que era pior, Pip acreditava que ele via alguma coisa de verdadeiro na falsidade dela.

"Não gosto desses alemães e de como eles espionam", Dreyfuss lhe disse. "A primeira coisa que eles pensam ao entrar numa casa é como conquistá-la."

"Eles são pacifistas, Dreyfuss. Pararam de tentar conquistar o mundo há uns setenta anos."

"Quero que você e Stephen ponham eles para fora."

"O.k.! Vamos fazer isso! Mais tarde. Amanhã."

"Nós não gostamos dos alemães, não é mesmo, Ramón?"

"Gostamos quando só tem nós cinco, como uma família", disse Ramón.

"Bem... não uma família. Não exatamente. Não. Cada um de nós tem a sua família, não tem, Pip?"

Dreyfuss olhou de novo no fundo dos olhos dela, de um jeito significativo, como quem sabe o que está dizendo, sem nenhum calor humano — ou talvez apenas sem nenhum traço de desejo? Será que todos os homens olhariam para ela com tamanha falta de sentimento se o sexo não fosse um fator? Ela se aproximou de Ramón e pousou as mãos em seus ombros gordos e caídos. "Ramón, meu querido, estou ocupada esta noite. Mas amanhã vou ficar em casa a noite toda, está bem?"

"Tudo bem", ele respondeu, confiando totalmente nela.

Ela correu de volta para a porta da frente, viu Jason soprando nas mãos em concha, para esquentar os dedos, e o deixou entrar. Ao passarem pela sala, Ramón tapou a boca com as mãos de novo, macaqueando sua promessa de sigilo, enquanto Dreyfuss, imperturbável, assistia a um jogo de basquete. Havia muitas coisas para Jason ver na casa e pouquíssimas que Pip queria que ele visse, além de Dreyfuss e Ramón terem cheiros muito característicos — Dreyfuss cheirava a fermento, Ramón a urina — aos quais ela estava acostumada, mas não os visitantes. Ela subiu a escada depressa e na ponta dos pés, na esperança de que Jason entendesse que era necessário ir rápido e não fazer barulho. Por trás de uma porta fechada do segundo andar vinham as cadências bem conhecidas de Stephen e sua mulher criticando um ao outro.

Em seu pequeno quarto do terceiro andar, ela conduziu Jason ao colchão sem acender nenhuma luz porque não queria que ele visse como ela era pobre. Terrivelmente pobre, mas os lençóis estavam limpos — em matéria de limpeza, ela era rica. Quando havia se mudado para o quarto um ano antes, tinha esfregado cada centímetro do chão e do peitoril da janela com um vidro de desinfetante em spray, e quando os camundongos foram visitá-la ela havia aprendido com Stephen que, entupindo com palha de aço todos os pontos concebíveis de entrada, os manteria à distância, e depois tinha lavado outra vez o assoalho. Mas só agora, depois de puxar a camiseta de Jason por cima de seus ombros ossudos e deixar que ele tirasse sua roupa e iniciasse as diversas preliminares prazerosas, ela se lembrou de que os únicos preservativos que tinha haviam ficado no nécessaire que ela deixara no banheiro do primeiro andar ao sair de lá, porque os alemães haviam ocupado o banheiro que ela costumava usar, sua higiene se tornando outra desvantagem. Deu um selinho no pênis perfeitamente circuncidado e ereto de Jason, murmurou "Desculpe, volto num segundinho" e se enfiou num penhoar que só vestiu direito e fechou com o cinto no último lance da escada, quando se deu conta de que não explicara aonde estava indo.

"Merda", disse, parando na escada. Nada em Jason sugeria uma promiscuidade descontrolada, e ela ainda possuía uma receita válida para pílulas do dia seguinte, além de estar sentindo, naquele instante, que o sexo era a única coisa na vida em que ela demonstrava uma razoável competência; mas precisava tentar manter seu corpo limpo. Foi invadida pela autocomiseração, pela certeza de que para ninguém mais, além dela, o sexo era tão canhestro do ponto de vista logístico, um peixe gostoso tão cheio de espinhas. Atrás dela, atrás da porta do quarto conjugal, a mulher de Stephen levantava a voz ao falar de vaidade moral.

"Vou correr meus riscos com a vaidade moral", Stephen interrompeu, "quando a alternativa é me engajar num plano divino que leva à miséria quatro bilhões de pessoas."

"Essa é a essência da vaidade moral!", a mulher retrucou vitoriosamente.

A voz de Stephen despertou em Pip um desejo mais profundo do que sentia por Jason, e bem depressa ela concluiu que não podia ser culpada de vaidade moral — era antes um caso de baixa autoestima moral, pois o homem que de fato desejava não era aquele com quem tencionava trepar agora. Seguiu na ponta dos pés até o andar térreo, passando pelas pilhas de materiais de construção recolhidos do lixo. Na cozinha, a alemã, Annagret, falava alemão. Pip entrou voando no banheiro, enfiou uma embalagem com três preservativos no bolso do penhoar, deu uma olhada furtiva para fora e recuou a cabeça rapidamente. Annagret estava de pé no umbral da porta da cozinha.

Annagret era uma bela mulher de olhos negros e voz agradável que contrariava as certezas preconceituosas de Pip sobre a feiura da língua alemã e os olhos azuis de quem falava aquele idioma. Ela e seu namorado, Martin, estavam passando as férias em vários bairros pobres dos Estados Unidos, ostensivamente para provocar uma consciência internacional sobre os direitos dos ocupantes ilegais de moradias e forjar conexões com o movimento norte-americano contra a bomba nuclear, mas, antes de tudo, a fim de se fotografarem diante de murais otimistas dos guetos. Na terça-feira anterior, num jantar do qual Pip foi obrigada a participar por ser sua noite como cozinheira, a mulher de Stephen havia arranjado uma briga com Annagret por causa do programa de armas nucleares de Israel. Como ela era do tipo para quem a beleza de outra mulher constituía uma ofensa pessoal, o fato de ela não ter nada contra Pip e, pelo contrário, tratá-la de forma maternal, confirmava a avaliação nada elevada que ela fazia de sua aparência. Mas o encanto natural de Annagret, mais acentuado do que prejudicado por seu corte de cabelo radical e pelas sobrancelhas com *piercings* enormes, tinha aborrecido tanto a mulher de Stephen que ela começou a dizer coisas claramente inverídicas sobre Israel. Como, por acaso, o programa de armas nucleares de Israel era o único assunto na área do desarmamento que Pip conhecia bem, tendo, não fazia muito tempo, preparado um relatório para o Grupo de Estudo, e como também tinha um profundo ciúme da mulher de Stephen, ela embarcou num discurso eloquente de cinco minutos resumindo as provas da capacidade nuclear israelense.

O engraçado é que isso havia fascinado Annagret. Dizendo-se "superimpressionada" com Pip, ela a conduziu para longe dos outros e, sentadas no sofá da sala, tiveram uma longa conversa de mulheres. Havia algo de irresistível nas atenções de Annagret e, ao falar sobre o famoso "homem mau" da internet, Andreas Wolf, que ela conhecia pessoalmente, afirmou que Pip era exatamente o tipo de jovem de que o Projeto Luz do Sol de Wolf estava precisando. Insistiu em que largasse seu emprego horroroso, onde era explorada, e se candidatasse a um dos cargos remunerados que o Projeto Luz do Sol estava oferecendo; para isso, bastava responder a um questionário formal que a própria Annagret se encarregaria de aplicar antes de ir embora da cidade. Pip sentiu-se tão lisonjeada — tão *desejada* — que prometeu responder ao questionário. Ela vinha bebendo vinho de um garrafão, sem parar, nas últimas quatro horas.

Na manhã seguinte, sóbria, lamentou a promessa. Andreas Wolf e seu projeto estavam operando na América do Sul naquele instante, devido aos vários mandados de prisão europeus e norte-americanos expedidos contra ele por *hacking* e espionagem, e obviamente Pip não poderia abandonar sua mãe e se mudar para lá. Além do mais, embora Wolf fosse um herói para alguns amigos dela e Pip estivesse moderadamente intrigada com a ideia de Wolf de que o segredo representava opressão e a transparência, liberdade, ela não era uma pessoa com inclinações políticas; em geral, seguia os passos de Stephen, flertando com o engajamento da mesma maneira pouco sistemática como flertava com o exercício físico. Além disso, o Projeto Luz do Sol e o fervor com que Annagret falara sobre ele davam a impressão de se tratar de um culto. Por fim, tinha certeza de que, ao responder ao questionário, ficaria imediatamente claro que ela não era nem tão inteligente nem tão bem informada como seu discurso de cinco minutos sobre Israel a fizera parecer. Por isso vinha evitando os alemães, mas naquela manhã, ao sair para compartilhar o *Times* de domingo com Jason, encontrara um bilhete de Annagret cujo tom era de tanta mágoa, que Pip tinha deixado um bilhete do lado de fora da porta dela prometendo procurá-la à noite.

Agora, enquanto seu estômago continuava a indicar que estava vazio, esperou por alguma mudança no fluxo da conversa em alemão para saber se Annagret já havia saído da porta da cozinha. Por duas vezes, como um cão ouvindo a fala humana, Pip ficou certa de ter ouvido seu nome. Se estivesse raciocinando direito, teria entrado na cozinha, anunciado que estava recebendo um rapaz, que não poderia responder ao questionário, e subido em seguida. Entretanto, estava faminta e o sexo se transformava mais e mais numa tarefa abstrata.

Por fim, ouviu passos, o arrastar de uma cadeira na cozinha. Disparou para fora do banheiro, mas a bainha do penhoar se prendeu em alguma coisa. Um prego num pedaço de madeira apanhado no lixo. Enquanto dava um passo para o lado, escapando da madeira que caía, ouviu às suas costas a voz de Annagret no hall.

"Pip? Pip, estou te procurando há três dias!"

Pip se voltou e viu Annagret avançando.

"Oi, é, me desculpe", ela disse, ajeitando depressa a pilha de madeira. "Agora não posso. Tenho… Que tal amanhã?"

"Não", disse Annagret sorrindo, "venha agora. Venha, venha, como você prometeu."

"Bem." A mente de Pip não estava em condições de estabelecer prioridades. A cozinha, onde os alemães estavam, também era onde havia leite e flocos de milho. Talvez não fosse tão terrível ela comer alguma coisa antes de voltar para Jason. Talvez se mostrasse mais eficaz, mais atuante e cheia de energia se comesse alguns flocos de milho antes. "Deixa eu só dar um pulinho lá em cima um instante. Um segundo, está bem? Prometo voltar logo."

"Não, venha, venha. Agora mesmo. Só vai levar uns minutos, dez minutos. Você vai ver, é divertido, é só uma formalidade que precisamos seguir. Venha. Estamos esperando a noite toda por você. Vamos fazer isso logo, *ja*?"

A bela Annagret fez um sinal convidativo com a cabeça. Pip entendia o que Dreyfuss achava dos alemães; apesar disso, era confortável receber ordens de alguém. Além do mais, já estava lá embaixo havia tanto tempo que seria desagradável subir e implorar a Jason um pouco mais de paciência; sua vida já estava tão repleta de coisas desagradáveis que ela tinha adotado a estratégia de adiar confrontar-se com elas o tempo que fosse possível, mesmo quando a postergação tornasse provável que o resultado seria ainda pior.

"Querida Pip", disse Annagret, acariciando seu cabelo quando ela se sentou à mesa da cozinha diante de uma grande tigela de flocos de milho e sem o estado de espírito certo para ter seu cabelo afagado. "Obrigada por fazer isso por mim."

"Vamos fazer rapidinho, está bem?"

"Sim, você vai ver. É só uma formalidade que temos de cumprir. Você me lembra muito de como eu era quando tinha a sua idade e precisava encontrar um objetivo na vida."

Pip não gostou muito de ouvir isso. "Está bem. Desculpe perguntar, mas o Projeto Luz do Sol é algum tipo de culto?"

"Culto?" Martin, com a barba por fazer e usando um *keffiyeh* palestino, riu lá da cabeceira da mesa. "Culto de personalidade talvez."

"*Ist doch Quatsch, du*", Annagret disse rispidamente. "E também *wirklich*."

"Desculpe, o que foi?", perguntou Pip.

"Falei que é uma estupidez o que ele disse. O projeto não tem nada de culto. É uma questão de honestidade, verdade, transparência e liberdade. São os governos com culto de personalidade que o odeiam."

"Mas o projeto tem um líder muito carismítico", disse Martin.

"Carismático?", disse Pip.

"É, acho que falei carismítico. Andreas Wolf é muito carismático." Martin riu outra vez. "Isso podia ir para um livro de exercícios de vocabulário. Como usar a palavra 'carismático' numa frase. 'Andreas Wolf é muito carismático.' Aí a frase faz sentido imediatamente, a gente sabe logo o que a palavra significa. Ele é a própria definição da palavra."

Martin parecia estar dando umas cutucadas em Annagret, que não estava gostando nem um pouco, e Pip entendeu, ou achou que entendeu, que Annagret havia dormido com Andreas Wolf em algum momento no passado. Ela era pelo menos dez anos mais velha que Pip, talvez quinze. Annagret retirou algumas folhas, um pouco mais longas e estreitas que as americanas, de uma pasta de plástico semitransparente com aparência de europeia.

"Então você é uma recrutadora?", perguntou Pip. "Viaja com o questionário?"

"É, eu tenho autoridade para isso", disse Annagret. "Ou melhor, nenhuma autoridade, abominamos a autoridade. Sou uma das pessoas que fazem isso pelo grupo."

"É por isso que você está aqui nos Estados Unidos? É uma viagem de recrutamento?"

"Annagret é polivalente", disse Martin com um sorriso ao mesmo tempo de admiração e implicância.

Annagret pediu que ele deixasse as duas sozinhas, e ele foi para a sala, ao que tudo indica serenamente alheio ao fato de Dreyfuss não gostar de tê-lo por perto. Pip aproveitou para encher de novo a tigela com flocos de milho; pelo menos estava pondo um xis no quadradinho alimentação.

"Martin e eu temos um bom relacionamento, exceto pelo ciúme dele", Annagret explicou.

"Ciúme de quem?", perguntou Pip sem parar de comer. "De Andreas Wolf?"

Annagret assentiu com a cabeça. "Fui muito próxima de Andreas, e por muito tempo, mas isso aconteceu alguns anos antes de eu conhecer Martin."

"Então você era bem jovem."

"Martin tem ciúme das minhas amigas. Nada ameaça mais um alemão, até mesmo um homem bom, do que as mulheres serem amigas íntimas pelas costas deles. Isso realmente o perturba, como se houvesse alguma coisa errada no mundo. Como se fôssemos descobrir todos os seus segredos, roubar seu poder, não precisar mais dele. Você também tem esse problema?"

"Acho que eu tendo a ser a ciumenta."

"Bem, é por isso que Martin tem ciúme da internet. Porque é através dela que eu costumo me comunicar com as minhas amigas. Tenho uma porção de amigas que nunca encontrei — amigas de verdade! E-mail, redes sociais, fóruns. Sei que Martin às vezes vê pornografia, não temos segredos entre nós, e, se ele não visse, seria o único homem na Alemanha a não ver. Acho que a pornografia na internet foi inventada para os alemães, porque eles gostam de ficar sozinhos, de controlar as coisas e de ter fantasias de poder. Mas ele diz que só faz isso porque eu tenho muitas amigas na internet."

"O que, naturalmente, deve ser o equivalente à pornografia para as mulheres", disse Pip.

"Não. Você só pensa assim porque é jovem e talvez não precise tanto de amizades."

"E então, você já pensou em se relacionar com mulheres?"

"O relacionamento entre homens e mulheres hoje em dia é terrível na Alemanha", disse Annagret, o que, de algum modo, soou como um não.

"Acho que eu só estava tentando dizer que a internet serve para satisfazer as necessidades à distância. De homens ou de mulheres."

"Mas a internet realmente satisfaz a necessidade das mulheres por amizade, isso não é uma fantasia. E porque Andreas entende o poder da internet, o quanto ela pode representar para as mulheres, Martin também tem ciúme dele — por causa *disso*, e não porque fui muito próxima de Andreas no passado."

"Certo. Mas se Andreas é o líder carismático, então ele é o sujeito que tem poder, o que me faz acreditar que, na sua opinião, ele é igual a todos os homens."

Annagret fez que não com a cabeça. "O fantástico em Andreas é que ele sabe que a internet é a maior geradora de verdade de todos os tempos. E o que isso nos diz? Que tudo na sociedade realmente gira em torno das mulheres, e não dos homens. Os homens estão olhando fotografias de mulheres, e as mulheres estão se comunicando com outras mulheres."

"Acho que você está esquecendo o sexo entre gays e os vídeos sobre animais de estimação", disse Pip. "Mas será que não podemos fazer o questionário agora? Tem um rapaz lá em cima me esperando, é por isso que estou usando um penhoar sem nada por baixo, caso você esteja se perguntando por quê."

"Agora? Lá em cima?", indagou Annagret, alarmada.

"Pensei que o questionário ia ser rápido."

"Ele não pode voltar outra noite?"

"Gostaria de evitar isso, se possível."

"Então vá lá e diga a ele que você só precisa de alguns minutos, uns dez minutos, com uma amiga. Assim, para variar, não vai ser você a pessoa enciumada."

Annagret então piscou para ela, o que pareceu um feito e tanto a Pip, porque ela não levava jeito para aquilo, que era o oposto do sarcasmo.

"Acho melhor você aproveitar que estou aqui", disse.

Annagret garantiu que não havia respostas certas ou erradas, coisa em que Pip não acreditou, porque, nesse caso, qual a razão de fazer perguntas, se não havia respostas erradas? Mas a beleza de Annagret era reconfortante. Encarando-a do outro lado da mesa, Pip tinha a sensação de estar sendo entrevistada para o emprego de ser Annagret.

"*Qual destes superpoderes é o melhor para ter?*", Annagret leu. "*Capacidade de voar, invisibilidade, capacidade de ler a mente dos outros ou de fazer o tempo parar para todo mundo exceto você?*"

"Ler a mente dos outros", disse Pip.

"É uma boa resposta, embora não haja respostas certas."

O sorriso de Annagret foi um bálsamo para Pip, que ainda lamentava ter deixado a universidade, onde sempre se saía bem nas provas.

"*Por favor, justifique sua escolha*", leu Annagret.

"Porque não confio nas pessoas", respondeu Pip. "Até minha mãe, em quem eu confio, não me conta algumas coisas, coisas realmente importantes, e seria ótimo encontrar um modo de conhecê-las sem precisar que ela me contasse. Eu saberia do que preciso saber e ela continuaria satisfeita. E depois com todo mundo, sem exagero todo mundo, nunca tenho certeza do que estão pensando sobre mim, e não sou muito boa para adivinhar o que estão pensando. Por isso, seria bom ser capaz de mergulhar no cérebro dos outros, por uns dois segundos que fosse, e ver se está tudo bem — simplesmente ter certeza de que não estão pensando alguma coisa horrível de mim que eu nem desconfio —, e aí eu poderia confiar neles. Não iria abusar disso ou coisa assim. É apenas muito difícil nunca confiar em ninguém. Me obriga a fazer um grande esforço para descobrir o que as pessoas querem de mim. Acaba se tornando *cansativo* demais."

"Ah, Pip, acho que nem vamos precisar fazer o resto. O que você está dizendo é fantástico."

"Verdade?" Pip deu um sorriso triste. "Sabe, mesmo agora fico me perguntando por que você está dizendo isso. Talvez só esteja querendo que eu continue a responder ao questionário. Aliás, também me pergunto por que você quer tanto que eu responda."

"Pode confiar em mim. É só porque estou impressionada com você."

"Veja, isso não faz o menor sentido, porque na realidade eu não sou muito impressionante. Não sei grande coisa sobre armas nucleares, é que por acaso eu conhecia a situação em Israel. Não confio nem um pouco em você. Não confio nas pessoas." O rosto de Pip estava ficando quente. "Agora preciso mesmo subir. Estou me sentindo mal em deixar meu amigo lá."

Isso devia ser suficiente para que Annagret a deixasse ir, ou ao menos se desculpasse por retê-la, mas (seria um traço germânico?) ela não parecia muito boa em captar insinuações. "Temos que cumprir as formalidades", disse. "É só uma formalidade, mas é preciso ir até o fim." Deu uns tapinhas na mão de Pip e depois a acariciou. "Vai ser rápido."

Pip se perguntou por que Annagret não parava de tocar nela.

"*Seus amigos estão desaparecendo. Não respondem a suas mensagens de texto, no Facebook nem ao telefone. Você se comunica com os chefes deles, que lhe dizem que eles têm faltado ao emprego. Você fala com os pais deles, que se mostram preocupados. Você vai à polícia, que diz que investigou o caso e que seus amigos estão bem, vivendo em outras cidades. Depois de algum tempo, todos os seus amigos desapareceram. O que você faz? Espera até que você também desapareça, para então descobrir o que aconteceu com eles? Tenta investigar? Foge?*"

"São só os meus amigos que estão desaparecendo?", perguntou Pip. "As ruas ainda estão cheias de gente da minha idade que não é minha amiga?"

"Sim."

"Para ser bem sincera, acho que eu iria consultar um psiquiatra, se isso acontecesse comigo."

"Mas a psiquiatra também fala com a polícia e descobre que tudo que você disse é verdade."

"Bom, pelo menos eu teria uma amiga — a psiquiatra."

"Mas depois a própria psiquiatra desaparece."

"Esse é um cenário totalmente paranoico. Como se tivesse saído da cabeça do Dreyfuss."

"Você espera, investiga ou foge?"

"Ou me mato. Que tal me matar?"

"Não há respostas erradas."

"Provavelmente eu iria morar com a minha mãe. Não ia querer perdê-la de vista. Se mesmo assim ela desaparecesse, provavelmente eu me mataria, porque, a essa altura, teria ficado evidente que qualquer ligação comigo não estava fazendo bem à saúde das pessoas."

Annagret sorriu de novo. "Excelente."

"O quê?"

"Você está indo muito, muito bem, Pip." Ela se inclinou sobre a mesa e pousou suas mãos, suas mãos quentes, nos dois lados do rosto de Pip.

"Dizer que me mataria é a resposta certa?"

Annagret afastou as mãos. "Não há respostas erradas."

"Isso torna mais difícil a gente ficar feliz por estar indo bem."

"*Qual destas coisas você fez sem permissão? Entrar no e-mail de alguém; ler coisas no celular de alguém; fazer buscas no computador de alguém; ler o*

*diário de alguém; examinar papéis pessoais de alguém; escutar uma conversa
particular quando alguém telefona para você por acidente; obter informações
sobre alguém valendo-se de um falso pretexto; encostar o ouvido numa parede
ou porta para ouvir uma conversa, e coisas do gênero."*

Pip franziu a testa. "Posso pular uma pergunta?"

"Pode confiar em mim." Annagret voltou a tocar na mão dela. "Seria
melhor responder."

Pip hesitou e em seguida admitiu: "Vasculhei todos os pedacinhos de
papel da minha mãe. Se ela tivesse um diário, eu o teria lido, mas não tem.
Se tivesse uma conta de e-mail, eu teria entrado nela. Já procurei por toda
parte na internet. Não me sinto bem fazendo isso, mas ela não me conta
quem é meu pai, não me conta onde eu nasci, nem me conta qual é o nome
verdadeiro dela. Diz que faz isso para me proteger, mas acho que o perigo só
existe na cabeça dela".

"São coisas que você precisa saber", disse Annagret em tom grave.

"Eu sei."

"Tem o direito de saber."

"Eu sei."

"Você se dá conta de que o Projeto Luz do Sol pode ajudá-la a descobrir
tudo isso?"

O coração de Pip começou a bater mais rápido, em parte porque isso, na
verdade, não tinha lhe ocorrido, e a perspectiva era assustadora, mas acima de
tudo porque sentiu que agora, sim, estava em curso uma sedução e que todos
aqueles toques de Annagret não haviam passado de um prelúdio. Afastou a
mão e se abraçou, nervosa.

"Pensei que o projeto cuidava de segredos de corporações e de segurança
nacional."

"Sim, claro. Mas o projeto tem muitos recursos."

"Quer dizer que, por exemplo, eu poderia escrever para eles e pedir uma
informação?"

Annagret fez que não com a cabeça. "Não se trata de uma agência de
detetives particulares."

"Mas se eu trabalhasse lá…"

"Sim, é claro."

"Bem, é interessante."

"Algo para pensar, *ja?*"

"*Jaa*", disse Pip.

"*Você está num país estrangeiro*", Annagret leu, "*e uma noite a polícia chega ao seu quarto, no hotel, e a prende como espiã, muito embora você não esteja espionando. Levam você para a delegacia. Dizem que você pode dar um telefonema, mas que ouvirão a conversa. Avisam que a pessoa a ser chamada também será suspeita de espionagem. Para quem você telefonaria?*"

"Para Stephen", respondeu Pip.

O rosto de Annagret registrou um quê de desapontamento. "Este Stephen? O Stephen daqui?"

"Sim, o que há de errado nisso?"

"Desculpe, mas achei que você fosse dizer sua mãe. Até agora você a mencionou em todas as respostas. É a única pessoa em quem confia."

"Mas confio só de uma forma profunda", disse Pip. "Ela ficaria louca de preocupação, não entende como o mundo funciona, não saberia a quem pedir ajuda. Stephen saberia exatamente quem deveria ser chamado."

"Para mim, ele parece um pouco fraco."

"O quê?"

"Ele parece fraco. É casado com aquela pessoa irada, mandona."

"É, eu sei, o casamento dele é desastroso — acredite, sei o que estou falando."

"Você está caída por ele!", disse Annagret, horrorizada.

"Estou mesmo, e daí?"

"Bem, é que você não tinha me contado. Conversamos sobre tudo no sofá, e você não me falou disso."

"Você também não me contou que costumava dormir com Andreas Wolf!"

"Andreas é uma figura pública. Preciso ser cuidadosa. E isso foi há muitos anos."

"Você fala nele como se estivesse pronta a fazer isso de novo num piscar de olhos."

"Pip, por favor", disse Annagret pegando as mãos dela. "Não vamos brigar. Eu não sabia que você sentia isso por Stephen. Me desculpe."

Mas a ferida que a palavra *fraco* provocara estava doendo ainda mais em Pip, não menos, e ela sentiu raiva ao se dar conta de quantas informações pessoais havia fornecido a uma mulher tão confiante em sua beleza a ponto de encher o rosto com pedaços de metal e desbastar o cabelo com um cortador de grama (é o que parecia). Pip, que não tinha motivos para ser tão confiante, recolheu as mãos, se levantou e jogou ruidosamente a tigela de cereal na pia. "Vou subir…"

"Não, ainda há seis perguntas…"

"Porque é claro que não vou para a América do Sul e não confio em você nem um pouco, nem mesmo um pouquinho. Aliás, por que é que você e o seu amiguinho punheteiro não vão para Los Angeles, se instalam na casa de outra pessoa e você aplica seu questionário em alguém que esteja a fim de um homem mais forte que Stephen? Não quero mais vocês aqui em casa, e os outros também não querem. Se você tivesse algum respeito por mim, teria entendido que nem estar aqui agora eu queria."

"Pip, por favor, espere, realmente eu sinto muito, muito mesmo." Annagret dava a impressão de estar desolada de verdade. "Não precisamos fazer as outras perguntas…"

"Pensei que era uma formalidade que precisávamos cumprir. Precisávamos, precisávamos. Meu Deus, como eu sou idiota."

"Não, você é muito inteligente. Acho você fantástica. Apenas acho que talvez sua vida, neste momento, esteja girando demais em torno dos homens, um pouquinho demais."

Pip arregalou os olhos diante daquele novo insulto.

"Talvez você queira uma amiga um pouco mais velha mas que fosse muito parecida com você."

"Você nunca foi parecida comigo", disse Pip.

"Fui, sim. Sente-se, por favor, *ja*? Converse comigo."

A voz de Annagret era tão sedosa e imperativa, e seu insulto lançara uma luz tão humilhante sobre a presença de Jason no quarto, que Pip quase obedeceu a ela e se sentou. No entanto, quando a desconfiança por alguém a invadia, Pip achava fisicamente insuportável ficar perto da pessoa. Escapou pelo corredor, ouvindo o arrastar de uma cadeira às suas costas, seu nome sendo chamado. No segundo andar, parou, indignada. Stephen era fraco? Ela pensava demais em homens? *Que coisa mais simpática. Realmente faz com que eu me sinta muito bem comigo.*

Atrás da porta de Stephen, a briga conjugal tinha cessado. Pip se aproximou silenciosamente, já distante do som do jogo de basquete no andar térreo, e escutou. Logo ouviu o ranger de uma mola do colchão, depois um suspiro, ou um quase gemido inconfundível, e entendeu que Annagret tinha razão, Stephen *era* fraco, era fraco *mesmo*; apesar disso, não havia nada de errado em que marido e mulher fizessem sexo. Ouvir aquilo, imaginar aquilo e ser excluída daquilo encheu Pip de uma tristeza enorme, que ela só tinha um meio de aplacar.

Subiu o resto da escada de dois em dois degraus, como se, poupando cinco segundos de subida, pudesse compensar meia hora de ausência. Em frente à sua porta, compôs o rosto com a expressão de quem pede sentidas desculpas. Já a tinha usado mil vezes com a mãe, com resultados bons e seguros. Abriu a porta e olhou para dentro com essa expressão.

As luzes estavam acesas, e Jason, que voltara a se vestir, estava sentado na beira da cama digitando um texto no celular com grande atenção.

"Oi", disse Pip. "Você não está furioso comigo?"

Ele fez que não com a cabeça. "É que eu tinha dito à minha irmã que chegaria em casa lá pelas onze."

A palavra *irmã* dissolveu quase toda a expressão de desculpa no rosto de Pip, porém Jason nem estava olhando para ela. Pip entrou, sentou ao lado dele e o tocou. "Ainda não são onze horas, não é?"

"Onze e vinte."

Ela encostou a cabeça no ombro dele e segurou seu braço com as mãos. Podia sentir os músculos dele trabalhando enquanto digitava. "Desculpe", ela disse. "Não consigo explicar o que aconteceu. Quer dizer, consigo, mas não quero."

"Não precisa explicar. Acho que eu meio que já sabia."

"Sabia o quê?"

"Nada. Esquece."

"Não, quero saber. O que você sabia?"

Ele parou de digitar e olhou para o chão. "Não que eu seja lá muito normal, mas comparando…"

"Quero fazer sexo normal com você. Ainda dá pra gente fazer? Nem que seja por meia hora? Você pode dizer à sua irmã que vai chegar um pouco mais tarde."

"Escuta, Pip." Ele franziu a testa. "Aliás, esse é o seu nome verdadeiro?"

"É assim que eu me chamo."

"Sei lá, mas não parece que eu estou com *você* quando uso esse nome. Não sei… 'Pip.' 'Pip.' Não soa… Sei lá…"

Os últimos vestígios da desculpa se extinguiram no rosto dela e Pip afastou as mãos do corpo de Jason. Sabia que precisava evitar um estouro, mas foi incapaz de resistir. O máximo que podia fazer era falar baixo.

"Está bem", disse. "Quer dizer que você não gosta do meu nome. O que mais você não gosta em mim?"

"Ah, para com isso. Foi você quem me deixou aqui em cima por uma hora. Mais que uma hora."

"Certo. Enquanto sua irmã te esperava."

Falar a palavra *irmã* outra vez foi como jogar um fósforo aceso num forno cheio de gás, a raiva que ela tinha levado dentro dela o dia todo pronta para entrar em combustão. Houve uma espécie de explosão em sua cabeça.

"Falando sério", ela disse, o coração martelando, "talvez seja melhor você me dizer tudo que não gosta em mim, porque é claro que nunca vamos trepar, já que eu não sou suficientemente normal, embora eu ficaria muito feliz em saber o que eu tenho de tão anormal."

"Ah, para com isso. Eu podia simplesmente ter ido embora."

O tom de superioridade moral na voz dele pôs fogo num estoque maior e mais difuso de gás, uma substância política combustível que penetrara nela vinda primeiro de sua mãe, depois de certos professores universitários e de certos filmes nauseabundos, e agora de Annagret, uma sensação da injustiça daquilo que um professor chamara de *anisotropia* nas relações entre gêneros, mediante a qual os rapazes podiam camuflar seus desejos carnais com a linguagem dos sentimentos, enquanto as moças entravam no jogo de sexo dos rapazes a todo risco, sendo usadas, caso expressassem suas vontades, e vítimas caso não o fizessem.

"Você não parecia aborrecido quando seu pau estava na minha boca."

"Não pus ele lá", Jason disse. "E não ficou muito tempo."

"Não, porque eu precisei ir lá embaixo buscar uma camisinha para que você pudesse enfiá-lo dentro de mim."

"Uau, quer dizer que agora tudo é eu, eu, eu?"

Através da cortina de labaredas, ou do sangue quente, os olhos de Pip se fixaram no aparelho que Jason tinha nas mãos.

"Ei!", ele gritou.

Ela pulou e correu para a outra extremidade do quarto com o aparelho.

"Ei, você não pode fazer isso", ele gritou, correndo atrás dela.

"Posso, sim!"

"Não, não pode, não está certo. Ei... ei... você não pode fazer isso!"

Ela se enfiou debaixo da escrivaninha infantil que era seu único móvel e virou-se para a parede, enroscando uma perna na perna da mesinha. Jason tentou puxá-la pelo cinto do penhoar, mas não conseguiu desalojá-la, e aparentemente não desejava ser mais violento do que aquilo.

"Que tipo de monstrinho você é?", ele disse. "O que está fazendo?"

Pip tocou a tela do aparelho com dedos trêmulos.

> A gente se encontra no MoMA de San Francisco às 4h.

"Puta merda, puta merda, puta merda", disse Jason, caminhando de um lado para o outro às costas dela. "O que é que você tá fazendo?"

Ela rolou a tela e encontrou a continuação da conversa.

> Coitus interruptus maximus! 62 min e ainda não terminou!!

> Pelo menos ela é gostosa?

> Rosto bonito corpo fantástico.

> Defina fantástico. Peitos?

> 8+

> Acho que vale a espera.

> É toda sua se você é chegado em estranhas.

> 68 min!

Ela inclinou o corpo para o lado, pôs o aparelho no chão e o empurrou na direção de Jason. Sua raiva se apagara com a mesma rapidez com que havia sido inflamada, deixando em seu rastro cinzas de tristeza.

"É só o jeito que alguns amigos meus falam", disse Jason. "Não significa nada."

"Por favor, vá embora", ela disse baixinho.

"Vamos começar do zero. Não podemos religar os sistemas? Sinto muito, de verdade."

Jason pôs a mão no ombro dela, que se encolheu. Ele recolheu a mão.

"Está bem, olha, mas nos falamos amanhã, certo?", ele disse. "Essa foi sem dúvida uma noite errada para nós dois."

"Simplesmente vá embora, por favor."

A Renewable Solutions não fabricava, não construía nem instalava coisa nenhuma. Em vez disso, dependendo das condições regulatórias (tão variáveis quanto o tempo, não apenas de estação para estação, mas aparentemente de uma hora para a outra), ela "fazia pacotes", "intermediava", "capturava", "monitorava", "gerava clientelas". Na teoria, tudo isso era muito digno de respeito. Se os Estados Unidos lançavam um volume excessivo de gás carbônico na atmosfera, a energia renovável podia ajudar, os governos federal e estaduais estavam sempre inventando novos estímulos fiscais, as geradoras se mostravam indiferentes ou moderadamente entusiasmadas com o avanço da imagem delas na área ambiental, uma percentagem significativa das famílias e empresas da Califórnia estava disposta a pagar um valor extra pela eletricidade limpa; e esse extra, multiplicado por muitos milhares e somado ao dinheiro que jorrava de Washington e Sacramento, menos o dinheiro que era entregue às companhias que realmente fabricavam ou instalavam alguma coisa, era suficiente para pagar quinze salários na Renewable Solutions e contentar os capitalistas que a apoiavam por gostar de apostar em novos nichos de mercado. Os termos mais em voga na empresa também eram bons: "associação", "comunidade" "cooperativo". E Pip queria dar uma boa contribuição, ainda que fosse apenas por falta de ambições mais elevadas. Aprendera com a mãe a importância de levar uma vida moralmente significativa, e na universidade aprendera a se preocupar e a se culpar pelas tendências insustentáveis de consumo do país. Seu problema na Renewable Solutions era não entender o que estava vendendo, mesmo quando encontrava gente disposta a comprar; e, tão logo começava a entender o que estava vendendo, lhe pediam que vendesse outra coisa.

No começo, e de forma menos confusa quando olhava para trás, ela tinha vendido acordos de compra de energia para empresas de pequeno e médio porte, até que um novo regulamento estadual acabou com a comissão ridícula que a Renewable Solutions recebia nesses contratos. Depois, seu trabalho foi recrutar proprietários de imóveis em distritos onde *potencialmente* poderia ser distribuída energia renovável: cada proprietário conquistado gerava uma comissão a ser paga à Renewable Solutions por um pessoal duvidoso que havia criado um mercado de futuros supostamente lucrativo. Depois, moradores de municípios progressistas foram objeto de uma "pesquisa" cuja finalidade era medir o grau de interesse deles em ter seus impostos aumentados ou seus orçamentos municipais modificados, a fim de passarem a usar energia renovável; quando Pip mencionou a Igor que os cidadãos comuns não possuíam uma base concreta para responder às perguntas do "levantamento", ele disse que ela jamais deveria, sob hipótese nenhuma, admitir tal coisa às pessoas contatadas, uma vez que as respostas positivas valiam dinheiro não apenas para as companhias que fabricavam os equipamentos, mas também para os investidores obscuros que haviam montado o mercado de futuros. Pip quase largou o emprego quando o pagamento pelas respostas caiu e ela foi transferida para a venda de certificados de energia renovável solar. Isso havia durado seis semanas relativamente agradáveis, até descobrirem uma falha no modelo de negócios. Desde abril, ela vinha tentando atrair moradores de South Bay para participarem de microassociações voltadas à economia de energia.

Naturalmente, seus colegas de trabalho da divisão de conquista de clientes passavam adiante as mesmas merdas. A razão de eles se saírem melhor do que ela estava no fato de aceitarem cada novo "produto" sem tentar entendê-lo. Dedicavam-se de corpo e alma ao novo lançamento mesmo quando ele era risível e/ou não fazia o menor sentido; se um cliente em potencial tinha dificuldade de entender o "produto", eles não concordavam que era mesmo difícil entender aquilo, não se esforçavam, de boa-fé, para explicar o raciocínio complexo que o fundamentava, mas apenas continuavam repetindo a conversa fiada que tinham a oferecer. E claramente esse era o caminho para o sucesso, embora fosse uma dupla desilusão para Pip, que não apenas se sentia punida por utilizar seu cérebro, mas confrontada todos os meses com novas provas de que os consumidores da Bay Area em geral reagiam melhor a uma proposta decorada e quase incompreensível do que a uma vendedora bem-intencionada que tentava ajudá-los a entender a oferta. Somente quando lhe era permitido trabalhar com mensagens escritas e em redes sociais seus talentos pareciam mais úteis: tendo crescido sem televisão em casa, ela tinha uma boa redação.

Como hoje era segunda-feira, ela estava atormentando pelo telefone os muitos cidadãos de mais de sessenta e cinco anos que não estavam nas redes sociais e que também não tinham reagido ao bombardeio de mala direta disparado pela companhia em favor de um projeto imobiliário no condado de Santa Clara, chamado Rancho Ancho. As microassociações só eram viáveis caso contassem com o apoio quase integral da comunidade, não valendo a pena enviar um organizador ao local antes de obter cinquenta por cento de respostas positivas; nem Pip, antes disso, podia ganhar seus pontos de sucesso, por mais que houvesse trabalhado na oferta.

Pôs o fone de ouvido e se obrigou a olhar de novo para a relação de chamadas que tinha a fazer, maldizendo o fato de uma hora mais cedo, antes do almoço, ter feito uma seleção e deixado os nomes GUTTENSCHWERDER, ALOYSIUS e BUTCAVAGE, DENNIS para depois do almoço. Pip odiava nomes difíceis, porque pronunciá-los errado indispunha de imediato o consumidor. Mas corajosamente apertou a tecla de ligar. Na residência de Butcavage, uma voz masculina disse um alô mal-humorado.

"Oiiiiii", ela disse num tom caloroso, no qual aprendera a injetar uma nota de desculpa, de um desconforto social compartilhado. "Aqui quem fala é Pip Tyler, da Renewable Solutions. Estou ligando por causa de uma correspondência que lhe enviamos há algumas semanas. Falo com o sr. Butcavage?"

"É *Bucavage* que se diz", ele corrigiu rispidamente.

"Desculpe, sr. *Bucavage*."

"É sobre o quê?"

"É sobre baixar o valor da sua conta de luz, ajudar o planeta e o senhor obter sua justa parcela de descontos estaduais e federais nos impostos sobre a energia", disse Pip, embora na verdade a redução na conta fosse hipotética, o uso de lixo para a produção de energia fosse controvertido do ponto de vista ambiental e ela não fosse fazer aquele telefonema se a Renewable Solutions e seus sócios tivessem a mínima intenção de conceder aos consumidores uma boa parcela dos benefícios fiscais.

"Não estou interessado."

"Bem, o senhor sabe", disse Pip, "um bom número de seus vizinhos demonstrou grande interesse em formar uma associação. O senhor poderia perguntar o que eles pensam sobre isso."

"Eu não falo com meus vizinhos."

"Bem, claro, não estou dizendo que o senhor deva fazer isso se não quiser. Mas o motivo pelo qual eles estão interessados é que a sua comunidade tem a chance de trabalhar em conjunto por uma energia mais limpa e mais barata, além de conseguir uma redução de impostos."

Um dos preceitos de Igor consistia em afirmar que qualquer telefonema em que as expressões *mais limpo, mais barato* e *redução de impostos* pudessem ser repetidas pelo menos cinco vezes resultaria numa resposta positiva.

"O que você está vendendo?", perguntou o sr. Butcavage de forma um pouco menos irritada.

"Ah, este não é um telefonema de venda", mentiu Pip. "Estamos tentando organizar um apoio comunitário para produzirmos energia utilizando lixo. É mais limpa, mais barata e reduz os impostos, resolvendo, de uma só vez, dois dos maiores problemas da sua comunidade. Estou falando dos altos custos da energia elétrica e de como lidar com o lixo. Podemos ajudá-lo a queimar seu lixo de maneira limpa, com o emprego de altas temperaturas, e alimentar diretamente a rede elétrica, obtendo uma diminuição potencialmente significativa de seus custos e trazendo um benefício real para o planeta. Posso explicar um pouquinho melhor como funciona?"

"O que vocês levam nisso?", perguntou o sr. Butcavage.

"Não entendi."

"Alguém está pagando a você para me telefonar bem quando eu estou tentando tirar um cochilo. O que vocês ganham com isso?"

"Bem, basicamente somos quem promove a associação. O senhor e seus vizinhos provavelmente não têm tempo nem o conhecimento necessário para organizarem uma microassociação por conta própria, e por isso deixam de aproveitar a oportunidade de ter uma eletricidade mais limpa e mais barata, além de

algumas vantagens fiscais. Nós e nossos parceiros temos experiência e know-
-how para lhes proporcionar uma maior independência em matéria de energia."

"Sei, mas quem é que está pagando a você?"

"Bom, como o senhor talvez saiba, há muitos recursos disponíveis em
nível estadual e federal para iniciativas de energia renovável. Nós nos vale-
mos de uma parcela desses recursos para cobrir nossos custos, transferindo o
resto para a sua comunidade."

"Em outras palavras, eles me cobram os impostos para pagar por essas
iniciativas, e *talvez* eu receba alguma coisa de volta."

"É um ponto de vista interessante", disse Pip. "Mas na verdade é um
pouco mais complicado. Em muitos casos, o senhor não está pagando um
imposto diretamente para financiar essas iniciativas. Mas, potencialmente,
pode de fato *colher* os benefícios, além de receber uma energia mais limpa e
mais barata."

"Queimando meu lixo."

"Sim, a nova tecnologia para fazer isso é realmente incrível. Totalmente
limpa, muito econômica." Haveria algum modo de voltar a mencionar *redução de impostos*? Pip nunca deixara de temer, nesses telefonemas, o que Igor
chamava de ponto de pressão, mas parecia ter chegado a ele agora com o sr.
Butcavage. Respirou fundo e disse: "Posso considerar que o senhor gostaria de
conhecer esse assunto mais a fundo?".

O sr. Butcavage grunhiu alguma coisa, possivelmente "queimando meu
próprio lixo", e desligou na cara dela.

"Vai se foder", ela disse, com a linha já cortada. Depois se arrependeu.
Além de as perguntas do sr. Butcavage terem sido razoáveis, ele também tinha um nome infeliz e nenhum amigo na vizinhança. Provavelmente era
uma pessoa solitária, como sua mãe, e Pip não conseguia deixar de sentir
pena de quem se parecia com ela.

Como sua mãe não dirigia e não precisava de uma carteira de identidade
com fotografia numa cidadezinha pequena como Felton, e como nunca ia
além do centro de Santa Cruz, seu único documento era o cartão da Previdência Social, que trazia o nome de Penelope Tyler (sem outro sobrenome).
Para obter esse documento com o nome que adotara como adulta, ela deveria
ter apresentado ou uma certidão de nascimento falsa ou uma cópia da verdadeira certidão de nascimento junto com a documentação legal que comprova-

va a mudança de nome. As reiteradas e cuidadosas buscas que Pip fez nas coisas de sua mãe não tinham revelado nenhum documento desse tipo nem uma chave de cofre bancário, o que a fizera concluir que sua mãe havia destruído os documentos ou os enterrara tão logo obtivera o novo número da Previdência Social. Em algum arquivo de alguma prefeitura talvez existisse um registro público da mudança do nome dela, mas nos Estados Unidos havia milhares de municípios, poucos deles disponibilizavam seus arquivos na internet, e Pip não sabia por onde começar sua busca. Havia tentado todas as combinações concebíveis de palavras-chave nos servidores, terminando com nada mais que uma aguda apreciação das limitações dessas ferramentas de busca.

Quando criança, histórias vagas satisfaziam Pip, mas na época de seus onze anos suas perguntas tinham se tornado tão insistentes que sua mãe concordara em lhe contar "toda" a história. Anos antes, disse, ela havia tido um nome diferente e uma vida diferente, num estado que não era a Califórnia, e se casara com um homem que — como veio a descobrir só depois do nascimento de Pip — tinha propensão à violência. Ele a havia maltratado fisicamente, mas como era muito astuto, sabia causar dor sem deixar marcas sérias no corpo dela, além de ser ainda mais violento psicologicamente. Em pouco tempo ela tinha se tornado refém absoluta de seus maus-tratos, e talvez continuasse casada com ele até ser assassinada não fosse o marido ficar furioso com o choro de Pip quando bebê, a ponto de fazê-la temer também pela segurança da filha. Tentou escapar com Pip, mas ele a localizou e torturou psicologicamente, trazendo-as de volta para casa. Ele possuía amigos poderosos na comunidade, ela era incapaz de comprovar os maus-tratos sofridos e sabia que, mesmo divorciada, o marido ainda teria a custódia parcial de Pip — coisa que ela não podia permitir. Casara-se com uma pessoa perigosa e poderia viver com seu próprio erro, mas não arriscar a vida de Pip. Por isso uma noite, enquanto o marido viajava a negócios, fez as malas, pegou um ônibus e foi para um abrigo de mulheres vítimas de violência doméstica situado em outro estado. As mulheres do abrigo a ajudaram a assumir uma nova identidade e a conseguir uma certidão de nascimento falsa para Pip. Depois disso, ela pegou outro ônibus e se refugiou nas montanhas de Santa Cruz, onde uma pessoa podia dizer que era quem quisesse ser.

"Fiz isso para proteger você", disse a Pip. "Agora que lhe contei a história, você precisa se proteger e nunca revelá-la a ninguém. Conheço seu pai. Sei como deve ter ficado furioso por eu haver me defendido e levado você para longe dele. E sei que se ele descobrir onde você está, virá tomá-la de mim."

Aos onze anos, Pip era profundamente crédula. Na testa de sua mãe havia uma cicatriz comprida e fina que se tornava mais visível quando ela corava, e entre seus dentes da frente havia um espaço, além de eles não serem da mesma cor dos outros. Pip tinha certeza de que o pai havia esmurrado o rosto da sua mãe, e sentia tanta pena dela que nem perguntava se era verdade. Durante algum tempo, teve tanto medo dele que não conseguia dormir sozinha. Na cama da mãe, em meio a abraços sufocantes, ela lhe garantia que estava totalmente segura desde que ninguém conhecesse seu segredo, e a credulidade de Pip era tão absoluta, seu pavor tão real, que o segredo foi mantido até quase o fim de sua adolescência rebelde. Então contou a duas amigas, que prometeram sigilo, e na universidade contou a outras.

Uma das amigas, Ella, que fora educada em casa e era de Marin, reagiu com um olhar divertido. "Isso é muito estranho", disse. "Acho que já ouvi essa história. Há uma escritora em Marin que escreveu suas memórias contando basicamente a mesma história."

A escritora era Candida Lawrence (também um pseudônimo, de acordo com Ella), e, quando Pip obteve um exemplar das memórias, viu que tinham sido publicadas bem antes de sua mãe contar "toda" a história. O relato de Lawrence não era idêntico, mas suficientemente semelhante para fazer Pip voltar a Felton furiosa e com um misto de suspeita e acusação. E aqui estava a coisa realmente estranha: quando despejou tudo em cima da mãe, Pip se sentiu tão causadora de maus-tratos quanto seu pai ausente, pois sua mãe desabou como a pessoa torturada e emocionalmente subjugada que fora durante o tempo de casada; assim, no instante em que atacava toda a história, Pip de certa forma confirmava sua plausibilidade essencial. A mãe chorou de forma repugnante e implorou que Pip fosse bondosa com ela, correndo em prantos até uma estante e pegando ali um exemplar das memórias de Lawrence em meio a livros de autoajuda onde Pip jamais o notaria. Entregou o livro a Pip como uma espécie de oferenda sacrifical e disse que ele tinha sido um enorme alívio para ela ao longo dos anos, tendo-o lido três vezes, assim como outras obras daquela autora, pois a tinham feito se sentir menos solitária na vida que escolhera, ao saber que pelo menos outra mulher havia sofrido igual provação saindo dela forte, inteira. "A história que contei é *verdadeira*", exclamou. "Não sei como lhe contar uma história mais verdadeira e ao mesmo tempo manter você em segurança."

"O que você está querendo dizer?", perguntou Pip com uma calma e frieza contundentes. "Que existe uma história mais verdadeira que não me manteria em segurança?"

"Não! Você está distorcendo minhas palavras. Eu disse a verdade e você precisa acreditar em mim. Você é tudo que eu tenho no mundo!" Em casa, sua mãe deixava o cabelo solto numa massa fofa e grisalha que agora se sacudia enquanto ela, de pé, se lamentava e ofegava como uma criança grande tendo uma crise nervosa.

"Só para os meus registros", disse Pip com uma calma ainda mais letal, "você já tinha lido o livro de Lawrence quando me contou sua história?"

"Ai! Ai! Ai! Estou tentando mantê-la segura!"

"Só para os meus registros, mamãe: você está mentindo também sobre isso?"

"Ai! Ai!"

As mãos de sua mãe se agitavam espasmodicamente em torno da cabeça, como se preparando para colher os pedaços quando ela explodisse. Pip sentiu um impulso forte de lhe dar um tapa na cara e depois lhe infligir dor de formas insidiosas e invisíveis. "Pois não está funcionando", disse. "Não estou segura. Você fracassou em me manter segura." Dito isso, pegou a mochila e desceu o caminho estreito e íngreme que levava à Lompico Road sob sequoias impassíveis e imóveis. Atrás dela ouvia a mãe gritando "Queridinha" de modo comovente. Os vizinhos devem ter pensado que algum animalzinho de estimação tinha se perdido.

Pip não tinha o menor interesse em conhecer o pai, ela já estava bem ocupada com sua mãe, mas lhe parecia que ele devia dar algum dinheiro a ela. Os cento e trinta mil dólares de sua dívida estudantil eram bem menos do que ele teria poupado por não tê-la criado e pagado por sua educação universitária. Naturalmente, ele talvez não visse por que deveria pagar alguma coisa por uma criança de cujo "uso" não pudera se beneficiar e que também não lhe oferecia nenhum "uso" futuro. No entanto, dadas a histeria e a hipocondria de sua mãe, Pip o imaginava como uma pessoa na essência decente na qual sua mãe despertara os piores instintos e que agora, casado pacificamente com outra mulher, talvez se sentisse aliviado e grato em saber que a filha desaparecida havia tantos anos estava viva; suficientemente grato para pegar o talão de cheques. Se necessário, ela estava pronta a oferecer modestas concessões, uma mensagem ou um telefonema ocasionais, o cartão de Natal de todo ano, uma amizade no Facebook. Com vinte e três anos, ela estava bem a salvo da custódia, tinha pouco a perder e muito a ganhar. Tudo que precisava era do nome e da data de nascimento dele. Mas sua mãe defendia essas informações como se fossem um órgão vital que Pip estava querendo arrancar de dentro dela.

Quando sua longa e frustrante sessão vespertina de telefonemas sobre o Rancho Ancho enfim terminou, às seis da tarde, Pip salvou sua relação de números telefônicos, prendeu as alças da mochila nos ombros, pôs seu capacete de ciclista e tentou passar de fininho pela sala de Igor sem ser importunada.

"Pip, por favor, preciso ter uma palavrinha com você", veio a voz de Igor.

Ela voltou arrastando os pés, a fim de que ele pudesse vê-la de sua mesa. O olhar de Igor desceu dos seios, que a essa altura bem podiam ter um gigantesco número 8 impresso neles, e fixou-se nas pernas dela. Pip poderia jurar que elas eram como um sudoku inacabado para Igor. Ele exibia exatamente aquele cenho franzido de quem está preocupado em encontrar a solução para um problema.

"O que é?", ela perguntou.

Ele voltou os olhos para o rosto dela. "Como estamos com o Rancho Ancho?"

"Tive algumas boas respostas. Estamos com trinta, trinta e sete por cento, algo assim."

Ele balançou a cabeça de um lado para o outro, no estilo russo, evasivo. "Deixa eu te perguntar. Você gosta de trabalhar aqui?"

"Você está perguntando se eu prefiro ser demitida?"

"Estamos pensando numa reestruturação. Pode haver uma oportunidade para você usar outras habilidades."

"Meu Deus. 'Outras habilidades.' Você está mesmo criando um clima."

"Vai fazer dois anos, acho, em 1º de agosto. Você é uma garota inteligente. Por quanto tempo mais tentamos na prospecção de consumidores?"

"A decisão não é minha, não é mesmo?"

Ele concordou com a cabeça de novo. "Você tem ambições? Tem planos?"

"Sabe de uma coisa? Se você não tivesse feito aquele troço das vinte e uma perguntas comigo, seria mais fácil responder a isso com seriedade."

Ele soltou um muxoxo. "Tão zangada."

"Ou cansada. Que tal só cansada? Posso ir agora?"

"Não sei por que, mas gosto de você", ele disse. "Gostaria que você tivesse sucesso."

Ela não ficou para ouvir mais. No lobby, suas três colegas do departamento de vendas calçavam seus tênis para participar, como em todas as segundas-feiras, da corrida em grupo que, para todos os efeitos, servia para unir mais as mulheres. Tinham entre trinta e quarenta anos, todas casadas e duas delas com filhos, e não se exigia nenhum superpoder para adivinhar o que pensavam de Pip: que ela era a reclamona, a menos produtiva, a metida a jovem poderosa, um ímã de carne fresca para os olhares de Igor, a perigosa aproveitadora da indulgência do chefe, a pessoa sem fotos de bebês em seu cubículo. Embora Pip concordasse com grande parte dessa avaliação — provavelmente nenhuma das três teria sido tão rude com Igor sem ser despedida —, sentia-se magoada por nunca haver sido convidada para correr com elas.

"Como foi seu dia, Pip?", uma delas perguntou.

"Sei lá." Tentou pensar em alguma coisa para dizer que não soasse como uma reclamação. "Alguma de vocês por acaso tem uma boa receita de bolo vegano com farinha integral e muito pouco açúcar?"

As mulheres a olharam fixamente.

"Eu sei, é difícil, não?", ela disse.

"É o mesmo que perguntar como dar uma boa festa sem bebida, doces ou dança", outra delas disse.

"*Manteiga* é coisa vegana?", a terceira perguntou.

"Não, é de origem animal", respondeu a primeira.

"E manteiga indiana? Não é feita só de gordura sem sólidos de leite?"

"Gordura animal. Gordura animal."

"Está bem, obrigada", disse Pip. "Boa corrida para vocês."

Ao descer a escada para o bicicletário, Pip teve quase certeza de ouvi-las rindo dela. Pedir uma receita não era um bom começo de conversa no reino das mulheres? Na verdade, ela também tinha um suprimento decrescente de amigas de sua idade. Ainda era apreciada nos grupos maiores pela acuidade de seu sarcasmo, mas nas amizades a dois sentia dificuldade em se interessar por mensagens, tuítes e pelas intermináveis fotografias de garotas felizes, nenhuma das quais capaz de entender por que ela morava numa casa ocupada

48

de forma ilegal; e não era suficientemente amarga para as moças infelizes, as autodestrutivas, aquelas com tatuagens agressivas e pais ruins. Sentia que estava se tornando uma pessoa sem amigos como sua mãe, e Annagret tinha razão: isso a fazia se interessar demais por quem tinha cromossomo Y. Sem dúvida, os quatro meses de abstinência desde o incidente com Jason haviam sido deprimentes.

Lá fora, o dia estava desagradavelmente perfeito. Sentia-se tão arrasada que seguiu pelo Mandela Parkway em primeira marcha, na mesma velocidade do tráfego congestionado da autoestrada que passava acima dela. Na outra margem da baía, o sol ainda brilhava bem alto sobre San Francisco, tornado mais suave mas não encoberto por uma sugestão de névoa marinha. Como sua mãe, Pip apreciava cada vez mais uma garoa ou um nevoeiro denso, porque deles não vinha nenhuma reprimenda. Enquanto pedalava pelos quarteirões dilapidados da rua 34, pôs uma marcha mais rápida e evitou trocar olhares com os traficantes de drogas.

A casa em que morava já tinha pertencido a Dreyfuss, que, depois do suicídio da mãe, tinha pagado a entrada com a herança que também lhe servira para comprar um sebo na Piedmont Avenue. A casa espelhava a condição de sua mente: durante certo tempo mais ou menos organizada, depois mais excentricamente atulhada de coisas, como jukeboxes, e por fim cheia do teto ao chão de papéis para sua "pesquisa" e comidas para o "cerco" que se aproximava. O sebo, que as pessoas gostavam de visitar pela experiência de conversar com alguém mais inteligente que elas (porque ninguém era mais inteligente que Dreyfuss: ele possuía memória fotográfica, sendo capaz de resolver mentalmente problemas complexos de xadrez e lógica), tornou-se um local de cheiros putrescentes e paranoia. Ele agredia verbalmente os fregueses na hora do pagamento, depois começou a gritar com qualquer um que entrasse na loja e por fim passou a jogar livros nas pessoas, o que provocou visitas da polícia, uma agressão física e sua internação compulsória. Quando recebeu alta, tomando um novo coquetel de medicamentos, tinha perdido o sebo, o estoque havia sido liquidado para cobrir os aluguéis atrasados e os prejuízos reais ou inventados e a casa fora hipotecada.

Não obstante, Dreyfuss voltou a se instalar na casa. Passava os dias escrevendo cartas de dez páginas aos diretores de seu banco, assim como a várias agências governamentais. Em seis meses, ameaçou entrar com quatro ações diferentes e conseguiu levar o banco a um impasse; ajudou a casa estar em péssimo estado de conservação. Entretanto, a não ser pela pensão que recebia por estar impedido de trabalhar, Dreyfuss não tinha um tostão, por isso se aliara ao movimento Occupy, ficara amigo de Stephen e concordara em dividir a casa com outros sem-teto em troca de comida, manutenção e pagamento dos serviços públicos. No auge do Occupy, a casa se tornou um verdadeiro jardim zoológico, cheia de gente de passagem e criadores de caso. Com o tempo, porém, a mulher de Stephen impôs alguma ordem. Reservaram um quarto para pessoas em trânsito e distribuíram outros dois para Ramón e seu irmão Eduardo, que tinham vindo junto com Stephen e sua mulher da Casa dos Trabalhadores Católicos, onde moravam.

Pip conhecera Stephen no Grupo de Estudos sobre o Desarmamento alguns meses antes de Eduardo ser atropelado e morto pelo caminhão de uma lavanderia. Aqueles meses haviam sido uma época boa para ela, pois tinha a clara impressão de que Stephen e sua mulher estavam brigados. Pip se sentira imediatamente atraída pela intensidade de Stephen, por seu físico de lutador de artes marciais e sua cabeleira de garoto, achando que as outras meninas do Grupo sentiam o mesmo. Mas ela foi a única suficientemente ousada para convidá-lo a tomar café depois de uma reunião (pago por ela, uma vez que ele não acreditava em dinheiro). Diante da resposta calorosa que recebeu dele, era razoável imaginar que estavam saindo pela primeira vez como namorados.

Em outras ocasiões em que tomaram café, ela falou sobre sua fobia de armas nucleares nos primeiros anos de universidade, seu desejo de fazer alguma coisa de bom na vida e seu receio de que o Grupo de Estudos fosse tão inútil quanto a Renewable Solutions. Stephen contou como havia se casado com a namorada dos tempos de universidade e como tinham ido morar em Casas do Trabalhador Católico na época de seus vinte anos, mantendo o voto de pobreza e seguindo à risca o modelo de Dorothy Day* ao promover a aproximação entre grupos radicais políticos e religiosos; e como depois seus

---

* Jornalista e ativista social, Dorothy Day (1897-1980) ajudou a criar na década de 1930 o Movimento do Trabalhador Católico, uma iniciativa pacifista que ainda presta assistência aos pobres e sem-teto defendendo seus direitos sem o uso de violência. [Esta e as demais notas chamadas por asterisco são do tradutor]

caminhos se separaram, sua mulher se tornando mais religiosa e menos política, enquanto Stephen seguia o rumo oposto; sua mulher abrindo uma conta no banco e indo trabalhar num abrigo do grupo para pessoas com deficiência mental, enquanto ele se dedicava a organizar o Occupy e a viver sem utilizar dinheiro. Muito embora houvesse perdido a fé e abandonado a igreja, seus anos no movimento haviam lhe dado uma capacidade emocional quase feminina de se comportar de forma autêntica, uma propensão excitante para ir direto ao âmago das coisas que Pip nunca encontrara em homem nenhum, muito menos num tão endurecido pela vida nas ruas. Num acesso de confiança, revelou a ele mais informações pessoais, inclusive o fato de que pagava um aluguel insustentavelmente alto no apartamento que dividia com colegas da universidade. Stephen a ouviu com tamanha intensidade que, ao lhe oferecer o quarto de Eduardo de graça, pouco depois de sua morte, ela interpretou isso como um sinal de que teria uma chance com ele.

Quando foi à casa para conhecer o lugar e ser entrevistada, descobriu que a briga entre Stephen e sua mulher não os impedia de dividirem a cama. Além disso, Stephen não se dera ao trabalho de aparecer naquela noite, pois talvez soubesse que a questão da cama seria um choque para Pip. Ela se sentiu enganada sobre a situação do casal. No entanto, por que ele a havia enganado? Não seria isso, por si só, uma esperança? A mulher, Marie, era uma loura de cara avermelhada beirando os quarenta anos. Conduziu a entrevista enquanto Dreyfuss ficou sentado num canto com uma expressão esfingética e Ramón chorava a falta do irmão. Ou Marie era confiante demais para não perceber uma ameaça em Pip, ou sua caridade católica era de fato sólida, a ponto de fazê-la se comover genuinamente com os problemas financeiros da moça. Ela a acolheu com um carinho maternal que, desde então, representava para Pip uma acusação permanente diante do ciúme lancinante que sentia dela.

Exceto por esse ciúme e pelas esquisitices de Dreyfuss, compensadas pelo prazer de ver como sua mente funcionava, ela tinha sido feliz na casa. A prova mais consistente do valor humano de Pip era a atenção que devotava a Ramón. Logo depois de se mudar, ficou sabendo que Stephen e Marie o tinham adotado legalmente um ano antes da morte de Eduardo, a fim de permitir que Eduardo seguisse sua vida. Embora Ramón fosse apenas um ou dois anos mais jovem que Stephen e Marie, era agora *filho* do casal, o que teria parecido uma total insanidade a Pip se ela mesma não tivesse também logo caído de amores por ele. Ajudando-o com seu vocabulário, aprendendo os jogos básicos de computador que ele era capaz de dominar num console que ela trouxera para a casa como presente de Natal (gastando o que de fato não podia gastar), fazendo pipoca para ele com muita manteiga, vendo seus desenhos animados prediletos, Pip compreendeu a atração da caridade cristã. Quem sabe teria até frequentado a igreja caso Stephen não tivesse passado a odiar a instituição por sua venalidade e seus crimes contra as mulheres e o planeta. Através da porta do quarto conjugal, ela ouviu Marie esfregando na cara do marido o amor dele por Ramón, gritando que Stephen havia deixado o cérebro envenenar seu coração contra o Evangelho, que o coração dele ainda estava claramente repleto da Palavra, que o exemplo de Cristo estava bem ali, no amor dele pelo filho adotado.

Embora nunca fosse à igreja, Pip vinha perdendo suas amigas da universidade uma após a outra depois de lhes enviar inúmeras mensagens dizendo que não poderia estar com elas porque ia começar um jogo com Ramón ou levá-lo a uma loja de artigos baratos para comprar um tênis. Isso atrapalhava sua programação social, mas o verdadeiro problema, ela suspeitava, era suas amigas terem passado simplesmente a se afastar de alguém esquisito que morava numa casa ocupada por pessoas. Agora ela só tinha três amigas, com quem bebia aos sábados e trocava mensagens de texto, escondendo delas o máximo de informações, porque de fato era uma pessoa esquisita que morava numa casa ocupada ilegalmente. Ao contrário de Stephen e Marie, que vinham de boas famílias católicas de classe média, ela não tinha baixado muito de padrão ao se mudar da pequena cabana de sua mãe para a rua 33, e sua dívida estudantil era, para todos os efeitos, um voto de pobreza. Sentia-se mais eficaz executando suas tarefas em casa e ajudando Ramón do que fazendo qualquer outra coisa na vida. No entanto, em resposta à pergunta de Igor, ela *tinha*, sim, uma ambição, mesmo que não um plano para realizá-la. Sua ambição era não acabar como a mãe. Por isso, ser eficiente como sem-teto não lhe causava grande satisfação: a maior parte das vezes, a enchia de medo.

Ao dobrar a esquina para entrar na rua 33, viu Stephen sentado nos degraus da frente da casa, com sua roupa de menino, tênis de segunda mão e camisa listrada de algodão, também de segunda mão, as mangas curtas mal contendo os grandes bíceps. A tênue névoa da tarde criava feixes de luz dourada sob os viadutos das autoestradas próximas. A cabeça de Stephen estava curvada.

"Alô, alô", Pip disse alegremente ao desmontar da bicicleta.

Stephen ergueu a cabeça e a encarou com olhos avermelhados. Seu rosto estava banhado em lágrimas.

"O que aconteceu?", ela perguntou.

"Acabou", ele disse.

"O que acabou? O que aconteceu?" Deixou a bicicleta tombar no chão. "O Dreyfuss perdeu a casa? O que aconteceu?"

Ele sorriu com expressão abatida. "Não, Dreyfuss não perdeu a casa. Você está brincando? Eu é que perdi meu casamento. A Marie foi embora. Se mudou."

A face de Stephen se contorceu, e um medo gelado se espraiou do centro do corpo de Pip para baixo, mas ao passar pela cintura se transformou numa labareda terrivelmente quente. Como o corpo sabia o que queria! Com que rapidez absorvia as notícias que podia usar! Ela tirou o capacete e se sentou num dos degraus.

"Ah, Stephen, sinto muito", ela disse. Até então só haviam se abraçado ao se encontrarem ou se despedirem, mas seus membros estavam tão trêmulos que ela precisou pousar as mãos nos ombros dele como se para evitar que seus braços caíssem. "Isso é tão surpreendente."

Ele fungou um pouco. "Você não viu que estava para acontecer?"

"Não, não, não."

"É verdade", ele disse com amargura, "porque... como é que ela pode casar outra vez? Essa foi sempre minha carta na manga."

Pip deu um apertão nos ombros dele e massageou os bíceps. Não havia nada de errado naquilo; ele precisava de uma amiga que o reconfortasse. Seus músculos eram quentes e endurecidos pela testosterona. E o grande obstáculo *se fora, se mudara, desaparecera*.

"Vocês vinham brigando muito", ela ponderou. "Quase todas as noites, meses a fio."

"Ultimamente nem tanto", ele disse. "Eu achei mesmo que as coisas estavam melhorando. Mas foi só porque..."

Ele escondeu o rosto nas mãos outra vez.

"Há mais alguém?", perguntou Pip. "Alguém que ela..."

Ele sacudiu o corpo todo num gesto afirmativo.

"Ah, meu Deus. Isso é terrível. É terrível, Stephen." Pressionou o rosto contra o ombro dele. "Diga o que eu posso fazer por você", sussurrou com a boca colada no tecido da camisa dele.

"Tem uma coisa."

"Diga", falou Pip, esfregando o rosto na camisa.

"Você pode conversar com Ramón."

Isso a trouxe de volta da irrealidade do que estava acontecendo, fazendo-a consciente de que seu rosto estava encostado na camisa de outra pessoa. Afastou os braços e disse: "Que merda!".

"Pois é."

"O que vai acontecer com ele?"

"Ela já pensou em tudo", disse Stephen. "Planejou o resto da vida dela como se estivesse bolando a estratégia de uma grande corporação. Ela fica com a custódia e eu com as visitas, como se o objetivo de adotar Ramón tivesse sido para vê-lo de vez em quando. Ela tem sido…" Respirou fundo. "Ela está envolvida com o diretor da Casa."

"Ah, meu Deus. Perfeito."

"Que parece que é amigo do arcebispo, que pode anular o casamento, se ela quiser. Perfeito, não é? Vão pôr Ramón na Casa e tentar lhe dar uma educação vocacional, aí ela pode ter três bebês bem rapidinho nas horas de folga. Esse é o plano, entende? E que juiz deixará de dar a custódia absoluta a uma mãe com um trabalho remunerado de tempo integral num lugar para pessoas como Ramón? Esse é o plano. E você não acredita como ela se mostra moralmente superior em relação a tudo isso."

"Acho que acredito, sim", Pip se arriscou a dizer.

"E eu amo essa superioridade", disse Stephen com voz trêmula. "Ela *é* moralmente superior. Tem mesmo muita força moral. Eu não queria ter três filhos."

Ufa, ainda bem, meu Deus, pensou Pip.

"Quer dizer que Ramón ainda está aqui?", ela perguntou.

"Ela e Vincent vêm buscá-lo de manhã. Pelo jeito tinham planejado tudo havia semanas — só estavam esperando abrir uma vaga." Stephen balançou a cabeça. "Pensei que Ramón fosse nos salvar. Termos esse filho que nós dois amávamos, por isso não tinha importância se não concordávamos em mais nada."

"Bom", disse Pip com alguma hostilidade devido à óbvia persistência do controle de Marie sobre ele, "vocês não são o primeiro casal cujo relacionamento não foi salvo por um filho. Eu mesma devo ter sido uma criança desse tipo, para dizer a verdade."

Stephen voltou-se para ela e disse: "Você é uma boa amiga".

Ela pegou a mão dele, trançou seus dedos nos de Stephen e tentou calibrar a pressão do aperto. "Eu sou uma boa amiga", concordou. Mas agora que a mão dele estava em contato direto com a dela, o corpo de Pip deixava claro, com o coração palpitante e a respiração curta, que esperava que as mãos dele o acariciassem de cima a baixo dentro de alguns dias, talvez horas. Era como um cachorro grande forçando a correia da inteligência dela. Pip se permitiu bater com a mão dele uma vez em sua própria coxa, onde mais queria tê-la naquele momento, e depois a soltou.

"O que você disse ao Ramón?"

"Não consigo encará-lo. Estou aqui fora desde que ela saiu."

"Ele está lá sentado e você não lhe disse nada?"

"Ela saiu não faz nem meia hora. Vai ficar nervoso se me vir chorando. Achei que você podia prepará-lo e depois eu conversaria com ele de forma mais tranquila."

Pip se lembrou então da fatídica palavra de Annagret, *fraco*; mas isso não a fez querer menos Stephen. Fez, sim, ter vontade de esquecer Ramón e continuar lá fora, tocando nele, porque ser fraco poderia significar ser incapaz de resistir.

"Depois você fala comigo também?", ela disse. "Só comigo? Eu preciso falar com você."

"Claro. Isso não muda nada, ainda temos a casa. Dreyfuss é um bulldog. Não se preocupe com isso."

Embora fosse óbvio para o corpo de Pip que tudo tinha mudado, sua inteligência estava pronta a perdoar Stephen por não entender isso tão pouco tempo depois de ser abandonado por uma mulher com quem havia sido casado por quinze anos. Com o coração ainda batendo forte, ela se pôs de pé e levou a bicicleta para dentro. Dreyfuss estava sentado sozinho na sala, agigantado sobre uma cadeira de escritório de seis pés apanhada no lixo e usando o mouse do computador da casa.

"Onde está Ramón?", perguntou Pip.

"No quarto dele."

"Acho que nem preciso perguntar se você sabe o que está acontecendo."

"Não me meto em assuntos de família", disse Dreyfuss com frieza. Como uma aranha com seis pés, girou o corpanzil na direção de Pip. "Entretanto, verifiquei alguns fatos. A St. Agnes Home foi aberta em 1984, tem trinta e seis leitos e todo o credenciamento oficial recebe elogios gerais. O diretor, Vincent Olivieri, é um viúvo de quarenta e sete anos com três filhos perto dos vinte anos; tem um mestrado em serviços sociais na Universidade Estadual de San Francisco. O arcebispo Evans visitou a casa pelo menos duas vezes. Quer ver uma foto do Evans e do Olivieri nos degraus da frente da casa?"

"Dreyfuss, você está *sentindo* alguma coisa pelo que está acontecendo?"

Ele olhou longamente para Pip. "Sinto que Ramón vai receber um tratamento mais do que adequado. Vou sentir falta da presença amigável dele, mas não de seus jogos de computador ou de suas conversas muito limitadas. Pode levar algum tempo, mas Marie provavelmente vai conseguir anular o casamento — levantei vários precedentes na arquidiocese. Admito alguma preocupação com as finanças da casa sem os pagamentos deles. Stephen me diz que precisamos de um telhado novo. Por mais que você pareça gostar de ajudá-lo na manutenção da casa, tenho dificuldade de imaginar vocês dois trabalhando no telhado."

Para os padrões de Dreyfuss, uma fala carregada de sentimentos. Pip foi até o quarto de Ramón e o encontrou deitado em meio aos lençóis emaranhados, o rosto coberto com pôsteres dos times esportivos da região. A combinação de seu cheiro forte e dos atletas sorridentes era tão tocante que os olhos dela marejaram.

"Ramón, meu querido."

"Oi, Pip", ele disse sem se mover.

Ela sentou na cama e tocou seu braço gordo. "Stephen disse que você queria me ver. Quer se virar e me ver?"

"Quero que a gente seja uma família", ele disse sem se mover.

"Ainda somos uma família", ela disse. "Nenhum de nós vai a lugar nenhum."

"Eu vou para um lugar. Marie falou. Vou para a casa onde ela trabalha. É uma família diferente, mas gosto da nossa família. Você não gosta da nossa família, Pip?"

"Gosto. Gosto muito, muito mesmo."

"Marie pode ir, mas quero ficar com você, Stephen e Dreyfuss, como antes."

"Mas todos nós vamos ver você lá, onde você vai fazer novos amigos também."

"Não quero novos amigos. Quero meus velhos amigos, como antes."

"Mas você gosta da Marie. E ela vai estar lá todos os dias, você nunca vai ficar sozinho. Vai ser mais ou menos a mesma coisa e mais ou menos uma coisa nova — vai ser bom."

As palavras soaram exatamente como quando mentia ao telefone no trabalho.

"Marie não faz coisas comigo como você, o Stephen e o Dreyfuss fazem", disse Ramón. "Ela está sempre muito ocupada. Não sei por que tenho que ir com ela em vez de ficar aqui."

"Bom, ela toma conta de você de um jeito diferente. Ganha dinheiro, e todos nós nos beneficiamos disso. Ela ama você tanto quanto o Stephen, e de qualquer maneira ela agora é a sua mãe. As pessoas têm que ficar com a mãe."

"Mas eu gosto daqui, gosto da família. O que vai acontecer com a gente, Pip?"

Ela já estava imaginando o que ia acontecer com eles: quanto tempo mais teria sozinha com Stephen. A melhor parte de viver ali, melhor até do que descobrir sua capacidade de ser caridosa, tinha sido a possibilidade de estar perto dele todos os dias. Tendo sido criada por uma mãe tão desligada das coisas e incapaz até mesmo de pregar um quadro na parede porque isso significaria ter que comprar um martelo para bater o prego, Pip chegara à rua 33 louca para aprender habilidades práticas. Stephen lhe havia ensinado a misturar pó de gesso com água para tapar buracos, a calafetar, a usar uma serra elétrica, a pôr vidros numa janela, a trocar o fio de um abajur achado no lixo, a desmontar sua bicicleta — e fora tão paciente, tão generoso, que ela (ou ao menos seu corpo) tinha a sensação de haver sido preparada para se tornar uma companheira mais compatível com ele do que Marie, cujas habilidades domésticas se restringiam à cozinha. Ele a tinha levado para uma excursão às caçambas, demonstrando como pular dentro delas e afastar os materiais até descobrir objetos valiosos; agora ela fazia isso sozinha ao ver uma caçamba promissora, exultando com ele quando trazia para casa algo utilizável. Era uma coisa dos dois. Ela podia ser mais parecida com ele do que Marie era e, com o tempo, mais amada por isso. Essa promessa tornava mais suportável a dor de seu desejo.

Depois que ela e Ramón choraram juntos um pouco e Ramón se recusou a descer com ela, insistindo que não estava com fome, dois jovens amigos de Stephen do Ocuppy chegaram trazendo garrafas de cerveja barata. Ela encontrou os três sentados à mesa da cozinha falando não sobre Marie, e sim sobre a correlação entre salários e preços. Pip ligou o forno para aquecer pizzas congeladas, contribuição de Dreyfuss à alimentação do grupo, ocorrendo-lhe que, com a saída de Marie, ela provavelmente se veria obrigada a cozinhar mais. Ficou refletindo sobre o problema das tarefas comunais, enquanto Stephen e seus amigos, Garth e Erik, imaginavam uma utopia trabalhista. A teoria deles era que os ganhos de produtividade resultantes dos avanços tecnológicos, combinados à perda consequente de postos na indústria, conduziriam inevitavelmente a uma melhor distribuição de renda, inclusive generosos pagamentos à maioria da população improdutiva, quando os capitalistas se dessem conta de que não podiam se permitir levar à miséria os consumidores que adquiriam produtos fabricados por robôs. Os consumidores desempregados passariam a ter um enorme valor econômico, equivalente ao valor perdido como trabalhadores de fato, e poderiam se unir às pessoas ainda empregadas no setor de serviços, para criar uma nova coalizão de trabalhadores e indivíduos permanentemente desempregados cujas dimensões colossais exigiriam uma mudança social.

"Eu tenho uma pergunta", disse Pip cortando a cabeça de uma alface romana que Dreyfuss considerava por si só uma salada. "Se alguém recebe quarenta mil dólares por ano para ser consumidor e outra pessoa recebe quarenta mil dólares para trocar penico num asilo de idosos, será que a pessoa que troca penico não vai ficar com raiva da que não faz nada?"

"O prestador de serviços teria que ganhar mais", disse Garth.

"*Muito* mais", retrucou Pip.

"Num mundo justo", disse Erik, "esses trabalhadores dos asilos para velhos deviam ser os que dirigem as Mercedes."

"É, mesmo assim", disse Pip, "eu preferia andar de bicicleta a trocar penico."

"Sei, mas e se você quisesse uma Mercedes e trocar penico fosse a única maneira de conseguir isso?"

"Não, Pip tem razão", disse Stephen, o que a fez sentir um leve tremor de felicidade. "O que se deve fazer é tornar o trabalho compulsório, mas ir diminuindo a idade da aposentadoria, para possibilitar o pleno emprego para todos abaixo de trinta e dois, trinta e cinco anos, por aí, e total desemprego para todo mundo mais velho que isso."

"Uma boa merda ser jovem nesse seu mundo", disse Pip. "Não que já não seja neste nosso mundo."

"Eu toparia", disse Garth, "se soubesse que depois dos trinta e cinco eu teria o resto da vida para mim."

"E se fosse possível baixar a idade da aposentadoria para trinta e dois anos", disse Stephen, "deveria ser ilegal ter filhos antes de se aposentar. Isso ajudaria a resolver o problema populacional."

"É", disse Garth, "mas, quando a população diminui, a idade da aposentadoria necessariamente aumenta, porque você ainda precisa dos trabalhadores do setor de serviços."

Pip levou o celular para a varanda dos fundos. Já ouvira muitas daquelas discussões utópicas, e de certo modo era reconfortante que Stephen e seus amigos nunca conseguissem eliminar todas as falhas de seus planos, mostrando que o mundo era tão obstinadamente impossível de solucionar quanto a vida dela. Enquanto a luz se extinguia no oeste, ela disciplinadamente respondeu a algumas mensagens das amigas que lhe restavam e, também disciplinadamente, enviou uma mensagem para a mãe, manifestando a esperança de que a pálpebra dela estivesse melhor. Seu corpo ainda estava sob a impressão de que algo importante iria acontecer em breve. Seu coração martelava surdo enquanto ela via o céu acima da autoestrada passar do laranja para o anil.

Dreyfuss estava servindo a pizza quando ela voltou, e a conversa agora era sobre Andreas Wolf, o famoso criador da luz do sol. Ela se serviu de um copo grande de cerveja.

"Foi um vazamento ou eles penetraram no sistema?", perguntou Erik.

"Eles nunca dizem", Garth respondeu. "Talvez alguém simplesmente tenha vazado para eles as senhas ou as chaves. O modus operandi do Wolf é este mesmo — proteger a fonte."

"Ele está fazendo as pessoas esquecerem que já houve um Julian."

"Pelo menos Julian ainda dá um banho nele em matéria de códigos. Os hackers do Wolf são todos contratados. Ele não consegue nem mesmo entrar num Xbox sozinho."

"Mas o Wiki era sujo — houve gente que morreu por causa do Wiki. Wolf ainda é relativamente puro. Na verdade, a marca registrada dele agora é: pureza."

A palavra *pureza* causou um calafrio em Pip.

"Isso com certeza nos ajuda", disse Stephen. "No meio da documentação há um monte de propriedades na East Bay. É exatamente o tipo de merda que estamos tentando documentar aqui fora. Precisamos nos aproximar de todos os proprietários da East Bay que aparecem no vazamento e trazê-los para o nosso lado, fazer uma manifestação com eles, coisa assim."

Pip se voltou para Dreyfuss a fim de obter uma explicação. Ele comia com tal velocidade e falta de prazer que os alimentos simplesmente sumiam de seu prato sem parecer que ele os havia tocado. "O Projeto Luz do Sol", ele disse, "divulgou trinta mil e-mails internos no sábado à noite a partir de alguma região tropical desconhecida. A maioria dos e-mails vem do Banco da Procura Incansável, que, como você sabe, e é um fato bem interessante, foi o meu banco. Embora meu caso não conste dos e-mails, creio que não há nada de patológico em imaginar que os espiões alemães possam ter tentado nos fazer um favor depois de desencavar a informação sobre qual era o meu banco. Seja como for, os e-mails são altamente deletérios. O banco continua seguindo a tática da dissimulação, do engodo, da violência psicológica e obstrução na tentativa de se apropriar dos ativos dos proprietários que atravessam dificuldades temporárias. De modo geral, o material lança uma luz devastadoramente maligna sobre o acerto entre governo e bancos."

"Os alemães não estavam espionando, Dreyfuss", disse Stephen. "Fui eu que falei do seu banco para a Annagret."

"O quê?", Pip exclamou, incisiva. "Quando?"

"Quando o quê?"

"Quando é que você falou com a Annagret? Vocês ainda têm contato?"

"Claro que temos."

Ela esquadrinhou o rosto de Stephen, afogueado pela cerveja, em busca de algum sinal de culpa. Não viu nenhum, seu ciúme deu o desconto, mas se fixou na ideia de que, com Marie fora de cena, Annagret se livraria do namorado, se mudaria para Oakland, se apossando de Stephen e expulsando-a da casa.

"É um vazamento assombroso", Stephen disse a ela. "Está tudo lá — como iniciar um refinanciamento com o proprietário e depois cessar os contatos, 'perdendo' a papelada e começando o processo de retomada do imóvel. Chegam até a ditar as cifras. Qualquer um que deixe de fazer dois pagamentos consecutivos ou só pague parte da soma devida, e tenha um patrimônio de setenta e cinco mil dólares, recebe o tratamento. E vários desses casos são aqui mesmo na East Bay. É um presente incrível para nós. Tenho certeza de que devemos isso a Annagret."

Agitada demais para comer, Pip tomou seu copo de cerveja e encheu outro. Nos últimos quatro meses ela tinha recebido pelo menos vinte e-mails de Annagret, marcando todos como lidos sem abri-los. Não usava muito o Facebook, em parte porque se sentia agredida pelas fotografias de gente mais feliz, em parte porque acessar redes sociais para fins particulares não era bem-visto no trabalho e também porque, para continuar a usá-lo, teria de recusar o pedido de amizade de Annagret, a fim de não ser bombardeada ali também com mensagens. Sua lembrança de Annagret misturava-se com a de Jason e a fazia se sentir estranhamente suja, como se não estivesse usando o penhoar, e sim totalmente nua, quando respondeu ao questionário, infligindo depois sua sujeira a Jason; como se tivesse tido alguma espécie muito errada de relação pessoal com Annagret, do tipo que provoca pesadelos na gente. E agora isso se conectava à palavra *pureza*, que para ela era a palavra mais vergonhosa que existia na língua, porque era também seu primeiro nome. Tinha vergonha de sua carteira de motorista, do PURITY TYLER ao lado da fotografia de cara amarrada, o que transformava numa pequena tortura preencher qualquer ficha. O nome tivera como resultado o contrário daquilo que a mãe tencionara. Como se para escapar de seu peso, Pip tivesse se transformado numa garota má no ensino médio e continuasse sendo uma garota má, desejando o marido de outra mulher... Continuou a beber cerveja até se sentir suficientemente entorpecida para se desculpar e levar um pedaço de pizza para Ramón.

"Não estou com fome", disse ele, o rosto voltado para a parede.

"Queridinho, você tem que comer alguma coisa."

"Não estou com fome. Onde está o Stephen?"

"Está recebendo uns amigos. Vai subir daqui a pouco."

"Quero ficar aqui com você, Stephen e Dreyfuss."

Pip mordeu o lábio e voltou para a cozinha.

"Rapazes, vocês precisam ir agora", ela disse para Garth e Erik. "Stephen precisa conversar com Ramón."

"Daqui a pouco eu subo", ele disse.

O medo patente em seu rosto a aborreceu. "Ele é seu *filho*", ela disse. "Não vai comer enquanto você não falar com ele."

"Está bem", disse ele com a irritação de menininho que normalmente dirigia a Marie. Pip o obervou se afastar e se perguntou se os dois iriam pular a parte do êxtase e entrar direto na da relação conflitante. Tendo interrompido a reunião, ela sentou e terminou a cerveja. Sentiu que uma explosão se aproximava e que devia ir para a cama, mas seu coração batia forte demais. Passado algum tempo, o desejo, a raiva, o ciúme e a desconfiança se mesclaram num ressentimento encharcado de cerveja. Stephen se esquecera de que havia prometido ter uma conversa a sós com ela naquela noite. Ele continuava em contato com Annagret, mas *abandonara* Pip. Ouviu a porta do quarto dele se fechar no andar de cima e, enquanto esperava que fosse aberta de novo, silenciosamente repassou sua mágoa, reformulando-a várias vezes, tentando fortalecê-la a fim de suportar todo o peso da sensação de abandono, embora isso se provasse impossível. De qualquer modo, subiu e bateu à porta do quarto de Stephen.

Ele estava sentado na cama conjugal lendo um livro com o título em vermelho, algo político.

"Você está lendo um *livro*?", ela perguntou.

"É melhor do que pensar em coisas que não posso controlar."

Ela fechou a porta e se sentou numa ponta da cama. "Do jeito que você estava conversando com Garth e Erik, qualquer um iria pensar que hoje foi um dia comum."

"Fazer o quê? Ainda tenho meu trabalho. Ainda tenho meus amigos."

"E eu. Você ainda tem a mim."

Stephen olhou para o lado, nervoso. "Verdade."

"Você esqueceu que disse que ia conversar comigo?"

"É mesmo, eu disse. Desculpe."

Ela tentou intensificar e tornar mais lenta sua respiração.

"O quê?", ele disse.

'"Você sabe o quê."

"Não, não sei."

"Você prometeu conversar comigo."

"Desculpe. Esqueci."

O ressentimento dela era tão fraco e inútil quanto ela havia temido. Não valia a pena repeti-lo uma terceira vez.

"O que vai acontecer conosco?", ela perguntou.

"Você e eu?" Ele fechou o livro. "Nada. Vamos encontrar mais duas pessoas para ficar aqui, de preferência mulheres, para você não ser a única."

"Quer dizer que não muda nada. Tudo igual."

"Por que haveria de mudar?"

Ela fez uma pausa, ouvindo o coração. "Você sabe, um ano atrás, quando tomávamos aqueles cafés, tive a impressão de que você gostava de mim."

"E gosto. Muito."

"Você fez parecer que nem estava casado."

Ele sorriu. "É, agora se vê que eu tinha razão."

"Não, *lá atrás*", ela disse. "*Lá atrás* você passou essa impressão. Por que fez isso comigo?"

"Não fiz nada com você. Tomávamos café juntos."

Ela lançou um olhar suplicante para ele, buscando seus olhos, perguntando a eles se Stephen de fato era tão ingênuo ou estava se fingindo de ingênuo por alguma razão cruel. Sentia-se arrasada por não ter como saber o que ele estava pensando. Sua respiração se tornou mais difícil, as lágrimas chegaram. Lágrimas não de tristeza, e sim de aflição, acusatórias.

"O que foi?", ele perguntou.

Ela continuou olhando no fundo dos olhos dele até que, por fim, Stephen pareceu entender.

"Ah, não", ele disse. "Não, não e não. Não, não, não."

"Por que não?"

"Pip, para com isso. Não."

"Como você pôde não ver", ela disse, arquejante, "o quanto eu quero você?"

"Não, não, não."

"Pensei que você só estivesse *esperando*. E agora aconteceu. Finalmente aconteceu."

"Meu Deus, Pip, não."

"*Você não gosta de mim?*"

"Claro que gosto. Mas não desse jeito. De verdade, desculpe, não desse jeito. Tenho idade para ser seu pai."

"Ah, esquece! São só quinze anos! Não é nada!"

Stephen olhou para a janela e depois para a porta, como se contemplando as opções de fuga.

"Você está me dizendo que nunca sentiu nada? Era tudo só na minha cabeça?"

"Você deve ter interpretado mal."

"O quê?"

"Eu nunca quis ter filhos. Esse foi o problema com Marie, eu não querer ter filhos. Eu dizia para ela o tempo todo: 'Para que precisamos de bebês? Temos Ramón, temos Pip. Ainda podemos ser bons pais'. É isso que você é para mim. Como uma filha."

Ela o encarou. "Esse é o meu papel? Ser como *Ramón* para você? Você ficaria mais feliz se eu *fedesse*? Eu *tenho* mãe! Não preciso de um pai!"

"Na verdade, achei que você precisava", disse Stephen. "Que precisava justamente de um pai. Ainda posso fazer isso. Você pode continuar aqui."

"Você ficou maluco? Ficar aqui? Desse jeito?"

Pip se pôs de pé e olhou a seu redor com ferocidade. Melhor ficar furiosa do que ferida; talvez até melhor do que ser amada e abraçada por ele, porque talvez fosse raiva dele o que ela vinha sentindo o tempo todo, raiva disfarçada de desejo.

Numa espécie de anarquia de involução, ela se viu tirando o suéter, depois o sutiã, se jogando de joelhos na cama e se aproximando de Stephen, ofendendo-o com sua nudez. "*Estou parecendo uma filha?* É isso que eu pareço para você?"

Ele se encolheu, as mãos cobrindo o rosto. "Pare com isso."

"Olhe para mim."

"Não vou olhar para você. Você está maluca."

"Vai se foder! Se foder, se foder, se foder, se foder! Você é um fraco de merda que não consegue nem olhar para mim, é?" De onde vinham essas palavras? De que lugar oculto? Uma maré vazante de remorso já a puxava pelos joelhos, e ela sabia que aquele seria pior do que todos os remorsos anteriores combinados, no entanto só lhe restava ir até o fim, fazer o que o corpo queria, que era desmanchar-se em cima de Stephen. Ela esfregou os seios nus na camisa de linho listrado, arrancou-lhe as mãos do rosto e deixou que seu cabelo as cobrisse. E viu que dessa vez tinha ido longe demais: ele parecia aterrorizado.

"Só para eu ter certeza, está bem?", ela disse. "Ter certeza de que sou só aquilo para você."

"Não acredito que você está fazendo isso comigo. Quatro horas depois de ela ir embora desta casa."

"Ah, quer dizer que quatro dias fariam diferença? Ou quatro meses? Quatro anos?" Ela baixou o rosto na direção do dele. "Toque em mim."

Tentou guiar as mãos dele, mas Stephen era muito forte e a afastou com facilidade. Pulou da cama e se refugiou junto à porta.

"Você sabe", ele disse, arquejante, "que eu não acredito muito em terapia, mas acho que você poderia se beneficiar com um desses tratamentos."

"Como se eu pudesse pagar alguma terapia."

"Falando sério, Pip. Isto é uma doideira. Você consegue imaginar como estou me sentindo?"

"Na última vez que dei uma olhada, você estava lendo…" Ela pegou o livro. "Gramsci."

"Se você está fazendo esse mesmo tipo de merda com outras pessoas, gente que não está nem aí com você, saiba que não está fazendo nenhum benefício a si mesma. Não me agrada o que isso me diz sobre a sua impulsividade."

"Eu sei. Sou anormal. É o refrão da minha vida."

"Não, você é ótima. Maravilhosa, de verdade. Mas… francamente."

"Você a ama?", perguntou Pip.

Ele se voltou da porta. "O quê?"

"Annagret. Ela é a razão disso? Você a ama?"

"Ah, Pip." Seu olhar condoído e preocupado foi tão puro que quase superou a desconfiança dela. Pip quase acreditou que não tinha motivo para sentir ciúme. "Ela está em Düsseldorf. Mal a conheço."

"Ceeeerto. Mas está em contato com ela?"

"Procure ouvir o que você está dizendo. Tente ver o que está fazendo."

"Não ouvi um não."

"Meu Deus!"

"Me diga, por favor, que estou errada. Basta dizer que estou errada."

"Quem eu quero é Marie. Não entende isso?"

Pip fechou bem os olhos, tentando entender aquilo enquanto também se recusava a fazê-lo. "Mas Marie agora está com outro", disse. "E você está em contato com Annagret. Ainda nem sabe que está apaixonado por ela, mas acho que está. Ou logo vai ficar. Ela tem a idade certa para você, não é mesmo?"

"Estou querendo respirar um pouco de ar fresco. E você precisa sair do meu quarto."

"Basta me mostrar", ela disse. "Mostre que eu estou errada. Só segure a minha mão por um segundo. Por favor. Senão, não vou acreditar em você."

"Então vai ficar sem acreditar em mim."

Ela enrodilhou o corpo, formando uma bola. "Eu sabia", sussurrou. A dor do ciúme era deliciosa comparada ao pensamento de que aquilo era pura loucura. Mas o pensamento estava se tornando mais intenso.

"Vou sair", disse Stephen.

E a deixou deitada em sua cama.

TERÇA-FEIRA

Ela enviou uma mensagem dizendo que não podia ir trabalhar porque estava com um problema gástrico, o que era uma mentira deslavada. Por volta das dez da manhã, Marie bateu à sua porta, pedindo que ela se despedisse de Ramón, mas os menores movimentos do corpo a faziam lembrar do que fizera na noite anterior. Quando Marie subiu de novo e arriscou abrir a porta para vê-la, Pip mal conseguiu pronunciar as palavras *vá embora*.

"Você está bem?", Marie perguntou.

"Por favor, vá embora. Por favor, feche a porta."

Ela ouviu Marie chegar mais perto e se ajoelhar junto dela. "Quero me despedir", disse.

Pip manteve os olhos cerrados, sem dizer nada, e as palavras que Marie despejou sobre ela não fizeram o menor sentido, eram meros golpes em seu cérebro, um tormento a ser suportado até cessar. Quando por fim cessou, foi seguido pelo tormento ainda maior de sentir Marie acariciando seu ombro. "Você não vai mesmo falar comigo?"

"Por favor, por favor, por favor, vá embora", Pip conseguiu dizer.

A partida relutante de Marie foi outro tormento quase insuportável, e o som da porta se fechando não acabou com ele. Nada era capaz de acabar com ele. Pip não tinha forças para sair da cama, muito menos do quarto ou da casa, onde a luz forte do sol de outro dia horrivelmente bonito poderia mesmo matá-la de vergonha. Ela tinha meia barra de chocolate no quarto, e isso foi tudo que comeu o dia inteiro, mordendo um pedacinho e depois se mantendo totalmente imóvel na cama a fim de se recuperar da lembrança de que ela possuía um eu físico — "bem *visível*, bem *visível*", como sua mãe havia dito. Até mesmo chorar seria uma lembrança, por isso ela não chorou. Pensou que ao menos a chegada da noite poderia trazer algum alívio, mas não trouxe. A única coisa que mudou foi sua capacidade de chorar a perda de Stephen de forma intermitente, por horas a fio.

QUARTA-FEIRA

A sede e a fome a despertaram assim que o dia clareou. Com os sentidos aguçados pela necessidade de ser furtiva, trocou rapidamente de roupa, pôs as coisas na mochila e desceu em silêncio até a cozinha. Seu único objetivo era não encontrar Stephen, de preferência para todo o sempre; e, embora ele não costumasse acordar cedo, Pip não perdeu tempo para comer, limitando-se a pegar algumas coisas que enfiou na mochila. Bebeu depois três copos de água e deu uma parada no banheiro. Ao sair, Dreyfuss estava de pé no corredor, vestido com o moletom com que dormia.

"Se sentindo melhor, pelo jeito", ele disse.

"É, ontem tive um problema gástrico."

"Pensei que você entrasse mais tarde na quarta-feira. Mas aqui está você às seis e quinze da manhã."

"É verdade, tenho que compensar a falta de ontem."

Até mesmo a mais transparente mentira não parecia incomodar Dreyfuss. Simplesmente fornecia a seu cérebro informações adicionais para serem processadas, obrigando-o a operar de modo mais lento por alguns instantes. "Estou certo em supor que você também vai se mudar daqui?"

"Provavelmente vou."

"Por quê?"

"Se você suspeitou que eu vou embora é porque sabe a razão, então por que está me perguntando? Você com certeza sabe de tudo que acontece nesta casa."

Ele analisou a afirmação dela sem nenhuma emoção. "Talvez lhe interesse saber que li as mensagens que Stephen trocou com a alemã. São totalmente inocentes, embora muito tediosas do ponto de vista ideológico. Eu odiaria pensar que ia perder sua companhia inteligente por causa de uma questão tão pequena."

"Uau!", disse Pip. "Eu ia dizer que meio que vou sentir sua falta, e aí você vem dizer que não apenas escuta as conversas escondido, mas também lê nossos e-mails."

"Só os do Stephen", disse Dreyfuss. "Compartilhamos o computador e ele nunca faz log off. Acho que em linguagem jurídica significa que são de domínio público."

"Bom, para o seu governo, neste momento Annagret é a minha menor preocupação."

"Interessante... muitas mensagens dela ao Stephen mencionam você. Sem dúvida, Annagret se aflige muito por você não querer ser amiga dela. Considero sua atitude muitíssimo razoável, Pip, até mesmo muitíssimo apropriada. Sim: apropriada. Mas talvez você deva saber que, para a alemã, você é a única pessoa por quem ela se interessa nesta casa. Não o nosso Stephen. Nem, é óbvio, Ramón ou Marie. Nem mesmo, se examinarmos os fatos com todo o rigor lógico, eu próprio."

Pip estava pondo o capacete de ciclista. "Está bem, maravilha", disse. "Bom saber."

"Tinha alguma coisa errada com aqueles alemães."

Numa loja pouco conhecida da Starbucks na Piedmont Avenue, enquanto comia *scones* e bebia um *latte*, ela escreveu um e-mail para Stephen e, depois de muitas dúvidas e agonias, por fim reuniu coragem para enviá-lo, mesmo que ele não fosse responder por não ter um plano de telefonia, que custava dinheiro. O fato de que Dreyfuss podia ler o e-mail não a incomodava muito; era o mesmo que saber que um cachorro ou um computador "sabia" alguma coisa sobre ela.

> Desculpe pelo que fiz. Por favor me diga quando não estará na casa esta semana para eu ir pegar as minhas coisas.

Enviar a mensagem tornou sua perda mais real, Pip tentou fantasiar como as coisas teriam ocorrido no quarto se Stephen tivesse sido incapaz de resistir a ela, mas sua imaginação a chamou de volta para o que havia de fato ocorrido. E chorar num café era uma má ideia.

A duas mesas de distância, um sujeito de barba branca que bebia chá a olhava fixamente. Quando ela surpreendeu seu olhar, os olhos dele baixaram, culpados, para o tablet à sua frente. Por que Stephen não a olhara daquela maneira? Era pedir muito? *Achei que você precisava justamente de um pai*: de todas as crueldades de Stephen no quarto, essa tinha sido a pior. No entanto, claro que havia algo de errado com ela e claro que o objeto mais apropriado de sua raiva era o pai ausente. Semicerrou os olhos e olhou demoradamente para o bebedor de chá. Quando ele voltou a fitá-la, Pip fez uma careta e lhe lançou um sorriso maldoso, ao que ele respondeu com um aceno cortês de cabeça enquanto girava o corpo para o lado.

Ela escreveu uma mensagem de texto para Samantha, perguntando se podia passar a noite no apartamento dela. Das amigas que lhe restavam, Samantha era a mais introvertida e, por isso, a que provavelmente faria menos perguntas embaraçosas. Samantha também tinha uma cozinha bem equipada, e Pip não esquecera que precisava fazer o bolo de não aniversário de sua mãe na sexta-feira.

Ainda tinha três horas para matar antes de ir para o trabalho, porque naquele dia entrava mais tarde. Seria um bom momento para mandar uma mensagem à mãe sem correr grandes riscos, já que no começo da manhã ela sempre estava muito envolvida no Endeavor para responder. Pip, no entanto, não conseguiu escrever nada. Observou as pessoas fazendo fila para comprar doces e café, aquela gente bonita e racialmente diversificada de Oakland, recém-saída do banho e em condições de comprar um café da manhã todos os dias. Ah, ter um emprego de que se gostava, um parceiro digno de confiança, uma criança que amasse a gente, um propósito na vida! Então lhe ocorreu que um propósito na vida fora o que Annagret lhe oferecera. Annagret a tinha *desejado*. Envergonhou-se ao lembrar a forma louca como se agarrara à ideia de que existia algo entre Annagret e Stephen. Devia ter sido a cerveja.

Pegou o celular e localizou todos os e-mails que Annagret enviara nos últimos quatro meses. O mais antigo trazia como assunto por favor me desculpe. Lendo a mensagem, saboreando o tom suplicante e os elogios à sua inteligência e caráter, Pip se viu obedecendo ao pedido de desculpas e perdoando Annagret com uma alegria talvez um pouco louca. Entretanto, quem sabe menos louca do que poderia parecer, porque Annagret não apenas gostava dela, mas tinha tido *razão* — razão sobre Stephen, sobre os homens, sobre tudo. E não havia desistido dela, tinha lhe enviado vinte e-mails, o mais recente fazia uma semana. Ninguém em sua vida teria sido tão persistente.

Abriu uma mensagem cujo assunto era notícia maravilhosa, de dois meses antes.

> Querida Pip, sei que você ainda deve estar zangada comigo e talvez nem esteja lendo meus e-mails, mas tenho uma notícia maravilhosa: você foi APROVADA para trabalhar como estagiária no Projeto Luz do Sol! Espero que aproveite essa oportunidade superdivertida e gratificante. Continuo pensando no que você disse sobre a informação particular que deseja — bem, essa é a sua chance de obtê-la. Além de uma pequena quantia mensal, o projeto vai custear sua moradia e refeições na região mais interessante do mundo, e frequentemente pode contribuir para passagens aéreas. Leia a carta e as informações em anexo para obter mais detalhes. Só quero que saiba que fiz as MELHORES recomendações sobre você, com toda a sinceridade. E parece que Andreas e os outros ainda confiam nas minhas indicações! ;) Estou muito feliz por você e espero que aceite. Só tenho pena que, se você for, não estarei junto. Mas talvez, se ainda estiver aborrecida comigo, isso possa até fazê-la ter mais interesse em ir! ;) Abraços, Annagret
>
> P. S.: O e-mail de Andres é ahw@sonnenlicht.org. Você pode escrever para ele perguntando o que quiser.

Ao ler isso, Pip se sentiu estranhamente desapontada. Era como um questionário sem respostas erradas: se uma vaga de estagiária era fácil de conseguir, quanto valeria? E, tão logo começava a mudar de opinião sobre Annagret, ela tentava empurrá-la para cima de outro homem, se bem que uma figura bastante famosa e "carismítica". Irritada e sem parar para pensar, tocou o dedo no link do endereço de e-mail de Wolf e disparou uma mensagem:

Caro Andreas Wolf, qual é a sua? Uma pessoa chamada Annagret, que eu mal conheço, me disse que posso conseguir um trabalho remunerado no seu projeto. Trata-se de uma oportunidade sexual para você ou o quê? Vocês têm um barril de Kool-Aid? Todo esse negócio, francamente, me parece muitíssimo estranho. Não dou grande importância ao trabalho que vocês estão fazendo aí, no meio da floresta ou sei lá onde, mas parece que a Annagret acha que o que eu acho não é relevante. O que me deixa muito intrigada. Abraço, Pip Tyler, Oakland, Califórnia, Estados Unidos.

Tão logo tocou no botão de enviar, teve um espasmo de remorso. O intervalo entre a ação e o remorso estava diminuindo tão depressa que em breve ela seria feita só de remorso e se tornaria incapaz de agir, o que talvez não fosse algo ruim.

Como penitência, abriu uma ferramenta de busca e fez uma pesquisa sobre Wolf e seu projeto, coisa que já pretendia ter feito mas foi adiando. Dada a multidão de pessoas que circulavam pela internet com ódio de tudo e de todos, ela se impressionou com o pequeno número de comentários hostis que encontrou sobre Wolf, exceto a choradeira dos defensores incondicionais de Julian Assange e das declarações de governos e corporações obviamente interessadas em caracterizá-lo como criminoso. Fora isso, no quesito admiração universal ele estava lá em cima, junto com Aung San Suu Kyi e Bruce Springsteen; uma busca de seu nome mais a palavra *pureza* trouxe duzentas e cinquenta mil ocorrências.

O lema de Wolf e de seu projeto era *A luz do sol é o melhor desinfetante.* Nascido em 1960 na Alemanha Oriental, ele se destacara na década de 1980 como um crítico ousado e espetaculoso do regime comunista. Depois da queda do Muro de Berlim, liderara uma cruzada para que os arquivos imensos da polícia secreta da Alemanha Oriental fossem preservados e abertos ao público; nesse caso, só era odiado pelos ex-informantes da polícia, cuja reputação, depois da reunificação, tinha sido manchada pela exposição de seu passado à luz do sol. Wolf fundara o Projeto Luz do Sol em 2000, focando inicialmente em diversos malfeitos alemães, mas logo depois ampliando sua área de atuação para as injustiças sociais e os segredos tóxicos para o mundo todo. Centenas de milhares de imagens mostravam se tratar de um homem muito bonito e que aparentemente nunca se casara ou tivera filhos. Fugira de uma condenação na Alemanha em 2006 e da Europa em 2010, recebendo asilo primeiro em Belize e mais recentemente na Bolívia, cujo presidente populista, Evo Morales, era seu fã. A única coisa que Wolf mantinha em segredo era a identidade de seus principais financiadores (gerando um terabyte ou dois de conversações eletrônicas sobre sua "inconsistência") e a única coisa vagamente duvidosa sobre ele era sua intensa rivalidade com Assange. Wolf, de forma irônica, havia menosprezado os métodos e a vida particular de Assange, enquanto Assange se contentara em fingir que Wolf não existia. Wolf gostava de comparar os WikiLeaks — segundo ele "uma plataforma neutra e não filtrada" — com a clareza de propósito de seu projeto Luz do Sol, estabelecendo uma distinção moral entre seu *motivo benigno e abertamente admitido* de proteger a privacidade de seus financiadores e os *motivos malignos e ocultos* daqueles cujos segredos ele expunha.

Pip se impressionou com o número de revelações que tinham a ver com a opressão de mulheres: não apenas grandes questões como o estupro em tempos de guerra e as desigualdades salariais resultantes de políticas deliberadas, mas coisas pequenas, como os e-mails ostensivamente sexistas de um gerente de banco do Tennessee. Era rara a entrevista ou declaração de imprensa na qual o feminismo militante de Wolf deixava de ser mencionado. Ela entendeu melhor como Annagret podia preferir a companhia de mulheres e ainda assim admirar Wolf.

A grande seriedade e o volume imenso de informações na internet sobre Wolf aumentaram seu remorso de ter lhe enviado aquela mensagem. Ele: um autêntico herói que assumia riscos e era amigo de presidentes. Ela: uma bobinha rabugenta. Só quando estava prestes a seguir para o trabalho teve coragem de dar uma olhada em suas novas mensagens. E lá estavam as de Stephen e de Wolf, uma seguida da outra.

> Desculpas aceitas, incidente a ponto de ser esquecido. Não há motivo para você se mudar. Você é uma grande companheira na casa e teremos Ramón três noites por semana conosco — Marie e eu acertamos isso ontem. S.

Uma desvantagem dos e-mails é que só se podia apagá-los uma vez: não era possível amassá-los, jogar no chão, pisar neles, rasgar em pedacinhos e queimar. Haveria alguma coisa mais cruel, partindo de quem a rejeitara, do que uma tolerância condoída? Por alguns instantes sua raiva espantou o remorso e a vergonha. Ela *queria* que o "incidente" fosse lembrado! Queria a atenção total dele! Disparou de volta:

> No meio de todos esses perdões, acho que você se esqueceu da minha pergunta: quando não vai estar na casa?

Apesar de haver acordado quatro horas antes, ela agora estava bem perto de se atrasar no trabalho, mas, enquanto o sangue fervia e o remorso permanecia sob controle, foi em frente e leu a mensagem de Wolf.

> Cara Pip Tyler,
>
> Seu e-mail me fez rir muito — gostaria de receber outros assim. É natural que você tenha perguntas a fazer, ficaríamos desapontados se não tivesse. Mas não, não sou um senhor de escravas brancas, e nossa bebida predileta aqui é cerveja em garrafa. Além disso, temos um número de excelentes hackers, advogados e teóricos maior do que precisamos. O que *francamente* (sua palavra engraçada) sempre nos falta é gente leiga muito inteligente e de temperamento independente capaz de nos ajudar a ver o mundo como ele é e ajudar o mundo a nos ver como somos. Conheço Annagret e confio nela há muitos anos, e nunca a vi tão entusiasmada com um candidato. Ficaríamos muito contentes se você viesse visitar a nossa operação. Se não gostar de nós, vai poder apreciar os arredores como se estivesse de férias e voltar para casa depois. Mas acho que vai gostar de nós. Nosso segredinho inconfessável é que nos divertimos bastante por aqui.
>
> Mande mais perguntas; quanto mais me fizer rir, melhor.
>
> Do seu
> Andreas

Depois de tudo que havia lido sobre Wolf, não acreditava que recebera um e-mail tão longo dele, e tão depressa. Releu mais de uma vez antes de subir na bicicleta e descer a colina, impulsionada pela gravidade e pela excitação de imaginar que era realmente uma pessoa extraordinária e que essa era a verdadeira razão de sua vida estar tão caótica; que Annagret tinha sido a primeira a reconhecer isso; que mesmo que Wolf provasse ser um depravado inteligentíssimo e Annagret sua alcoviteira sexualmente traumatizada, e mesmo que ela, Pip, se tornasse uma vítima de Wolf, ainda assim se vingaria de Stephen, porque, fosse o que fosse, Wolf não era *fraco*.

Ainda dispunha de cinco minutos quando chegou ao escritório. Parou no bicicletário e digitou a resposta que vinha compondo na cabeça.

> Caro sr. Wolf, obrigada por sua mensagem simpática e tão suspeitosamente rápida. Se eu estivesse tentando atrair uma jovem inocente à Bolívia com o objetivo de explorá-la sexualmente e/ou de torná-la subserviente a determinado culto, eu teria escrito exatamente a mesma coisa. Na verdade... pensando bem... como posso saber se a mensagem não foi escrita por uma assistente sua que é subserviente ao culto e sua escrava sexual? Alguém altamente inteligente e com um temperamento independente no passado? Temos um belo problema de averiguação diante de nós! Abraços, Pip T.

Esperando que isso o fizesse rir de novo, subiu para seu cubículo. Encontrou uma nota grudada em seu computador, deixada por uma de suas colegas de departamento (*Achei isto* — ☺ *Janet*), com uma receita impressa: "Bolo branco de trigo integral com cobertura de creme de queijo e frutas vermelhas". Pip deixou-se cair na cadeira com um longo suspiro. Como se já não lhe sobrassem razões suficientes para se sentir infeliz, ainda tinha de sentir remorso por haver pensado mal de suas colegas.

O lado positivo é que parecia ter iniciado uma correspondência com ares de flerte com alguém mundialmente famoso. Ela sempre se considerara alguém imune à celebridade — de certa forma, havia até detestado celebridades por razões vagamente similares às que a faziam não gostar de pessoas que tinham irmãos. Seu sentimento era: *o que o faz tão mais digno de atenção do que eu?* Quando um amigo da universidade conseguiu um trabalho em Hollywood e começou a se gabar dos artistas famosos que encontrava, Pip sem alarde deixou de se comunicar com ele. Mas agora entendeu que a importância da celebridade estava em que as outras pessoas *não eram* imunes a ela, sendo assim poderiam se impressionar com os contatos de Pip e isso lhe daria algo mais que o poder zero que achava ter. Com um estado de espírito embalado pelo agradável sentimento de estar sendo seduzida, mergulhou de novo em sua lista de telefonemas do Rancho Ancho e de propósito não verificou o celular a fim de prolongar a expectativa.

Durante a pausa para o jantar, Pip leu a resposta de Wolf.

> Estou vendo por que Annagret gosta de você. Minha mensagem teria chegado ainda mais rápido se ela não tivesse de percorrer quatro vezes mais servidores do que o número normal. Hoje em dia só existe um hábito que caracteriza as pessoas eficientes: não se atrasar com seus e-mails. Infelizmente, por razões de segurança, não posso sugerir que conversemos por vídeo. Importante: nosso projeto precisa de pessoas que assumam riscos, mas com muito discernimento. Você vai ter que avaliar o risco de confiar nos meus e-mails. Naturalmente, pode se valer de todas as ferramentas da internet nessa avaliação, mas posso lhe assegurar que, se quiser dar um salto, aqui estaremos para ampará-la de braços abertos. Afinal de contas, cabe a você decidir se quer ou não acreditar em mim. A.

Ela reparou, com satisfação, que Andreas já deixara de lado as saudações iniciais, e se permitiu a mesma intimidade ao responder.

> Mas a confiança é uma via de mão dupla, não acha? Você também não precisa ter confiança em mim? Cada um de nós talvez devesse contar ao outro alguma coisa de que se envergonhe. Aceito começar. Meu nome verdadeiro é Purity. Tenho tanta vergonha dele que sempre seguro bem firme minha carteira quando a tiro na frente de amigos, pois as pessoas costumam pegar a carteira do outro para rir da foto da habilitação, e aí podem ver meu nome.
>
> Que tal isso, sr. Pureza? Agora é sua vez.

Com a cabeça girando demais por causa de sua temeridade, ela não conseguiu comer e seguiu pelo corredor até o escritório de Igor. Ele estava guardando coisas em sua pasta, pois havia terminado o dia de trabalho. Franziu a testa ao vê-la.

"É, eu sei", ela disse. "Não lavo o cabelo há três dias."

"Seu estômago melhorou? É alguma doença contagiosa?"

Ela se deixou cair numa cadeira para visitantes. "Escute, Igor. Suas vinte perguntas."

"Vamos esquecer aquilo", ele disse rapidamente.

"A coisa que você queria de mim, que eu devia ser capaz de adivinhar. Era o quê?"

"Pip, desculpe. Prometi levar meus filhos ao jogo de basquete. Este não é um bom momento."

"Só estava brincando sobre a ação judicial."

"Você está mesmo se sentindo bem? Não parece estar em plena forma."

"Não vai responder à minha pergunta?"

O olhar de medo de Igor lembrou o de Stephen duas noites antes. "Se você precisa de mais tempo para se recuperar, fique à vontade. Tire o resto da semana, se quiser."

"Na verdade, estou pensando em faltar o resto da minha vida."

"Foi uma piada idiota, as vinte perguntas. Me desculpe. Meus filhos estão me esperando."

Filhos: pior até que irmãos!

"Seus filhos podem esperar cinco minutos", disse ela.

"Vamos conversar amanhã na primeira hora."

"Você disse que gostava de mim, embora não soubesse por quê. Disse que queria que eu tivesse sucesso."

"As duas coisas são cem por cento verdadeiras."

"Mas não pode me conceder cinco minutos para explicar por que não devo largar o emprego?"

"Posso conceder a manhã inteira amanhã. Mas agora…"

"Agora você está sem tempo para flertar."

Igor suspirou, olhou para o relógio de pulso e se sentou na outra cadeira de visita. "Não largue o emprego hoje à noite", disse.

"Acho que vou fazer isso hoje à noite."

"Por causa do flerte? Não precisa fazer isso. Achei que você tinha gostado."

Pip franziu as sobrancelhas. "Quer dizer que você não queria nada comigo."

"Não, era só brincadeira. Para me divertir um pouco. Você é muito engraçada quando fica com raiva." Ele parecia satisfeito com a explicação, com a natureza simpática dele, para não mencionar sua bela aparência. "Você poderia ganhar o prêmio de Funcionária Mais Hostil do Ano na Califórnia."

"Então tudo não passava de flerte."

"Claro. Sou feliz no casamento, isto aqui é um escritório, há regras a seguir."

"Quer dizer que, em outras palavras, não sou nada para você senão sua pior funcionária."

"Amanhã de manhã podemos conversar sobre uma nova função para você."

Ela se deu conta de que tudo que havia conseguido ao confrontá-lo tinha sido destruir o velho joguinho com ele que tornara seu emprego minimamente suportável. Mais cedo, imaginara que seria impossível se sentir mais só do que estava se sentindo, porém agora via que era possível.

"Vai parecer loucura", ela disse, a voz embargada. "Mas você pode pedir à sua mulher que vá ao jogo esta noite? Você não pode me levar para jantar e me dar um conselho?"

"Num dia normal, eu faria isso. Mas minha mulher tem outro compromisso. Já estou atrasado. Por que você não vai para casa e volta amanhã de manhã?"

Ela negou com a cabeça. "Eu preciso mesmo, mesmo, mesmo de um amigo agora."

"Puxa, sinto muito, mas não posso ajudá-la."

"Claro."

"Não sei o que aconteceu com você, mas talvez devesse ir para casa e ficar com sua mãe por alguns dias. Volte na segunda-feira e a gente conversa."

O telefone de Igor tocou e, enquanto ele falava, Pip ficou sentada, de cabeça baixa, com ciúme da mulher com quem ele se desculpava por estar atrasado. Terminada a ligação, sentiu que Igor hesitava atrás de seus ombros, como se ponderasse se devia pousar a mão neles. Aparentemente decidiu não fazer isso.

Depois que ele saiu, Pip voltou a seu cubículo e escreveu uma carta de demissão. Verificou suas mensagens e e-mails, mas, como não havia nada de Stephen ou de Andreas Wolf, ligou para o número de sua mãe e deixou um recado dizendo que chegaria a Felton um dia antes.

QUINTA-FEIRA

O terminal de ônibus de Oakland ficava a quase dois quilômetros e meio do apartamento de Samantha. Ao chegar lá, com a mochila nas costas e carregando numa caixa de patins que pedira emprestada de Samantha o bolo vegano de frutas vermelhas que passara a manhã preparando, ela precisava urinar. No entanto, a porta do banheiro feminino estava bloqueada por uma jovem da sua idade, com trancinhas, uma viciada em drogas e/ou prostituta e/ou louca que fez sinal de não com a cabeça enfaticamente quando Pip tentou passar por ela.

"Posso fazer um xixi rapidinho?"

"Vai ter que esperar."

"Quanto tempo?"

"O tempo que levar."

"Levar para quê? Não vou olhar nada. Só quero fazer xixi."

"O que é que tem nessa caixa? Patins?"

Pip tomou o ônibus para Santa Cruz com a bexiga cheia. Claro que o banheiro no fundo do veículo estava quebrado. Parece que não bastava sua vida inteira estar em crise: até San Jose, se não até Santa Cruz, ela ia ter que se preocupar em não urinar na calça.

Controle o pipi, disse a si mesma. *Ctrl + P.* Quando morava em Felton, na adolescência, e ia à escola de Santa Cruz, todos os seus colegas possuíam computadores da Apple, mas o notebook que sua mãe havia comprado para ela era um PC genérico e barato. Para imprimir alguma coisa, apertava as teclas Ctrl + Print. Imprimir, como fazer pipi, era algo que as pessoas, claro, sempre *precisavam* fazer. "Preciso imprimir" isto ou aquilo, os funcionários da Renewable Solutions viviam dizendo. Essa frase estranha, *Preciso imprimir. Preciso P. Preciso controlar o pipi...* Pip achou uma boa cadeia de pensamentos, tinha orgulho de criar esses encadeamentos de ideias: no entanto,

78

era o mesmo que andar em círculos, não levava a lugar nenhum. Afinal de contas (as pessoas na Renewable Solutions também viviam dizendo "afinal de contas"), ela ainda precisava urinar.

Quando por alguns minutos a estrada se elevou acima dos bairros industriais da East Bay em que até então ela vinha chafurdando, pôde ver o nevoeiro se avolumando por trás das montanhas do outro lado da baía. Naquela noite a névoa cobriria as colinas, e ela tinha a esperança de que, se fosse obrigada a urinar na calça, já pudesse fazer isso sob aquele manto misericordioso. Para afastar a cabeça da bexiga, encheu os ouvidos de Aretha Franklin — pelo menos não precisava mais se esforçar para gostar do rock pesado e infantil de Stephen — e releu as últimas trocas de e-mail com Andreas Wolf.

Ele havia respondido na noite anterior, enquanto ela estava apagada no sofá de Samantha graças ao ansiolítico que a amiga lhe dera.

> O segredo do seu nome está seguro comigo. Mas você sabe que figuras públicas precisam ser especialmente cuidadosas. Acho que dá pra você imaginar o clima de desconfiança em que sou obrigado a viver em qualquer lugar do mundo. Se eu revelar algo vergonhoso a qualquer pessoa, corro o risco de um vazamento, recriminações, zombarias. Todos deviam ser advertidos de que isso faz parte da fama, antes de começarem a buscá-la: não dá pra confiar em ninguém. Você se torna uma espécie de condenado não apenas porque não pode confiar em ninguém, mas, o que é pior, porque precisa sempre se lembrar de como você é importante, de como pode ser retratado na imprensa, e isso o afasta de si próprio, envenena sua alma. É uma merda ser muito conhecido, Pip. No entanto, todos querem ser famosos, não há sentimento mais generalizado no mundo.
>
> Se eu lhe dissesse que, quando eu tinha sete anos, minha mãe me mostrou sua genitália, o que você faria com essa informação?

Lendo essa mensagem de manhã, e duvidando imediatamente que Wolf havia lhe contado um segredo vexaminoso, ela tinha buscado na internet *andreas wolf mãe genitália sete anos* e só descobriu sete ocorrências, todas aleatórias. Uma delas era "72 fatos interessantes sobre Adolf Hitler". Respondeu para ele:

> Eu diria "puta merda" e guardaria para mim. Porque acho que você pode estar exagerando na autopiedade sobre esse negócio de personalidade famosa. Talvez tenha se esquecido de como é uma merda ninguém se interessar por você e você não ter o menor poder. As pessoas vão acreditar em você, se revelar meu segredo. Mas, se eu revelar o seu, simplesmente dirão que falsifiquei o seu e-mail por alguma razão doentia ou porque sou mulher. Dizem por aí que nós, mulheres, pelo menos temos um tremendo poder sexual, mas na minha experiência recente isso não passa de uma mentira espalhada pelos homens para fazê-los se sentir melhor por terem TODO o poder.

Wolf devia cuidar de seus e-mails na Bolívia à tarde, porque sua resposta veio logo, mesmo com todo o sistema de segurança de sabe-se lá quantos servidores adicionais.

> Sinto muito ter dado a impressão de ter pena de mim mesmo — estava tentando transmitir uma imagem trágica!

> É verdade que sou homem e tenho algum poder, mas não pedi para nascer homem. Talvez ser homem seja como ter nascido um predador, e talvez a única coisa que um predador possa fazer, se gosta de animais menores e não aceita que tenha nascido para matá-los, é negar sua natureza e morrer de fome. Mas talvez seja alguma outra coisa — como ter nascido com mais dinheiro do que os outros. Aí a coisa certa a fazer se transforma numa questão social mais interessante.

> Espero que você venha se juntar a nós. Você pode descobrir que tem mais poder do que imagina.

Essa resposta a desencorajou. O flerte agradável já estava derrapando para a abstração germânica. Enquanto a massa do bolo estava no forno, ela respondeu:

Sr. Apropriadamente Chamado Wolf!

Por causa, sem dúvida, do meu conturbado estado psicológico,
como podem atestar muitas pessoas próximas a mim, estou me
sentindo mais como o animal menor que aceita sua natureza e só
deseja ser devorado. Tudo que consigo imaginar sobre o seu
projeto é uma porção de gente mais bem ajustada do que eu
usando todo o seu potencial. A menos que você tenha uns cento e
trinta mil dólares sobrando para que eu possa pagar minha dívida
estudantil e a menos que você escreva para a minha mãe (sem
marido, isolada, deprimida) convencendo-a de que ela pode viver
para sempre sem mim, lamento dizer que não terei condições de ir
aí descobrir meus poderes extraordinários.

Sinceramente, Pip

A mensagem estava impregnada de uma autocomiseração fétida, mas
ela a enviou assim mesmo, relembrando as últimas rejeições que os homens
lhe haviam imposto enquanto cobria o bolo com um glacê vegano parecido
com massa de vidraceiro e arrumava a mochila para a viagem a Felton.

Devido ao tráfego pesado, a parada do ônibus em San Jose não foi suficientemente longa para que ela descesse. A dor na bexiga se espraiava por
todo o abdômen enquanto o ônibus subia a Route 17, atravessando as montanhas. Nas cercanias do Scotts Valley, o querido nevoeiro apareceu e, de repente, ela se encontrava em outra estação do ano e era mais difícil adivinhar
a hora. Na maioria das noites de junho, uma grande massa de nevoeiro vinda
do Pacífico atingia Santa Cruz, cobrindo a montanha-russa de madeira, o
calmo rio San Lorenzo e as ruas largas onde os surfistas moravam, até chegar
às sequoias nas colinas. De manhã, a umidade do oceano se condensava num
orvalho tão pesado que escorria pelas calhas dos telhados. Essa era uma Santa
Cruz, lugar fantasmagórico e cinzento que despertava tarde. Quando o oceano voltava a sorver o ar, no meio da manhã, revelava outra Santa Cruz, a oti-
mista, a ensolarada; mas a massa de névoa ficava à espreita o dia todo, longe
da costa. Ao se aproximar o pôr do sol, tal como a depressão que se segue à
euforia, ela regressava e abafava os sons humanos, encobria as paisagens, tor-

nava tudo mais íntimo e parecia amplificar os rugidos dos leões-marinhos sob as colunas do píer. Podia-se ouvi-los a quilômetros de distância, o *arp, arp, arp* chamando os membros da família que continuavam mergulhados na névoa.

Quando o ônibus saiu da Front Street para entrar no terminal, as luzes das ruas tinham se acendido, tapeadas pela falsa penumbra. Pip se arrastou até o banheiro feminino e, encontrando uma cabine vazia, largou a mochila no chão sujo, pôs a caixa com o bolo em cima dela e arriou o jeans às pressas. Enquanto diversos músculos começavam a se distender, seu celular notificou a chegada de uma mensagem.

> O estágio dura três meses, podendo ser prorrogado. Sua remuneração deve ser suficiente para cobrir as prestações da sua dívida. E talvez faça bem à sua mãe ficar sem você por algum tempo.

> É pena que esteja se sentindo mal e impotente. Às vezes uma mudança de ares pode ajudar.

> Com frequência me pergunto o que a presa sente ao ser capturada. Muitas vezes ela parece estar totalmente imóvel entre as mandíbulas do predador, como se não sentisse nenhuma dor. Como se a natureza, na hora final, se mostrasse piedosa com ela.

Pip estava analisando o último parágrafo, tentando discernir se havia nele uma ameaça ou uma promessa veladas, quando sua mochila fez um pequeno comentário, uma espécie de suspiro seco. Ela cedia sob o peso da caixa do bolo. Antes que pudesse interromper o fluxo de sua urina e agarrar a caixa, ela caiu no chão e se abriu, derrubando o bolo de cabeça para baixo no piso emporcalhado pelo nevoeiro condensado, por cinzas de cigarro e toda a sujeira trazida na bota das garotas que esmolavam no terminal ou tocavam algum instrumento em troca de algumas moedas. Várias frutinhas rolaram pelo chão.

"Ah, que gesto mais simpático o seu", ela disse para o bolo arruinado. "Realmente uma gracinha."

Chorando por causa de sua incompetência, ela empurrou os pedaços não contaminados de bolo para dentro da caixa e depois, como se alguém se importasse com o asseio do lugar, passou tanto tempo limpando com toalhas de papel o glacê espalhado no chão (mais parecido com uma merda albina) que quase perdeu o ônibus para Felton.

Uma companheira de viagem, uma garota suja com rastafáris louros, virou-se para trás e lhe perguntou: "Você está indo para Pico?".

"Só até o começo da subida", Pip respondeu.

"A primeira vez que estive lá foi há três meses", disse a garota. "Não tem lugar igual! Dois caras lá me deixaram dormir no sofá se eu trepasse com eles. Topei na hora. É tudo muito diferente em Pico. Você já foi lá?"

Por acaso Pip tinha perdido a virgindade em Lompico. Talvez de fato não houvesse lugar igual.

"Parece que você conseguiu um arranjo excelente", ela disse por delicadeza.

"Pico é tudo de bom", a garota concordou. "Eles têm que levar água para a casa por causa da altitude. Não precisam lidar com essa porcaria toda dos subúrbios, o que é ótimo. Me dão comida e tudo. Estou numa boa!"

A garota parecia perfeitamente satisfeita com sua vida, enquanto para Pip era como se estivesse chovendo cinzas dentro do ônibus. Ela forçou um sorriso e pôs os fones de ouvido.

O nevoeiro não chegara a Felton; o ar na estação de ônibus ainda cheirava às folhas secas das sequoias aquecidas pelo sol, que no entanto já se pusera atrás de uma montanha. Os pássaros que tinham sido amigos de Pip na infância, os tentilhões marrons e malhados, saltitavam no caminho sombreado enquanto ela subia. Tão logo viu a cabana, a porta se abriu de um golpe e sua mãe veio correndo e gritando "Ah! Ah!". Sua expressão de amor era tão desarmada que pareceu quase obscena a Pip. Apesar disso, como sempre ela não pôde deixar de retribuir o abraço da mãe. O corpo com que sua mãe tanto lutava era precioso para Pip. Seu calor, sua maciez, sua mortalidade. Tinha um cheiro de pele tênue, porém peculiar, que fazia Pip voltar aos tempos longínquos em que dividiam uma cama. Teria gostado de enfiar o rosto no colo da mãe e ficar lá, sendo reconfortada, porém quase sempre que voltava à casa a encontrava ansiosa para falar.

"Acabei de ter uma conversa supersimpática sobre você com a Sonya Dawson na loja", disse a mãe. "Ela lembrou como você era boa com as crianças do jardim de infância quando estava no curso primário. Você se lembra disso? Falou que ainda guarda os cartões de Natal que você fez para os gêmeos dela. Eu tinha me esquecido completamente de que você fazia cartões para *todas* as crianças do jardim de infância. Sonya disse que naquele ano, sempre que alguém perguntava aos gêmeos o que eles preferiam, os dois respondiam: 'Pip!'. A sobremesa predileta: 'Pip!'. A cor predileta: 'Pip!'. Você era a preferida em tudo! Uma garotinha tão amável, tão boa com as crianças menores. Você se lembra dos gêmeos da Sonya?"

"Vagamente", disse Pip, caminhando para a cabana.

"Eles adoravam você. A amavam. O pessoal todo do jardim de infância. Fiquei tão orgulhosa quando Sonya me lembrou disso."

"Pena que eu não pude ficar para sempre com oito anos."

"Todos sempre diziam que você era uma menina especial", disse a mãe indo atrás dela. "Todos os professores diziam isso. Até os outros pais e mães diziam isso. Você irradiava uma espécie de carinho especial, uma coisa meio mágica. Fico tão feliz em lembrar!"

Na cabana, Pip se desfez das coisas que trazia e começou a chorar.

"Minha querida?", disse sua mãe, muito alarmada.

"Destruí seu bolo!", disse Pip, soluçando como uma criança de oito anos.

"Ah, isso não tem a menor importância." Sua mãe a abraçou e a balançou para um lado e para o outro, puxando o rosto dela para seu peito, apertando-a bem forte. "Estou tão feliz que você está aqui!"

"Passei o dia todo preparando o bolo", disse Pip aos soluços. "E aí deixei cair no chão sujo do terminal de ônibus. Caiu no chão, mamãe. Estou tão chateada. Ficou tudo imundo. Desculpe, desculpe, desculpe."

Sua mãe pediu que ela não dissesse mais nada, beijou sua cabeça e a apertou até ela pôr para fora parte de sua tristeza sob a forma de lágrimas e ranho. Mas então Pip começou a sentir que havia cedido uma importante vantagem com aquela crise de choro. Libertou-se do abraço e foi se recompor no banheiro.

Nas estantes estavam os lençóis de flanela desbotados com os quais ela dormia quando menina. No cabide, a mesma toalha de banho surrada que sua mãe usava havia vinte anos. O chão de concreto do pequeno chuveiro fazia muito perdera a cor de tanto ser escovado pela mãe. Ao notar que sua mãe acendera duas velas junto à pia para ela, como se fosse um encontro romântico ou uma cerimônia religiosa, Pip por pouco não desmoronou outra vez.

"Fiz as lentilhas cozidas e a salada de couve que você gosta tanto", disse sua mãe junto à porta. "Esqueci de perguntar se você ainda come carne, por isso não comprei a costeleta de porco."

"É difícil morar numa casa com um monte de gente e não comer carne", disse Pip. "Embora eu já não esteja morando com um monte de gente."

Enquanto abria a garrafa de vinho que trouxera para seu consumo e sua mãe servia os produtos da New Leaf que comprava com desconto por trabalhar na loja, Pip fez um relato quase todo fictício sobre as razões que a levaram a deixar a casa da rua 33. Sua mãe pareceu acreditar em cada palavra. Pip tratou de atacar a garrafa enquanto a mãe discorria sobre sua pálpebra (agora sem contrações, mas parecia que elas iam voltar a qualquer momento), sobre as mais recentes invasões de sua privacidade no trabalho e as agressões à sua sensibilidade cometidas por clientes da New Leaf, bem como o dilema moral criado pelo cantar do galo do vizinho às três da manhã. Pip imaginara se refugiar na cabana por uma semana, recuperando-se e planejando seu próximo passo; entretanto, apesar do suposto papel central que ocupava na vida da mãe, sentiu que o universo em miniatura de queixas e obsessões da mãe lhe bastava. Como se agora, na verdade, não houvesse um lugar para Pip na vida dela.

"E também larguei meu trabalho", ela disse quando acabaram de jantar e o vinho estava quase no fim.

"Fez bem", sua mãe retrucou. "Aquele emprego nunca me pareceu à altura do seu talento."

"Mãe, eu não tenho talento nenhum. Tenho uma inteligência inútil. E nada de dinheiro. E agora nem um lugar para morar."

"Você sempre pode morar comigo."

"Vamos tentar ser realistas."

"Você pode voltar a dormir na varanda fechada. Você adora aquele canto."

Pip se serviu do restante do vinho. As regras do jogo permitiam que ela ignorasse as palavras de sua mãe quando necessário. "Bom, eu estou pensando no seguinte. Duas possibilidades. A primeira, você me ajuda a descobrir onde está meu pai, para eu arranjar algum dinheiro com ele. A segunda é que estou pensando em passar uns tempos na América do Sul. Se você quer que eu fique aqui, tem que me ajudar a encontrar esse pai que eu não conheço."

A postura de sua mãe, fortalecida pelo Endeavor, era tão lindamente ereta quanto a de Pip era encurvada e displicente. No rosto dela surgiu uma expressão distante, com traços quase totalmente diferentes, uma face mais jovem. Só podia ser, pensou Pip, o rosto da pessoa que ela havia sido antes de ser mãe.

Olhando através da janela junto à mesa, agora às escuras, sua mãe disse: "Nem mesmo por você eu faço isso".

"Está bem, então acho que vou para a América do Sul."

"América do Sul..."

"Mamãe, eu não quero ir. Quero ficar perto de você. Mas você tem que me ajudar nisso."

"Você percebe?", sua mãe exclamou, ainda com a expressão de antes, como se estivesse vendo algo mais que seu reflexo na janela. "Ele está fazendo isso comigo até agora! Tentando tirar você de mim! E não vou deixar que isso aconteça!"

"Esta conversa está muito louca, mamãe. Tenho vinte e três anos. Se você visse onde eu morava, ia entender que eu sei cuidar de mim."

Por fim sua mãe olhou para ela. "Fazer o que na América do Sul?"

"Tem um negócio", disse Pip com certa relutância, como se fosse confessar um pensamento ou um ato impuro. "Um negócio interessante. Chama-se Projeto Luz do Sol. Eles pagam um estagiário e ensinam todas aquelas técnicas."

Sua mãe franziu a testa. "Aquele negócio dos vazamentos ilegais?"

"Como é que *você* sabe?"

"Eu leio jornal, queridinha. Esse é o grupo que foi criado pelo criminoso sexual."

"Está vendo?", disse Pip. "Está vendo? Você está pensando que é o WikiLeaks. Não sabe nada sobre o projeto. Vive aqui nestas montanhas e não sabe nada."

Por um momento sua mãe pareceu em dúvida. Mas então, com ênfase: "Não o Assange. O outro sujeito. Andreas."

"Está bem, desculpe. Você sabe das coisas."

"Mas ele é igual ao outro, ou pior."

"Não, mamãe, não é. Eles são totalmente diferentes."

Ao ouvir isso, sua mãe se empertigou ainda mais e começou a fazer sua respiração controlada. Era sempre assim quando se aborrecia muito, o que deixava Pip num dilema, porque não queria perturbá-la, mas também não queria passar uma hora esperando-a voltar à tona.

"Tenho certeza de que isso é um ótimo calmante para você", ela disse. "Mas eu ainda estou aqui e você não está nem aí comigo."

Sua mãe limitou-se a respirar.

"Você pelo menos pode me dizer o que aconteceu de verdade com meu pai?"

"Eu já disse", sua mãe murmurou, os olhos ainda fechados.

"Não, você mentiu. E quer saber de outra coisa? Andreas Wolf pode me ajudar a encontrá-lo."

Os olhos de sua mãe se abriram de imediato.

"Por isso ou você me conta ou vou para a América do Sul e descubro sozinha."

"Purity, me escute. Sei que sou uma pessoa difícil, mas você precisa acreditar em mim: se você for para a América do Sul e fizer isso, vai me matar."

"Por quê? Muitas pessoas da minha idade viajam. Por que você não confia que eu vou voltar? Não consegue ver o quanto eu te amo?"

Sua mãe assentiu com um gesto da cabeça. "Esse é o meu pior pesadelo. E agora Andreas Wolf. É um *pesadelo*, um *pesadelo*."

"O que você sabe sobre o Andreas?"

"Sei que ele não é uma boa pessoa."

"Como? Como você sabe isso? Passei metade de um dia pesquisando sobre ele, e é o oposto de uma má pessoa. Tenho mensagens dele que posso lhe mostrar."

"Ah, meu Deus", disse sua mãe, balançando a cabeça.

"O quê? Meu Deus o quê?"

"Já se perguntou por que uma pessoa dessas está mandando e-mails para você?"

"Eles têm um programa de estágio remunerado. É preciso fazer um teste e eu passei. Eles realizam um trabalho maravilhoso e me *querem* lá de verdade. Ele mesmo tem trocado e-mails comigo, embora seja incrivelmente ocupado e famoso."

"Pode ser algum assistente que escreve para você. Não é assim com os e-mails? A gente nunca sabe quem escreveu."

"Não, com certeza é ele."

"Mas pense bem, Purity. Por que eles querem você?"

"Não é você que vem me dizendo há vinte e três anos que eu sou muito especial?"

"Por que um homem de maus hábitos morais vai pagar a uma moça bonita para ela ir à América do Sul?

"Mãe, eu não sou bonita. Também não sou uma idiota. Foi por isso que pesquisei sobre Andreas antes de começar a me corresponder com ele."

"Mas, queridinha, por aqui há muita gente que poderia querer você. Gente apropriada. Gente boa."

"Pois eu não tenho encontrado essa gente."

Sua mãe pegou as mãos de Pip e esquadrinhou seu rosto. "Aconteceu alguma coisa com você? Me conte o que aconteceu."

As mãos maternas de repente pareceram garras, sua mãe uma estranha. Ela recolheu as mãos. "Não aconteceu nada comigo!".

"Minha querida, pode me contar."

"Eu não diria nem que você fosse a última pessoa no mundo. Você não me conta *nada*."

"Conto tudo."

"Nada que interessa."

Sua mãe voltou a se recostar na cadeira e a olhar pela janela vazia. "Não, você tem razão. Não conto. Tenho minhas razões, mas não conto."

"Bom, então me deixe em paz. Você não tem nenhum direito sobre mim."

"Tenho o direito de amar você mais do que a qualquer outra coisa no mundo."

"Não, não tem!", gritou Pip. "Não tem, não! Não tem, não! Não tem mesmo!"

A REPÚBLICA DO MAU GOSTO

A igreja da Siegfeldstrasse estava aberta a todos que criavam embaraços para a República, e Andreas Wolf criava tantos embaraços que realmente morava lá, num porão da casa paroquial. No entanto, diferentemente dos outros — verdadeiros cristãos, amigos da Terra, rebeldes que acreditavam nos direitos humanos ou se recusavam a lutar na Terceira Guerra Mundial —, ele também criava embaraços para si próprio.

Na opinião de Andreas, a coisa mais totalitária da República era seu ridículo. Verdade que as pessoas que tentavam atravessar a faixa da morte eram mortas de forma não ridícula, mas para ele isso parecia mais um estranho acidente geométrico, com uma descontinuidade entre a superfície plana do Leste e a tridimensionalidade do Ocidente, que precisava ser tomado como premissa para que a matemática funcionasse. Desde que se evitasse a fronteira, o pior que podia acontecer era ser espionado, apanhado, interrogado e preso, tendo sua vida arruinada. Por mais que pudesse ser inconveniente para um indivíduo, isso era aliviado pela idiotice do conjunto — o linguajar risível sobre os "inimigos de classe" e "elementos contrarrevolucionários", a devoção absurda ao protocolo de provas. As autoridades nunca se limitavam a ditar sua confissão ou denúncia, forçando ou falsificando sua assinatura. Era necessário haver fotos e gravações, relatórios escrupulosamente documentados, invocações de leis promulgadas segundo as normas democráticas. A República era aflitivamente *germânica* na luta para ser consistente numa perspectiva lógica e fazer as coisas de modo correto. Era como o filho mais aplicado querendo impressionar e superar seu pai soviético. E principalmente por medo, mas talvez também por pena do menininho, que acreditava no socialismo da mesma forma que as crianças do Ocidente acreditavam num *Christkind* voador que acendia as velinhas na árvore de Natal e deixava presentes debaixo dela, todos compareciam às eleições e votavam no Partido. Por volta da década de 1980, tinha se tornado óbvio que se vivia melhor no Ocidente — carros melhores, televisão melhor, oportunidades melhores —, mas a fronteira estava fechada e as pessoas se permitiam fantasias de menino, como se se recordassem, com um toque de carinho, de suas próprias ilusões nos primeiros anos da República. Até mesmo os dissidentes falavam a linguagem da reforma, não da derrubada. A vida cotidiana era apenas deprimente e não terrivelmente trágica (uma medalha de bronze na Olimpíada era o suprassumo da calamidade para o *Berliner Zeitung*); todos, de cima a baixo, se submetiam ao sistema porque eram alemães e porque era um sistema. Por isso Andreas, que considerava a antítese megalomaníaca de uma ditadura algo ridículo demais para ser digno de uma megalomania, mantinha certa distância dos outros rebeldes que se protegiam sob a barra da saia da igreja. Eles o desapontavam em termos estéticos, ofendiam seu sentimento de possuir alguma coisa de especial, e de todo modo não teriam confiado nele. Na Siegfeldstrasse, ele expressava suas ironias em particular.

Além da ironia maior de ser um ateu que dependia da igreja, havia a ironia mais sutil de ganhar a vida como conselheiro de jovens em situação de risco. Existiria alguma criança na Alemanha Oriental que tivesse mais privilégios e corresse menos riscos do que ele? Ainda assim, no porão da casa paroquial, em sessões de grupo e atendimentos individuais, ele aconselhava adolescentes a superarem a promiscuidade, a dependência alcoólica e os distúrbios familiares a fim de assumirem posições mais produtivas na sociedade que ele desprezava. E era bom nisso — bom em fazer os jovens voltarem à escola, em arrumar emprego para eles na economia clandestina, pondo-os em contato com assistentes sociais do governo dignos de confiança —, sendo ele mesmo, e por ironia, um membro produtivo daquela sociedade.

Sua própria perda de privilégios servia como credencial para os jovens. O problema deles era se levarem a sério demais (o comportamento autodestrutivo constituía, por si só, uma forma de se autovalorizarem), e sua mensagem para eles era sempre: "Olhem só para mim. Meu pai faz parte do Comitê Central e eu moro num porão de igreja, mas vocês já me viram com ar sério, carregado?". A mensagem era eficaz, porém não verdadeira, porque ele não tinha perdido tantos privilégios por morar num porão de igreja. Havia rompido relações com os pais, mas, em troca desse favor, eles o protegiam. Nunca fora preso, como qualquer um de seus tutelados em situação de risco teria sido se houvesse feito as merdas que fez na idade deles. Entretanto, era impossível aos jovens não gostarem dele e não reagirem positivamente ao que ele dizia, pois Andreas falava a verdade, e todos tinham sede demais da verdade para se importar com o fato de ele só poder dizê-la abertamente por ser um privilegiado. Ele era um risco que o Estado parecia disposto a absorver, um enganoso símbolo de honestidade oferecido a adolescentes confusos e problemáticos, para quem a intensidade da atração que exercia se tornava uma espécie diferente de risco. As garotas praticamente faziam fila do lado de fora de sua sala para tirar a calcinha para ele e, se podiam garantir de modo plausível que tinham mais de dezesseis anos, Andreas as ajudava com os botões. Isso também, claro, era irônico. Ele prestava um valioso serviço ao Estado trazendo de volta ao rebanho elementos antissociais, falando a verdade, enquanto os encorajava a ser cautelosos ao dizerem a verdade, recebendo sua paga sob a forma de bocetinhas em flor.

Seu acordo tácito com o governo tinha sido respeitado por tanto tempo — mais de seis anos — que ele se achou seguro. Entretanto, continuou adotando a precaução de não fazer amizade com homens. Sabia, por exemplo, que os homens que circulavam pela igreja tinham inveja de seu relacionamento com os jovens e por isso não o toleravam. Evitar os homens também fazia sentido do ponto de vista de prevenção de riscos, pois para cada mulher informante havia, provavelmente, dez alcaguetes do sexo masculino. (As probabilidades de riscos favoreciam ainda mais a escolha de mulheres adolescentes porque os agentes secretos eram sexistas demais para esperar grande coisa de uma estudante.) No entanto, a principal desvantagem dos homens era que não podia fazer sexo com eles, não podia cimentar aquela cumplicidade mais profunda.

Embora seu apetite por garotas parecesse ilimitado, ele se orgulhava de nunca haver levado para a cama nenhuma menor de idade ou vítima de abusos sexuais. Era perito em identificar estas últimas pelas imagens fecais ou infecciosas que utilizavam para se descrever, às vezes apenas por um jeito revelador de dar risadinhas, e no correr dos anos seus instintos tinham conduzido a processos criminais exitosos. Quando uma garota vítima de abuso sexual se aproximava dele, Andreas não se afastava simplesmente; na realidade saía correndo, pois tinha horror de se associar a tais práticas. As coisas que os predadores faziam — acariciar meninas em lugares apinhados de gente, circular na proximidade de playgrounds, se servir de sobrinhas, atrair com balas ou bugigangas — provocavam nele ânsias assassinas. Só se relacionava com garotas mais ou menos sãs mentalmente e que o desejavam sem nenhuma coação.

Se seus escrúpulos ainda registravam um aparente resíduo de doença — a preocupação com o que significava sua compulsão de repetir o mesmo comportamento com uma garota depois da outra, ou nunca se cansar daquilo e sempre querer mais e mais, ou ainda preferir ter sua boca entre duas pernas a tê-la perto de um rosto —, ele atribuía isso à doença do país em que vivia. A República o definira, sua existência estava totalmente vinculada a ela e aparentemente um dos papéis que o Estado exigia dele era o de *Assibräuteaufreißer*. Afinal, não fora Andreas quem tornara todos os homens e todas as mulheres acima de vinte anos pessoas indignas de confiança. Além disso, ele vinha de um ambiente de privilégios, era o príncipe louro exilado da Karl-Marx-Allee. Vivendo no porão da casa paroquial e se sustentando com comida enlatada de má qualidade, ele se julgava no direito de desfrutar de um pequeno luxo permitido pelos vestígios de seu privilégio. Na falta de uma conta bancária, mantinha um registro mental de suas cópulas, o qual conferia sistematicamente para se certificar de que se lembrava não apenas do nome e sobrenome de cada mulher, mas também da ordem exata em que as possuíra.

Sua contagem havia alcançado cinquenta e duas no final do inverno de 1987, quando então cometeu um erro. O problema foi a número cinquenta e três, uma ruivinha chamada Petra que naquele momento residia com o pai, que não arrumava emprego, num edifício sem água quente encanada e ocupado ilegalmente por uma porção de gente. Como o pai, ela era extremamente religiosa, mas o interessante é que isso em nada reduzia seu tesão por Andreas (nem o dele por ela), embora significasse que trepar numa igreja seria um desrespeito a Deus. Ele tentou libertá-la dessa superstição, porém só conseguiu deixá-la muito preocupada com o estado da alma de Andreas, que percebeu o risco de perdê-la caso não mantivesse a alma sob controle. Quando decidia conquistar uma garota, era incapaz de pensar em outra coisa e, como não tinha um amigo íntimo para lhe emprestar um apartamento nem dinheiro para alugar um quarto de hotel, e como a temperatura na noite crucial estava abaixo de zero, a única maneira de ter acesso às calcinhas de Petra (acesso que agora lhe parecia mais imperativo do que ao de qualquer calcinha anterior, muito embora Petra fosse meio maluca e não primasse pela inteligência) consistia em pegar o S-Bahn com ela e levá-la para a datcha de seus pais nas margens do Müggelsee. Eles raramente a usavam no inverno e nunca nos dias úteis.

Em condições normais, Andreas teria sido criado em Pankow ou mesmo em Wandlitz, enclaves onde os líderes do Partido tinham suas mansões, porém sua mãe havia insistido em morar mais perto do centro da cidade, num grande e novo apartamento de cobertura na Karl-Marx-Allee. Andreas suspeitava que a verdadeira objeção dela à vida no subúrbio era de cunho intelectual — ela considerava as mobílias e as conversas de lá insuportavelmente *spießig*, convencionais, burguesas —, mas não podia expressar essa verdade assim como nenhuma outra; por isso declarou-se patologicamente sujeita a enjoos ao andar de carro e, em consequência, incapaz de ocupar seu importante cargo na universidade se precisasse ir e voltar todos os dias. Como o pai de Andreas era indispensável à República, ninguém se importou que ele morasse na cidade ou que sua mulher, mais uma vez alegando enjoos, houvesse escolhido o lago de Müggelsee para instalar a datcha que ocupavam nos fins de semana dos meses mais quentes. Como Andreas veio a entender, sua mãe não era muito diferente de um homem-bomba, carregando consigo a ameaça de um comportamento tresloucado pronto para ser detonado a qualquer instante, motivo pelo qual seu pai cedia sempre que possível a seus desejos, pedindo apenas que ela o ajudasse a sustentar as mentiras necessárias. Isso nunca foi um problema para ela.

A datcha, que podia ser alcançada a pé da estação ferroviária, estava situada num amplo terreno pontilhado de pinheiros que descia suavemente até a margem do lago. No escuro, valendo-se apenas do tato, Andreas encontrou a chave que ficava pendurada no beiral costumeiro. Ao entrar com Petra e acender a luz, ficou desorientado ao ver a sala de estar decorada com cópias dos móveis dinamarqueses que conhecera quando criança na cidade. Ele não ia à datcha desde o final do período em que vivera como sem-teto, seis anos antes. Sua mãe devia ter redecorado o apartamento durante aquele tempo.

"De quem é esta casa?", Petra perguntou, impressionada com as comodidades.

"Não se preocupe com isso."

Não havia o menor perigo de que ela encontrasse uma fotografia dele. (Mais fácil achar um retrato de Trótski.)

Tirou da pilha de caixas de cerveja duas garrafas de meio litro e deu uma a Petra. No monte de jornais velhos, o mais recente era um *Neues Deutschland* dominical de três semanas antes. Imaginando seus pais ali num domingo de inverno, sem filhos, a conversa rara e quase inaudível como é comum entre casais mais velhos, ele sentiu seu coração derrapar para algum lugar perigosamente próximo da compaixão. Não lamentava ter tornado a vida dos dois vazia nos últimos anos — a culpa era deles mesmo —, mas os amara tanto quando criança que a visão da velha mobília o entristeceu. Ainda eram seres humanos, apenas estavam ficando mais velhos.

Acendeu o aquecedor elétrico e levou Petra pelo corredor até o quarto que fora dele. A cura instantânea para aquela nostalgia seria enfiar a cara na boceta dela; já a havia tocado por cima da calcinha no trem. Mas Petra disse que queria tomar um banho.

"Por mim, não precisa."

"O último foi há quatro dias."

Ele não queria uma toalha molhada por ali, que depois seria preciso secar e dobrar antes de irem embora. Mas era importante dar prioridade à garota e a seus desejos.

"Está bem", disse em tom simpático. "Vá tomar o seu banho."

Sentou-se em sua velha cama com a cerveja na mão e a ouviu trancar a porta do banheiro. Nas semanas seguintes, o estalido da fechadura se transformaria na semente de sua paranoia: por que ela teria trancado a porta, quando ele era a única outra pessoa na casa? Oito diferentes razões sugeriam ser improvável que ela soubesse ou estivesse envolvida no que aconteceu logo depois. Mas por que outro motivo teria trancado a porta, senão para se proteger daquilo?

Talvez tivesse sido apenas má sorte dele Petra estar espadanando a água na banheira, com a torneira ainda aberta e o barulho nos canos suficientemente alto para cobrir o som do veículo e dos passos que se aproximavam, até que ouviu as batidas na porta da frente e o latido: *"Volkspolizei!"*.

"Pois não?", ele disse.

"Identidade, por favor."

"Qual é a razão disso?"

"Sua identidade, por favor."

Se os policiais tivessem rabo, eles não estariam sendo abanados; se tivessem orelhas pontudas, elas estariam voltadas para trás, coladas ao crânio. O policial mais graduado franziu as sobrancelhas ao ver a pequena carteira de identidade azul de Andreas e a entregou ao mais jovem, que a levou à radio-patrulha.

"Você tem permissão de estar aqui?"

"De certa forma, sim."

"Está sozinho?"

"Como você pode ver." Andreas fez um sinal cortês com a cabeça. "Entre, por favor."

"Preciso usar o telefone."

"Naturalmente."

O policial entrou com ar circunspecto. Andreas achou que ele temia mais os donos da casa do que possíveis assaltantes armados que pudessem estar à espreita.

"Esta casa é dos meus pais", explicou.

"Conhecemos o subsecretário. Não conhecemos você. Ninguém tem permissão para estar nesta casa esta noite."

"Estou aqui há quinze minutos. A vigilância de vocês é digna de elogios."

"Vimos as luzes."

"Realmente digna de todos os elogios."

Do banheiro veio um breve ruído de água caindo; quando pensava no que havia ocorrido, Andreas achava incrível que o policial não houvesse demonstrado o menor interesse pelo banheiro. O sujeito simplesmente folheou um surrado caderno preto, encontrou um número e o discou da extensão que ficava na sala de estar. Naquele instante, tudo que Andreas desejava era que a polícia fosse embora, para que ele pudesse comer a pequena Petra. Tudo o mais era tão desagradável que ele preferia nem pensar.

"Senhor subsecretário?" O policial se identificou e, com poucas palavras, relatou a presença de um intruso que dizia ser parente dele. Depois disse "sim" várias vezes.

"Diga que quero falar com ele", disse Andreas.

O policial fez sinal para que se calasse.

"Quero falar com ele."

"Sim, senhor, sem dúvida, imediatamente", disse o policial ao subsecretário.

Andreas tentou agarrar o fone. O policial o empurrou, com a mão no peito, e o jogou ao chão.

"Não, ele estava tentando pegar o telefone... Isso mesmo... Sim, sem dúvida. Vou dizer a ele... Entendido, senhor subsecretário." O policial desligou o telefone e olhou para Andreas, ainda no chão. "Você tem que ir embora imediatamente e nunca mais voltar."

"Entendi."

"Se você voltar, haverá outras consequências. O subsecretário me pediu que eu tivesse certeza de que você entendeu."

"Ele realmente não é meu pai", disse Andreas. "Por acaso temos o mesmo sobrenome."

"Sabe o que eu acho?", disse o policial. "Espero que você volte e espero estar de serviço quando voltar."

O jovem policial regressou e entregou a carteira de identidade de Andreas para o mais graduado, que a examinou com os lábios contraídos e em seguida a jogou no rosto de Andreas.

"Tranque a porta ao sair, seu merda."

Quando os policiais foram embora, ele bateu na porta do banheiro e disse a Petra que apagasse a luz e esperasse por ele. Apagou as outras luzes e saiu da casa em direção à estação de trem. Na primeira curva da aleia, viu o carro-patrulha parado, as luzes apagadas, e fez um rápido aceno aos policiais. Na curva seguinte, escondeu-se atrás de alguns pinheiros para esperar a radiopatrulha ir embora. A noite tinha saído muito cara e ele não estava disposto a perdê-la de todo. Entretanto, quando finalmente conseguiu se esgueirar de volta à datcha e descobriu Petra toda encolhida em sua velha cama, choramingando com medo da polícia, estava furioso demais consigo mesmo para se importar com o prazer dela. No escuro, mandou-a fazer isto e aquilo, tudo terminando com ela aos prantos e dizendo que o odiava — um sentimento de todo recíproco. Nunca mais a viu.

Três semanas depois, a Conferência da Juventude Alemã Cristã o convidou para falar em Berlim Ocidental. Ele deduziu (embora nunca se soubesse ao certo, esse o grande truque) que a Conferência tivesse sofrido a infiltração de seu primo de segundo grau, o chefe da espionagem Markus Wolf, porque o convite foi transmitido pelo Ministério das Relações Exteriores, acompanhado de uma permissão formal de viagem, tornando risivelmente claro que, assim que ele cruzasse a fronteira, não teria mais permissão de voltar ao país. Era igualmente óbvio que o convite constituía um alerta de seu pai, uma punição por sua imprudência na datcha.

Todos no país queriam uma permissão para viajar, mais até do que possuir um carro. A isca para participar de uma mísera conferência de três dias sobre comércio em Copenhague era suficiente para fazer com que um cidadão comum denunciasse colegas, irmãos e amigos. Andreas se sentia único de várias formas, mas em nenhuma mais intensamente do que em seu desdém por viagens. Ah, como o envenenador da realeza dinamarquesa e sua rainha mentirosa desejavam ver o filho fora do castelo! Ele sentia ser a expectativa e a rosa do formoso Estado,* seu produto e sua canhestra antítese, razão pela qual sua primeira responsabilidade consistia em não se afastar de Berlim. Ele precisava que aqueles a quem chamava de pais soubessem que continuava ali, na Siegfeldstrasse, sabendo o que sabia sobre eles.

Mas como era solitário ser tão singular e como a solidão gera paranoia, chegou a ponto de imaginar que Petra preparara a armadilha, que toda aquela conversa sobre sexo em igreja e a necessidade de tomar banho não tinha passado de um artifício para fazê-lo violar seu acordo tácito com os pais. Agora, sempre que na porta de sua sala aparecia alguma jovem em situação de risco com aquele bem conhecido olhar esfomeado, ele se lembrava de como, fugindo a suas características, havia sido egoísta com Petra, como a polícia o tinha humilhado e como, em vez de consolar a garota, ele a espicaçara e a fizera se afastar dele. Perguntou-se se não vinha mentindo a si próprio sobre as garotas — se o ódio que sentira pela número cinquenta e três tinha sido não apenas real, mas aplicável retroativamente da número um à cinquenta e

---

* Referências ao *Hamlet* de Shakespeare (Ato III, cena 1).

dois. Se, em vez de se permitir ser irônico às custas do Estado, ele é que havia sido seduzido pelo Estado no seu ponto de menor resistência.

Passou deprimido a primavera e o verão seguintes, e por isso ainda mais preocupado com sexo, mas, como subitamente passara a desconfiar tanto de si mesmo quanto das garotas, recusou o alívio que ele poderia lhe trazer. Limitou o número de aconselhamentos a dois e deixou de circular nos lugares onde se reuniam os jovens em situação de risco, os *Jugendklubs*. Embora estivesse sacrificando o melhor emprego a que um alemão-oriental em suas condições poderia almejar, passava o dia todo na cama lendo romances ingleses, histórias de detetive e outras, livros proibidos ou não. (Tendo sido obrigado por sua mãe a ler Steinbeck, Dreiser e Dos Passos, tinha pouco interesse na literatura norte-americana. Mesmo os melhores autores de lá eram irritantemente ingênuos. A vida na Inglaterra era uma porcaria bem pior, no bom sentido.) Passado algum tempo, concluiu que o que o estava deprimindo era a cama de sua infância, literalmente a cama da casa de Müggelsee, e a sensação de que nunca saíra dela: que, quanto mais se rebelava contra os pais, quanto mais fazia de sua vida uma condenação à deles, mais sua relação infantil com eles se enraizava. Entretanto, uma coisa era identificar a fonte de sua depressão e outra bem diferente, fazer algo para superá-la.

Andreas não mantinha relações sexuais havia sete meses na tarde de outubro em que o jovem vigário da igreja foi vê-lo para falar sobre uma garota do santuário. O padre usava todas as roupas do típico renegado religioso — barba espessa, paletó de jeans desbotado, crucifixo de cobre em estilo moderno —, mas, o que era bem útil para ele, sentia-se inseguro diante da maior experiência mundana de Andreas.

"Reparei nela pela primeira vez há duas semanas", disse, sentando-se no chão. Dava a impressão de haver lido em algum livro que sentar no chão estabelecia um bom relacionamento e demonstrava sua humildade cristã. "Às vezes ela fica no santuário por uma hora, outras vezes até meia-noite. Sem rezar, fazendo o trabalho de casa. Um dia lhe perguntei se podia ajudá-la. Ela me olhou assustada e se desculpou — achou que tivesse permissão de ficar ali. Eu disse que a igreja está sempre aberta para qualquer um que necessite. Quis iniciar uma conversa, mas tudo que ela queria saber é se não estava violando nenhuma regra."

"E daí?"

"Bem, o conselheiro dos jovens é você."

"O santuário não é exatamente o meu local de trabalho."

"É compreensível que você esteja exausto. Não temos permitido que você tenha um tempo só seu."

"Muito obrigado."

"Mas estou preocupado com a garota. Falei com ela de novo ontem, perguntei se tinha algum problema — meu receio é que tenha sido abusada sexualmente. Fala tão baixinho que é difícil ouvi-la, mas pareceu dizer que as autoridades já a conhecem e por isso não pode procurá-las. Aparentemente fica aqui porque não tem outro lugar para ir."

"E não acontece o mesmo com todos nós?"

"Ela pode se abrir mais com você do que comigo."

"Qual a idade dela?"

"Bem jovem. Quinze, dezesseis. E extraordinariamente bonita."

Menor de idade, vítima de abuso sexual e bonita. Andreas suspirou.

"Em algum momento você vai ter que sair do quarto", o padre sugeriu.

Quando Andreas foi ao santuário e viu a garota na penúltima fileira de bancos, sentiu de imediato que sua beleza era uma complicação indesejável, um traço que afastava sua atenção daquela parte do corpo feminino que o interessara por tanto tempo. Ela tinha cabelos e olhos negros, usava roupas que não a identificavam como uma rebelde e estava sentada com a rígida postura típica da Juventude Livre Alemã, tendo um livro no colo. Parecia uma boa menina, do tipo que ele nunca via no porão. Não ergueu a cabeça quando Andreas se aproximou.

"Pode conversar comigo?", ele perguntou.

Ela fez que não com a cabeça.

"Você conversou com o padre."

"Só por um minuto", ela murmurou.

"Está bem. Vou sentar atrás de você, onde não precisa me ver. E depois, se você..."

"Não faça isso, por favor."

"Está bem, vou ficar à vista." Sentou-se no banco à frente dela. "Me chamo Andreas. Sou um conselheiro aqui. Pode me dizer seu nome?"

Nova negativa com a cabeça.

"Está aqui para rezar?"

Ela deu um sorriso irônico. "Deus existe?"

"Não, claro que não. De onde tirou essa ideia?"

"Alguém construiu esta igreja."

"Alguém que tinha ilusões. Não faz o menor sentido para mim."

Ela ergueu a cabeça, como se Andreas a tivesse interessado um pouquinho. "Não tem medo de se meter numa encrenca?"

"Com quem? Com o padre? Deus não passa de uma palavra que ele usa contra o Estado. Não existe nada neste país que não se refira ao Estado."

"Você não devia dizer esse tipo de coisa."

"Só estou dizendo o que o próprio Estado diz."

Olhou para as pernas dela, que combinavam bem com o resto do corpo. "Você tem muito medo de se meter em encrencas?", ele perguntou.

Ela fez que não com a cabeça.

"Então tem medo de meter alguém numa encrenca. É isso?"

"Venho aqui porque aqui não é lugar nenhum. É bom estar num lugar nenhum por algum tempo."

"Concordo. Não há lugar que seja tão lugar nenhum como este."

Ela deu um sorriso pálido.

"Quando você se olha no espelho", ele disse, "vê o quê? Uma garota bonita?"

"Eu não me olho no espelho."

"O que você veria, se fizesse isso?"

"Nada de bom."

"Alguma coisa ruim? Alguma coisa perigosa?"

Ela sacudiu os ombros.

"Por que não queria que eu sentasse atrás de você?"

"Gosto de ver com quem estou conversando."

"Então *estamos* conversando. Você só estava fingindo que não ia falar comigo. Estava dramatizando a situação, fazendo de conta."

A confrontação honesta e repentina fazia parte de seu repertório de truques como conselheiro. O fato de estar cansado desses truques não significava que fossem ineficazes.

"Já sei que eu sou ruim", disse a garota. "Não precisa explicar para mim."

"Mas deve ser difícil para você as pessoas não saberem o quanto você é uma pessoa ruim. Elas simplesmente não acreditam que uma moça tão bonita possa ser tão má por dentro. Deve ser difícil para você respeitar as pessoas."

"Tenho amigos."

"Eu também tinha na sua idade. Mas não ajuda, não é mesmo? Na verdade é pior que as pessoas gostem de mim. Elas me acham engraçado, me acham atraente. E só eu sei o quanto sou ruim por dentro. Sou extremamente ruim e extremamente importante. Na verdade, sou a pessoa mais importante do país."

Foi encorajador ver sua expressão de desdém, como seria de esperar de qualquer adolescente. "Você não é importante."

"Ah, sou, sim. Você é que não sabe. Mas você sabe o que é ser importante, não sabe? Você mesmo é muito importante. Todo mundo presta atenção em você, todo mundo quer estar perto de você porque é bonita, e aí você os machuca. Precisa se esconder numa igreja para não estar em lugar nenhum, para dar ao mundo um descanso de você."

"Queria que você me deixasse em paz."

"Quem você está machucando? Basta dizer isso."

A garota baixou a cabeça.

"Pode me dizer. Também já machuquei muita gente."

Ela estremeceu e cruzou os dedos no colo. Vindo de fora, o chacoalhar de um caminhão e o rangido agudo de uma caixa de marcha emperrada invadiram o santuário e pairaram no ar, que cheirava a pavio de vela queimado e a latão polido. A cruz de madeira na parede atrás do púlpito parecia a Andreas um objeto que já fora mágico e que perdera a força pelo excesso de uso a favor e contra o Estado; que havia sido arrastado para baixo até atingir o nível da acomodação sórdida ou da dissidência melancólica. O santuário era a parte menos relevante da igreja — causava-lhe pena.

"Minha *mãe*", a moça murmurou. O ódio em sua voz não combinava com a preocupação de estar prejudicando os outros . Andreas conhecia bem as práticas do abuso para adivinhar o que aquilo significava.

"Onde está seu pai?", ele perguntou com delicadeza.

"Morreu."

"E sua mãe se casou de novo."

Ela assentiu.

"Ela não fica em casa?"

"Trabalha como enfermeira à noite no hospital."

Ele fez uma careta de dor. Tudo muito claro.

"Você está segura aqui", disse. "Estar aqui é o mesmo que não estar em lugar nenhum. Ninguém pode machucá-la aqui. Pode me dizer seu nome, é seguro."

"Eu me chamo Annagret."

A conversa inicial entre eles foi semelhante, em rapidez e objetividade, às seduções dele, mas em espírito ocorreu exatamente o oposto. A beleza de Annagret era tão notável, tão excepcional, que parecia uma afronta direta à República do Mau Gosto. Não devia existir, perturbava o universo ordenado em cujo centro ele sempre se colocara; ela o assustava. Andreas tinha vinte e sete anos e (exceto por sua mãe, quando pequeno) nunca se apaixonara, porque ainda estava para encontrar — tinha até parado de tentar imaginar isso — uma garota digna de sua paixão. Mas ali estava uma.

Ele a viu nas três noites seguintes. Sentia-se mal de desejar reencontrá-la só porque ela era tão bonita, mas não podia evitar. Na segunda noite, para aumentar a confiança dela nele, fez questão de dizer que havia trepado com dezenas de garotas na igreja. "Era uma espécie de vício", disse, "mas eu mantinha limites bem estritos. Preciso que acredite que você está bem distante de todos esses limites."

Isso era verdade, mas também, no fundo de sua alma, uma grande mentira, e Annagret o desmascarou. "Todo mundo pensa que tem limites estritos, até ultrapassá-los."

"Deixe que eu seja a pessoa que vai lhe provar que alguns limites são realmente estritos."

"Dizem por aí que esta igreja é um reduto de gente sem moral. Eu não entendia como isso podia ser verdade — afinal, era uma igreja. Mas agora você me confirma que é mesmo verdade."

"Sinto muito ser quem te desiludiu."

"Há alguma coisa de errado com este país."

"Concordo inteiramente."

"O clube de judô já era bem ruim. Mas ouvir que numa igreja…"

Annagret tinha uma irmã mais velha, Tanja, que brilhara no judô como estudante *Oberschule*. Ambas deveriam ir para a universidade em razão de suas notas e desempenho nas aulas, mas, como Tanja era muito namoradeira e se dedicava por demais aos esportes, terminou trabalhando como secretária depois de seu *Abitur*, passando as horas vagas nos clubes de dança ou no centro esportivo onde treinava e dava aulas. Annagret era sete anos mais jovem e não possuía os mesmos dotes atléticos, mas, como pertencia a uma família de judocas, entrou para o clube local com doze anos.

Um dos frequentadores assíduos do clube era um sujeito mais velho e bonitão, Horst, que possuía uma motocicleta enorme. Devia ter uns trinta anos e aparentemente só estava casado com sua moto. Ele ia ao centro esportivo sobretudo para se exibir — no início Annagret achou que havia um quê de vaidade no jeito como ele sorria para ela —, mas também jogava handebol e gostava de ver o treinamento dos alunos mais avançados de judô; com o tempo, Tanja conseguiu sair com ele e sua motocicleta. Seguiu-se outra saída e uma terceira, quando então ocorreu uma desgraça: Horst conheceu a mãe delas. Depois disso, em vez de levar Tanja para passear de motocicleta, passou a querer vê-la em casa, no apartamentinho de merda em que as três moravam, com Annagret e sua mãe.

Por dentro, a mãe era uma pessoa dura e frustrada, viúva de um mecânico de caminhão que morrera tristemente de um câncer no cérebro, mas por fora era uma mulher bonita de trinta e oito anos — não só mais bonita que Tanja como também mais próxima da idade de Horst. Desde que Tanja a decepcionara por não levar adiante os estudos, as duas tinham passado a discutir sobre tudo que se podia imaginar, o que agora incluía Horst, que sua mãe dizia ser velho demais para a filha. Quando ficou óbvio que ele a preferia a Tanja, a mãe não assumiu ser culpada. Felizmente, Annagret não estava em casa na tarde fatídica em que Tanja se levantou e disse que precisava respirar um pouco de ar, pedindo que Horst a levasse para passear de moto. Horst disse que havia um assunto doloroso que os três precisavam discutir. Teria havido formas melhores de lidar com a questão, mas talvez nenhuma realmente boa. Tanja saiu batendo a porta e só voltou três dias depois, e apenas para pegar suas coisas. Logo que pôde, mudou-se para Leipzig.

Depois que Horst e a mãe de Annagret se casaram, os três se mudaram para um apartamento excepcionalmente amplo onde Annagret tinha um quarto só para ela. Sentia-se mal por causa de Tanja e desaprovava a mãe, porém o padrasto a fascinava. O emprego dele como líder de uma associação de trabalhadores na maior usina elétrica da cidade era bom, mas não a ponto de explicar como ele podia fazer tantas coisas acontecerem: a potente motocicleta, o apartamento espaçoso, as laranjas e castanhas-do-pará, os discos de

Michael Jackson que às vezes trazia para casa. Pela descrição que Annagret fez dele, Andreas teve a impressão de que era uma dessas pessoas cuja autoestima não vinha temperada com a modéstia e, por isso, altamente contagiante. Annagret, com certeza, gostava de estar perto dele. Ele a levava ao centro esportivo ou a trazia para casa de motocicleta. Ensinou-a a dirigir a moto num estacionamento. Em troca, ela tentou lhe ensinar alguns golpes de judô, porém o torso dele era tão desproporcionalmente desenvolvido que ele tinha dificuldade em cair. À noite, depois que a mãe ia trabalhar, ela explicava o estudo extra que vinha fazendo na esperança de frequentar uma *Erweiterte Oberschule*; impressionada com a facilidade com que Horst aprendia, lhe disse que ele deveria ter cursado a *EOS*. Em pouco tempo passou a considerá-lo um de seus melhores amigos. Como um bônus extra, sua mãe, que odiava o emprego de enfermeira e parecia cada vez mais cansada do trabalho, ficou grata ao ver que o marido e a filha se davam tão bem. Tanja talvez fosse um caso perdido, mas Annagret era uma boa menina, a esperança da mãe para o futuro da família.

E então uma noite, no apartamento extraordinariamente amplo, Horst bateu à porta do quarto dela antes de Annagret apagar a luz. "Você está apresentável?", perguntou em tom brincalhão.

"Estou de pijama", ela respondeu.

Ele entrou e arrastou uma cadeira para perto da cama. Tinha uma cabeça muito grande — Annagret não conseguiu explicar isto a Andreas, mas o tamanho da cabeça de Horst lhe parecia ser a razão pela qual ele sempre levava vantagem em tudo. *Ah, ele tem uma cabeça tão esplêndida, vamos lhe dar tudo o que quiser*. Algo assim. Nessa noite, sua enorme cabeça estava avermelhada pela bebida.

"Desculpe se estou cheirando a cerveja", ele disse.

"Eu não iria sentir o cheiro se também pudesse beber uma."

"Você fala como se entendesse bastante de cerveja."

"Ah, é o que eles dizem."

"Você podia tomar uma cerveja se parasse de treinar, mas, como não para, então não pode beber."

Ela gostava da maneira brincalhona como eles conversavam. "Mas você *treina* e *bebe* cerveja."

"Só bebi muito esta noite porque tenho uma coisa séria para lhe dizer."

Annagret olhou para a cabeça grande dele e viu que, de fato, havia algo diferente em seu rosto naquela noite. Uma espécie de angústia mal controlada nos olhos. Além disso, as mãos dele tremiam.

"O que é?", ela perguntou, preocupada.

"Você consegue guardar um segredo?"

"Não sei."

"Bom, vai ter que guardar, porque você é a única pessoa a quem posso contar e, se não guardar, vai causar um problemão para todos nós."

Ela refletiu por alguns segundos. "E por que você precisa me contar?"

"Porque tem a ver com você. É sobre a sua mãe. Vai guardar o segredo?"

"Vou tentar."

Horst respirou fundo, e o ar que expeliu cheirava a cerveja. "Sua mãe é viciada em drogas", ele disse. "Casei com uma viciada. Ela rouba narcóticos do hospital e usa quando está lá, e também aqui em casa. Você sabia disso?"

"Não", Annagret respondeu. Mas estava inclinada a acreditar. Nos últimos tempos, com frequência cada vez maior, sua mãe dava a impressão de estar entorpecida.

"Ela é muito boa em furtar", disse Horst. "Ninguém no hospital desconfia."

"Precisamos falar com ela e fazer com que pare."

"Os viciados não param sem tratamento. Se ela pedir para ser tratada, as autoridades vão saber que estava roubando."

"Mas vão ficar felizes de saber que ela é honesta e deseja se curar."

"Bem, infelizmente tem outra coisa. Um segredo ainda maior. Nem sua mãe conhece esse segredo. Posso contar para você?"

Como ele era um de seus melhores amigos, depois de uma pequena hesitação ela concordou.

"Jurei que nunca contaria a ninguém", disse Horst. "Estou quebrando esse juramento ao contar a você. Há alguns anos venho trabalhando informalmente para o Ministério de Segurança Pública. Sou um colaborador não oficial, mas em quem eles confiam muito. Há um agente com quem me encontro de tempos em tempos. Passo informações sobre os meus trabalhadores e, sobretudo, sobre os meus superiores. Isso é necessário porque a usina elétrica é vital para a segurança nacional. Tenho muita sorte por essa ótima relação com o ministério. E você e sua mãe têm muita sorte que seja assim. Mas você entende o que isso significa?"

"Não."

"Que devemos nossos privilégios ao ministério. O que é que você acha que meu superior vai pensar se souber que a minha mulher é uma ladra e uma viciada em drogas? Vai achar que eu não sou digno de confiança. Podemos perder este apartamento, eu posso perder meu emprego."

"Mas você poderia simplesmente contar a verdade sobre mamãe. Não é culpa sua."

"Se eu contar, sua mãe perde o emprego. Talvez vá para a cadeia. É isso que você quer?"

"Claro que não."

"Então precisamos manter tudo em segredo."

"Mas agora eu preferia não ter sabido! Por que eu precisava saber?"

"Porque você precisa me ajudar a manter o segredo. Sua mãe nos traiu ao violar a lei. Eu e você agora somos a família. Ela é uma ameaça à família. Temos de ter certeza de que ela não vai destruí-la."

"Temos que tentar ajudá-la."

"Agora eu me importo mais com você do que com ela. Você é a mulher da minha vida. Veja isto." Pousou a mão na barriga dela e abriu os dedos. "Você se tornou uma mulher."

A mão na barriga a assustou, mas não tanto quanto o que ele havia lhe dito.

"Uma mulher muito bonita", acrescentou com voz rouca.

"Estou sentindo cócegas."

Ele fechou os olhos e não retirou a mão. "Tudo tem que ser mantido em segredo", disse. "Posso proteger você, mas precisa confiar em mim."

"Não podemos simplesmente contar para a mamãe?"

"Não. Uma coisa vai levar à outra e ela acabará na cadeia. Estamos mais seguros se ela continuar roubando e usando as drogas — ela é boa em não se deixar apanhar."

"Mas se você lhe disser que trabalha para o ministério, ela vai entender que precisa parar."

"Não confio nela. Sua mãe já nos traiu. Em vez disso, preciso confiar em você."

Ela sentiu que estava prestes a chorar, sua respiração tornando-se mais acelerada.

"Você não deve pôr a mão em mim", ela disse. "Parece errado."

"Talvez seja errado, sim, um pouquinho, por causa da nossa diferença de idade." Ele assentiu com sua cabeça grande. "Mas veja como eu confio em você. Podemos fazer alguma coisa que talvez seja um pouco errada porque sei que você não vai contar para ninguém."

"Posso contar para alguém."

"Não. Você teria que revelar nossos segredos, e não pode fazer isso."

"Ah, eu preferia que você não tivesse me contado nada."

"Mas contei. Eu precisava. E agora temos nossos segredos. Só você e eu. Posso confiar em você?"

Os olhos dela ficaram marejados. "Não sei."

"Me conte um segredo seu. Aí vou saber que posso confiar em você."

"Não tenho nenhum segredo."

"Então me mostre alguma coisa secreta. Qual é a coisa mais secreta que você pode me mostrar?"

A mão em sua barriga escorregou ligeiramente para baixo, o coração dela começou a martelar.

"É isso?", ele perguntou. "Essa é a sua coisa mais secreta?"

"Não sei", ela choramingou, muito assustada e confusa.

"Está bem. Não precisa me mostrar. Basta me deixar sentir." Através da mão dele, Annagret percebeu todo o corpo de Horst se distender. "Agora confio em você."

Para Annagret, o terrível da situação é que ela gostou do que se seguiu, pelo menos por algum tempo. Durante esse tempo, foi apenas uma forma mais íntima de amizade. Continuavam fazendo piadas juntos, ela ainda contava a ele tudo sobre seu dia na escola, ainda passeavam de moto e treinavam no clube. Era uma vida comum, mas com um segredo, um segredo extremamente adulto que acontecia depois que ela punha o pijama e se deitava. Enquanto ele a tocava, ficava dizendo como ela era bonita, que beleza perfeita ela tinha. E como durante algum tempo ele não a tocou com nenhuma outra parte de seu corpo que não a mão, Annagret sentia que a culpa era toda dela, como se tudo tivesse sido ideia sua, como se sua beleza tivesse provocado aquilo nos dois, e a única maneira de fazer aquilo parar era se submeter e sentir o alívio que vinha a seguir. Odiava seu corpo por desejar esse alívio, e o odiava até mesmo mais do que por sua suposta beleza, mas de alguma forma o ódio tornava a coisa ainda mais deliciosa. Queria que ele a beijasse. Queria que sentisse necessidade dela. Ela era muito má. E talvez fizesse sentido ser assim tão má, já que era filha de uma viciada em entorpecentes. Como quem não quer nada, um dia perguntou à mãe se ela alguma vez ficara tentada a tomar os medicamentos que dava para os pacientes. Às vezes sim, sua mãe respondeu com naturalidade; se algum pedacinho de alguma coisa não era usado no hospital, ela ou uma das enfermeiras podia tomar para relaxar os nervos, mas isso não significava que a pessoa fosse viciada. Annagret não tinha dito nada sobre ser viciado.

Para Andreas, o terrível da situação era ver o quanto a fixação vaginal do padrasto lhe lembrava a sua. Sentiu-se um pouco menos envolvido quando Annagret lhe disse que as semanas em que era tocada tinham sido um mero prelúdio ao dia em que Horst abriu o zíper da braguilha. Era inevitável que acontecesse em algum momento, mas, ainda assim, quebrou o encanto sob o qual ela estivera; introduziu um terceiro elemento no segredo antes só compartilhado pelos dois. Ela não gostou desse terceiro participante. Deu-se conta de que ele devia ter estado observando, escondido, o tempo todo, esperando sua vez, manipulando-os como um mestre da espionagem. Não queria vê-lo, não o queria perto de si, e quando ele decidiu impor sua autoridade, ela passou a ter medo de ficar em casa à noite. Mas o que podia fazer? A pica conhecia os segredos dela. Annagret sabia que, ao menos durante algum tempo, havia *desejado* ser usada. De modo mais ou menos consciente, havia se tornado uma colaboradora não oficial dele, havia prestado um juramento tácito. Perguntou-se se a mãe tomava entorpecentes para não saber que corpo o pau realmente desejava. O pau sabia tudo sobre os furtos da mãe e tinha recebido poderes especiais do ministério, motivo pelo qual ela não podia recorrer às autoridades. Poriam sua mãe na cadeia e a deixariam sozinha com o pau. O mesmo ia acontecer se contasse à mãe, porque ela acusaria o marido, e o pau a mandaria para a prisão. Talvez sua mãe merecesse ser presa, mas não se isso significasse Annagret permanecer em casa e continuar ferindo-a.

Este último capítulo de sua história inacabada veio à tona na quarta noite do aconselhamento de Andreas. Quando terminou sua confissão, na atmosfera fria do santuário, Annagret começou a chorar. Ao ver alguém tão lindo chorando, vendo-a apertar os punhos contra os olhos como um bebê, Andreas foi invadido por uma sensação física que não conhecia. Gostava tanto de rir, era tão irônico, um verdadeiro artista da falta de seriedade, que não identificou o que estava acontecendo consigo mesmo: ele também estava começando a chorar. Mas não se deu conta da razão. Chorava por si próprio — pelo que havia acontecido com ele quando criança. Já tinha ouvido muitos relatos de abuso sexual de crianças, mas nunca de uma menina tão boa, nunca de uma menina com um cabelo, uma pele e uma estrutura óssea tão perfeitas. A beleza de Annagret rompera algo dentro dele. Sentiu que era *exatamente como ela*. Por isso estava chorando também, porque a amava e porque não podia tê-la.

"Você pode me ajudar?", ela sussurrou.

"Não sei."

"Por que lhe contei tanta coisa se você não pode me ajudar? Por que ficou me fazendo tantas perguntas? Você agiu como se pudesse me ajudar."

Ele assentiu com a cabeça e não disse nada. Ela pôs a mão em seu ombro, bem de leve, mas até mesmo o ligeiro toque dela era insuportável. Ele se curvou para a frente, sacudido por soluços. "Estou muito triste por você."

"Mas agora você entende o que eu quis dizer. Eu causo o mal."

"Não."

"Talvez eu devesse mesmo ser namorada dele. Fazer com que se divorciasse da minha mãe e me tornar sua namorada."

"Não." Ele se controlou e enxugou o rosto. "Não, ele é um filho da puta doente. Sei porque também sou um pouco doente. Posso inferir isso."

"Você poderia ter feito a mesma coisa que ele fez…"

"Nunca. Juro. Sou como você, não como ele."

"Mas… se você é um pouco doente e se parece comigo, então isso significa que eu sou um pouco doente."

"Não foi isso que eu quis dizer."

"Mas você tem razão. Eu devia ir para casa e ser a namorada dele. Já que sou tão doente. Muito obrigada por sua ajuda, senhor conselheiro."

Ele a tomou pelos ombros e a obrigou a encará-lo. Agora só havia desconfiança nos olhos dela. "Quero ser seu amigo", ele disse.

"Todos nós sabemos onde vai dar essa história de sermos amigos."

"Você está errada. Fique aqui, vamos pensar juntos. Seja minha amiga."

Ela se afastou dele e cruzou os braços bem apertados contra o peito.

"Podemos ir direto para a Stasi", ele disse. "Ele não cumpriu o juramento que fez. No momento em que perceberem que ele pode se tornar um embaraço para o Estado, vão deixá-lo cair como uma batata quente. Na visão daquelas pessoas, ele não passa de um colaboradorzinho de segunda categoria, de um joão-ninguém."

"Não", ela disse. "Vão pensar que eu estou mentindo. Não lhe contei tudo que fiz... tenho muita vergonha. Fiz coisas para interessá-lo."

"Não importa. Você tem quinze anos. Aos olhos da lei, não tem nenhuma responsabilidade. A menos que ele seja muito burro, já deve estar bem apavorado. Você tem todo o poder."

"Mesmo que acreditem em mim, a vida de todo mundo está arruinada, inclusive a minha. Não vou ter um lar, não vou poder ir para a universidade. Até minha irmã vai me odiar. Acho que é melhor dar a ele o que quer até eu ter idade para sair de casa."

"Se é isso que você quer."

Ela balançou a cabeça. "Eu não estaria aqui se quisesse isso. Mas agora vejo que ninguém pode me ajudar."

Andreas não sabia o que dizer. O que queria é que ela fosse morar no porão da casa paroquial com ele. Poderia protegê-la, ajudar nos estudos, treinar inglês com ela, ensiná-la a ser uma conselheira de jovens em situação de risco; e se tornar seu amigo, como o rei Lear imaginava a vida com Cordélia, acompanhando à distância as notícias da corte, rindo dos que estavam em alta e dos que estavam em baixa. Talvez com o tempo se tornassem um casal, o casal do porão, vivendo a vida deles sem interferência alheia.

"Podemos achar um lugar para você aqui", ele disse.

Ela voltou a sacudir a cabeça. "Ele já está aborrecido porque não chego em casa antes da meia-noite. Acha que estou saindo com os rapazes. Se eu não voltar para casa, ele irá denunciar minha mãe."

"Ele disse isso?"

"Ele é uma pessoa má. Durante muito tempo pensei o contrário, mas não penso mais assim. Agora tudo que ele me diz é uma espécie de ameaça. Não vai parar enquanto não tiver tudo que quer."

Uma sensação diferente, não de lágrimas, uma onda de ódio, invadiu Andreas. "Posso matá-lo", disse ele.

"Não é isso que eu quero quando peço ajuda."

"A vida de alguém vai ter que ser arruinada", ele continuou, na trilha lógica de seu ódio. "Por que não a dele e a minha? Já vivo uma espécie de prisão. A comida numa prisão de verdade não pode ser pior. Posso ler livros às custas do Estado. Você pode ir para a universidade e ajudar sua mãe com o problema dela."

Annagret fez um som de escárnio. "É um plano ótimo. Tentar matar um halterofilista."

"Claro que eu não o avisaria com antecedência."

Ela o olhou como se ele não pudesse estar falando sério. A julgar por toda a vida dele até então, ela estava certa. Seu forte era levar as coisas na brincadeira. Mas era mais difícil ver o lado ridículo da destruição banal de vidas na República, quando a vida em questão era a de Annagret. Ele já estava se apaixonando por aquela garota, e não havia como lutar contra tal sentimento, nenhum modo de agir para torná-lo concreto, nenhuma forma de fazê-la crer que devia confiar nele. Annagret deve ter visto isso em seu rosto, porque sua expressão mudou.

"Você não pode matá-lo", disse baixinho. "Ele é só muito doente. Todo mundo na minha família é doente, todo mundo que eu toco é doente, inclusive eu. Só preciso de *ajuda*."

"Não há ajuda para você neste país."

"Isso não pode ser verdade."

"Mas é."

Ela fixou os olhos nos bancos à frente deles ou na cruz atrás do altar, patética e frouxamente iluminada. Depois de algum tempo sua respiração se tornou mais rápida e mais pronunciada. "Eu não ia chorar se ele morresse", disse. "Mas eu é que devia matá-lo, e nunca seria capaz de fazer isso. Nunca, nunca. Preferiria ser a namorada dele."

Pensando melhor, Andreas também não queria matar Horst. Podia sobreviver à prisão, mas o rótulo de *assassino* não ia bem com sua autoimagem. O rótulo o seguiria para sempre, ele não seria capaz de gostar de si mesmo tanto quanto gostava no momento, nem as pessoas iriam gostar. Nada de errado em ser um *Assibräuteaufreißer*, um comedor de meninas antissociais — o rótulo era apropriadamente ridículo. Mas *assassino* ele não era.

"Então", disse Annagret, pondo-se de pé, "foi simpático você se oferecer. Foi simpático você ouvir minha história e não ficar enojado."

"Espere!", disse Andreas, porque outra ideia lhe ocorrera: se ela fosse sua cúmplice, talvez ele não fosse automaticamente pego; e, mesmo que fosse, sua beleza e o amor que sentia por ela ficariam para sempre estampados no que os dois tinham feito. Ele não seria um simples *assassino*, mas alguém que havia eliminado o torturador daquela jovem excepcional.

"Você consegue confiar em mim?", perguntou.

"Gosto de conversar com você, não acho que vai contar meus segredos a ninguém."

Não eram as palavras que ele queria ouvir, e elas o fizeram se envergonhar da fantasia de ser seu tutor no porão.

"Não quero ser sua namorada", ela acrescentou, "se é isso que está perguntando. Não quero ser a namorada de ninguém."

"Você tem quinze anos e eu vinte e sete. Não é disso que estou falando."

"Tenho certeza de que você também tem uma história para contar, tenho certeza de que ela é muito interessante."

"Quer ouvi-la?"

"Não. Só quero ser normal outra vez."

"Isso não vai acontecer."

Ela pareceu desolada. O natural seria abraçá-la e lhe oferecer algum consolo, mas nada na situação deles era natural. Ele se sentia totalmente impotente — outra sensação nova de que não gostava nem um pouco. Imaginou que ela estava prestes a ir embora para nunca mais voltar. No entanto, em vez disso, Annagret tomou um longo sorvo de ar que a estabilizou e disse, sem olhar para ele: "Como você faria isso?".

Em voz baixa e sem inflexões, como num transe, ele explicou tudo. Ela tinha que parar de ir à igreja, voltar para casa e mentir para Horst. Precisava dizer que havia frequentado a igreja para se sentar ali sozinha e rezar, pedindo a ajuda de Deus, e que sua mente agora estava clara. Estava pronta para se entregar por inteiro a Horst, mas não podia fazer isso em casa por respeito à mãe. Conhecia um lugar melhor, um lugar romântico, um lugar seguro aonde alguns amigos seus iam nos fins de semana para beber cerveja e trepar. Se ele tivesse consideração pelos sentimentos dela, a levaria lá.

"Você conhece um lugar assim?"

"Conheço", disse Andreas.

"E por que faria isso por mim?"

"Quem melhor do que você para eu fazer isso? Você merece uma vida boa. Estou disposto a me arriscar por isso."

"Não é um risco. É garantido — com certeza eles pegariam você."

"Está bem, uma hipótese apenas: se fosse garantido que *não me pegariam*, você me deixaria fazer isso?"

"Eu é que devia ser morta. Venho fazendo uma coisa terrível com minha irmã e minha mãe."

Ele suspirou. "Gosto muito de você, Annagret. Mas não gosto nada dessa sua dramatização."

Foi a coisa certa a dizer, ele imediatamente percebeu. Não recebeu um olhar fulminante dela, mas nos olhos dela viu uma inconfundível centelha de fogo. Ele quase teve raiva da excitação sexual que aquilo lhe causou; não queria que fosse outra simples sedução. Queria que ela se tornasse a saída do deserto de sedução em que ele vivia.

"Eu jamais poderia fazer isso", ela disse, deixando de encará-lo.

"Certo. Só estávamos conversando."

"Você também apela para a dramatização. Disse que era a pessoa mais importante do país."

Ele poderia ter retrucado que uma declaração ridícula como aquela só poderia ser ironia, mas viu que isso não passava de uma meia verdade. A ironia era escorregadia, a sinceridade de Annagret, bem firme. "Você tem razão", disse, agradecido. "Eu também apelo para a dramatização. Mais uma coisa em que somos parecidos."

Ela encolheu os ombros de um jeito petulante.

"Mas, já que só estamos conversando, você acha que conseguiria dirigir uma motocicleta?"

"Só quero ser normal outra vez. Não quero ser como você."

"Está bem, vamos tentar fazer você se tornar normal de novo. Mas ajudaria se pudesse dirigir a moto dele. Eu nunca andei de moto."

"É parecido com o judô", ela disse. "A gente tem que se deixar levar e não ir contra."

Que gracinha de judoca! Continuava daquele jeito, fechando a porta para ele e depois abrindo um pouco, rejeitando possibilidades que depois voltava atrás e aceitava, até ficar tão tarde que já era hora de ela ir para casa. Concordaram que não fazia sentido ela voltar à igreja a menos que estivesse pronta para seguir em frente com o plano ou se mudar para o porão. Eram as únicas ideias que os dois tinham.

Depois que Annagret deixou de ir à igreja, Andreas não teve mais como se comunicar com ela. Nas seis tardes seguintes, ficou esperando no santuário até a hora do jantar. Estava convencido de que não voltaria a vê-la. Ela era apenas uma colegial, não ligava para ele, ou pelo menos não o bastante, e não odiava o padrasto com a mesma sanha assassina dele. Ela não teria coragem de seguir o plano — iria sozinha à Stasi ou se submeteria a abusos ainda maiores. À medida que as noites transcorriam, Andreas sentiu algum alívio. Em termos de experiência, pensar a sério num assassinato era quase tão bom quanto executá-lo, com o benefício adicional de não representar nenhum risco. Entre ser preso e não ser preso, a segunda opção era claramente preferível. O que o atormentava era a ideia de não voltar a ver Annagret. Visualizava-a treinando seus golpes de judô no clube, sendo uma boa menina, e sentia pena de si próprio. Recusava-se a visualizar o que estaria acontecendo com ela em casa à noite.

Annagret reapareceu na sétima noite, pálida, parecendo esfomeada, vestindo o mesmo blusão feio e impermeável que metade dos adolescentes da República estava usando. Uma chuva fina e fria caía sobre a Siegfeldstrasse. Ela se sentou na última fileira, curvou a cabeça e esfregou as mãos muito brancas e geladas. Vendo-a outra vez, depois de uma semana em que apenas a imaginava, Andreas foi surpreendido pelo contraste entre o amor e a lascívia. O amor machucava a alma, revirava o estômago, era estranhamente claustrofóbico: uma sensação de coisas infinitas cresceu e ficou entalada dentro dele, de um peso infinito, de um potencial infinito, existindo apenas uma via de escape sob a forma daquela jovem pálida e trêmula de frio num asqueroso blusão impermeável. Tocar nela era a coisa mais distante em sua mente. O impulso dele era se jogar a seus pés.

Sentou-se a alguma distância dela. Por um bom tempo, por vários minutos, os dois não se falaram. O amor alterava o modo como ele notava a respiração irregular dela pela boca e suas mãos trêmulas — e mesmo a disparidade entre toda a imensidão que ela representava e os sons comuns que emitia, a trivialidade de seus dedos de colegial. Ocorreu-lhe o estranho pensamento de que era errado, até mesmo *maldoso*, pensar em matar alguém que, embora de forma doentia, também estava apaixonado por ela, e que em vez disso ele devia sentir compaixão por aquele homem.

"Tenho que ir para o clube de judô", ela disse por fim. "Não posso demorar muito."

"É bom ver você", disse ele. O amor fez com que isso lhe parecesse a declaração mais verdadeira que já havia feito.

"Só me diga o que fazer."

"Agora talvez não seja o melhor momento. Você não quer voltar outro dia?"

Ela fez que não com a cabeça, deixando o cabelo cair sobre o rosto. Não o puxou de volta. "Me diga apenas o que fazer."

"Merda!", ele disse com franqueza. "Estou tão assustado quanto você."

"Impossível."

"Por que você simplesmente não foge? Venha morar aqui. Encontramos um quarto para você."

Ela começou a tremer ainda mais violentamente. "Se você não me ajudar, vou fazer sozinha. Você acha que é mau, mas eu é que sou má."

"Não, calma." Segurou as mãos dela. Estavam geladas e tão normais, tão normais, que ele amou aquelas mãos. "Você é uma pessoa muito boa. Só está vivendo um pesadelo."

Ela olhou direto para ele e, em meio ao seu cabelo, Andreas entreviu o olhar fulminante, o olhar candente. "Vai me ajudar a sair disso?"

"É o que você quer?"

"Você disse que ia me ajudar."

Será que alguém merecia aquilo?, chegou a se perguntar, mas então largou as mãos dela e tirou do bolso do paletó um mapa desenhado à mão.

"A casa fica aqui", disse. Primeiro você vai ter que pegar o S-Bahn sozinha para chegar lá, pois precisa saber exatamente para onde vai. Tem que ir à noite e ficar de olho na polícia. Quando voltar lá de motocicleta com ele, diga para ele apagar as luzes na última curva e seguir para os fundos da casa. O caminho leva até lá. Depois vocês dois devem tirar os capacetes. Estamos falando de que noite?"

"Quinta-feira."

"A que horas começa o turno da sua mãe?"

"Às dez."

"Não vá jantar em casa. Diga que o encontra, onde a moto dele estiver, às nove e meia. Ninguém deve ver vocês dois saindo do prédio."

"Está bem. Onde você vai estar?"

"Não se preocupe com isso. Trate de caminhar até a porta dos fundos. Tudo vai acontecer como conversamos."

Ela se contorceu, como se estivesse com ânsias de vomitar, mas se recuperou e guardou o mapa no bolso do blusão. "Isso é tudo?"

"Você é que sugeriu para ele? O dia?"

Ela assentiu com um gesto brusco de cabeça.

"Sinto muito", ele disse.

"Isso é tudo?"

"Só mais uma coisa. Pode olhar para mim?"

Ela continuou curvada para a frente, como um cachorro que tinha feito alguma coisa errada, mas depois voltou a cabeça.

"Você tem que ser honesta comigo. Está fazendo isso porque eu quero ou porque você quer?"

"Que diferença faz?"

"Muita. Toda."

Annagret voltou a olhar para o colo. "Só quero que acabe logo. De um jeito ou de outro."

"Você sabe que não poderemos nos ver por um longo período, aconteça o que acontecer. Nenhum contato de nenhuma espécie."

"Isso é até melhor."

"Mas pense bem. Se em vez disso você viesse para cá, podíamos nos ver todos os dias."

"Não acho que isso seja melhor."

Andreas olhou para o teto manchado do santuário e considerou uma piada inacreditável que a primeira pessoa que seu coração escolhia livremente fosse alguém que ele não apenas não podia possuir, mas que também não poderia ver. No entanto, sentiu-se bem que fosse assim. Sua falta de poder era em si um alívio. Quem teria imaginado tal coisa? Vários clichês sobre o amor, ditos imbecis e letras de música passaram velozes por sua mente.

"Estou atrasada para o judô", disse Annagret. "Preciso ir."

Ele fechou os olhos para não ter de vê-la indo embora.

Era tão fácil culpar a mãe. A vida, uma triste contradição, desejo infinito, mas suprimentos limitados, o nascimento apenas um bilhete de passagem para a morte: por que não culpar a pessoa que lhe impôs a vida? Está bem, talvez fosse injusto. Mas sua mãe sempre poderia culpar a mãe dela, que culparia sua própria mãe, e assim por diante, até o Éden. As pessoas desde sempre culpavam suas mães, e a maioria delas, Andreas estava convencido, tinha mães menos passíveis de culpa que a dele.

Um acidente no desenvolvimento do cérebro fazia com que as crianças jogassem com cartas marcadas: a mãe tinha três ou quatro anos para foder com sua cabeça antes que o hipocampo começasse a registrar memórias duradouras. Você vinha falando com sua mãe desde que fez um ano e a ouvia fazia mais tempo ainda, mas não iria conseguir se lembrar uma de só palavra do que vocês dois haviam dito até que o hipocampo entrasse em ação. Sua consciência abria os olhinhos pela primeira vez e descobria que você estava apaixonado até a raiz do cabelo por sua mamãe. Como era um menininho excepcionalmente brilhante, você também acreditava na inevitabilidade histórica do Estado dos trabalhadores socialistas. Sua mãe, no fundo do coração dela, talvez não acreditasse nisso, mas você sim. Você era uma pessoa muito antes de ter um ego consciente. Seu corpinho tinha estado mais fundo dentro do corpo da sua mãe do que o pau do seu pai jamais estivera, você tinha espremido a porra inteira da sua cabeça dentro da boceta dela, e durante um tempão tinha chupado os peitos dela sempre que sentiu vontade. E nem que quisesse você poderia se lembrar disso. Você se viu alienado de si próprio desde o primeiro instante.

O pai de Andreas foi o segundo membro mais jovem do Partido a ser alçado ao Comitê Central, ocupando o cargo mais criativo da República. Como principal economista do governo, era responsável pela manipulação dos dados, por demonstrar aumentos de produtividade inexistentes, por equilibrar todos os anos o orçamento que a cada dia se afastava mais da realidade, por ajustar as taxas de câmbio oficiais a fim de maximizar o impacto orçamentário de qualquer montante em moeda forte que a República fosse capaz de obter mediante meios tortuosos ou mera extorsão, por realçar os poucos êxitos da economia e oferecer justificativas otimistas para seus muitos fracassos. Os líderes do Partido podiam se dar ao luxo de ser ignorantes ou cínicos acerca de seus números, mas ele próprio tinha de acreditar na história contada pelas cifras. Isso exigia convicção política, autoengano e, talvez em especial, autocomiseração.

Um refrão da infância de Andreas era a litania do pai acerca da injustiça contra a qual o Estado socialista alemão precisava lutar. Os nazistas haviam perseguido os comunistas e quase destruído a União Soviética, que, portanto, tinha todos os motivos para exigir reparações, e os Estados Unidos haviam desviado recursos escassos de sua própria classe trabalhadora oprimida e os encaminhado à Alemanha Ocidental a fim de criar a ilusão de prosperidade, atraindo e ludibriando os alemães-orientais fracos, para que cruzassem a fronteira. "Nenhum Estado, em toda a história universal, nasceu com uma desvantagem maior que a nossa", ele gostava de dizer. "Começando com um monte de entulho e com todas as mãos levantadas contra nós, conseguimos alimentar, vestir, abrigar e educar nossos cidadãos e oferecer a cada um deles um nível de segurança que apenas os mais ricos do Ocidente desfrutavam." A frase *todas as mãos levantadas contra nós* sempre emocionava Andreas. Seu pai lhe parecia o maior dos homens, o sábio e bondoso defensor do trabalhador alemão, vilipendiado por todos e objeto de muitas conspirações. Havia algo mais digno de admiração que uma nação oprimida e sofredora perseverar e triunfar graças unicamente à fé que tinha em si própria? *Com todas as mãos levantadas contra ela?*

Entretanto, seu pai trabalhava demais, viajava muito para Moscou e outros países do bloco oriental. O verdadeiro caso de amor de Andreas era com a mãe, Katya, não menos perfeita e bem mais disponível. Ela era bonita, enérgica e inteligente; rígida apenas em matéria política. Tinha cabelo curto como o de um menino e de uma vermelhidão inigualável, uma cor flamejante que parecia natural e que resultava de um produto ocidental só obtido pelos mais privilegiados. Ela era uma joia da República, com grande encanto físico e intelectual, que decidira permanecer ali enquanto outras como ela tratavam de ir embora. Ninguém se adaptou à linha do Partido com mais facilidade do que ela. Andreas comparecera a palestras ministradas pela mãe e notara a ascendência que exercia sobre os ouvintes, o modo como os enfeitiçava com a vermelhidão de seu cabelo e a torrente de palavras que emitia sem anotações. Citava de cor trechos inteiros de Shakespeare, quaisquer versos aos quais seu processo mental precisasse recorrer, traduzindo-os depois livremente em alemão para os alunos mais lentos, e tudo que ela dizia era impregnado de ortodoxia: a tragédia dinamarquesa era uma parábola da falsa consciência e sua ruína; Polônio, um travesti da intelligentsia burguesa; o príncipe louro, uma profética antevisão de Marx; Horácio, seu Engels; e Fortimbrás, o executor e fiador da consciência revolucionária, nos moldes de Lênin, chegando ao equivalente dinamarquês da Estação Finlândia. Se alguém se incomodava com os óbvios elogios que Katya dirigia a si mesma, se alguém considerava perturbadora a sua vivacidade (segurança era sinônimo de monotonia), ela tinha a presidência do comitê de supervisão política de seu departamento para sufocar qualquer inquietação.

Katya também vinha de uma família heroica. Em 1933, depois do incêndio do Reichstag e da proibição do Partido Comunista, líderes partidários espertos ou que tiveram sorte fugiram para a União Soviética a fim de receber treinamento avançado pela NKVD, enquanto outros se dispersaram pela Europa. A mãe de Katya tinha um passaporte britânico e conseguiu emigrar para Liverpool com o marido e as duas filhas. O pai se empregou no porto e conseguiu se manter nas boas graças dos soviéticos trabalhando como espião; Katya dizia se lembrar de que Kim Philby um dia jantou na casa deles. Quando a guerra eclodiu, a família foi delicada mas firmemente removida para o interior do País de Gales, lá ficando durante todo o conflito. Com exceção da irmã mais velha de Katya, que se casara com o líder de uma orquestra de swing, os pais voltaram para Berlim Oriental, marcharam numa parada de celebração, receberam louvores públicos por sua resistência ao fascismo e depois foram docemente exilados para Rostock pelos líderes treinados pela NKVD que os soviéticos haviam posto no comando. Somente Katya teve permissão de ficar em Berlim, por ser estudante. Seu pai se enforcou em Rostock em 1948; a mãe teve um colapso nervoso e foi trancafiada numa enfermaria, até que também morreu. Andreas mais tarde achou possível que a polícia secreta tivesse ajudado no suicídio do avô e no colapso da avó, mas tal consolo era politicamente impossível para Katya. Sua própria estrela subiu em paralelo ao eclipse dos pais, que agora podiam ser lembrados em segurança como mártires. Formou-se como professora e mais tarde se casou com um colega da universidade que, tendo morado na União Soviética durante a guerra, junto com outros membros da família Wolf, lá estudara economia.

Nada na infância de Andreas com a mãe foi comum. Ela lhe permitia tudo, exigindo em troca apenas que a acompanhasse o tempo todo, o que para ele era delicioso. Ela dava aulas de *Anglistik* na universidade e desde o começo falava inglês e alemão em casa com ele, se possível na mesma frase.

A mistura dos dois idiomas era uma brincadeira inesgotável. *Du hast ein* tremenda bagunça *gemacht! Os Vereinigten Staaten* estão podres! Esse cheiro *stinkt! Willst du ein* outras *Stück* de bolo de creme? O que se passa no teu cabecinha? Ela se recusou a pô-lo numa creche porque o queria só para si e tinha o privilégio de fazer valer seus desejos. Ele começou a ler tão cedo que nem se lembrava de como havia aprendido. Lembrava que dormia na cama de casal quando o pai estava fora. Também lembrava dos roncos do pai, quando tentava juntar-se a eles à noite, lembrava de sentir medo deles, lembrava de que ela saía da cama, o levava de volta a seu quarto e dormia lá com ele. Andreas parecia incapaz de fazer qualquer coisa de que ela não gostasse. Quando ele tinha um acesso de birra, ela se sentava no chão e chorava com ele; se isso o irritasse ainda mais, ela também ficava mais irritada, até a comicidade do sofrimento fingido dela o distrair de sua própria aflição. Então Andreas ria, e ela ria com ele.

Certa vez ele ficou tão zangado que chutou o tornozelo dela, e sua mãe saiu tropeçando pela sala de visitas numa falsa agonia, gritando em inglês "Um golpe, um golpe de verdade!". Era tão engraçado e tão enfurecedor que ele correu e a chutou de novo, com mais força. Dessa vez ela caiu ao chão e ficou imóvel. Ele deu uma risadinha e pensou em chutá-la mais uma vez, já que estavam se divertindo tanto. Mas, como ela continuava sem se mexer, Andreas ficou preocupado e se ajoelhou ao lado do rosto dela. A mãe estava respirando e viva, porém seu olhar era estranho, vazio.

"Mamãe?"

"Você gosta de ser chutado?", ela perguntou baixinho, sem nenhuma inflexão.

"Não."

Ela não disse mais nada, mas ele era muito precoce e imediatamente sentiu vergonha de tê-la chutado. Ela nunca precisava lhe dizer o que não fazer, e nunca disse. Ele começou a agarrá-la e a cutucá-la, tentando fazê-la se mexer, e dizendo: "Mamãe, mamãe, desculpe que chutei você, por favor se levante". Mas agora ela estava chorando — lágrimas de verdade, não de fingimento. Ele parou de tocar nela e não sabia o que fazer. Correu para seu quarto e também chorou, na esperança de que ela o ouvisse. No fim estava urrando, e nem assim ela foi até ele. Parou de chorar e voltou à sala de visitas. Ela ainda estava no chão, na mesma posição, de olhos abertos.

"Mamãe?"

"Você não fez nada errado", ela murmurou.

"Não machuquei você?"

"Você é perfeito. O mundo é que não é."

Ela não se moveu. A única coisa que lhe ocorreu foi voltar para o quarto e se deitar, ficando tão imóvel quanto ela. Mas isso era tedioso, por isso abriu um livro. Ainda estava lendo quando ouviu seu pai chegar. "Katya? *Katya!*" Os passos do pai soaram severos e raivosos. Andreas, então, ouviu um tapa. Depois de um momento, um segundo tapa. Em seguida outra vez os passos do pai, depois os da mãe, seguidos do tilintar de panelas. Quando foi para a cozinha, a mãe lhe deu um sorriso carinhoso e perguntou o que ele tinha lido. Durante o jantar, o casal conversou como sempre, seu pai mencionando o nome de alguém, sua mãe dizendo algo divertido e um pouco maldoso sobre a pessoa, seu pai retrucando "cada qual segundo sua capacidade", ou algo igualmente pomposo e correto, sua mãe voltando-se para Andreas e dando-lhe a piscadela de olho que tanto gostava de dar. Como ele a amava! Amava os dois! A cena anterior tinha sido algum pesadelo.

Muitas de suas outras recordações da infância eram de reuniões do comitê da universidade. Ela o punha sentado numa cadeira no canto da sala de reunião, longe da mesa, e ele, precocemente, ficava lendo livros de verdade — em alemão, *Nackt unter Wölfen, Kleine Shakespeare-Fabeln für junge Leser*, de Werner Schmoll; em inglês, *Robin Hood* e Steinbeck — enquanto os professores reunidos competiam para ver quem propunha novas formas de alinhar o currículo de *Anglistik* com a luta de classes e novas maneiras de melhor servir ao trabalhador alemão. É provável que nenhuma outra reunião na universidade fosse mais sufocantemente doutrinária, porque nenhum departamento era mais secundário e combativo como aquele. Andreas desenvolveu uma conexão quase telepática com a mãe; sabia exatamente quando erguer os olhos do livro para receber a piscadela especial, a piscadela que lhe dizia que ambos estavam sofrendo juntos e eram mais espertos do que qualquer um ali. Seus colegas talvez não gostassem de ver uma criança na sala, mas Andreas tinha uma extraordinária capacidade de concentração e estava tão sintonizado com a mãe que sabia perfeitamente o que poderia embaraçá-la e nunca fazia nada errado. Só em situações extremas ele se levantava e puxava sua manga a fim de que o levasse ao banheiro das mulheres para urinar.

Numa das mais longas dessas reuniões — isso contado por Katya, pois Andreas não se lembrava —, ele ficou muito sonolento para continuar lendo e pousou a cabeça no braço da cadeira. Uma das colegas da mãe, querendo ser simpática com ela e possivelmente desconhecendo a habilidade linguística dele, sugeriu em inglês que ele fosse se deitar no escritório de Katya usando a expressão errada *lay down*. Segundo sua mãe, Andreas se sentou depressa e imediatamente gritou em inglês: "Dizer *lay down* em vez de *lie down* é uma mentira!". É verdade que em algum momento ele aprendera a distinção entre *lie* e *lay* e que se achava inteligente, mas não conseguia acreditar que com seis anos fora suficientemente esperto para dizer uma coisa daquela. Katya garantia que era verdade. Era uma das histórias sobre a precocidade dele que ela adorava contar: como, com seis anos, o inglês dele era melhor que o de uma professora universitária. Esses relatos não incomodavam Andreas tanto quanto mais tarde achou que deveriam ter incomodado. Bem cedo aprendeu a se desligar do orgulho que a mãe sentia por ele, aceitando-o como algo natural e seguindo em frente.

Ele a viu menos à medida que avançou nos programas de arregimentação e doutrinação do primeiro grau e vespertinos, mas a essa altura já estava convencido de que tinha os melhores pais do mundo. Ainda gostava de voltar para casa e fazer brincadeiras bilíngues com a mãe, agora já mais capaz de ler suas peças e romances preferidos e de ser a pessoa que seu pai não era, alguém que lia literatura; e, embora também observasse que ela não era totalmente estável (houve outros colapsos mentais no chão de seu escritório e na banheira, além de algumas ausências incompreensíveis seguidas de explicações pouco convincentes), ele sentia uma espécie de *noblesse oblige* com relação a seus amigos e colegas, dando como certo que suas mães eram menos maravilhosas que a dele. Essa convicção persistiu até a puberdade.

Em tese, psicólogos se faziam desnecessários na República do Mau Gosto, porque a neurose era uma enfermidade burguesa, a expressão mórbida de contradições que, por definição, não podiam existir no Estado perfeito dos trabalhadores. No entanto, havia psicólogos, uns poucos, e quando Andreas fez quinze anos seu pai conseguiu que um deles o atendesse. Acusavam-no de haver tentado se matar, porém o sintoma do momento era a masturbação excessiva. Em sua opinião, esse excesso só existia na mente dos outros, e sua mãe achava que ele estava atravessando uma fase natural da adolescência, embora admitisse que o pai pudesse ter razão em pensar de modo diferente. Desde que havia descoberto uma passagem secreta para escapar da autoalienação, dando-se prazer enquanto também o recebia, ele se entediava mais e mais com qualquer atividade que o afastasse daquilo.

A que tomava mais o seu tempo era o futebol. Nenhum esporte tinha menos interesse para a intelligentsia da Alemanha Oriental do que o futebol, mas aos dez anos Andreas já havia incorporado o desdém de sua mãe pela elite supostamente intelectual do país. Ele argumentava com o pai que a República era um Estado de operários e que o futebol constituía o esporte das massas trabalhadoras, embora essa fosse uma argumentação cínica, digna de sua mãe. A verdadeira atração pelo futebol estava na possibilidade de ele se afastar dos colegas que se achavam muito interessantes e não eram. Obrigou seu melhor amigo, Joachim, para quem era um verdadeiro ídolo, a se inscrever junto com ele. Foram a um clube agradavelmente distante da Karl-Marx-Allee e, por falarem de Beckenbauer e Bayern de Munique, fizeram seus colegas se sentirem fora de sintonia. Mais tarde, depois que viu o fantasma, Andreas jogou futebol de forma obsessiva, treinando com os companheiros de clube no centro esportivo e sozinho na Weberwiese, porque se via como um grande artilheiro e assim era poupado de pensar no fantasma.

Mas ele jamais seria um grande artilheiro, e a facilidade da masturbação só aumentava sua frustração com os defensores que continuavam barrando suas tentativas de fazer gols. No quarto, a sós, podia marcar quantas vezes quisesse. Lá, sua única frustração era ficar entediado e deprimido depois de marcar muitos gols e não conseguir fazer outros por algum tempo.

A fim de manter seu interesse, teve a inspiração de desenhar garotas nuas a lápis. Os primeiros desenhos eram extremamente crus, porém ele descobriu que tinha algum talento, sobretudo quando podia trabalhar tendo por base algum modelo de uma revista ilustrada, desnudando-a enquanto desenhava. E ao desenhar com uma das mãos e se tocar com a outra, era capaz de prolongar seu prazer por horas. Os desenhos não tão bem-sucedidos eram amassados e jogados fora. Nos melhores, guardados e aperfeiçoados, ele se demorava acrescentando legendas indecentes porque, embora os rostos e corpos idealizados continuassem a encantá-lo, as palavras que impunha a eles o envergonhavam no dia seguinte.

Ele informou seus pais de que estava deixando o futebol. Sua mãe aprovou como fazia com tudo que vinha dele, mas o pai disse que, se largasse aquele esporte, teria de encontrar outras atividades saudáveis que ocupassem de forma idêntica seu tempo. Por isso, uma noite, ao voltar para casa depois do treino, atirou-se da ponte Rhinstrasse e caiu sobre os arbustos cheios de lixo onde, por acaso, ele vira o fantasma pela última vez. Quebrou o tornozelo e disse aos pais que havia saltado, num gesto imbecil de ousadia ao ser desafiado.

A única coisa que todos tinham em excesso na República era tempo. O que quer que não fosse feito hoje realmente podia ser adiado para amanhã. Todos os demais artigos eram escassos, mas jamais o tempo, em especial se você tivesse quebrado o tornozelo e fosse extremamente inteligente. Lição de casa era uma piada para um menino que lia desde os três anos e fazia operações de multiplicação desde os cinco; havia um limite para o prazer de exibir sua inteligência para os outros garotos da escola, enquanto as meninas não o interessavam; desde que vira o fantasma, as conversas com a mãe tinham deixado de diverti-lo. Ela continuava interessante como sempre, demonstrando seus encantos na mesa de jantar como uma fruta deliciosa, mas Andreas perdera o apetite por ela. Vivia num vasto deserto proletário de tempo e tédio, não vendo por isso nada de errado ou excessivo ao dedicar um bom pedaço de cada dia a produzir beleza com suas mãos, transformando papel em branco em rostos femininos que deviam a ele sua existência ou transformando sua pequena lombriga em algo duro e grande. Tendo perdido por completo a vergonha de seus desenhos, passou a trabalhar nos rostos até mesmo sentado no sofá da sala de visitas, tocando às vezes em sua calça a fim de manter um nível moderado de excitação, outras vezes ficando tão absorto na atividade artística que prescindia de tal estímulo.

"De quem é esse rosto?", Katya perguntou um dia, olhando por cima do ombro dele. Seu tom era jocoso.

"De ninguém", ele disse. "É só um rosto."

"Tem que ser de alguém. Alguma garota que você conheceu na escola?"

"Não."

"Você parece ter muita prática. É isso que vem fazendo com a porta do quarto fechada?"

"É."

"Tem outros desenhos que eu possa ver?"

"Não."

"Estou realmente impressionada com seu talento. Não posso ver outros desenhos?"

"Jogo tudo fora depois que termino."

"Não tem *nenhum* outro?"

"Não mesmo."

Sua mãe franziu a testa. "Está fazendo isso para me magoar?"

"Para dizer a verdade, nunca penso em você. Acho que você deveria se preocupar se eu pensasse."

"Posso proteger você", disse ela, "mas tem que falar comigo."

"Não quero falar com você."

"É normal se sentir excitado com desenhos na sua idade. É saudável ter impulsos na sua idade. Só estou interessada em saber de quem é o rosto."

"Mamãe, é um *rosto inventado*."

"Mas o desenho parece tão pessoal. Como se você conhecesse muito bem quem ela deve ser."

Sem dizer nem mais uma palavra, ele pôs o desenho numa pasta, foi para o quarto e fechou a porta. Ao abrir a pasta de novo, o rosto desenhado a lápis lhe pareceu horrível. Medonho, medonho. Rasgou o papel. Sua mãe bateu à porta e entrou.

"Por que você pulou da ponte?"

"Já disse. Foi um desafio."

"Você estava tentando se machucar? É importante que me diga a verdade. Seria o fim do mundo para mim se você me fizesse o que meu pai fez comigo."

"Joachim me desafiou, exatamente como eu já disse."

"Você é inteligente demais para fazer uma coisa tão estúpida por causa de um desafio."

"Está bem. Eu queria quebrar a perna para poder passar mais tempo me masturbando."

"Não acho engraçado."

"*Por favor*, vá embora para que eu possa me masturbar." As palavras saltaram de seus lábios, mas o choque de ouvi-las libertou algo dentro dele. Pôs-se de pé e se aproximou da mãe, trêmulo, com um esgar de riso, dizendo: "*Por favor vá embora para que eu possa me masturbar. Por favor vá embora para que eu possa...*".

"Chega!"

"Não sou como o seu pai. Sou como *você*. Mas pelo menos faço sozinho. Não machuco ninguém, só a mim mesmo."

Ela empalideceu diante do gol que ele havia marcado. "Não faço ideia do que você está falando."

"Não, claro que não. Eu é que sou louco. Não distingo *um falcão de uma garça*", ele recitou.

"Chega dessa conversa hamletiana."

"Quase da mesma cepa, não do mesmo corpo..." *

"Você está com alguma ideia totalmente errada na cabeça", ela disse. "Tirou de algum livro e isso me aborrece, todas essas insinuações. Estou começando a acreditar que seu pai tem razão — eu o deixei ler coisas quando você era jovem demais para entendê-las. Ainda posso protegê-lo, mas tem que se abrir comigo. Tem que me dizer o que está realmente pensando."

"Estou pensando... em nada."

"Andreas."

"Por favor, vá embora para que eu possa me masturbar."

Estava protegendo-a, não o contrário; e, quando seu pai voltou de outra inspeção de fábricas e o informou de que tinha um encontro marcado com um psicólogo, ele decidiu que sua missão durante as sessões de aconselhamento seria continuar a protegê-la. Seu pai não o teria confiado a ninguém que não fosse politicamente inabalável e endossado pela Stasi. No entanto, apesar de odiar a mãe cada vez mais, nunca contaria nada ao psicólogo sobre o fantasma.

A capital da República era plana tanto espiritual como geograficamente. As poucas elevações eram compostas de entulho da guerra, e foi numa dessas colinas baixas, que se elevava atrás da cerca do campo de futebol, que Andreas viu o fantasma pela primeira vez. Mais além do montinho de terra, havia trilhos ferroviários abandonados e um estreito terreno baldio num formato irracional demais para ser aproveitado em qualquer dos planos quinquenais até então executados. O fantasma deve ter vindo dos trilhos no final da tarde, quando Andreas, resfolegando depois de várias corridas sem bola, agarrou a cerca com as mãos e comprimiu o rosto contra ela a fim de recuperar o fôlego.

---

* *Hamlet*, de William Shakespeare, Ato I, cena 2.

No alto da pequena elevação, a uns vinte metros dali, uma figura macilenta e barbuda, vestindo um paletó surradíssimo de pele de carneiro, olhava para ele. Sentindo sua privacidade e seus privilégios desrespeitados, Andreas se virou de costas e encostou na grade. Quando retomou a corrida e deu uma olhada para o topo da elevação, o fantasma havia desaparecido.

Mas no dia seguinte ele reapareceu, na hora do crepúsculo, olhando diretamente para Andreas, individualizando sua atenção. Dessa vez outros jogadores viram o fantasma e gritaram: "Seu tarado fedorento!", "Vai se lavar!" e coisas do gênero, com o desprezo moralmente inabalável que os membros do clube tinham por qualquer pessoa que não aderisse às regras da sociedade. Ninguém se metia em encrenca por xingar um marginal — pelo contrário. Um dos garotos se separou do grupo e foi até a cerca para ofendê-lo mais de perto. Vendo-o se aproximar, o fantasma sumiu depressa atrás da elevação, pondo-se fora de vista.

Depois disso, começou a aparecer quando estava escuro, vagando na área da pequena colina onde a luz do campo não o alcançava, a cabeça e os ombros quase invisíveis. Correndo pelo campo, Andreas procurava ver se o fantasma continuava lá. Às vezes sim, às vezes não; em duas ocasiões, com um movimento da cabeça, deu a impressão de pedir que Andreas se aproximasse. Mas sempre que soava o apito final ele já tinha ido embora.

Passada uma semana desse esconde-esconde, Andreas puxou Joachim para o lado depois do treino, quando todos deixavam o campo, e disse: "Aquele cara na colina continua olhando para mim".

"Ah, então ele está mesmo é atrás de você."

"Como se tivesse alguma coisa para me dizer."

"Os homens preferem as louras, deve ser isso, cara. Alguém devia denunciar ele."

"Vou pular a cerca. Descobrir qual é a história dele."

"Não seja idiota."

"Tem alguma coisa esquisita no jeito como ele me olha. Como se me conhecesse."

"Ele quer te conhecer. São seus cachos louros, estou dizendo."

Joachim provavelmente estava certo, mas Andreas tinha uma mãe para quem nada que ele fizesse era errado; por isso com catorze anos se acostumara a seguir seus impulsos e fazer o que queria, desde que não desafiasse frontalmente as autoridades. As coisas sempre corriam bem para ele: em vez de quebrar a cara, era elogiado por sua iniciativa e criatividade. Teve vontade de conversar com o fantasma de paletó de pele de carneiro para conhecer sua história, certamente menos tediosa do que tudo que ouvira na última semana; assim, dando de ombros, foi até a cerca e enfiou a ponta do pé numa das aberturas.

"Ei, para com isso", disse Joachim.

"Chame a polícia se eu não voltar em vinte minutos."

"Você não tem jeito. Vou junto."

Era isso que Andreas queria e, como sempre, estava conseguindo.

Do alto da elevação não conseguiam ver grande coisa na direção dos trilhos: o esqueleto de um caminhão, ervas daninhas, pequenas árvores sem futuro, algumas linhas pálidas que podiam ser o resto de paredes, as sombras deles tenuemente projetadas pela iluminação do campo. À distância, os apartamentos socialistas em vastos conjuntos de prédios não muito altos.

"Ei!", Joachim gritou para a escuridão. "Ô marginal! Você está por aqui?"

"Cale a boca."

Viram um movimento perto dos trilhos. Escolheram o caminho mais direto para aquela direção, andando devagar no escuro, as ervas se agarrando a suas pernas nuas. Quando chegaram aos trilhos, o fantasma já se encontrava bem longe, nas imediações da ponte Rhinstrasse. Era difícil dizer, mas parecia estar olhando para eles.

"Ei!", Joachim berrou. "Queremos falar com você!"

O fantasma voltou a se mover.

"Volte e tome um banho", disse Andreas. "Você está assustando ele."

"Isso é bobagem."

"Só vou até a ponte. Pode me encontrar lá depois."

Joachim hesitou, mas no fim quase sempre fazia o que Andreas desejava. Depois que ele se foi, Andreas caminhou rápido pelos trilhos, divertindo-se com sua pequena aventura. Não podia mais ver o fantasma, mas era interessante estar num local ermo e escuro. Bem esperto e conhecedor das regras, sabia que não estava cometendo nenhuma irregularidade por estar lá. Sentia-se autorizado a fazer aquilo, como se sentia autorizado a ser o único jogador em campo a atrair a atenção daquela figura estranha. Não tinha medo, não acreditava que pudesse ser atacado. Apesar disso, ficou contente com a segurança oferecida pela iluminação pública da ponte. Parou e examinou as sombras debaixo da ponte. "Oi", disse.

Um pé raspou em alguma coisa em meio à escuridão.

"Oi!"

"Vem aqui embaixo da ponte", disse uma voz.

"Venha você pra cá."

"Não, aqui embaixo. Não vou machucar você."

O tom da voz era gentil e educado, o que por algum motivo não o surpreendeu. Não teria sido próprio de alguém pouco inteligente ter olhado fixamente e acenado para ele. Caminhou para baixo da ponte e divisou uma figura humana próxima a um dos pilares. "Quem é você?", perguntou.

"Ninguém", respondeu o fantasma. "Uma coisa absurda."

"Então o que você está querendo? Eu conheço você?"

"Não posso ficar aqui, mas quis vê-lo antes de voltar."

"Voltar para onde?"

"Erfurt."

"Bom, estou aqui. Está me vendo. Você se importa de dizer por que está me espionando?"

A ponte acima deles tremeu e ribombou sob o peso de um caminhão que passava.

"O que você diria se eu lhe contasse que sou seu pai?"

"Eu diria que é um louco."

"Sua mãe se chama Katya Wolf e tinha o sobrenome de Eberswald quando solteira. Fui aluno e colega dela na Universidade Humboldt de 1957 até fevereiro de 1963, quando fui preso, julgado e condenado a dez anos de prisão por subversão."

Andreas involuntariamente recuou um passo. Tinha um medo instintivo de leprosos políticos. O contato com eles só podia ser prejudicial.

"Desnecessário dizer", o fantasma acrescentou, "que nunca quis subverter o regime."

"Obviamente as autoridades não acreditaram."

"Não, o interessante é que ninguém acreditou nisso. Fui preso pelo crime de ter relações com sua mãe antes e depois que ela se casou. O problema mesmo foi o *depois*."

Uma sensação horrível invadiu Andreas, em parte repugnância, em parte dor, em parte raiva moralista.

"Escute, seu nojento", ele disse. "Não sei quem você é, mas não pode falar assim da minha mãe. Ouviu bem? Se eu o vir outra vez no campo de futebol, vou chamar a polícia. Entendeu?" Virou as costas e voltou aos tropeços na direção da luz.

"Andreas", o vagabundo o chamou. "Peguei você no colo quando era um bebê."

"Vai se foder, seja você quem for."

"Sou seu pai."

"Vai se foder. Você é sujo e nojento."

"Faça uma coisa por mim", disse o vagabundo. "Vá para casa e pergunte ao marido de sua mãe onde ele estava em outubro e novembro de 1959. Isso é tudo. Só pergunte isso e veja o que ele diz."

Os olhos de Andreas esbarraram num pedaço de pau. Ele podia arrebentar a cabeça do vagabundo, ninguém ia sentir a falta de um inimigo do Estado, ninguém se importaria. Mesmo que o pegassem, Andreas podia dizer que tinha sido em legítima defesa, e acreditariam nele. A ideia o estava deixando de pau duro. Havia um assassino dentro dele.

"Não precisa se preocupar. Você não vai mais me ver. Não tenho autorização para entrar em Berlim. É quase certo que vão me mandar outra vez para a prisão, por eu ter desaparecido de Erfurt."

"E pensa que eu me importo?"

"Não. Por que iria se importar? Não sou ninguém."

"Qual é o seu nome?"

"É mais seguro para você não saber."

"Então por que está fazendo isso comigo? Por que veio até aqui?"

"Porque fiquei dez anos preso imaginando isto, e passei outro ano do lado de fora, solto, também imaginando isto. Às vezes a gente imagina alguma coisa por tanto tempo que descobre não ter alternativa senão fazer o que pensou. Talvez um dia você tenha um filho. Então vai me entender melhor."

"Pessoas que contam mentiras nojentas merecem estar na prisão."

"Não é mentira. Já lhe disse a pergunta que você deve fazer."

"Se você fez alguma coisa de ruim à minha mãe, merece ainda mais estar preso."

"Foi isso que o marido dela achou. Você deve entender por que vejo as coisas de modo diferente."

O vagabundo disse isso com uma nota de amargura, e Andreas já começava a sentir o que depois se tornou óbvio para ele: o sujeito era culpado. Talvez não do crime pelo qual fora preso, porém sem dúvida por ter se aproveitado da instabilidade de sua mãe e depois por ter voltado a Berlim para criar encrenca; por se importar mais em ir à forra com sua antiga amante do que com os sentimentos de seu filho de catorze anos. Ele era um sujeito sórdido, um ninguém, *um ex-aluno universitário de inglês*. Em nenhum momento Andreas sonhou em restabelecer contato com ele.

Tudo que disse foi: "Obrigado por estragar o meu dia".

"Eu precisava vê-lo pelo menos uma vez."

"Muito bem. Agora volte para Erfurt e foda-se."

Ainda resmungando essa frase, Andreas saiu correndo da ponte e subiu pela margem do rio até a Rhinstrasse. Como não viu sinal de Joachim, seguiu para casa, parando duas vezes em portas mal iluminadas para ajeitar a cueca, porque seu pau homicida continuava duro dentro do calção de futebol. Não tinha a menor intenção de fazer ao pai a pergunta que o fantasma sugerira, mas de repente começou a pensar em algumas cenas dos últimos dois ou três anos que, de tão absurdas, ele afastara da mente.

A tarde de sexta-feira em que fora para a datcha e encontrara a mãe nua em pelo entre duas roseiras, incapaz ou sem vontade de dizer uma palavra, até que seu pai chegou, já à noite, e a esbofeteou. Essa foi bem esquisita. E a vez em que a escola o mandou para casa, por estar muito febril, e ao chegar encontrou a porta do quarto dos pais trancada à chave, vendo depois dois trabalhadores de macacão azul sair dali. Ou o dia em que foi ao escritório dela na universidade, para que a mãe assinasse uma permissão pedida pela escola, e mais uma vez encontrou a porta trancada; minutos depois, um estudante saiu de lá com o cabelo empapado de suor e, quando Andreas tentou entrar, sua mãe empurrou a porta por dentro e a trancou de novo.

E o que ela disse depois, a série de explicações mirabolantes que deu:

"Eu só estava cheirando as rosas, o dia estava tão bonito que tirei a roupa para ficar mais perto da natureza. Aí vi você e fiquei tão envergonhada que não consegui dizer nada."

"Eles estavam consertando a luz e precisavam que eu ficasse perto do interruptor para ligá-lo e desligá-lo, e eram tão certinhos com essas regras que nem me deixaram abrir a porta. Fiquei prisioneira deles!"

"Tivemos uma reunião disciplinar terrivelmente dura, o rapaz estava sendo expulso — você deve tê-lo ouvido chorar —, e precisava tomar notas enquanto as coisas ainda estavam frescas na minha cabeça."

Relembrou a pressão deliberada na porta do escritório, a força irresistível que o empurrou para trás. Relembrou que, ao ver a vagina dela no roseiral, se lembrou de que não era a primeira vez que a via — que alguma coisa que ele achava ter sido um sonho perturbador da primeira infância na verdade não tinha sido sonho; que sua mãe já a mostrara para ele em resposta a alguma pergunta precoce que lhe havia feito. Lembrou que, embora estivesse derrubado pela febre no sofá da sala de visitas, inteiramente visível, os dois trabalhadores de macacão não o tinham cumprimentado e nem mesmo olhado de relance para ele ao escaparem.

Quando chegou em casa, Katya estava sentada no sofá de estilo dinamarquês falso revestido de couro falso — bem grosseiro, mas muito melhor do que a maioria dos sofás da República —, lendo o jornal e tomando seu costumeiro cálice de vinho depois de sua jornada de trabalho. Dava a impressão de saber que ela parecia um anúncio publicitário da vida na Berlim Oriental. Pela janela atrás dela, viam-se as luzes atraentes de outro prédio moderno e de boa qualidade no lado oposto da rua. "Você ainda está com o uniforme do futebol", ela disse.

Andreas se pôs atrás de uma cadeira para esconder a ereção. "É, decidi correr até em casa."

"Deixou as roupas no campo de futebol."

"Pego amanhã."

"Joachim telefonou há pouco. Queria saber onde você estava."

"Vou ligar para ele."

"Está tudo bem?"

Ele queria acreditar na imagem que Katya vendia, já que obviamente tinha tanta importância para ela: a trabalhadora ideal, a mãe e esposa relaxando depois de um dia produtivo num sistema que fornecia mais segurança que o capitalismo e que, além disso, era mais sério em todos os sentidos. Realmente impressionava sua aparente capacidade de manter o interesse na leitura do

ND da primeira à última página. A verdadeira extensão do amor de Andreas por ela só se tornava evidente agora, quando o fato de vê-la também o revoltava.

"Não podia estar melhor", respondeu.

Recolhendo-se ao banheiro, pôs o pau duro para fora e se entristeceu de ver como ele era pequeno quando comparado com o tamanho que parecia ter na rua. Apesar disso, como era tudo de que dispunha, passou a trabalhar nele naquela noite, e na seguinte, e na outra, até conseguir eliminar de seu pensamento a ideia de perguntar aos dois onde seu pai tinha estado no outono de 1959. O fantasma de Erfurt talvez tivesse sido injustiçado, mas o próprio Andreas não fora, não de forma significativa. Em vez de criar uma confusão inútil, em vez de causar angústia aos pais, aproveitou o que sabia e suspeitava sobre sua mãe e usou apenas para justificar sua depravação solitária. Se ela tinha o direito de receber em seu quarto dois trabalhadores escolhidos ao acaso numa tarde de terça-feira, ele sem dúvida tinha o direito de imputar palavras excitantes às mulheres que desenhava e depois esporrar nelas todas.

O psicólogo, dr. Gnel, tinha um amplo consultório no térreo do conjunto Charité e estava sentado atrás de sua mesa vestindo um jaleco impressionantemente branco. Andreas, sentado à sua frente, tinha a sensação de estar numa consulta médica ou participando de uma entrevista de emprego. O dr. Gnel perguntou se ele sabia por que seu pai o havia mandado lá.

"Ele está sendo sensato e cuidadoso", Andreas respondeu. "Se eu me transformar num tarado sexual, haverá um registro de que ele interveio."

"Quer dizer que você mesmo não vê nenhuma razão para estar aqui?"

"Eu preferia estar em casa me masturbando."

O dr. Gnel assentiu com a cabeça e fez uma anotação no bloco.

"Foi uma piada", disse Andreas.

"O que escolhemos como piada pode ser revelador."

Andreas suspirou. "Podemos deixar claro logo no começo que eu sou muito mais inteligente que o senhor? Minha piada não foi reveladora. A piada foi o senhor tê-la considerado reveladora."

"Mas isso em si é revelador, não acha?"

"Só porque eu quero que seja."

O dr. Gnel deixou a caneta e o bloco de notas na mesa. "Parece não lhe ter ocorrido que eu posso ter outros pacientes muito inteligentes. A diferença entre eles e mim é que sou um psicólogo e eles não. Não preciso ser tão inteligente quanto você para ajudá-lo. Só preciso ser inteligente para fazer isso bem."

Andreas de repente sentiu pena do psicólogo. Como devia ser doloroso saber que sua inteligência era limitada! Que vergonha ter de confessar suas limitações a um paciente! Andreas não tinha dúvida de que era mais brilhante que os outros garotos da escola, mas nenhum deles teria admitido isso do modo dolorosamente franco como o dr. Gnel havia feito. Decidiu que iria gostar do psicólogo e cuidar dele.

O dr. Gnel retribuiu o favor declarando que ele não tinha tendências suicidas. Depois que Andreas explicou por que pulara da ponte, o doutor simplesmente o cumprimentou por sua engenhosidade: "Você queria uma coisa, não via como obtê-la e, apesar disso, encontrou uma maneira".

"Obrigado", disse Andreas.

Mas o doutor tinha outras perguntas a fazer. Ele se sentia atraído por alguma menina na escola? Havia algumas que ele quisesse beijar ou tocar, ou fazer sexo com elas? Andreas respondeu com honestidade que todas as suas colegas de turma eram burras e repugnantes.

"Verdade? Todas?"

"É como se eu as visse através de um vidro que causa distorção. São o oposto das que eu desenho."

"Você gostaria de fazer sexo com as garotas que desenha?"

"Sem dúvida. É uma grande frustração eu não poder."

"Tem certeza de que não está desenhando autorretratos?"

"Claro que não", disse Andreas, ofendido. "São totalmente femininas."

"Não estou contestando seus desenhos. Para mim, eles são mais um exemplo da sua engenhosidade. Não quero julgar, só entender. Quando você me diz que desenha coisas que imagina, coisas que só existem na sua cabeça, isso não soa um pouco como um autorretrato?"

"Talvez no sentido mais estreito e literal."

"E os garotos da escola? Você se sente atraído por algum deles?"

"Negativo."

"Diz isso assim tão direto, como se nem houvesse refletido sobre a minha pergunta."

"Só porque gosto dos meus amigos, não quer dizer que penso em fazer sexo com eles."

"Está bem, acredito em você."

"Mas diz como se não acreditasse."

O dr. Gnel sorriu. "Conte mais sobre o vidro que causa distorção. Como você vê suas colegas de turma através dele?"

"Chatas. Burras. Socialistas."

"Sua mãe é uma socialista convicta. Ela é chata ou burra?"

"Nem um pouco."

"Entendo."

"Não quero fazer sexo com a minha mãe, se é isso que está sugerindo."

"Não sugeri isso. Só estou pensando sobre sexo. A maioria das pessoas acha excitante fazer sexo com uma pessoa de carne e osso. Mesmo que ela seja chata, mesmo que pareça burra. Estou tentando entender por que você não pensa assim."

"Não sei explicar."

"Você acha que as coisas que deseja são tão sujas que nenhuma garota iria aceitar?"

O doutor talvez só fosse inteligente numa coisa, mas Andreas era obrigado a reconhecer que, dentro da limitada especialidade dele, era ele o mais esperto. Estava se sentindo bem confuso porque tinha provas de que sua própria mãe queria fazer coisas sujas, e de fato fizera, o que devia significar que outras mulheres também gostariam de fazer, e fazer com *ele*; mas, sabe-se lá por quê, sentia justamente o contrário. Era como se amasse tanto sua mãe, mesmo agora, que subtraía as coisas que o perturbavam sobre ela e as implantava mentalmente em outras mulheres para torná-las assustadoras, para fazê-lo preferir a masturbação, mantendo, assim, sua mãe perfeita. Não fazia sentido, mas era o que era.

"Nem quero saber o que uma garota de carne e osso deseja."

"Talvez a mesma coisa que você. Amor, sexo."

"Tenho medo de que haja alguma coisa de errado comigo. Só quero me masturbar."

"Você só tem quinze anos. É cedo demais para fazer sexo com outra pessoa. Não estou dizendo que é isso que você devia fazer. Só acho interessante que nenhum colega, homem ou mulher, o atraia."

Anos mais tarde, Andreas ainda não sabia dizer se suas sessões com o dr. Gnel o tinham ajudado muito ou prejudicado seriamente. O resultado imediato delas, no entanto, foi que ele começou a correr atrás de garotas. O que ele desejava, acima de tudo, *é que não houvesse nada de errado com ele.* Antes mesmo de as sessões terminarem, aplicou sua inteligência à tarefa de ser mais normal, tendo comprovado que o dr. Gnel tinha razão: a coisa de verdade *era* mais excitante — mais desafiadora do que desenhar e não tão impossível quanto se tornar um famoso artilheiro. Graças ao relacionamento com a mãe, ele tinha um poderoso arsenal de sensibilidade, confiança e desprezo para utilizar com as garotas. Como havia muito tempo para conversar e poucas coisas interessantes a dizer, todos na escola sabiam que seus pais eram importantes. Isso levava as garotas a confiar nele e a prestar atenção no que ele dizia. Sentiam-se excitadas, e não ameaçadas, com suas tiradas sobre a Juventude Livre Alemã ou a senilidade do Politburo soviético, ou a solidariedade da República com os rebeldes de Angola, ou a eugenia do time olímpico de saltos ornamentais, ou o execrável gosto pequeno-burguês de seus compatriotas. Não que se importasse muito, de um jeito ou de outro, com o socialismo. O objetivo de suas piadas era transmitir às garotas que o ouviam sua capacidade de ser mordaz e avaliar o grau de interesse delas em fazer alguma travessura com ele. Nos últimos anos na *Oberschule*, ele foi bem longe com muitas delas. No entanto, no momento crucial, esbarrava na moralidade estreita tão típica da classe operária. A linha que elas traçavam entre foder com o dedo e foder de verdade era semelhante à linha entre ridicularizar a fraternidade teuto-angolana e declarar que o Estado dos trabalhadores socialistas era um fracasso e uma fraude. Só encontrou duas garotas desejosas de cruzar a linha, e ambas tinham visões desanimadoramente românticas de um futuro com ele.

Foi a busca por garotas mais audaciosas que o levou aos círculos boêmios de Berlim — ao Mosaik, ao Fengler, às leituras de poesia. A essa altura, estudava matemática e lógica na universidade, matérias suficientemente "concretas" para ser aceitas por seu pai e suficientemente abstratas para poupá-lo de entediantes discussões políticas. Tirava notas altas nos exames, mergulhou fundo em Bertrand Russell (voltara-se contra a mãe, mas não contra sua anglofilia), e ainda lhe sobrava muito tempo livre. Infelizmente, não era o único homem a quem ocorrera circular naqueles ambientes em busca de sexo e, embora tivesse a vantagem de ser jovem e bonito, também era sabidamente privilegiado. Ninguém imaginava que a Stasi iria ser idiota o bastante para enviar uma pessoa como ele na condição de agente, porém Andreas sentia a aversão a seus privilégios aonde quer que fosse, o sentimento de que, querendo ou não, poderia meter alguém numa encrenca. Para ter sucesso com as garotas de vanguarda, precisava mostrar uma genuína insatisfação. A primeira que escolheu como alvo foi uma poetisa no estilo da *beat generation*, Ursula, que tinha visto em duas sessões de leitura e cuja bunda era deslumbrante. Conversando com ela depois da segunda sessão, sentiu-se inspirado a declarar que também escrevia poesia. Tratava-se de uma mentira atroz, mas graças a isso combinaram um café.

Ela estava nervosa quando se encontraram. Nervosa em parte por conta própria, mas principalmente por causa dele.

"Você tem tendências suicidas?", perguntou sem rodeios.

"Ah! Só norte-noroeste."

"O que significa isso?"

"É uma referência shakespeariana. Quer dizer 'de fato não'."

"Tive um colega de escola que se matou. Você me faz lembrar dele."

"Uma vez pulei de uma ponte. Mas era uma altura só de oito metros."

"Você é mais do tipo que se machuca por imprudência."

"Foi racional e deliberado, não imprudência. E já faz muitos anos."

"Não, mas estou falando de agora", ela disse. 'É quase como se eu pudesse sentir o cheiro em você. Costumava sentir o mesmo cheiro no meu colega. Você está procurando problema, e parece não entender como os problemas podem ser sérios neste país."

O rosto dela não era bonito, mas isso não tinha importância.

"Estou procurando outra maneira de ser", ele respondeu com seriedade. "Não importa o que seja, desde que seja diferente."

"Diferente como?"

"Honesto. Meu pai é um mentiroso profissional, minha mãe uma amadora talentosa. Se eles estão se dando bem, o que isso significa para o país? Você conhece aquela música dos Rolling Stones 'Can't You See Your Mother, Baby'?"

"'De pé, nas sombras'."

"Na primeira vez que ouvi essa música no rádio, senti nas minhas entranhas que tudo que diziam sobre o Ocidente era uma mentira. Senti isso só por causa do *som* — impossível que uma sociedade capaz de produzir esse tipo de som fosse tão oprimida quanto eles diziam que era. Desrespeitosa e depravada, talvez. Mas desrespeitosa de um modo feliz, depravada de um modo feliz. E o que isso diz de um país que quer proibir esse tipo de som?"

Ele dizia essas coisas só por dizer, na esperança de que elas o aproximassem de Ursula, porém se deu conta, ao dizê-las, de que acreditava naquilo. Deparou-se com ironia semelhante quando voltou para casa (ainda vivia com os pais) e tentou escrever alguma coisa que pudesse passar por poesia aos olhos de Ursula: o impulso inicial era puramente fraudulento, mas o que se viu expressando foi uma ânsia e uma queixa autênticas.

E assim, por algum tempo, tornou-se poeta. Nunca chegou a lugar nenhum com Ursula, porém descobriu que tinha um dom para as formas poéticas talvez aparentado com o dom de retratar realisticamente mulheres nuas: em poucos meses uma revista aprovada pelo Estado aceitou seu primeiro poema e ele fez sua estreia numa leitura pública. Boêmios do sexo masculino ainda desconfiavam dele, mas não os do sexo feminino. Seguiu-se um período feliz em que acordou na cama de dezenas de mulheres numa rápida sucessão, por toda a cidade, em bairros com cuja existência nem sonhava — em apartamentos sem água corrente, em quartos absurdamente estreitos perto do Muro, numa aldeia que ficava vinte minutos a pé do ponto de ônibus mais próximo. Havia coisa mais docemente existencial do que, depois de fazer sexo, caminhar pelas ruas mais desoladas às três da manhã? A destruição folgazã de uma rotina razoável de sono? A estranheza de cruzar no corredor, a caminho de um banheiro comoventemente pavoroso, com a mãe de alguém metida num roupão e com papelotes no cabelo? Andreas escreveu poemas sobre suas experiências, reflexos intrincadamente rimados de sua subjetividade única numa terra cuja sordidez só era aliviada pela excitação da conquista sexual, sem que nenhum deles lhe causasse problemas. O regime literário do país se tornara menos rígido nos últimos tempos, a ponto de permitir aquele tipo de subjetividade ao menos na poesia.

O que lhe criou problemas foi uma série de jogos de palavras na qual trabalhava quando seu cérebro estava cansado demais para a matemática. O mais reconfortante no tipo de poesia que compunha era a limitação na escolha das palavras. Como se, depois do caos da infância com sua mãe, ele almejasse a disciplina dos esquemas de rimas e outras restrições. Em um evento literário do qual participou uma manada de escritores e no qual só lhe permitiram usar o microfone por sete minutos, ele leu seus poemas em forma de jogos de palavras por serem curtos e não revelarem seus segredos a quem os ouvia, e sim apenas a quem os lia. Depois da leitura, uma editora da *Weimarer Beiträge* elogiou os poemas e disse que poderia encaixar alguns numa edição que ela estava fechando. Por que ele concordou? Talvez abrigasse de fato uma tendência suicida. Ou talvez fosse a aproximação do serviço militar, que já era um pequeno escândalo ele haver adiado por causa da elevada posição de seu pai. Mesmo que, como era provável, ele servisse numa unidade de elite dedicada a atividades de inteligência ou comunicação, Andreas não acreditava que conseguiria sobreviver à rotina militar. (A disciplina poética era uma coisa, a do Exército outra bem diferente.) Ou talvez fosse apenas porque a editora da revista tinha mais ou menos a idade de sua mãe e o fazia se lembrar dela: alguém tão cego pela autoestima e pelos privilégios a ponto de não reconhecer que não passava de um instrumento. Devia se considerar uma defensora sensível da subjetividade juvenil, uma mulher que realmente entendia os jovens daquela época, sendo inconcebível para ela e seus supervisores que um jovem ainda mais privilegiado que eles desejasse constrangê-los. O fato é que não notaram o que todo mundo viu nas vinte e quatro horas que se seguiram à distribuição da revista:

Muttersprache / Mother Tongue

I
connected
her

with
inappropriate
desire,
made
every

enthusiastically
unnatural
response
entirely
mine.

She
observed
zealously,

Ich

danke
es
deiner
immensen
Courage,
allabendlich.
Träume
ermächtigen.

Träume
hüten
eines

Muttersöhnchens
ohnmächtigen
Schlaf.
Träumend

if
a
little

irritably;
she
made
up
such

droll
excuses;
nobody

had
ever
really
relished
lying
if
correct
hypocrisies
sufficed
to
evade
negativity.

She
allowed
me
everything;
not
every
radically
grotesque
upbringing
so
succeeds.

gelingt
Liebe
ohne

Reue:
In
Oedipus'
Unterwelt
singt

ein
jauchzender,
aberwitziger
Chor
uns
Lügen
aus
Träumen
ins
Ohr.
Nur

tags
offenbaren

Yokastes
Obsession
und
Rasen

sich,
ordnungshalber,
charakterlich.
Ich
aber
liege
im
Schlaf,
Mutter.*

* As primeiras letras do poema em inglês formam a frase *Ich widme eurem Sozialismus den herrlichsten Samenerguss*; e as primeiras letras do poema em alemão formam a frase *I dedicate the most glorious ejaculation to your socialism*, ambas significando "dedico meu mais glorioso

O tumulto que se seguiu foi delicioso: a revista foi retirada das bancas e levada de volta para ser transformada em celulose, a editora demitida, seu chefe rebaixado e Andreas rapidamente expulso da universidade. Ele saiu da sala do diretor de seu departamento com um sorriso tão escancarado que fez seu pesoço doer. Pelo modo como cabeças de pessoas desconhecidas se voltavam em sua direção, pelo modo como os estudantes que o conheciam viravam as costas quando se aproximava, Andreas percebeu que toda a universidade já sabia o que ele tinha feito. Claro que sim — falar era a única coisa que qualquer pessoa da República, exceto talvez seu pai, tinha para preencher o dia.

Quando atravessou o portão e pôs os pés na Unter den Linden, notou um Lada preto estacionado em fila dupla no lado oposto à entrada principal da universidade. Acenou para os dois homens que o observavam do carro, mas eles não retribuíram o cumprimento. De fato não via como ser preso, tendo em conta os pais que tinha, porém não o incomodava pensar nisso. Quando muito, agradeceria a oportunidade de não renegar seus poemas. Afinal, ele não adorava o sexo? Não adorava gozar? Por isso, se tomassem suas palavras ao pé da letra, que tributo mais sincero ele poderia oferecer ao socialismo senão lhe dedicar seu mais glorioso orgasmo? Até mesmo seu pau indisciplinado havia se posto em posição de sentido e batido continência!

O Lada o seguiu até a Alexanderplatz e, quando ele saiu do U-Bahn na Strausbergerplatz, outro carro, também preto, o esperava na Allee. Nas duas noites anteriores, se escondera no Müggelsee, mas agora que a expulsão se tornara oficial não havia razão para evitar os pais. Era fevereiro, porém o dia estava anormalmente quente e ensolarado, a poluição causada pelo carvão, suave e quase agradável, não queimava a garganta. O estado de espírito de Andreas era tão bom que pensou em se aproximar do carro e explicar a seus

---

orgasmo ao seu socialismo". O poema em alemão diz: "Eu agradeço sua imensa coragem todas as noites. Os sonhos dão poder. Os sonhos protegem o sono inconsciente de um filhinho da mamãe que, sonhando, pode amar sem arrependimento: no submundo de Édipo, um coro jubilante e absurdo canta mentiras em nossos ouvidos. Só de dia se revelam a obsessão e os desvarios de Jocasta. Eu, contudo, durmo ainda, mamãe". E em inglês: "Eu a liguei ao desejo inapropriado, com entusiasmo fiz todas as reações anormais inteiramente minhas. Ela observou atenta, embora algo irritada; inventou desculpas tão risíveis; ninguém gosta de mentir se as hipocrisias costumeiras já bastam para escapar à negação. Ela me permitiu tudo; nem todas as educações tão radicalmente grotescas têm tamanho êxito".

passageiros, num tom ameno, que ele era mais importante do que eles jamais poderiam esperar ser. Sentia-se como um balão cheio de hélio, contido com dificuldade por um barbante fino. Desejava nunca mais ser sério na vida.

O carro o seguiu até a livraria Karl Marx, onde ele perguntou a um vendedor malcheiroso se tinham o último número da *Weimarer Beiträge*. O sujeito, que o conhecia apenas de vista mas não sabia seu nome, respondeu prontamente que ela ainda não tinha chegado.

"É mesmo?", disse Andreas. "Achei que ela chegava na sexta-feira."

"Houve um problema no conteúdo. Vai ser reimpressa."

"Que problema? Que conteúdo?"

"Não ouviu falar?"

"Não, por quê?'

O vendedor, obviamente, considerou isso tão improvável que suspeitou de alguma coisa. Semicerrou os olhos.

"Vai ter que perguntar para outra pessoa."

"Parece que eu sou sempre o último a saber..."

"Um adolescente idiota causou a maior confusão e uma perda enorme de dinheiro."

Por que será que os vendedores de livraria fediam tanto?

"Deviam enforcar o sujeito", disse Andreas.

"Talvez", disse o vendedor. "O que mais me chateia é que encrencou a vida de gente inocente. Para mim, isso é puro egoísmo. Coisa de sociopata."

A palavra atingiu o estômago de Andreas como um murro. Deixou a loja cabisbaixo e em dúvida. Ele era mesmo um sociopata? Era isso que sua mãe e sua pátria fizeram dele? Se fosse, não havia o que fazer. No entanto, tinha horror a rótulos e diagnósticos que sugeriam haver algo de errado com ele. Subindo a Allee em direção ao prédio de seus pais, sob um sol que agora parecia empalidecido, procurou repassar às pressas o que havia feito com a editora da revista, tentou se convencer de que ela apenas recebera o que todo *apparatchik* merecia, que estava sendo punida por sua própria burrice de não perceber o óbvio acróstico e que, de toda forma, ele estava sofrendo consequências certamente tão sérias quanto as dela. Porém não pôde escapar do fato de não haver pensado uma só vez, quanto mais duas, no que poderia estar causando a ela ao lhe entregar os poemas. Era como se tivesse decidido se suicidar jogando seu carro em alta velocidade contra um carro cheio de crianças.

Vasculhou a memória em busca de algum exemplo de haver tratado qualquer ser humano como algo mais que um instrumento a ser usado em seu benefício. Os pais não contavam — toda a sua infância fora insensata, servindo unicamente para foder sua cabeça. Mas e o dr. Gnel? Não tinha sentido pena do psicólogo e tentado cuidar dele? Infelizmente, o rótulo *sociopata* transformava o exemplo de Gnel em pó de merda. Seduzir o analista que investigava sua sociopatia? Seus motivos naquele caso, na melhor das hipóteses, eram suspeitos. Pensou nas mulheres com quem havia trepado sob o patrocínio da poesia e como se sentira *grato* a cada uma delas — sua gratidão devia contar a seu favor, não? Talvez. Mas ele já nem conseguia se lembrar do nome delas, ou pelo menos de metade deles, e o trabalho que tivera para lhes dar prazer parecia, pensando agora, apenas um recurso para aumentar seu próprio prazer. Ficou consternado ao não encontrar a menor prova de haver se importado com elas como pessoas.

Como era estranho ter vivido até então amando quem ele era, deliciando-se consigo mesmo, apreciando suas habilidades e leveza de alma, para de repente se deparar com algo repugnante quando um vendedor de loja pronunciou uma palavra por acaso e ele se viu objetivamente. Recordou-se do pulo da ponte — de início uma sensação deliciosa de flutuar, mas logo depois uma aceleração impiedosa, o chão se erguendo cruelmente para recebê-lo — impulso incontrolável, impacto do corpo, dor. A gravidade era objetiva. E quem o levara a pular? Era fácil culpar a mãe. Andreas era o instrumento *dela*, o acessório da sociopatia *dela*. Havia uma violência submersa, porém letal, no que Katya tinha feito com ele, mas ser assassina não combinava com a autoestima dela; por isso, a fim de ajudá-la, ele pulara da ponte e, do mesmo modo, publicara aqueles poemas.

O carro preto o acompanhou até o prédio onde morava e estacionou quando ele entrou. Lá em cima, no último andar, encontrou o apartamento tomado pela fumaça de cigarro, o que não era comum, um cinzeiro cheio numa mesinha em falso estilo dinamarquês. Procurou por Katya no quarto dela, no escritório, em seu próprio quarto e por fim no banheiro. Encontrou-a caída no chão, junto à privada, em posição fetal, olhos fixos na base do vaso sanitário.

Por um instante, sentiu o estômago se contorcer. Tinha quatro anos outra vez, chocado ao ver sua adorada mãe de cabelo vermelho num estado lastimável. Voltou tudo, em especial o amor. Mas o fato de estar voltando o enfureceu.

"Ah, então aqui estamos", ele disse. "O que aconteceu? Os cigarros fizeram você se sentir mal?"

Ela não se moveu nem respondeu.

"É aconselhável ir devagar quando se retoma um hábito abandonado há vinte anos."

Nenhuma resposta. Sentou-se na beirada da banheira.

"Como nos velhos tempos", continuou jovialmente. "Você no chão fora do ar e eu sem saber o que fazer. É impressionante como alguém louco como você consegue funcionar em alto nível. Sou a única pessoa que a vê caída no chão."

Ela soltou o ar dos pulmões e seus lábios tentaram se valer do sopro, formando algumas tênues fricativas, mas nenhuma palavra.

"Desculpe, não entendi nada", disse Andreas.

A exalação seguinte pareceu formar as palavras *o que há de errado com você*.

"O que há de errado *comigo*? Não sou eu quem está caído no chão em estado de fuga dissociativa."

Nenhuma reação.

"Aposto que agorinha mesmo você está repensando sua decisão de não me abortar. Como se vê, é muito mais doloroso esperar vinte anos para que eu próprio faça isso."

Os olhos dela nem piscavam.

"Estou no meu quarto, se precisar de mim", ele disse, levantando. "Por falar em retomar velhos hábitos, talvez você queira ir lá me ver me masturbar."

Na verdade, ele não estava com a menor vontade de tocar punheta e até duvidava que voltaria a fazer isso. Nem se sentia sonolento ou deprimido — não desejava se deitar. Encontrava-se num estado totalmente novo de não ter o que fazer. Nenhum motivo para estudar matemática ou lógica, nenhum motivo para escrever poesia, nenhum interesse em ler, nenhuma energia para jogar coisas fora, nenhuma responsabilidade, nada. Pensou em fazer a mala, porém não conseguia pensar em nada que desejasse levar para onde quer que fosse. Temia que, se voltasse ao banheiro, iria chutar sua mãe; embora seu pai a tirasse daqueles estados com tapas, ele, por alguma razão, tinha dúvida de que algumas bofetadas suas resolveriam o problema. Inclinou-se sobre o peitoril da janela para observar o carro preto. O homem no banco do passageiro lia um jornal. Andreas achou isso de uma futilidade dolorosa.

Depois de algumas horas, o telefone tocou. Imaginou que fosse seu pai e que ele não esperava que Andreas atendesse. Isso era conveniente, porque estava com medo de falar com o pai. E, afinal de contas, ele talvez não fosse um sociopata completo, porque a ideia da raiva, da vergonha e do desapontamento do pai encheu seus olhos de lágrimas. Seu pai era o zeloso garotinho alemão que acreditava no socialismo. Trabalhava duro, tinha uma mulher perturbada e criara com amor uma criança que não era dele, nem mesmo espiritualmente. Além da pena que sentia do pai, Andreas se identificava com ele por compartilharem o fardo que Katya representava.

O telefone tocou, tocou. Era uma forma de dar tapas, mas tão atenuada pela distância que ele contou mais de cinquenta toques antes de ouvir Katya se mexendo. Os passos incertos de seus pezinhos. O tilintar cessou, e ele a ouviu murmurar algumas palavras e desligar. Depois, os sons de quem se recupera. Ao se aproximar do quarto dele, os passos já eram rápidos, seu falso ego tinha sido montado de novo.

"Você precisa sair daqui", ela disse da porta. Segurava um cigarro aceso e o cinzeiro, que havia esvaziado.

"Você está brincando."

"Por enquanto livrou-se de ser preso graças a seu pai. Naturalmente, isso pode mudar a qualquer momento, dependendo de como você se comporte."

"Diga a ele que agradeço. De verdade."

"Ele não está fazendo isso por você."

"Mesmo assim. Também é bom para mim. Ele tem sido um bom padrasto."

Em vez de morder a isca, ela deu uma tragada forte no cigarro, sem olhar para ele.

"Está gostando de fumar depois de todos esses anos?"

"Não está excluída a hipótese de agora você fazer o serviço militar. Seria bem duro, no pior quartel, e você estaria sob observação. O adiamento da convocação já custou muito a seu pai, e seria um imenso favor para mim se você prestasse o serviço militar agora. Talvez se lembre de que intercedi a seu favor."

"Quando é que você deixou de interceder a meu favor? Devo tudo que sou a você, mamãe."

"Você nos deixou numa situação terrível. Sobretudo a mim, porque fui eu que intercedi por você. A melhor coisa que você pode fazer agora é aceitar essa oferta extremamente misericordiosa."

"*Atenção, sentido!* Você está louca?" Ele riu e deu um tapa na cabeça. "Epa, desculpe. Que pergunta de mau gosto a minha."

"Vai aceitar a proposta?"

"Você quer muito isso? O bastante para ter uma conversa sincera comigo?"

Ela deu uma tragada funda com sua habilidade de ex-fumante. "Eu sempre sou sincera com você."

"Está vendo o que eu quero dizer? Não vai ser tão fácil para você. Mas tudo que precisa fazer é falar a verdade uma única vez, aí eu faço o serviço militar como você quer."

Outra tragada. "O acerto não vai valer nada se você se recusar a acreditar na verdade."

"Confie em mim. Vou saber reconhecê-la quando a ouvir."

"A única alternativa é cortar o contato conosco para sempre e se arranjar por conta própria."

O fato de ela ser capaz de dizer uma coisa dessa, e com tamanha frieza, foi um golpe inesperado e doloroso para ele. Viu que, a seu modo, ela realmente estava sendo sincera com ele: no lar do subsecretário Wolf só havia espaço para uma cagada. Seu pai já tinha problemas suficientes dando cobertura a ela, salvando-a de suas derrapagens, convencendo-a a sair de trás dos roseirais. Ele havia mandado prender pelo menos um amante dela, realizado incontáveis milagres de dissimulação, e a maluquice de Katya não era tanta a ponto de ela não saber o que melhor lhe convinha. Andreas tinha sido encantador para ela quando era o menino mais precioso do mundo, quando estava apaixonado por ela, quando era seu príncipe encantado. No entanto, ao ver os desenhos dele, o havia denunciado ao pai, que o mandou a um psicólogo. Agora que ele não tinha mais nada a lhe oferecer, havia chegado a hora de lhe dar um chute no traseiro.

E de novo seus olhos ficaram marejados, porque, apesar do ódio que desenvolvera pela mãe, ainda tentava impressioná-la e arrancar elogios dela, mostrando-lhe as dissertações sobre Bertrand Russell a fim de agradá-la pela exibição de sua excepcional inteligência, construindo seus esquemas de rimas. Chegara a acreditar que, de algum modo, ela apreciaria a sagacidade do poema "Muttersprache". Tinha vinte anos e ainda se deixava enganar, como sempre. E não queria se afastar dela. Essa a parte mais triste, mais doentia da história. Ainda era o menino carente de quatro anos traído pela merda que havia sido feita de seu cérebro antes que adquirisse a capacidade de lembrar.

Observou os dedos bonitos dela apagarem o cigarro. A agonia de deixá-la era uma boa medida da profundidade de seu vício.

"Você andou fodendo com um estudante de graduação por seis anos", ele disse. "Fodeu tanto tempo que ele acabou sendo seu colega."

"Não", ela disse calmamente, quase como se estivesse entediada. "Eu nunca faria isso."

"Você esteve sozinha em casa durante todo o outono em que fui concebido."

"Não. Seu pai nunca fez viagens tão longas."

"E depois que eu nasci você continuou a foder com seu colega."

"Totalmente falso", disse ela. "Mas imagino que não importa, já que você não tem a menor intenção de acreditar em mim. Apesar disso, peço que não use a palavra 'foder' com sua mãe."

A admoestação, embora suave, era sem precedente. Todo o seu método como mãe consistira em evitar a correção frontal.

"Por que um homem bem-educado que eu nunca tinha visto iria começar a me seguir no campo de futebol e me contar uma história dessas?"

O rosto dela adquiriu a dureza de uma máscara.

"Mamãe? Por que alguém faria isso?"

Ela piscou e se recuperou. "Não faço ideia", respondeu. "Há muita gente estranha no mundo. Se é isso que vem preocupando você todo esse tempo…" Ela franziu a testa.

"O que foi?"

"Me ocorreu uma terceira opção. Podemos internar você num hospício."

Ele deu uma gargalhada. "É mesmo? Essa é a terceira opção?"

"Meu medo é que tenhamos ignorado seus pedidos de ajuda por tempo demais. Mas agora você fez um apelo que não podemos ignorar, e não é tarde demais para ajudá-lo. Pensando melhor, conseguir a ajuda de que você precisa talvez seja a opção mais desejável."

"Você acha que eu tenho uma doença mental."

"Não, nunca. Não uma doença mental. Mas uma extrema perturbação emocional. Você pode ter sofrido algum trauma no campo de futebol que não nos contou. Uma coisa assim pode se alastrar."

"Certo."

O olhar dela se desviou na direção do corredor. "Andreas, pense bem. Minha família tem uma história de distúrbios emocionais. Meu medo é que você pode ter herdado alguma coisa."

"Sem dúvida pulando uma geração."

"Acho que o que você fez para mim e para seu pai caracteriza um distúrbio extremo. Acho que tenho o direito de deitar no banheiro."

"Quando voltar para lá, leve um travesseiro. O chão é bem duro."

"Admito que de tempos em tempos tenho flutuações de estado de espírito. Mas isso é tudo que elas são, flutuações de estado de espírito. Sinto muito se é difícil conviver com isso. Não acho que seja suficiente para explicar o que você nos fez."

"Tenho uma doença mental especialíssima."

"Bom", ela disse, dando-lhe as costas. "Pense bem, por favor. Acho que foi bom termos tido essa conversa franca."

Não foi uma boa prova de sua sanidade mental Andreas precisar se controlar demais para não sair correndo atrás dela e matá-la com qualquer coisa que pudesse ter à mão. Mas conseguir sufocar o impulso já foi um ponto positivo em favor de sua sanidade. E o impulso seguinte — correr para a rua e achar uma garota com quem pudesse trepar — não foi apenas razoável, mas também de todo viável. Suas credenciais nos círculos da boemia eram agora impecáveis. Jogou algumas roupas e livros numa sacola. Nos sete anos que se seguiram, viu a mãe somente duas vezes, por acaso e de longe.

A chuva fina com pancadas intermitentes continuou por toda a semana, e durante três noites ele pensou obsessivamente nela, perguntando-se se a chuva era boa ou má. Quando conseguia dormir por alguns minutos, tinha sonhos que em condições normais consideraria ridiculamente óbvios — um cadáver fora do lugar onde o pusera, os pés de um corpo se projetando por baixo da cama quando as pessoas entravam em seu quarto —, mas que naquelas circunstâncias eram verdadeiros pesadelos, dos quais ele em geral se sentiria aliviado por acordar. No entanto, ficar acordado era até pior agora. Considerou o lado positivo da chuva: nenhuma lua. E o negativo: pegadas profundas e marcas de pneus. Positivo: fácil para cavar, degraus escorregadios. Negativo:

degraus escorregadios. Positivo: a chuva lavava. Negativo: lama por toda parte... A ansiedade tinha vida própria, fervilhava sem parar. O único pensamento que trazia alívio era estar sofrendo dessa ansiedade por apenas três dias e três noites, enquanto Annagret já tivera mais de uma semana para sofrer e sem dúvida padecia ainda mais que ele. O alívio estava em se sentir ligado a ela. O alívio era amor, a surpresa de sentir a angústia de Annagret mais intensamente que a sua; de se importar mais com ela do que consigo. Enquanto sustentasse esse pensamento, conseguiria respirar ao menos pela metade.

Há uma divindade que dá forma a nossos propósitos...

Às três e meia da tarde de quinta-feira, ele pôs numa mochila um pedaço de pão, um par de luvas, um rolinho de corda de piano e uma calça. Tinha a sensação de não haver dormido um só minuto na noite anterior, embora talvez tivesse, quem sabe um pouquinho. Saiu do porão da casa paroquial pela escada dos fundos e chegou ao quintal, onde garoava. Alguns indivíduos problemáticos mas dedicados estavam reunidos no salão do térreo, fumando cigarro, com as luzes já acesas.

Ele se sentou num lugar junto à janela do trem e puxou o capuz do agasalho por cima do rosto, fingindo que dormia. Ao descer em Rahnsdorf, manteve os olhos baixos e andou mais devagar que as primeiras pessoas que voltavam do trabalho para casa, deixando-as se dispersar. Já estava quase escuro. Tão logo se viu sozinho, caminhou com passos mais rápidos, como se estivesse se exercitando. Dois carros, nenhum deles da polícia, passaram silvando por ele. Sob a chuva e na quase escuridão, era irreconhecível. Ao dobrar a última curva antes da casa sem ver ninguém, começou a correr. O solo era arenoso e drenava bem. Pelo menos no cascalho da entrada de carros ele não deixou nenhuma pegada.

Apesar de haver revisto mentalmente a logística inúmeras vezes, não conseguia ver bem como as coisas funcionariam: como poderia se esconder totalmente e ao mesmo tempo estar perto o bastante para atacar. Estava desesperado para manter Annagret fora daquilo, para preservar a bondade essencial dela, porém temia não ser capaz de fazer isso. A ansiedade da noite anterior girara em torno de uma pavorosa confusão envolvendo três pessoas, o que iria arruinar a confiança de Annagret nele.

Prendeu a corda do piano entre dois esteios do segundo degrau de madeira da escada da varanda dos fundos. Esticou-a numa altura suficientemente baixa para que ela pudesse saltar a corda com discrição, mas ao encravá-la na madeira um pouco da pintura dos esteios saiu; quanto a isso nada podia ser feito. No meio da primeira noite de ansiedade, ele saiu da cama e foi até a escada do porão da casa paroquial para testar um tropeço no segundo degrau. Surpreendeu-se com a força com que foi lançado para a frente apesar de saber que iria tropeçar — quase luxara o pulso. Mas ele não era tão atlético quanto o padrasto dela, não era halterofilista...

Foi até a porta da frente da datcha e tirou a bota. Perguntou-se se os dois *Vokspolizeien* que encontrara no inverno anterior estariam patrulhando naquela noite. Lembrava-se de que o mais graduado manifestara grande esperança de que voltassem a se encontrar. "Veremos", disse ele em voz alta. Ouvindo sua voz, reparou que a ansiedade diminuíra. Muito melhor fazer do que pensar sobre o que fazer. Entrou na casa e pegou a chave do depósito de ferramentas, pendurada no mesmo gancho desde que era criança.

Saiu, calçou a bota e caminhou cuidadosamente pelo perímetro do quintal, prestando atenção nas pegadas. Ao se ver seguro no depósito de ferramentas, que não tinha janelas, tateou em busca de uma lanterna e a encontrou na prateleira habitual. Usando sua luz, verificou os itens de sua lista. Carrinho de mão — sim. Pá — sim. Ficou chocado ao ver, no relógio de pulso, que eram quase seis horas. Apagou a lanterna e a levou com ele, sob a chuva, e também a pá.

O local que tinha em mente ficava atrás do depósito, onde seu pai sempre acumulara o lixo do quintal. Atrás do monturo os pinheiros eram esparsos, as agulhas caídas formando uma camada grossa sobre o solo endurecido pelas geadas de muitos invernos. A escuridão era quase absoluta, exceto por algumas áreas cinzentas entre as árvores na direção oeste, onde a iluminação era mais forte. Sua cabeça estava funcionando tão bem que pensou em tirar o relógio e guardá-lo no bolso, para evitar que se quebrasse ao cavar. Acendeu a lanterna e a colocou no chão enquanto afastava as agulhas, separando as que haviam caído mais recentemente num montinho à parte. Apagou a lanterna e começou a cavar.

Cortar as raízes era o pior — um trabalho duro e ruidoso. Mas as casas vizinhas estavam às escuras, e ele parava depois de alguns minutos para ver se tudo continuava em silêncio. Só ouvia o tamborilar da chuva e os sons tênues de civilização que vinham da região do lago. Mais uma vez ficou feliz com a característica arenosa do solo. Em breve atingiu uma camada de pedrinhas, mais barulhenta ao ser cavada, porém menos escorregadia. Trabalhou incansavelmente, cortando raízes, arrancando pedras maiores, até se recordar, com uma ponta de pânico, de que sua noção de tempo estava desorganizada. Pulou para fora do buraco em busca da lanterna. Oito e quarenta e cinco. O buraco tinha mais de meio metro de profundidade. Ainda não fundo o bastante, mas era um bom começo.

Obrigou-se a continuar cavando, porém sua ansiedade voltara, induzindo-o a pensar que horas são, que horas são. Sabia que precisava ter forças para continuar *cavando*, sem pensar, o maior tempo possível, mas logo ficou ansioso demais para usar a pá com o vigor necessário. Ainda não eram nove e meia, Annagret nem havia se encontrado com o padrasto na cidade, porém ele saiu do buraco e se forçou a comer o pão. Morder, mastigar, engolir, morder, mastigar, engolir. O problema é que estava com uma sede tremenda e não tinha levado água.

Atordoado, largou o pedaço de pão e voltou um tanto cambaleante ao depósito carregando a pá. Quase não conseguia lembrar onde estava. Começou a limpar as mãos enluvadas na grama molhada, mas estava desorientado demais para terminar. Caminhou pela beira do quintal, deu um passo em falso e deixou uma pegada funda num canteiro de rosas; caiu de joelhos e o cobriu freneticamente, produzindo uma pegada ainda maior. A essa altura estava convencido de que os minutos transcorriam como segundos sem que ele se desse conta. De uma grande distância, via a si mesmo como uma pessoa ridícula. Imaginou que passaria o resto da noite deixando pegadas enquanto limpava as mãos depois de deixar pegadas cobrindo pegadas que criara ao limpar as mãos, mas também percebeu o perigo de imaginar tal coisa. Sua mente estava sendo atraída para bobagens como um modo infantil de escapar da ansiedade. Caso deixasse a força de sua decisão se toldar por isso, provavelmente largaria a pá e voltaria à cidade rindo da ideia de ser um assassino. Ser o antigo Andreas, e não o homem que estava querendo ser agora. Entendeu claramente a questão: para matar o homem que sempre fora, precisava matar outra pessoa.

"Foda-se", disse, resolvendo não cobrir a pegada. Não sabia por quanto tempo estivera ajoelhado na grama se permitindo pensamentos irrelevantes e adiáveis, porém temia que tivesse sido por mais tempo do que lhe pareceu.

Outra vez de uma grande distância, observou que estava raciocinando como um louco. Talvez a loucura fosse isto: a válvula de escape para aliviar a pressão de uma ansiedade insuportável.

Ideia interessante, hora errada de tê-la. Havia inúmeras coisinhas que devia estar se lembrando de fazer agora, na sequência correta, e não estava. Viu-se de novo na varanda da frente sem saber como havia chegado lá. Não podia ser um bom sinal. Tirou a bota enlameada e a meia escorregadia. Entrou na casa. O que mais, o que mais, o que mais? Havia deixado a luva e a pá na varanda da frente. Foi buscá-las e voltou a entrar. O que mais? Fechar a porta e trancar. Destrancar a porta dos fundos. Treinar como abri-la.

Pensamento ruim e irrelevante: será que as linhas dos dedos do pé eram únicas como as dos dedos da mão? Os dedos do pé estariam deixando marcas identificáveis?

Pensamento pior: e se o filho da puta pensasse em trazer uma lanterna ou sempre tivesse uma na moto?

Pensamento ainda pior: com toda a certeza o filho da puta carregava uma lanterna na moto para o caso de ela enguiçar à noite.

Outro pensamento ainda pior estava disponível para Andreas — o de que Annagret estaria lá e poderia usar seu corpo, fingir um tesão incontrolável para impedi-lo de ligar a lanterna. Mas estava decidido a não acolher tal ideia nem mesmo para aliviar sua nova e terrível ansiedade, porque isso implicaria se conscientizar de um fato óbvio, o de que ela já deveria ter usado o corpo e fingido tesão para levar o filho da puta até lá. A única maneira como Andreas suportava visualizar o assassinato era deixando-a totalmente fora do ato. Se permitisse sua participação — admitindo que estava usando seu corpo para ajudar aquilo acontecer —, a pessoa que Andreas queria matar não seria mais o padrasto, e sim ele próprio. Por arrastá-la para tal coisa, por conspurcá-la a serviço de seu plano. Se desejava matar o padrasto porque ele a conspurcava, pela lógica deveria se matar também. Em vez disso, tratou de acolher a ideia de que, mesmo com uma lanterna, o padrasto não veria a corda de piano em que iria tropeçar.

Tinha ouvido dizer, possivelmente pelo dr. Gnel, que todo suicídio era a substituição de um assassinato que o suicida só podia cometer de forma simbólica, que todo suicídio era um assassinato que descarrilhara. Estava pronto para sentir uma gratidão universal por Annagret, mas naquele instante sentia uma gratidão mais limitada, por ela estar lhe trazendo uma pessoa que merecia morrer. Imaginava-se purificado e pacificado, por fim livre da imundície, livre da história sórdida da qual a datcha na beira do lago fazia parte. Mesmo que acabasse na prisão, sem exagero ela teria salvado sua vida.

Mas onde estava sua lanterna?

Não estava em seus bolsos. Podia estar em qualquer lugar, embora tivesse certeza de não a ter deixado cair na entrada de carros. Sem ela não conseguia ver nem o relógio, e sem ver o relógio não poderia avaliar se ainda tinha tempo de calçar a bota e voltar ao quintal para procurar a lanterna e assim confirmar se de fato tinha tempo para procurá-la. O universo e sua lógica de repente lhe pareceram esmagadores.

Havia, no entanto, uma luzinha em cima do fogão. Acendê-la por um momento e ver as horas? Sua mente era complicada demais para um assassino; ela padecia de excesso de imaginação. Racionalmente, não viu nenhum risco em acender a luz do fogão, mas ter uma mente complicada também era entender as limitações dela, entender que ela não conseguia pensar em tudo. O burro erra em pensar que é inteligente, ao passo que o inteligente tem consciência de sua própria burrice. Um paradoxo interessante. Entretanto, não respondia à pergunta se devia ou não acender a luz.

E por que era tão importante olhar no relógio? Na verdade não sabia dizer. Bom exemplo do problema da inteligência e de seus limites. Encostou a pá na porta dos fundos e se sentou de pernas cruzadas no capacho. Preocupou-se então com a possibilidade de que a pá tombasse. Procurou alcançá-la com um gesto tão nervoso que a derrubou. O barulho foi catastrófico. Pôs-se de pé num salto e acendeu a luz do fogão apenas o suficiente para ver as horas. Ainda tinha pelo menos trinta minutos, provavelmente uns quarenta e cinco.

Sentou-se de novo no capacho e caiu num estado semelhante ao de um sonho que se tem ao estar febril, exceto pelo fato de ter consciência de que dormia. Era como estar morto sem se aliviar do tormento. E talvez aquela frase devesse ser entendida ao contrário: todo assassinato era um suicídio que descarrilhara, pois o que ele estava sentindo, além de uma imensa compaixão por seu ego atormentado, era que precisava levar adiante o assassinato para escapar de seu sofrimento. Não seria ele o morto, mas bem que poderia ser, porque o alívio que se seguiria ao assassinato prenunciava ser tão profundo e definitivo quanto a morte.

Sem uma razão aparente, acordou de estalo do sonho para um estado de fria clareza. Teria ouvido alguma coisa? Nada além dos pingos da chuva. Tinha a impressão de que transcorrera muito tempo. Levantou-se e pegou o cabo da pá. Ocorreu-lhe mais um pensamento ruim — o de que, apesar de todo o seu cuidadoso planejamento, de toda a ansiedade, não havia pensado no que faria se Annagret e o padrasto simplesmente não aparecessem. Obcecado pela logística, não notara esse imenso ponto cego no planejamento, e agora via-se confrontado com a tarefa de tapar o buraco, porque o fim de semana se aproximava e seus pais poderiam vir para a datcha. Nesse momento, ouviu uma voz baixa do lado de fora da janela da cozinha.

Voz de uma jovem: Annagret.

Onde estaria a moto? Como poderia ter deixado de ouvi-la? Os dois a teriam empurrado pela entrada de carros? A moto era essencial.

Ouviu uma voz masculina um pouco mais alta. Estavam dando a volta por trás da casa. Tudo acontecia muito rápido. Ele tremia tanto que mal conseguiu se erguer. Não ousou tocar na maçaneta da porta, com medo de fazer barulho.

"A chave está num gancho", ouviu Annagret dizer.

Ouviu os passos dela nos degraus. Em seguida um baque que sacudiu o chão, um grunhido alto.

Ele agarrou a maçaneta, girou-a na direção errada, depois na correta. Ao sair às pressas, pensou que não havia pegado a pá, mas havia. Estava em suas mãos e, com a parte côncava, ele atingiu violentamente o vulto escuro que se erguia à sua frente. O corpo desabou nos degraus. Ele agora era um assassino.

Parando para se certificar onde estava a cabeça daquele corpo, ergueu a pá sobre o ombro e a golpeou com tamanha força que ouviu o crânio se partir. Até agora tudo corria de acordo com a logística do plano. Annagret estava à sua esquerda, fazendo o som mais horroroso que ele já ouvira, um misto de gemido, ânsia de vômito e sufocação. Sem olhar na direção dela, desceu, passou por cima do corpo, largou a pá e, pelos pés, puxou o corpo para fora da escada. A cabeça agora estava de lado. Pegou a pá e bateu na têmpora com toda a força que tinha, para ter certeza absoluta. Quando o crânio se partiu mais uma vez, Annagret soltou um grito terrível.

"Acabou", ele disse, muito ofegante. "Não vai ter mais nada."

Vagamente viu que ela se movia na varanda, aproximando-se da balaustrada. Em seguida ouviu o som estranhamente infantil e quase amado do vômito dela. Ele não sentia náuseas, e sim, como depois do orgasmo, um cansaço imenso e, sobretudo, uma tristeza imensa. Não ia vomitar, mas começou a soluçar, emitindo seus próprios sons infantis. Deixou tombar a pá, caiu de joelhos e chorou. Sua mente estava vazia, porém não de tristeza.

A chuva era tão fina que mais parecia uma névoa úmida. Tendo chorado até não poder mais, sentiu-se tão fatigado que seu primeiro pensamento foi o de que ele e Annagret deviam ir à polícia se entregar. Não conseguia visualizar o que ainda precisava ser feito. O assassinato não trouxera nenhum alívio — que ideia tinha sido aquela? O alívio consistiria em se entregar na delegacia.

Annagret tinha ficado quieta enquanto ele chorava, porém agora desceu da varanda e se acocorou a seu lado. Ao tocar em seu ombro, ele voltou a soluçar.

"Shh, shh", ela disse.

Encostou seu rosto na bochecha molhada dele. A sensação da pele dela, a recompensa de sua proximidade: seu cansaço se evaporou.

"Devo estar cheirando a vômito", ela disse.

"Não está."

"Ele está morto?"

"Tem que estar."

"O verdadeiro pesadelo é este. Agora, aqui. Antes não era tão ruim. Isto aqui é muito ruim."

"Eu sei."

Annagret começou a chorar silenciosamente, arquejante, e Andreas a abraçou. Sentia a tensão interna dela escapando sob a forma de tremores que lhe sacudiam o corpo inteiro. Sua tensão devia ter sido brutal, e não havia nada que a compaixão dele pudesse fazer, exceto abraçá-la até que os tremores cessassem. Quando por fim isso aconteceu, ela limpou o nariz na manga e apertou seu rosto contra o de Andreas. Encostou a boca aberta na bochecha dele, numa espécie de beijo. Eram parceiros, e seria natural que entrassem na casa e selassem a parceria, mas, ao se afastar e se pôr de pé, ele não teve dúvida de que seu amor por ela era puro.

"Você não gosta de mim?", ela sussurrou.

"Para dizer a verdade, eu amo você."

"Quero ir te ver. Não faz mal se nos pegarem."

"Eu também quero te ver. Mas é um erro. Não é seguro. Não por algum tempo."

No escuro, ela pareceu desmoronar a seus pés. "Então estou totalmente sozinha."

"Você pode me imaginar pensando em você, porque é isso que estarei fazendo sempre que você pensar em mim."

Ela soltou um muxoxo baixinho, possivelmente irônico. "Mal conheço você."

"É bom você saber que eu não tenho o hábito de matar ninguém."

"É uma coisa terrível", ela disse, "mas acho que preciso lhe agradecer. Muito obrigada por ter matado ele." Ela emitiu outro som possivelmente jocoso. "Só de me ouvir dizendo isso tenho ainda mais certeza de que sou uma pessoa má. Fiz com que ele me desejasse e depois fiz você fazer isso."

Andreas tinha consciência de que o tempo estava passando. "E a motocicleta?"

Ela não respondeu.

"A moto não está aqui?"

"Não." Ela respirou fundo. "Ele estava fazendo a manutenção dela depois do jantar. Ainda não tinha acabado quando me encontrei com ele — precisava de uma peça nova. Disse que deveríamos deixar para outra noite."

Que falta de entusiasmo, pensou Andreas.

"Pensei que ele estivesse suspeitando de alguma coisa. Não sabia o que fazer, mas disse que queria que fosse esta noite mesmo."

Andreas se proibiu de pensar como ela teria persuadido o padrasto.

"Por isso pegamos o trem."

"Isso não é nada bom."

"Me desculpe!"

"Não, você fez o certo, mas é que tudo fica mais difícil para nós."

"Não sentamos juntos no trem. Eu disse que era mais seguro."

Logo os outros passageiros veriam a fotografia do homem desaparecido no jornal, talvez até na televisão. Todo o plano dependia da moto. Mas Andreas precisava manter o moral dela elevado. "Você foi muito esperta", disse. "Fez a coisa certa. Só estou preocupado porque nem no primeiro trem você vai chegar em casa a tempo."

"Mamãe vai direto para a cama quando chega. Deixei a porta do meu quarto trancada."

"Você pensou nisso."

"Só por segurança."

"Você é muito esperta mesmo."

"Mas não o suficiente. Eles vão nos pegar, tenho certeza. Não devíamos ter tomado o trem, odeio trens, as pessoas ficam me olhando, vão lembrar de mim. Mas eu não sabia o que mais podia fazer."

"Basta continuar assim esperta. O pior já passou."

Ela agarrou os braços de Andreas e se pôs de pé. "Por favor, me beije", disse. "Só uma vez, para que eu possa me lembrar."

Ele a beijou na testa.

"Não, na boca. Vamos ficar na prisão para sempre. Quero ter beijado você. É tudo em que tenho pensado. Foi a única maneira de aguentar esta semana."

Ele teve receio de onde um beijo poderia levá-los — o tempo continuava passando —, mas nem precisava ter tido. Annagret manteve os lábios solenemente fechados. Ela devia estar procurando o mesmo que ele. Uma saída mais limpa, uma fuga da sujeira. Para ele, a escuridão da noite era uma bênção: se pudesse ver os olhos dela com nitidez, talvez não tivesse conseguido largá-la.

Enquanto ela esperava na entrada de carros, longe do corpo, Andreas entrou na casa. A cozinha parecia saturada de toda a malignidade do tempo em que ele passou ali montando sua emboscada, num contraste diabólico entre o mundo no qual Horst tinha estado vivo e o mundo em que se encontrava morto. Forçou-se, porém, a levar a cabeça junto à torneira e beber sofregamente. Depois foi até a varanda da frente e calçou a meia e a bota. Achou a lanterna dentro de um dos pés da bota.

Ao contornar a casa, Annagret correu em sua direção e o beijou sem pudor, de boca aberta, as mãos no cabelo dele. Ela era comoventemente jovem e ele não soube o que fazer. Queria dar o que ela desejava — e o que ele também desejava —, mas tinha consciência de que o que ela deveria desejar, de um ponto de vista mais amplo, era não ser pega. Era doloroso ser mais velho e mais racional, doloroso ser o disciplinador. Tomou o rosto dela em suas mãos enluvadas e disse: "Eu amo você, mas temos que parar".

Ela sentiu um calafrio e se abraçou a ele. "Vamos ter uma noite nossa antes de sermos presos. Fiz tudo que pude."

"Vamos impedir que nos peguem para termos muitas noites."

"Ele não era uma pessoa tão má, só precisava de ajuda."

"Você precisa me ajudar um minuto. Um minuto, depois pode se deitar e dormir."

"É horroroso demais."

"Tudo que você precisa fazer é manter o carrinho de mão estável. Pode fechar os olhos. Consegue fazer isso por mim?"

No escuro, Andreas pensou ter visto Annagret assentir com a cabeça. Afastou-se e caminhou com cuidado até o depósito de ferramentas. Seria bem mais fácil pôr o corpo no carrinho de mão se ela o ajudasse, porém Andreas percebeu que não lhe desagradava a ideia de lidar ele mesmo com o corpo. Assim a protegeria de um contato direto, mantendo-a tão segura quanto ele podia — queria que ela soubesse disso.

O corpo estava com o macacão da usina elétrica, uniforme adequado para fazer a manutenção da motocicleta, mas não para um encontro amoroso no campo. Difícil escapar à conclusão de que o filho da puta de fato não tencionava estar ali naquela noite, mas Andreas fez o possível. Virou o corpo de costas. Era pesado, com músculos trabalhados na academia. Achou a carteira dele, guardou no bolso de seu blusão e fechou o zíper. Depois tentou levantar o corpo pelo macacão, mas o tecido se rasgou. Foi obrigado a dar um abraço de urso a fim de arrastar a cabeça e o torso para dentro do carrinho de mão.

O carrinho tombou de lado. Nem ele nem Annagret disseram uma palavra. Apenas tentaram outra vez.

Houve outras lutas atrás do depósito. Ela precisou ajudá-lo empurrando o carrinho pelos varais enquanto ele puxava pela frente. O problema das pegadas de fato era apavorante. Quando por fim chegaram ao lado da cova, pararam para recuperar o fôlego. Caíam gotas suaves das agulhas dos pinheiros, o aroma das árvores se misturando ao cheiro intenso da terra recém-revolvida, vagamente similar ao de chocolate.

"Não foi tão difícil", ela disse.

"Sinto muito que você tenha precisado ajudar."

"É só… Sei lá."

"O que foi?"

"Tem certeza de que Deus não existe?"

"É uma ideia bem esdrúxula, não acha?"

"Tenho uma forte sensação de que ele ainda está vivo em algum lugar."

"Mas onde? Como isso poderia ocorrer?"

"É só uma sensação."

"Ele era seu amigo. É muito mais difícil para você do que para mim."

"Você acha que ele sentiu dor, que ficou assustado?"

"Sinceramente, não. Foi muito rápido. E agora que está morto não pode se lembrar da dor. É como se ele nunca tivesse existido."

Andreas queria que ela acreditasse naquilo, porém não estava certo de que ele próprio acreditava. Se o tempo era infinito, então três segundos e três anos representavam a mesma fração infinitamente pequena dele. Assim, se infligir três anos de medo e sofrimento era errado, como todo mundo concordaria, infligir três segundos de tais sentimentos não era menos errado. Entreviu uma imagem fugidia de Deus naquele raciocínio matemático, na duração infinitesimal de uma vida. Nenhuma morte seria suficientemente rápida a ponto de desculpar a dor provocada. No raciocínio matemático estava embutido um princípio ético.

"Bom", disse Annagret com voz mais firme, "se Deus existe, acho que meu amigo está a caminho do inferno por ter me estuprado. Eu ficaria mais feliz se ele estivesse no céu. Por mim, um buraco já estaria muito bom para ele. Mas dizem que Deus joga com regras mais duras."

"Quem disse isso a você?"

"Papai, antes de morrer. Ele não conseguia entender por que Deus o estava punindo."

Ela nunca havia falado sobre o pai. Se o tempo não estivesse passando, Andreas gostaria de ouvir tudo, de saber tudo sobre ela. Amava a inconsistência de Annagret, possivelmente às vezes ela era até desonesta. Pela primeira vez tinha usado a palavra *estuprar* e parecia conhecer mais sobre religião do que o fizera acreditar na igreja. Seu impulso para decifrar seus segredos era tão forte quanto o de trepar com ela: os dois desejos significavam quase a mesma coisa. Mas o tempo estava passando. Não havia um só músculo de seu corpo que não estivesse doendo, porém ele pulou na cova e cuidou de aprofundá-la.

"Eu é que devia estar fazendo isso."

"Vá para o depósito e se deite. Tente dormir."

"Queria que a gente se conhecesse melhor."

"Eu também, mas você precisa tentar dormir."

Em silêncio, ela o observou cavar por um bom tempo, meia hora. Ele tinha uma sensação confusa da proximidade e do completo distanciamento dela. Juntos haviam matado um homem, mas ela tinha seus próprios pensamentos, seus próprios motivos, tão próxima dele e no entanto tão separada. Mais uma vez ele se sentiu grato a ela por ser esperta não apenas do jeito masculino dele, mas também de jeitos femininos só dela. Ela havia percebido imediatamente como era importante ficarem juntos, enquanto só agora ele entendia que tortura incessante teria sido eles se separarem depois do que haviam feito. Tinha apenas quinze anos, mas era rápida e ele lento.

Apenas depois que ela foi se deitar sua mente voltou ao modo logístico de pensamento. Cavou até as três da manhã e depois, sem fazer nenhuma pausa, empurrou o corpo para dentro da cova, pulando atrás dele para arrumá-lo, com grande esforço, na horizontal. Não queria se lembrar do rosto, por isso espalhou terra sobre ele. Acendeu a lanterna e inspecionou o cadáver em busca de joias. Havia um relógio pesado, sem dúvida caro, e um cordão de ouro de má qualidade. O relógio saiu com facilidade, mas para romper o cordão foi necessário plantar uma das mãos na testa coberta de terra e puxar com força. Por sorte nada era real, pelo menos não de forma duradoura. Num espaço de tempo infinitamente pequeno, a eternidade de sua própria morte teria início e tornaria tudo aquilo irreal.

Em duas horas o buraco já estava cheio de terra de novo e ele pulou sobre ela a fim de compactá-la. Ao voltar ao depósito, o feixe de luz da lanterna encontrou Annagret enrodilhada num canto, tremendo, os braços em volta dos joelhos. Ele não sabia o que era mais insuportável de ver, sua beleza ou seu sofrimento. Apagou a lanterna.

"Você dormiu?"

"Dormi e acordei gelada."

"Acho que você não deve ter notado a que horas passa o primeiro trem."

"Às cinco e trinta e oito."

"Você é incrível."

"Foi ele quem verificou a hora. Não fui eu."

"Quer repassar sua história comigo?"

"Não, tenho pensado nela. Sei o que vou dizer."

A relação entre eles agora parecia fria e frágil. Pela primeira vez ocorreu a Andreas que talvez não tivessem um futuro juntos — que haviam feito algo horrível e a partir de agora não gostariam um do outro por causa daquilo. O amor dilacerado pelo crime. Parecia já haver passado muito tempo desde que ela tinha corrido para ele e o beijara. Talvez ela estivesse certa, talvez devessem ter passado uma noite juntos e depois se entregado.

"Se não acontecer nada dentro de um ano", ele disse, "e se você achar que não está sendo observada, pode ser seguro nos vermos outra vez."

"É o mesmo que dizer cem anos", ela falou com amargor.

"Vou estar pensando em você o tempo todo. Todos os dias. Todas as horas."

Ouviu-a se erguer.

"Estou indo para a estação", ela disse.

"Espere vinte minutos. Você não quer ser vista zanzando por lá."

"Preciso me esquentar. Vou correr até algum lugar, depois vou para a estação."

"Sinto muito por isso."

"Não tanto quanto eu."

"Você está com raiva de mim? Pode ficar. O que quer que você precise está bem para mim."

"Só estou muito triste. Vão me fazer uma pergunta e tudo ficará óbvio. Estou triste demais para fingir."

"Você voltou para casa às nove e meia e ele não estava lá. Foi para a cama porque não se sentia bem…"

"Já disse que não precisamos repassar a história."

"Desculpe."

Ela caminhou para a porta, esbarrou nele e continuou até sair. Parou no escuro. "Quer dizer que vou te ver daqui a cem anos."

"Annagret."

Ouvia a terra sendo sugada a cada passo dela, viu seu vulto se afastar pelo quintal. Nunca se sentira tão cansado em toda a sua vida. Mas terminar suas tarefas era mais suportável que pensar nela. Usando a lanterna com moderação, cobriu a sepultura com agulhas de pinheiro velhas e novas, fez o possível para apagar as pegadas e marcas do carrinho de mão, com habilidade espalhou restos de folhas e de grama. A bota e as mangas do blusão estavam totalmente enlameadas, mas a exaustão que sentia era enorme para ele ficar ansioso com isso. Pelo menos podia trocar de calça.

A névoa dera lugar a um nevoeiro mais cálido, que curiosamente fez repentina a chegada do dia. O nevoeiro era bem útil. Ele inspecionou o quintal em busca de pegadas e sulcos feitos pelo carrinho de mão. Somente quando o dia clareou de vez ele voltou aos degraus dos fundos para retirar a corda de piano. Havia mais sangue do que esperava nos degraus, menos vômito do que temia nos arbustos próximos à balaustrada. Via tudo agora como se através de um cano longo. Encheu um regador várias vezes na torneira de fora para lavar o sangue.

A última coisa que fez foi examinar a cozinha à procura de sinais de desordem. Só encontrou a pia úmida, por ter bebido a água da torneira. À noite ela já estaria seca. Trancou a porta e seguiu na direção de Rahnsdorf. Cerca de oito e meia da manhã já estava de volta no porão da casa paroquial. Ao tirar o blusão, viu que ainda estava com a carteira e as joias do morto, mas seria mais fácil voar até a Lua do que jogar essas coisas fora naquele momento: mal conseguia desamarrar o cadarço da bota. Deitou na cama à espera dos policiais.

Eles não vieram. Nem naquele dia, nem naquela semana, nem naquela estação do ano — não vieram nunca. E por que não? Uma das hipóteses menos plausíveis de Andreas era que ele e Annagret haviam cometido o crime perfeito. Sem dúvida era possível que seus pais não tivessem visto a bagunça no quintal: a primeira nevasca da estação caíra na semana seguinte. Mas ninguém havia reparado na garota inesquecivelmente linda em nenhuma de suas viagens de trem? Ninguém na vizinhança dela a tinha visto caminhar com Horst para a estação? Ninguém soubera aonde ela costumava ir nas semanas que antecederam o assassinato? Ninguém a interrogara com suficiente dureza para quebrá-la? Na última vez em que Andreas a tinha visto, uma pena seria capaz de quebrá-la.

O mais plausível era que a Stasi tivesse investigado a mãe e descoberto seu vício e seus furtos. A Stasi naturalmente teria se interessado pelo desaparecimento de um agente informal. Se a mãe tivesse sido presa pela Stasi, a pergunta não era se ela confessaria o assassinato (ou, dependendo de como a Stasi resolvesse conduzir o caso, o crime de ajudar Horst a fugir para o Ocidente). A questão era: quanta tortura psicológica ela suportaria antes de confessar.

Ou talvez as suspeitas da Stasi tivessem se concentrado na enteada em Leipzig. Ou nos colegas de trabalho de Horst da usina elétrica, aqueles que ele caguetara. Quem sabe um deles já estaria preso pelo crime? Andreas consultara diariamente os jornais durante semanas. Se a polícia civil estivesse cuidando do caso, com certeza teria mandado publicar uma fotografia do homem desaparecido nos jornais. Entretanto, nunca apareceu nenhum retrato. A única explicação realista era que a Stasi tinha mantido a polícia civil fora do caso.

Imaginando que ele estivesse certo, havia ainda outra hipótese: a Stasi dobrara Annagret com facilidade, ela os levara à datcha e lá descobriram a quem a casa pertencia. A fim de evitar problemas para o subsecretário, tinham aceitado a tara sexual de Horst como condição atenuante e se contentado em amedrontar Annagret. E, para torturar Andreas com a incerteza, transformando sua vida num inferno de ansiedade e cautela extrema, o haviam deixado em paz.

Odiava essa hipótese, mas infelizmente fazia mais sentido que todas as outras. E odiava porque havia um método fácil de testá-la: procurar Annagret e perguntar a ela. Ele já não passava uma hora acordado sem querer vê-la, mas, se estivesse errado sobre essa hipótese e ela continuasse sob suspeita e sendo observada, o encontro seria um desastre para os dois. Só ela iria saber quando os dois estivessem a salvo.

Andreas retomou o aconselhamento dos jovens em situação de risco, porém com um vazio em seu âmago que não o abandonava. Não ensinava mais leveza aos tutelados. Ele próprio agora se encontrava em situação de risco — o risco de chorar quando ouvia as histórias tristes deles. Como se a tristeza fosse um elemento químico presente em tudo que ele tocava. A dor era principalmente por causa de Annagret, mas também pela personalidade anterior dele, despreocupada e libidinosa. Imaginou que seu sentimento principal seria a ansiedade, o medo febril de ser descoberto e preso, porém a República dava a impressão de estar decidida a poupá-lo por alguma razão doentia, e ele não conseguia mais se lembrar por que havia rido do país e de seu mau gosto. Ele agora parecia mais a República da Tristeza Infinita. As garotas ainda batiam à porta de Andreas interessadas nele e talvez ainda mais intrigadas por seu ar melancólico, mas, em vez de pensar em suas bocetinhas, ele pensava em suas jovens almas. Todas eram um avatar de Annagret: a alma dela estava em todas.

Enquanto isso, na Rússia ocorria a *glasnost*, lá estava Gorby. Sentindo-se traída pelo pai soviético, a republicazinha crente no socialismo aumentou a pressão sobre seus próprios dissidentes. A polícia havia invadido uma igreja-irmã em Berlim, a Zion Church, e os níveis de comprometimento e autoimportância estavam bem elevados na Siegfeldstrasse. Nas salas de reunião havia um clima de guerra. Isolando-se como sempre no porão, Andreas descobriu que sua tristeza não o curara do solipsismo megalomaníaco. Pelo contrário, o reforçara. Sentiu como se sua infelicidade houvesse se estendido a todo o país. Como se o Estado estivesse sufocado por seu crime; como se, incapaz ou indesejoso de prendê-lo, estivesse decidido a fazer chover o sofrimento sobre todos. Os rebeldes do andar de cima se surpreenderam e ficaram desapontados quando a polícia não invadiu a igreja deles. Mas Andreas não. O Estado o evitava como uma praga.

No final da primavera de 1989, a ansiedade voltou. De início ele quase lhe deu as boas-vindas, como se ela fosse uma companheira de sua libido antes ausente e agora reacordada por noites tépidas e árvores floridas. Sentiu-se atraído pela televisão na sala de convivência da casa paroquial para ver as notícias não censuradas da noite na ZDF. Os rebeldes que assistiam ao programa junto com ele estavam exultantes, predizendo o colapso do regime em um ano, e foi justamente a perspectiva de tal colapso que o tornou ansioso. Parte da ansiedade era uma preocupação apenas criminal: ele suspeitava que a Stasi mantinha a polícia civil à distância; que não seria perseguido enquanto o regime sobrevivesse; que a Stasi (ironia das ironias) era sua única amiga. Mas havia também uma ansiedade maior e mais difusa, uma nuvem corrosiva e sufocante. À medida que o Solidariedade foi legalizado na Polônia, que os Estados bálticos se desligaram, que Gorbatchóv lavou as mãos publicamente a respeito de seus enteados do bloco do Leste, Andreas sentiu sua morte cada vez mais iminente. Sem a República para defini-lo, ele não seria nada. Seus importantíssimos pais nada seriam, seriam menos que nada, vestígios patéticos e conspurcados de um sistema desacreditado, e o único mundo no qual ele tinha alguma importância chegaria ao fim.

Piorou no verão. Ele já não suportava ver as notícias, porém mesmo trancado no quarto ouvia as pessoas no corredor comemorando aos berros o desenrolar dos acontecimentos mais recentes, a emigração em massa através da Hungria, as manifestações em Leipzig, os rumores de um golpe iminente, porque só se falava dessas coisas. Os cidadãos ainda temiam Honecker e Mielke, mas Andreas sabia, no fundo de sua alma, que o jogo estava prestes a acabar. Além de sua ansiedade e do fato de não ter ideia do que iria fazer depois que o regime caísse, sentia pena do aplicado alemãozinho socialista abandonado pelos soviéticos. Não era um socialista, mas bem poderia ter sido aquele alemãozinho.

Numa terça-feira de manhã, em outubro, depois da maior manifestação até então realizada em Leipzig, o jovem padre bateu à sua porta. O sujeitinho deveria estar muito alegre, porém algo o preocupava. Em vez de se sentar no chão de pernas cruzadas, ficou andando pelo quarto. "Tenho certeza de que você ouviu a notícia", disse. "Cem mil pessoas nas ruas e nenhuma violência."

"Hurra?", disse Andreas.

O padre hesitou. "Preciso me abrir com você sobre uma coisa. Eu devia ter te contado há muito tempo — acho que fui covarde. Espero que me perdoe."

Andreas não o imaginava como um informante, mas o preâmbulo dele tinha esse sabor.

"Não é isso", disse o padre, lendo seu pensamento. "Há uns dois anos recebi a visita da Stasi. Dois sujeitos com a aparência mesmo do que eles eram. Fizeram algumas perguntas sobre você e eu respondi. Deram a entender que eu seria preso se você soubesse que eles tinham estado aqui."

"Mas agora se vê que as pistolas deles estavam carregadas com balinhas de chupar."

"Disseram que era um assunto criminal, sem dizer de que tipo. Mostraram uma foto daquela menina abusada sexualmente que vinha aqui. Queriam saber se você tinha falado com ela. Eu disse que talvez sim, porque você era o conselheiro dos jovens. Não falei nada de muito preciso. Também quiseram saber se eu tinha visto você em determinada noite. Respondi que eu não tinha certeza, que você passava a maior parte do tempo sozinho no quarto. Durante o tempo que durou essa conversa tenho quase certeza de que você estava aqui embaixo, mas eles não quiseram vê-lo. E nunca mais voltaram."

"Isso é tudo?"

"Como nada aconteceu com você nem com nenhum de nós, supus que estava tudo bem, mas me senti mal de ter falado com eles e não lhe contar. Queria que você soubesse."

"Agora que o gelo está derretendo, os corpos começam a vir à tona."

O padre se aborreceu. "Acho que fomos bons com você. Tem sido um bom arranjo. Sei que eu deveria ter dito alguma coisa antes, mas a verdade é que sempre tivemos um pouco de medo de você."

"Eu agradeço. Agradeço e fico chateado se causei algum problema."

"Há alguma coisa que você deseja me contar? Aconteceu alguma coisa de ruim com aquela garota?"

Andreas fez que não com a cabeça, e o padre o deixou a sós com sua ansiedade. Se a Stasi tinha vindo à igreja, significava que Annagret fora interrogada e falara. Significava que a Stasi conhecia ao menos alguns fatos, talvez todos. Mas com cem mil pessoas se reunindo sem repressão nas ruas de Leipzig, os dias da Stasi estavam obviamente contados. Em breve os *Volkspolizeien* assumiriam, a verdadeira polícia se encarregaria de seu trabalho normal...

Andreas se pôs de pé num salto e vestiu o casaco. Pelo menos agora ele sabia que não teria nada a perder se visse Annagret. Infelizmente, o único lugar em que pensava procurar por ela era a *Erweiterte Oberschule* mais próxima da antiga vizinhança dela em Friedrichshain. Parecia inconcebível que ela tivesse podido entrar numa *EOS*, mas o que mais poderia estar fazendo? Saiu da igreja e correu pelas ruas, sentindo algum alívio com a permanente feiura da cidade, e foi se postar perto da entrada principal da escola. Através das janelas altas, via os alunos sendo instruídos sobre a biologia marxista e a matemática marxista. Terminadas as últimas aulas, vasculhou o rosto dos estudantes que saíam, até que o mar de gente se transformou num fio d'água. Ficou desapontado mas não surpreso.

Voltou à escola no dia seguinte, novamente em vão. Foi ao escritório de uma agente social que trabalhava com famílias e em quem ele confiava, esperou enquanto ela pesquisava no registro central e saiu de mãos abanando. Em todas as tardes e noites da semana seguinte, rondou nas portas de clubes de judô, centros esportivos e paradas de ônibus na antiga vizinhança de Annagret. No final de outubro, apesar de haver perdido a esperança de encontrá-la, continuou vagando pelas ruas. Bordejava as manifestações de protesto, tanto as planejadas quanto as espontâneas, e ouvia os cidadãos comuns se arriscando a ser presos ao exigirem eleições honestas, liberdade para viajar, o fim da Stasi. Honecker havia saído. O novo governo estava em crise, cada dia passado sem violência tornava menos provável uma reação brutal nos moldes da realizada na praça Tiananmen. A Hungria já tinha se libertado, outros a seguiriam em breve. A mudança estava chegando e não havia nada que ele pudesse fazer senão esperar para ser engolfado por ela. O ar de Berlim lhe parecia tóxico.

Então, em 4 de novembro, um milagre. Meia cidade saíra corajosamente às ruas. Ele se movimentava de forma metódica em meio à multidão, perscrutando os rostos, sorrindo ao ouvir num alto-falante a voz da razão que rechaçava a unificação e defendia, em vez disso, a necessidade de reformas. Na Alexanderplatz, num ponto em que havia menos gente porque ali deviam estar concentrados os claustrofóbicos e indecisos, seu coração deu um pulo antes que o cérebro soubesse por quê. Viu uma garota. Uma garota de cabelo muito curto, as pontas eriçadas, um alfinete de segurança como brinco e que, apesar de tudo isso, era Annagret. De braços com uma companheira que tinha um penteado idêntico. Ambas com o rosto inexpressivo, agressivamente entediadas. Ela não era mais a boa menina.

DEVEMOS ENCONTRAR NOSSO PRÓPRIO CAMINHO, PRECISAMOS APRENDER A APROVEITAR O QUE HÁ DE MELHOR EM NOSSO SISTEMA IMPERFEITO E O MELHOR DO SISTEMA A QUE NOS OPOMOS...

Como se buscasse alívio da chatice da voz amplificada, Annagret olhou em volta e viu Andreas entre a multidão. Seus olhos se arregalaram. Ele sorria incontrolavelmente. Ela não retribuiu o sorriso, mas encostou a boca no ouvido da outra garota e se afastou dela. Enquanto se aproximava dele, Andreas viu mais claramente como seu jeito mudara, como seria improvável que ainda o amasse. Parou antes de entrar no raio de um abraço.

"Só posso falar um minuto."

"Não precisamos. É só me dizer onde posso encontrá-la."

Ela fez que não com a cabeça. O corte de cabelo radical e o alfinete na orelha não conseguiam destruir sua beleza, mas sua infelicidade, sim. Os traços eram os mesmos de dois anos antes, porém o brilho nos olhos se fora.

"Confie em mim", ele disse. "Não há nenhum perigo."

"Agora eu moro em Leipzig. Vamos ficar aqui só um dia."

"É sua irmã?"

"Não, uma amiga. Ela quis vir."

"Vou vê-la em Leipzig. Lá poderemos conversar."

Ela fez que não com a cabeça.

"Você não quer me ver de novo", ele disse.

Ela olhou cuidadosamente por cima de um ombro, depois do outro. "Não sei. Nem pensei nisso. Tudo que sei é que não estamos seguros. É tudo em que consigo pensar."

"Estamos a salvo enquanto o ministério existir."

"Preciso voltar para a minha amiga."

"Annagret. Sei que você falou com o ministério. Eles foram à igreja e perguntaram por mim. Mas não aconteceu nada, não me interrogaram. Estamos seguros. Você fez a coisa certa."

Ele se aproximou. Ela recuou assustada.

"Não estamos seguros. Eles sabem de muita coisa. Só estão esperando."

"Se já sabem tanto, então não importa que nos vejam juntos. Já esperaram dois anos. Não vão fazer nada conosco agora."

Ela olhou para trás. "Tenho que voltar."

"Preciso te ver", ele disse com naturalidade, sem segundas intenções. "Isso de não poder te ver está me matando."

Ela mal parecia ouvir, imersa em sua infelicidade. "Eles levaram minha mãe. Tive que contar uma história qualquer a eles. Puseram ela num hospital psiquiátrico para viciados e depois na prisão."

"Sinto muito."

"Mas ela vem escrevendo cartas para a polícia. Quer saber por que não investigaram o desaparecimento. Vai ser solta em fevereiro."

"Você mesma falou com a polícia?"

"Não posso me encontrar com você", ela disse, olhando para o chão. "Você fez uma grande coisa por mim, mas não acho que vou poder voltar a vê-lo."

"Annagret. Você falou com a polícia?"

Ela negou com a cabeça.

"Então talvez possamos ajeitar as coisas. Deixe-me tentar ajeitar as coisas."

"Senti uma coisa horrível quando vi você. Desejo e morte e *aquela coisa*. Tudo misturado, horrível. Não quero mais nada disso."

"Deixe eu espantar tudo isso."

"Isso nunca mais vai embora."

"Deixe eu tentar."

Ela murmurou alguma coisa que ele não conseguiu entender por causa do barulho. Possivelmente *Não quero querer isso*. Depois correu para sua amiga e as duas saíram caminhando rápido, sem olhar para trás.

Mas havia esperança, ele concluiu. Incentivado por isso, começou a correr e foi assim até a Marx-Engels Platz. Todos nas ruas eram um obstáculo para ele. Só se importava com a possibilidade de ver Annagret de novo. Precisava encerrar o caso do assassinato porque, de outra forma, não poderia ter Annagret.

A mãe dela, entretanto, em quem ele não pensara o suficiente, era um problema sério, pois não tinha motivos para deixar de exigir uma investigação, e em breve estaria fora da prisão. Continuaria, portanto, a exigir. Quando a Stasi desaparecesse, a polícia civil assumiria o caso e iniciaria sua própria investigação. Mesmo que ele permanecesse um passo à frente deles, mesmo que de algum modo conseguisse retirar o cadáver de lá, o inquérito acabaria vindo à tona quando o governo caísse. E o que haveria nos arquivos? Deu-se conta de que deveria ter perguntado a Annagret o que exatamente ela havia contado à Stasi. Saberiam sobre a datcha? Ou teriam cessado a investigação tão logo descobriram a ligação entre Annagret e ele?

Voltou à Alexanderplatz na esperança de reencontrá-la. Circulou em meio à multidão até escurecer, sem sucesso. Considerou a possibilidade de ir a Leipzig — não seria difícil achar o apartamento da irmã, onde Annagret devia estar morando —, mas tinha receio de perdê-la, e dessa vez para sempre, caso a perseguisse e a incomodasse com uma série de perguntas.

Assim, tiveram início dois meses de impotência e temor. Na noite em que o Muro caiu, sentiu-se o único homem sóbrio numa cidade de beberrões trôpegos. No passado teria rido ao ver de que modo ridículo vinte e oito anos de confinamento nacional tinham terminado com uma observação improvisada de um exausto Schabowski* demolindo todos os controles. No entanto, naquela ocasião, ao ouvir a gritaria na casa paroquial, e quando o padre foi correndo ao porão lhe transmitir a bendita notícia, ele bem poderia ser um cosmonauta ouvindo um pedaço de lixo espacial furar sua cápsula de metal. O ar penetrando com um sibilo agudo, o vácuo invadindo seu espaço. Enquanto a casa se esvaziava, com todo mundo correndo para o posto de controle

---

* Günter Schabowski, membro do Politburo do Partido Socialista Unificado da Alemanha, no dia 9 de novembro de 1989 anunciou erroneamente, numa entrevista coletiva, que todas as restrições de viagem ao exterior tinham sido abolidas, com efeito imediato, embora tal medida só devesse ser implementada com base em novas regras a serem divulgadas no dia seguinte.

de fronteira mais próximo, querendo ver com os próprios olhos, ele ficou encolhido num canto da cama, os joelhos tocando o queixo.

Andreas não tinha o menor desejo de atravessar a fronteira. Podia ter ido a Leipzig se encontrar com Annagret para que os dois passassem para o Ocidente e nunca mais voltassem, podia ter achado um jeito de irem morar no México, no Marrocos, na Tailândia. Mas, mesmo que ela quisesse viver como uma eterna fugitiva, de que valia isso? Só em sua terra natal a vida dele fazia sentido. Ainda que a odiasse, não era capaz de abandoná-la. Em sua mente, o único modo de salvar a si mesmo era estar com Annagret como o homem que garantira sua segurança; só assim os dois poderiam andar em público de cabeça erguida. Depois dos dias caóticos que se seguiram à queda do Muro, mais do que nunca ele viu em Annagret sua única esperança.

Começou a tomar o U-Bahn até a Normannenstrasse a fim de se misturar aos que protestavam diante do conjunto de prédios da Stasi, colhendo rumores. Dizia-se que lá dentro os funcionários estavam fragmentando e queimando documentos sem parar um só minuto. Dizia-se que documentos eram transportados em caminhões para Moscou ou para a Romênia. Andreas tentou imaginar um cenário em que sua ficha fosse destruída ou deportada, mas sem dúvida a Stasi vinha sendo metodicamente germânica e trabalhando de cima para baixo, cuidando primeiro dos documentos que comprometiam seus membros e espiões, sobre os quais haveria certamente material para ocupar as fragmentadoras, fornos e caminhões por meses a fio.

Quando o tempo colaborava, grupos enormes de cidadãos interessados se reuniam em frente ao conjunto de edifícios. Nas tardes em que o tempo estava ruim, só os mais intransigentes apareciam, sempre os mesmos rostos, homens e mulheres que tinham sido interrogados e presos por razões perversas e cultivavam rancores imperdoáveis contra o ministério. De quem Andreas mais gostava era de um sujeito da sua idade que tinha sido arrancado das ruas no final da adolescência depois de defender uma colega dos avanços sexuais do filho de um comandante da Stasi. Avisado uma vez, desprezou o alerta. Por causa disso, havia passado seis anos em duas prisões. Recontava sua história incessantemente para quem quisesse ouvi-la e nunca deixava de comover Andreas. Ele se perguntava o que teria sido feito da jovem.

Então, ao voltar para a igreja certa noite no começo de dezembro, ao abrir a porta de seu quarto deu com sua mãe sentada na cama, lendo calmamente o *Berliner Zeitung*.

Ele parou de respirar. Ficou plantado no umbral, olhando para ela, que estava perigosamente magra, mas vestida com elegância e, de forma geral, bem cuidada. Ela dobrou o jornal e se pôs de pé.

"Estava curiosa para ver onde você tem vivido."

Ainda era diabolicamente adorável. Seu cabelo continuava ostentando seu incrível vermelho. As feições mais acentuadas, mas a pele sem rugas.

"Gostaria que você me emprestasse alguns livros seus", ela disse, caminhando até as estantes. "Fico feliz ao ver quantos deles são em inglês." Pegou um livro. "Você admira Iris Murdoch tanto quanto eu?"

Ele recuperou o fôlego e disse: "Por que você veio?".

"Ah, sei lá. Vontade de ver meu único filho depois de nove anos? Isso é muito estranho?"

"Gostaria que você fosse embora."

"Não diga isso."

"Gostaria que você fosse embora."

"Não, não diga isso", Katya retrucou, recolocando o livro na estante. "Vamos sentar e conversar um pouco. Nada de mau pode nos acontecer agora. Você devia saber isso melhor do que ninguém."

Ela estava invadindo seu quarto, invadindo-o, no entanto uma parte traidora sua se sentia muito feliz em vê-la. Tinha passado nove anos com saudade dela. Havia procurado por ela em cinquenta e três garotas, sem encontrá-la. Era terrível o quanto a amava.

"Sente-se aqui comigo e me conte como você está. Sua aparência está ótima." Sorriu calorosamente enquanto o olhava de cima a baixo. "Meu filho forte e bonito."

"Não sou seu filho."

"Não seja bobo. Tivemos alguns anos difíceis, mas tudo agora virou passado."

O calor desapareceu de seu sorriso. "Quarenta anos vivendo com os porcos que levaram meu pai ao suicídio — isso agora é passado. Quarenta anos conquistando a simpatia dos filisteus mais ignorantes, mais chatos, mais cruéis, mais feios, mais covardes e mais cheios de si que o mundo já viu. Tudo virou passado. Puf!"

Sua torrente depreciativa deveria ser considerada um gesto gratificante de sinceridade, mas, como a autoestima que a gerara permanecia inalterada, para Andreas só reforçou a ofensa que ela lhe fazia. Nos velhos tempos, Katya fora do mesmo modo jocosamente brutal com o governo dos Estados Unidos. Ele pensou que, para se salvar, precisaria estrangulá-la, pois só assim a impediria de envenenar o ambiente com sua autoestima tóxica. O segundo assassinato era sempre mais fácil que o primeiro.

"Então vamos nos sentar e conversar", ela disse.

"Não."

"Andreas", ela disse em tom tranquilizador. "Terminou. Claro que foi terrivelmente duro para o seu pai. O único homem no país de fato inteligente e íntegro. A única pessoa que tentava servir ao país e não a si próprio. Ele está inconsolável. Gostaria que você fosse visitá-lo."

"Não vai acontecer."

"Será que não pode entender e perdoá-lo? Você o colocou numa situação pavorosa. Parece tão bobo agora, mas não era bobo naquela época. Ou ele servia ao país, ou era o pai de um poeta decidido a subverter o Estado."

"Uma escolha bem fácil, já que nem sou filho dele."

Ela suspirou. "Gostaria que você parasse com isso."

Andreas viu que ela estava certa: não tinha mais importância. Não importava mais quem era seu pai, ele não conseguia se conectar com o eu mais jovem para quem aquilo tinha tido importância. Talvez por ele ter esmigalhado o crânio de um homem com uma pá, mas sua antiga raiva evaporara. Tudo que havia restado eram as emoções mais básicas de amor e ódio.

"Nós vamos ficar bem", disse Katya. "Até mesmo seu pai. Estes são dias difíceis para ele. Há pelo menos cinco anos ele já sabia que o fim estava próximo. Mas para ele é muito doloroso ver isso acontecer. O novo ministério quer mantê-lo, porém ele planeja pedir demissão no final do ano. Vai ficar tudo bem — ele tem uma cabeça brilhante, não está velho demais para dar aulas."

"*Tudo está bem quando termina bem.*"

"Ele não fez nada de errado. Havia assassinos e ladrões no governo, mas ele não era um deles."

"Embora os tenha apoiado por quarenta anos."

Ela se empertigou. "Ainda acredito no socialismo — ele funciona na França e na Suécia. Se quer culpar alguém, culpe os porcos soviéticos. Seu pai e eu fizemos o melhor possível com o que dispúnhamos. Nunca vou me desculpar por isso."

Política, culpa coletiva, colaboração — todas essas questões o entediavam mais do que nunca.

"Seja como for", disse Katya, "achei que você podia voltar para casa, ter seu velho quarto de novo, que certamente é mais confortável do que este... quarto. Imagino que vai voltar para a universidade, e pode ficar conosco sem pagar aluguel. Podemos recomeçar como uma família."

"Isso parece bom para você?"

"Sinceramente, sim. Ou você poderia ficar na datcha se preferir, embora seja uma longa viagem de trem. Pode ser também que nós a coloquemos à venda."

"O quê?"

"Eu sei, é difícil de acreditar, mas especuladores do lado ocidental já estão farejando a cidade toda. Um deles visitou o Müggelsee, conversou com nossos vizinhos e prometeu pagar em moeda forte."

"Vocês venderiam a datcha", ele disse num tom morno.

"Bom, ela é feia. Seu pai não acha, mas é por puro sentimentalismo. O especulador falou em pôr abaixo todas as casas da beira do lago para fazer um campo de golfe. Essa gente de lá não é tão sentimental."

Além de seu temor das máquinas de terraplanagem, sentiu-se traído pela República. Tudo que ela tocava se transformava em merda. Não conseguia nem se defender dos especuladores da Alemanha Ocidental. Andreas sabia o tempo todo que ela era ridiculamente inepta, mas sua incompetência não era mais engraçada.

"No que você está pensando?", Katya perguntou com um toque de afetação.

Só havia uma coisa a fazer. Ele atravessou o quarto e fechou a porta às suas costas. "Você quer que eu volte para casa."

"Seria tudo para mim. Está na hora de você progredir de novo. Com a cabeça que tem, pode obter um doutorado em três anos."

"Concordo que seria bom progredir. Mas antes você vai ter que fazer uma coisa para mim."

Ela fez um beicinho. "Não sei se gosto disto, de você negociar comigo."

"Não é o que você está pensando. Não me interessa o que você fez ou deixou de fazer. De verdade, não me interessa. Estou pensando em outra coisa totalmente diferente."

Observou algo estranho ocorrer no rosto dela, uma modulação sutil mas aloucada de expressões, algum conflito interior que se tornava visível — sua fantasia de ser uma mãe amorosa, seu ressentimento pelo trabalho que isso dava. Quase sentiu pena. Ela queria que as coisas lhe fossem fáceis, e não tinha forças ou paciência quando não eram.

"Eu volto para casa", ele disse, "mas antes preciso de uma coisa da Segurança do Estado. Quero tudo que eles têm sobre mim. Todas as fichas. Nas minhas mãos."

Ela franziu a testa. "O que é que eles têm?"

"Possivelmente algumas coisas ruins. Coisas que tornariam mais difícil meu progresso. Coisas que poderiam constranger vocês."

"O que é que você fez? Você fez alguma coisa?"

Ficou aliviado por ela haver perguntado. Evidentemente a Stasi tinha decidido interromper a investigação, sem informar nada a seus pais.

"Você não precisa saber. Basta me entregar as fichas. Me encarrego de tudo depois disso."

"Agora todo mundo está atrás de suas próprias fichas. No país todo os colaboradores estão tremendo dentro de suas calças nojentas, e a Stasi sabe disso. Essas fichas são o seguro de vida deles."

"Sei, mas acredito que os membros do Comitê Central não devem estar tão assustados. Neste momento, o pedido das minhas fichas seria quase rotineiro."

Ela esquadrinhou o rosto de Andreas com um olhar temeroso. "O que você fez?"

"Nada que não a deixaria orgulhosa de mim se conhecesse os fatos. Mas o resto do mundo pode não pensar assim."

"Eu poderia pedir ao seu pai, mas ele mal se recuperou da sua última transgressão. Talvez não seja a melhor hora para mencionar outra."

"Você não me ama, mamãe?"

Acuada pela pergunta, ela concordou em tentar ajudá-lo. Antes de Katya sair da igreja, pareceu necessário aos dois se abraçarem, e que abraço estranho foi esse, que transação doentia! Ela, incapaz de um amor verdadeiro, fingindo que o amava, e ele, que realmente a amava, explorando o falso amor dela. Andreas se refugiou no local de sua mente onde estava trancado o amor mais puro por Annagret.

Transcorreu uma semana, depois outra. O Natal veio e se foi sem que ele tivesse notícias da mãe. Seria possível ela já estar com as fichas e ter querido lê-las? Estaria revendo a ideia de tê-lo de volta em sua vida? Ela já havia decidido viver sem ele uma vez.

Por fim ele telefonou para ela na véspera do Ano-Novo.

"É o último dia de trabalho do seu pai."

"Pois é, estou um pouco preocupado com isso", ele disse. "Da falta de poder dele como um cidadão comum."

Ela não respondeu.

"Mãe? Tenho razão de estar preocupado?"

"Estou me sentindo meio coagida, Andreas. Como se você estivesse se aproveitando do meu desejo de reconciliação."

"Você pediu a ele ou não?"

"Estava esperando o momento certo. Ele está abatido demais. Talvez seja melhor você mesmo vir aqui e fazer o pedido."

"Ou seja, agora que é tarde demais?"

"Por que você simplesmente não me diz o que acha que está nas fichas? Tenho certeza de que não é tão ruim."

"Não acredito que você deixou passar três semanas!"

"Não grite comigo, por favor. Está esquecendo de quem são seus parentes."

"Markus não tem nada a ver com as operações internas."

"O nome dele tem peso. Sua família ainda é realeza neste chiqueiro. E seu pai continua no Comitê Central."

"Bom, então peça a ele, por favor."

"Primeiro quero saber o que é que você está escondendo."

Se acreditasse que ajudaria, teria lhe contado a história com o maior prazer, mas sua intuição dizia que não fizesse isso — e principalmente que não mencionasse de modo algum a existência de Annagret. Por isso disse: "Vou ficar famoso, mamãe". Isso não havia lhe ocorrido até o momento, mas percebeu na hora a verdade desse fato: estava fadado a se tornar famoso. "Vou progredir e ser famoso, e você vai ficar muito feliz de ser minha mãe. Mas se não me conseguir as fichas, vou ser famoso de uma forma diferente. De um jeito que você não vai gostar."

Seguiram-se mais duas semanas de espera. Agora até mesmo em dias sombrios a multidão reunida na Normannenstrasse era grande, até que, numa tarde em que o tempo estava pavoroso, ela se tornou imensa. Perto do portão principal do conjunto de prédios, Andreas subiu no para-choque de um caminhão para avaliar o número de pessoas presentes. Gente até perder de vista. Milhares. Faixas, cartazes, cantos, equipes de televisão.

Stasi RAUS. Stasi RAUS. Stasi RAUS...

As pessoas empurravam o portão de metal e o escalavam apoiadas na maçaneta e nas dobradiças, gritando para os guardas do lado de dentro. Até que inexplicavelmente, e para seu horror, o portão se abriu para dentro.

Ele ainda estava trepado no para-choque do caminhão, afastado do portão por muitas camadas de corpos. Pulou dali e se juntou à multidão que avançava, mantendo a mão num blusão de couro à frente dele para guardar algum espaço se houvesse um movimento de massa repentino.

Uma jovem à sua esquerda disse com um tom afetuoso: "Oi, como vai?".

Seu rosto era agradável, parecia vagamente familiar ou talvez de todo estranho.

"Oi", ele disse.

"Meu Deus, você nem lembra de mim."

"Claro que lembro."

"Tá bom." Ela sorriu, de forma não muito simpática. "Claro que lembra."

Ele se deixou ficar para trás até que outro corpo, ao avançar, a substituísse a seu lado. Falava-se baixo ao redor, talvez por reverência, talvez pelos velhos hábitos de submissão, mas depois que venceu o aperto do portão e chegou ao pátio, ouviu a gritaria no prédio em frente. Quando conseguiu entrar, já havia cacos no chão e grafite nas paredes. A multidão se movia rumo às escadas centrais, pois corriam rumores de que os gabinetes de Mielke e de outros chefões ficavam nos andares superiores. Folhas de papel choviam lá de cima, páginas avulsas flutuando preguiçosamente, documentos amarrotados despencando como pedras. Quando ele chegou às escadas, olhou para trás e observou os rostos que se aproximavam, tão vívidos que pareciam se mover em câmera lenta, faces coradas ou cinzentas por causa do frio, expressões de surpresa, triunfo, curiosidade. Perto da porta principal, alguns guardas uniformizados acompanhavam tudo com pétrea indiferença. Ele resistiu ao fluxo e se aproximou de um deles. "Onde ficam os arquivos?", perguntou.

O guarda ergueu as mãos e as abriu, com a palma voltada para cima.

"Ah, para com isso", disse Andreas. "Você acha que vão reverter o que está acontecendo aqui?"

O guarda fez com as mãos um gesto que equivalia a dar de ombros.

De volta ao pátio, em meio a cidadãos que continuavam marchando para dentro como peregrinos, Andreas refletiu sobre o que estava ocorrendo. A fim de apaziguar a multidão, alguém tomara a decisão de abrir o portão principal do prédio administrativo, onde possivelmente já não havia nada comprometedor. Todas as ações eram simbólicas, rituais, talvez até obedecessem a um roteiro. Havia pelo menos doze outros prédios no conjunto, e ninguém tentava invadi-los.

"Os arquivos!", ele gritou. "Vamos procurar os arquivos!"

Algumas cabeças se voltaram em sua direção, porém todos continuaram seguindo em frente, concentrados na invasão simbólica do *sanctum sanctorum*. Iluminados pelas câmeras de TV, papéis voavam das janelas quebradas. Andreas foi até a cerca na extremidade sul do pátio e observou o maior e o mais escuro dos outros prédios. Mesmo que pudesse de algum modo liderar um ataque aos arquivos, a probabilidade de ele mesmo localizar suas fichas era próxima de zero. Elas estavam lá, em algum lugar, mas a abertura do portão não o ajudara em nada. Só servira para enfraquecer sua amiga Stasi.

Vinte minutos depois estava apertando um botão no vestíbulo do edifício de apartamentos de seus pais. A voz que estalejou no interfone foi a do pai.

"Sou eu, Andreas, seu filho."

Quando ele chegou à cobertura, um velho de cardigã estava de pé na porta do apartamento de seus pais. Andreas ficou chocado com as mudanças que ele sofrera. Estava mais baixo, mais frágil, encurvado, com covas nas faces e na garganta. Estendeu a mão, mas Andreas o abraçou. Depois de alguns segundos, seu pai retribuiu o abraço.

"Sua mãe foi assistir a uma palestra esta noite", ele disse, fazendo Andreas entrar. "Eu estava comendo uma morcela. Posso cozinhar uma para você, se estiver com fome."

"Estou bem. Só um copo de água."

A nova decoração do apartamento era toda de couro e cromo, com a típica iluminação exagerada de gente mais velha. Uma massa roxa de chouriço estava se solidificando num prato solitário. As mãos de seu pai tremiam ao pegar uma garrafa de água mineral e lhe passar um copo cheio.

"Coma a sua morcela enquanto ela está quente", disse Andreas, sentando-se à mesa.

Seu pai empurrou o prato para o lado. "Cozinho outra depois, se eu estiver com fome."

"Como você está?"

"Fisicamente bem. Mais velho, como pode ver."

"Sua aparência está ótima."

Seu pai se sentou à mesa e não disse nada. Nunca gostara de encarar as pessoas.

"Imagino que esteja acompanhando as notícias", disse Andreas.

"Perdi o apetite pelas notícias há alguns meses."

"Estão invadindo o quartel-general da Stasi enquanto falamos. Milhares de pessoas. No prédio principal."

Seu pai apenas inclinou a cabeça, como quem concorda.

"Você é um homem de bem", disse Andreas. "Me desculpe ter complicado a sua vida. Meu problema nunca foi com você."

"Toda sociedade tem regras", disse seu pai. "Cada pessoa segue ou não essas regras."

"Respeito o fato de que você as seguiu. Não vim aqui acusá-lo. Estou aqui para pedir um favor."

Seu pai assentiu de novo. Lá embaixo, na Karl-Marx-Allee, as buzinas dos carros estavam sendo tocadas como celebração.

"Mamãe lhe disse que eu preciso de um favor?"

Seu rosto entristeceu. "Sua mãe tinha uma longa ficha só dela."

Andreas ficou tão surpreso com o non sequitur que não soube o que dizer.

"Ao longo dos anos", seu pai continuou, "ela teve reiterados episódios em que agiu de modo irresponsável. É uma socialista convicta e uma cidadã leal, porém houve problemas desagradáveis. Um bom número deles. Imagino que você tenha consciência disso."

"Me faz bem ouvir isso de você."

Seu pai gesticulou com os dedos em protesto. "Por alguns anos tivemos problemas de comando e controle no Ministério de Segurança do Estado. Tive sorte nos meus contatos com eles graças a meu primo e à minha supervisão do orçamento. Mas o ministério tem considerável autonomia, e todo relacionamento é uma via de mão dupla. Pedi a eles numerosos favores durante esses anos e agora tenho muito pouco a oferecer em troca. Temo que a boa vontade de que eu ainda gozava se exauriu quando obtive as fichas referentes à sua mãe, a pedido dela. Ela ainda tem muito tempo de vida profissional pela frente; era importante que, no futuro, não viesse à luz nenhum registro de seu comportamento passado."

Andreas tinha odiado Katya um bocado antes, mas nunca tanto quanto naquele instante. "Espera", disse, "quer dizer que você sabe por que estou aqui."

"Ela me contou", disse o pai, evitando olhá-lo nos olhos.

"Mas não se importou comigo. Só tratou de se proteger."

"Ela também intercedeu a seu favor, depois que obtivemos as fichas dela."

"Uma coisa de cada vez!"

"Ela é minha mulher. Você tem que entender isso."

"E eu não sou seu filho de verdade."

Seu pai se mexeu na cadeira, desconfortável. "Suponho que isso seja correto do ponto de vista técnico."

"Então estou fodido. Ela me fodeu."

"Você escolheu não jogar segundo as regras da sociedade e não parece arrependido de ter feito isso. Quando sua mãe está bem, ela se arrepende do que fez nas crises."

"Você está dizendo que não pode fazer nada por mim."

"Reluto em voltar a um poço que temo estar seco agora."

"Sabe por que isso é importante para mim?"

Seu pai sacudiu os ombros. "Tenho alguns palpites, com base no seu comportamento passado. Mas, não, não sei."

"Então deixe eu contar por quê", disse Andreas. Estava furioso consigo mesmo por haver esperado semanas pelo socorro de sua mãe — será que algum dia deixaria de ser um babaca de quatro anos de idade? Mas só lhe restavam duas opções: deixar o país ou confiar no homem que não era seu pai, por isso lhe contou a história. Contou com grandes embelezamentos e omissões, apresentando-a cuidadosamente como uma parábola da boa garota socialista, lutadora de judô, *que havia seguido todas as regras* e sido estuprada por uma encarnação do puro mal sustentada pela Stasi. Expôs sua própria mudança, falou de seu trabalho com jovens em situação de risco, de seu serviço genuíno para a sociedade, de sua recusa em se misturar com os dissidentes: sua tentativa, no porão da igreja, de se tornar um filho digno do pai que tinha. Caracterizou sua poesia subversiva como uma reação censurável por ter uma mãe mentalmente insana. Disse que agora se arrependia. Quando terminou, seu pai permaneceu em silêncio por um bom tempo. Os carros ainda buzinavam vez por outra na rua, os restos da linguiça de sangue agora quase negros.

"Onde ocorreu esse... evento?", perguntou o pai.

"Não interessa. Num lugar seguro no campo. É melhor você não saber."

"Você devia ter ido diretamente à Stasi. Eles teriam punido o sujeito com todo o rigor."

"Ela não concordava com isso. Tinha seguido as regras a vida toda. Só queria viver bem na sociedade tal como ela existia. Eu estava tentando dar isso a ela."

Seu pai foi até um aparador e voltou com dois copos e uma garrafa de Ballantine's.

"Sua mãe é minha mulher", disse enquanto servia. "Ela sempre virá em primeiro lugar."

"Claro."

"Mas sua história é comovente. Traz uma nova luz a muitas coisas. Me obriga a rever, em parte, a ideia que eu fazia de você. Devo acreditar nessa história?"

"As únicas coisas que omiti foram para protegê-lo."

"Contou isso à sua mãe?"

"Não."

"Fez bem, só iria perturbá-la à toa."

"Sou mais parecido com você do que com ela", disse Andreas. "Não vê isso? Nós dois temos de lidar com a mesma pessoa difícil."

Seu pai esvaziou o copo de um gole. "Estamos vivendo um momento difícil."

"Pode me ajudar?"

Seu pai se serviu de mais uísque. "Posso perguntar. Temo que a resposta será não."

"Só de você perguntar..."

"Não me agradeça. Faria isso por sua mãe, não por você. A lei é a lei... não podemos tomá-la em nossas mãos. Mesmo que eu consiga, você deveria ir à polícia e fazer uma confissão completa. O ato seria ainda mais louvável se você fizesse isso quando não temesse mais ser apanhado. Se os fatos são realmente como relatou, pode contar com um grau considerável de leniência, sobretudo no clima atual. Seria duro para sua mãe, mas é a coisa certa a fazer."

Andreas pensou, mas não disse, que na verdade ele era mais parecido com sua mãe do que com seu pai, pois não tinha a menor intenção de fazer a coisa certa se a coisa errada o poupasse da vergonha pública e da prisão. Sua vida parecia uma longa batalha entre dois lados de sua personalidade, o lado doente, herdado da mãe, e o lado escrupuloso, que lhe viera de um pai não genético. Mas tinha receio de que, no fundo, fosse todo Katya.

Já havia se despedido do pai e caminhava para o elevador quando a porta do apartamento foi aberta às suas costas. "Andreas", o pai chamou.

Voltou até a porta.

"Me dê o nome do sujeito. Me ocorreu que você também vai querer a ficha do desaparecimento dele."

Andreas perscrutou o rosto do pai. Será que pretendia entregá-lo? Incapaz de encontrar a resposta, Andreas pronunciou o nome completo do homem que matara.

Horas depois, ainda naquela tarde, o padre desceu até seu quarto para dizer que alguém o chamava ao telefone.

"Acho que consegui", disse o pai ao telefone. "Você só terá certeza quando for ao arquivo. Não vão tirar as fichas de lá e é bem possível que não permitam que você as leve. Mas vão mostrá-las a você, ou pelo menos é o que me disseram."

"Não sei como lhe agradecer."

"Me agradeça nunca mais falando disso."

Às oito da manhã, seguindo as instruções do pai, Andreas voltou à Normannenstrasse e se apresentou no portão principal. Integrantes de uma equipe de televisão comiam pãezinhos duros ao lado de uma caminhonete. Ele mencionou o nome que lhe fora dado, capitão Eugen Wachtler, e se submeteu a uma revista corporal, sendo obrigado a deixar a mochila em que planejava levar as fichas.

O capitão Wachtler veio ao portão vinte minutos depois. Era careca e com uma pele tão cinzenta que parecia prenunciar um câncer, exibindo a expressão distante de quem sofre dores crônicas. Havia uma pequena mancha na gola de seu paletó. "Andreas Wolf?"

"Sim."

O capitão lhe entregou um crachá de identidade preso num cordão. "Ponha isso e venha comigo."

Sem mais palavras, atravessaram o pátio e depois um portão destrancado e outro que Wachtler destrancou e trancou assim que passaram por ele. Houve mais portas trancadas na entrada do prédio principal onde ficavam os arquivos, uma delas aberta com a chave de Wachtler e outra acionada por um guarda que ficava atrás de um vidro grosso. Andreas seguiu o capitão ao subirem dois lances de escada e descerem um corredor com portas fechadas. "Dias agitados por aqui", Andreas se aventurou a dizer.

Wachler não reagiu. No fim do corredor, destrancou mais uma porta e fez sinal para que Andreas entrasse numa salinha onde havia uma mesa e duas cadeiras. Em cima da mesa estavam quatro pastas perfeitamente empilhadas.

"Volto daqui a exatamente uma hora. Você não pode sair desta sala nem retirar nenhuma coisa aqui de dentro. As páginas são numeradas. Antes de sairmos vou examiná-las para ter certeza de que não falta nada."

"Entendido."

O capitão saiu e Andreas abriu a pasta de cima. Só continha dez páginas, relativas ao desaparecimento do colaborador não oficial Horst Werner Kleinholz. Na segunda pasta também havia dez páginas, uma cópia feita com papel-carbono da primeira. Tão logo viu as cópias Andreas soube que havia uma esperança. Fora instruído a não remover nada, mas não havia razão para lhe darem as cópias se esperavam que ele seguisse as instruções. Elas eram um sinal claro de que ali estava tudo que eles possuíam e que lhe era oferecido. Encheu-se de amor, orgulho e gratidão. Seu pai havia trabalhado por quarenta anos no sistema, obedecendo às regras, para criar aquele momento. Seu pai ainda tinha influência e a Stasi fora correta com ele.

Pegou um saco de plástico que havia enfiado na bota e guardou as duas cópias da investigação. As outras duas pastas na mesa eram mais grossas. Continham as duas partes de seus próprios registros, numerados em série. Guardou-as também no saco plástico.

Seu coração batia forte e seu pau ficou duríssimo, porque o resto era um jogo. As regras desse jogo consistiam em quebrar as regras, roubando documentos sem o conhecimento ou o consentimento da Stasi, documentos que supostamente ele só podia ler e não levar consigo. Não seria culpa da Stasi se eles desaparecessem.

Teve uma pontada de preocupação ao imaginar que o capitão pudesse tê-lo trancado na salinha, mas a porta não estava fechada à chave, o jogo era para valer. Pisou no corredor. O prédio achava-se estranhamente silencioso, não se ouvia uma voz, apenas um ligeiro zumbido institucional. Refez o caminho por onde viera e desceu os dois lances de escadas. No vestíbulo central ouviu passos e vozes, funcionários chegando para o trabalho. Entrou decididamente no saguão e se encaminhou para a porta da frente. Os funcionários que entravam lhe lançaram olhares frios e despidos de curiosidade.

Deu uma batidinha na porta da cabine onde o guarda estava sentado. "Pode me deixar sair?" O guarda ergueu o corpo parcialmente para ler o crachá de Andreas. "Vai ter que esperar seu acompanhante."

"Não estou me sentindo bem. Acho que preciso vomitar."

"Tem um banheiro nos fundos do saguão, à esquerda."

Ele foi até o banheiro e se trancou numa cabine. Se era mesmo um jogo, devia haver um jeito de escapar. Como ainda estava de pau duro, sentiu um impulso curioso, intenso, de botá-lo para fora e ejacular, gloriosamente, numa privada da Stasi. Havia três anos não sentia um tesão como esse, mas disse em voz alta: "Espera. Daqui a pouco. Ainda não. Daqui a pouco".

Quando voltou ao vestíbulo, viu uma porta aberta pela qual jorrava a luz do sol, sugerindo a existência de uma janela que ele poderia pular. Caminhou com passos confiantes até a porta. Era uma sala de reuniões, as janelas davam para o pátio. Todas tinham grades pesadas, mas duas estavam abertas, talvez para deixar entrar mais luz. Ao entrar na sala, uma voz feminina perguntou bruscamente: "Posso ajudá-lo?".

Uma gorda matrona estava pondo biscoitos num prato de vidro.

"Não, desculpe, entrei na sala errada", ele disse, retirando-se.

Mais funcionários chegavam ao prédio, dispersando-se pelas escadas e corredores laterais. Postou-se nos fundos do saguão principal, observando a sala de reuniões, à espera de que a mulher saísse. Ainda aguardava quando houve uma comoção na outra extremidade do saguão, junto à entrada. Correu para lá levando o saco plástico.

Oito ou dez homens e mulheres, claramente não vinculados à Stasi, atravessavam o portão. Um número menor de funcionários da Stasi, vestidos com ternos decentes, os esperava para recebê-los do lado de dentro. Andreas reconheceu diversos visitantes — só podia ser a Comissão ad hoc de Cidadãos da Normannenstrasse fazendo sua primeira inspeção dos arquivos sob estrita supervisão. Os membros da comissão se mantinham bem eretos, demonstrando sua importância, mas também surpresa e agitação. Dois deles apertavam as mãos dos funcionários da Stasi quando Andreas forçou passagem e saiu pela porta.

"Pare", veio a voz do guarda atrás do vidro.

Um funcionário começava a fechar a porta de fora. Andreas o empurrou para o lado, girou a maçaneta e saiu. Atravessou o pátio em disparada com o saco plástico. Gritos o perseguiam.

O portão da cerca estava fechado, porém não havia arame farpado nem concertina. Galgou a cerca e pulou para o outro lado, correndo na direção do portão principal. Os guardas se limitaram a observá-lo.

E havia as câmeras de televisão. Três delas apontando para ele.

Um telefone tocou na guarita.

"Sim, ele está aqui mesmo", disse o guarda.

Andreas olhou por cima do ombro e viu dois guardas se aproximando. Soltou o saco plástico, levantou as mãos e se dirigiu às câmeras. "Estão gravando?", gritou.

Uma das equipes tomava posição. Em outra equipe, uma mulher fez sinal de positivo com o polegar. Ele se voltou para a câmera e começou a falar.

"Meu nome é Andreas Wolf. Sou um cidadão da República Democrática Alemã e estou aqui para monitorar o trabalho da Comissão de Cidadãos da Normannenstrasse. Acabei de voltar dos arquivos da Stasi, onde tenho razões para crer que está havendo um processo de encobrimento. Não estou aqui exercendo nenhuma função oficial. Não estou aqui para trabalhar com ninguém, estou aqui para trabalhar *contra* o sistema atual. Este é um país cheio de segredos malignos e mentiras tóxicas. Só a mais forte luz do sol pode desinfetá-lo!"

"Ei, pare", disse um membro da equipe que vinha se preparando. "Diz isso outra vez."

Ele repetiu tudo. Estava improvisando na hora, mas, quanto mais falava e mais sua imagem era registrada, mais a salvo ficava de ser pego pelos guardas às suas costas. Foi seu primeiro momento de fama midiática, o primeiro de muitos. Passou o resto da manhã na Normannenstrasse dando entrevistas e encorajando pessoas que o observavam, exigindo que o abscesso da Stasi fosse exposto ao sol. Quando os membros da comissão saíram do conjunto de prédios, não tiveram escolha senão lhe dar as boas-vindas à causa, porque ele já monopolizara a atenção dos meios de comunicação.

Nesse dia, seu saco plástico foi visto em milhares de aparelhos de televisão. Estava firmemente plantado sob seu braço quando, no fim da tarde, correu para seu quarto no porão da igreja. A única preocupação agora era o cadáver enterrado sem segurança, porém estava bem perto de ter Annagret, e sua libido voltara. Nem olhou as pastas, simplesmente enfiou-as debaixo do colchão e saiu correndo do quarto. Num estado de leveza provocado pela ânsia sexual, atravessou a velha fronteira na Friedrichstrasse e caminhou rumo oeste para a Kurfürstendamm, onde encontrou o bom americano Tom Aberant.

INFORMAÇÃO DEMAIS

Em geral, Leila gostava de viajar a trabalho. Nunca era mais profissional, nunca mais justificadamente desculpada de não estar exercendo suas funções administrativas em Denver do que quando se via trancada num quarto de hotel com seus saquinhos de chá verde, sua conexão anônima wi-fi, suas canetas de duas cores, seu sonífero Ambien. Mas desde que chegara a Amarillo, num voo saído de Denver, alguma coisa pareceu diferente. Como se ela nem quisesse estar em Amarillo. A economia normalmente prazerosa de sua competência, a saída para clientes preferenciais da locadora de carros, a estrada em excelente estado que tomou para chegar à casa de Janelle Flayner, a rapidez com que conquistou a confiança dela e a manteve falando, nada disso lhe deu prazer. No fim da tarde, parou numa loja de conveniências e comprou uma salada do chef que vinha numa embalagem de polietileno. No quarto de hotel, em que um hóspede recente havia fumado, abriu o copinho com o molho de salada e se sentiu o público-alvo perfeito daquele produto: mulher solitária de mais de cinquenta anos à procura de alguma coisa decente para comer. Ocorreu-lhe que o que estava sentindo não era uma solidão genérica. Ela tinha uma nova assistente de pesquisa, Pip Tyler, e desejava ter podido trazer a garota na viagem.

Com uma dorzinha na garganta cujo único remédio era o trabalho, depois do jantar saiu para ir se encontrar com a ex-namorada de Cody Flayner.

Deixou as luzes do quarto acesas e o cartão de Não Perturbe pendurado na maçaneta. Lá fora o céu estava sem nuvens e pontilhado de estrelas pouco nítidas, suas constelações obscurecidas pela luz e pela poluição. Aquela região no extremo norte do Texas vivia seu quinto ano de uma seca que em breve seria promovida a mudança climática permanente. Em vez de neve derretida em abril, poeira.

Enquanto dirigia, ligou o celular no bluetooth do carro e ouviu com algum desconforto sua entrevista com a ex-mulher de Cody Flayner. Considerava-se uma pessoa bondosa, uma ouvinte dotada de empatia, mas na gravação sentiu que assumira uma postura manipuladora.

Helou... que sobrenome é esse?

Libanês... Cristão. Cresci em San Antonio.

Sabe, eu estava aqui sentada pensando justamente que você tem sotaque texano.

Leila não tinha mais o sotaque do Texas, a não ser quando entrevistava texanos.

Layla, se não se importa de eu dizer isto, você não parece o tipo de mulher que escolhe mal.

Ha, ha, dá uma olhada melhor em mim.

Quer dizer que você sabe o que é ser enganada.

Tudo que significa infelicidade e tem a ver com casamento, sim. É uma irmandade, não é mesmo? Esse celular está bem perto?

Não precisamos usá-lo se...

Já disse que quero que ele fique ligado. Já é hora de me escutarem... Cheguei a pensar que ninguém ligava. Se quiser me pôr na internet dizendo que Cody Flayner é um TRAIDOR SAFADO E IDIOTA, fique à vontade.

Ouvi dizer que ele tem uma posição importante na Igreja batista.

O Cody? Ah, qual é! Os Dez Mandamentos são a lista de coisas a fazer dele. Sei, com certeza, que ele está tendo relações com uma garota de dezenove anos da congregação. Só entrou para a Igreja porque o pai obrigou.

Me conte sobre isso.

Bom, você sabe. A gente nem estaria conversando se não soubesse. Pegaram ele com a boca na botija. Ele podia começar a Terceira Guerra Mundial levando para casa aquela coisa em sua preciosa caminhonete. E a fábrica nem o demitiu! Pôs pra fora o chefe dele, mas Cody foi só "designado para outra

função". Sempre ajuda quando o seu pai é um mandachuva na fábrica. E isto
a gente tem que reconhecer: o velho negociou direitinho. É a primeira vez que
recebo os pagamentos desde que o Cody abandonou a gente.

Ele começou a pagar a pensão para os filhos?

Por enquanto. Vamos ver quanto tempo dura essa nova fé religiosa. Acho
que até que a nova amiguinha dele em Cristo seja posta para correr.

E essa garota tem nome?

Babacuda Imbecil.

E na carteira de motorista dela?

Marli Copeland. Com "i" no fim. Você deve estar achando que eu não
devia nem ter essa informação.

Não. Entendo perfeitamente. Ele é o pai dos seus filhos.

Mas essa garota não vai falar com você de jeito nenhum. Só se o Cody falar.

Dirigir pelo Amarillo Boulevard rumo ao leste significava passar, em rápida sucessão, pelo conjunto penitenciário de segurança máxima da Clements Unit, pela fábrica de produtos de carne McCaskill e pela fábrica de armas nucleares Pantex, três maciças instalações cuja cruel função e iluminação com lâmpadas de vapor de sódio as faziam bem parecidas. Pelo retrovisor passaram as igrejas evangélicas, os escritórios do Tea Party, as lojas de hambúrguer. À frente, poços de petróleo e gás, as torres de fraturamento hidráulico, os campos de pastagem degradados pelo excesso de uso, os estábulos, o aquífero quase esgotado. Todas as características de Amarillo eram um testemunho da liderança em áreas tipicamente americanas: número um em população carcerária, número um em consumo de carne, número um em ogivas nucleares operacionais, número um na emissão per capita de dióxido de carbono. Quisessem ou não os chamados liberais, Amarillo era a imagem que o resto do mundo fazia dos Estados Unidos.

Leila gostava dali. Ela provinha da parte do Texas que votava nos democratas, e de uma época em que o número deles era maior, mas gostava do estado todo. Não apenas de San Antonio, dos invernos moderados pela influência do Golfo do México, do verde-esmeralda dos arbustos na primavera, porém igualmente da feiura indisfarçável das áreas que votavam nos republicanos. O abraço da feiura; a produção conscienciosa de feiura; o orgulho texano de ver beleza naquilo. E a excepcional cortesia dos motoristas, o distanciamento duradouro típico da Velha República, a certeza de ser um exemplo fulgurante para a nação. Os texanos consideravam os outros quarenta e nove estados com uma gentil comiseração.

Phyllisha é dessas mulheres que só precisam sacudir seus cachos louros para os homens perderem a cabeça. Sabe aquela expressão do cavalo que só tem um truque? Pois é ela com o cabelo dela. Sacode, sacode, sacode. E o Cody é burro até não poder mais. Um burro sabe que é burro, mas o Cody não. E acho que ainda sou a mais burra de todos, porque casei com ele.

Depois que Cody passou a ter "novas funções", Phyllisha Babcock o abandonou?

Foi o velho sr. Flayner que obrigou Cody a terminar a relação. Fazia parte do acerto, se ele quisesse continuar trabalhando na fábrica. Aquela fulana não era coisa boa. Além de destruir o lar dele, tinha que tentar destruir a carreira.

Não havia fonte mais disposta a falar do que as ex-mulheres. A ex-sra. Flayner, uma ruiva artificial cujos traços faciais eram de certa forma côncavos, o que lhe dava uma aparência de estar pedindo tímidas desculpas, havia preparado um bolo de café para Leila e a manteve presa à mesa da cozinha até as crianças voltarem da escola.

Os arranjos para ouvir Phyllisha Babcock tinham sido mais difíceis. Desde o rompimento com Flayner, ela se juntara a um sujeito controlador que concentrava todas as ligações no único número de telefone em que ela podia ser encontrada. Nas três vezes em que Leila ligou, tudo que ele disse foi: "Não te conheço, por isso, tchau". (Até ele tinha alguma cortesia texana, senão teria dito coisa pior.) Phyllisha também havia sumido das redes sociais — mais uma limitação imposta pelo namorado controlador. Mas Pip Tyler era uma excelente pesquisadora. Mediante um tedioso método de tentativa e erro, localizou o novo emprego de Phyllisha, num drive-in da Sonic Burgers na cidade de Pampa.

Duas semanas antes de ir a Amarillo, na hora morta das oito da noite de uma terça-feira, Leila conseguiu falar com Phyllisha no drive-in, perguntando se ela se incomodaria de conversar um pouco sobre Cody Flayner e o incidente de Quatro de Julho.

"Talvez não", Phyllisha havia dito, o que foi encorajador. As únicas palavras que realmente significavam uma negativa eram *vai se foder*. "Se você fosse do canal Fox, talvez, mas como não é…"

Leila explicou que trabalhava para o *Denver Independent*, um serviço de notícias de cunho investigativo patrocinado por uma fundação. Mencionou que o *DI* tinha parceria com muitas agências noticiosas de âmbito nacional, inclusive com o programa *Sixty Minutes*, quando se tratava de um furo.

"Não assisto ao *Sixty Minutes*", disse Phyllisha.

"Será que posso apenas dar uma passada aí numa noite no meio da semana? Ninguém nem precisa saber que conversamos. Só estou tentando levantar a história certa. Pode ser em off, se você quiser."

"Não gosto nem que você saiba onde eu trabalho. E o meu namorado não gosta que eu converse com gente que ele não conhece."

"Certo. Respeito isso. Não quero criar uma encrenca entre você e ele."

"Não, eu sei que é meio que uma idiotice. Vou fazer o quê? Fugir com você?"

"Regra é regra."

"Falou e disse! Não duvido nada que neste minuto mesmo ele pode estar sentado do outro lado da rua querendo saber com quem eu estou falando no telefone. Não seria a primeira vez."

"Então não vou ficar falando mais. Mas e se eu passar aí numa terça-feira, quem sabe a esta hora da noite?"

"Qual é mesmo o nome da revista onde você trabalha?"

"*Denver Independent*. Só estamos na internet, não existe uma versão impressa."

"Não sei. Alguém tem que contar a porra-louquice que acontece naquela fábrica. Mas preciso cuidar primeiro de mim. Por isso acho que não."

"Vou passar aí. Na hora você decide. Que tal assim?"

"Não é nada pessoal. Só estou nessa situação complicada."

Leila tinha visto Phyllisha Babcock pela primeira vez nas fotografias do Quatro de Julho que Cody Flayner havia postado em sua página do Facebook no verão anterior. Ela usava um biquíni patriótico com as cores nacionais e bebia cerveja. Seu corpo só precisava de uma dieta saudável e algum exercício sistemático para ser espetacular, porém o rosto e o cabelo estavam prestes a confirmar uma frasezinha bastante maldosa de Leila: as louras não envelhecem bem. (Leila via a meia-idade como a Revanche das Morenas.) Na maioria das fotos, Phyllisha aparecia bem nítida em primeiro plano, mas o foco automático tinha falhado uma vez, revelando claramente que o objeto maciço na caminhonete Dodge de Flayner, visível mais ao fundo numa entrada para carros, era uma bomba nuclear B-61. No segundo plano de outra foto, Phyllisha estava montada na bomba e parecia fingir que lambia sua ponta.

Leila estava a trabalho em Washington quando Pip Tyler foi a Denver a fim de ser entrevistada para um estágio na área de pesquisa, mas as informações sobre a entrevista haviam se espalhado rapidamente pela organização. Pip trouxera reproduções das fotografias de Flayner como exemplo do tipo de história em que gostaria de se envolver, e o diretor de pesquisa do *DI* perguntou como ela as obtivera. Pip explicou que tinha amigos na comunidade desarmamentista de Oakland, os quais tinham amigos hackers com acesso a programas de reconhecimento de objetos, assim como (ilegalmente) às entranhas da rede de entrega de conteúdo do Facebook. Ela já se aproximara de Cody Flayner através de um amigo, também contrário a armas nucleares, que se aproximara dele sob falsos pretextos. No inbox Pip tinha perguntado a Flayner sobre as fotos de bombas nucleares, havia muito tempo removidas de sua página do Facebook, e recebera como resposta apenas uma linha: "Queridinha, elas não eram de verdade". Como os recortes de Pip e suas outras credenciais eram excelentes, o diretor de pesquisa a contratou na hora.

Na semana seguinte, ao voltar de Washington, Leila tinha ido direto ao escritório de esquina de Tom Aberant, fundador e editor executivo do *Denver Independent*. Não era segredo no *DI* que os dois viviam juntos fazia mais de uma década, mas eles se comportavam de forma estritamente profissional no trabalho. Ela só queria dizer: "Oi, voltei", mas assim que abriu a porta da sala de Tom captou uma vibração estranha.

Uma moça de cabelo longo e lustroso estava sentada de costas para a porta. Leila teve a nítida impressão de que Tom não se sentia confortável na presença dela, e um dos traços da personalidade dele era que nada o assustava. Leila tinha medo de morrer, Tom não. A ameaça de ações e coações legais não o assustava, demitir funcionários não o assustava. Ele era a fortaleza de Leila. Mas, na pressa com que se levantou antes mesmo de ela cruzar a porta, sentiu sua perturbação. Nada característica, também, foi sua dificuldade de falar: "Pip — Leila — Leila — Pip...".

A moça exibia um bronzeado portentoso. Tom contornou às pressas sua mesa e, como um pastor de ovelhas, juntou as duas enquanto as tangia em direção à porta, como se ansioso para se livrar de Pip. Ou para enfatizar que não estava tentando escondê-la de Leila. O rosto da jovem era honesto, amistoso e bonito de um modo não ameaçador, mas ela também parecia pouco à vontade.

"Pip já levantou mais coisas interessantes em Amarillo", disse Tom. "Sei que você está estourada, mas acho que talvez devessem trabalhar juntas."

Leila o inquiriu com um franzir de testa e captou algo quando ele desviou o olhar.

"Estou muito ocupada esta semana", disse em tom ameno, "mas vou ficar feliz se puder ajudar."

Tom conduziu as duas para fora. "Leila é o que há de melhor", disse a Pip. "Vai cuidar bem de você." Olhou para Leila. "Pode ser?"

"Tudo bem."

"Ótimo."

E fechou a porta. Aquela porta que quase nunca era fechada. Alguns minutos depois, ele foi ao cubículo de Leila para a troca de cumprimentos que deveria ter ocorrido em seu escritório. Ela sabia que não devia perguntar se ele estava bem, já que ela mesma odiava que lhe perguntassem isso e havia treinado Tom a nunca fazê-lo: *Que tal se eu lhe disser que nunca estou menos do que ótima?* Mas não conseguiu não perguntar.

"Está tudo bem", ele respondeu, os olhos encobertos pelo reflexo da luz do teto em seus óculos de aro fino. Os óculos eram um modelo horroroso da década de 1970 que combinavam com o corte militar do cabelo que lhe restava; outra coisa de que ele não tinha medo era da opinião dos outros sobre sua aparência. "Acho que ela vai ser espetacular."

Ela. Como se a pergunta de Leila fosse sobre ela.

"E… qual das minhas outras histórias você prefere que eu deixe de lado?"

"Você decide. Ela está dizendo que a história é só dela, mas não temos como saber se alguém mais a conhece. Não quero correr atrás de alguma coisa que já viralizou na internet."

"*A última ameaça II.* A primeira produção de uma estagiária de pesquisa."

Tom riu. "É isso então? Nada de *Dr. Fantástico*, e sim *A última ameaça*? É por aí que vamos agora." Riu de novo, parecendo mais ele mesmo.

"Só estou dizendo que me parece bom demais para ser verdade."

"Ela é californiana."

"Por isso o bronzeado sensacional?"

"Bay Area", disse Tom. "É como os vírus que vêm da China — porcos, pessoas e aves vivendo debaixo do mesmo teto. A Bay Area é de onde você espera que surja uma história dessas. Toda aquela capacidade dos hackers misturada à mentalidade do Occupy."

"É, acho que faz sentido. Só acho interessante que ela tenha vindo nos procurar. Poderia ter levado essa história para onde quisesse. ProPublica. California Watch. CIR."

"Parece que ela tem um namorado que veio para cá e ela o acompanhou."

"Cinquenta anos de feminismo, e as mulheres ainda vão atrás dos namorados."

"Quem melhor do que você para arrumar a cabeça dela? Isso se você concordar, claro."

"Eu concordo, claro."

"O que significa mais uma pessoa na lista enorme de gente que Leila ajudou?"

"Tem toda a razão. Só mais uma pessoa."

E assim ocorreu a transferência para as mãos de Leila. Será que Tom estava se vacinando contra a garota ao mandá-la trabalhar com sua namorada? Pip não era de modo algum a novata mais atraente que se empregava no *DI*, e Tom muitas vezes dissera, com seu realismo característico, que Leila representava seu tipo de mulher (franzina, reservada, libanesa). O que Pip teria para exigir essa vacinação? Mais tarde lhe ocorreu que a garota poderia corresponder a um tipo *anterior* de Tom, como sua ex-mulher. E nem era verdade que nada o assustava. Qualquer coisa que se referia a sua ex-mulher o deixava nervoso. Demonstrava mal-estar sempre que alguém na TV o fazia se lembrar dela; ele chegava a retrucar para a tela. Tão logo Leila entendeu que lhe fazia um favor se responsabilizando por Pip, foi em frente e passou a cuidar da garota.

Cody falava sobre o perímetro de segurança quando vocês estavam casados? Ficou surpresa quando ouviu dizer que ele tinha levado uma bomba para casa?

Nada de idiota que o Cody faça me espanta. Uma vez ele estava removendo a tinta da parede da garagem e tentou acender um cigarro com a chama do maçarico; levou um tempo para ele perceber que o colarinho da camisa estava pegando fogo.

Mas e o perímetro?

Ele e o pai costumavam falar de uma porção de parâmetros. Essa palavra, parâmetro, eu ouvia sempre. Parâmetros de exposição e... o que mais? Alguma coisa a ver com protocolos.

Mas e os portões, as cercas?

Ai, meu Deus. Perímetro. *Você falou perímetro e eu aqui falando de parâmetros. Nem sei o que é parâmetro.*

E Cody alguma vez falou que as pessoas entravam ou saíam com alguma coisa escondida?

Na maioria das vezes, elas entravam. Eles têm lá dentro uma quantidade de bombas capaz de transformar Panhandle inteira numa cratera fumegante. Daria pra pensar que eles ficavam um pouco nervosos e alertas, mas era o contrário, porque a razão de ser das bombas é a certeza de que nunca vamos usá-las. É um grande show pra nada, as pessoas que trabalham aqui sabem disso. Por isso organizam as competições de segurança, o campeonato de beisebol, as campanhas para recolher comida enlatada — tudo pra manter a coisa interessante. O trabalho é melhor do que na fábrica de carnes ou como guarda na prisão, mas ainda assim é chato e sem propósito. Por isso já tiveram problemas com a entrada de coisas proibidas.

Álcool? Entorpecentes?

Não, com bebida pegariam você. Mas alguns estimulantes ilegais. E urina limpa pros testes de droga.

E sobre as coisas que saíam de lá?

Bom, o Cody tinha um armário cheio de ferramentas bonitas com um pouco de radioatividade, o suficiente para que as autoridades de saúde e segurança as proibissem de continuar sendo usadas. Ferramentas perfeitamente boas.

Mas nenhuma bomba faltando.

Graças a Deus, não. Eles têm códigos de barras, GPS, todos esses formulários que o pessoal precisa preencher. Sabem onde está cada bomba a cada minuto. Sei disso porque era lá que o Cody trabalhava.

Controle do estoque.

Exatamente.

Leila desligou a gravação ao se aproximar da cidade de Pampa. Essa parte de Panhandle era tão plana que se tornava paradoxalmente vertiginosa, uma superfície planetária bidimensional na qual, desprovida de algum elemento topográfico que servisse de referência, a pessoa tinha a sensação de que poderia cair ou ser varrida. Nenhum relevo ou alívio de espécie alguma. A terra tão sem valor comercial ou agrícola que os cidadãos de Pampa não se importavam em esbanjar espaço, cada prédio baixo e feio localizado no meio de um vasto terreno. Os faróis de Leila iluminavam de passagem árvores plantadas sem grande esperança, empoeiradas e agora já mortas ou moribundas. Para ela, por serem árvores texanas, já eram bonitas a seu modo.

O estacionamento do Sonic Burgers estava deserto. Ela tinha decidido não correr o risco de assustar Phyllisha telefonando uma segunda vez; se ela estivesse de folga, Leila voltaria no dia seguinte. Mas Phyllisha não apenas estava lá como metade de seu corpo podia ser vista fora da janela do drive-in, tentando tocar o chão sem cair.

Ao se aproximar, Leila viu a nota de um dólar debaixo da janela. Pegou-a e pôs na mão de Phyllisha.

"Obrigada, minha senhora." Phyllisha recolheu o corpo. "Posso ajudá-la?"

"Sou Leila Helou. Do *Denver Independent.*"

"Opa! Podia jurar que você era texana."

"Eu sou texana. Podemos conversar?"

"Não sei." Phyllisha se inclinou de novo para fora da janela, examinando o estacionamento e a rua. "Já te falei da minha situação. Ele vem me pegar às dez e às vezes chega mais cedo."

"São só oito e meia."

"Seja como for, você não pode ficar aí de pé. É só para carros."

"Então por que não posso entrar?"

Phyllisha balançou a cabeça, pensativa. "É uma dessas coisas que só fazem sentido quando a gente está metida nela. Não consigo explicar."

"Como ser uma prisioneira por querer."

"Prisioneira? Sei lá. Talvez. A Prisioneira de Pampa." Deu uma risadinha. "Alguém devia escrever um romance sobre mim com esse título."

"O que você sente por ele?"

"Na verdade, sou meio louca por ele. Uma parte minha não se importa com isso de ser prisioneira."

"Entendi."

Phyllisha olhou no fundo dos olhos de Leila. "Entendeu mesmo?"

"Já estive em situações semelhantes."

"Bom, é uma merda. Não faz mal. Pode sentar no chão, onde ninguém te veja. O gerente não vai ver se você entrar pelos fundos. O resto do pessoal é mexicano."

O maior risco ocupacional do trabalho de Leila eram as fontes que desejavam estabelecer uma relação de amizade com ela. Como o mundo estava saturado de gente faladora e carente de gente para ouvir, muitas de suas fontes lhe davam a impressão de que ela era a primeira pessoa que as ouvia com atenção na vida. Eram sempre as fontes de alguma história especial, os "amadores", que Leila seduzia fingindo ser quem eles precisassem que ela fosse. (Também iludia os profissionais, funcionários de agências noticiosas e assistentes de membros do Congresso, mas estes a usavam tanto quanto ela os usava.) Muitos de seus colegas, até mesmo alguns de quem ela gostava, eram cruéis em trair suas fontes depois que as usavam, cortando os vínculos com elas, adotando o princípio de que é mais delicado não responder ao telefonema de alguém com quem você trepou se você não pretende trepar com a pessoa de novo. Tanto nas reportagens como no sexo, Leila sempre tinha sido alguém que agregava. O único modo de ela tolerar, em termos morais, suas seduções era ser, até certo ponto, a pessoa que fingia ser. Assim, sentia-se obrigada a responder a telefonemas, mensagens e até cartões de Natal de suas fontes depois que não precisava mais delas. Ainda recebia correspondência do Unabomber, Ted Kaczynski, mais de uma década após haver escrito um artigo em que demonstrava alguma simpatia por sua luta jurídica. Sob a alegação de insanidade, Kaczynski fora proibido de atuar como seu próprio advogado no julgamento e impedido, portanto, de expressar em público suas opiniões radicais sobre o governo dos Estados Unidos. E qual a prova de sua insanidade? A crença de que o governo americano conduzia uma conspiração repressiva para impedir a expressão de opiniões radicais. Só uma pessoa insana acreditaria nisso! O Unabomber realmente havia gostado muito de Leila.

O que Phyllisha lhe disse, enquanto Leila estava sentada no chão em meio a manchas de ketchup e música mexicana, foi que Cody Flayner não valia nada e que ela tinha contado os dias para se livrar dele. Não resistira em ir para a cama com ele por causa da bunda durinha de Cody, de seu olhar doce e cílios dignos de um filhote de cachorro. Mas jurou a Leila que jamais desejou que ele largasse a mulher e os filhos. Cody a surpreendera quando fez isso, então durante algum tempo ela se viu presa a ele. Tudo o que ela queria era se divertir, e de repente lá estava ela como responsável por ter destruído a vida de várias pessoas. Sentiu-se mal por isso nos seis meses em que viveu com Cody.

"Ficou com ele porque se sentiu culpada?"

"Mais ou menos. E também porque eu não pagava aluguel e não tinha outras opções imediatas."

"Sabe, fiz a mesma coisa quando eu tinha a sua idade. Destruí um casamento."

"Talvez, se um casamento *pode* ser destruído, é porque *merece* ser destruído."

"Há escolas de pensamento diferentes sobre isso."

"Quanto tempo você ficou com ele? Ou nem se sentiu culpada?"

"O problema", Leila sorriu, "é que continuo casada com ele."

"Bom, esse é um final feliz."

"O que não significa que não tenha havido culpa ao longo do caminho."

"Sabe de uma coisa, estou simpatizando com você. Eu nunca tinha falado com um repórter. Você não é como eu pensava."

É porque eu sou boa demais em fazer as pessoas se abrirem comigo, pensou Leila.

Phyllisha se interrompeu para atender um carro cheio de adolescentes e reclamar com os colegas de trabalho.

"Ei, pessoal, no quiero la música. Más bajo, por favor!"

Cody estava convencido de que era a melhor coisa que tinha acontecido na vida de Phyllisha, sentimento que não era recíproco. Quanto mais tentava impressioná-la, menos impressionada ela ficava. Provocou uma briga num bar só para lhe mostrar como conseguia apanhar com dignidade. Por causa da esculhambação do todo-poderoso governo, sua mulher, a que tinha cara de babuíno, não conseguira uma parcela maior do salário de Cody para sustentar os filhos, então, para impressionar Phyllisha, ele comprava pilhas de joias e vestidos caros para ela, inclusive um novo iPad. A surpresa do Quatro de Julho também tinha sido para impressioná-la. Ela sabia que ele trabalhava na fábrica de bombas e que tinha o emprego mais chato de todos; era capaz de falar por horas sobre *potências variáveis*, *bombas de penetração* e *quilotons*, fazendo-se passar por alguém responsável pela segurança da nação. Por fim ela ficou saturada e lhe disse a verdade: que ele não era ninguém e que não estava impressionada com aquelas bombas que nada tinham a ver com ele. Feriu seus brios, mas não se importou. Já havia trocado olhares significativos com o amigo dele Kyle, que morava em Pampa.

Na noite de 3 de julho, ao voltar tarde depois de beber com umas amigas, encontrou Cody à sua espera nos degraus da frente da casa. Disse que tinha outro presente para ela. Levou-a até o quintal, onde havia algo grande e cilíndrico em cima de um cobertor. Cody disse que era uma bomba termonuclear B-61 pronta para ser detonada e perguntou o que ela pensava *daquilo*.

Bom, que estava apavorada, era isso que pensava.

Cody disse: "Quero que você toque nela. Quero que fique nua e se deite em cima dela. Aí vou te foder como ninguém nunca te fodeu".

Ela ganhou tempo dizendo que não queria ser contaminada pela radiação nem nada.

Cody disse que era totalmente seguro mexer na bomba e ficar perto dela. Fez com que Phyllisha a tocasse e explicou as regras de segurança e de permissão de uso. Era a conversa de sempre sobre coisas que ele não conhecia direito e que não estavam sob sua alçada, exceto que dessa vez havia uma bomba termonuclear em cima de um cobertor no quintal da casa dele.

"E sei como detonar esse troço", ele disse.

"Sabe nada."

"Tem um jeito para quem conhece os códigos, e eu conheço os códigos. Posso apagar Amarillo do mapa. Agorinha mesmo."

Por que ele faria isso é o que Phyllisha queria saber. Metade dela acreditava naquilo, dois terços não.

"Para mostrar meu amor por você."

Phyllisha disse que não via relação entre ele amá-la e destruir Amarillo. Achava que ao falar ganhava tempo, estava salvando dezenas de milhares de habitantes inocentes de Amarillo, entre os quais, e não menos importante, ela própria. Enquanto isso, esperava ouvir as sirenes da polícia a qualquer momento.

Cody então assegurou-lhe que não iria fazer nada. Só queria que ela soubesse que ele *podia* fazer. Ele, Cody Flayner. Queria que ela soubesse que tipo de poder ele tinha à disposição. Queria que ela tirasse a roupa, abraçasse a bomba e levantasse a bundinha para ele. Será que o poder terrível e perigoso da bomba não a fazia querer isso também?

Posto dessa forma, na verdade, sim. Ela foi em frente e fez o que ele mandou — e não davam uma trepada tão boa desde que Cody a surpreendera largando a mulher. Estar tão perto de tamanho potencial de morte e devastação, encostar a pele suada na superfície fria de uma arma letal, imaginar que toda a cidade poderia desaparecer numa nuvem em forma de cogumelo na hora em que ela gozasse… Era obrigada a admitir que tinha sido muito legal.

Ao mesmo tempo, seria sem dúvida coisa para uma noite só. Ou Cody iria para a cadeia ou teria de devolver a B-61 para o seu lugar, e isso acabaria com a possibilidade de eles terem enormes orgasmos com o rosto dela espremido contra o invólucro de uma bomba letal de trezentos quilotons. A fim de aproveitar enquanto dava, partiram para uma segunda trepada. Cody conseguiu excitá-la bastante, mas depois ela ficou com pena dele. Além de ele não ser muito inteligente, já havia decidido ficar com Kyle.

Querido, vão prender você.

"Não vão, não", Cody disse. "Não por pegar emprestada uma bomba falsa."

Falsa?

"É, é só para treinamento. Uma réplica perfeita, só não tem a substância físsil."

Então ela se aborreceu. Ele tentou fazê-la de idiota ou o quê? Tinha dito que estava pronta para ser detonada!

"Ninguém leva uma bomba de verdade numa caminhonete, minha querida."

Quer dizer que a bomba era falsa? Bom, era típico dele.

"É, e que diferença fez?", ele disse. "Você não pareceu estar fingindo nada. E depois ainda falam dos fogos de artifício do Quatro de Julho!"

Leila escrevia furiosamente em seu bloco de notas. "E por quanto tempo ele ficou com a réplica? Temos fotografias dela do Quatro de Julho."

"Ele levou embora na noite seguinte", disse Phyllisha. "A fábrica fica muito tranquila no feriado e ele conhece o pessoal do portão. Mas primeiro quis mostrar aos amigos, num churrasco. Kyle diz que Cody sempre foi como um desses cachorrinhos que seguem as pessoas por toda parte, fazendo coisas quando é desafiado, só para tentar ganhar o respeito dos outros."

"E os amigos dele ficaram impressionados?"

"Kyle não ficou. Tinha uma ideia do que a gente havia feito na noite anterior porque Cody só faltou contar pra todo mundo, dizendo que a bomba era afrodisíaca."

"Que graça. Mas, só para ficar claro, numa das fotos você parece estar…"

Phyllisha corou. "Sei qual é a foto. Fiz isso por causa do Kyle. Olhando nos olhos dele."

"Cody não deve ter ficado feliz com isso."

"Não posso dizer que me orgulho do meu comportamento. Mas tive medo de que Kyle pensasse que eu e Cody estávamos outra vez numa boa. Fiz o que eu precisava fazer."

"Por isso Cody rompeu com você?"

"Quem te contou uma merda dessas? Kyle me ajudou a fazer as malas enquanto Cody levava a bomba de volta. Naquela noite mesmo. Desde então estou aqui em Pampa. Ainda me sinto mal com aquilo tudo, mas pelo menos as últimas recordações que tenho de Cody são boas. Nem eu nem ele vamos esquecer aquela noite com a bomba. É uma lembrança que podemos guardar para sempre."

"Tem ideia de como a fábrica descobriu?"

"Bom, você não pode fazer um negócio desses sem que as pessoas fiquem sabendo. Além disso, ele postou no Facebook. Dá pra imaginar?"

Despedindo-se de Phyllisha, com sua memória de curto prazo doendo como a teta de uma vaca não ordenhada, Leila tirou o carro do estacionamento do Sonic e parou mais adiante na rua. Com uma esferográfica vermelha, organizou e esclareceu seus rabiscos no bloco de notas. O trabalho não podia esperar até ela regressar a Amarillo; sua lembrança precisa de uma entrevista durava menos de uma hora. Antes de terminar, uma caminhonete velha entrou no estacionamento do Sonic fazendo um barulhão e logo depois saiu passando por Leila, que viu Phyllisha não no banco do passageiro, mas bem no meio do banco, com o braço passado pelo pescoço do motorista.

Quando o Congresso realizou as audiências sobre Watergate, Leila já tinha idade suficiente para entendê-las. De sua mãe, lembrava pouco mais que uma mistura de medo e tristeza, quartos de hospital, o choro do pai, um funeral que pareceu durar dias. Só no verão de Sam Ervin, John Dean e Bob Haldeman, ela passou a ser uma pessoa dotada de fato de memória. Começou a acompanhar as audiências, para não precisar interagir com Marie, a prima de seu pai com cara de bruxa. Como ele tinha um consultório muito movimentado e também conduzia pesquisas na faculdade de odontologia, havia trazido Marie de sua terra natal para ajudá-lo na casa e cuidar de Leila. Marie assustava os amigos de Leila, lambia a faca na mesa de jantar, usava uma dentadura que estalava e que se recusava a trocar por outra melhor, reclamava incessantemente do ar-condicionado e desconhecia o conceito de deixar uma criança ganhar os jogos. Os verões em sua companhia eram longos, e Leila jamais esqueceu como ficou excitada ao perceber que tudo que os adultos diziam na TV em Washington fazia sentido para ela, que tinha condições de acompanhar a conspiração. Anos depois, quando seu pai a levou para ver *Todos os homens do presidente*, ela o obrigou a deixá-la no cinema, para que pudesse voltar escondido para a sala de projeção e assistir ao filme de novo.

Seu pai concordou que ela voltasse escondido. Ele seguia regras do Velho Mundo, não vendo fortes distinções entre o certo e o errado desde que a pessoa não fosse pega: furtava toalhas nos hotéis, comprou um detector de radar para o seu Cadillac e apenas ficou chateado, mas não envergonhado, quando a Receita Federal o pegou sonegando impostos. No entanto, também sabia assumir uma postura de Novo Mundo. Quando Leila, enfeitiçada pelo filme *Todos os homens do presidente*, declarou que ambicionava se tornar repórter investigativa, seu pai retrucou que o jornalismo era uma profissão masculina e que, *por isso mesmo*, ela devia se tornar repórter, para mostrar do que era capaz uma mulher do clã dos Helou. Disse que os Estados Unidos eram uma manteiga feita para ser cortada pela faca quente do cérebro de Leila, um lugar onde uma mulher não precisava viver, como Marie, da caridade de um primo.

Sua mensagem era feminista, embora ele não fosse um feminista. Durante os anos em que cursou a universidade e começou a trabalhar em jornais, Leila não conseguiu se libertar da sensação de que estava provando algo a *ele*, e não a si própria. Quando conseguiu um emprego efetivo de repórter no *Miami Herald*, seu pai ficou inutilizado por um derrame, e Leila, sabendo o que ele desejava e esperava, abandonou o emprego e voltou para San Antonio. A essa altura Marie havia morrido, porém seu pai tinha dois filhos do primeiro casamento, em Houston e Memphis. Poderiam tê-lo levado para morar com eles, se não fossem homens.

Enquanto o pai definhava, para preencher suas noites em San Antonio ela começou a escrever contos. Mais tarde se sentiu tão mortificada por haver se imaginado uma escritora de ficção que se lembrava daqueles contos com repugnância, como cascas de ferida que não podia parar de cutucar, mas que tinha vergonha demais de fazer sangrar. Não conseguia rememorar suas razões para tê-los escrito, exceto o desejo de se rebelar contra as aspirações que o pai cultivava para ela e a fim de puni-lo por dificultar que fossem realizadas. No entanto, depois que ele morreu devido a um segundo derrame, Leila decidiu gastar boa parte da herança tentando obter um diploma de escrita criativa num programa conduzido em Denver. O espólio, aliás, foi bastante reduzido pelos impostos devidos e teve de ser compartilhado com seus meios-irmãos e duas mulheres que Leila mal conhecia, uma delas a higienista dental que trabalhara com seu pai por muito tempo.

Mais velha que os outros alunos de Denver, ela não apenas possuía maior experiência de vida como também um histórico de infelicidade familiar e a bagagem cultural de um pai imigrante. Além disso, considerava-se mais atraente do que sugeria a qualidade de seus ex-namorados. Quando um dos professores do primeiro semestre, Charles Blenheim, destacou e elogiou o trabalho de uma escritora "experimental" mais jovem, o ânimo competitivo e hereditário de Leila entrou em ignição. No clã dos Helou, a principal forma de interação familiar eram jogos de cartas ou de tabuleiro nos quais a premissa era que todos tentavam trapacear. Leila trabalhou duro na ficção e ainda mais duro nos comentários aos escritos de sua rival mais jovem. Aprendeu com exatidão onde aplicar o bisturi e logo ganhou a atenção de Charles.

Charles se encontrava no auge da carreira, tendo voltado havia pouco tempo de um ano sabático proporcionado por uma bolsa da Lannan, além de ter sido consagrado como herdeiro de John Barth e Stanley Elkin numa resenha de primeira página do *Times*. Não sabia, porém, que já havia atingido o cume. Sob as luzes fortes de suas expectativas, o casamento de quinze anos, contraído quando o valor de Blenheim era baixo no mercado, lhe pareceu sem graça e inapropriado. Leila havia aparecido no momento exato para dar cabo do casamento. Enquanto fazia isso, levou as duas filhas a se voltarem permanentemente contra ele. Leila entendia como era vista por elas, bem como pela esposa, e sentia pena — odiava ser odiada —, mas não se considerava culpada. Simplesmente não tinha culpa de Charles se sentir mais feliz em sua companhia. Não escolher a felicidade dos dois em favor da felicidade da família dele teria exigido princípios muito rígidos. No momento crucial, quando havia buscado dentro de si uma clara compreensão do certo e do errado, descobriu a mixórdia que seu pai lhe legara.

Ela foi doida por Charles durante algum tempo. De todas as alunas, ele a escolhera. Sua corpulência de homem mais velho tornava mais agradável para ela o fato de ser franzina, a fazia tremendamente sensual. Ele ia dar aula numa Harley-Davidson; seu cabelo, que lembrava barbas de milho, caía até os ombros do blusão de couro; referia-se aos gigantes da literatura pelo primeiro nome. Para poupá-lo de qualquer constrangimento institucional, ela deixou o programa de escrita criativa. Uma semana depois de formalizado o divórcio, foi com ele de motocicleta até o Novo México e se casaram em Taos. Acompanhou-o em conferências literárias e cumpriu o que só com o tempo percebeu serem suas funções naqueles eventos: mostrar-se como uma mulher mais jovem, cheia de vida e algo exótica, causar inveja nos escritores que ainda não haviam trocado de mulher ou que não tinham feito isso recentemente. Ela publicara um número suficiente de suas garatujas em revistas menores, nas quais uma palavra de Charles tinha peso, para poder se apresentar como escritora de ficção.

Terminadas suas várias luas de mel, Charles se preparou para escrever o *grande romance*, o livro que garantiria seu lugar no panteão da literatura moderna americana. Houve um tempo em que bastava escrever *O som e a fúria* ou *O sol também se levanta*. Mas agora tamanho se tornara essencial. Livro grosso, história longa. Antes de se casar com um romancista ou se imaginar como tal, teria sido aconselhável que Leila houvesse obtido uma amostra do que significava viver numa casa onde estava sendo contemplada a produção de um *grande romance*. Um dia frustrante era enterrado com três copos grandes de burbom. Um dia de grandes avanços conceituais e euforia era celebrado com quatro copos grandes de burbom. Para ampliar sua mente a fim de atingir a grandeza requerida, Charles precisava passar semanas a fio sem fazer nada. Embora demandasse muito pouco dele, a universidade queria algo mais que nada, e o menor dos encargos não cumpridos se transformava num tormento para ele. Leila se incumbia das tarefas dele que podia, e de muitas que não deveriam lhe caber, porém não tinha como, por exemplo, ministrar as aulas de escrita. Durante horas a casa deles de três andares, construída em estilo tradicional, com muita pedra e madeira, ecoava com seus gemidos diante da perspectiva de dar aulas. Os gemidos vinham de todos os andares e eram ao mesmo tempo sinceros e destinados a provocar riso.

Um ponto positivo de Charles, e que justificava em boa parte o fraco que Leila tinha por ele, era sua espirituosidade. Num de seus raros dias bons, ele podia produzir um longo parágrafo — desconectado, como outros, de seus vizinhos — que a fazia morrer de rir. Mas era muito mais frequente não haver parágrafo nenhum. Durante o pouco tempo que Leila tinha para fazer seus rabiscos na escrivaninha infantil da filha mais velha dele e no que fora o quarto dela, odiava-se por causa do contraste entre seu estilo jornalístico e "a energia febril e robusta" (*New York Times Book Review*, primeira página) dos parágrafos de seu marido, embora ele não conseguisse juntar dois deles desde antes de se casarem. Então ela ouvia a porta do escritório repleto de livros do terceiro andar se abrir, seguindo-se passos pesadíssimos. Charles retardava as passadas de propósito, sabendo que ela podia ouvi-las, fazendo graça com o próprio som. Por fim parava diante da porta fechada do quarto onde ela estava e — como se fosse imaginável Leila não ter ouvido a aproximação daqueles passos — hesitava alguns minutos antes de bater. Mesmo depois que ela abria a porta, Charles não entrava de imediato, varrendo vagarosamente com o olhar cada canto do cômodo como se desejasse saber se escreveria algo maior num quarto de criança ou como se precisasse voltar a se familiarizar com o mundinho estranho de Leila. Então de repente, com seu senso de oportunidade sempre cômico, olhava para ela e perguntava: "Você está ocupada?". Ela nunca dizia que sim. Ele entrava no quarto e se deixava cair na cama de solteiro com a coberta de babados na qual soltava gemidos dignos de um personagem de desenho animado. Era bom em pedir desculpas por incomodá-la, porém ela detectava nesses pedidos um substrato de ressentimento por sua capacidade de executar as tarefas domésticas ao mesmo tempo que conseguia, no seu anêmico estilo jornalístico, encadear alguns parágrafos. Às vezes discutiam a etiologia do bloqueio de Charles, seu obstáculo *du jour*, mas somente como prelúdio para aquilo que ele viera buscar no andar de baixo: fodê-la na caminha com a coberta de babados, no assoalho de tábuas de pinho ou na escrivaninha infantil. Ela gostava de foder com ele. Gostava muito.

Depois de um ano sem que o *grande romance* tivesse decolado, ela se encheu da ficção. Como feminista, e não concebendo ser apenas a mulher de Charles, foi trabalhar no *Denver Post* e rapidamente progrediu no emprego, praticando o jornalismo agora para si própria, e não mais para o pai. Sem ela em casa, as páginas do *grande romance* começaram a se materializar, ainda que de modo lento e às custas de um incremento na ingestão de burbom. Depois que ganhou um prêmio por sua reportagem sobre as irregularidades na direção da Feira do Estado do Colorado, ela ousou escapar dos jantares que Charles era obrigado a oferecer a escritores visitantes. Ah, o que se bebia nesses jantares horríveis, o inevitável menosprezo de Charles, a inclusão de outro nome à lista de autores que odiava. Praticamente os únicos escritores americanos vivos que Charles não odiava agora eram seus alunos e ex-alunos; e se algum destes últimos alcançasse certo grau de sucesso, não passava muito tempo até que o menosprezasse ou o traísse e também o pusesse na lista.

Dado o decrescente nível de confiança dele e o crescente de autocomiseração, ela devia ter considerado a possibilidade de Charles fazer com ela, por causa de alguma nova aluna, o que fizera com a primeira mulher. Mas de forma quase maníaca ele permanecia obcecado sexualmente por ela. Como se fosse um gato enorme, e Leila, tão magra e baixinha, o rato sobre o qual ele saltava compulsivamente. Talvez fosse algo típico dos romancistas ou só de Charles, mas ele não a deixava em paz. Mesmo quando não estavam fazendo sexo, ficava cutucando-a, mexendo com ela, enfiando os dedos até em sua alma, não deixando nada por dizer.

Como se em legítima defesa, Leila chegou a ponto de querer que ele a engravidasse. Tinha amigas no *Post* com bebês, com crianças que já engatinhavam, com filhos de seis anos. Ela os pegava no colo e se derretia com a confiança e a inocência com que pousavam as mãos em seu rosto, o rosto deles em seu peito, os pés entre suas pernas. Chegou à conclusão de que nada era mais doce que um filho, nada mais precioso e desejável. Mas, quando respirou fundo e suscitou o assunto filhos com Charles — numa noite cuidadosamente escolhida por se seguir a um dia em que o livro progredira com o acréscimo de mil palavras —, ele se tornou particularmente dramático. Virou a cabeça com uma lentidão cômica e lançou-lhe seu olhar fulminante. Um olhar que podia ser interpretado como engraçado, mas que também a assustava. O olhar queria dizer *Pense bem no que acabou de falar.* Ou *Você só pode estar brincando.* Ou, o que era mais sinistro, *Você se dá conta de que está falando com um grande romancista americano?* A frequência com que ela ultimamente vinha recebendo esse olhar a obrigava a refletir sobre o que ela significava para Charles. No passado, imaginara que ele se sentira atraído por seu talento, firmeza e maturidade, porém agora temia que tivesse sido sobretudo por ser franzina.

"O que foi?", ela disse.

Ele fechou os olhos com tanta força que seu rosto se enrugou. Depois os esbugalhou. "Desculpe", disse. "Qual foi a pergunta?"

"Se podíamos conversar sobre a possibilidade de termos um filho."

"Agora não."

"Está bem. Mas 'agora' quer dizer 'hoje à noite' ou 'nesta década'?"

Ele deu um suspiro teatral. "O que exatamente, na minha falta de relacionamento com meus filhos, faz você crer que eu nasci para ser pai? Será que me escapou alguma coisa?"

"Mas agora sou eu. Não a outra."

"Tenho consciência da diferença. Você faz ideia da pressão a que estou submetido?"

"É um pouco difícil não notar."

"Não, mas você pode *conceber*... pode me *imaginar*, por um segundo, terminando o livro com um bebê na casa?"

"Obviamente isso não iria acontecer pelo menos antes de nove meses. Talvez uma data final de médio prazo o ajudasse."

"Essa data já passou faz três anos."

"Um prazo final para valer. Em que você acreditasse. Estou dizendo que é algo que quero fazer com você. Quero que termine o livro e que a gente tenha um filho. Não há conflito entre as duas coisas. Talvez pudessem ser interligadas de um modo positivo."

"*Leila*." Ele pronunciou seu nome em tom autoritário, mas também com ironia, para fazer graça.

"O quê?"

"Amo você mais que qualquer outra coisa no mundo. Por favor me diga que sabe disso."

"Sei disso", ela respondeu baixinho.

"Então me ouça, por favor. Por favor, preste atenção: cada minuto a mais que durar esta conversa vai corresponder a um dia perdido na próxima semana. Um minuto, um dia, tenho certeza. Quando você sofre, eu sofro — você sabe disso. Portanto, podemos parar por aqui?"

Leila assentiu com a cabeça, depois chorou, mais tarde os dois treparam e ela chorou ainda mais. Meses depois, quando o *Post* lhe ofereceu passar cinco anos como correspondente em Washington, ela aceitou. Não havia deixado de amar Charles totalmente, mas não podia continuar para sempre ao lado dele com aquela dor no peito. Sentia-se leal a um bebê dentro dela que ainda nem fora concebido. A uma possibilidade.

Levou-a para Washington, a possibilidade, e voltava com ela de avião para Denver uma vez por mês, quando participava de reuniões da equipe de jornalistas e cumpria suas obrigações conjugais. Não queria pensar em divórcio com quarenta e poucos anos, trabalhando entre sessenta e setenta horas por semana e querendo um filho; no entanto, sua trajetória parecia ser alguma coisa sobre a qual não tinha o menor controle, um lançamento rumo ao espaço, a sensação de estar prestes a ganhar a velocidade de escape. Sabia aonde isso a levaria, embora não quisesse saber. Quando falava com Charles ao telefone, tarde da noite, percebia que ele estava se sentindo solitário, porque ele nunca dera tanta atenção ao trabalho jornalístico dela como agora, nunca fora tão solícito. Mas quando ele foi para Washington no primeiro verão e no seguinte, o pequeno apartamento dela na Capitol Hill se tornou a jaula malcheirosa de um grande felino deprimido demais para cuidar de seu asseio. Charles passava os dias de calção, se queixando do tempo. Pela primeira vez ela sentiu aversão física por ele. Inventava razões para ficar até tarde na rua, mas ele sempre estava à sua espera, ansioso, obsessivo. Embora tivesse finalmente entregado o *grande romance*, seu editor queria revisões, e ele não conseguia se decidir sobre nenhuma mudança, por menor que fosse. Fazia-lhe as mesmas perguntas sobre o texto, e de nada adiantava responder, porque ele voltava a formulá-las na noite seguinte. Os dois se sentiam aliviados quando ele voltava para Denver, onde uma nova leva de alunos o aguardava para devorar suas palavras.

Ela conheceu Tom Aberant em fevereiro de 2004. Tom, respeitado jornalista e editor, fora a Washington recrutar novos talentos para um serviço de notícias investigativo e sem fins lucrativos que estava criando, e Leila, que a essa altura dividira um prêmio Pulitzer (antrax, 2002), constava de sua lista. Ele a levou para almoçar e disse que tinha vinte milhões de dólares para tocar a empreitada. Estava morando em Nova York, mas, como era divorciado e sem filhos, pensava sediar o serviço em Denver, sua cidade natal, pois lá os custos fixos seriam menores. Ele havia feito a lição de casa e sabia que Leila tinha um marido em Denver. Estaria interessada em voltar para casa e trabalhar num projeto sem fins lucrativos, despreocupada do iminente colapso da receita de publicidade, livre dos limites de espaço editorial e prazos diários, além de receber um salário competitivo?

A oferta deveria tê-la atraído. Mas o *grande romance* de Charles tinha sido publicado uma semana antes e estava sendo destroçado pelos resenhistas ("inchado e imensamente desagradável", Michiko Kakutani, *New York Times*), e Leila se encontrava num estado de quase terror. Vinha telefonando para Charles três ou quatro vezes por dia para animá-lo, dizendo da pena que sentia por não estar junto dele. No entanto, pela repugnância que lhe inspirava a proposta de Tom, era claro que não sentia pena nenhuma. Não queria ser a mulher que abandonou o marido depois que seu *magnum opus* fracassou. Mas era impossível esconder, dela e de Tom, como não estava preparada para abrir mão de Washington.

"Você tem certeza de que precisa ser em Denver?", ela perguntou.

O rosto de Tom era gorducho, a boca parecida com a de uma tartaruga, os olhos apertados de um jeito gostosamente brincalhão. O cabelo que ainda lhe restava era curto e quase todo preto. O interessante dos homens em sua plenitude é que, em limites bem amplos, pouco importa que não sejam convencionalmente bonitos. Se possuem uma personalidade forte, podem até ter uma barriguinha e a voz esganiçada, como era o caso de Tom.

"Certeza absoluta. Tenho uma irmã e uma sobrinha lá. Sinto saudades do Oeste."

"O projeto parece espetacular", disse Leila.

"Não quer pensar mais um pouco? Ou vai dizer não agora mesmo?"

"Não estou dizendo não. Estou…"

Sentiu-se totalmente vulnerável.

"Ah, isso é *terrível*", ela disse. "Sei o que você deve estar pensando."

"O que eu estou pensando?"

"Por que eu não iria querer voltar para casa em Denver."

"Não vou mentir para você, Leila. Sua contratação seria um marco para mim. Pensei que Denver seria um atrativo."

"Não, é ótimo, e acho que você tem toda a razão sobre o futuro da área. Estivemos sob o monopólio dos anunciantes por cem anos. Ligar as rotativas, imprimir dinheiro. Agora acabou. Mas…"

"Mas."

"Isso vem num momento ruim para mim."

"Problemas domésticos."

"É."

Tom trançou os dedos atrás da cabeça e se inclinou para trás, forçando os botões da camisa social.

"Então me diga se isto soa familiar para você", ele disse. "Você ama a pessoa, mas não consegue viver com ela, a pessoa está tendo problemas, você acha que uma separação vai ser melhor, vai permitir que os dois se refaçam. Aí chega a hora de voltarem a viver juntos, porque a separação era apenas temporária, e você descobre que não, que na verdade estava se enganando o tempo todo."

"Na verdade", disse Leila, "há muito tempo suspeito que venho me enganando."

"Isso mostra que as mulheres são mais espertas que os homens. Ou simplesmente que você é mais esperta do que eu. Mas para desenvolver ainda mais esse cenário hipotético..."

"Acho que nós dois sabemos de quem estamos falando."

"Sou fã dele", disse Tom. "*Mad Sad Dad* — grande livro. Hilariante. Lindo."

"Realmente é muito divertido."

"No entanto, aqui está você em Washington. E o novo livro dele sendo tratado aos pontapés."

"É."

"Fodam-se os críticos. Ainda assim vou comprar. Mas, apenas hipoteticamente, há alguém aqui na cidade que eu poderia conhecer? Se for bom e gostar do lado investigativo, eu gostaria de ver o currículo. Nada contra a ideia de contratar casais."

Ela fez que não com a cabeça.

"Não, não há ninguém ou não, ele não é jornalista?", perguntou Tom.

"Está tentando saber se estou disponível de algum outro modo?"

Ele se inclinou para a frente e cobriu o rosto com as mãos. "Mereci essa", disse. "Na realidade, eu não estava perguntando *isso*, mas a pergunta também não foi bem-feita. É só um hábito meu, sou uma espécie de perito em matéria de culpa. Não devia ter lhe perguntado isso."

"Se você pudesse observar meus índices de culpa, veria que eles são deliciosamente altos."

O tom de flerte com que afirmou isso tornou a culpa verdadeira. Era revoltante, quase automático o modo como estava se engraçando com o primeiro homem solteiro, gentil, espirituoso e bem-sucedido que encontrara desde que a onda de adjetivos cáusticos ("obsoleto", "rotundo", "extenuante") se abatera sobre o *grande romance*. No entanto, por mais culpada que isso a fizesse se sentir, era impossível não ceder: tinha raiva de Charles por ele haver fracassado. Tinha raiva de agora precisar se sentir uma mulher volúvel, caçadora de sucesso, só por estar gostando de Tom Aberant. Se o livro de Charles tivesse recebido críticas fulgurantes e sido indicado para prêmios literários, ela poderia ter continuado sua trajetória de escape sem culpa. Ninguém a condenaria. Ao contrário, ela até seria passível de críticas se *voltasse* para ele agora — ter fugido para Washington enquanto ele sofria e depois voltar correndo para casa a fim de compartilhar o êxito dele. Por isso era tão natural desejar que Charles não existisse. Num mundo em que ele não existisse, Leila poderia ter dito sim à proposta de emprego extraordinariamente atrativa de Tom.

Em vez disso, o que fez foi sugerir que os dois voltassem a se encontrar para um drinque. Pôs um vestido preto curto para ir ao bar. Mais tarde, de seu apartamento, enviou a Tom um e-mail longo e revelador. Naquela noite postergou o telefonema para Charles. Em sua crescente sensação de culpa por estar adiando a chamada telefônica, *na própria culpa*, ela encontrou razão e vontade para simplesmente não telefonar. (Embora quem padecia de culpa pudesse fazer cessar o sofrimento quando desejasse, bastando fazer a coisa certa, o sofrimento era real enquanto durava, e a autocomiseração não se mostrava exigente com o tipo de sofrimento de que se nutria.) No dia seguinte, sem abrir a resposta de Tom, foi trabalhar, ligou três vezes para Charles e jantou tarde com uma de suas fontes. Em casa, telefonou para Charles pela quarta vez e por fim abriu o e-mail de Tom. Não era revelador, mas convidativo. Na sexta-feira, pegou um trem noturno para Manhattan (de algum modo, a culpa que deveria *se seguir* à infidelidade não apenas já existia *antes* da infidelidade como também a *empurrava* para ela) e passou a noite no apartamento de Tom. Passou o fim de semana todo com ele, só saindo de seu lado para ir ao banheiro fazer xixi ou telefonar para Charles. Sua culpa era tão grande que exercia um efeito gravitacional, distorcendo o espaço e o tempo, ligando-se, graças à geometria não euclidiana, à culpa que não sentira ao destruir o casamento de Charles. Ficou claro que aquela outra culpa não tinha sido inexistente, e sim enviada com antecedência, devido a uma dobra do espaço-tempo, para Manhattan em 2004.

Ela não teria conseguido suportá-la sem Tom. Sentia-se segura com Tom. Ele era ao mesmo tempo a causa e o alívio da culpa, porque a entendia e vivia algo semelhante. Só era seis anos mais velho que Leila, sendo mais jovem do que sua perda de cabelo fazia parecer, mas se casara tão cedo que o fim do casamento, depois de doze anos, já fazia parte de um passado distante. Sua mulher, Anabel, fora uma artista quando jovem, uma promissora pintora e cinegrafista, pertencendo a uma das famílias proprietárias da McCaskill, a maior empresa de produtos alimentícios do mundo. No papel, era absurdamente rica, mas tinha brigado com seus familiares e se recusava, por princípio, a receber dinheiro deles. Quando Tom se desvencilhou do casamento, a carreira artística de Anabel estava num limbo, ela tinha quase quarenta anos e ainda queria ter filhos.

"Fui covarde", ele disse a Leila. "Deveria ter ido embora cinco anos antes."

"É covardia ficar com uma pessoa que você ama e que precisa de você?"

"Me diga você."

"Humm... Mais tarde eu te respondo."

"Se ela tivesse trinta e um anos, poderia dar um jeito na vida, encontrar alguém e ter o filho que queria. Esperei o suficiente para tornar isso muito difícil."

"Será que não ajudou o fato de ela ser rica?"

"Não. Ela tinha uma atitude insensata sobre dinheiro. Preferia morrer a pedir ao pai."

"Então foi escolha dela. Por que você devia se sentir culpado por uma escolha que *ela* estava fazendo?"

"Porque eu sabia que ela faria essa escolha."

"E você a traiu?"

"Só depois que nos separamos."

"Então, desculpe, acho que ganhei de você na disputa da culpa."

Mas havia algo mais, disse Tom. O pai de Anabel sempre gostara dele e tentara ajudá-lo financeiramente. Tom não podia aceitar nenhuma ajuda enquanto estivesse com Anabel, porém, quando o pai morreu, passada mais de uma década depois do divórcio, coube a Tom uma herança de vinte mihões de dólares, e Tom aceitara. Era o dinheiro que iria permitir que ele lançasse seu projeto sem fins lucrativos.

"E você se sente *culpado* por isso?"

"Eu podia ter recusado."

"Mas você está fazendo uma coisa incrível com o dinheiro."

"Estou usufruindo um dinheiro que minha mulher jamais aceitaria. Não apenas me valendo dele profissionalmente, mas aumentando minha vantagem profissional como homem."

Embora Leila apreciasse sua companhia, a culpa de Tom lhe parecia um pouco demasiada. Será que, para agradá-la, ele não estava exagerando (e subestimando o domínio sexual que Anabel exercera)? No segundo fim de semana em Nova York, ela perguntou se podia dar uma olhada na caixa de instantâneos antigos dele. Havia fotos de um rapaz tão magricela e cabeludo que ela mal o reconheceu. "Você parece uma pessoa totalmente diferente."

"Eu era uma pessoa totalmente diferente."

"Nem parece o mesmo DNA."

"É como eu sinto."

Tão logo Leila viu Anabel, entendeu melhor a culpa de Tom. A mulher era *intensa* — olhos faiscantes, anoréxica com seios grandes, cabelo de Medusa, a maior parte do tempo sem sorrir. No segundo plano das fotos, um alojamento estudantil bem pobre numa paisagem de inverno na Nova York com o perfil de arranha-céus anterior ao Onze de Setembro.

"Ela parece meio assustadora", disse Leila.

"Aterradora. Estou tendo um transtorno de estresse pós-traumático só de ver essas fotos."

"Mas você! Você era tão jovem e delicado."

"É mais ou menos o resumo do meu casamento."

"E onde ela está agora?"

"Não faço ideia. Não tínhamos amigos em comum e cortamos contato."

"Quem sabe ela finalmente tenha pegado o dinheiro? Talvez possua uma ilha em algum lugar."

"Tudo é possível. Mas não creio."

Leila quis perguntar se podia ficar com uma foto de Tom, uma particularmente simpática tirada por Anabel na barca para Staten Island, mas era cedo demais para pedir esse tipo de coisa. Fechou a caixa e beijou a boca de tartaruga dele. Sexo com Tom não era o drama que sempre tinha sido com Charles, o ataque, os saltos, o grito da presa, mas ela já achava que preferia desse outro modo. Mais tranquilo, mais lento, mais como um encontro de mentes através dos corpos.

Ela tinha um senso profundo de harmonia com Tom — uma das coisas, entre tantas, que a faziam se sentir ainda mais culpada, porque significava que Charles não era a escolha certa, nunca fora. A discrição de Tom e seu desejo de que ela fosse autêntica era um alívio para sua alma tão manipulada conjugalmente. E ele parecia ter o mesmo senso de harmonia com ela. Ambos eram jornalistas e falavam uma linguagem comum. Mas Leila não entendia por que um bom partido como ele nunca havia se casado de novo. Antes de cortar todos os laços com Charles, perguntou a Tom por quê. Ele respondeu que não tinha ficado com nenhuma mulher mais de um ano desde que se divorciara. Segundo sua ética, um ano era o limite, ao menos em Nova York, para qualquer relacionamento sem maiores consequências; seu casamento ruim o tornara muito cauteloso com compromissos.

"Então o que você está me dizendo é que tenho dez meses até você me mostrar o caminho da porta?"

"Você já está comprometida."

"Certo. Engraçado. E essa sua regra é apresentada logo nos primeiros encontros?"

"É uma regra tácita em Nova York. Não fui eu que inventei. É uma forma de impedir que alguém roube cinco anos da vida de uma mulher e *só então* lhe mostre o caminho da porta."

"Em vez de, digamos, superar sua fobia de compromissos."

"Eu tentei. Mais de uma vez. Mas pelo jeito sou um exemplo perfeito de transtorno de estresse pós-traumático. Tive acessos de pânico mesmo."

"Você está mais para um exemplo perfeito do viciado em celibatarismo."

"Leila, elas eram mais jovens. Eu sabia coisas que elas não sabiam, eu sabia o que podia acontecer. Mesmo que você não fosse casada, não seria a mesma coisa com você."

"Não, é claro. Porque tenho quarenta e um anos. Meu prazo de validade já acabou. Você não vai precisar se sentir tão culpado quando me der o fora."

"A diferença é que você viveu um casamento."

Uma luz se acendeu dentro de Leila. "Não, o que acontece é o seguinte", ela disse. "A diferença é que eu sou mais velha do que a sua mulher quando você se divorciou. Você não a trocou por alguém de vinte e oito anos. No meu caso, está trocando para *pior*. Não vai se sentir tão culpado."

Tom não disse nada.

"E sabe por que eu sei disso? Porque eu também faço esse tipo de cálculo. O que quer que a minha mente necessite para escapar da culpa nem que seja por cinco minutos, ela vai fazer. Saiu uma resenha do livro de Charles na versão on-line da *Adirondack Review*. Muito elogiosa. Ele mandou o link por e-mail para todos os seus contatos, e eu só vi isso quando estava a caminho daqui, para ficar com você. Ele precisava que alguém lhe tivesse dito para não divulgar o link daquele jeito. Precisava *de mim, da mulher dele*, para lhe dizer: 'Melhor não fazer isso'. Mas eu estava ocupada falando no telefone com você. E onde está a *minha* regrinha para me ajudar a sair dessa? Não tenho nenhuma regrinha."

Ela estava se vestindo e fazendo a mala.

"Já acabei com aquela regra", disse Tom. "Só a mencionei porque achei que você a entenderia. Mas tem razão, você ter quarenta e um anos ajuda, sim. Não vou negar."

Sua honestidade parecia dirigida ao fantasma da ex-mulher, não a Leila.

"Acho que vou embora antes que você me faça chorar", ela disse.

O que a levou a deixar o apartamento dele naquela noite foi uma intuição sobre Tom. Se a reserva dele fosse apenas parte de sua natureza, ela teria relaxado e apreciado isso. Mas nem sempre ele fora reservado. Tinha se aberto bastante para a intensidade de seu casamento, tanto que agora estava traumatizado, e Anabel sem dúvida ainda exercia um forte domínio sobre sua consciência. Ele compartilhara com Anabel coisas que não tencionava compartilhar com mais ninguém, e a intuição de Leila lhe disse que ela sempre se sentiria alguém secundário — que ali estava uma disputa que ela jamais ganharia.

Tom, no entanto, continuou telefonando para ela naquele inverno, mantendo-a a par da evolução de seu projeto sem fins lucrativos, e ela não conseguia fazer de conta que preferia estar conversando com qualquer outra pessoa. No começo de maio, três meses e meio depois de se conhecerem, ele voltou a Washington. Quando ela chegou à Union Station e o viu caminhando vagarosamente pela plataforma com uma calça cáqui amarrotada e uma velha camisa esporte do final da década de 1950, escolhida a dedo por sua feiura como uma piada entre os dois sobre o mau gosto de Tom, um sininho tocou na cabeça de Leila, uma nota única e pura, que a fez saber que estava apaixonada por ele.

Ele tinha reservado um quarto no Hotel George para mostrar que não partia do pressuposto de que iria ficar com ela, porém nunca se apresentou na recepção. Passou uma semana no apartamento dela, usando a conexão de internet dela e lendo em seu sofá, os óculos plantados na cabeça calva, os dedos encurvados segurando o livro bem próximo de seus olhos míopes. Leila tinha a impressão de que ele sempre estivera naquele sofá; como se, ao chegar ao apartamento e vê-lo refestelado ali, ela por fim estivesse realmente voltando para casa pela primeira vez na vida. Concordou em largar o *Post* e ir trabalhar na organização sem fins lucrativos de Tom. Se houvesse outras condições, teria aceitado todas. Queria (mas ainda não havia dito isto) tentar ter um filho com ele. Ela o amava e queria que ele jamais fosse embora. Agora só faltava a questão, muito discutida mas ainda não concretizada, da conversa com Charles. E se ela tivesse conseguido tê-la a tempo quem sabe poderia ter se casado com Tom. Porém foi covarde — tão covarde quanto Tom havia dito ter sido por não terminar seu casamento. Leila protelou a conversa, protelou informar o *Post* sobre sua saída, até que, numa noite quente de fim de junho, numa estradinha perto de Golden, no Colorado, Charles bateu seu XLCR 1000, comprado com a terceira parte do pagamento antecipado pelo livro, recebido da editora inglesa, e ficou paralítico da cintura para baixo. Ele vinha bebendo.

A culpa era dele, mas também, sem dúvida, dela. Ao se apaixonar por outra pessoa, tinha permitido que a vida do marido escapasse do controle. Imediatamente pediu transferência para Denver e, enquanto duraram a internação e o período de fisioterapia, não pôde falar com Charles sobre Tom; precisava manter o moral dele elevado. Entretanto, ser obrigada a esconder a existência de Tom fez com que a perspectiva de revelá-la ficasse ainda mais assustadora. Representou perfeitamente o papel de esposa amorosa — via Charles alguns minutos todas as manhãs e por algumas horas à noite, vendeu a casa deles de três andares e comprou outra mais apropriada, deu-lhe força, levou-lhe uísque escondido, fez amizade com médicos e enfermeiras, se esforçou ao máximo — e, enquanto isso, na linda casa que Tom havia comprado em Hilltop com parte do dinheiro do ex-sogro, ela mantinha relações sexuais com outro homem.

O acidente de Charles acabou lhe custando um ano de fertilidade. Enquanto ele se recuperava, seria impensável lhe dar a notícia de que estava esperando um filho de outro homem. Impensável acrescentar um bebê a uma vida já conturbada. E impensável não viver com Charles depois que o trouxe para a nova casa. Porém ela ainda queria um filho e, quando mais tarde Tom perguntou por quanto tempo ela ainda tencionava viver com Charles, Leila se viu respondendo com outra pergunta.

"Não", disse Tom.

"Então é isso?", ela disse. "Não."

Ele lhe ofereceu muitas razões sensatas — a dedicação dos dois ao trabalho, a vida cheia que cada um deles já tinha, o perigo de defeitos de nascimento em filhos de casais mais velhos, os cataclismos globais que a mudança climática e a superpopulação provavelmente fariam recair sobre a vida do filho —, mas o que de fato o deixava furioso era ela continuar vivendo com Charles e não haver lhe contado sobre eles. Como poderia pensar em ter um filho com uma mulher que nem conseguia deixar o marido?

"No instante em que eu ficar grávida, conto tudo a ele."

"Por que não agora?"

"Ele está sofrendo. Precisa de mim."

"Será que você não entende o que isso significa para mim? Estou pronto agora. Estou pronto para me casar com você amanhã. E você nem mesmo tem *ideia* de quando vai se livrar do seu casamento."

"Bom, e estou lhe dizendo como você pode me ajudar com isso."

"E eu estou lhe dizendo que há algo errado se é desse tipo de ajuda que você precisa."

Ela estava numa posição desvantajosa, querendo um filho e o tempo se esgotando. Se não fosse com Tom, não aconteceria mais. Entristecia-se com o fim dessa possibilidade, a recusa de Tom lhe causava dor e raiva por ele não querer o que ela queria. Ele parecia não entender o dilema em que ela se encontrava. Estava convencida de que as razões que ele alegava para não querer um filho eram falsas — que o motivo verdadeiro era evitar a culpa de ter o filho que havia negado à ex-mulher —, mas ele se recusava a pôr na conta dela a culpa com relação a Charles.

Então as brigas começaram. Ardentes do lado dela, frias do lado dele. O mesmo impasse se repetindo sem fim: ela não deixava Charles, ele não iria tentar ter um filho. Tom nunca perdeu o controle, nem mesmo levantou a voz, e sua explicação — o fato de já ter passado o equivalente a cinco vidas brigando com Anabel e se recusar a reviver isso — fazia Leila perder o controle pelos dois. Charles, nem ninguém, nunca a tinha feito gritar de raiva; mas competir com Anabel sim. Ela detestava o som de seus próprios gritos, a tal ponto que rompeu com Tom. Uma semana depois se reconciliaram. Passada outra semana, romperam de novo. Ela era a pessoa certa para ele, ele era a pessoa certa para ela, mas os dois não conseguiam encontrar um modo de viver juntos.

Ficaram quase dois meses sem se falar. Então uma noite, depois de pôr Charles na cama e limpar a merda que por descontrole ele deixara escapar para o assento sanitário, Leila se viu chorando e cedeu ao impulso de telefonar para Tom. Ergueu o fone, porém havia algo de errado com o aparelho, ele não dava sinal.

"Alô?", disse.

"Alô?"

"*Tom?*"

"Leila?"

Dois meses sem contato e tinham pegado o telefone no mesmo instante. Até para quem não acreditava em sinais cabalísticos, isso devia ter algum significado. Dos lábios de Leila jorrou a declaração de que não podia se divorciar de Charles, mas que também não podia viver sem Tom. Por sua vez, ele disse que não se importava se Leila iria ou não se divorciar de Charles; o fato é que não conseguia viver sem ela. Foi como se voltassem de novo para casa.

Na manhã seguinte, ela disse a Charles que ia conseguir um lugar para morar e que deixaria o *Post* para ir trabalhar para um novo serviço de notícias sem fins lucrativos. Não disse o porquê, porém, de tanto fustigar e indagar, o próprio Charles acabou fazendo a confissão dela por ela. Leila continuou passando dois fins de semana por mês com ele, mas a partir de então ficou mais tempo com Tom, não como uma moradora que dividia a casa nem como a pessoa que tomava as decisões sobre a decoração, mas como uma espécie de hóspede permanente e especial. Os dois enterraram o conflito de base exposto por suas brigas, e o enterraram bem fundo. Leila nunca o perdoou de todo por não querer ter um filho com ela, mas com o tempo isso deixou de ser importante. Ambos estavam ocupados fazendo com que o *DI* se tornasse um respeitado serviço de notícias de âmbito nacional, enquanto ela continuava cuidando de Charles; às vezes agradecia por não estar sobrecarregada com crianças.

Sua vida com Tom era estranha, mal definida e permanentemente temporária, mas, por isso mesmo, baseada num amor verdadeiro e resultado de uma livre escolha, feita a cada dia, a cada hora. Isso lembrava a Leila uma distinção que havia aprendido quando criança nas aulas dominicais de religião. Os casamentos de um e de outro tinham sido típicos do Velho Testamento: o dela, uma questão de honrar o acordo com Charles; o de Tom, uma questão de temer a ira e o julgamento de Anabel. No Novo Testamento, as únicas coisas que importavam eram o amor e o livre-arbítrio.

Na manhã seguinte a sua visita a Phyllisha, ela foi de carro bem cedo até a casa que Earl Walker havia comprado por um preço publicamente registrado de trezentos e setenta e dois mil dólares depois de perder o emprego na fábrica de armamentos. A casa tinha garagem para três carros e um sistema de irrigação cujos jatos matutinos, excessivamente longos, haviam molhado a rua no local onde ela estacionou. Tudo indicava que em Amarillo, quando os gramados ficavam estorricados durante uma seca, a coisa óbvia a fazer era regá-los abundantemente. Na entrada para carros da casa de Walker havia um jornal enrolado e preso por um elástico. Fazia alguns minutos que Leila estava ali parada dentro do carro quando uma senhora cinquentona muito corpulenta saiu, pegou o jornal, lançou um olhar duro na direção dela e voltou para dentro.

Walker fora chefe de Cody Flayner no departamento de controle de estoque. Pip tinha passado essa informação a Leila e também soubera que Walker havia vendido sua casa anterior por duzentos e trinta mil dólares. Pessoas que perdem o emprego não costumam comprar uma casa maior em seguida nem são boas candidatas a uma hipoteca maior; também não havia nenhum registro, nos três últimos anos, de que Walker tivesse recebido alguma herança capaz de justificar os cento e quarenta e dois mil dólares extras que pôs na compra da casa. Tratava-se, assim, de um fato quase tão interessante quanto as fotos no Facebook. Outro fato descoberto por Pip no relatório de janeiro de um inspetor do governo foi que "uma pequena irregularidade no controle dos estoques" tinha ocorrido na fábrica no verão anterior; segundo o relatório, a irregularidade havia sido "sanada de forma satisfatória" e "não tinha mais relevância". Por sugestão de Leila, Pip mostrara as fotos do Facebook a um mecânico de automóveis e ficou sabendo que, a menos que a caminhonete de Flayner tivesse uma suspensão especial, a carga na caçamba provavelmente seria menor do que os quatrocentos quilos de uma verdadeira B-61. "Queridinha, elas não eram de verdade", continuava a ser a única declaração que Leila ou Pip haviam obtido de Flayner. O único telefonema de Leila para ele tinha terminado bem depressa, com ameaças e xingamentos.

Walker também lhe havia dito não, mas apenas "não". E apenas "não" queria dizer "talvez". Leila continuou dentro do carro, tomando chá verde e respondendo a e-mails sobre outras histórias, até que o próprio Walker saiu de casa e se aproximou dela atravessando o gramado encharcado. Magro e baixo, usava um agasalho esportivo com o roxo e branco da Universidade Cristã do Texas. Os chamados Horned Frogs. Ela baixou o vidro do carro.

"Quem é você?", Walker perguntou. A cor da pele dele, parecida com a do marido dela, sugeria se tratar de um bebedor de uísque.

"Leila Helou. *Denver Independent.*"

"Foi o que pensei, e já falei que não tenho nada pra dizer."

Por causa do uísque, os vasos capilares de seu rosto eram de um rosa mais difuso do que seriam por causa do gim e menos roxos do que por causa do vinho. Todo jantar com professores universitários proporcionava um estudo dessas diferentes colorações.

"Só tenho umas perguntinhas muito rápidas e diretas para fazer", disse Leila. "Nada que vá lhe causar problema."

"Você já é um problema. Não quero que fique aqui na minha rua."

"E se a gente se encontrar para um café em outro lugar? Qualquer hora é boa para mim."

"Acha que eu vou me sentar num lugar público com você? Estou pedindo com delicadeza que vá embora. Eu não poderia falar com você nem que eu quisesse."

Não na minha rua. Não em público. Proibido de falar.

"Você tem uma casa linda", ela disse. "Eu estava aqui admirando ela."

Leila lhe ofereceu um sorriso agradável e tocou seu cabelo na têmpora apenas para que ele apreciasse o gesto insinuante.

"Escute", ele disse. "Você parece boa gente, por isso vou lhe poupar um bocado de problemas por aqui. Não há nenhuma história. Você pensa que há, mas não é verdade. Está latindo debaixo da árvore errada."

"Então é fácil. Vamos esclarecer tudo. Eu lhe digo por que acho que há alguma coisa e você me explica por que não há, assim eu posso voltar para Denver ainda hoje à noite e dormir na minha cama."

"Prefiro que você apenas ligue o seu carro e saia desta rua."

"Ou então não explique, se não quiser. Você pode apenas concordar ou negar com a cabeça. Não há nenhuma lei que o impeça de sinalizar com a cabeça, não é mesmo?"

Ela voltou a sorrir e demonstrou como balançar a cabeça. Walker suspirou, como se não soubesse bem o que fazer.

"Olhe, estou ligando o carro", ela disse, dando partida no motor. "Está vendo? Vou sair da sua rua."

"Obrigado."

"Você não precisa ir a algum lugar? Posso te dar uma carona."

"Não preciso de carona."

Ela desligou o motor, e Walker soltou um suspiro mais profundo.

"Desculpe", ela disse. "Mas eu não seria uma jornalista responsável se não ouvisse seu lado da história."

"Não existe nenhuma história."

"Bom, veja, isso já é um lado da história. Porque outros lados dizem que existe uma história. E alguns desses lados estão me dizendo que você foi pago para não falar sobre ela. E eu me pergunto o porquê do dinheiro, se não existe nenhuma história. Entende o que estou dizendo?"

Walker se inclinou, aproximando-se mais dela. Seu rosto era como o mapa manchado de um lugar densamente povoado. "Com quem você anda falando?"

"Eu não traio minhas fontes. Essa é a primeira coisa que você precisa saber sobre mim. Quando alguém fala comigo, está seguro."

"Você pensa que é esperta."

"Não, na verdade tenho um cérebro muito feminino. Podia realmente usar sua ajuda para entender a questão."

"A Dona Esperta da cidade grande."

"Basta me dizer uma hora e um local onde a gente possa se encontrar. Um lugar anônimo."

Anônimo era uma de suas palavras preferidas com fontes masculinas. Tinha todas as conotações certas. Anônimo era o oposto da mulher na casa de

Walker. Que, naquele exato momento, abriu a porta da frente e perguntou em voz alta: "Earl, quem está aí?".

Leila mordeu o lábio.

"Uma repórter", Walker gritou. "Está perguntando o caminho para sair da cidade."

"Você disse pra ela que não tem nada pra contar?"

"Foi o que eu *acabei* de dizer."

Depois que a porta se fechou, Walker falou sem olhar para Leila. "Atrás do depósito da Centergas em Cliffside. Esteja lá às três. Se eu não aparecer até as quatro, é melhor ir para a sua casa e a sua cama em Denver."

Ao se afastar da casa, na prise do sim dele, o tipo de prise pelo qual todo jornalista ansiava, teve de se controlar para não correr. Quem diria que, dos dez truques que tentara, a palavra *cama* era o que o tinha pegado?

De volta a seu quarto no hotel, fez a discagem rápida na letra P.

"Aqui é Pip Tyler", disse Pip em Denver.

"Alô, alô. Acabo de conseguir um encontro com o Earl Walker."

"Que demais!"

"Também peguei a história da Phyllisha Babcock."

"*Bacana.*"

"A coisa mais engraçada que eu já ouvi. Flayner pegou a bomba emprestada para servir de estimulante sexual."

"Ela disse isso?"

"Ia ser o que chamam de 'informação demais', se existisse tal coisa nesse nosso negócio. Mas ela também confirmou que a bomba era uma réplica."

"Puxa!"

"Mas ainda é uma boa história, Pip. Se um funcionário pode levar uma réplica, também poderia levar uma de verdade. Ainda há uma história aí."

"Bom saber que o mundo é mais seguro do que eu pensei."

Enquanto lhe contava os detalhes, Leila ficou feliz, como pessoa e não só como chefe, por Pip não parecer com pressa de voltar à pesquisa que estava fazendo para outro repórter sobre o credenciamento de investigadores criminais.

"Eu devia deixar você ler as suas autópsias", disse Leila por fim. "Como é que está indo essa pesquisa?"

"Chatinha."

"Bom, você tem que pagar o preço."

"Estou só descrevendo, não me queixando."

Leila resistiu a uma onda de emoção. Depois se entregou. "Estou sentindo falta de você."

"Ah... muito obrigada."

Ela aguardou, esperando ouvir algo mais.

"Também estou sentindo sua falta", disse Pip.

"Queria ter trazido você comigo."

"Não faz mal. Não vou a lugar nenhum mesmo."

Depois do telefonema, Leila sentiu claramente que gostava demais da garota. "Também estou sentindo sua falta" já era mais do que ela tinha o direito de esperar de uma subordinada, embora menos do que desejava ouvir. Sentia-se insatisfeita, exposta e meio doida. A ternura que as crianças lhe inspiravam sempre tivera um componente físico, situado perto daquela parte de seu corpo que desejava intimidade e sexo. Mas o motivo pelo qual sentia essa ternura estava em que, por mais que se encantasse com uma criança em seus braços, sabia que jamais a trairia e exploraria sua inocência. Por isso nada poderia substituir ter filhos — essa insaciabilidade estrutural, ao mesmo tempo dolorosa e deliciosa, do amor maternal.

O esquisito é que o verdadeiro nome de Pip era Purity. (Ela se apresentara como Pip Tyler em seu currículo, mas Leila havia olhado seu formulário de pedido de emprego.) O nome parecia apropriado a Leila sem que ela soubesse dizer por quê. Sem dúvida Pip não era sexualmente inocente. Morava em Denver com um namorado sobre o qual não abrira a boca, dizendo simplesmente que era um músico chamado Stephen. Também tinha vivido em Oakland num ambiente miserável, cercada de anarquistas imundos, e suas fotos do churrasco de Cody Flayner tinham sido obtidas por hackers que atuavam de forma ilegal. Leila se perguntava se a inocência que sentia em Pip na verdade era sua própria inocência aos vinte e quatro anos. Naquela época, ela não tinha consciência do quão pouco sabia, porém agora via isso em Pip.

Queria ser um bom exemplo feminista e dar a Pip a orientação que lhe faltara naquela idade. "A ironia da internet", havia lhe dito durante um almoço, "é que ela tornou o trabalho do jornalista muito mais fácil. Você pode pesquisar em cinco minutos o que costumava levar cinco dias. Mas a internet também está matando o jornalismo. Não há substituto para o jornalista que trabalhou em determinada área por vinte anos, que cultivou suas fontes, que sabe diferenciar uma história de uma não história. O Google e o Accurint podem fazer você se achar muito esperta, mas as melhores histórias surgem quando se está em campo. Sua fonte faz uma observação casual e de repente você visualiza a *verdadeira* história. É quando me sinto mais viva. Sentada diante do computador só estou semiviva."

Pip ouviu Leila com atenção, mas sem se comprometer. Ela tinha a relutância típica do moderno recém-formado em expressar uma opinião incisiva, por medo de parecer desligado ou desrespeitoso. Ocorreu a Leila que Pip de fato nada tinha de inocente — que, ao contrário, era mais sábia que Leila; que ela e gente da idade dela andavam bastante conscientes do mundo seriamente esculhambado que estavam herdando. Leila, sim, era a inocente. Como continuava pensando que a frieza de Pip não passava de um estilo de sua geração, buscava formas de vencer aquele distanciamento.

Pip parecia ou não beber nada ou beber demais. Leila a vinha convidando para jantar fora a fim de se certificar de que ela se alimentava bem, e havia bebido sozinha nessas ocasiões. Mas na semana anterior, na quinta-feira à noite, Pip pediu uma taça de vinho e a despachou em dois minutos. Depois de fazer o mesmo com uma segunda taça, perguntou se podia pedir uma garrafa, oferecendo-se, ridiculamente, para pagar por ela. Uma hora depois, com a garrafa vazia e a comida quase intata, começou a chorar. Leila se inclinou por cima da mesa e segurou seu rosto avermelhado dizendo: "Ah, minha querida".

Pip se afastou da mesa com um repelão e correu para o banheiro. Ao voltar, perguntou se só daquela vez podia ir para casa com Leila e dormir no sofá dela ou coisa assim.

"Ah, minha querida", Leila voltou a dizer. "Não quer me dizer o que há de errado?"

"Não há nada de errado", respondeu Pip. "Estou com saudade da minha mãe."

Leila preferiu não pensar na mãe da garota. "Tudo bem se quiser ir para casa comigo. Só há umas coisas que precisa saber sobre a minha situação."

Pip imediatamente fez que sim com a cabeça.

"Ou talvez já tenha ouvido falar disso."

"Algumas coisas."

"Bom, normalmente hoje à noite eu iria para a casa do Tom — imagino que essa é a parte que você já conhece. Mas não acho que seja uma ideia muito boa."

"Está bem. Eu não devia ter pedido."

"Não! É ótimo que tenha pedido. É que na outra casa eu sou uma espécie de hóspede. Se você não se importar de entrar disfarçadamente..."

"Não pensei em criar problema."

"Eu não ofereceria se não estivesse tudo bem para mim."

A casa de Charles ficava a três quarteirões de onde ele antes dava suas aulas de escrita criativa. Poderia ir trabalhar de cadeira de rodas ou se aposentar, mas preferiu ministrar os cursos de casa — que se transformou num antro do qual ele fazia o possível para não sair. Dizia que achava melhor ser o monarca absoluto de um reino de duzentos metros quadrados do que o sujeito da cadeira de rodas que circulava pelas ruas. Tinha razoável controle dos movimentos intestinais, notável força no abdômen e nos ombros e grande habilidade no uso da cadeira. Ainda bebia demais, porém havia diminuído o consumo porque tencionava viver muito tempo. Sua paraplegia tinha tornado mais objetivas suas queixas contra o mundo literário, o qual, assim achava, queria mais do que nunca que ele simplesmente desaparecesse. Charles não estava disposto a lhe dar tal satisfação.

Leila ainda passava metade de seus fins de semana na casa de Charles, mas não dormia com ele. Tinha seu próprio quarto — pequeno — em frente ao corredor que levava aos aposentos do grande felino. Gostaria de fazer Pip entrar na casa sem ser vista, mas eram só dez da noite e as luzes da sala de visitas estavam acesas quando estacionou na entrada de carros.

"Bom", disse Leila, "acho que você vai se encontrar com o meu marido. Tem certeza de que está pronta?"

"Na verdade estou curiosa."

"Esse é que é o espírito de um bom jornalista."

Leila bateu à porta principal, abriu com a chave e enfiou a cabeça para dentro a fim de avisar a Charles que ele tinha duas visitantes. Encontraram-no deitado no sofá com uma pilha de trabalhos dos alunos sobre o peito e um lápis vermelho na mão. Ainda mantinha os traços bonitos e o cabelo comprido, agora amarrado num rabo de cavalo quase branco. Perto de sua mão havia uma garrafa de uísque. Tampada e quase cheia. Quando não amontoados por toda parte, os livros ocupavam estantes que iam do chão ao teto.

"Essa é uma das nossas estagiárias de pesquisa, Pip Tyler", disse Leila.

"Pip", Charles falou em voz alta, olhando-a de alto a baixo numa avaliação claramente sexual. "Gosto do seu nome. *Levo muita fé em você*. Uau, você deve ouvir isso um bocado."

"Quase nunca dito com tamanha clareza", Pip retrucou.

"Pip precisa de um lugar para dormir hoje", disse Leila. "Espero que você não se importe."

"Você não é minha mulher? Esta não é a sua casa?" O riso de Charles não foi dos mais agradáveis.

"De qualquer modo...", disse Leila, movendo-se devagar em direção ao vestíbulo.

"Você costuma *ler*, Pip? Lê *livros*? A visão de tantos livros numa sala *assusta* você?"

"Eu gosto de livros", respondeu Pip.

"Bom. Muito bom. E é uma fã de *Jonathan Savoir Faire*? Tantos alunos meus são!"

"Você está se referindo ao livro sobre o bem-estar dos animais?"

"Exatamente. Ouvi dizer que ele também é romancista."

"Eu li o livro sobre animais."

"Há tantos *Jonathans*. Uma praga de *Jonathans* literários. Quem só lê a *New York Times Book Review* pode pensar que é o nome de homem mais comum nos Estados Unidos. Sinônimo de talento, importância. Ambição, vitalidade." Ergueu uma sobrancelha, olhando para Pip. "E *Zadie Smith*? Excelente, não é mesmo?"

"Charles", disse Leila.

"Sente aqui comigo. Beba alguma coisa."

"Um drinque é realmente do que menos precisamos. E você tem esses contos para ler."

"Antes de um *sono longo e reparador*." Ele pegou o conto de um aluno. "'Estávamos formando linhas mais longas e grossas do que canudinhos de milk-shake.' Qual o defeito deste símile?"

Pip parecia estar gostando do espetáculo que Charles apresentava para ela. "Existe diferença entre um canudinho de milk-shake e outros canudinhos?"

"Bem observado, bem observado. O duende da especificidade espúria. E o caráter *tubular* de qualquer canudinho, o brilho do plástico — cresce a suspeita de que o autor não tem experiência pessoal com as propriedades físicas da cocaína em pó. Ou que confundiu a substância com o instrumento que é usado para levá-la ao nariz."

"Ou talvez só esteja se esforçando demais", disse Pip.

"Ou se esforçando demais. Sim. Vou escrever isso na margem. Acredita que tenho colegas que não fazem anotações nas margens? Eu me *importo* de verdade com esse aluno. Acho que pode fazer coisa melhor se simplesmente vir o que está fazendo de errado. Me diga, você acredita na *alma*?"

"Não gosto de pensar nisso", Pip respondeu.

"Charles."

Ele olhou para Leila com uma expressão cômica de repreensão tristonha. Será que ela ia negar aquela migalha de prazer ao cara da cadeira de rodas? "A alma", ele disse a Pip, "é uma sensação química. O que você vê deitada neste sofá é uma *enzima* gigantesca. Toda enzima tem uma tarefa especial para executar. Passa a vida procurando a molécula específica com a qual está destinada a interagir. E uma enzima pode ser *feliz*? Será que ela possui uma *alma*? Respondo afirmativamente às duas perguntas! A enzima que você vê deitada aqui foi feita com o propósito de encontrar uma prosa mal escrita, interagir com ela e aperfeiçoá-la. É nisso em que me transformei, uma *enzima que corrige a má prosa*, boiando aqui dentro de minha célula." Acenou com a cabeça na direção de Leila. "E ela se preocupa por achar que eu não sou feliz."

Os olhos de Pip se arregalaram, como era seu costume.

"Ela ainda está procurando sua molécula", Charles continuou. "Eu já achei a minha. Você sabe qual é a sua?"

"Vou pôr a Pip no quarto do porão", disse Leila.

"É seguro, mas não cem por cento seguro", ele disse. "Já conquistei esses degraus mais de uma vez."

No porão, Leila fez Pip se deitar e sentou ao lado dela, envolta num xale, bebendo vinho de uma garrafa que abrira por mera agitação nervosa e que compartilhava com Pip, embora ela soubesse que isso não era muito recomendável O vinho, a cama e a proximidade da jovem suscitaram alguma coisa predatória nela, ardente e ávida, o mesmo traço herdado dos Helou que no passado a fizera fisgar Charles e depois Tom. Contou a Pip como acabara com dois homens, o marido de quem cuidava e o namorado que amava. Não mencionou o desejo de ter filhos porque a história de sua frustração lhe pareceu demasiado íntima e relevante à luz do que estava fazendo naquele momento: sentar-se à cabeceira de uma garota que podia ser sua filha. No entanto, continuou bebendo e contou muita coisa a Pip. Contou-lhe que, se alguma vez precisasse escolher entre os dois homens, provavelmente escolheria Charles, com quem havia assumido um compromisso; disse que talvez houvesse arruinado a vida dele e que Charles concordava com aquele arranjo. Ele ainda precisava dela e às vezes ainda fazia sexo. Que Charles se queixava um bocado de Tom e gostava de espicaçá-la falando sobre ele, embora Leila admitisse que Tom existia sem nunca mencioná-lo pelo nome. Em mais de uma década, os dois nunca haviam se encontrado. Que a molécula à qual sua própria enzima evidentemente correspondia era à de velhos inválidos necessitados de cuidados. Que, contrariando a teoria de Charles, interagir com aquela molécula não a fazia especialmente feliz. Que a felicidade estaria numa vida apenas com Tom.

"A tarefa é minha", disse. "Se eu tivesse saído antes, talvez não fosse o caso. Mas os filhos dele nunca o perdoaram por abandonar a mãe, e também são bem maluquinhos. Eu sou tudo o que ele tem."

Ouvindo isso, Pip recomeçou a chorar. Leila afastou o copo de vinho em que Pip vinha bebendo, obviamente tarde demais, e segurou sua mão. "Não vai me dizer por que está tão preocupada esta noite?"

"É que tenho me sentido muito sozinha."

"É duro quando a única pessoa que você conhece numa cidade é seu namorado."

Pip não reagiu.

"Está tudo bem entre vocês?"

"Acho que vou ter que voltar para a Califórnia em breve."

"As coisas não vão bem com seu namorado?"

Pip fez que não com a cabeça e explicou. Sua dívida estudantil era tão grande que a maior parte do pequeno salário que recebia como estagiária era usada para pagá-la: não tinha condições financeiras de continuar em Denver pagando aluguel. Sua dívida provinha tanto da universidade quanto da escola particular em que havia estudado em Santa Cruz — sua mãe sempre havia dito que não se incomodasse com dinheiro. E, embora tecnicamente sua mãe não fosse inválida, era emocionalmente incapacitada, sem nenhum tipo de suporte. Só havia Pip para zelar por ela, e tudo que via em seu futuro era cuidar da mãe. "Faz com que eu já me sinta uma velha", disse.

"Você não tem absolutamente nada de velha."

"Mas me sinto muito culpada por estar longe assim dela! Me pergunto o que estou fazendo aqui. É uma espécie de fantasia insustentável."

Como Leila gostaria de poder sugerir que fosse morar com ela! No entanto, apesar de parecer que tinha duas casas, nenhuma era realmente dela. Não era o melhor modelo de feminista.

"Foram só dois meses", disse. "Certamente você pode se ausentar da Califórnia por mais de dois meses."

"Você não entende", disse Pip. "O que me faz sentir culpa é que eu *não quero* voltar para lá. Adoro trabalhar com você, aprender com você. Mas, quando penso em não voltar, fico de coração partido pensando nela sozinha em nossa cabana. Sentindo minha falta."

"Entendo", disse Leila. "Está descrevendo o meu cotidiano."

"Mas pelo menos vocês estão na mesma *cidade*. Você teve azar, mas encontrou o jeito certo de lidar com tudo. Às vezes tenho vontade…"

"Vontade de quê?"

Pip balançou a cabeça. "Já obriguei você a ficar acordada até muito tarde."

"Não terá sido o contrário?"

"Às vezes eu queria ter uma mãe mais parecida com você."

O pequeno quarto do porão pareceu girar, e não apenas por causa do vinho na cabeça de Leila.

"Bem…", ela disse rapidamente, dando um tapinha na mão de Pip e se levantando, "eu também gostaria muito de ter uma filha como você."

"Obrigada pelo jantar e pelo vinho."

"O prazer foi todo meu."

"Nós duas vamos estar deprimidas amanhã."

"Só de ressaca. Deprimidas, espero que não."

Leila deu uma risadinha falsa pela qual se puniu, ao subir a escada do porão, batendo com a mão espalmada na testa. No térreo, Charles ressonava no sofá, os contos dos alunos no chão, a garrafa de uísque destampada. Ela o acordou com um beijo na testa. "Pronto para ir dormir?"

"Pronto para *mijar*."

Ele não pediu ajuda para se acomodar na cadeira, no entanto agradeceu quando ela foi dada. Havia um modo estreito mas profundo em que ela era mais próxima dele do que de qualquer outra pessoa. Os dois não tinham segredos um com o outro. Ao longo dos anos, por ser um romancista, Charles havia adivinhado e proclamado com grande alegria praticamente todos os sentimentos que ela tivera por Tom. Se ela ainda se recusava a pronunciar o nome dele, era para salvaguardar a privacidade de Tom, não a dela. Tratava-se de um joguinho do qual Charles gostava de participar.

A extremidade da casa onde ficava o quarto principal tinha um odor tênue mas irremovível de paraplegia, cremes para a pele e peidos. No banheiro, ela ficou ao lado da privada com corrimão e observou um jato saudável de urina jorrar do pênis de Charles. Era bom para os dois Leila estar presente quando ele fazia suas necessidades. Era uma forma de se ajudarem. Até mesmo quando ela manipulava o pênis até ele ejacular, não fazia isso somente por ele. Charles era o bebê dela.

"Quando ouvi seu carro", ele disse, "pensei: 'Quinta-feira! Que surpresa boa'."

"Obrigada por ter deixado ela ficar aqui."

"Então pensei: 'Confusão na outra frente doméstica?'."

"Você não estava brincando quando disse que precisava urinar."

"O controle da minha micção sugere a existência de uma divindade cujas provas, de outro modo, são bem escassas."

"Estou meio maluca por causa dessa garota."

Ele ergueu uma sobrancelha. "Está pensando em pular a cerca?"

"Meu Deus, nada disso. Ela é mais como um filhotinho de cachorro perdido que me achou."

"Pode deixá-la ficar no porão, mas vai ter que ensinar a fazer as coisas no lugar certo."

"Onde a Rosie pôs o pijama limpo?"

"Está bem na sua frente."

"Ah, é verdade. Bem na minha frente."

Na manhã seguinte, ainda um pouco de ressaca, ela procurou Tom e disse que ele precisava contratar Pip como pesquisadora permanente, com um salário que lhe permitisse viver. Tom comentou que ela não terminara o estágio. Leila disse: "Ela é boa, merece e precisa do dinheiro agora".

E Tom, dando de ombros, concordou. Antes que pudesse mudar de ideia, ela foi até Pip e lhe contou a boa-nova.

"Isso é ótimo", disse Pip baixinho.

Por um instante Leila se perguntou se estava fazendo algo egoísta, até mesmo doentio, ao tentar manter Pip em Denver. Mas a própria garota havia dito que não desejava ir embora.

"Agora vamos encontrar um lugar para você morar", disse Leila jovialmente. "Podemos começar perguntando ao pessoal do escritório."

Pip assentiu com a cabeça, sem demonstrar grande alegria.

O encontro com Earl Walker, atrás do depósito de gás nos subúrbios de Amarillo, durou menos de quinze minutos. Walker permaneceu em seu caminhão, falando pela janela aberta e com o motor ligado. Admitiu ter aceitado duzentos e cinquenta mil dólares ao ser demitido depois de haver comentado com os diretores da fábrica que todos ficariam mais felizes se ele ficasse feliz. Admitiu ainda que foi despedido por justa causa porque tinha bebido no trabalho *uma única vez. Uma vez.* Cody Flayner havia acobertado o fato e, como um bom filho da puta que gostava de chantagear, o obrigara a retribuir seu favor assinando os documentos de remoção da réplica da B-61 para fazer uma brincadeirinha com a namorada. Walker não estava orgulhoso do que fizera, porém insistiu que não tinha havido risco algum. A réplica da B-61 fora enviada por engano da Kirtland Air Force Base em Albuquerque, e um monte de investigadores da Aeronáutica tinha vindo examiná-la, mas a base ainda não mandara um caminhão para recolhê-la. Se Flayner não tivesse sido um idiota e mostrado a bomba para seus amigos, além de haver postado fotografias dela, não teria havido nenhum problema, nada de errado.

"Você não ouviu nada disso de mim", disse Walker, engatando a primeira marcha.

"Claro que não", disse Leila. "Sua mulher é testemunha de que você se recusou a falar comigo."

Sua mente já se movia na direção de uma história que ela vinha desenvolvendo sobre os laços entre a indústria de mineração e o Departamento de Recursos Naturais do Colorado. Ainda precisava entrevistar a diretoria da fábrica sobre a réplica da B-61, mas a pouca relevância da história de Flayner se tornava patente. Como isso seria uma decepção para Pip, Leila decidiu deixar a garota escrever o artigo e assinar a matéria com ela.

De volta ao hotel, tentou ligar para Pip e Tom, e depois mandou mensagens de texto aos dois. Que nenhum deles tenha respondido por algumas horas, enquanto ela vasculhava as declarações de pagamento de impostos que Pip desencavara, só se tornou patente quando Tom telefonou por volta das dez e meia da noite, horário de Denver.

"Por onde você andava?", ela perguntou.

"Jantando fora. Levei sua garota para jantar."

Imediatamente Leila teve uma sensação ruim, como se sentisse que um dente se quebrara.

"Sempre levo os novos funcionários para jantar", disse Tom.

"Certo. Claro. E aonde vocês foram?"

"Ao Place That Used to Be the Corner Bistro."

O Place That Used to Be the Corner Bistro era o restaurante dos dois. Eles gostavam de prestigiá-lo por causa do nome.

"Não tenho a menor criatividade para restaurantes", ele disse. "Meu cérebro apaga."

"É meio engraçado imaginar você lá sem mim." Havia um tremor na voz de Leila.

"Pensei a mesma coisa. Acho que nunca fui lá sem você."

Mas ele havia levado outros funcionários novos para jantar e, em todos os casos, tivera criatividade suficiente para pensar em outros restaurantes além daquele que frequentava com Leila. Embora os dois nunca brigassem — já não brigavam fazia tantos anos que acharam que nunca mais voltariam a fazê-lo —, ela agora estava se lembrando do gosto, do aperto no peito.

"Talvez eu tenha me enganado", ela disse, "mas tive a impressão de que você não se sentia confortável com Pip."

"Não se enganou. Você nunca se engana."

"Ela faz você se lembrar de Anabel."

"De Anabel? Não."

"Ela tem o mesmo tipo. Se *eu* vejo isso, com certeza você também pode ver."

"Mas tem uma personalidade completamente diferente. E você tinha razão — estou contente que a tenhamos contratado."

"Sempre escute a Leila."

"O que seria da minha vida se eu não escutasse? Mas sugeri uma coisa a ela. Me diga o que você acha. Falei que ia consultar você também."

"Passá-la da pesquisa para a reportagem?"

"Ah, não. Vale a pena conversar sobre isso, mas não. Perguntei se ela gostaria de morar conosco por algum tempo. Acho que ela está financeiramente pra lá de quebrada."

Brigar era como vomitar. A perspectiva se tornava mais pavorosa a cada ano transcorrido sem nenhuma briga. Mesmo quando ela passava mal e precisava vomitar, mesmo sabendo racionalmente que lhe traria alívio, ela lutava para segurar o vômito pelo maior tempo possível. E brigar era até pior, porque não causava alívio. Nesse sentido, brigar se parecia mais com morrer: cumpria simplesmente adiar ao máximo.

"Na *sua* casa", ela disse, tentando controlar a voz. "Pip morar na *sua* casa."

"Na nossa casa. Você não disse que queria abrigá-la?"

"Na verdade, o que eu disse é que queria ter um lugar para oferecer a ela. Eu não penso na sua casa como esse lugar."

"Eu penso nela como a *nossa* casa."

"Eu sei disso. E você sabe que eu não. O que nos leva a uma longa discussão que não quero ter agora."

"Não prometi nada a ela."

"Bom, não estou amando a posição em que isso me coloca. De ser a pessoa que se opôs, e ela saber que fui eu."

"Posso dizer que eu mesmo pensei melhor, assim você não fica nessa posição. Mas me ajude a entender: por que você está se opondo? Pensei que você queria que ela morasse com você."

"Até esta noite você não gostava nem de estar na mesma *sala* com a garota. Parece uma reviravolta muito grande sua."

"Leila. Para com isso. É você que está apaixonada por ela. Não vou roubá-la de você. E Pip não poderia me roubar de você nem que essa fosse a única missão dela na vida. Ela é uma *criança*."

Leila não sabia de quem sentia mais ciúme, se de Tom ou de Pip. Mas os dois ciúmes lhe davam vontade de tirar o time de campo.

"Está bem para mim", ela disse. "Faça o que você quiser."

"Quando você fala assim?..."

"O que você quer que eu diga? Que há algo de errado com a minha cabeça? Que estou *apaixonada* por uma garota que só conheço há dois meses? Que estou com *ciúme*? Não vou brigar por causa disso. Você simplesmente me pegou de surpresa."

"Falamos sobre você."

"Que simpático."

"Ela quer ser como você."

"Ela deve estar louca."

"Bom, tem uma coisa. Ou melhor, não tem. Ela provavelmente lhe diria isto, mas tem tanta admiração por você que está com medo de dizer. Não existe namorado nenhum."

"O quê?"

"Ela divide um apartamento em Lakewood com duas outras garotas. Inventou toda essa coisa de namorado. Ou, para ser mais preciso, há um sujeito chamado Stephen. Mas ele mora na Califórnia e é casado."

"Ela contou isso a você?"

"Também tenho alguma habilidade para extrair informações."

Leila devia ter se sentido traída, mas o que sentiu foi pena de Pip. Pessoas felizes não contam mentiras. "Por que ela fez isso?"

"Ela não quis parecer desejosa demais de ficar em Denver. Não queria que você soubesse como está solitária. Não queria lhe parecer patética. Dá para entender que desejasse sair da Califórnia por causa da situação com o sujeito casado. Mas isso é parte da razão pela qual me ocorreu que ela poderia morar conosco. Ela é muito talentosa e está confusa demais."

"E você não sente atração por ela."

"Não consigo nem descrever como isso está fora do meu radar."

O risco de uma briga estava se esvaindo. Para falar sobre qualquer outra coisa, Leila mencionou o encontro com Earl Walker e a ideia de deixar Pip escrever a história, já que era algo menor.

"Por que Walker se encontrou com você?", perguntou Tom.

Tão logo a pergunta foi feita, ela entendeu.

"Poxa", disse. "Você é bom mesmo!"

"Tudo que eu disse foi 'Por que ele se encontrou com você?'."

"Eu sei, mas é isso. Eu estava fixada em Pip, no fato de que ela ia ficar decepcionada. É uma boa pergunta."

"Estou feliz em ajudar."

"Porque Walker falou uma coisa. Ele disse que Albuquerque mandou um carro cheio de investigadores. Não atentei para isso como devia."

"Estava fixada em Pip."

"Está bem, está bem."

"Estamos no mesmo time, certo? Não sou o inimigo."

"Eu disse que tudo bem."

"Fale com ele de novo."

Ao desligar o telefone, viu que havia chegado uma mensagem de texto de Pip: Preciso te confessar uma coisa. Boa menina, pensou Leila. Agiu certo.

Ela estava fora de forma. Tinha metido os pés pelas mãos no encontro com Walker. Ele havia se mostrado apressado e escorregadio, mas isso não era desculpa para ela não ter feito a pergunta óbvia: *Por que cargas-d'água a base de Kirtland teria mandado uma réplica da bomba para Amarillo?* Essa a pergunta que precisava ter sido feita no encontro com Walker. A fábrica não iria lhe dar duzentos e cinquenta mil dólares para calá-lo só por causa de uma brincaderinha inofensiva. Mas e por uma bomba que tivesse desaparecido de Albuquerque? Trocada por uma réplica usada em treinamentos?

Mais embaraçosa ainda era a razão pela qual Leila não tinha pensado em fazer a pergunta: ter imaginado que Walker ia se encontrar com ela por causa de seu charme feminino. Ela interpretara a menção que ele fizera sobre sua cama em Denver como uma insinuação, quando na verdade fora sarcasmo. Ela tinha cinquenta e dois anos. O cabelo que quisera exibir ao tocar nele estava ficando grisalho.

Argh.

Seu sonífero geralmente a nocauteava de imediato, porém nas noites em que isso não acontecia não tinha nada mais a que recorrer: já ouvira muitas histórias de sonambulismo para tomar outra dose. Ficou se revirando de um lado para o outro na cama, que, estranhamente, cheirava mais a cigarro do que na noite anterior, refletindo sobre Pip ter mentido para ela. Sobre Pip estar apaixonada por um homem casado; sobre ter feito, ou tentado fazer com um casamento, o que a própria Leila fizera. Sobre ser a mulher mais velha, mais seca e com mais bolsas sob os olhos que existia, já tendo sido no passado como Pip era agora, uma ameaça ambulante de desestabilização, uma espécie de míssil destruidor...

Como tinha sido terrivelmente fácil transformar o urânio encontrado na natureza em esferas ocas de plutônio, encher tais esferas com trítio e cercá-las de explosivos e deutério, fazendo isso de modo tão miniaturizado que a capacidade de incinerar um milhão de pessoas pudesse caber na caçamba da caminhonete de Cody Flayner. Que fácil! Incomparavelmente mais fácil do que ganhar a guerra contra as drogas, eliminar a pobreza, curar o câncer ou resolver a questão da Palestina. A teoria de Tom para explicar por que os seres humanos ainda não tinham recebido nenhuma mensagem de inteligências extraterrestres era que todas as civilizações, sem exceção, se destruíam numa superexplosão tão logo eram capazes de enviar tais mensagens, nunca durando mais de algumas décadas numa galáxia com bilhões de anos de idade; surgindo e desaparecendo tão depressa que, embora a galáxia estivesse repleta de planetas semelhantes à Terra, as chances de uma civilização conseguir receber a mensagem de outra civilização eram ínfimas, por ser fácil demais quebrar o núcleo de um átomo. Leila não gostava dessa teoria nem tinha outra melhor. Seu sentimento sobre todos os cenários de um Dia do Juízo Final era: *Por favor, faça com que eu seja a primeira pessoa a ser morta*. Porém se forçara a ler relatos sobre Hiroshima e Nagasaki, sobre o que significava ter a pele toda queimada e ainda assim sair cambaleando pela rua. Não era apenas por causa de Pip que desejava que a história de Amarillo fosse importante. O medo que o mundo tinha das armas nucleares era incrivelmente diferente do medo que Leila tinha de brigar e vomitar: quanto mais o mundo durava sem se extinguir em meio a nuvens em forma de cogumelo, *menos* medo as pessoas pareciam sentir. A Segunda Guerra Mundial era lembrada mais pelo extermínio dos judeus, e ainda mais pelo bombardeio incendiário de Dresden ou pelo cerco de Leningrado, do que pelo que havia acontecido em duas manhãs de agosto no Japão. A mudança climática ganhava mais tinta de jornal num dia que os arsenais nucleares em um ano. Para não mencionar o recorde de passes que o jogador Peyton Manning havia batido na Liga Nacional de Futebol, atuando pelos Broncos de Denver. Leila tinha medo e também a impressão de ser a única que se sentia assim.

Ou quase a única. Pip também tinha medo. A mãe que a chamara de Purity aparentemente lhe ensinara muito pouco sobre como o mundo funcionava, motivo pelo qual Pip olhava para as coisas com olhos que não eram toldados por ideias preconcebidas. Via um planeta onde ainda existiam dezessete mil artefatos nucleares, provavelmente o bastante para eliminar todos os vertebrados da face da terra, e pensava: *Isso não pode estar certo.* Houve um tempo em que receber um hóspede na casa teria inibido Leila e Tom; quando fechavam persianas e cortinas e andavam nus pelo prazer de confiar um ao outro a visão de seus corpos já não tão jovens; quando a porta da geladeira e o chão da sala de visitas tinham sido superfícies nas quais ela podia se abraçar a ele. Embora esse tempo já andasse longe, eles nunca tinham admitido seu fim — tanta coisa permanecia não falada por trás do brilho dos óculos de Tom —, e Leila não podia deixar de se sentir magoada por ele haver unilateralmente admitido isso ao convidar Pip para morar com eles.

As reações em cadeia da fusão eram naturais, constituíam a própria fonte da energia solar, porém as reações em cadeia da fissão não eram. Os átomos de plutônio físseis eram os unicórnios da natureza, e em nenhum lugar do universo uma massa crítica de tais átomos poderia se formar naturalmente. As pessoas precisavam forçar a criação de tal massa, pressionando-a ainda mais com explosivos a fim de criar um estado superdenso no qual a reação em cadeia pudesse prosseguir ao longo de um número suficiente de gerações até provocar a fusão. E como isso acontecia rápido! Trepidantes gotículas atômicas de plutônio absorvendo nêutrons e se dividindo em gotículas atômicas ainda menores, lançando para fora mais nêutrons. Pessoas sem pele cambaleando pelas ruas com entranhas e globos oculares pendurados para fora…

Eles deviam ter tido um filho. De certo modo, era um alívio imenso não terem tido, não terem trazido mais uma vida a um planeta que seria rapidamente incinerado ou que queimaria devagar até a morte; não precisarem se preocupar com isso. No entanto, deveriam ter tido o filho. Leila amava Tom e o admirava de forma absoluta, sentindo-se abençoada pela facilidade que era viver com ele; mas sem uma criança era uma vida de coisas não ditas, de se aninharem à noite para verem juntos dramas na televisão, habitando grandes áreas de concordância, evitando alguns pontos quentes de desacordos do passado, deslizando rumo à velhice. A repentina atração dela por Pip era irracional, porém não sem sentido; era não sexual, porém intensa; era compensadora. Ela não fazia ideia de em que ia dar permitir que alguém entrasse no núcleo dela e de Tom. Mas imaginava uma nuvem em forma de cogumelo.

* * *

Três semanas e meia depois que Pip se mudou, Leila foi a Washington. Paralelamente à história da bomba nuclear, ela estava escrevendo, com base em estatísticas, um artigo sobre a cobrança de impostos na indústria de tecnologia. Todos os hotéis de Washington que cabiam em seu orçamento eram fuleiros, e ela estava hospedada num deles. Gostaria de voltar para Denver mais cedo, porém seu senador predileto, o membro mais liberal da Comissão das Forças Armadas, havia lhe prometido quinze minutos na sexta-feira à tarde antes de debandar da cidade como todo o Congresso. Ela fora pessoalmente agendar o encontro com o chefe de gabinete dele, a fim de não deixar rastro telefônico ou de e-mail. Desde a criação das redes de varredura da Agência Nacional de Segurança, ela começara a operar mais e mais em conformidade com as chamadas "regras de Moscou". Membros do Congresso eram fontes particularmente atraentes, por não estarem sujeitos a detectores de mentiras.

Valendo-se de seus contatos no Pentágono, alguns dos quais conhecia desde seus tempos de *Post*, ela conseguiu costurar uma versão filtrada do que tinha acontecido em Albuquerque. Sim, dez bombas B-61 haviam sido levadas de caminhão para Amarillo a fim de passarem por uma restauração externa e atualização de circuitos, previamente agendadas. Sim, uma delas era uma réplica desativada e normalmente guardada na base perto das ogivas verdadeiras, para o treinamento da equipe responsável por acidentes. Sim, o código de barras e os microchips de identificação tinham sido adulterados. Sim, por onze dias uma arma de verdade esteve fora do sistema de controles e, ao que tudo indica, foi deixada num depósito com segurança precária. Sim, algumas cabeças rolaram. Sim, a arma agora estava "totalmente identificada e segura". Não, a Força Aérea não forneceria detalhes do furto nem revelaria o nome do(s) culpado(s).

"Não existe bomba segura", disse-lhe Ed Castro, um perito em armas nucleares da Universidade de Georgetown. "Segura de não detonar se você der uma martelada nela, sem dúvida. Segura o suficiente para impedir que seus mecanismos codificados sejam descobertos, provavelmente. Também suspeitamos que a última geração de bombas 'envenena' seus próprios núcleos caso você tente adulterá-las. O problema com as antigas, como a B-61, é que elas são dolorosamente simples. Toda a tecnologia complexa está situada antes da montagem da bomba. É incrivelmente difícil e custoso criar e refinar os isótopos de plutônio e hidrogênio. Desenhar a geometria das lentes dos poderosos explosivos é bem difícil. Mas juntar as peças e fazê-las explodir? Infelizmente, não é muito difícil. Com tempo e dois bons engenheiros, redesenhar o circuito da ignição é altamente factível. O resultado não será tão elegante e miniaturizado, e a potência pode ser reduzida, porém você terá uma arma termonuclear operacional."

"E quem iria querer uma delas?", Leila perguntou mais por retórica.

Castro era o tipo de pessoa que os repórteres amavam porque sempre oferecia boas declarações. "Os suspeitos de sempre", respondeu. "Terroristas islâmicos. Estados-bandidos. Vilões dos filmes de James Bond. Chantagistas. Até mesmo ativistas da luta contra as armas nucleares querendo provar alguma tese. Esses são os usuários finais, e por sorte constituem um bando bem incompetente. O mais interessante é imaginar quem seriam seus fornecedores em potencial. Quem é mesmo bom em obter e transportar coisas em que, para todos os efeitos, não deviam pôr as mãos? Quem circula por aí *reunindo* esse tipo de coisa se ele estiver disponível?"

"A máfia russa, por exemplo."

"Antes de Putin assumir o governo, eu acordava de manhã maravilhado por ainda estar vivo."

"Até que a máfia russa se tornou indistinguível do governo russo."

"A cleptocracia sem dúvida melhorou a segurança nuclear."

A atividade do repórter consiste em imitar a vida, imitar a perícia, imitar o cosmopolitismo, imitar a intimidade; dominar um assunto e esquecê-lo logo depois. Fazer amizade com pessoas e abandoná-las a seguir. No entanto, como muitos outros prazeres baseados na imitação, era altamente viciante. Do lado de fora do Dirksen Building, numa sexta-feira à tarde, Leila viu outros jornalistas que cobriam o Congresso zanzando por ali debaixo de pequenas nuvens de autoimportância que ela era capaz de perceber porque também estava debaixo de uma delas e se enfurecia ao ver as outras. Será que, como ela, seus colegas tinham removido a bateria de seus smartphones para esconder sua localização das redes de varredura? Ela duvidava.

O senador só estava vinte e cinco minutos atrasado. O chefe de gabinete, aparentemente preferindo recorrer a um bom álibi, não estava presente quando do Leila foi até o escritório.

"Você está importunando a Força Aérea", disse o senador quando ficaram a sós. "Belo trabalho."

"Obrigada."

"Obviamente, é tudo em off. Vou lhe dar o nome de outras pessoas que também foram informadas disto, e você precisa deixar um rastro eletrônico de que contatou todas elas. Quero que essa história seja contada, mas não vale a pena perder meu assento na comissão por causa disso."

"É alguma coisa assim tão importante?"

"Não é que seja uma coisa tão importante. Talvez de porte médio. Mas a mania de manter segredo se tornou descontrolada. Você sabia que as agências não se limitam mais a numerar e pôr marcas-d'água nos relatórios que nos mandam? Agora elas fazem alguma coisa com o espaçamento das letras de cada cópia."

"Entendo, aumentam ou diminuem a distância entre os caracteres."

"Parece que isso cria uma assinatura única de cada cópia. 'In Technology We Trust': precisam pôr isso na nova nota de cem dólares."

No correr dos anos, Leila passou a acreditar que os políticos, sem exagero, eram feitos de alguma substância especial, quimicamente diferente. O senador era gorducho, tinha um cabelo péssimo e o rosto marcado pela acne, porém exercia um forte magnetismo. Seus poros excretavam um feromônio que a fazia querer olhar para ele, continuar a ouvir sua voz, ser querida por ele. E ela se sentia querida. Ele exercia o mesmo efeito sobre quem quisesse.

"Portanto você poderia ter ouvido isso de muita gente", ele disse depois que Leila anotou os nomes. "O problema é que confiamos na tecnologia. Depositamos nossa confiança na segurança intrínseca das bombas, negligenciando o lado humano, porque os problemas tecnológicos são fáceis e os problemas humanos são complexos. É essa a situação em que o país se encontra neste momento."

"Mais fácil acabar com o emprego dos jornalistas do que encontrar alguma coisa que os substitua."

"Me deixa louco. Não preciso lhe dizer qual é o moral das equipes que cuidam das bombas e dos silos subterrâneos onde são mantidos os mísseis. Não confiamos suficientemente na tecnologia para substituí-los por máquinas. Talvez alcancemos esse ponto, mas por enquanto aquelas funções significam um suicídio profissional. Temos as pessoas menos inteligentes e menos capacitadas cuidando das nossas armas mais terríveis e morrendo de tédio. Tapeando nos exames, desrespeitando as regras, sendo reprovadas nos testes de urina. Ou nem fazendo os testes."

"Em Albuquerque?"

"Se está pensando em metanfetamina, errou feio. Eles têm patente de oficiais. Nem anote o nome de Richard Keneally, mas lembre dele. O 'cara que sabe das coisas' — aparentemente toda a base tem pelo menos um. Espero que não se importe que eu esteja resumindo muitas páginas de um relatório que tem uma assinatura tipográfica única em vez de deixar que você o leia."

"Você precisa pegar seu avião."

"As drogas são quase todas compradas com receita médica. Drogas que ajudam a passar o tempo quando seus colegas da Academia estão voando em missões de verdade ou comendo camarão oferecido pela Lockheed. Você conhece a minha opinião sobre as leis do país em relação a drogas. Basta dizer que estamos falando de drogas usadas por oficiais, não por soldados rasos. No entanto, apesar das desigualdades sociais, elas são totalmente proibidas nas Forças Armadas. Elas ainda aparecem nos exames toxicológicos. O que, se você é o 'cara que sabe das coisas', constitui o verdadeiro teto que vai limitar o crescimento do seu negócio. O que fazer diante disso?"

Leila indicou que não sabia com um gesto de cabeça.

"Fazer com que seus amiguinhos que fornecem a droga assumam na surdina o laboratório que testa a urina."

"Não brinca!", disse Leila.

"Bem que eu gostaria de lhe mostrar o relatório", disse o senador. "Porque ainda fica melhor, ou seja, pior. Quem são esses amiguinhos? Odeio a palavra *cartel*, ela é cem por cento errada. Devíamos chamá-los de *DHLes Especiales* ou *FedExes Extralegales*, porque é isso que eles são. Se você está fabricando remédios falsos contra o câncer em Wuhan e precisa fazer com que um contêiner do seu produto chegue ao consumidor norte-americano, quem você vai chamar? A *DHL Especial*. O mesmo para armas, cópias de artigos de luxo, prostitutas menores de idade e, obviamente, drogas de todos os tipos. Com um telefonema tudo se resolve. O apetite da classe média dos Estados Unidos por drogas ilegais fornece os recursos para criar algumas das empresas mais sofisticadas e eficientes do mundo. O negócio delas é entregar os produtos, e suas sedes não ficam muito ao sul da fronteira. E o 'cara que sabe das coisas', Richard Keneally, de cujo nome você se lembra sem ter anotado, estava fazendo negócios com eles havia vários anos, bem diante do nariz de diversos inspetores-gerais, mas isso só veio à tona porque uma réplica da B-61 para fins de treinamento acabou parando onde não devia."

"A arma de verdade saiu da base?"

"Por sorte, não. A história é extremamente triste e perturbadora, mas também de certo modo engraçada. A *DHL Especial* podia ou não ter um comprador para a arma — nunca saberemos. Mas antes que Richard Keneally pudesse ao menos tentar obter a 'réplica', ou seja, a arma de verdade, antes que pudesse retirá-la da base, ele tropeçou num estacionamento e caiu em cima da garrafa de tequila que estava levando. O vidro quebrado cortou uma artéria, ele teve uma hemorragia e quase morreu, ficou hospitalizado por uma semana. Essa é a parte um pouco engraçada. A parte que não tem graça é que Keneally não pôde entregar a bomba tal como programado, e não tinha como fazer os *Especiales* saberem a razão disso. Suas duas irmãs tinham desaparecido, uma em Knoxville, a outra no Mississippi, por volta da época em que ocorreu a troca das bombas. Pelo jeito foram sequestradas para garantir o fechamento da transação. Ambas foram encontradas mortas atrás de uma revendedora de carros em Knoxville, com um único tiro na nuca. Uma delas tinha três filhos. De bom só o fato de que as crianças não sofreram nada."

Leila escrevia o mais depressa possível. "Meu Deus!", exclamou.

"Terrível. Mas para mim é tanto uma história sobre o fracasso total da guerra contra as drogas e de nossa confiança na tecnologia quanto sobre o arsenal nuclear."

"Entendo", disse Leila, ainda escrevendo.

"Isso tudo ia ser divulgado mesmo que você não tivesse vindo aqui com suas perguntas. O *Washington Post* já está investigando o rebaixamento e a remoção dos oficiais que eram clientes de Keneally. Sabem sobre o tráfico de drogas. É só questão de tempo até alguém vazar o resto."

"Você falou com o pessoal do *Post*?"

O senador fez que não com a cabeça. "Eles ainda estão de castigo aqui por causa de uma coisa que não tem relação com esse assunto."

"Por que Keneally fez isso?"

"Especula-se que em parte por dinheiro, em parte por medo de ser morto."

"Você está me dizendo que ele não está preso?"

"Vai ter que perguntar a outra pessoa."

"Isso soa como um não."

"Tire suas próprias conclusões. E deixe eu reiterar que nada disso vai para o seu site até que você obtenha uma confirmação independente."

"Não gostamos de histórias baseadas em uma só fonte. Somos antiquados nessa questão."

"Sabemos disso. É uma das razões pelas quais estamos sentados aqui. Ou estivemos."

O senador se pôs de pé. "Realmente tenho que pegar o avião."

"Como Keneally poderia tirar a bomba da base?"

"Ponto final, Leila. Você já tem mais do que necessita para conseguir o resto."

Ele tinha razão. Leila já estava com uma das melhores matérias de sua carreira. O resto viria com a costumeira triangulação e blefe — "Só quero confirmar que minhas informações estão corretas" — enquanto suportava o excruciante medo de que o *Post* ou outro órgão de imprensa, alguém menos escrupuloso em matéria de obter fontes múltiplas, batesse a carteira dela.

Ao sair do Dirksen Building, pensou em cancelar sua ida para Denver, mas o trabalho a ser feito agora, confirmando a história do senador, exigia encontros pessoais e, num fim de semana de maio com temperaturas agradáveis e muito sol, ninguém que ela precisava ver estaria na capital. Melhor passar o fim de semana em Denver, escrevendo e marcando as entrevistas, e depois voltar de avião no domingo à noite.

Ou foi assim que ela racionalizou sua decisão. O fato infeliz e pouco lisonjeiro era que não queria deixar Tom e Pip sozinhos no fim de semana. Já vinha se sentindo aborrecida e ressentida com tudo que precisava fazer — muitos artigos, uma crise com os cuidadores na casa de Charles, a enxurrada costumeira de e-mails e de mensagens nas redes sociais (a ex-sra. Cody Flayner lhe escrevia todos os dias, enviando fotos dos filhos e receitas) —, e a nova urgência da história de Albuquerque só aumentava sua carga de trabalho. A matéria exigia muito dela, como um filho de mãe solteira. Mesmo voltando para casa, não teria muito tempo para Tom e Pip. O fim de semana deles parecia sibarítico comparado ao dela. Leila sabia que era importante resistir ao ciúme, ao ressentimento, à autocomiseração, mas isso não estava se provando uma tarefa fácil.

No metrô, sua mão tremia tanto que foi difícil complementar suas anotações rabiscadas no caderno, foi difícil enviar mensagens para Tom e Pip. Ao pegar o voo para Denver, a ansiedade de perder o furo para alguém se tornou quase incapacitante. Não havia espaço suficiente entre as poltronas para que pudesse trabalhar sem ser observada pelo homem de negócios a seu lado, e sua mente estava muito conturbada para se concentrar nos impostos da indústria tecnológica. Por isso comprou uma taça de vinho e ficou à toa, olhando o aviãozinho mover-se lentamente através de sua rota na telinha embutida nas costas do assento à sua frente. Pediu outra taça para combater a ansiedade.

Ela não tinha nenhum argumento racional contra Pip como hóspede na casa. A garota nunca havia deixado um prato ou talher sujo na pia, uma luz acesa num cômodo vazio. Havia até mesmo se oferecido para lavar as roupas de Tom e Leila. Os dois recusaram a ideia de que ela cuidasse das roupas de baixo deles; Pip explicou que nunca tinha vivido numa casa com máquina de lavar e secar ("Um verdadeiro luxo"), por isso deixaram que se incumbisse dos lençóis e toalhas. Não se arvorava detentora de direitos como ridiculamente faziam os jovens de sua geração, mas também não se desculpava por estar lá nem agradecia demais por ter sido convidada. Durante a semana, ao menos nas noites em que Leila estava em casa, preparava seu próprio jantar, retirava-se para o quarto e não voltava a aparecer. No entanto, às sextas-feiras, plantava-se na cozinha, deixava Tom sacudir um de seus perfeitos manhattans, picava o alho para Leila e se abria, contando histórias engraçadas de sua vida como sem-teto em Oakland.

Leila devia estar satisfeita com o arranjo. Porém tinha razão para crer que, nas noites em que trabalhava até mais tarde ou precisava dormir na casa de Charles, Pip não ficava em seu quarto o tempo todo. Já duas vezes num mês, Leila recebera informações importantes — a aprovação não oficial de uma doação da Pew Foundation de sete milhões e meio de dólares para o *DI*, a seleção de um juiz pouco amistoso numa ação relativa à Primeira Emenda em que o *DI* era corréu — não de Tom, mas de Pip. Tendo ela própria se beneficiado da experiência de um homem mais velho, Leila sabia como era bom ser informada de modo especial sobre alguma coisa, e, como a garota não tinha consciência do privilégio que isso representava, também não tinha consciência de que outras pessoas pudessem se ofender com isso. Leila se perguntou se a culpa que acabou sentindo pelo que fizera com a primeira mulher de Charles não era culpa, e sim raiva; raiva da Leila mais jovem que havia conseguido penetrar no mundo literário por haver atraído Charles; raiva da feminista mais velha pelo que ela tinha sido na juventude. Sentia um pouco dessa raiva ao ver Pip absorvendo a sabedoria de Tom e se regozijando com o prazer que ele demonstrava na companhia de alguém mais jovem.

Isso não era simplesmente teórico. Por duas vezes num mês ele havia se atirado sobre Leila no melhor estilo Charles. A primeira quando ela estava diante do espelho do banheiro, retirando a maquiagem, e ele havia chegado por trás com o pau já escapando do pijama; a segunda, algumas noites depois, quando ela apagou a luz de leitura e sentiu a mão dele em seu ombro, coisa de que ela gostava, e no pescoço, de que gostava ainda mais. Isso fora típico de Tom só no começo. Outros entendimentos haviam se sucedido, mas bastava um pingo de paranoia para associar a mudança repentina em Tom à presença radioativa, duas portas adiante no corredor, de uma jovem de vinte e quatro anos de peitos grandes, pele cremosa e menstruação regular. Se Leila vivesse apenas com Pip, ficaria feliz em vê-la à vontade na casa, vestindo um pulôver sem sutiã depois do banho, enfiando os pés descalços entre as almofadas do sofá enquanto, lá deitada, trabalhava no tablet que o *DI* lhe havia fornecido, a fragrância do xampu em seu cabelo úmido dominando a sala. Mas com Tom a bordo, os sinais de Pip na casa faziam Leila se sentir simplesmente velha.

A garota não estava fazendo nada errado, apenas se comportando de modo normal, mas Leila sentia que se voltava contra ela, invejando as horas que passava sozinha com Tom, invejando que ela, e não Leila, vinha usufruindo o prazer da companhia dele. Acreditava que tanto ele quanto Pip gostavam muito dela para traí-la, mas isso não importava. Aquele pingo de paranoia bastava para imaginar que a semelhança física entre Pip e a primeira mulher de Tom houvesse despertado algo nele, o estivesse curando da aversão pós-traumática ao tipo Anabel, tornando possível que voltasse a se sentir atraído por esse tipo, que era mais verdadeiramente o que ele gostava, sendo a preferência pelo tipo Leila uma mera reação ao horror de seu casamento: que Pip era a reencarnação perfeita da jovem Anabel, o tipo básico dele, sem a bagagem de Anabel. Quando Tom perguntou se Leila se importaria que ele levasse Pip para ver *One Night in Miami* no teatro de Denver, já que ela estaria em Washington, sentiu-se coagida pelas circunstâncias. Como se opor a que Tom saísse com Pip quando ela própria passava tanto tempo na casa de Charles? Se ainda o masturbava de vez em quando! Estava presa a um sujeito amargo numa cadeira de rodas e só podia arranjar um tempo livre se dormisse menos, enquanto Pip, sem amigos, e Tom, que saía do escritório religiosamente às sete da noite, tinham uma porção de horas livres e dificilmente poderiam ser criticados por passá-las juntos.

Seu ressentimento teria sido mais claramente irracional se ela não continuasse se sentindo secundária na vida interna de Tom. A culpa não era a única razão que a mantinha casada com Charles. Leila nunca superara a suspeita de que, por mais que Tom a amasse por suas próprias virtudes, importava para ele o fato de ela já não ser jovem quando se conheceram; assim Anabel não poderia culpá-lo por estar com ela. Nem condená-lo por estar à frente de um serviço de notícias impecavelmente digno com o dinheiro herdado do pai dela. Essas considerações morais ainda estavam vivas dentro dele, motivo pelo qual o compromisso dela com Charles permanecia estratégico, um modo de assegurar que ela também, como Tom, tinha alguém mais. Mas agora lamentava isso.

A garota parecia não ter consciência de seu ciúme. Na noite anterior à partida de Leila para Washington, em meio a seu segundo manhattan, Pip chegou a declarar que Tom e Leila faziam com que ela tivesse esperança na humanidade.

"É muito bom ouvir isso", disse Tom. "Acho que posso falar por Leila que nós dois gostaríamos de dar esperança à humanidade."

"Bom, o trabalho que vocês fazem, obviamente", disse Pip, "e como se comportam. Tudo que eu tenho visto de casais são coisas ruins. Mentiras, incompreensões, maus-tratos, ou então uma *delicadeza*, sei lá, sufocante."

"Leila pode ser sufocantemente delicada."

"Eu sei, você está me gozando, mas com os casais realmente unidos que conheço não há espaço para ninguém mais. É tudo sobre como são maravilhosos juntos. Exalam um cheiro de meia usada, um cheiro de panqueca feita de manhã. Estou tentando dizer que é bom para mim ver que não precisa ser desse jeito."

"Você está nos deixando muito convencidos."

"Não precisa ficar provocando Pip por ela estar nos elogiando", disse Leila em tom zangado.

"Bem...", disse Pip.

Estavam na cozinha de Tom, e Leila, conhecendo as inclinações vegetarianas de Pip, preparava uma *zucchini frittata* para o jantar. Os dois já haviam notado que, quando algum alimento ia ser fritado, Pip subia para seu quarto e fechava a porta. "Você parece muito sensível a cheiros", Tom disse. "Cheiro de panqueca, cheiro de meia usada..."

"Cheiros são um inferno", disse Pip. Ergueu sua taça de manhattan como se brindasse a esse sentimento.

"Fui casado com alguém que dizia a mesma coisa", disse Tom.

"Mas cheiros também podem ser divinos", disse Pip. "Descobri isso..." Calou-se.

"O que foi?", perguntou Leila.

Pip balançou a cabeça. "Estava pensando na minha mãe."

"Ela também tem toda essa sensibilidade com cheiros?", indagou Tom.

"Ela é supersensível a tudo. E como tende a ficar deprimida, cheiros são um inferno para ela."

"Você está com saudade dela", Leila disse.

Pip concordou com a cabeça.

"Talvez ela gostasse de vir aqui visitar você."

"Ela nunca viaja. Não sabe dirigir, nunca pôs os pés num avião."

"Ela tem medo de avião?"

"É dessas pessoas que nascem nas montanhas e nunca saem de lá. Ela disse que iria à minha formatura na universidade, mas como eu vi que essa ideia a estava deixando nervosa, pegar um ônibus ou pedir que alguém a levasse, no fim eu disse que não precisava ir. Ela me pediu um milhão de desculpas, mas claro que se sentiu incrivelmente aliviada. E Berkeley não fica nem a duas horas dali."

"Ha!", disse Tom. "Eu teria adorado que minha mãe não tivesse ido à minha formatura. Ela mesma classificou aquele dia como o pior da sua vida."

"O que aconteceu?"

"Ela teve que conhecer a pessoa com quem depois me casei. As duas não se suportavam. Foi um papelão."

Tom narrou o que havia acontecido, e Leila mal suportou escutar, não porque já tivesse ouvido a história, e sim porque *nunca* a ouvira. Ele tinha tido mais de uma década para lhe contar a história de sua formatura na universidade, mas ela só a ouvia agora, quando a contava a Pip. Perguntou-se que outras coisas interessantes ele teria contado à garota quando ela não estava por perto.

"Sabe, o vinho não está caindo bem", ela disse do fogão. "Você me prepara um manhattan?"

"Deixe que eu mesma faço", disse Pip, animada.

Leila vinha bebendo mais desde que conhecera Pip. À mesa de jantar nessa noite, ela se viu fazendo uma arenga contra a falsa promessa da internet e das redes sociais como substitutas do jornalismo — a ideia de que as pessoas não necessitavam de jornalistas em Washington, quando podiam ler os tuítes dos congressistas; de que não precisavam de repórteres fotográficos, quando todo mundo carregava uma câmera no celular; de que não precisavam pagar profissionais, quando podiam organizar um *crowdfunding*; de que não precisavam de repórteres investigativos, quando gigantes como Assange, Wolf e Snowden dominavam o planeta...

Via que estava usando Pip como alvo da cantilena, perdendo o controle ao atacar o distanciamento de Pip, mas também havia uma corrente subterrânea de queixa contra Tom. Muito tempo antes, ele lhe dissera que havia conhecido Andreas Wolf em Berlim antes de se casar. Limitou-se a dizer que Wolf era uma pessoa de grande magnetismo mas conturbada, com seus próprios segredos. O jeito, porém, como afirmou isso deu a Leila a impressão de que Wolf fora muito importante para Tom. Tal como Anabel, Wolf pertencia ao âmago da vida interior de Tom, à pré-história da chegada de Leila contra a qual ela lutava. Por gostar que ele não a inquirisse de forma desagradável, ela também não fazia isso com ele. No entanto, impossível não notar como Tom guardava para si as recordações de Wolf, provocando nela um ciúme competitivo similar ao causado por Anabel.

Isso já tinha vindo à tona um ano antes, quando ela tivera a honra de conceder uma entrevista à *Columbia Journalism Review*. Em resposta a uma pergunta sobre os autores de vazamentos, ela criticara severamente o Projeto Luz do Sol. Tom se aborreceu com ela ao ler a entrevista. Por que hostilizar os verdadeiros crentes, que não tinham coisa melhor para fazer do que descrever de modo distorcido os "luditas"* que discordavam deles? Será que o *Denver Independent*, afinal, não estava tão casado com a internet quanto o Projeto Luz do Sol? Por que ela devia se expor a críticas baratas? Leila pensou sem dizer: *Porque você não me conta nada.*

Como ela continuava com sua lenga-lenga movida a manhattan à mesa de jantar, estendendo-a até o Vale do Silício e o modo como ali se exploravam não apenas as freelancers mas as mulheres em geral, seduzindo-as com novas tecnologias para bater papo, dando-lhes a ilusão de poder e progresso enquanto mantinham controle sobre os meios de produção — uma libertação falsa, um feminismo falso, o falso Andreas Wolf —, Pip parou de comer e fitou o prato com ar infeliz. Por fim Tom, ele próprio bastante bêbado, interrompeu.

"Leila", disse. "Você fala como se não concordássemos com você."

"*Você* concorda comigo? Pip concorda comigo?" Voltou-se para Pip. "Você tem de fato alguma opinião a nos oferecer sobre isso?"

Os olhos de Pip se abriram e continuaram fixos no prato. "Entendo seu ponto de vista", disse. "Mas não vejo por que não possa haver espaço tanto para os jornalistas quanto para os vazadores de informações."

"Exatamente", disse Tom.

"Você não acha que Wolf está competindo com você?", Leila perguntou a ele. "Competindo e *ganhando*?" Voltou-se de novo para Pip. "Tom e Wolf se conhecem."

"Verdade?", perguntou Pip.

"Nos encontramos em Berlim. Depois da queda do Muro. Mas não tem nada a ver com isso."

"Será que não?", disse Leila. "Você odeia Assange, mas, sei lá como, Wolf tem acesso livre. Todo mundo dá a ele acesso livre. As pessoas o carregam nos ombros, ele é saudado como um herói e salvador, além de tremendo feminista. A mim ele não engana nem por um segundo. Principalmente seu feminismo."

"Nenhum vazador de informações da última década conseguiu expor uma variedade maior e melhor de histórias. Você se chateia porque o desempenho dele é tão bom quanto o nosso."

---

* Pessoas avessas a avanços tecnológicos. O termo foi originalmente aplicado aos trabalhadores ingleses da indústria de tecelagem que, no início do século XIX, se opuseram à mecanização crescente introduzida pela Revolução Industrial.

"Publicando selfies do pau de um dentista na frente de uma paciente anestesiada? Acho que você chamaria isso de uma ação feminista. Mas será que 'feminista' é mesmo a *melhor* palavra para descrever uma coisa dessas?"

"Ele faz coisas melhores. Os vazamentos da Blackwater e da Halliburton foram sensacionais."

"Mas sempre recorrendo aos mesmos truques. Fazer brilhar sua luz pura sobre um mundo corrupto. Repreendendo os homens por seu sexismo. Como se quisesse um mundo cheio de mulheres e com um único homem capaz de entendê-las. Conheço esse tipo de sujeito. Me dá medo."

"O que aconteceu em Berlim?", perguntou Pip.

"Tom não fala sobre isso."

"É verdade. Não falo sobre isso. Querem que eu fale agora?"

Leila via que a única razão de ele fazer tal oferecimento era a garota.

"Com você aqui", ela disse a Pip com um risinho deplorável, "estou conhecendo uma porção de coisas que não sabia sobre Tom."

Pip, que não era boba, sentiu o perigo. "Não preciso saber nada sobre Berlim", disse. Foi pegar sua taça de vinho e a derrubou. "Merda! Desculpe!"

Foi Tom quem deu um pulo para pegar as toalhas de papel. Charles, mesmo antes do acidente, deixaria Leila enxugar o vinho — Charles, que quase nunca dava aulas sobre livros escritos por mulheres, enquanto Tom contratava mais jornalistas do sexo feminino que do masculino. Tom era um estranho híbrido feminista, com um comportamento acima de qualquer crítica, mas conceitualmente hostil. "Aceito o feminismo como uma questão ligada à igualdade de direitos", ele lhe dissera certa vez. "O que eu não aceito é a teoria. Que as mulheres sejam exatamente iguais aos homens, ou diferentes e melhores do que os homens." E ria do jeito que costumava fazer quando achava alguma coisa idiota, enquanto Leila guardava um silêncio enfurecido, porque ela era um híbrido no sentido oposto: conceitualmente feminista, porém *uma dessas mulheres* cujas relações mais importantes sempre tinham sido com homens e que a vida toda se beneficiara profissionalmente da intimidade com eles. Sentiu-se agredida pelo riso de Tom, e os dois nunca mais discutiram o feminismo.

Mais uma coisa não falada numa vida de coisas não faladas, uma vida da qual Leila gostava até a garota se tornar parte dela. Pip parecia muito feliz de estar com eles e deixara de se referir à volta para a Califórnia; não seria tão fácil se livrar dela. Mas Leila, para sua infelicidade, começara a querer que isso fosse possível.

Quando o avião aterrissou em Denver, ela verificou seus e-mails de trabalho e depois os outros textos. Havia um de Charles: César existe?

Tão logo desceu do avião telefonou para ele: "César já chegou?".

"Ainda não", disse Charles. "Nem ligo, mas sei que você gosta de esculhambar essa gente, de fazer picadinho deles."

"São uns putos. Qual é a dificuldade de mandar alguém?"

"Grrrr!"

César, o novo cuidador, deveria ter chegado à casa de Charles às seis da tarde para lhe dar um banho, conduzir a fisioterapia e lhe preparar uma refeição quente. Já eram oito e meia da noite. O problema com Charles é que ele não gostava de ter cuidadores, mas não a ponto de impedir que Leila os contratasse e os administrasse. Em consequência, ela trabalhava um bocado sem receber maiores agradecimentos.

Enquanto caminhava pelo terminal, ligou para o número da casa de Tom e foi direcionada direto para a secretária eletrônica. Telefonou em seguida para a agência.

"Aqui é Emma, da Gente que Precisa de Gente", disse uma moça que, pela voz, devia ter uns doze anos.

"Aqui é Leila Helou e quero saber por que César não está na casa de Charles Blenheim."

"Ah, boa noite, sra. Blenheim", disse Emma com uma voz animada. "César deveria estar lá às seis."

"Eu sei. Mas ele não foi às seis e ainda não chegou."

"O.k., sem problema. Vou ver se descubro onde ele está."

"'Sem problema'? Mas é claro que há um problema! E não é a primeira vez."

"Vou descobrir onde ele está. Realmente não há problema."

"Por favor, pare de dizer que não há problema, quando há um problema."

"Estamos com uma pequena falta de pessoal esta noite. Um minuto... Ah, estou vendo o que aconteceu. César precisou substituir outro cuidador que ficou doente. Deve estar chegando à casa do sr. Blenheim daqui a pouquinho."

A agência não conseguia prever a falta de pessoal? Achava certo mandar alguém com um atraso de três horas sem notificar o paciente? Costumava tirar os cuidadores de visitas já programadas para mandá-los atender outros clientes? Não treinava seus funcionários para pedir desculpas?

Leila sabia muito bem que não valia a pena fazer essas perguntas. Estava a meio caminho da cidade quando Emma telefonou. "O.k., infelizmente parece que César não vai poder sair de onde está. Mas podemos mandar outra pessoa. Ela não tem força para levantar o paciente, mas pode ajudar o sr. Blenheim com outras coisas e lhe fazer companhia."

"O sr. Blenheim não precisa de companhia. O sr. Blenheim só precisa ser levantado."

"O.k., sem problema. Deixe eu tentar o César outra vez."

"Esqueça tudo, está bem? Mande um cuidador homem amanhã de manhã, às nove, e nunca mais me fale desse César. Pode fazer isso? Sem problema?"

Charles era perfeitamente capaz de se alimentar e de se deitar na cama, e Leila percebeu que estava morrendo de ódio por deixar que Tom e Pip desfrutassem de mais uma ou duas horas sem ela em casa. Mas foi para a casa de Charles mesmo assim. Encontrou-o sentado na cadeira de rodas em pleno corredor depois de sair da cozinha, onde parara sem uma razão aparente. O cheiro de carne enlatada pairava no ar.

"Meu Deus, você está com uma aparência deprimente", ela disse. "Por que está aí parado no corredor?"

"Fiquei meio obcecado por esse César inexistente. Há uma grande passagem em Proust em que Marcel fala sobre imaginar o rosto de uma jovem que só foi vista por trás. Como é sempre bonito um rosto não visto! Ainda não experimentei a realidade decepcionante de César."

"Você devia estar indo para algum lugar quando parou aqui. Ainda quer ir para lá?"

"Foi bom conhecer melhor o corredor."

"De que você está precisando?"

"De um banho de verdade, mas isso não vai acontecer. Acho que posso tomar um drinque. Ainda não tentamos isso."

Ele dirigiu a cadeira até a sala de visitas, onde Leila lhe entregou uma garrafa e um copo.

"Você já devia ir andando para se encontrar com seu amigo e sua garotinha."

"Primeiro me diga o que mais posso fazer por você."

"Você não precisava ter vindo aqui de jeito nenhum. Na verdade, é interessante que tenha vindo. Tudo bem na outra frente doméstica?"

"As coisas vão bem."

"Você está com aquela ruga em forma de parênteses entre as sobrancelhas."

"Estou simplesmente cansadíssima."

"Não conheço seu amigo — não tive esse prazer. Mas a mocinha tem um problema com o pai. Até o cara da cadeira de rodas estava chegando a algum lugar nos poucos minutos que você me concedeu com ela. Sempre tive uma habilidade especial para levantar problemas com os pais."

"Sei. Muito obrigada por isso."

"Não me refiro a você." Fechou a cara. "Foi isso que fui para você? Um papai?"

"Não. Mas provavelmente eu tinha problemas."

"Nenhum que eu tenha farejado à distância como no caso dessa jovem. Aconselho que seja observada com cuidado."

"Alguma vez você já se sentiu tentado a guardar um pensamento só para si?"

"Sou escritor, minha criança. Me pagam mal para expressar sentimentos e depois me criticam sem dó nem piedade por fazer isso."

"A impressão é que deve ser muito cansativo."

Quando Leila por fim chegou à casa de Tom, a única luz acesa era a da cozinha. Adorava aquela casa e se sentia bem nela, mas sua beleza era um lembrete permanente de que o dinheiro do pai de Anabel é que pagara parte daquilo. Talvez por isso relutasse até mesmo em pendurar um quadro de sua escolha e durante anos tivesse tentado fazer com que Tom recebesse um aluguel dela. Como ele se recusava, em vez disso ela pagava os cuidadores de Charles e enviava grandes somas de dinheiro a Emily's List, NARAL, NOW e Barbara Boxer, a fim de apaziguar sua consciência feminista.

Na porta dos fundos, antes de entrar massageou a pele entre as sobrancelhas, sentindo-se grata, e não aborrecida, por Charles haver dito que ela estava franzindo a testa. Ocorreu-lhe que continuava casada com ele mais por não ter coragem de se separar de alguém que ainda a amava do que por culpa ou por um equilíbrio estratégico.

A cozinha estava vazia. Água fervendo na panela de fazer macarrão, uma salada ainda não preparada sobre o balcão da ilha central. "Alô-ô", ela entoou a saudação boboca com que ela e Tom anunciavam suas chegadas.

"Alô", Tom respondeu da sala de estar sem a inflexão cantada.

Ela puxou a mala com rodinhas até o vestíbulo. Bastou um momento, na semiobscuridade, para ver Tom esticado no sofá.

"Onde está Pip?", ela perguntou.

"Esta noite ela saiu com alguns colegas. Bebi demais enquanto esperava você, precisei deitar."

"Desculpe eu ter me atrasado tanto. Podemos comer imediatamente."

"Não há pressa. Tem um drinque para você no freezer."

"Não vou fingir que não quero."

Levou a mala para cima e vestiu uma calça jeans e um suéter. Talvez só porque tivesse esperado encontrar Pip, a casa pareceu estranhamente capaz de engolir os sons, sem deixar que as banalidades da volta reverberassem. Quando desceu e foi pegar seu drinque, Tom continuava deitado no sofá.

"Recebeu minha mensagem?", ela perguntou.

"Recebi."

"Duas mulheres estão mortas. O sujeito que fazia a intermediação provavelmente também está. Tem a ver com drogas tanto quanto com armas nucleares. Uma coisa de fato assustadora."

"Um material incrível, Leila."

Tom falava como se estivesse muito distante, mas ela tomou seu drinque enquanto relatava os detalhes. Ele fez os comentários certos, porém não com o tom de voz certo; depois se fez silêncio. A casa estava tão quieta que se ouvia o tremelicar tênue da tampa da panela.

"E então, o que está acontecendo?", ela perguntou.

Demorou algum tempo para Tom responder. "Você deve estar cansada demais."

"Nem tanto. A bebida está me acordando."

Fez-se um silêncio mais longo, um silêncio ruim. Ela sentiu como se houvesse entrado na vida de um estranho, na casa de outra pessoa. Leila não a reconhecia. Pip tinha feito alguma coisa com ela. De repente o tremelicar distante da tampa da panela se tornou insuportável.

"Vou desligar o fogão", ela disse.

Ao voltar, Tom estava sentado no sofá, esfregando os olhos com uma das mãos e segurando os óculos com a outra.

"Vai me dizer o que está acontecendo?"

"Sempre escute Leila."

"O que significa isso?"

"Significa que você tinha razão. Tê-la aqui foi uma péssima ideia."

"Como assim?"

"Está fazendo você infeliz."

"Muitas coisas me fazem infeliz. Se isso é tudo, vamos em frente."

Silêncio.

"Ela é incrivelmente parecida com Anabel", disse Tom. "Não a personalidade, mas a voz, os gestos. Quando boceja, podia ser Anabel bocejando. A mesma coisa quando espirra."

"Como não conheço Anabel, tenho que acreditar em você. Está com vontade de trepar com ela?"

Ele negou com a cabeça.

"Tem certeza?"

Para seu horror, ele pareceu precisar de algum tempo para refletir.

"Ah, puta merda", Leila disse. "Puta *merda*."

"Não é o que você está pensando."

Era como se de repente, sem aviso prévio, ela estivesse vomitando. A onda de raiva, o velho sentimento de briga.

"Leila, há…"

"Você faz ideia de como estou farta desta vida? Tem a porra de uma ideia, por menor que seja? Viver com um homem ainda perseguido por uma mulher que ele não vê há vinte e cinco anos? Sentir que tudo que eu sou para você é que não sou ela?"

Tom não precisava se insurgir contra isso. Sabia como ficar tranquilo e desarmar a situação. Mas devia ter bebido um bocado antes de Leila chegar em casa.

"Faço ideia, sim, um pouquinho", ele disse sem firmeza. "Um pouquinho, sim. Sei como é ficar sentado aqui esperando a noite toda enquanto você vai ver seu marido sem razão nenhuma."

"O cuidador dele não apareceu."

"Engraçado. Quem poderia imaginar uma coisa dessas? Quando isso aconteceu antes?"

"É uma pena que tenha acontecido esta noite."

"Nada com que eu não esteja acostumado."

"Bom, ótimo, porque nunca vai mudar. Por que iria mudar agora? E por que, aliás, eu vim para cá? Por que não fiquei com a pessoa que nunca vai me ferir? Que nunca me fere. Uma pessoa para quem eu sou a número um."

"Por que não?"

"Porque eu não o amo! E você sabe disso. Isso não tem nada a ver com Charles."

"Não, tem sim, um pouquinho, eu acho."

"Nada, nada, nada. Cuido do Charles porque ele precisa de mim. Você continua preso a Anabel porque nunca deixou de amá-la."

"Isso é ridículo."

"Ridículo é querer negar. Entendi isso no momento em que vi você e Pip na mesma sala. *Ninguém continua perseguido por uma pessoa se não a ama.*"

"Não sou eu que ainda toco punheta no meu marido."

"Meu Deus!"

"Se é que isso é tudo que você dá pra ele."

"Puta que pariu! Eu sabia que nunca devia ter te contado isso."

"Não se importe de ter me contado. Estou falando em fazer aquilo. Não acha que há um pouquinho de jogo duplo nisso?"

"Só contei porque não era importante. Você mesmo disse que não tinha importância. Disse que era como lhe dar purê de ervilhas com uma colher. Foram exatamente as suas palavras."

"Só estou dizendo, Leila: não venha me falar que eu sou o perseguido. Você praticamente fica inventando razões para estar lá com ele."

"Charles precisa de ajuda."

"Ele nem mesmo quer *metade* das coisas que você faz por ele."

"Bom, sinto muito, mas você teve a sua chance. Teve a chance de me dar alguém mais apropriado para eu cuidar. E a única razão pela qual você não…"

"Ah, lá vamos nós de novo."

"A única razão pela qual você não…"

"Havia uma porção de boas razões, e você sabe disso."

"A única razão foi Anabel. Anabel, Anabel, Anabel. O que há de tão maravilhoso e extraordinário com Anabel? Por favor, me responda. Eu gostaria de saber."

Ele soltou um grande suspiro. "Depois dos dois primeiros anos, eu praticamente não fui feliz com ela. Com você eu quase sempre sou feliz. Você me faz feliz cada vez que entra nesta sala."

"Como quando entrei agora há pouco? Isso fez você feliz?"

"Agora parece que estamos brigando."

"Porque Anabel está na casa — você mesmo disse. Mesma voz, mesmos gestos. Você se sente feliz comigo desde que estejamos sozinhos, mas basta pôr Anabel na casa…"

"Eu já disse que foi um erro trazer Pip para cá."

"Em outras palavras, quer dizer que sim. É isso aí, eu só sou suficientemente boa quando nada lembra você dela."

"Não é verdade. Totalmente errado."

"Sabe qual é a vontade que eu tenho? É deixar vocês dois viverem aqui sozinhos e se arranjarem. Posso morar com o meu marido, ela vai ter o pai que nunca teve, você vai ter uma nova encarnação da mulher que nunca esqueceu. Vai ouvir os bocejos dela e imaginar que está com Anabel."

"Leila."

"Eu não estou brincando, não. Estou pensando mesmo em fazer isso. É quase um alívio pensar em não ser a amante do chefe, para variar. Não ter que ser *a primeiríssima coisa* que todo novo estagiário sabe sobre mim. Talvez então eu consiga fazer amizade com algumas mulheres e não me sentir mais uma vergonhosa traição a meu gênero. Há uma porção de coisas que eu poderia fazer com cinco noites a mais e um homem a menos na minha semana."

"Leila."

"Na verdade, minha mala até já está feita. Você pode esperar por Pip. Vou para casa — para a *minha* casa."

Bebeu seu drinque até o fim e se pôs de pé. "Caso você não tenha notado, não estou mais tão chegada a ela."

"Notei. Ela também notou."

"Ah, que beleza!"

"Ela saiu esta noite para que pudéssemos ficar a sós. Daí a ironia e a irritação que me causou a importante missão na casa de seu marido. Mas ela não é burra. Não é insensível."

"Não, ela é formidável em todos os sentidos. Por que você não vai em frente e fode com ela até não poder mais?"

"A última coisa que ela quer é criar um atrito entre nós dois. Vê você…"

"Tenha um filho com *ela*, agora que você gastou toda a culpa comigo…"

"Ela te admira e sente que você não a quer aqui. Isso a está deixando péssima."

"Sabe, isso é muito simpático. Mas não gosto de saber que vocês falam de mim, e gosto ainda menos que estejam fazendo isso. Talvez você possa me fazer o favor de, em vez de falar de mim, falar da Anabel."

"Você está zangada", ele disse. "Eu estou zangado. Fiquei puto e com ciúme esperando por você. Sinto muito por isso. Você chegou em casa com grandes notícias, está compreensivelmente exausta, e o que nós fizemos? Brigamos."

"Ah, eu vou voltar. Você sabe que vou. É só que, de vez em quando, me dou conta de como odeio esta vida, embora seja uma vida boa. Você também sente isso?"

Ele fez que sim com a cabeça.

"Estou pregada", ela disse. "E vou ter que trabalhar o fim de semana inteiro. Neste instante, tudo em que eu penso é que há um quartinho só meu, cem por cento meu, e que ele não fica aqui. Sinto muito."

Ele suspirou de novo. "Antes de você ir..."

"Sim?"

"Tente não ficar com raiva quando eu disser isto."

"Só de ouvir já me dá raiva."

Tom pousou os óculos numa almofada e cobriu o rosto com as mãos, esfregando os olhos.

"Você vai achar que eu comecei meu texto sem lide", ele disse. "Vai pensar que eu enlouqueci. Mas acho que ela pode ser minha filha."

"Quem pode ser sua filha?"

Ele voltou a pôr os óculos e olhou fixamente à sua frente. Havia um fantasma na sala com eles. "Não é possível", ele disse. "Não tenho uma filha e, mesmo que tivesse, quais as chances de ela estar vivendo sob o meu teto?"

"Zero."

"Exatamente."

"E daí?"

"Ela é a filha de Anabel", ele disse. "Sua mãe é sem dúvida Anabel. E eu sou o pai. Estou bem certo disso também."

Leila precisou sentar para que a sala se estabilizasse. "Não pode ser."

"Agora entende por que eu estava tão impaciente para que você voltasse logo para casa?"

Mesmo sentada, ela sentia o chão se mover debaixo dela, como se quisesse jogá-la para fora da casa. Será possível que tudo terminara? Que ela iria para a casa de Charles e nunca mais voltaria? Parecia possível.

"Começou com 'cheiros são um inferno'", disse Tom. "E o fato de a mãe dela ser meio doida e viver reclusa. Por isso na quarta-feira, depois do teatro, perguntei por que a mãe dela havia mudado de nome. Pip disse que tinha sido por medo de que o pai a tirasse dela. Não soa como Anabel? Mais que um pouquinho, certo? Então perguntei se ela tinha uma fotografia da mãe..."

"Não quero ouvir isto."

"E ela tinha, no celular."

"Realmente não preciso ouvir isto." Já estava pensando que, se Tom soubesse que Anabel tinha uma filha, ele não teria sido tão contrário a também ter um filho. Já estava pensando que era o fim da relação dos dois.

"Então, quem é o pai?", disse Tom. "Vou lhe poupar os detalhes, mas não há como ser eu. No entanto, estou certo de que sou eu."

"Por quê?"

"Porque Pip tem a idade certa e porque conheço Anabel. O modo como ela desapareceu faz mais sentido agora, sabendo que estava grávida..."

"Vou dizer só mais uma vez. É uma tortura para mim ouvir falar de Anabel."

Tom suspirou. "Impossível dizer como foi estranho ver a foto dela no celular de Pip. Só olhei um segundo, e bastou. Não sei o que eu disse a Pip, mas ela estava totalmente descontraída. Não estava tentando esconder nada. Pedi para ver a foto, ela me mostrou. O que me faz pensar..."

"Que ela não faz a menor ideia."

"Exatamente. Ou então ela é uma mentirosa de mão-cheia. Porque comecei a pensar na questão do namorado; ela mentiu para nós. E me perguntei se ela na verdade *sabe* quem eu sou."

"Não perguntou a ela?"

"Primeiro queria falar com você."

Leila se lembrou dos cigarros de emergência que guardava no freezer. O drinque a tinha deixado grogue. As novidades de Tom a tinham deixado mais grogue ainda.

"Isso não tem nada a ver comigo", ela disse. "É a sua vida, a sua vida real, a vida que lhe interessa. Eu sempre fui uma atração secundária. Mesmo que você não quisesse sua vida real de volta, ela está vindo pegar você. E não precisa se preocupar comigo — sei sair de mansinho."

"Tudo que eu mais quero é nunca mais ver Anabel de novo."

Leila deu uma risadinha nervosa. "Pelo jeito você vai vê-la um bocado agora."

"Pip é uma boa pesquisadora. Pode ter descoberto quem é Anabel, e isso a trouxe a mim. E se foi boa o bastante para descobrir isso, também é suficientemente boa para descobrir que existe um fundo de um bilhão de dólares no nome de Anabel."

"Um bilhão de dólares."

"Se Pip soubesse disso, não estaria aqui em Denver. Estaria fazendo a mãe pagar sua insignificante dividazinha estudantil. O que me leva a crer que ela não sabe de nada."

"Um bilhão de dólares. Sua ex-mulher vale um bilhão de dólares."

"Eu já lhe disse isso."

"Disse que era um *monte de dinheiro*. Não disse um bilhão de dólares."

"É só um palpite baseado na receita da McCaskill. Já estava perto de um bilhão quando o pai dela morreu."

Leila estava acostumada a se sentir diminuída, mas achou que jamais havia se sentido tão diminuída quanto naquele momento.

"Desculpe", disse Tom. "Sei que é muita coisa para ouvir de uma vez."

"Muita coisa para ouvir? Você é *pai*. Tem uma filha de cuja existência não soube por vinte e cinco anos. Uma filha que agora vive sob seu próprio teto. Eu diria que, sim, é um bocado de coisa para eu ouvir."

"Isso não precisa mudar nada."

"Já mudou tudo", disse Leila. "E será bom. Você vai poder normalizar as coisas com Anabel, ter uma relação ótima com Pip, deixar de se sentir perseguido. Vão poder passar os feriados juntos, vai ser muito bom."

"Por favor, Leila. Preciso que me ajude a pensar nisso. *Por que ela veio para Denver?*

"Não faço ideia. Uma estranha coincidência?"

"Negativo."

"Muito bem, então ela sabe e é uma mentirosa de mão-cheia."

"Você realmente acredita que ela é tão mentirosa assim?"

Leila fez que não com a cabeça.

"Então ela não sabe", disse Tom. "E se não sabe... que porra a fez vir parar aqui na nossa casa?"

Leila voltou a balançar a cabeça. Sempre que estava a ponto de vomitar, não era só a ideia de comida que a enjoava, mas também a ideia de querer *alguma coisa*. A náusea era a negação de todos os desejos. O mesmo se dava com a briga. Estava se lembrando da antiga tristeza e a sentia agora, a convicção de que o amor era impossível, de que por mais que houvessem enterrado o antigo conflito ele nunca iria desaparecer. O problema de uma vida livremente escolhida, de uma vida conforme o Novo Testamento, é que ela podia acabar a qualquer instante.

LATICÍNIOS LUAR

Mas cheiros também podiam ser divinos. Não do lado de fora do aeroporto de Santa Cruz de la Sierra, onde os eflúvios de bosta de vaca das pastagens adjacentes se misturavam às emissões ineficientes de motores proibidos na Califórnia muito antes de Pip nascer; não no Land Cruiser habilmente guiado por um boliviano taciturno, Pedro, por causa dos particulados de diesel nas avenidas que circundam a cidade; não ao longo da estrada de Cochabamba, onde, a cada meio quilômetro, outro quebra-molas brutalmente eficaz dava a Pip a chance de sentir o cheiro de frutas apodrecendo e de coisas sendo fritas ao se aproximar dos vendedores de laranjas e frituras que haviam instalado os quebra-molas; não no calorão da estrada de terra em que Pedro entrou depois de Pip haver contado quarenta e seis solavancos (*rompemuelles*, como Pedro os chamava, a primeira nova palavra dela em espanhol); não quando chegaram ao alto de um morro e desceram por uma estradinha estreita tão íngreme quanto qualquer ladeira de San Francisco, o sol do meio-dia fazendo ferver os plásticos voláteis dos encostos do Land Cruiser e vaporizando a gasolina do galão de reserva no porta-malas; mas quando a estrada, depois de mergulhar através de uma floresta seca e de bosques mais frescos desmatados para o plantio de café, por fim chegou a um lugar plano que margeava um ribeirão, eles entraram num pequeno vale mais lindo do que qualquer lugar que Pip pudesse imaginar. Aí começaram os cheiros divinos. Dois aromas simultâneos invadiram a caminhonete pela janela aberta, distintos como as camadas de água mais quente e mais fria de um lago — o perfume de uma árvore tropical coberta de flores e uma complexa fragrância de capim de um pasto onde cabras se alimentavam. De um conjunto de prédios baixos do outro lado do vale, junto a um riacho, vinha uma leve e doce fragrância de lenha queimada. O próprio ar exalava um odor agradável, alguma coisa ligada fundamentalmente ao clima do local, algo que nada tinha de norte-americano.

O lugar se chamava Los Volcanes. Não havia vulcões, mas o vale era cercado por cumes de arenito vermelho de cerca de quinhentos metros de altura. O arenito absorvia a água durante a estação chuvosa e a liberava o ano todo num rio que serpenteava por uma área de floresta úmida, um oásis de selva numa região que de outra forma seria seca. Trilhas bem conservadas cruzavam a mata em todas as direções, e durante as duas primeiras semanas de Pip em Los Volcanes, enquanto outros estagiários e funcionários do Projeto Luz do Sol executavam suas obscuras funções, ela as percorria todas as manhãs e no fim das tardes. Enquanto Andreas Wolf estava em Buenos Aires e ela ainda não havia tido a entrevista em que ele orientava os novos estagiários sobre o que fazer, só lhe cabiam pequenas tarefas domésticas. Para não ficar pensando no que deixara para trás na Califórnia — os deploráveis gritos maternos de "Purity! Tome cuidado! Queridinha!" que a seguiram enquanto descia o caminho rumo ao aeroporto —, ela se concentrou nos cheiros.

Os trópicos eram uma revelação olfativa. Deu-se conta de que, vinda de um lugar temperado como a outra Santa Cruz, sua própria Santa Cruz, ela era como alguém que houvesse desenvolvido a visão num local mal iluminado. Havia tamanha escassez de cheiros na Califórnia que a interconexão entre todos os odores possíveis não era perceptível. Lembrou-se de um professor da universidade explicando que todas as cores que o olho humano conseguia captar podiam ser representadas por uma roda bidimensional porque a retina tinha receptores para três cores. Se a retina tivesse se desenvolvido com quatro receptores, seria necessária uma esfera tridimensional de cores para representar todos os modos como uma cor podia se combinar com outra. Ela não quis acreditar nisso, mas os cheiros em Los Volcanes a estavam convencendo. Quantos cheiros tinha apenas a terra! Um tipo de solo lembrava claramente o cravo-da-índia; outro, os bagres; um barro arenoso era como uma fruta cítrica e giz; outros tinham traços de patchuli ou rábano fresco. E a variedade dos cheiros de fungos nos trópicos! Ela procurou na floresta, fora das trilhas, até achar o cogumelo com um cheiro de café torrado tão forte que a fez se lembrar de um gambá, que a fez se lembrar de chocolate, que a fez se lembrar de atum; cheiros na floresta tocavam essas notas e pela primeira vez a tornaram consciente dos receptores diferentes para eles em seu nariz. O receptor que disparara ao sentir a maconha californiana também entrou em ação diante das cebolas silvestres bolivianas. A uns oitocentos metros da sede, havia cinco perfumes de flores diferentes na vizinhança de uma margarida, ela própria lembrando a urina de cabra ressequida pelo sol. Caminhando pelas trilhas, Pip imaginava como deveria se sentir um cachorro ali, não considerando cheiro algum repulsivo, vivenciando o mundo como um panorama inconsútil e multidimensional de aromas interessantes e inter-relacionados. Não seria isso uma espécie de céu? Como estar numa viagem de ecstasy sem ter tomado ecstasy? Ela teve a sensação de que, se ficasse por tempo suficiente em Los Volcanes, terminaria sentindo todos os cheiros que existem, assim como seus olhos já tinham visto todos os matizes na roda das cores.

Como ninguém estava prestando muita atenção nela, por uma semana Pip se permitiu endoidecer um pouco. À noite, depois do repentino escurecer do céu tropical, ela tentava interessar as outras jovens durante o jantar (que correspondia ao café da manhã para os hackers homens) em suas descobertas olfativas, em sua busca por aromas nunca sentidos e em sua teoria de que na verdade não existia algo que pudesse ser classificado como um cheiro ruim: que mesmo os piores odores, como a merda humana, a decomposição bacteriana ou a morte, só eram ruins fora de contexto; que num lugar como Los Volcanes, onde o panorama de cheiros era tão profusamente completo, se podia encontrar algo de bom neles. Mas as outras jovens — todas, talvez não por acaso, bonitas — não pareciam ter um nariz como o dela. Concordavam que as flores e a chuva cheiravam bem ali, mas Pip notava que trocavam olhares umas com as outras, fazendo julgamentos sobre ela. Uma repetição de sua primeira semana no refeitório da universidade.

Pip estava apenas um pouco abaixo da média de idade dos integrantes do projeto. Quando perguntou a alguns deles por que trabalhavam para Andreas, ficou surpresa por muitos terem respondido *Fazer do mundo um lugar melhor.*

Por mais louvável que fosse tal sentimento, ela achava que esse tipo de frase já tinha sido abolido da face da terra de tão ridículo que era; aparentemente, senso de ironia vinha bem abaixo na lista de qualificações para um emprego ali. Se Pip fosse Andreas, talvez começasse a fazer do mundo um lugar melhor contratando algumas mulheres para o trabalho técnico. Exceto por Anders, um homossexual sueco lindo e com experiência jornalística que escrevia os resumos dos vazamentos de informações do projeto, a divisão de trabalho por gênero era perfeita. Os rapazes iam para um prédio sem janelas e cercado de grande segurança, mais além do pasto das cabras, e lá formulavam os códigos, enquanto as mulheres se concentravam no estábulo reformado, onde cuidavam do desenvolvimento comunitário, das relações públicas, da otimização dos processos de busca, verificação de fontes e inter-relacionamentos, tarefas relacionadas ao website e aos arquivos, pesquisa, redes sociais e redação do material de divulgação. Sem exceção, tinham experiências mais fascinantes que a de Pip. Eram dinamarquesas, inglesas, etíopes, italianas, chilenas e nova-iorquinas, dando a impressão de haver passado pela universidade sem ir às aulas (aos doze anos já tinham lido e relido *Ulisses* enquanto frequentavam escolas particulares para superdotados), abandonando por um semestre os estudos na Brown ou na Stanford para realizar trabalhos fabulosos com Sean Combs ou Elizabeth Warren,* combater a aids na África subsaariana ou fazer sexo com os ex-universitários que haviam criado as novas empresas do Vale do Silício que hoje valiam bilhões de dólares. Pip concluiu que o projeto não podia ser nada assustador nem um culto, porque as mulheres ali não eram do tipo que cometia erros.

Seu próprio passado e expectativas eram dolorosamente pouco fabulosos. Perguntou a elas se haviam sido recrutadas por Annagret, porém nenhuma ouvira falar dela. Todas tinham vindo para a Bolívia por decisão própria ou solicitação direta. Pip tentou diverti-las contando a história do questionário de Annagret, mas sentiu que ficou parecendo uma queixa. Se você era incrivelmente atraente e privilegiada, querendo apenas fazer do mundo um lugar melhor, não caía bem ser vista como alguém que reclamava à toa.

---

* Sean John Combs, conhecido profissionalmente como Puff Daddy, Diddy e P. Diddy, é um rapper nascido no Harlem que se tornou também produtor fonográfico, ator e empresário. Elizabeth Ann Warren é professora universitária e senadora do Partido Democrata pelo estado de Massachusetts.

Pelo menos os animais eram tão pobres quanto ela. Ficou amiga dos cachorros de Pedro e tentou fazer as cabras gostarem dela. Havia borboletas azuis e iridescentes do tamanho de um pires, outras menores de cores variadas e pequenas abelhas sem ferrão cuja colmeia na varanda de trás, segundo Pedro, produzia um quilo de mel por ano. Espreitando a margem do rio em busca de cutias, havia um mamífero adorável de pele escura, parecido com um pequeno lobo, do qual os cachorros de Pedro, embora duas vezes maiores, morriam de medo. A floresta estava repleta de pássaros tirados dos livros do dr. Seuss, enormes jacus que subiam nas árvores frutíferas, macucos que saltitavam nas sombras. Periquitos de um verde fulgurante partiam do alto das escarpas em mergulhos coletivos, as asas produzindo um silvo audível ao passarem velozes. Circulando no zênite, viam-se condores, mas condores selvagens e não aqueles domados da Califórnia. Vistos em grupo, eles lembravam a Pip que também ela era um animal; a série enorme de vergonhas que havia passado em Oakland parecia menos importante em Los Volcanes.

E o lugar era surpreendentemente limpo. O que à distância parecia lixo provava ser flores brancas recém-caídas ou fungos fluorescentes cor de laranja no formato de protetores de ouvido industriais, ou então uma teia de aranha coberta de orvalho que imitava um pedaço de celofane. O rio, que descia de um imenso parque não habitado ao norte, tinha águas claras e tépidas, boas para um mergulho. Pip se banhava no rio antes do jantar, limpando-se depois ainda mais no chuveiro com água do poço no quarto para quatro pessoas que lhe fora designado. O quarto tinha paredes brancas, chão de lajotas vermelhas e vigas de madeira aparente cortadas das árvores que haviam tombado naturalmente na propriedade. Suas colegas de quarto eram meio bagunceiras, mas não sujas.

O que se dizia por lá é que Andreas estava em Buenos Aires para filmar as cenas de Berlim Oriental para um filme que estavam fazendo sobre ele. Corria que ele estava tendo um caso com a atriz americana Toni Field, que interpretava sua mãe, e que o romance, já comentado na imprensa, era uma boa publicidade para o projeto. "É a primeira estrela de cinema dele", disse certa noite Flor, sua colega de quarto. "Todas as mulheres com quem Andreas teve um caso continuam leais a ele, mesmo depois de tudo terminado, por isso esse agora deve abrir portas para nós em Hollywood."

"O que imagino que seja uma coisa boa", disse Pip.

Flor era uma peruana baixinha, educada nos Estados Unidos. Se Disney alguma vez fizesse um desenho animado para o mercado sul-americano, a personagem principal iria se parecer com ela. "'Todas as mãos estão levantadas contra o vazador de informações'", disse. "Essa é a primeira coisa que você aprende com ele. Fazemos amigos onde podemos."

"Bom para ele, que dá tchauzinho para as suas mulheres e elas continuam leais."

"A lealdade dele é com o projeto."

"Sabe, minha mãe tinha certeza de que ele só me queria aqui para fazer sexo comigo."

"Não vai rolar", disse Flor. "Você vai ver quando se encontrar com ele. Andreas só se interessa pelo trabalho que fazemos. Não faria nada que comprometesse isso."

"Quer dizer que tudo se resume a evitar a má publicidade?"

"Sinto muito se você ficou decepcionada."

"Não estou decepcionada. Mas ele carregou bem nos e-mails."

Flor franziu a testa. "Ele mandou e-mails para você?"

"Mandou, um monte."

"Ele não costuma fazer isso."

"Bom, eu mandei primeiro. Annagret me deu o endereço dele."

"Você tem muita experiência nesse tipo de trabalho?"

"Não, nenhuma. Sou mais como alguém que foi laçada na rua."

"Quem é essa Annagret?"

"Alguém com quem parece que ele costumava dormir. Pensei que todo mundo aqui tivesse respondido ao questionário dela."

"Deve ser alguém que ele conheceu antes de vir para a Bolívia."

Pip estava vendo Annagret sob uma nova luz, e mais triste, como uma mulher de meia-idade querendo aumentar sua importância para o projeto com base na importância que havia tido no passado para Andreas, permanecendo leal depois de ser descartada.

"Antes de Toni Field", disse Flor, "foi Arlaina Riveira. E Flavia Corritore, que trabalha para o *La Repubblica*. Philippa Gregg, que queria escrever a biografia dele — não sei a quantas anda o livro. E antes dela Sheila Taber — ela é a professora dos Estados Unidos com mais seguidores no Twitter. Agora toda essa gente está nos ajudando."

Pip achou que Flor estava enumerando as mulheres de sucesso de Andreas para puni-la por ter recebido e-mails dele.

A primeira pessoa simpática com ela depois de Pedro foi uma mulher mais velha, Colleen, que fumava cigarros e tinha um quarto particular no prédio principal. Colleen crescera numa fazenda que produzia alimentos orgânicos em Vermont e era, desnecessário dizer, muito bonita. Atuava como gerente comercial do projeto, supervisionando a cozinha, Pedro e os outros empregados locais. Por se reportar diretamente a Andreas, e porque seu status social no projeto parecia derivar de sua proximidade com ele, a mesa a que se sentava para jantar era a primeira a ficar cheia. Colleen era diferente do resto, e Pip se perguntava qual era o segredo de ser diferente de um modo que atraía as pessoas, ao contrário de seu próprio jeito.

Colleen sempre fumava dois cigarros depois do jantar na varanda dos fundos, onde Pip costumava se sentar para ouvir a orquestração noturna dos sapos, das corujas e dos grilos. Colleen nem falava muito com ela nem parecia se incomodar com sua presença. Depois do segundo cigarro, entrava e falava com os empregados em espanhol com uma fluência que deixava Pip com inveja e a desencorajava. Ela não queria ser nenhuma das outras mulheres, já que isso significaria abandonar a ironia, mas se via querendo ser Colleen.

Uma noite, entre um e outro cigarro, Colleen rompeu o silêncio e disse: "É um mundo de merda, não é?".

"Não sei", Pip respondeu. "Eu estava aqui justamente pensando na beleza estonteante dele."

"Pois aguarde. Você ainda está num porre sensorial."

"Acho que não vou me cansar dele nunca."

"É só merda."

"Que merda é essa que ele tem?"

No escuro, Pip ouviu o ruído do isqueiro sendo aceso, a tragada funda. "Tudo", disse Colleen. "Nosso trabalho é empacotar merda. Ninguém vaza boas notícias. Só recebemos notícias de merda, dia após dia, é merda entrando aos borbotões. Cansa a gente."

"Pensei que a ideia era a luz do sol desinfetar tudo."

"Não estou dizendo que não devia ser feito. Estou dizendo que cansa a gente. A variedade infinita de maldade humana."

"Não será porque você já está aqui há tempo demais? Há quanto tempo você está aqui?"

"Há três anos. Quase desde o começo. Tornei-me o membro deprimido do projeto, essa é praticamente a minha única função. Todo mundo pode olhar para mim e pensar: *Graças a Deus não sou como ela*, e se sentir bem consigo mesmo."

"Você podia ir embora."

"É, eu podia."

"Como ele é?", perguntou Pip. "Andreas."

"Um filho da puta."

"Sério?"

"Digo isso de modo meramente descritivo. Impossível ele não ser. Para fazer uma coisa como esse projeto, você precisa ser um filho da puta."

"Mas nem por isso você consegue ir embora."

"Estou sendo levada na conversa. Todos os minutos do dia, tenho consciência de que ele está me embromando. Minha capacidade de me deixar ser embromada está ganhando tamanha proporção que em breve vou entrar para o *Guinness*. Ele me considera a primeira de suas marias-ninguém. Tenho um quarto só meu. Até sei de onde vem o dinheiro."

"De onde vem?"

"Sou a mais especial das que nunca serão especiais. Ele realmente sabe como manipular uma pessoa."

Fez-se silêncio. Os sapos chamavam na noite, chamavam, chamavam.

"E o que a trouxe aqui?", perguntou Colleen. "Seu currículo deixa um pouco a desejar. Quer dizer, comparado ao das outras."

Pip, agradecida por ela haver perguntado, despejou sua história, sem omitir nada, nem mesmo seu comportamento indigno no quarto de Stephen na casa ocupada ilegalmente.

"Então, em outras palavras", resumiu Colleen, "você não tem a menor ideia do que está fazendo aqui."

"Estou procurando meu pai."

"Isso vai ser bom para você. Ter outro objetivo além do desejo ardente de obter o amor e a aprovação do Querido Líder. Meu conselho? Mantenha o olho naquilo que veio buscar."

Pip riu.

"O que foi?"

"Eu estava pensando na Toni Field", disse Pip. "É como se estivessem fazendo um filme sobre mim e eu estivesse tendo relações sexuais com o ator que interpreta o meu pai. Não acha meio estranho? Trepar com a pessoa que está fazendo o papel da sua mãe?"

"Ele é um cara estranho. Não nos compete saber por quê."

"Acho muito estranho. Mas Flor parece pensar que é uma tremenda jogada."

"Flor é como um carnívoro monomaníaco que se alimenta de fama. Ela não precisa de dinheiro — sua família é dona de metade do Peru. São poderosos na área dos minérios. Ela passa o tempo todo perguntando: 'Fama? Será que estou sentindo cheiro de fama? Tem fama por aqui? Dá pra dividir comigo?'. Para ela, a ligação entre Andreas e Toni Field é uma coisa quase tão boa quanto se ela própria tivesse fisgado a estrela de cinema."

Pip estava excitada com a fofoca, embora a situação fosse deplorável: Colleen lhe fazia confissões especiais enquanto era tratada de modo especial por Andreas, que estava em Buenos Aires trepando com a mãe virtual dele. Para impressionar Colleen, Pip disse que ia nadar um pouco no rio.

"Agora?", Colleen exclamou.

"Não quer vir comigo?"

"Não sei se estou a fim de ser atacada pelas doninhas."

"Elas sempre fogem quando as vejo."

"Estão simplesmente querendo atrair você para a água de noite."

"Vou dar uma caída na água." Pip se ergueu. "Tem certeza de que não quer vir?"

"Odeio desafios."

"Não estou te desafiando. Só perguntei."

Pip aguardou em suspense pela resposta de Colleen.

Apesar de todas as suas desvantagens na vida, ela tinha a seu favor o fato de haver nadado muito no escuro num laguinho de San Lorenzo, no Parque Estadual de Sequoias Henry Cowell, nas noites de verão, quando a temperatura era de cerca de vinte e cinco graus e o rio ainda não ficara seco e coberto com restos de vegetação. Curiosamente, sua mãe com frequência nadava com ela, talvez porque seu corpo ficasse menos *visível* à noite. Pip se lembrou da surpresa que teve ao se dar conta, enquanto sua mãe boiava de costas, dentro de um maiô, que no passado sua mãe também tinha sido uma menina como ela.

"Ah, que se foda", disse Colleen pondo-se de pé. "Não vou deixar você ganhar essa."

A lua aparecera acima do cume a leste, clareando o gramado e tornando ainda mais densa a escuridão sob as árvores. Para chegar ao lugar onde era possível se banhar, Pip e Colleen atravessaram o riacho numa tábua cortada com serra e amarrada a uma árvore para não se perderem, caso as águas subissem muito. Enquanto tirava a roupa, Pip lançou olhares furtivos para Colleen. Seus ombros curvados, a postura quase agachada, sugeriam uma imagem corporal mais parecida com a de Pip e menos com a de suas colegas de quarto, que saíam do chuveiro com os ombros jogados para trás e a cabeça erguida.

Colleen enfiou a ponta do pé no rio. "De onde tirei a ideia de que esta água é morna?"

Pip fez o que precisava ser feito, correu, mergulhou e afundou de uma só vez. Lembrava-se da sensação de esperar ser mordida por qualquer coisa a qualquer momento, e o prazer posterior de não ser mordida, a volta da confiança na água escura. Colleen, ainda toda encolhida, os braços iluminados pelo luar cruzados sobre o peito, deu um passo à frente e se ajoelhou lentamente, como uma virgem asteca se submetendo com grande infelicidade a sua morte sacrifical.

"Não está ótimo?", disse Pip, nadando de cachorrinho.

"Horrível. Horrível."

"Mergulhe a cabeça toda."

"Nem fodendo."

"Este só pode ser o lugar mais lindo do planeta. Nem acredito que cheguei aqui."

"É porque você ainda não se encontrou com a cobra."

"Mergulhe de uma vez. Afunde a cabeça na água."

"Não sou como você, uma filha da natureza."

Pip se ergueu, sentindo o peso de todos os membros, e pegou Colleen pelo braço.

"Não faça isso. Estou falando sério."

"Está bem", disse Pip soltando-a.

"É isso o que eu faço, é isso o que eu sou. Me ajoelho e estamos conversadas. Fico com o pior dos dois mundos."

Pip voltou a se cobrir com a água. "Conheço a sensação", ela disse. "Mas não estou tendo ela agora."

"Não consigo entender como você não tem medo de ser atacada pela doninha."

"É a vantagem de ter pouco controle sobre os impulsos."

"Vou lá fumar outro cigarro", disse Colleen saindo da água. "Solte um grito aterrorizante se precisar de mim."

Pip achou que Colleen iria mudar de ideia, mas isso não ocorreu. Deixada a sós, circundada pelo coaxar dos sapos, o murmúrio da água corrente e os cheiros — ah, os cheiros —, Pip teve um instante de pura felicidade, o que até então jamais havia sentido em toda a sua vida. Tinha a ver com estar nua na água limpa e longe de tudo, num vale remoto do país mais pobre da América do Sul, mas também com sua coragem de estar sozinha no rio, em contraste com o medo neurótico de Colleen. Isso a fez se sentir grata à mãe, ter saudade dela e querer que estivesse ali, boiando a seu lado. O amor que era um obstáculo de granito no centro de sua vida também era uma base inquebrantável. Sentiu-se abençoada.

Continuou a se sentir abençoada nas noites seguintes, na varanda dos fundos, ao saber mais sobre a infância de merda de Colleen. A fazenda em Vermont era uma mistura de empreitada coletivista e culto, seu pai e dono da terra um arremedo de Henry David Thoreau, de um patriarca bíblico com várias esposas e do psicólogo Wilhelm Reich. A permanente busca de realização pessoal dele implicava deixar meses a fio a fazenda nas mãos da mãe de Colleen, voltando com mulheres mais novas que o ajudavam a canalizar sua energia orgônica para o solo rochoso da fazenda a fim de torná-lo mais fecundo e emprenhando a mãe de Colleen de forma aleatória. Colleen estudou em casa até os dezesseis anos, quando fugiu para Boston e depois para Hamburgo, na Alemanha, onde viveu com uma família em troca de trabalhos domésticos. Mais tarde cursou a universidade de Wellesley graças a uma bolsa integral e se formou com apenas vinte e dois anos. A ironia de sua posição atual, em que exercia uma função parecida com a de sua mãe num ambiente patriarcal, não escapava à sua percepção. Ela parecia quase se deleitar com a baixeza daquilo.

Pip, por sua vez, finalmente encontrava uma amiga capaz de compreender sua estranha infância. Sentia-se atraída pela escuridão cheirando a cigarro de Colleen, e agora não tinha mais a preocupação de onde se sentaria no jantar, pois Colleen guardava uma cadeira a seu lado. Sentia que Colleen apreciava seu sarcasmo, e o utilizava com mais força para agradá-la. Colleen a convidava para ir a seu quarto, que era agradável e de teto baixo, onde fofocavam, tomavam cerveja e viam programas de televisão por *streaming* pela conexão de fibra óptica que Andreas havia obtido numa negociação com o Exército boliviano depois de aperfeiçoar suas comunicações. Se Colleen fosse homem, Pip teria trepado com ele. Do modo como eram as coisas, ia para a cama bem depois da meia-noite e acordava tarde, meio de ressaca, dispensando suas caminhadas matinais.

Então uma noite, ao voltar de um passeio tão longo que ela percorrera a parte final dele tateando no escuro, Pip foi ao refeitório e viu seu lugar ao lado de Colleen ocupado por Andreas Wolf. Seu coração deu um pinote ao vê-lo. Com ar sério, ele ouvia outra mulher sentada à mesa, assentindo com a cabeça. E Pip imediatamente entendeu o que o namorado de Annagret tinha querido dizer sobre seu carisma. Em parte devia-se às suas belas e ainda jovens feições germânicas, mas havia algo mais inefável, o cintilar de partículas carregadas de fama, ou uma autoconfiança tão calma e poderosa que alterava a geometria da sala de jantar, atraindo para ele todas as linhas de visão. Não era à toa que Colleen não se importava de ele ser um filho da puta. Pip só queria ficar olhando para ele.

Sentada de um jeito desengonçado na cadeira, Colleen batucava na mesa com um dedo, a comida intocada e o rosto voltado na direção oposta à de Andreas. Pip ficou aborrecida por ela não ter guardado o outro lugar a seu lado. Pegou a única cadeira disponível, ao lado de sua companheira de quarto, Flor. Uma travessa de ensopado de carne circulava pela mesa junto com os aipins, as batatas, as cebolas e os tomates de praxe. Pip tinha praticamente jogado a toalha em matéria de vegetarianismo. Pelo menos a carne na Bolívia vinha de um gado que comia capim.

"Então o Querido Líder voltou", ela disse.

"Por que você o chama assim?", perguntou Flor num tom ríspido. "Aqui não é a Coreia do Norte."

"Ela o chama assim porque Colleen faz a mesma coisa", disse uma tal de Willow.

Pip sentiu como se tivesse levado uma bofetada na cara. "É bom ver que já passamos da oitava série."

"Aposto que Colleen jamais diria 'Querido Líder' para ele", observou Willow.

"E eu aposto que você está errada", disse Pip. "Aposto que ele simplesmente ia rir. Fui agressiva nos meus e-mails, mas nem por isso meu convite foi reconsiderado."

Flor arregalou os olhos de forma discreta, mas desagradável, e Pip percebeu que não estava fazendo nenhum favor a si mesma ao continuar mencionando a correspondência eletrônica com Andreas.

"Por que então você fica aqui se só vai tomar atitudes negativas?", perguntou Willow.

"O que dizer de um lugar onde um pouquinho de humor é tão ameaçador?"

"Não é ameaçador. É só um tédio. 30 *Rock* já cuidou da Coreia do Norte. O que tinha de engraçado já era."

Como nunca havia assistido a nenhum episódio de 30 *Rock*, Pip não sabia o que responder e deixou o assunto para lá. Durante todo o jantar, raios de fama e carisma vindos da direção de Andreas aqueceram sua nuca. Ela sabia que devia se apressar em ir para seu quarto, se vingar da esnobada de Colleen e não parecer carente, mas também queria conhecer Andreas, por isso se demorou à mesa, comendo dois cremes de limão depois que os outros já tinham ido embora. Às suas costas, Andreas e Colleen falavam em alemão. Isso, por fim, a fez se sentir tão excluída e irrelevante que se levantou da mesa e se encaminhou para a porta.

"Pip Tyler", disse Andreas.

Ela se voltou. Colleen estava olhando de novo para o lado, batucando com o dedo, mas os olhos azuis de Andreas fixavam-se nela. "Venha se sentar conosco", ele disse. "Ainda não nos conhecemos."

"Vou para a varanda", disse Colleen se levantando.

"Não, fique conosco", disse Andreas.

"Preciso fumar."

Colleen saiu da sala e não olhou para Pip nem de relance. Andreas fez um aceno de cabeça e perguntou: "Quer tomar um *espresso* comigo?".

"Eu nem sabia que tinha *espresso* aqui."

"É só pedir. Teresa!"

A mulher de Pedro, Teresa, pôs a cabeça para fora da cozinha e ele levantou dois dedos. Pip se sentou no lugar mais distante dele na mesa. A petulância com que tinha escrito os e-mails para Andreas estava tão sumida que ela

"Tenho um diploma de direito da Yale."

"Que porreta!"

"Fico zanzando por aqui, à espera de uma existência mais interessante para mim, mas ela não existe. É só uma questão de tempo e eu faço a coisa covarde. A coisa chata."

"Um belo emprego e uma família não soam tão mal para mim."

"Você deveria fazer alguma coisa melhor com a coragem que tem."

"Eu normalmente não penso em mim como alguém corajoso."

"As pessoas corajosas quase nunca fazem isso."

Ficaram ouvindo os sapos por alguns minutos.

"Posso continuar me sentando aqui com você?", Pip perguntou.

"*Porreta*. Você é a primeira pessoa que eu ouvi dizer *porreta*." Colleen levantou a mão, hesitou e acariciou a de Pip. "Pode continuar vindo sentar aqui."

De manhã, depois de uma caminhada bem cedo, Pip foi procurar Andreas. O prédio onde os técnicos trabalhavam possuía um gerador especial instalado num abrigo subterrâneo à prova de som e abastecido com gás natural patrocinado pelo governo boliviano, vindo do gasoduto com diâmetro de vinte e cinco centímetros que passava pelo alto da cordilheira. A energia do estábulo e demais prédios provinha de uma pequena hidrelétrica e de painéis solares instalados a meio caminho da estradinha de acesso. Andreas era muito elogiado por se recusar a ter um escritório só seu. Demonstrava assim que o projeto era uma organização coletiva, e não hierárquica, trabalhando num notebook no sótão do estábulo, onde havia sofás e uma pequena cozinha que qualquer um podia usar. Pip abriu caminho entre as beldades espalhadas pelo térreo, todas concentradas em seus teclados e mouses e muitas com a calça de pijama que não tirariam o dia inteiro, e subiu a escada para o sótão.

Andreas estava reunido com outras jovens de calça de pijama. "Dez minutos", disse a Pip. "Fique à vontade se quiser se unir a nós."

"Não, eu espero lá fora."

Fiapos de nuvens e de névoa se desfaziam nos cumes de arenito à medida que o sol estendia seus domínios; ali o mundo parecia ser criado do nada todos os dias. Pip se sentou na grama e observou um pássaro com uma longa cauda dupla seguir as cabras, comendo as moscas. Ele fazia isso hora após hora; seu trabalho e seu lugar no mundo estavam seguros. Pedro, atravessando o gramado com uma serra e um de seus filhos, acenou amigavelmente para Pip. Ele também parecia seguro.

Andreas veio para fora e se sentou a seu lado. Estava com uma calça jeans de boa qualidade, bem justa, e uma blusa de malha colada ao corpo que destacava sua barriga chapada. "Bela manhã", ele disse.

"É", Pip concordou. "O sol parece ter um efeito especialmente desinfetante hoje."

"Ha."

"Sabe, sempre odiei a palavra *paraíso*. Eu achava que ela era usada por evangélicos radicais e idiotas para se referir aos *mortos*. Mas estou tendo que rever isso, pelo menos um pouco. Aquele pássaro ali…"

"Nosso papa-moscas de cauda bifurcada."

"Ele parece totalmente satisfeito. Estou começando a achar que o paraíso não é a satisfação eterna; é mais como saber que existe algo eterno em se sentir satisfeito. Não há uma vida eterna, porque não se pode ganhar do tempo, mas dá para escapar do tempo se você estiver satisfeito, porque então o tempo não tem importância. Faz algum sentido?"

"Um bocado de sentido."

"Por isso é que eu invejo os animais. Principalmente os cachorros, porque nada cheira mal para eles."

"Fico feliz em ver que você gosta daqui", disse Andreas. "Colleen conseguiu acertar suas transferências bancárias automáticas?"

"Sim, obrigada. Minha falência está sendo evitada neste exato momento."

"Então vamos falar sobre o que você pode fazer para nós."

"Além de ser a pessoa aqui que gosta dos cachorros? Eu já lhe disse o que quero de fato. Quero saber quem é o meu pai, ou pelo menos qual é o nome verdadeiro da minha mãe."

Andreas sorriu. "Entendo que isso vai ajudá-la. Mas como isso ajudará o projeto?"

"Não, eu sei", disse Pip. "Sei que tenho de trabalhar."

"Quer ser uma pesquisadora? Você poderia aprender muito com a Willow. Ela é fantástica para descobrir coisas."

"A Willow não gosta de mim. Na realidade, ninguém aqui gosta muito de mim, com exceção de Colleen."

"Não acredito nisso."

"Devo ser sarcástica demais. Torço o nariz para refrigerantes. Também falo demais sobre cheiros."

"Ninguém aqui tem más intenções. Todos são extraordinários de algum modo."

"Sabe, essa é a primeira coisa realmente esquisita que você me diz."

"Por quê?"

"Se eu fosse responsável por gerenciar a sua imagem, contrataria algumas pessoas gordas, algumas pessoas feias. Eu não me instalaria no vale mais bonito da face da terra. Me deixa nervosa toda essa beleza. Me faz não gostar de você."

Andreas se empertigou. "Bom, não podemos permitir isso, podemos?"

"Bem, talvez possamos. Talvez não gostar de você seja a maneira como eu posso ajudar. Tenho certeza de que não sou a única pessoa assustada com o que se passa aqui. Você não falou que queria que eu o ajudasse a entender como o mundo o vê? Posso ser a sua personal trainer em matéria de não gostar. Sou bem boa nisso."

"Engraçado", ele disse. "Quanto mais você não gosta de mim, mais eu gosto de você."

"Aconteceu a mesma coisa com o meu último chefe."

"Aqui não há chefes."

"Ah, por favor."

Ele riu. "Você tem razão — eu sou o chefe."

"Bom, já que estamos sendo sinceros, nunca prestei muita atenção no seu projeto. O que o mundo pensa dele é problema seu, não meu. Quero dizer, é bom que você me queira aqui, mas a principal razão de eu ter vindo foi porque Annagret falou que você poderia me ajudar a encontrar respostas para as minhas perguntas."

"Você não admira o projeto nem um pouquinho?"

"Talvez eu ainda não o entenda. Tenho certeza de que é admirável. Mas alguns vazamentos de informações são tão pequenos, são quase como esses sites de vingança de namorados traídos."

"É uma crítica meio forte, não acha? Agora mesmo estávamos discutindo um novo *upload* — e-mails do governo australiano sobre espécies ameaçadas. Cangurus pequenos, papagaios. Como fingir que estão sendo protegidos, quando os deixam nas mãos de fazendeiros, caçadores e empresas de mineração? Essa informação não é um vazamento trivial. Mas a única maneira de obtê-la, a única maneira de continuarmos sendo relevantes, é fazendo acontecer todos os dias. Precisamos fazer coisas pequenas para chegar às grandes."

"Concordo que é uma vergonha a questão dos animais ameaçados na Austrália", disse Pip. "Mas estou sentindo o cheiro de outra coisa."

"Ah, esse seu nariz. O que exatamente ele está lhe dizendo?"

Ela refletiu antes de responder. Na verdade ela não queria ser a personal trainer dele em matéria de não gostar — já via que ia ser muito cansativo e hostil. Tinha vindo à Bolívia com vontade de admirar o projeto; eram sobretudo os níveis sufocantes de admiração de seus colegas o motivo de sua antipatia. No entanto, essa atitude a havia feito se distinguir dos demais. Podia ser uma forma de gratificar seu ego tão desmoralizado e de ele gostar dela.

"Havia um lugar chamado Laticínios Luar perto de onde cresci. Eu achava que eles produziam leite, porque tinham uma porção de vacas, mas o dinheiro de verdade não vinha da venda de leite. Vinha do esterco de alta qualidade para fazendeiros orgânicos. Era uma fábrica de bosta fingindo ser uma fábrica de leite."

Andreas sorriu. "Não estou gostando de onde você vai chegar com isso."

"Bom, você diz que faz jornalismo cidadão. Supostamente você está no negócio de vazamento de informações. Mas será que o seu negócio de verdade…"

"Esterco de vaca?"

"Eu ia dizer fama e adulação. O produto é você."

Nos trópicos, há um determinado minuto da manhã em que o calor do sol deixa de ser agradável para se tornar feroz. Mas esse minuto ainda não havia chegado. A transpiração no rosto de Andreas tinha outra origem.

"Annagret estava certa", ele disse. "Você é realmente a pessoa de quem eu precisava aqui. Tem coragem e integridade."

"Aposto que você diz isso para todas as garotas."

"Não é verdade."

"Nem para Colleen?"

"Tem razão." Ele balançou a cabeça vagarosamente, olhar fixo no chão. "Talvez para Colleen. Isso torna mais fácil você acreditar em mim?"

"Não. Me dá vontade de ir fazer as malas. Colleen está muito infeliz."

"Faz tempo demais que ela está aqui. Chegou a hora de ir em frente."

"E agora você precisa de uma nova Colleen? Para explorar e levar na conversa? É essa a ideia?"

"Eu me sinto mal por Colleen. Mas não fiz nada a ela. Ela quer uma coisa que sempre deixei muito claro que não era capaz de lhe dar."

"Não é o que ela diz."

Ele ergueu os olhos e a encarou. "Pip, por que você não gosta de mim?"

"Boa pergunta."

"É por causa de Colleen?"

"Não." Pip sentia que seu autocontrole estava se esvaindo. "Acho que ultimamente ando hostil com todo mundo, em particular com os homens. Estou tendo esse problema. Não deu para ver pelos meus e-mails?"

"É difícil avaliar o tom por e-mails."

"Eu estava bem feliz aqui até ontem à noite. E agora é como se eu estivesse no meio da merda da qual escapei. Continuo sendo uma pessoa raivosa e com pouco controle sobre meus impulsos. Com certeza você está fazendo um trabalho espetacular para os pequenos cangurus e papagaios — viva o Projeto Luz do Sol! —, mas acho que eu devia fazer as malas."

Ela se pôs de pé para ir embora antes que explodisse de vez.

"Não posso impedir que você vá", disse Andreas. "Tudo que tenho a lhe oferecer é a verdade. Quer se sentar de novo e me deixar lhe dizer a verdade?"

"Se ela não for muito longa, prefiro ficar de pé."

"Sente-se", ele disse num tom de voz bem diferente.

Ela sentou. Não estava acostumada a receber ordens. Tinha de admitir que era uma espécie de alívio.

"Há duas coisas sobre a fama. Uma é que ela é muito solitária. A outra é que as pessoas à sua volta se projetam o tempo todo em você. Em parte por isso é que é tão solitária. É como se você nem estivesse lá como pessoa. Você se torna apenas um objeto em que as pessoas projetam seu idealismo, sua raiva, o que quer que seja. E, naturalmente, você não pode se queixar, não pode nem falar sobre isso, porque você é que quis ser famoso. Se assim mesmo você tenta falar, alguma jovem de Oakland, Califórnia, o acusa de autopiedade."

"Eu só estava dizendo o que senti."

"Tudo conspira para fazer a pessoa famosa cada vez mais solitária."

Ela ficou desapontada que aquela verdade tivesse a ver com ele e não com ela. "E que tal a Toni Field?", perguntou. "Você se sentiu solitário com ela? Não é por isso que as pessoas famosas se casam? Para ter alguém com quem falar sobre a dor terrível de serem famosas?"

"Toni é uma atriz. Ter relações sexuais com ela é uma transação mutuamente lisonjeira."

"Uau! Ela sabe que você pensa assim?"

"Nós dois conhecíamos as condições da transação. Essas têm sido as minhas condições com todas desde Annagret. As coisas foram diferentes com Annagret porque eu não era ninguém quando a conheci. Por isso confio nela. Por isso confiei nela quando me disse que eu deveria convidá-la a vir para cá."

"Eu não confiei nem um pouco nela."

"Eu sei. Mas ela viu algo especial em você. Não só talento, mas alguma coisa mais."

"O que isso *significa*? Quanto mais você tenta me dizer a verdade, mais estranho fica tudo."

"Estou apenas pedindo uma chance. Quero que continue sendo autêntica. Não projete. Tente me ver como uma pessoa que pretende tocar um negócio, e não como um homem mais velho de quem você tem raiva. Aproveite a oportunidade. Dê a Willow uma chance de lhe ensinar algumas técnicas de pesquisa."

"Estou realmente questionando essa ideia da Willow."

Andreas pegou as mãos de Pip e olhou no fundo de seus olhos. Ela não ousou fazer nada com as mãos exceto deixá-las absolutamente inertes. Os olhos dele eram de um azul lindo. Mesmo descontando a distorção visual causada por seu carisma, era um homem bonito.

"Quer mais alguma verdade?", ele perguntou.

Ela olhou para o lado. "Não sei."

"A verdade é que Willow vai ser extremamente simpática com você se eu lhe disser para ser. Não uma simpatia fingida. Simpática mesmo. Basta eu apertar um botão."

"Uau!", disse Pip, retirando as mãos.

"O que é que eu deveria fazer? Fingir que não é assim? Negar meu poder? Ela se projeta loucamente em mim. Não posso fazer nada."

"Uau!"

"Você veio aqui em busca da verdade, não foi? Acho que é suficientemente forte para ouvi-la com clareza."

"Uau!"

"Seja como for", ele disse, se levantando, "nos vemos na hora do almoço."

O sol se tornara feroz. Pip tombou de lado como se empurrada pela força de seu calor, a cabeça girando. Sentiu como se, por um momento, seu crânio houvesse sido aberto e os miolos vigorosamente revolvidos com uma colher de pau. Ainda estava bem distante de se submeter a ele, bem distante de se colocar a seu dispor, mas por um segundo Andreas penetrara tão fundo em seu cérebro que lhe permitiu imaginar como aquilo poderia acontecer — como Willow mudava de sentimentos como um polvo muda de cor só porque ele lhe pedia que fizesse isso, e como Colleen permanecia aprisionada a uma situação que odiava pelo desejo de alguma coisa que sabia impossível vinda de alguém que considerava um filho da puta. Por um instante, uma clivagem aterradora se abriu dentro de Pip. De um lado, seu bom senso e ceticismo. Do outro, uma suscetibilidade em todo o seu corpo e de um tipo diferente de tudo que sentira no passado. Mesmo quando estava mais apaixonada por Stephen, não havia desejado ser seu *objeto*; não havia fantasiado a possibilidade de *se submeter* e *obedecer*. Mas esses eram os termos da suscetibilidade que Andreas, com sua fama e confiança, tinham revelado nela. Pip entendeu melhor por que Annagret havia demonstrado tamanho desdém pela fraqueza de Stephen.

Forçou-se a sentar-se e abrir os olhos. Todas as cores em volta eram a própria cor e um branco fulgurante. Na floresta, do outro lado do rio, a serra gemia. Como ela pôde ter imaginado que sabia onde estava? Não tinha a menor ideia. Ali existia um culto, e ainda mais diabólico por fazer de conta que não existia.

Pôs-se de pé e voltou ao estábulo, apropriou-se do tablet mais próximo e o levou para a sombra à beira do rio. A cada dois dias, desde sua chegada, mandara uma mensagem alegre para a mãe no e-mail de Linda, a vizinha. Linda havia respondido algumas vezes, dizendo que sua mãe estava "meio caidona" mas "aguentando firme". Pip inventara a ficção de que era impossível telefonar de Los Volcanes — qual a graça de estar lá se tivesse de telefonar para ela todos os dias? — e hesitou antes de ativar o equivalente do Skype usado pelo projeto. Entregar os pontos e chamar a mãe era quase admitir sua incapacidade de sobreviver ali, era mostrar que já estava de saída. Mas a situação era urgente. Não gostava de ter seus miolos remexidos com uma colher de pau.

"Queridinha? Tudo bem com você?"

"Tudo bem", disse Pip. "Pedro precisava vir à cidade fazer compras. Estou ligando de um telefone público daqui. Quer dizer, daqui da cidadezinha."

"Ah, não acredito que estou ouvindo sua voz querida. Pensei que se passariam meses e meses para eu ouvir você."

"Não, bem, aqui estou."

"Meu amor, como você está? Está tudo bem mesmo?"

"Estou ótima. Você não imagina como tudo aqui é bonito. Fiz uma amiga, Colleen, já falei sobre ela, é mesmo muito inteligente e engraçada — e formada em direito na Yale. Todo mundo aqui tem curso superior. Todos têm pais e estão em contato com eles."

"Você já sabe quando volta?"

"Mãe, acabei de chegar."

Seguiu-se um silêncio durante o qual ela imaginou a mãe relembrando o objetivo de Pip ao vir para a Bolívia, as coisas raivosas que a filha lhe dissera antes de sair com sua mala.

"E Andreas voltou ontem à noite. Andreas Wolf. Finalmente o conheci. Ele é mesmo simpático."

Sua mãe não disse nada, por isso Pip contou sobre o filme em Buenos Aires, sobre Toni Field e as outras mulheres de Wolf, tentando sugerir que ele não caçava as funcionárias. Sugerir isso, quando a única razão de haver telefonado para a mãe era seu medo de ser caçada, ilustrava bem o relacionamento entre as duas.

"É isso aí", ela disse.

"Purity. Ele está infringindo as leis. Linda imprimiu um artigo para eu ler. Tem problemas legais muito sérios. Seus fãs parecem não se importar com isso, acham que ele é um herói. Mas, se você infringir alguma lei só para ajudá-lo, talvez não possa nunca mais voltar para casa. Precisa pensar nisso."

"Não tenho nenhuma notícia de que algum funcionário daqui voltou algemado."

"Infringir as leis federais não é nenhuma piada."

"Mãe, todo mundo aqui é rico e bem-educado. Eu realmente não acho…"

"Talvez as famílias deles possam contratar bons advogados. Não vou ter uma noite de sono tranquilo até você não estar sã e salva em casa."

"Bom, pelo menos agora você tem alguma *razão* para não dormir."

Isso foi um pouco cruel, mas Pip se dava conta agora, como deveria ter se dado antes de cometer o erro de telefonar, de que sua mãe não podia ajudá-la em nada.

"Olha", ela disse, "Pedro está fazendo sinais para mim. Tenho que ir."

Ela caminhava para o estábulo quando viu Willow saindo de lá. O blusão de bolinhas que usava a fazia parecer opressivamente fantástica.

"Oi, Willow, como vai?"

"Pip, preciso falar com você."

"Ah, meu Deus, deixe eu adivinhar. Você quer me pedir desculpa."

Willow franziu a testa. "Por quê?"

"Sei lá… por ter me tratado mal na noite passada?"

"Não tratei você mal. Eu estava sendo sincera."

"Meu Deus. Puta merda."

"Sério", disse Willow. "O que eu te disse que não foi sincero?"

Pip suspirou. "Nem me lembro. Tenho certeza de que você tem razão."

"Andreas acabou de me dizer que quer que a gente trabalhe junto. Acho que é uma grande ideia."

"Sei, aposto que você acha mesmo."

"O que você quer dizer?"

"Ele disse para você gostar de mim, e agora você gosta. Como posso não achar isso esquisito?"

"Eu já queria gostar de você", disse Willow. "Todas nós queríamos. O problema é que sua hostilidade é meio difícil de aguentar."

"Eu sou assim. É assim que eu vivo e respiro."

"Bom, então me explique isso. Se eu entender melhor de onde vem isso, não vou mais me chatear. Quer dar uma volta e me contar o que é?"

"Willow." Pip abanou a mão diante dos olhos dela. "Ei! Você está muito esquisita. Está me deixando nervosa. Ontem à noite você me tratou mal — meus sentidos não me traíram. E agora quer ser minha amiga? Porque Andreas lhe disse para ser?"

Willow riu. "Ele falou para eu me lembrar de que você é engraçada, de que é assim que a sua cabeça funciona. E ele tem razão. Você realmente é engraçada."

Pip se afastou e caminhou com passos fortes para o estábulo. Willow correu atrás dela e a segurou pelo braço.

"Me larga", disse Pip. "Você é pior que Annagret."

"Não", disse Willow. "Vamos passar um bocado de tempo juntas. Temos que encontrar um jeito de gostar uma da outra."

"Nunca vou gostar de você."

"Por que não?"

"Você não vai querer saber."

"Quero saber. Quero que você seja sincera. Só funciona assim. Vamos sentar e você me diz tudo que odeia em mim. Eu já disse que não gosto da sua hostilidade."

Pip achou que só lhe restavam duas opções: fazer as malas ou o que Willow pedia. Se não tivesse telefonado para a mãe, teria um motivo capaz de justificar sua volta para casa. Mas fora até lá a fim de obter certas informações que ainda não havia conseguido, e segundo Colleen e Andreas não lhe faltava coragem. Por isso se sentou com Willow à sombra de uma árvore florida.

"Odeio que você seja mais bonita do que eu", disse Pip. "Odeio que sempre existam garotas alfa e que você seja uma delas e eu não. Odeio que você tenha feito Stanford. Odeio que não precise se preocupar com dinheiro. Odeio que você nunca vai ter ideia de como é privilegiada. Odeio que adore o projeto e não se incomode com este lugar tão esquisito. Odeio que você não precise ser mal-humorada. Odeio que você não saiba o que é ser pobre e dever dinheiro, ter uma mãe depressiva e ser tão raivosa e esquisita que nem consiga ter um namorado — ah, esquece." Pip balançou a cabeça com desgosto. "Isso tudo é simplesmente autopiedade."

Mas o rosto de Willow havia adquirido uma coloração roxo-avermelhada de dor. "Não", disse. "Não. Você só está dizendo o que eu sempre soube que as pessoas pensam de mim."

Ela fechou os olhos e começou a chorar. Pip ficou horrorizada.

"Eu não *pedi* para ser bonita", disse Willow com voz de nariz entupido. "Não *pedi* para ser privilegiada."

"Não, eu sei", disse Pip, consolando-a. "Claro que não."

"O que eu posso fazer para compensar isso? Afinal, o que eu posso fazer?"

"Bom, na verdade... Por acaso você tem cento e trinta mil dólares sobrando?"

Willow riu enquanto continuava a chorar. "Essa é boa. Você realmente é engraçada."

"Entendi que a resposta é não."

"Eu também sofro, você sabe. Acredite, eu sofro." Willow pegou as mãos de Pip e massageou as palmas com os polegares. Parecia ser uma coisa típica do Projeto Luz do Sol, aquele pegar as mãos invasivo. "Mas posso ser totalmente sincera com você?"

"Nada mais justo."

"Há outra razão pela qual odeio você. Porque ele gosta de você."

"Parece gostar de você também."

Willow negou com a cabeça. "Pelo jeito como ele falou de você, deu para ver. Mesmo antes já dava para ver. Você não se interessa pelo projeto. Então, quando soubemos que ele escrevia e-mails para você... Vai ser um pouco difícil trabalharmos juntas sabendo o quanto ele gosta de você."

Um medo complexo estava invadindo Pip sorrateiramente, o medo de que Andreas de fato gostasse dela de um modo especial, junto com o medo de ser malvista pelos outros por causa disso; de ter de se desculpar por aquilo, principalmente com Colleen. "Está bem", disse. "Agora *eu* é que estou começando a me sentir culpada."

"Não é nada divertido, hein?"

Willow sorriu e, inclinando-se para a frente, deu-lhe um abraço de irmã. Pip teve a sensação corrompedora de estar se vendendo para ficar amiga de uma garota alfa, com a promessa da aceitação social. Porém deixou de *desconfiar* de Willow. Isso lhe pareceu um passo adiante.

À noite, na varanda, Pip contou a Colleen quase tudo que o dia lhe trouxera. "Willow não é nem de longe a pior", disse Colleen. "Ela contou que perdeu um irmão há três anos?"

"Meu Deus, não."

"Acidente de *snowboarding*. Ela ainda toma remédios fortes. E obviamente o lobo sabe disso. Ele sempre identifica a ovelha fraca no rebanho."

Pip ficou impressionada, quase perplexa, por Willow não ter usado a cartada do irmão morto com ela. Simplesmente ficara ali sentada sob a árvore, sendo castigada. Sugeria a intensidade do que quer que Andreas lhe tivesse dito.

"Estou entendendo um pouco melhor por que você está presa aqui."

"É, bom... Pelo que você está me dizendo, acho que meus dias estão contados desde que você chegou."

"Colleen. Você sabe que prefiro ser sua amiga a amiga dele."

"Você diz isso agora. Mas só faz um dia que ele voltou."

"Não quero ficar aqui se você não estiver."

"Mesmo? Se do que você precisa é um tempo longe da sua mãe, deve fazer um esforço para ficar mais que duas semanas."

"Não preciso voltar para a Califórnia. Talvez nós duas pudéssemos ir para outro lugar."

"Pensei que você tivesse um pai desaparecido para encontrar."

"Talvez Flor possa me dar os cento e trinta mil dólares; aí não preciso encontrar ninguém."

"Você tem muito a aprender sobre os ricos", disse Colleen. "Flor não divide nem o fio dental."

Quando Pip foi ao estábulo na manhã seguinte, depois de sua caminhada matinal, a aparência de Willow era a mesma, no entanto ela parecia uma pessoa diferente, alguém frágil que tomava remédios contra a depressão, uma sobrevivente com sentimentos de culpa pela morte do irmão mais jovem. Dessa vez foi Pip quem teve a iniciativa do abraço. Não sabia dizer se era bom ter superado parte de sua hostilidade ou se era sórdido estar agora de abracinhos com um membro do grupo dominante — se estava evoluindo ou sendo corrompida. Mas a habilidade de Willow como pesquisadora era fantástica. Ela digitava, movia o mouse e dava os toques tão rapidamente, indo de uma janela a outra — transferências de propriedades na Austrália, listas dos diretores das corporações australianas, arquivos de notícias de negócio australianas, bancos de dados restritos do governo australiano —, que Pip se deu conta de que levaria semanas até conseguir acompanhar o que ela fazia em tempo real.

Andreas não conversou com ela a sós naquele dia, nem no seguinte, nem nos dez dias posteriores. Estava constantemente presidindo reuniões em voz baixa com outras garotas, indo e vindo entre o estábulo e o prédio dos técnicos, tendo longas conversas informativas com Willow enquanto Pip ficava sentada, como mera aprendiz, numa cadeira ao lado dela. O fato de ignorar apenas Pip, enfatizando com isso se tratar da única funcionária que não contribuía de forma concreta para o projeto, era obviamente deliberado. Ele tentava, sem dúvida, aumentar o apetite dela para outros contatos pessoais, para outros momentos de inebriante sinceridade. Mas Pip não conseguia confrontá-lo nem se zangar com ele. Andreas enfiara no cérebro dela uma

295

colher de pau. Ela queria mais do que ele a estava privando. Não muito, ponderou consigo. Só mais um gostinho, para se lembrar do que havia sentido — para ver se sentiria a mesma coisa uma segunda vez.

Então, certa noite ele foi embora de novo.

"Toni Field está na cidade", Colleen explicou depois do jantar.

"Verdade? Em Santa Cruz? Por que não veio logo para cá?"

"É parte do muro que ele ergue entre negócios e diversão. E tudo indica que Toni precisa ser levada com cuidado. Está apaixonada um pouco demais por ele. Parece que não entende quem dita as regras. Ela já violou muitas seguindo Andreas até a Bolívia. Ele deve estar terminando o relacionamento neste instante. Claro que da forma mais cativante que você possa imaginar."

"Ele disse isso?"

"Ele me diz um bocado de coisas, irmã. Ainda sou a primeira maria-ninguém. Não se esqueça."

"Eu te odeio."

"Agora você está me deixando muito triste, Pip. Eu a alertei direitinho sobre ele. E agora você me diz uma coisa dessas."

Duas manhãs mais tarde, ao voltar de sua caminhada, Pip encontrou Pedro esperando por ela com o Land Cruiser no gramado em frente ao prédio principal. Ela ainda não entendia tudo que Pedro dizia, mas entendeu que *el Ingeniero* (como ele chamava Andreas) queria que ela se juntasse a ele em Santa Cruz imediatamente.

"*¿Yo? ¿Está seguro?*"

"*Sí, claro. Pip Tyler. Va a necesitar su pasaporte.*"

Pedro estava impaciente para partir, mas ela pediu licença para tomar um banho e vestir roupas limpas. Estava tão fora de si que se viu passando xampu duas vezes, sem perceber. Não conseguia nem imaginar a razão de haver sido convocada. Seus pensamentos eram cacos conflitantes. Tarde demais para perguntar a Colleen se as funcionárias já tinham viajado com Andreas. Tarde demais para perguntar a Pedro se só devia levar o passaporte ou que roupas usar. Olhou para a palma da mão esquerda e viu que estava cheia de xampu pela terceira vez.

A viagem de ida pareceu menos épica que a de vinda. A civilização se concretizou mais uma vez sob a forma de trabalhos de estrada poeirentos, alto-falantes vagabundos transmitindo a todo o volume *música valluna*, cartazes anunciando celulares, montes de meninos de uniforme escolar, um desalento pessoal crescente. Só quando já estavam nos subúrbios de Santa Cruz, passando por lojas que eram apenas pequenos depósitos sem a parede da frente, Pip se aventurou a perguntar a Pedro por que *el Ingeniero* a queria na cidade.

Pedro deu de ombros: "*Negocios. Él siempre tiene algún 'negocito' que atender*".

Num bairro menos primitivo e mais sombreado, havia um hotel baixo chamado Cortez. Pedro ajudou-a se registrar e a instruiu a esperar no quarto pelo telefonema do *Ingeniero*. Buscou no rosto de Pedro algum sinal de preocupação protetora, mas ele se limitou a sorrir e dizer que aproveitasse a cidade.

Pip nunca se hospedara num hotel. Vagando pelo lobby e pelo bar, mochila no ombro, ouviu conversas em inglês e possivelmente em russo. No pátio havia jacarandás e uma grande cegonha de fibra de vidro em cuja barriga havia um telefone público. Achou ter visto Andreas numa mesa perto da piscina, mas não era ele.

Ter um quarto de hotel todo dela era possivelmente o melhor presente que já tinha recebido na vida. Havia uma tira de papel sobre a privada que dizia *desinfectado*, invólucros de celofane nos copos, uma TV, um ar-condicionado interno, um minibar — luxo total. Ela se lembrou das descrições que suas colegas de escola faziam dos resorts havaianos, da admiração pelo serviço de quarto e de como se sentia uma pobretona as ouvindo. Até as pessoas mais pobres às vezes se hospedavam no Motel 6. Mas sua mãe não saía de casa e, enquanto suas colegas viajavam de carro nas férias da primavera, ela sempre voltava desconsolada para Felton.

Livrou-se do sapato e rolou na cama, maravilhada com a limpeza das fronhas. Fechou os olhos e visualizou uma estrada tropical com *rompemuelles*. Esperava que o telefone tocasse em breve, mas, como isso não ocorreu, ficou deitada um bom tempo ouvindo Aretha. Tentou ver as novelas, porém seu espanhol não estava à altura. Bebeu uma cerveja do minibar e por fim abriu o romance de Barbara Kingsolver que Willow havia lhe recomendado fortemente. A luz do sol na janela tendia para o damasco quando Andreas telefonou.

"Ótimo, você está aí."

"Estou", disse Pip. Sua voz estava mais grave e sensual por causa das horas que havia passado na cama do hotel. A colher de pau havia funcionado simplesmente porque Andreas a obrigara a ficar na cama o dia todo.

"Tive uma reunião muito longa com o vice-ministro da Defesa."

"Impressionante. Sobre o quê?"

"Estarei no bar. Vá quando puder."

Suas mãos tremiam quando desligou, na verdade os braços inteiros, do ombro para baixo. De novo a sensação de não fazer ideia de onde estava. *Quase* podia ver o que sua mãe declarara ter visto, o interesse mal-intencionado de Andreas por ela. A rapidez com que tinha chegado a esse momento, a linha reta que levara do questionário de Annagret a um quarto do Hotel Cortez lhe transmitia um sentimento indubitável de falta de controle. No entanto, ela mandara as mensagens de e-mail para Andreas por livre e espontânea vontade. Viera para a Bolívia por suas boas e próprias razões, e a verdade é que não tinha nada de tão notável ou interessante a oferecer. Tudo se devia apenas ao fato de ela ser a ovelha mais fraca?

Andreas estava a uma mesa de canto do bar, digitando num tablet. Enquanto atravessava a sala, Pip ouviu as palavras "Toni Field" vindas de uma mesa com três homens de negócios americanos. Eles olhavam para Andreas, o que aumentou a desorientação de Pip, por ser ela a pessoa não famosa a se sentar ao lado dele. Andreas digitou um pouco mais antes de fechar o tablet e sorrir para ela. "E então?", disse.

"É, e então?", ela disse. "Isto é um bocado estranho."

"Quer um drinque?"

"Podemos ficar aqui se eu não quiser?"

"Claro."

Pip cruzou os braços para dominar o tremor, mas isso só fez com que ele se transferisse para o queixo. Ela se sentia péssima.

"Você dá a impressão de estar apavorada. Por favor, não fique assim. Sei que pode parecer estranho, mas eu a trouxe aqui só para tratarmos de negócios. Preciso falar com você e não posso fazer isso lá. Criei ali uma colmeia de segurança."

"Ainda há a floresta", disse Pip. "Devo ser a única pessoa que anda nela."

"Confie em mim. Aqui é melhor."

"Confiança é mais ou menos o contrário do que estou sentindo agora."

"Ouça bem: estamos aqui a negócios. Está gostando de trabalhar com a Willow?"

"Willow?" Ela olhou por cima dos ombros para os americanos. Um deles continuava fitando Andreas. "É exatamente como você garantiu. Ela gosta de mim. Embora eu tenha minhas dúvidas se ainda vai gostar depois de eu ter estado num hotel com você. Sei que Colleen não vai. Já me comprometi bastante só de ter vindo aqui."

Andreas olhou para os americanos e fez um breve aceno a eles. "Há uma churrascaria simpática aqui perto. Vai estar vazia a esta hora. Está com fome?"

"Sim e não."

Caminhando pelas ruas com o Príncipe da Luz do Sol e carregando sua mochila idiota nas costas, ela se sentiu como a própria caipira do vale do San Lorenzo. Um bando de papagaios verdes e cor de laranja revoou acima deles, sua barulheira superando até a dos ônibus e lambretas. Desejou se unir ao bando. Num canto muito discreto da churrascaria, Andreas pediu uma garrafa de vinho. Ela sabia que não devia beber, mas não resistiu.

"Sinceramente?", ela disse quando o vinho foi servido. "Não sei por que estou aqui, mas gostaria de não estar."

"A escolha foi sua", ele disse. "Não precisava ter entrado no Land Cruiser."

"Como foi escolha minha? Você é o chefão, está pagando a minha dívida. Tem todo o poder. Tem tudo, eu não tenho nada. Mesmo assim isso não significa que eu queira ser a sua garota especial."

Ele contemplou o copo dela sem beber. "É tão ruim ser especial?"

"Você viu ultimamente algum filme infantil?"

"Assisti a *Frozen* com uma mulher com quem eu estava saindo."

"Todos eles são sobre ser alguém especial, a pessoa escolhida. 'Só você pode salvar o mundo do Mal', esse tipo de coisa. E não interessa que ser especial deixa de significar alguma coisa quando toda criança é especial. Lembro de assistir a esses filmes e pensar em todos os não especiais na retaguarda ou seja lá onde for. As pessoas que somente fazem o trabalho duro de pertencer à sociedade. São elas que falam ao meu coração. O filme devia ser sobre *elas*."

Ele sorriu. "Você devia ter sido criada na Alemanha Oriental."

"Talvez!"

"E se a condição de ser comum não for uma ambição realística para você?"

"Estou lhe dizendo o que você pode fazer para me ajudar, se realmente quer me ajudar. Me deixe em paz. Não me faça ficar à toa num quarto de hotel uma tarde inteira esperando por você. Prefiro ser parte da colmeia."

"É uma pena. Entendo o que está dizendo, mas também preciso da sua ajuda."

Pip reencheu o copo. "Está bem. Acho que estamos no Plano B."

"Vou lhe contar uma coisa que até hoje só contei a uma pessoa. Depois que você ouvir, quero que pense quem de nós dois tem o poder verdadeiro sobre o outro. Vou lhe dar o poder que você diz que não tem. Topa?"

"Ai, ai, ai. Mais verdade?"

"É isso, mais verdade." Olhou em volta do restaurante vazio. O garçom polia os copos, lá fora anoitecia. "Posso confiar em você?"

"Não contei a ninguém sobre você e a vagina da sua mãe."

"Aquilo não foi nada. Agora é alguma coisa."

Andreas ergueu o copo, o manteve alguns segundos diante dos olhos e o esvaziou.

"Matei uma pessoa", disse. "Quando eu tinha vinte e sete anos. Matei um homem com uma pá. Planejei cuidadosamente e fiz isso a sangue-frio."

A colher de pau entrou de novo no cérebro de Pip, e dessa vez foi pior, porque a sensação era que o desatino emanava da cabeça dele. Havia uma expressão de tormento no rosto de Andreas.

"Tenho convivido com isso metade da minha vida", disse. "Nunca vai embora."

Ele parecia tão angustiado, tão igual a qualquer pessoa, e não alguém famoso, que Pip se inclinou sobre a mesa e apertou a mão dele.

"A vítima foi o padrasto de Annagret; na época ela tinha quinze anos. Ele estava abusando sexualmente dela e trabalhava para a Stasi, não havia como ela escapar. Ela apareceu na igreja onde eu trabalhava. Eu o matei para proteger Annagret."

O que ele estava dizendo provavelmente não era verdade, mas de repente Pip não quis mais contato físico com ele. Afastou a mão e a pôs no colo. Certo dia, quando cursava o secundário, um ex-detento foi fazer uma palestra na aula de civismo sobre as condições nas cadeias da Califórnia. Era um branco bem-falante de classe média que havia cumprido uma pena de quinze anos por haver matado seu padrasto no calor de uma discussão. Quando descreveu os problemas que passou a ter com as mulheres, se contava ou não, antes do primeiro encontro, que ele era um assassino e tinha estado na prisão, Pip ficara arrepiada ao pensar em namorá-lo. Uma vez assassino, sempre assassino.

"No que você está pensando?", ele perguntou.

"Isso me abalou."

"Eu sei."

"E sou mesmo a única pessoa a quem você contou isso até hoje?"

"Com uma horrível exceção, sim."

"Isso não é apenas algum rito de iniciação que você faz com todo mundo que trabalha para você?"

"Não, Pip. Não é."

Ela estava se lembrando de que, depois de se arrepiar por causa do ex-detento, se sentira culpada e ficara com pena dele. Como devia ser difícil carregar para sempre alguma coisa feita num impulso. Ela vivia tendo atitudes impulsivas.

"Então, deve ser por isso que você confia em Annagret."

"É verdade. Não lhe contei tudo sobre nós."

"Annagret sabe o que você fez."

"Sabe e me ajudou a fazer."

"Porreta."

Ele voltou a encher os dois copos com vinho. "Escapamos. A Stasi tinha suas suspeitas, mas meus pais me protegeram. Tempos depois consegui os arquivos e o caso morreu. Mas houve um problema. Cometi um erro pavoroso depois que o Muro caiu. Encontrei um sujeito num bar e contei a ele o que eu tinha feito. Um americano…" Cobriu o rosto com as mãos. "Um erro terrível."

"Por que você contou?"

"Porque gostei dele. Confiei nele. E também precisava de sua ajuda."

"E por que foi um erro?"

Andreas baixou as mãos. Sua expressão se endureceu. "Porque agora, depois de tantos anos, tenho razões para acreditar que ele pretende destruir o projeto com essa informação. Já fez uma ameaça bem clara. Está começando a entender por que preciso de uma funcionária em quem eu possa confiar?"

"Só não sei por que eu."

"Posso levá-la ao aeroporto já. Depois mandamos sua mala. Vou entender se você quiser ir agora e nunca mais ter nada comigo. É o que você quer?"

Alguma coisa estava muito errada, no entanto Pip não sabia o quê. Não parecia possível que Andreas tivesse matado um homem com uma pá, mas também não parecia possível que simplesmente houvesse inventado a história. Fosse a história verdadeira ou não, Pip sentiu que ele tentava fazer algo com ela ao contar aquilo. Algo que não era certo.

"O questionário", ela disse. "Na verdade você nunca o usou com ninguém. Só comigo."

Ele sorriu. "Você era um caso especial."

"Ninguém nunca respondeu a ele."

"Impossível dizer como estou feliz de você ter vindo."

"Mas por que *eu*? Não seria melhor você contar com alguém que acreditasse de verdade no projeto?"

"Não necessariamente. Tivemos algumas anomalias em nossa rede interna. Pequenas coisas faltando, discrepâncias no registro das transmissões. Pode soar paranoico demais, mas é só um pouco paranoico. Tenho razões para acreditar que há um jornalista infiltrado entre nós."

"Não, é uma paranoia considerável."

"Pense bem. Alguém que desejasse nos espionar iria fingir acreditar muito em nós. É assim que eles se infiltram. E lá só tenho pessoas que acreditam muito."

"E Colleen?"

"Chegou acreditando de verdade. Confio nela quase completamente. Mas não de todo."

"Meu Deus. Você é paranoico mesmo."

"Sou." Andreas sorriu de novo, um sorriso mais largo. "Estou meio doido. Mas esse sujeito a quem confessei em Berlim — que *me fez* confessar —, ele era jornalista. E sabe o que ele faz agora? Tem um serviço de jornalismo investigativo sem fins lucrativos."

"Qual?"

"É melhor você não saber, pelo menos por algum tempo."

"Por que não?"

"Porque quero apenas que você me escute. Mantenha os ouvidos abertos, sem pré-concepções. Me diga o que acha que está acontecendo. Sei que a sua capacidade de percepção é muito boa."

"Quer dizer que, basicamente, devo ser uma espiã nojenta."

"Talvez, se quiser usar essa palavra. Mas *minha* espiã. A pessoa com quem posso falar e confiar. Você faz isso para mim? Pode continuar aprendendo com Willow. Ainda vamos ajudá-la a tentar descobrir seu pai."

Ela pensou em Dreyfuss e na doença mental dele — *havia alguma coisa esquisita com aqueles alemães*. Ela disse: "Você na verdade não matou ninguém, matou?".

"Matei, sim, Pip. Matei."

"Não, não matou."

"Não se trata de ter uma opinião."

"Hã… E Annagret ajudou você?"

"Foi horrível. Mas sim. Ajudou. A mãe dela estava casada com uma pessoa muito má. Tenho que viver com o que fiz, mas uma parte minha não lamenta nada."

"E se a história for divulgada será o fim do sr. Limpeza."

"Destruirá o projeto, sem dúvida."

"E o projeto é você. Você é o produto."

"É o que você diz."

Algo no peito de Pip se contraiu e ela quase teve uma ânsia de vômito. "Não gosto de você", ela disse sem querer. Estava explodindo sem aviso prévio. Saiu às pressas, virou-se para pegar a mochila, correu para a porta do restaurante e dali para a calçada. Estava nauseada? Sim, estava. Ajoelhou-se sob um lampião e expeliu um jato de líquido escuro.

Ainda estava de quatro quando Andreas se acocorou ao lado dela e pôs as mãos em seus ombros. Por algum tempo ele não disse nada, limitando-se a massagear levemente os ombros dela.

"Seria bom você comer alguma coisa", ele disse por fim. "Acho que ajudaria."

Ela concordou com a cabeça. Estava à mercê dele — não havia outro lugar para onde pudesse ir. E a maneira como ele massageava seus ombros era sem dúvida carinhosa. Nenhum homem com idade para ser seu pai a havia tocado assim. Deixou que a levasse de volta ao restaurante, onde pediu uma omelete e batatas fritas.

Depois de comer parte da omelete, Pip recomeçou a beber, e realmente para valer. Meio tonta, mal ouvia as palavras que ele pronunciava. Muitas

303

mais sobre seu crime, sobre Annagret, sobre a Alemanha Oriental, sobre a internet, sobre sua mãe e seu pai, sobre a honestidade e a desonestidade, sobre seu rompimento com Toni Field, e também a linguagem não verbal e mais profunda de intenções e símbolos que constituía a colher de pau. O tratamento que seu cérebro recebia era agora muito mais prolongado e completo do que o primeiro. Cada uma das linguagens, a verbal e a não verbal, afastava a atenção de Pip da outra; além do mais, sentia-se cada vez mais bêbada e era difícil acompanhar o que vinha sendo dito em qualquer das linguagens. Quando a segunda garrafa de vinho foi esvaziada e Andreas pagou ao garçom, caminharam de volta até o Hotel Cortez, onde Pedro esperava com o Land Cruiser. Nesse instante, ela percebeu que pouco importava se gostava ou não de Andreas.

"Você vai chegar em casa à meia-noite", ele estava dizendo. "Pode inventar a história que quiser. Um dente quebrado, uma obturação de urgência, o que quiser. Colleen ainda será sua amiga."

Pedro mantinha a porta aberta do Land Cruiser.

"Espere", disse Pip. "Posso me deitar um pouco no quarto antes de ir? Só uma hora. Minha cabeça está rodando um pouco."

Andreas consultou o relógio. Claramente ele queria que ela partisse logo.

"Só por uma hora", ela disse. "Não quero enjoar na estrada."

Ele concordou relutantemente, com um gesto de cabeça. "Uma hora."

Tão logo se viu no quarto, teve náuseas outra vez e vomitou. Depois bebeu uma Coca-Cola do minibar e se sentiu bem melhor. No entanto, em vez de descer, sentou na cama e esperou passar algum tempo. Deixar Andreas impaciente lhe parecia ser a única forma de resistência à sua disposição, o único modo de enfrentar a colher. Mas resistir era mesmo o que ela desejava? Quanto mais esperava, mais erótico se tornava o suspense. O simples fato de estar esperando num quarto de hotel implicava sexo — para que mais servia um quarto de hotel?

Quando o telefone tocou, ela não atendeu. Tocou quinze vezes antes de parar. Um minuto depois, ouviu uma batida à porta. Pip se levantou e a abriu, com receio de que fosse Pedro, mas era Andreas. Estava pálido, com os lábios cerrados, furioso.

"Você está aqui há uma hora e meia", disse. "Não ouviu o telefone?"

"Entre um segundo."

Ele olhou para os dois lados do corredor e entrou. "Preciso confiar em você", disse, trancando a porta. "Este não é um bom começo."

"Talvez você não vá ser mesmo capaz de confiar em mim."

"Isso é inaceitável."

"Tenho pouco controle sobre os meus impulsos. Todo mundo sabe disso. Você sabia onde estava se metendo."

Ainda pálido, ainda furioso, ele se aproximou, fazendo-a recuar para o canto atrás da TV. Agarrou os braços dela. A pele de Pip se eletrizou ao contato com a dele, mas ela não ousou tomar a iniciativa.

"O que você vai fazer?", perguntou. "Me estrangular?"

Andreas poderia ter achado engraçado, mas não foi o caso. "O que você quer?", ele disse.

"O que todas as garotas querem de você?"

Isso, sim, pareceu diverti-lo. Largou os braços dela e deu um sorriso nostálgico.

"Querem me contar seus segredos."

"Verdade? Acho difícil fazer isso, já que não tenho nenhum."

"Você é um livro aberto."

"Bastante aberto."

Ele se afastou e se sentou na cama. "Sabe", disse, "é difícil confiar numa pessoa que não tem segredos."

"Acho difícil confiar em qualquer pessoa, e ponto final."

"Não me agrada Pedro saber que estou aqui em cima com você. Mas já que estou, não vou sair até saber que posso confiar em você."

"Então poderemos ficar aqui um bom tempo."

"Quer ouvir minha teoria dos segredos?"

"Tenho escolha?"

"Minha teoria é que a identidade consiste de dois imperativos contraditórios."

"Certo."

"Há o imperativo de manter segredos e o imperativo de divulgá-los. Como a pessoa sabe que é diferente das outras? Por manter algumas coisas só para si. Elas ficam guardadas dentro da gente porque, se não for assim, não há distinção entre interior e exterior. Os segredos são um modo de você saber até mesmo que possui um interior. Um exibicionista radical é alguém que abriu mão da sua identidade. Mas a identidade no vazio também não faz sentido. Cedo ou tarde, o que está dentro da gente precisa de uma testemunha. De outra forma, não passamos de uma vaca, de um gato, de uma pedra, de uma coisa qualquer do mundo, de algo indistinto. Para ter uma identidade, a gente precisa acreditar que existem igualmente outras identidades. Precisa estar próximo de outras pessoas. E como se constrói essa proximidade? Compartilhando segredos. Colleen sabe o que você pensa secretamente de Willow. Você sabe o que Colleen pensa secretamente de Flor. Sua identidade existe na interseção dessas linhas de confiança. Estou fazendo algum sentido para você?"

"Mais ou menos", respondeu Pip. "Mas é uma teoria bem esquisita vinda de uma pessoa que vive de expor os segredos dos outros."

"Você não ouviu o que eu disse no restaurante? Fui forçado a seguir essa linha de trabalho. Odeio a internet tanto quanto odiava minha terra natal."

"Acho que você disse isso, sim."

"Não ouviu nem o que você mesma falou? Não estou fazendo o que faço por ainda acreditar nesse trabalho. Tudo gira em torno de mim agora. É a *minha* identidade."

Fez um gesto de decepção consigo próprio.

"Não sei o que dizer", Pip retrucou. "Já lhe contei o meu segredo. Já contei qual é o meu verdadeiro nome."

"Não há por que se envergonhar dele."

"Também já tive uma fase de furtar coisas em lojas, quando eu estava no ensino médio. Me masturbava um bocado aos dez anos."

"E quem é que não fez isso?"

"Está bem, então não há nada. Sou chata e normal. Como eu disse, você sabia onde estava se metendo."

De repente, sem que ela tivesse percebido como aconteceu, Andreas havia vencido a distância entre os dois e a estava pressionando de novo no canto. Encostou a boca no ouvido dela e enfiou a mão entre suas pernas. Houve um momento estranho de ajustamento, pleno de suspense. Ela não conseguia respirar, mas ouvia a respiração pesada dele. Em seguida, a mão de Andreas subiu até a barriga e voltou a descer por dentro da calça jeans e da calcinha.

"E isto?", ele murmurou no ouvido dela. "Não é uma coisa particular sua?"

"Muito particular", ela respondeu, o coração disparado.

"Essa é a razão para eu confiar em você?"

306

Ela não acreditou no que estava acontecendo. Ele estava enfiando a ponta do dedo dentro dela, e seu corpo não chegava a se opor àquilo.

"Não sei", ela sussurrou. "Talvez."

"Tenho sua permissão para fazer isto?"

"Hum…"

"Me diga exatamente o que você quer."

Ela não sabia o que dizer, embora talvez devesse ter dito alguma coisa, porque, na ausência de uma resposta, ele estava abrindo o zíper de sua calça com a mão livre.

"Sei que eu estava pedindo isto", Pip sussurrou de novo. "Mas…"

Ele afastou a cabeça. Havia um brilho ávido em seus olhos. "Mas o quê?"

"Bem", ela disse, se contorcendo um pouco, "o normal não é beijar uma pessoa antes de enfiar o dedo nela?"

"É o que você quer? Um beijo?"

"Bem, acho que entre uma coisa e outra, neste instante, sim."

Ele ergueu as mãos e segurou seu rosto com elas. Pip sentiu seu próprio cheiro íntimo assim como o odor do corpo masculino dele, um odor europeu, não desagradável. Fechou os olhos para receber seu beijo. Mas quando ele veio ela não retribuiu. De algum modo, não era o que queria. Abriu os olhos e descobriu que os dele estavam fixos nos seus.

"Você precisa acreditar que eu não a trouxe aqui para isto", ele disse.

"Tem certeza de que ainda é o que você quer?"

"Posso ser bem sincero? Não tanto quanto quero beijar outra parte sua."

"Uau!"

"Acho que você vai gostar. Depois pode ir embora, e vou confiar em você."

"Você é sempre assim com as mulheres? Foi assim que as coisas aconteceram com Toni Field?"

Ele negou com a cabeça. "Eu já te disse. Represento um papel em transas como aquela. Estou me mostrando por inteiro a você porque quero que um confie no outro."

"Está bem, mas, desculpe… como é que isto vai fazer você confiar em *mim*?"

"Você mesma disse. Se Colleen descobrir, não vai perdoar você. Nenhuma das garotas vai. Quero que você tenha um segredo que só eu conheça."

Ela franziu a testa, tentando entender a lógica daquilo.

"Você vai me dar esse segredo?" Ele segurou outra vez o rosto dela com as mãos. "Venha pra cama comigo."

"Talvez o melhor agora seja eu voltar."

"Você quis vir para o quarto. Você me fez subir aqui."

"É verdade. Fui eu."

"Então se deite. A pessoa que eu sou de verdade é aquela que quer enfiar a língua em você. Vai me deixar fazer isso? Por favor, me deixe fazer isso."

Por que ela o seguiu até a cama? Para se mostrar corajosa. Para se submeter ao fato de estar num quarto de hotel. Para se vingar dos homens de Oakland que nunca se interessaram por ela. Para fazer justamente aquilo que sua mãe temia que ocorresse. Para punir Colleen por dar mais importância a Andreas que a ela. Para ser a pessoa que tinha ido à América do Sul e fisgado o famoso e poderoso homem. Suas razões eram diversas e dúbias e, por algum tempo na cama, todas as razões estavam em harmonia enquanto ele tornava a ação mais lenta, beijando seus olhos e afagando seu cabelo, beijando seu pescoço, desabotoando a blusa, ajudando-a a tirar o sutiã, tocando seus seios com os olhos, as mãos e a boca, baixando carinhosamente sua calça jeans, tirando a calcinha ainda mais carinhosamente. Sentiu as mãos dele tremendo em seus quadris, a excitação dele, e isso era algo... significava muito. Ele parecia desejar sinceramente aquela coisa particular dela. Foi na verdade essa constatação, mais que os *negocitos* que ele produzia habilmente com a boca, que a fez gozar com tamanha alacridade.

Mas, depois que tudo acabou, a sensação de não gostar dele voltou. Ela se sentiu envergonhada e suja. Ele beijava seu rosto, seu pescoço, lhe agradecendo. Pip sabia qual a coisa educada a fazer, e podia dizer, pela urgência não diminuída dele, que Andreas desejava aquilo. Não atendê-lo seria egoísmo e perversidade dela. Mas era impossível: ela não sentia vontade de foder com alguém de quem não gostava.

"Desculpe", ela disse, afastando-o de leve.

"Não há por que se desculpar." Ele a perseguiu e montou nela, encostando suas pernas vestidas nas pernas nuas de Pip. "Você foi incrível. É tudo que eu esperava."

"Realmente foi maravilhoso. Gostei muito. Acho que nunca gozei tanto e tão rápido, uma delícia."

"Ah, meu Deus", ele disse, fechando os olhos. Pegou a cabeça dela e a pressionou algumas vezes com a intumescência de sua calça. "Ah, Pip. Meu Deus."

"Sabe…" Mais uma vez ela tentou afastá-lo. "Talvez agora eu deva voltar. Você disse que eu podia voltar depois de fazer aquilo."

"Pedro e eu combinamos a história de um eixo quebrado. Ainda temos muitas horas se você quiser."

"Estou tentando ser sincera. Não é o que estava em questão?"

Andreas deve ter tentado esconder a expressão que transpareceu em seu rosto, pois logo depois a substituiu pelo sorriso de sempre. No entanto, por um instante, Pip tinha visto que ele era louco. Como num pesadelo em que um fato pavoroso e causador de culpa é esquecido e depois repentinamente lembrado, ocorreu-lhe que era mesmo verdade que Andreas havia matado alguém.

"Está tudo bem", ele disse, ainda sorrindo.

"Não que eu não tenha gostado do que você me fez sentir."

"Verdade, está tudo bem." Sem beijá-la e nem mesmo olhar para Pip, ele se levantou e caminhou até a porta. Ajeitou a camisa e levantou a calça.

"Por favor, não fique com raiva de mim."

"Estou sentindo o oposto de raiva", ele disse, sem olhar para ela. "Estou maluco por você. Inesperadamente maluco por você."

"Me desculpe."

No Land Cruiser, para salvaguardar um fiapo de dignidade, ela disse a Pedro que *el Ingeniero* tinha precisado da ajuda dela nos negócios. Pedro, em resposta, pareceu dizer que o trabalho do *Ingeniero* era muito complicado e acima de sua compreensão, mas que não precisava entendê-lo para ser um bom capataz em Los Volcanes.

Quando chegaram, bem depois da meia-noite, uma luz ainda brilhava no quarto de Colleen. Decidindo que era melhor contar mentiras ainda frescas do que requentadas, Pip subiu imediatamente a escada para o quarto dela. Colleen estava deitada com um manual e um lápis na mão.

"Acordada até tarde", disse Pip.

"Estou estudando para o exame que vou precisar fazer se eu for advogar em Vermont. Estou com este livro há um ano. Esta noite me pareceu uma boa hora para finalmente abri-lo. Como foi em Santa Cruz?"

"Eu não fui para Santa Cruz."

"Certo."

"Caiu uma obturação minha no café da manhã. Pedro me levou ao dentista. Depois ele passou rápido demais por um quebra-molas e um eixo se partiu. Passei umas seis horas sentada na frente de uma oficina mecânica."

Colleen, com todo o cuidado, fez uma marca a lápis na página do manual. "Você é uma tremenda mentirosa."

"Não estou mentindo."

"Não há um *rompemuelle* num raio de quatrocentos quilômetros que Pedro não conheça."

"Ele estava conversando comigo e não viu."

"Se manda da porra deste quarto, está bem?"

"Colleen."

"Nada pessoal. Você não é a pessoa que estou odiando. Eu sabia que um dia iria acontecer. Só fico triste que tenha sido você. Eu gostava de muitas coisas em você."

"Também gosto muito de você."

"Eu disse para você dar o fora."

"Você está maluca!"

Enfim Colleen ergueu os olhos do manual. "É mesmo? Quer mentir para mim? Quer prolongar isso?"

Os olhos de Pip é que ficaram marejados. "Desculpe."

Colleen virou uma página do livro e fingiu ler. Pip permaneceu mais algum tempo junto à porta, mas Colleen tinha razão. Nada mais havia a dizer.

De manhã, em vez de dar sua caminhada, Pip tomou o café da manhã com as outras. Colleen não estava lá, mas Pedro sim. Ele já tinha contado a história da malfadada viagem que fizera com Pip para levá-la ao dentista. Se Willow e as outras garotas desconfiaram de alguma coisa, não demonstraram. Pip estava apreensiva com a desconfiança geral e com a culpa específica com relação a Colleen, mas para o resto da equipe era mais um dia de Luz do Sol.

Colleen partiu dois dias depois. Foi discreta sobre suas razões, dizendo apenas que havia chegado a hora de seguir em frente. Com a ausência dela, as garotas discutiram com franqueza e certo tom condescendente sua depressão e paixonite por Andreas; o consenso foi de que sua partida era um passo essencial para ela recuperar a autoestima. O que de certa forma era verdade. Por dentro, Pip sentia, além de culpa, uma intensa lealdade em relação a ela.

Ao voltar, Andreas transferiu as tarefas de Colleen como gerente comercial para o sueco Anders. Como ninguém imaginava a predileção de Andreas por Anders, o lugar de Colleen no topo da hierarquia foi ocupado pela pessoa de quem todos sabiam que Andreas gostava de maneira especial, a pessoa cuja presença em Los Volcanes era sabidamente mais extraordinária que a das demais. Agora era ao lado de Pip que Andreas se sentava no jantar, a mesa de Pip a que se enchia antes das outras. Para o deleite de Pip, a pequena Flor de repente se mostrou ávida por sua amizade, chegando a pedir para acompanhá-la nas caminhadas, a fim de ela própria sentir os cheiros de que Pip falava com tanto entusiasmo. E, uma vez que Flor havia passeado com ela, as outras garotas competiam para obter o mesmo privilégio.

A alegria pouco saudável que Pip sentiu ao ocupar uma posição socialmente central pela primeira vez na vida estava ligada, em sua mente, à lembrança da língua de Andreas e ao modo explosivo como o corpo dela reagira. Até mesmo a sensação de conspurcação que sentira depois fora, pensando agora, agradável de maneira meio esquisita. Ela imaginava uma situação em que pudesse continuar recebendo tal favor de tempos em tempos, em que ele confiasse nela e lhe possibilitasse aquele prazer indecoroso. Ele próprio sugerira isso, era um desses homens afeitos ao *cunnilingus*. Com certeza poderiam chegar a um acordo mutuamente satisfatório.

Mas as semanas se passaram, agosto virou setembro, e, embora Pip já houvesse se tornado uma pesquisadora qualificada, dando conta sozinha de tarefas mais simples e dedicando seu tempo livre a buscas trabalhosas em bancos de dados pelo nome Penelope Tyler, Andreas ainda evitava falar com ela a sós como falava com Willow e muitas outras. Ela entendia que, por estar espionando para ele, não deviam jamais ser vistos mantendo conversas conspiratórias em voz baixa. Mas aquela espionagem lhe parecia ridícula — todas as vibrações que sentia eram de uma absoluta sinceridade — e Pip achou que estava sendo punida, que o havia ferido e envergonhado ao se recusar a ter relações sexuais com ele. Seus modos infalivelmente simpáticos e afetuosos com ela nada significavam: sabia muito bem que Andreas era um enganador de primeira categoria, como ele praticamente confessara, o que a lenga-lenga incessante dele sobre confiança e sinceridade só confirmava. Estava convencida de que, apesar das aparências, ele tinha raiva dela e lamentava haver lhe confiado seu segredo.

Por isso, dia após dia, seduzida pela língua dele e por sua própria popularidade, ela foi cristalizando a decisão de dar tudo que ele quisesse na próxima vez em que ficassem a sós. *Inesperadamente maluco por você*: isso ainda devia estar valendo, não? Ela não estava maluca por ele, e sim curiosa, sexualmente entediada e mais e mais decidida. Começou a atentar melhor para os movimentos diários dele, buscando oportunidades de abordá-lo a sós, mas sempre alguém parecia segui-lo do estábulo para o prédio dos técnicos; Pedro ou Teresa davam a impressão de estar o tempo todo por perto quando ele ficava sozinho no prédio principal. Uma tarde, entretanto, lá pelo fim de setembro, ela olhou por uma janela do estábulo e o viu sentado, sem ninguém por perto, numa extremidade do pasto das cabras, o rosto voltado para a floresta.

Pip correu para baixo e atravessou o pasto tão velozmente que as cabras debandaram. Andreas deve ter ouvido sua aproximação, mas não olhou para trás, até que ela o alcançou e viu que ele estava chorando. Aquilo a lembrou de algo — Stephen aos prantos nos degraus da frente da casa de Oakland.

"Meu Deus", ela disse. "Você está bem?"

Ele deu uma palmadinha na grama. "Senta aqui."

"O que foi?"

"Apenas senta. Tenho más notícias."

Consciente de que estavam visíveis, ela se sentou a certa distância de Andreas.

"Minha mãe está doente. Câncer no rim. Acabei de saber."

"Sinto muito mesmo", disse Pip. "Eu não sabia que vocês ainda tinham contato."

"Ela não sabe de mim. Mas eu ainda sei dela."

"Você prefere ficar sozinho?"

"Não, pode ficar. Você queria alguma coisa?"

"Nada importante."

"Prefiro ouvir alguma coisa sua a pensar nela."

"É grave o câncer dela? Em que estágio está?"

Ele deu de ombros. "Ela quer vir me ver. Isso parece bom? Não posso viajar para ir vê-la, o que é uma pequena bênção. Me poupo dessa decisão."

"Tenho vontade de abraçar você. Mas não quero que me vejam fazendo isso."

"Está certo. Aliás, você está se comportando muito bem."

"Obrigada. Embora... Você está chateado comigo?"

"Claro que não."

Ela balançou a cabeça, na dúvida se devia ou não acreditar nele.

"Passei a maior parte da minha vida odiando a minha mãe", ele disse. "Já lhe contei algumas razões por que a odeio. Mas agora que recebi esse e-mail me lembrei de que elas não eram as verdadeiras razões nem todas as razões. São meias razões. Necessárias mas não suficientes. A outra metade é que não consigo deixar de amá-la apesar de todas as outras razões. Me esqueço dessa grande razão. Às vezes esqueço por anos e anos. Mas aí recebo esse e-mail..."

Ele expeliu ar, um riso ou um soluço. Pip não ousou olhar para ver do que se tratava. "Talvez o amor seja mais importante que o ódio", ela disse.

"Tenho certeza de que para você seria."

"Bom, seja como for, sinto muito mesmo."

"Você precisava conversar comigo a sós? Temos que combinar alguma coisa por causa disso?"

"Não. Ou eu sou uma péssima espiã, ou você estava paranoico."

"Então o que você queria?"

Ela se voltou para ele e a expressão de seu rosto lhe mostrou o que ela queria.

Os olhos de Andreas, que estavam vermelhos, se abriram. "Ah, entendi."

Ela olhou para o chão e disse baixinho: "Eu me sinto muito mal com o que aconteceu naquele dia. Acho que podia ter sido melhor. Quer dizer, se ainda te interessa".

"Interessa. Totalmente. Nem me atrevia mais a esperar."

"Desculpe. Você perguntou o que eu queria, mas eu não devia ter respondido. Não agora."

"Não, fez bem." Ele se pôs de pé de um salto, a tristeza aparentemente esquecida. "Preciso ir à cidade na semana que vem, para ir vê-la. Estava com receio, mas não estou mais. Deixe-me pensar em como vou levar você comigo. O que lhe parece?"

Pip respirou com dificuldade antes de responder. "Parece bom", disse.

Uma das coisas mais insanas do projeto era não existir privacidade nas comunicações eletrônicas. A rede interna era projetada de modo que todas as conversas e mensagens fossem visíveis por qualquer um na rede; como tudo podia ser lido pelos técnicos, não era justo que só eles tivessem esse privilégio. Se uma garota queria se ligar a um dos rapazes (o que acontecia com frequência, embora eles fossem fisicamente bem menos impressionantes), ela o fazia de maneira aberta pela rede ou pessoalmente. Por isso Andreas passou às escondidas um bilhete escrito à mão para Pip, quando ela saía do prédio principal na noite seguinte.

Pode ficar feliz: acho que seus dias como espiã estão contados. Não me ocorreu nenhuma história plausível. Você irá comigo porque vou me encontrar com investidores potenciais e você é a funcionária em cuja opinião eu mais confio. Mas pense bem se está preparada para que os outros a vejam de modo diferente. Aceitarei o que você decidir. Por favor, queime isto. — A.

Na varanda, acima do rio escuro, Pip queimou o bilhete com um isqueiro esquecido por Colleen. Sentia saudade de Colleen e se perguntou se ela própria seria levada na conversa por três anos, embora também se sentisse forte e vitoriosa. Mergulhara mais fundo no rio escuro que Colleen, além dos joelhos, e tinha certeza de que já fora mais longe com Andreas. Era tudo muito estranho e seria ainda mais estranho se sua vida não fosse desde sempre muito estranha. Para ela, o pensamento mais curioso era o de que podia ser extraordinariamente atraente. Ia de encontro a tudo em que acreditava — ou pelo menos a tudo em que *queria* acreditar; porque lá no fundo, em seu âmago mais sincero, talvez todas as pessoas se considerassem extraordinariamente atraentes. Talvez isso não passasse de uma dessas coisas humanas.

"Vou ver sua mãe?", perguntou a Andreas uma semana depois, enquanto Pedro os levava pela estradinha íngreme que saía do vale.

"Você quer vê-la? Annagret foi a única das minhas mulheres que fez isso. Minha mãe foi muito carinhosa com ela, até deixar de ser."

Pip ficou perturbada demais com o *minhas mulheres* e não respondeu. Será que a expressão agora se aplicava a ela? Tinha a impressão de que sim.

"Ela é muito sedutora. Você provavelmente vai gostar dela. Annagret gostava muito, até que deixou de gostar."

Pip baixou o vidro da janela, expôs o rosto ao ar bem fresco da manhã e sussurrou: "Sou sua mulher?". Achou que Andreas não podia ouvi-la, mas talvez tivesse ouvido.

"Você é minha confidente", ele disse. "Estou interessado em saber o que seu bom senso dirá sobre ela."

Pousou a mão na parte superior da coxa de Pip e a deixou lá. Praticamente todos os pensamentos que ela tivera na semana anterior haviam conduzido a uma coisa: sentia sintomas mais fortes de estar apaixonada, uma estranheza mais persistente, um coração mais acelerado, do que se lembrava de ter sentido por Stephen. Os sintomas, porém, eram ambíguos. Um condenado a caminho do patíbulo tinha muitos deles. Quando a mão de Andreas deslizou excitantemente para a parte interna de sua coxa, ela não teve coragem nem vontade de retribuir pousando a mão na perna dele. O acerto da expressão "ser caçada" tornava-se evidente. Os sentimentos da presa ao ser apanhada entre os dentes do lobo eram difíceis de distinguir da sensação de estar apaixonada.

Seu espanhol melhorara tanto que ela conseguiu acompanhar tudo que Andreas conversou com Pedro. Pedro devia estar no Cortez às seis da manhã do dia seguinte. Andreas provavelmente estaria esperando por ele, mas, se não estivesse, Pedro deveria ir ao aeroporto com um cartaz escrito "Katya Wolf" e trazê-la para o hotel.

Evidentemente, Andreas tencionava passar o dia todo e a noite toda, além de talvez a manhã seguinte, a sós com Pip. Era absurdo que antes precisassem ficar ali sentados no banco traseiro do carro, por três horas, enquanto Pedro freava por causa dos torturantes *rompemuelles*.

Estou apaixonada, ela concluiu. *Sou a garota menos bonita de Los Volcanes, mas sou engraçada, corajosa e sincera, e ele me escolheu. Ele pode partir meu coração depois — não me importo.*

No Cortez, Andreas a mandou esperar quinze minutos no lobby antes de subir para o quarto dele. Ela ficou observando hóspedes de cabelo úmido e cara de sono entregarem a chave do quarto. Parecia não ser hora nenhuma do dia em lugar nenhum do mundo. Um homem de negócios latino-americano, que esperava alguém junto ao balcão da recepção, olhava fixamente para seus seios. Ela revirou os olhos; ele sorriu. Era um inseto comparado ao homem que esperava por ela.

No quarto, encontrou-o sentado à mesa com seu tablet. Na cama, uma bandeja de sanduíches e frutas cortadas. "Coma alguma coisa", ele disse.

"Pareço com fome?"

"Você tem um estômago sensível. É importante que coma."

Ela beliscou um mamão, que segundo sua mãe acalmava o estômago.

"O que você gostaria de fazer hoje?", ele perguntou.

"Sei lá. Há alguma igreja ou museu que eu deva ver?"

"Não adoro ser visto em público. Mas, sim, vale a pena conhecer o centro velho da cidade."

"Você podia usar óculos escuros e um chapéu engraçado."

"É o que você quer?"

O mamão a fez arrotar. Sentiu que precisava deixar de ser a presa e, de algum modo, tomar a iniciativa. Ainda não estava inclinada a tocar em Andreas, mas caminhou até ele e se forçou a pousar as mãos em seus ombros. Deixou-as cair até o peito. Tinha que ser feito.

Ele a pegou pelos pulsos, impedindo-a de se afastar.

"Pensei que você jamais encostasse a mão numa funcionária", ela disse. "Que não fosse uma boa publicidade."

"Levar várias delas para a cama seria má publicidade. Apaixonar-me por uma delas é coisa bem diferente."

Os joelhos dela tremeram. "Você realmente disse isso?"

"Disse."

A colher de pau, a colher de pau.

"Então está bem", Pip disse, deixando-se cair no chão.

Andreas largou seus pulsos, se desvencilhou da mesa e se ajoelhou ao lado dela.

"Pip. Sei que sou velho. Provavelmente tenho a idade do seu pai. Mas meu coração é jovem… Não tenho muita experiência com o verdadeiro amor. Provavelmente não muito mais que você. Isso é novo e assustador também para mim."

A colher de pau. O cérebro dela estava em turbulência. Amedrontada, apertou-se mais a um pai do que a um amante; foi mais a um pai que se agarrou em busca de segurança. No entanto, na noite anterior tinha aparado os pelos pubianos para ele com uma gilete. Estava totalmente confusa. Ele a abraçou com mais força, acariciando sua cabeça.

"Você gosta um pouquinho de mim?", ele perguntou.

Ela fez que sim com a cabeça porque sabia que era o que ele queria.

"Muito? Ou só um pouco?"

"Muito mesmo", ela disse pela mesma razão.

"Também gosto de você."

Ela voltou a assentir com a cabeça. No entanto, apesar de ter dito isso para lhe agradar, se sentiu mal por mentir. Se Andreas estava realmente apaixonado por ela, era desonestidade dela fazer isso. Para se redimir, tentou dizer alguma coisa sincera e simpática. "Gostei demais do que você me fez sentir naquela vez. Não consigo parar de pensar naquilo. Estou obcecada. Quero que faça de novo."

O corpo de Andreas se retesou. Ela ficou com receio de ter dito a coisa errada, de que ele, não se deixando enganar pela tentativa dela de desviar o assunto amor, estivesse magoado. Por isso o beijou. Com fervor, com ousadia, lhe oferecendo a língua, abrindo-se para ele. Andreas reagiu à altura. Mas o lado sensato de Pip ainda funcionava precariamente. Uma risada escapou dela antes que pudesse contê-la.

"O que foi?", ele perguntou sorrindo.

"Desculpe. Eu só estava pensando se a gente não estaria tentando fazer alguma coisa que no fundo nenhum dos dois quer."

Ele pareceu alarmado. "O que você está querendo dizer?"

"Não, só a parte do beijo", ela se apressou a dizer. "Você não me pareceu muito chegado aos beijos na última vez. Foi sincero em dizer. E, para falar a verdade, eu também concordo em dispensar essa parte."

Aconteceu de novo. Mais uma vez, por um segundo, antes que ele pudesse virar o rosto, Pip viu uma pessoa totalmente diferente, uma pessoa louca.

"Você é uma mulher incrível", ele disse com o rosto voltado para o lado.

"Obrigada."

Ele se levantou e se afastou. "Estou falando sério. Nunca me senti tão desnorteado em toda a minha vida. Você me faz me sentir menor de uma forma boa. Ao que consta, sou o grande divulgador da verdade, e você o tempo todo me põe no meu lugar. Odeio isso, mas também adoro. Eu amo você." Deu as costas para ela e repetiu: "Eu amo você".

Ela corou. "Obrigada."

"Só isso?", ele disse com raiva. "*Obrigada*? Quem fez você assim? Onde você foi criada?"

"No vale do San Lorenzo. Um lugar bem humilde e democrático."

Ele caminhou na direção dela com passos firmes e a levantou com um puxão. "Você está me deixando maluco!"

"Nem tudo está muito certinho também na minha cabeça."

"Então o que somos? Como vamos fazer isso? De que maneira vamos ficar juntos?"

"Não sei."

"*Tira a porra dessa roupa.* É assim que funciona?"

"Promete."

"Então faça isso. Devagar. Quero ficar te olhando. Tire a calcinha por último."

"Está bem. Isso eu posso fazer."

Ela gostava de receber ordens de Andreas. Mais que qualquer outra coisa que viesse dele. Porém, ao fazer o que ele mandara, desabotoando um botão da blusa, depois outro, não teve certeza de que estava gostando de estar gostando. Desejava conseguir esquecer o que Stephen lhe havia dito, no quarto, sobre a necessidade dela de um pai. Um temor começou a crescer dentro de Pip ao desabotoar o quarto botão e depois o último. Descortinou um panorama emocional no qual sentia raiva do pai ausente, de todos os homens mais velhos, e provocava e punia esse homem da idade de seu pai, o deixava louco, o induzia a se oferecer como a pessoa que faltava na vida dela; e seu corpo reagia ao oferecimento, e essa reação era nojenta. Deixou o sutiã cair no chão.

"Meu Deus, como você é bonita", disse ele, olhando-a fixamente.

"Acho que você quer dizer que eu sou jovem."

"Não. O que você tem por dentro é mais bonito do que o que se vê por fora."

"Continue falando", ela disse. "Está ajudando."

Quando ficou totalmente nua, ele caiu de joelhos e apertou seu rosto contra o púbis dela.

"Você aparou para mim", Andreas sussurrou, agradecido.

"Quem falou que foi para você?", ela disse, dando uma risada hesitante. Vendo-se tão apreciada por ele, Pip estava gostando bastante de si própria, mas a sensação de medo aumentou ao continuar a provocá-lo e perceber o efeito da provocação. As mãos dele tremiam em suas nádegas. Ele a beijava, inalava seus cheiros, e ela percebia que iria acontecer de novo, o mesmo que da última vez, exceto que agora ela teria de se submeter ao jogo todo, não poderia voltar atrás em sua palavra.

De repente, diante da perspectiva de ele fodê-la, Pip sentiu um tipo diferente de clímax. A concordância com que ela havia chegado àquele momento, a rapidez e precisão com que ele arranjara um encontro com ela, a facilidade com que conseguira pô-la nua e de pé num quarto de hotel combinaram-se com um conjunto de incertezas — *pai, assassino, dono da colher, fugitivo, maluco* — para gerar um pensamento simples: ela não queria ser mulher dele.

À luz sóbria desse pensamento, o que estavam fazendo era ridículo.

"Hã...", ela disse, dando um passo para trás. "Acho que preciso dar uma paradinha."

Ele desabou. "O que agora?"

"Não, falando sério, venho querendo isto há um mês e meio. Tenho me tocado todas as noites pensando nisso. Imaginando que sou você. Mas agora... sei lá. Não sei, talvez me tocar possa ser suficiente."

O corpo dele encolheu ainda mais. Ela pegou o sutiã e o vestiu. Pôs a calça jeans sem se preocupar com a calcinha, que permanecia bem na frente dele.

"Me desculpe mesmo", ela disse. "Não sei o que há de errado comigo."

"Então o que você quer fazer em vez disso?" O tom forçado de sua voz mostrava o autocontrole a que estava se forçando. "Visitar o pitoresco centro da cidade?"

"Para ser sincera, eu só havia pensado em ir para a cama com você."

"Ainda é uma opção."

"Talvez, se você me ordenar. Gosto quando me dá ordens. Quem sabe tenho uma personalidade de escrava."

"Essa não é uma ordem que eu possa dar. Se você não quer, eu não quero. Você disse que queria."

"Eu sei."

Ele suspirou fundo. "O que fez você mudar de ideia?"

"De repente não me pareceu correto."

"Sou velho demais para você?"

"Meu Deus, não. Gosto da sua idade. Talvez até um pouquinho demais. Além do que você tem essa coisa do homem alemão que não envelhece. Tem esses olhos azuis."

Ele inclinou a cabeça. "Então você simplesmente não gosta de quem eu sou."

Pip sentiu uma tristeza enorme. Ajoelhou-se a seu lado, acariciou os ombros dele, beijou seu rosto.

"Todo mundo gosta de você. Milhões de pessoas gostam de você."

"Gostam de uma mentira. Você é a pessoa a quem mostrei o que realmente sou."

"Me desculpe. Me desculpe mesmo." Puxou a cabeça dele para seu colo, o embalou por algum tempo. Seu coração voltava a se aquecer por ele, perguntou-se se uma foda misericordiosa não estava para acontecer. Nunca havia fodido assim, mas agora entendia como podia ocorrer. Num canto de sua mente havia o pensamento adicional de que mais tarde ela poderia sentir a satisfação de haver fodido com o famoso herói fora da lei, e que essa era sua última chance de fazer isso; que essa Pip do futuro se remoeria de remorsos ao se lembrar de que tudo que fizera fora atraí-lo e depois amarelado. Amarelado *duas vezes*.

Ele permanecia com o rosto afundado entre seus seios, as mãos no traseiro da calça dela. O fato de haver amarelado *duas vezes* era significativo. Pensou no que sua mãe dissera antes de ela partir de Felton com sua mala. "Sei que você está com muita raiva de mim, queridinha, e tem todo o direito de estar. Me preocupo com você na floresta, num outro continente. Me preocupo com você perto de Andreas Wolf. Mas a coisa que nunca me preocupa é o seu senso moral. Você sempre foi uma pessoa amorosa, com uma visão clara do certo e do errado. Conheço-a melhor do que você própria se conhece. É isso que sei sobre você." Pip, que só via a confusão que seu comportamento provocava em todos os relacionamentos que tivera até então, estava convencida, mesmo naquele momento, de que sua mãe não sabia nada sobre ela. Mas ter rechaçado Andreas *duas vezes*, quando tudo conspirava em favor da submissão… será que isso não significava alguma coisa? Talvez sua mãe estivesse certa. Talvez ela possuísse um senso moral límpido. Lembrava-se de ter amado Ramón e até Dreyfuss com toda a pureza do coração. O que havia arruinado as coisas em Oakland tinha sido seu desejo sexual por Stephen, sua raiva de um homem mais velho.

Beijou o topo encaracolado da cabeça de Andreas e se desembaraçou dele. "Simplesmente não vai rolar", disse. "Desculpe."

Vestiu a blusa e desceu para o lobby do hotel. Sua decisão parecia irrevogável e nem depender mais de sua vontade; estava preparada para ficar sentada ali noite e dia se necessário. Mas em menos de uma hora Pedro apareceu com o Land Cruiser. Ela não suportou a ideia de ir sentada na frente com ele, sua pele a incomodava como se ela estivesse com uma doença contagiosa. Deitou-se no banco de trás e esperou que a vergonha, a culpa e o remorso a invadissem.

Quando esses sentimentos chegaram, foi ainda pior do que previra. Passou dois dias praticamente na cama, sem reagir às idas e vindas de suas companheiras de quarto. Enquanto Andreas gostara dela, Pip voara alto, gostando também de si própria, mas, agora que havia caído no desamor dele, caiu num poço de desamor de si mesma. Apesar de ela ter rejeitado, e não sido rejeitada, a cena no quarto de hotel fora tão ruim quanto aquela no quarto de Stephen. Ela a via e revia em sua imaginação, sobretudo o momento em que, nua, ele se ajoelhara a seus pés.

No terceiro dia, quando conseguiu, a muito custo, ir até a mesa de jantar, descobriu que havia perdido sua popularidade. Comeu de cabeça baixa e voltou para a cama. Ninguém mais se abria com ela. Não sabia dizer se estava sendo banida porque acreditavam que houvesse seduzido Andreas ou porque sabiam que ele estava insatisfeito com ela. De qualquer modo, achou que merecia. Escreveu um e-mail que era uma carta para Colleen, uma confissão completa, até se dar conta de que Colleen a odiaria ainda mais. Então, só deixou umas poucas frases:

> Você fez bem em ir embora. Ele é realmente um cara muito
> esquisito. Tudo que fiz com ele foi conversar, e será sempre assim.
> Eu mesma não vou ficar muito mais tempo aqui.

Quando Andreas voltou três dias depois, foi o mesmo com ela, cordial mas distante, o que a fez sentir ainda mais culpa. Acreditava que ele realmente lhe contara um segredo que não tinha contado a ninguém de Los Volcanes — que de fato a havia desejado de forma especial — e que por trás daquele sorriso ele devia estar magoado e envergonhado. Incapaz de reviver o momento de sua decisão, ela começou a achar que tinha cometido um erro pavoroso. E se tivesse ido em frente e se tornado sua amante? E se tivesse aprendido a ser delirantemente feliz com ele? Agora o desejo de Andreas estava aprisionado dentro do corpo dele, onde Pip não podia desfrutá-lo. Pensou em implorar por uma terceira chance, mas temeu se acovardar pela terceira vez. Passou uma semana com o caroço de uma quase depressão atravessado na garganta. Fingia que ia caminhar, mas depois da primeira curva se sentava e chorava.

Ele a encontrou em meio a uma dessas crises de choro. Era fim de tarde e já escurecia; chovia, embora as nuvens mais pesadas ainda estivessem distantes. Ao dobrar a curva, usando uma capa impermeável amarela e bota de borracha, Andreas a viu encostada a uma árvore, os braços em volta dos joelhos, se deixando empapar.

"Vim procurar você." Agachou-se ao lado dela. "Não imaginei que estivesse tão perto."

"Não faço mais nenhuma caminhada. Só venho aqui e choro."

"Sinto muito."

"Não, eu é que sinto muito. Estraguei tudo."

"Não se culpe. Sou adulto. Sei cuidar de mim."

"Nunca vou traí-lo", ela falou aos soluços. "Pode confiar em mim."

"Não vou fingir que não amo você. Eu amo você."

"Desculpe."

"Mas chega disso." Tirou a capa, cobriu Pip e se sentou. "Vamos pensar no que você quer fazer agora."

Ela enxugou o nariz com a mão. "Me mande para casa. Tive uma grande oportunidade aqui e não soube aproveitar."

"Willow me disse que a busca por seu pai não está indo bem."

"Perdão, duas oportunidades. Fracassei nas duas coisas."

"Infelizmente Annagret e eu lhe prestamos um desserviço quando dissemos que poderíamos ajudar. O que estamos procurando pertence à era pré-digital, o que torna tudo muito difícil. Falei com Chen sobre você." Chen era o principal hacker. "Perguntei se ele podia fazer uma busca de reconhecimento facial com uma foto antiga de sua mãe. Embora isso exija um bocado de potência de computação pirateada, estou disposto a fazer isso por você. Mas Chen acha que será perda de tempo."

Na clara luz cinzenta de sua depressão, Pip viu que havia acontecido de novo o que acontecera com Igor na Renewable Solutions: ela tinha sido enganada pela conversa fiada de um empregador.

"Tudo bem. Obrigada por ter perguntado a ele."

"Vou continuar pagando sua dívida estudantil enquanto você estiver aqui. Mas precisamos pensar no próximo passo. Você escreve bem, e Willow diz que aprende rápido. Você odiava seu emprego de vendedora. Já pensou em ser jornalista?"

Ela conseguiu dar um sorriso amarelo. "O projeto não está destruindo o jornalismo?"

"O jornalismo vai sobreviver. Há muito dinheiro sendo aplicado sem fins lucrativos. Alguém tão capaz quanto você pode encontrar emprego se quiser. Acho que os veículos tradicionais são mais adequados para você, já que não gosta muito do que eu faço."

"Eu queria gostar. Desculpe se não posso."

"Chega disso." Pegou a mão de Pip e a beijou. "Você é o que é. Amo o que você é. Vou sentir sua falta."

Ela começou a chorar de novo. De algum lugar perdido na névoa, veio o som retumbante de um bloco de arenito se desprendendo de uma encosta, seguido de um baque surdo. Ela já estivera em trilhas onde pedaços de rocha haviam caído tão perto que deu para ouvir o som sibilante de sua queda.

"Você pode me dar essa ordem?", ela perguntou.

"O quê?"

"Me dar uma ordem. Dizer que eu tenho que fazer jornalismo. Você faz isso? Ainda quero que você me dê ordens…" Fechou os olhos bem fechados. "Estou tão confusa."

"Não compreendo você. Mas, sim, se insiste. Posso ordenar a você que faça jornalismo."

"Obrigada", ela sussurrou.

"Então vamos trabalhar nisso. Tenho um presentinho para você, para dar a partida. Fale com Willow. Ela vai mostrar o que é."

"Você está sendo realmente muito bom para mim."

"Não se preocupe. Também ganho alguma coisa. Entende o que é?"

Ela disse que não com a cabeça.

"Vai entender."

Andreas deve ter tido uma conversa com Willow naquela tarde. Depois de dez dias de frieza, ela guardara uma cadeira para Pip na mesa de jantar e voltou a ser extraordinariamente amistosa. À noite, no estábulo, mostrou a Pip uma série de fotografias apagadas por um usuário do Facebook, mas ainda recuperáveis nas entranhas do sistema por gente com a habilidade de Chen.

Na caçamba de uma caminhonete, numa festa no Texas, via-se o que dava a impressão de ser uma ogiva nuclear. Impossível que fosse verdadeira, mas parecia idêntica às que Pip tinha visto nas apresentações de seu Grupo de Estudo em Oakland.

Nas semanas que se seguiram, ela tentou ensinar jornalismo a si mesma. Com a ajuda de um dos hackers, entrou em contato com o usuário do Facebook que postara as fotografias, mas isso não a levou a lugar nenhum. Não tinha ideia de como se aproximar da Força Aérea ou da fábrica de armamentos para fazer perguntas e, mesmo que tivesse ideia, estaria fazendo contato sem credenciais, de uma conexão do tipo Skype e da Bolívia. Isso a fez ter um grande respeito pelos jornalistas de verdade, mas, para ela, foi desencorajador. Teria desistido se Andreas não a tivesse posto em contato com um sujeito da Bay Area que possuía informações sobre a contaminação do lençol de água por um aterro em Richmond. Usando essa informação e fazendo telefonemas para autoridades locais menos intimidadoras — não tinha medo de entrevistas por telefone, pois na Renewable Solutions pelo menos havia desenvolvido esse útil recurso —, ela escreveu um artigo que apareceu magicamente na edição eletrônica do *East Bay Express*, cujo editor era fã de Andreas. O *Express* também publicou seu artigo seguinte, "Confissões de uma vendedora de esquemas mirabolantes", em que contou com a ajuda de Willow; como ela não tinha achado graça na coisa, Pip foi ajustando o texto até conseguir deixá-lo efetivamente divertido.

No começo de janeiro, depois de haver escrito duas outras peças mais curtas para o *Express*, sobre temas apontados pelo editor e que puderam ser transmitidos por telefone, Andreas levou-a para passear e sugeriu que se candidatasse à função de estagiária de pesquisa numa revista eletrônica chamada *Denver Independent*. "Ela é especializada em jornalismo investigativo", disse, "e ganha muitos prêmios."

"Por que Denver?"

"Há uma boa razão para isso."

"O *East Bay Express* parece gostar de mim. Eu preferia ficar perto da minha mãe."

"Está me pedindo que eu te dê uma ordem?"

Já haviam se passado três meses desde aquela manhã no Cortez, e ela ainda desejava que Andreas lhe tivesse ordenado que fosse para a cama com ele.

"Denver não passa de um nome para mim", ela disse. "Não sei nada sobre esse lugar. Mas tudo bem. Diga o que você quer que eu farei."

"O que eu quero?" Andreas olhou para o céu. "Eu quero que você goste de mim. Quero que nunca me deixe. Quero envelhecer ao seu lado."

"Ah!"

"Desculpe. Precisava dizer isso uma vez antes de você ir."

Ela gostaria de acreditar nele. Andreas parecia acreditar no que dizia. Mas a incapacidade de confiar nele estava entranhada até a medula de seus ossos, em seus nervos.

"Bem…", ela disse.

"Não estou pedindo muito. Se você conseguir o emprego em Denver, e acho que vai conseguir, quero que instale uma conexão que vou mandar para você quando tiver uma conta de e-mail no escritório. O editor e dono da empresa é um homem chamado Tom Aberant. Tudo que você precisa fazer é abrir a conexão. Mas, se quiser manter os ouvidos abertos e ver se o *Denver Independent* está atrás de mim, também vou agradecer."

"Ele é a outra pessoa que sabe o que você fez. É o jornalista."

"Sim."

"Você quer que eu seja sua espiã."

"O que quer que a deixe confortável. Se não for nada, assim será. A única coisa que peço, além de você abrir a conexão, é que não diga a ninguém de lá que esteve aqui. Você nunca saiu da Califórnia. Contar ao Aberant que esteve aqui é o que poderia me prejudicar. E prejudicar você também, nem preciso dizer."

Um pensamento sombrio ocorreu a Pip.

"Não me entenda mal", ela disse. "Estou gostando de ser jornalista. Mas essa pessoa em Denver é a verdadeira razão pela qual sugeriu que eu entrasse para o jornalismo?"

"A verdadeira razão? Não. Mas parte da razão? Claro que sim. É bom para você *e* bom para mim. Você tem algum problema com isso?"

Naquele momento, não pareceu que ele estivesse pedindo muito. Ela não lhe entregara seu coração e seu corpo, e se lembrava bem, por causa da experiência com Stephen, da dor e da tristeza de lhe serem negados o coração e o corpo que havia desejado. Ela podia não confiar em Andreas, mas sentia compaixão por ele, inclusive por sua paranoia; se pressionar o botão do mouse fosse suficiente para reduzir a dívida que tinha com ele, diminuir a culpa por feri-lo, estava pronta para clicar no botão. Achou que aquilo poderia ajudar a encerrar o balanço entre os dois. E assim ela foi para Denver.

Quando voltou bem tarde para a casa de Tom e Leila, depois de beber a noite inteira com colegas do *Denver Independent*, Pip ficou surpresa ao encontrar Leila nos degraus de fora da cozinha, enrolada num grosso casaco de pele de carneiro, com fumaça de cigarro por perto.

"Ahá, você me pegou", disse Leila.

"Você *fuma?*"

"Uns cinco por ano." Numa tigela branca de cereal ao lado de Leila havia quatro guimbas amassadas. Ela cobriu a tigela com a mão.

"Como é ser tão moderada?", Pip perguntou.

"Ah, é simplesmente mais uma coisa para deixar a gente insegura." Leila deu uma risada de autodesprezo. "As pessoas interessantes são sempre imoderadas."

"Posso sentar aí com você?"

"Está frio. Eu já ia entrar."

Enquanto a seguia para dentro da casa, Pip se preocupou com a possibilidade de que ela fosse a causa de Leila estar fumando. De certo modo se apaixonara por Leila, assim como por Colleen na Bolívia, mas desde que passara a viver com ela e Tom tinha a sensação de que vinha criando problemas entre os dois. Também estava um pouco apaixonada por Tom, e podia se permitir isso por não sentir nenhuma atração física por ele — que era mais velho e estava *a salvo*. Mas nos últimos tempos era evidente que Leila tinha ciúmes dela ou dos dois. Pip sabia que devia se mudar dali, porém era difícil deixar a família que a acolhera.

Na cozinha, Leila derramou as guimbas e as cinzas numa folha de papel-alumínio e fez uma bola. Ajudada pelas quatro margaritas que havia ingerido, Pip indagou se podia lhe fazer uma pergunta.

"Claro", disse Leila, pegando café na geladeira.

"Você prefere que eu procure outro lugar para morar? Isso ajudaria?"

Por um instante, Leila ficou imóvel. Pip a achava bonita de uma forma muito especial. Não irritantemente bonita como a turma do Projeto Luz do Sol; bonita de acordo com a sua idade, adorável de um modo que alguém po-

326

deria querer ser. Leila olhou para a lata de café em sua mão como se não soubesse como tinha ido parar lá. "Claro que não", disse. "Acha que eu quero isso?"

"Hã, bem, acho. Um pouquinho."

"Sinto muito." Leila caminhou rápido até a máquina de café. "Provavelmente você está captando inseguranças que nada têm a ver com você."

"Por que você está insegura? Eu a admiro tanto!"

A lata de café caiu no chão.

"É isso que acontece quando eu fumo", disse Leila, se inclinando.

"Por que você está fumando? Por que está fazendo café à uma e meia da manhã?"

"Porque eu sei que não vou mesmo dormir. Melhor trabalhar."

"Leila", disse Pip em tom lamuriento.

Leila lhe lançou um olhar pior do que zangado: um olhar feroz. "*O que foi?*"

"Alguma coisa errada?"

"Não. Nada." Leila se controlou. "Você recebeu minha mensagem de Washington?"

"Recebi! Parece maior do que imaginamos."

"Bem, mas aquilo é tudo. Estou morrendo de medo de que alguém saia antes de nós com a história."

"Há alguma coisa que eu possa fazer para ajudar?"

"*Não!* Vá dormir. Já é tarde."

No hall do andar de cima, Pip ouviu os roncos com que Tom se despedia do que quer que houvesse bebido. Sentou-se na beira da cama e escreveu um e-mail para Colleen, o mais recente de muitos, todos sem resposta.

> Sim, sou eu outra vez. Pensei em você porque acabei de pegar
> Leila fumando nos fundos da casa e senti saudade de você.
> Continuo sentindo sua falta. Sei que tudo que faço é trair as
> pessoas. Mas não posso deixar de querer que você me dê outra
> chance. Muito amor, PT

Escrever e-mails quando se está bêbado nunca é uma boa ideia, mas ela foi em frente e clicou para enviar.

Seu problema é que era verdade: tudo que fazia era trair as pessoas. Pouco depois que sua conta de e-mail no *Denver Independent* foi ativada e ela instalou a conexão fornecida por Andreas, Pip se arrependeu. A sinfonia que não tinha ouvido na Bolívia começara imediatamente em Denver. Seus colegas eram jovens comuns, e não deusas ou prodígios. Os repórteres e editores eram pessoas normais e sarcásticas, a divisão de trabalho neutra do ponto de vista do gênero, a atmosfera na redação séria e profissional, mas sem ser fria. Embora Andreas gostasse de dizer a seus funcionários que *todas as mãos se levantavam contra o vazador de informações* a fim de granjear a simpatia conferida aos desfavorecidos, o projeto era sofisticado e famoso demais para ser objeto de comiseração. Os verdadeiros desfavorecidos eram os jornalistas. Embora se valorizassem muito a pobreza pessoal de Andreas e a pureza de seu trabalho, eram as dificuldades financeiras cotidianas dos jornalistas, os pagamentos de pensões e hipotecas, os sanduíches de quatro dólares que comiam no almoço que lembravam a Pip sua mãe e os vizinhos pouco abonados de Felton. Depois de seis horas no *DI* ela se sentiu muito mais em casa do que em seis meses no Projeto Luz do Sol.

E Leila: adorável de corpo e de alma, maternal de um modo que a fazia se sentir como uma irmã, em nada sufocante, jornalista ganhadora de um Pulitzer cuja vida privada era ainda mais estranha que a de Pip. E Tom: sério como profissional, mas tolo na vida pessoal, indiferente à opinião de qualquer um sobre o que ele dizia ou sobre sua aparência, com um comportamento tão discreto e irônico quanto o de Andreas era invasivo e arrogante, seu amor por Leila ainda mais óbvio por não ser declarado. Pip amava os dois e, quando a convidaram para ir morar com eles, sentiu-se como se, depois de uma vida de limitações, decisões erradas e incompetência generalizada, enfim tivesse ganhado na loteria.

O que tornava ainda mais desastrosamente infeliz haver plantado um sistema de espionagem no sistema de computadores do *DI*, que tivesse fingido ser a responsável por obter as fotografias da ogiva nuclear que Andreas lhe dera, que contasse a Tom e Leila uma dezena de outras mentiras. Tinha desfeito as pequenas mentiras sem grandes prejuízos ou embaraços, mas as maiores — e, claro, o esquema de espionagem — continuavam presentes. E agora Leila se voltava contra ela, enquanto Tom de repente também se mostrava desconfortável em sua presença; as duas coisas juntas faziam-na temer que, embora respeitasse Tom demais para flertar com ele ou para questionar sua autoridade, como era seu hábito, ele talvez tivesse se interessado amorosamente por ela. Duas noites antes a havia levado ao teatro e, se já não fosse suficientemente perturbador estar lá *como sua companheira*, ele baixara a guarda ao voltarem de carro para casa e lhe fizera perguntas pessoais, parecendo bem pálido quando ela lhe deu boa-noite. Desde então a evitara.

Havia também a questão do e-mail que Willow lhe enviara dias antes. Estava repleto de notícias e surpreendentemente sentimental, trazendo como anexo uma selfie de Willow e Pip na frente do estábulo. A legenda poderia ser "Garota alfa com garota beta". Mas Willow tinha participado da elaboração fraudulenta das credenciais jornalísticas de Pip; certamente sabia que a única maneira segura de alguém do projeto se comunicar com ela era através de mensagens cifradas. Sendo assim, por que o e-mail? E por que a complicação de enviar um anexo? Pip fazia o possível para esquecer que abrira a mensagem em casa, usando o wi-fi de Tom.

Levando tudo em consideração, estava orgulhosa de só ter bebido quatro margaritas com seus colegas naquela noite. Por causa de suas mentiras e das tensões na casa, parecia apenas uma questão de tempo até que se visse sem emprego e de novo na rua, com sua melhor oportunidade desperdiçada. Sabia o que tinha de fazer. Precisava trair Andreas e contar tudo a Tom e Leila. Mas não suportava a ideia de desapontá-los.

Ao se calar, estava protegendo um assassino, uma pessoa louca, um homem em quem não confiava. No entanto, relutava em se desvincular dele. Andreas mexera com sua cabeça, e lhe dava um prazer algo perverso mexer com a cabeça *dele* — ser a pessoa em Denver que conhecia seu segredo e era uma fonte de preocupação. Como Andreas não estava presente todos os dias para lembrá-la dessa desconfiança, o poder dele, sua fama e seu interesse especial por ela tornavam mais intensas as fantasias sexuais. Em alguns importantes cálculos amorosos o escore dele era zero, porém em outros ficava muito acima da média.

Todas as noites antes de dormir ela lhe enviava uma mensagem e não desligava o celular até receber a resposta. Com o tempo, começara a pensar que não teria sido tão ruim dormir com ele, uma rendição moral menos grave do que instalar a conexão de e-mail que ele lhe enviara. Por que, por que, por que não havia trepado com ele quando teve a oportunidade? Ter saído às pressas da Bolívia lhe parecia ainda mais lamentável agora, ao saber que era infundado o medo que ele sentia de Tom. Plantar o sistema de espionagem era um pecado inútil e realmente vil que teria evitado se tivesse permanecido com Andreas e cometido um pecado agradável.

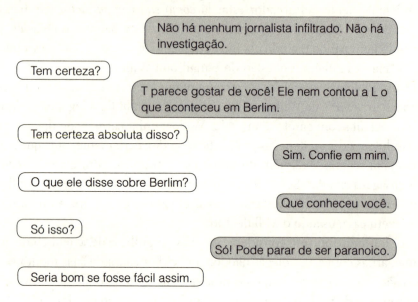

Pip precisava lutar contra a tentação de lhe mandar uma foto de suas partes íntimas. Ela era a última daquelas mulheres que permaneciam leais a ele. Tudo indicava que a alteração produzida em seu cérebro pela colher de pau se mantinha.

Não era difícil esconder de Tom e Leila o estado de seu cérebro, porém a alteração dele tinha sido o motivo pelo qual voara diretamente da Bolívia para Denver sem parar para ver a mãe. Sua mãe possuía uma percepção assustadora de seu estado de espírito. Tão logo chegou a Denver, Pip precisou ocultá-lo dela.

"Purity", sua mãe havia dito ao telefone. "Quando você me disse que não conseguiu encontrar nada sobre seu pai na Bolívia, estava mentindo para mim?"

"Não, eu não minto para você."

"Não achou nada?"

"Não!"

"Então me diga por que teve de ir para Denver."

"Quero aprender a ser uma jornalista."

"Mas por que tinha que ser em Denver? Por que *nessa* revista eletrônica? Por que não num lugar mais perto de casa?"

"Mamãe, preciso de um tempo para mim. Você está ficando mais velha, estarei aí quando for necessário. Não posso ter uns aninhos a mais longe?"

"Foi Andreas Wolf quem quis que você fosse para esse lugar?"

Pip hesitou. "Não", respondeu. "Eles apenas tinham uma vaga para estagiária, e eu me candidatei."

"Era a única agência de notícias do país que estava aceitando candidatos?"

"Você só não gosta porque está em outro fuso horário."

"Purity. Vou perguntar de novo: você está me dizendo a verdade?"

"Estou! Por que está perguntando isso?"

"Linda me ajudou a usar o seu computador e entrei no site. Queria ver eu mesma."

"E aí? Belo site, não é? É um jornalismo investigativo de grande porte."

"Tenho a impressão de que você não está me contando tudo que devia."

"Não estou! Quer dizer, não estou *deixando* de contar nada."

Por maior que fosse a sensibilidade de sua mãe a cheiros, maior ainda era seu faro por qualquer falha moral. Ela sentia o cheiro de que a filha estava fazendo alguma coisa errada em Denver, o que aborrecia Pip. Já havia recusado Andreas por causa de algo que sua mãe dissera. Para estar à altura dos ideais da mãe, se comportara com mais valor do que precisava ter se comportado, e sentia que merecia o crédito por isso, mesmo que sua mãe não soubesse de nada. Não estava a fim de lições de moral agora.

Mas desde então sua mãe tinha ficado amuada. Não retornava os recados que Pip deixava na secretária eletrônica e, quando atendia, não demonstrava alegria, e sim uma clara insatisfação através de suspiros, silêncios e respostas monossilábicas às perguntas rotineiras que Pip lhe fazia. Pip acabou se zangando e parou de telefonar. Nem contara que havia se mudado para a casa de Tom e Leila. Por algum tempo, morando com eles, sentiu justificada sua crença de que poderia ter sido uma pessoa bem ajustada e competente se tivesse tido pais como aqueles dois. Eles já a haviam ajudado tanto que a busca de seu verdadeiro pai tinha deixado de ser uma prioridade flamejante. Mas preferi-los como pais a fez sentir pena da mãe, que estava sozinha em Felton e fizera o possível com os parcos recursos de que dispunha. A vida de Pip parecia uma conspiração para trair todas as pessoas que participavam dela. E agora Tom dava a impressão de estar envolvido com ela, o que significava outra traição, a traição a Leila que Pip não desejara e que não era capaz de controlar. Tudo a fazia ainda mais dependente das trocas de mensagens noturnas com Andreas e das carícias que fazia em si mesma depois.

Tom ainda ressonava quando ela se aventurou para fora do banheiro. Do andar de baixo, subia um cheiro de café e o som tênue de um teclado. Pip também sentiu pena de Leila. E de Tom, se ele estivesse atraído por ela. E, claro, de Andreas e de Colleen. Parecia que pena e traição estavam associadas.

De volta à cama, enviou uma mensagem de texto para Andreas. Como já era muito tarde para esperar resposta, ela deveria simplesmente ir dormir, mas em vez disso enviou-lhe mais mensagens.

> Há algum modo de fazer com que o sistema de espionagem se autodestrua?

> Quer dizer, já que T não está escondendo nada.

> Fico numa posição difícil. Eles são boa gente.

> Estou preocupada que T tenha uma queda por mim.

> Quero sentir você duro dentro de mim. Quero...

Ela estava deletando a última frase, que digitara apenas para ajudá-la na masturbação, quando chegou uma resposta de Los Volcanes.

> Você também tem uma queda por ele?

Ela ficou surpresa. Eram quatro da manhã na Bolívia.

> Não! Ele é da Leila.

> Eu não faria nenhuma objeção.

> Não tenho nenhum interesse nele.

> Não precisa fingir por minha causa.

> Não estou fingindo. Você sabe quem é o homem mais velho por quem me interesso.

Imaginando vários cenários, esperou dez minutos pela resposta dele à sua temeridade. Sabia que estava se comportando de modo incorreto ao tentar mantê-lo interessado depois de duas rejeições. Mas naquele momento a troca de mensagens entre os dois era a coisa mais parecida que ela tinha com uma vida sexual. Continuou a digitar:

> Esqueça o que eu escrevi. Informação demais. Você continua aí? Não leu minhas mensagens anteriores? Há uma maneira de desinstalar o sistema de espionagem à distância?

> Não quero mais saber de você.

A mensagem dele foi como um soco no queixo. O celular saltou de suas mãos, caindo entre as pernas. Será que ele estava com ciúme de Tom? Como parecia importante deixar tudo às claras, pegou o aparelho e amaldiçoou os erros de digitação cometidos por seu dedo trêmulo.

> Estou sexualmente obcecada por você. Morta de remorsos.

> Trate de superar. Não quero saber de você.

> Está aborrecido comigo?

> Aborrecido, não. Só estou sendo sincero. Não me escreva mais. Não vou responder.

Ela tombou de lado com um gemido e puxou o edredom sobre a cabeça. Não atinava com o que havia feito de errado — tinha *dito* que não estava interessada em Tom. Por que Andreas a estava punindo agora? Contorceu-se sob a coberta, tentando em vão entender o que ele havia escrito, até que o edredom se transformou num tormento. Suando profusamente, ela o atirou para o lado e desceu para a sala de jantar, onde Leila estava trabalhando.

"Ainda acordada?", Leila perguntou.

Seu sorriso refletia mal-estar, mas não falsidade. Pip se sentou do outro lado da mesa, na frente dela.

333

"Não consigo dormir."

"Quer um sonífero? Tenho uma verdadeira cornucópia."

"Você me conta o que descobriu em Washington?"

"Deixe eu pegar um sonífero para você."

"Não. Deixe eu ficar aqui enquanto você trabalha."

Leila sorriu de novo para ela. "Gosto da sua sinceridade com relação ao que você quer. Eu ainda luto com isso."

Os sorrisos dela estavam aliviando um pouco a dor das palavras brutais de Andreas.

"Deixe eu tentar", disse Leila. "Não quero você aí sentada enquanto trabalho."

"Ah", fez Pip, magoada.

"Perco a naturalidade. Você não se importa?"

"Não, eu saio. É só que…" Alerta de explosão. "Não sei por que você está tão esquisita comigo. Não fiz nada pra você. Nunca faria nada que a ferisse."

Leila continuava a sorrir, mas havia um brilho em seus olhos, algo terrivelmente parecido com ódio. "Eu gostaria muito que você apenas me deixasse trabalhar."

"Você acha que sou uma destruidora de lares? Pensa que, em um milhão de anos, eu faria isso com você?"

"Não de propósito."

"Então por que está agindo assim, se não tenho culpa?"

"Você sabe quem é seu pai?"

"Meu *pai*?" O rosto de Pip expressou a perplexidade típica de quem ficou ofendido, acompanhada de um gesto de desdém.

"Já ficou curiosa para saber?"

"O que meu pai tem a ver com isso?"

"Só estou perguntando."

"Bom, eu preferia que você não perguntasse. Já me sinto andando o tempo todo com um cartaz pendurado no pescoço: CUIDADO COM O CÃO, NÃO TENHO PAI. Isso não significa que eu queira fazer sexo com todos os homens mais velhos que encontro."

"Desculpe."

"Posso fazer minha mala e ir embora amanhã. Também deixo o emprego, se ajudar."

334

"Não quero que faça nenhuma dessas coisas."

"Então faço o quê? Uso uma burca?"

"Vou ficar mais tempo com Charles. Você e Tom vão ter a casa só para vocês, assim acertam o que quer que precisem acertar."

"*Não há nada para acertar.*"

"A questão é simplesmente que..."

"Pensei que vocês dois fossem mentalmente sãos, pessoas normais. Essa é a parte que amo em vocês. E agora é como se eu fosse um rato de laboratório que você está deixando com outro rato numa gaiola para ver o que acontece."

"Não é o que eu estou fazendo."

"Com certeza é como eu sinto."

"Tom e eu estamos tendo uns problemas. Apenas isso. Posso ir buscar um sonífero para você?"

Pip tomou o comprimido e acordou sozinha na casa. Através das janelas se via uma daquelas manhãs cinza-pálido do Colorado que, como ela aprendera, não permitiam prever o tempo à tarde — poderia nevar ou ser quentíssimo —, mas ficou agradecida pelo céu claro e nublado: combinava com seu estado de espírito. Fora rejeitada definitivamente por Andreas, mas também liberada; sentia-se ao mesmo tempo machucada e mais limpa. Depois de aquecer e comer alguns waffles congelados, foi caminhando para o centro de Denver.

Havia uma sugestão de primavera no ar, e as Montanhas Rochosas, às suas costas, cobertas de neve, lá estavam para lembrá-la de que ela ainda tinha muitas coisas para fazer na vida, tais como visitar o Parque Estes e viver de perto a experiência das montanhas. Podia ir lá depois de fazer a confissão a Tom e antes de voltar à Califórnia. Respirando o ar revigorante, viu claramente que havia chegado a hora de confessar. Enquanto tivera as trocas de mensagens e as carícias tarde da noite, havia alguma *razão* para ter plantado o sistema de espionagem e para evitar o horror de contar isso a Tom: ela estava enfeitiçada e escravizada por Andreas. Agora já não havia nenhum motivo nem sentido em preservar a vida que vinha levando em Denver, por mais avidamente que a tivesse abraçado. Tudo se baseava em mentiras, e ela queria ficar limpa.

Sua decisão foi firme até chegar ao *DI* e ser lembrada de como adorava aquele lugar. As luzes do teto estavam apagadas na sala principal, mas dois jornalistas se encontravam na sala de reunião e Pip ouviu a bela voz de Leila ao telefone em seu cubículo iluminado. Pip hesitou no corredor, pensando se ainda poderia evitar a confissão. Talvez se o sistema de espionagem desaparecesse. Mas o que quer que estivesse fazendo Leila sofrer não iria passar assim. Se estivesse zangada por Tom gostar demais de Pip, uma confissão completa sem dúvida acabaria com isso. Pip deu a volta pelo outro lado da redação, evitando Leila.

A porta dele estava aberta. Tão logo viu Pip, alcançou rapidamente o mouse de seu computador.

"Desculpe", ela disse. "Você está no meio de alguma coisa?"

Por um instante ele transmitiu a impressão de culpa. Abriu a boca sem falar nada. Em seguida, recuperando o controle, disse que ela entrasse e fechasse a porta. "Estamos em plena guerra. Ou Leila está em plena guerra. Entrei no modo 'cuidando de Leila'. O motor dela esquenta demais quando fica com medo de perder um furo para a concorrência."

Pip fechou a porta e se sentou. "Pelo que eu entendi, ela fisgou alguma coisa grande ontem."

"Uma coisa horrorosa. Uma grande história. Ruim para todo mundo, exceto nós. É muito bom para nós, desde que a gente saia na frente. Ela vai te explicar, vai precisar da sua ajuda."

"Uma bomba de verdade desapareceu?"

"Sim e não. Ela nunca saiu da Kirtland. Evitou-se o fim do mundo." Tom se inclinou para trás na cadeira, seus óculos horríveis refletindo a luz fluorescente. "Isto não deve ser do seu tempo, mas havia um relógio que fazia a contagem regressiva para o Armagedom. União dos Cientistas Preocupados, acho. Quando faltavam quatro segundos para a meia-noite, havia uma nova rodada de negociações sobre o controle de armas e o relógio voltava para cinco segundos antes da meia-noite. Tudo agora parece vagamente ultrapassado e ridículo, como tudo naqueles anos. Que tipo de relógio anda para trás?"

Ele parecia estar emendando uma ideia na outra para esconder alguma coisa.

"Esse relógio ainda existe", disse Pip.

"Verdade?"

"Mas você tem razão, ele parece ultrapassado. Hoje as pessoas são mais espertas em matéria de publicidade."

Ele riu. "Além disso, viu-se que não estávamos a cinco segundos da meia-noite em 1975, senão hoje estaríamos todos mortos. Eram nove e quinze ou coisa assim."

A contagem regressiva de Pip estava parada a um segundo da meia-noite.

"De qualquer modo, Leila está a todo vapor", disse Tom. "Como ela não tem uma aparência muito ameaçadora, as pessoas não se dão conta de como ela é competitiva."

"Eu estou me dando conta, sim, um pouquinho."

"Há uns dois anos, ela estava bem na dianteira da história do recall da Toyota, ou pensou que estivesse. Achou que tinha tempo de levantar todos os detalhes e dar o furo completo. Então, de repente, começou a receber telefonemas de seus contatos nas agências. *Eles* chamavam *a Leila* para dizer que tinham acabado de ouvir uma história fantástica contada por um cara do *Journal*. Era gente que antes não sabia de nada, que não lhe havia dito nada, e agora eles tinham a história toda! Diziam que o sujeito do *Journal* havia passado a noite em claro escrevendo o artigo, que o *Journal* já estava consultando a opinião dos advogados sobre a reportagem. Não há sensação pior. Nada pior do que escrever uma história em que você precisa dar crédito ao sujeito que era você até dois dias antes. Parece que o *Washington Post* vem levantando os eventos na Kirtland — Leila descobriu isso ontem. Ainda estamos na frente, mas provavelmente não muito."

"Ela já está escrevendo?"

"Para isso é que servem as noites em claro. Eu quase preferia perder o furo a vê-la nesse estado. Você precisa me ajudar a mantê-la relativamente sã."

Pip estava começando a se sentir mal por haver reclamado com Leila, que talvez só estivesse estressada demais por causa do trabalho.

"Mas escute", disse Tom, se inclinando para a frente. "Antes de você ir, quero lhe fazer uma pergunta pessoal."

"Na verdade, eu tinha uma coisa…"

"Outra noite estávamos falando do seu pai. E andei pensando… você é uma excelente pesquisadora. Já tentou encontrá-lo?"

Ela franziu a testa. Por que todo mundo estava lhe perguntando sobre seu pai? Como se sentia culpada, lhe ocorreu a ideia curiosa de que *Andreas* fosse secretamente seu pai. Por isso sua mãe se mostrara tão hostil a ele. Que Tom e Leila tinham descoberto o sistema de espionagem e sabiam mais sobre

Pip do que ela própria. Andreas era seu pai: uma ideia maluca, mas com uma lógica repugnante, a lógica da culpa.

"Sim, já tentei. Só que minha mãe apagou as pegadas dele muito bem. A única coisa que tenho é o nome que ela inventou para si mesma e a minha data de nascimento aproximada. Sempre pareci do tamanho certo para a série que eu cursava. Mas sei que minha certidão é falsa."

O olhar que Tom lhe lançou era preocupantemente amoroso. Ela baixou os olhos.

"Sabe", ela disse, "não sou uma pessoa muito boa."

"Que conversa é essa? O que não é bom em você?"

Ela respirou fundo. "Eu nem sempre falo a verdade."

"Sobre o quê? Seu pai?"

"Não, essa parte é verdade."

"Então o quê?"

Fala logo, ela pensou. *Diga: eu estava na Bolívia, não na Califórnia…*

Houve uma batida na porta.

Tom se pôs de pé de um salto. "Entre, entre."

Era Leila. Olhou para Pip e se dirigiu a Tom. "Eu estava no telefone com Janelle Flayner. Ontem à noite pensei numa coisa que ela me disse. Algo como 'Já é hora de me escutarem'."

"Leila", disse Tom com delicadeza.

"Ouça até o fim. Não é paranoia. Ela disse isso e, quando eu telefonei agora, confirmou que havia falado com outra pessoa. Antes de mim. Quando as fotos de Cody ainda estavam no Facebook, ela enviou uma mensagem para o *famoso vazador de informações*. 'Os Garotos do Sol?', foi o que ela disse. Os Garotos do Sol. O lugar para onde todo mundo manda suas informações confidenciais."

Pip teve um daqueles rubores duplos, um primeiro moderado seguido por uma onda que queimou seu corpo inteiro.

"E daí?", perguntou Tom com menos delicadeza.

"Bem, a sra. Flayner não recebeu nenhuma resposta. Nada aconteceu."

"Bom. Final feliz. Ele não podia fazer porra nenhuma lá da Bolívia. Para levantar uma história dessas é preciso enfiar a bota na lama."

"Muito bem, só que Wolf nunca publicou as fotos. Publica vinte coisas por dia… não filtra nada. Mas por algum motivo não divulgou essas fotos."

"Estou tranquilamente despreocupado."

"E eu estou radicalmente preocupada."

"Leila. Ele obteve essa informação há quase um ano. Por que de repente iria decidir divulgá-la nos próximos cinco dias?"

"Porque essas histórias têm um ponto de ebulição. De repente todo mundo começa a falar do assunto da noite para o dia. Se ele conseguir mais um vazamento, aí estragou de vez. Já vai ser bem ruim se o cara do *Post* me passar a perna, mas se *esse cara* chegar primeiro..."

"O mundo parece muito assustador quando a gente não dorme. É você quem está sentada em cima do elefante. É a única que pode ligar os pontinhos de Amarillo para Albuquerque."

"As pessoas roubam elefantes. Acontece o tempo todo."

"Se quiser se preocupar com alguma coisa, preocupe-se com o *Post*."

Leila deu um sorriso cansado. "Já superei isso também. Eles devem estar dias à minha frente no escândalo de drogas da Kirtland. Provavelmente semanas. Não posso cobrir essa parte e ao mesmo tempo conferir a história da bomba nuclear."

"Você vai juntar o suficiente sobre as drogas. Não faz mal que o *Post* tenha mais detalhes desde que cheguemos na frente deles. Deixe que eles ponham sal na nossa sopa. Na pior das hipóteses, eles saem antes de nós com a história das drogas e damos sequência com a história do fim do mundo."

"Tem certeza de que não quer trabalhar com eles?"

"Numa empresa do Jeff Bezos? Não acredito que você tenha me perguntado isso."

"Então se prepare para eu ficar em ruínas."

Leila foi embora, seguida pelo olhar de Tom. "Odeio vê-la assim", ele disse. "Parece que o mundo acabou quando ela perde uma disputa."

Pip se perguntou se não estaria errada. Ele dava a impressão de ser um homem apaixonado por ninguém mais que Leila.

"Você tem um celular?", Tom perguntou.

"O meu celular?"

"Quero telefonar para o *Post*. Discar para alguns números e ver quem está lá num sábado. Se as pessoas que tenho em mente não estiverem, ela pode se preocupar um pouco menos."

Embora Pip tivesse ido lá confessar sua culpa, sentiu-se tentada a dizer que não estava com o celular; os textos incriminatórios que havia nele eram radiação pura. No entanto, dizer que estava sem ele era idiota e implausível. Ao entregá-lo a Tom, foi como se lhe passasse uma pequena bomba e, ao deixar a sala, postou-se do lado de fora na esperança de que sua proximidade o inibiria de ler qualquer mensagem.

Entendeu que perdera a coragem e não confessaria nada naquele dia. Se, como agora suspeitava, estivesse errada sobre o interesse de Tom por ela, não havia nada de tão terrível em sua situação que não pudesse ser resolvido com a desinstalação do sistema de espionagem de Andreas. Quando Tom saiu da sala sorrindo, ela levou o celular para o banheiro feminino e se trancou num compartimento.

> Você vai pensar que estou sendo sacana só porque você não me quer mais. Talvez eu seja. Mas vai ter que me dizer se pode desinstalar seu sistema de espionagem. Se puder, trate de fazer isso. Você me pôs numa situação horrível. Quero que seja como se eu nunca tivesse conhecido você. Quero apagar tudo isso e fazer a minha vida aqui. Se você se importa comigo, nem que seja um pouco, me responda. Caso contrário, vou ter que contar tudo a T. Sim, esta é uma ameaça.

Enviou a mensagem e foi para o cubículo de Leila, onde ela estava de novo ao telefone. Pip ficou no corredor de cabeça baixa, tentando parecer penitente.

"Desculpe se faço você perder a naturalidade", disse quando Leila desligou. "Está tão chateada comigo que não quer ajuda?"

Leila deu a impressão de que ia falar algo raivoso, mas reconsiderou. "Não vamos falar sobre isso. Você precisa ser jornalista esta semana. Não pesquisadora, não uma hóspede da nossa casa. Acha que pode trabalhar comigo?"

"Adoro trabalhar com você."

A primeira tarefa dada a Pip foi colher os fatos básicos sobre o assassinato com aparência de execução das duas mulheres de Kentucky. Tais fatos se provaram consistentes com a história horripilante que Leila lhe contara. As mulheres, irmãs cujo sobrenome de solteiras era Keneally, tinham sido sequestradas com uma diferença de minutos em cidades diferentes; nenhum corpo exibia sinais de violência sexual e oficialmente a polícia não tinha nenhuma pista. Enquanto procurava conhecer o que podia sobre a hospitalização e o desaparecimento de Richard, o irmão delas, Pip começou a pensar que sua ameaça de deixar o emprego tinha sido infantil e petulante. Embora morar com Tom e Leila fosse claramente um erro, o emprego não era.

Voltava com frequência ao banheiro para olhar suas mensagens, mas só quando ela e Tom voltaram para casa e Pip se deitou, depois de terem jantado bem tarde, foi que, na hora costumeira da troca de mensagens, a resposta de Andreas chegou.

> Vou ver o que o Chen pode fazer.

Ela desligou o celular sem responder. Obrigara-o a quebrar seu juramento de que não escreveria mais para ela, o que a deixou feliz. Não como uma criança, e sim como um adulto que possuía certo poder. Sem dúvida não como uma pessoa moralmente muito rigorosa, mas o absolutismo moral era infantil. No centro da cidade, à sua mesa, Leila enfrentava alguns fantasmas particulares, sozinha na redação depois da meia-noite, escrevendo seu artigo porque era adulta. A tenacidade dela fazia Pip ver Andreas sob uma nova luz, como uma espécie de menino-homem, obcecado pela revelação de segredos. Contorceu-se de desgosto ao recordar a mão dele dentro de sua calcinha. Podia ver... achou que podia ver... que os adultos de verdade aguentavam firme e guardavam seus segredos. Sua mãe, sob muitos aspectos uma criança de cabelo grisalho, ao menos nesse sentido era adulta. Guardava seus segredos e pagava o preço. Pip se imaginou continuando a trabalhar no *DI*, sabendo o que sabia, tendo feito o que fizera e não confessando nada. Como Leila tinha dito: *Não vamos falar sobre isso.*

Seu novo sentimento como adulta persistiu nos dias seguintes enquanto Leila foi a Washington confirmar a história, voltou triunfante porém ainda mais ansiosa (uma das fontes pronunciara as palavras "Você talvez não esteja sozinha") e passou outra noite em claro para terminar o rascunho de seu artigo. Na quinta-feira de manhã, o advogado reviu o texto. Pip também dormira muito pouco e seria premiada assinando como repórter. Não tinha tido um momento de descanso para pensar em Andreas ou se o sistema de espionagem ainda estava instalado; vinha conferindo os fatos como uma louca. O suspense na redação parecia ao mesmo tempo tolo e excitante. Tolo porque a coisa toda era apenas um jogo e não uma utilidade social (e daí se ganhassem do *Washington Post* por uma hora ou um dia?), porém excitante como deveria ter sido o Manhattan Project: eles tinham construído aquela bomba de informação por meses e agora estavam perto de explodi-la.

Continuava conferindo os fatos menos essenciais quando a história foi publicada na manhã de sexta-feira.

ROUBO DE ARMA TERMONUCLEAR NO NOVO MÉXICO EVITADO POR ACASO

RESPONSÁVEL DESAPARECIDO TEM VÍNCULOS COM CARTEL MEXICANO E USO DE DROGAS NA BASE AÉREA DE KIRTLAND; ALARME DADO INICIALMENTE EM FÁBRICA DE ARMAMENTOS DO TEXAS

Leila fora para casa com uma febre da qual esperava se livrar enquanto dormia, a fim de estar preparada para as entrevistas com a NPR e os noticiários das emissoras a cabo.

A equipe das redes sociais estava pronta para entrar em ação, e se ouviam mais telefones tocando que de costume, porém a redação não dava outros sinais de que a bomba de informação fora detonada. Os repórteres continuavam trabalhando em suas matérias e Tom tinha se fechado em seu escritório por mais de uma hora. No ciberespaço ocorria uma onda de choque e vibração radioativa.

Pip estava ao telefone com o gerente da Sonic Burgers, tentando encontrar Phyllisha Babcock, cujo relato do ato sexual na bomba mortífera havia ocupado um parágrafo da reportagem, quando o gerente de TI, Ken Warmbold, se aproximou de sua mesa. Esperou que ela anotasse o horário de trabalho de Phyllisha e só então lhe disse que Tom queria vê-la. Ela se afastou da mesa com relutância. O trabalho de checagem casava bem com sua compulsão por limpeza. Ficava maluca com a ideia de ver o artigo publicado com fatos, mesmo que mínimos, sem confirmação.

Tom estava sentado à escrivaninha com os dedos cruzados e pressionados contra a boca, os nós dos dedos brancos devido à força que aplicava sobre eles. "Feche a porta", disse.

Ela obedeceu e se sentou.

"Quem mandou você aqui?"

"Agorinha mesmo?"

"Não. Para Denver. Conheço a resposta, por isso é melhor que me diga."

Ela abriu a boca e a fechou. Tinha estado tão mergulhada na checagem dos fatos que não lhe ocorrera se perguntar por que Tom estaria trancado com o gerente de TI.

"Claro que estou muito aborrecido", ele disse sem olhar para Pip. "Mas estou disposto a considerar a possibilidade de que você não seja de todo culpada. Por isso simplesmente diga o que tiver que dizer."

Ela tentou falar. Engoliu em seco. Tentou de novo.

"Eu quis contar. No sábado. Desculpe se não contei."

"Então conte agora."

"Não quero."

"Por que não?"

"Você vai me odiar. Leila vai me odiar."

Ele empurrou na direção dela, pela mesa, algumas páginas grampeadas. "É o relatório do Ken sobre a rede aqui da redação. Temos um excelente esquema de segurança. Estamos protegidos contra todo tipo de sistema de espionagem conhecido pelo homem. Mas parece que existe um não conhecido pelo homem. Tem um formato totalmente extraterrestre. Levou algum tempo, mas Ken o descobriu."

Os olhos de Pip não estavam funcionando bem. As palavras do relatório não passavam de borrões.

"Você sabia sobre isso?", Tom perguntou.

"Não muito bem. Mas fiquei preocupada. Abri um anexo que não devia ter aberto."

Ele jogou outro documento na direção dela. "E isso aí? É um relatório do computador da minha casa. Você abriu algum anexo suspeito em casa?"

"Houve um…"

Ele bateu com a mão na mesa. "Diga o nome!"

"Não quero", ela gemeu.

"O disco rígido lá de casa foi apagado há duas semanas. A rede do escritório se tornou um livro aberto três dias depois que contratamos você. E quem me trouxe a história que acabamos de publicar em primeira mão? Que estagiária que me trouxe as fotos do Facebook? Qual o nome do vazador de informações que, agora sabemos, tinha essas fotos desde o verão passado?"

343

"Não sei."

"Diga!"

Ela caiu no choro. "Desculpe! Estou tão envergonhada!"

Tom empurrou uma caixa de lenços de papel na direção de Pip e esperou, de braços cruzados, que seu choro amainasse.

"Eu menti", ela disse, fungando. "Estive na Bolívia por seis meses. No Projeto Luz do Sol. Foi lá que consegui as fotos do Facebook. Das mãos *dele*. Menti a vocês sobre isso. Menti sobre tudo e estou envergonhada. Sei que é uma calamidade."

"Sabe mesmo?"

"Sei! Todas as nossas fontes confidenciais, todas as nossas bases de dados, tudo. Eu sei. Eu *entendo*. Desculpe."

Os olhos de Tom estavam fixados numa presença invisível, não nela.

"Eu conheci uma alemã em Oakland. Ela queria que eu fosse para a Bolívia. Disse que o projeto poderia me ajudar a encontrar meu pai. Por isso fui para lá e ele…"

"Diga o nome dele."

"Não posso. Mas ele desenvolveu um interesse especial por mim e me disse uma coisa. Acho que você sabe o que é."

"Diga."

"Que ele matou alguém e que só havia contado isso para uma pessoa. Você. Aí desisti de encontrar meu pai e quis ir embora, e ele me disse para vir para cá. Tinha medo de que você quisesse revelar o segredo dele. Me mandou um anexo num e-mail. Eu sabia o que era, e mesmo assim abri. Juro que foi tudo o que fiz."

Tom pressionou a ponta dos dedos na testa. "E por que fez isso por ele?"

"Não sei! Tive pena… ele se interessou mesmo muito por mim. Achei que tinha que retribuir. E retribuí, fui má. Quer dizer, ele é realmente famoso, não consegui evitar. Mas depois não gostei dele, que ficou magoado e, sei lá, achei que devia algo a ele. E aí me senti tão feliz aqui… toda essa coisa começou a me parecer um pesadelo sujo, horrível."

"Sujo."

"Não dormi com ele. Não mesmo."

"Por que me importaria com quem você dorme?"

O telefone tocou. Tom olhou para ele, tirou-o da tomada e continuou olhando para o aparelho.

"Bom, seja como for", ela disse. "Fui uma cúmplice consciente. Pode chamar a polícia se quiser."

"De que isso serviria?"

"Para me punir."

"Admito que não tenho paciência com mentirosos. Acho que o melhor é você pedir demissão e ir para a casa da sua mãe. Mas não estou interessado em puni-la."

Pip nunca havia sido presa, nunca fora mandada para a sala do diretor da escola nem censurada aos gritos por um pai. Havia feito algumas coisas erradas na vida, mas nada tão ruim que não lhe permitisse se safar mostrando-se simpática, digna de pena ou claramente bem-intencionada. Sempre conseguira evitar cenas de disciplina severa, e agora estava recebendo o que merecia. No entanto, parecia cruel e pouco comum que Tom fosse o homem com quem ela estava tendo problemas. Não conseguia pensar em ninguém cujos padrões de comportamento lhe merecessem mais respeito. A maturidade dele, sua virilidade, o rosto carnudo e bem escanhoado, a careca, o laço torto da gravata, os óculos que desafiavam a moda — tudo era prova de que ele não admitia tolices. Sentiu-se extremamente triste de que tivesse sido aquele homem, entre todos, a quem ela traíra e desapontara.

Ele folheava um dos relatórios do gerente de TI. "A invasão do escritório não me preocupa muito. Todo o negócio daquele sujeito depende do sigilo das suas fontes. Acho que ele vai proteger as minhas. Na pior das hipóteses, tentará se aproveitar delas. O que me preocupa é o computador de casa."

"Desculpe", disse Pip. "Fui uma idiota. Uma das garotas do projeto me mandou um anexo num e-mail. Nunca deveria ter aberto aquilo."

"Desde então você teve acesso ao computador de casa?"

"Eu? Não! Quer dizer, como eu poderia ter acesso? Você não usa senhas?"

"O software grava os toques nas teclas."

"Não entendo nada disso. Nem sabia que havia sistemas de espionagem. Fiquei preocupada, mas não tinha certeza."

"Ele não enviou nenhuma senha para você?"

"Não."

"Então você não viu nada no meu disco rígido. Ele não mandou para você nenhum documento de lá?"

"Não! Cortamos contato!"

"Por que eu deveria acreditar em você? Você não fez outra coisa senão mentir para nós."

"Você e Leila são meus heróis. Nunca espionaria vocês. Nunca leria nada que não devesse ler. Adoro vocês dois."

"E se ele lhe mandasse agora um documento? O que você faria?"

"Se eu soubesse que era seu, não leria."

Tom soltou um longo suspiro, os ombros se retraindo por causa da perda do ar que vinha retendo nos pulmões. De novo contemplou uma presença invisível. Pip se perguntou que documento seria tão explosivo a ponto de ele se preocupar com a possibilidade de que ela o lesse. Não podia imaginar que Tom, entre todos os homens, tivesse algo a esconder.

[LE1O9N8AORD]

Meu caso com Anabel começou assim que nosso divórcio foi formalizado. Em troca de estipular que eu a havia abandonado — "abandono" sendo uma das poucas justificativas para divórcio que a legislação do estado de Nova York reconhecia, e aquela que, no entender de Anabel, melhor caracterizava os males que sofrera —, tive a permissão de reivindicar nosso apartamento num prédio vagabundo do East Harlem, embora valioso por ter o aluguel controlado, enquanto ela foi viver sozinha nos cafundós de Nova Jersey. Como era impossível discutir a possibilidade de lhe infligir Manhattan, eu tinha que pegar um ônibus para subir até a rua 125 e o metrô até a 168, seguindo-se uma viagem muito mais longa e enjoativa de ônibus para cruzar o rio Hudson e bairros crescentemente primitivos, até alcançar as colinas a noroeste de Netcong.

Tinha feito essa viagem duas vezes em fevereiro, duas vezes em março e uma vez em abril. No último sábado de maio, meu telefone tocou por volta das sete da manhã, não muito depois de eu ter ido me deitar bêbado. Só respondi para fazer parar de tocar.

"Ah", disse Anabel. "Pensei que ia direto para a caixa postal."

"Posso desligar e você deixa uma mensagem."

"Não, só vai levar trinta segundos. Juro que não vou me envolver outra vez numa discussão."

"Anabel."

"Só queria dizer que discordo da versão que você faz de nós dois. Discordo totalmente. Essa é a minha mensagem."

"Será que não podia discordar da minha versão simplesmente não me telefonando nunca mais?"

"Não vou me deixar envolver", ela disse, "mas sei como você opera. Interpreta o silêncio como uma capitulação."

"Você esquece que eu prometi que nunca interpretaria seu silêncio desse modo. Na última vez em que nos falamos."

"Vou desligar agora, mas pelo menos seja honesto, Tom, e admita que sua promessa foi um truque bem safado. Um jeito de ficar com a última palavra."

Pousei o aparelho no colchão, perto da orelha e da boca. "Estamos já naquele ponto em que sou culpado por essa conversa durar mais de trinta segundos? Ou isso ainda vem pela frente?"

"Não, vou desligar. Queria que ficasse registrado que você está inteiramente errado sobre nós dois. Mas isso é tudo. Por isso vou desligar."

"Então está bem. Adeus."

Mas ela nunca conseguia desligar e eu nunca tinha coragem de fazer isso por ela.

"Não estou culpando você", ela disse. "Você consumiu minha juventude e aí me abandonou, mas sei que não é responsável por minha felicidade aqui onde estou, embora na verdade esteja me divertindo e as coisas estejam correndo muito bem, mesmo que isso possa parecer inacreditável para alguém que me considera, abre aspas, 'despreparada para lidar com o mundo real', fecha aspas."

"'Consumiu minha juventude e aí me abandonou'", citei de volta. "Mas isso não é uma provocação. Você só queria deixar uma mensagem de trinta segundos."

"Justamente o que eu ia fazer! Mas você *reagiu*..."

"Reagi, Anabel... será que preciso deixar isso tão claro? Reagi ao fato de que você pegou o telefone e ligou para o meu número."

"Certo, eu sei, porque sou muito carente. Não é mesmo? Sou pateticamente carente."

Eu não era capaz de lembrar um instante de felicidade ou relaxamento durante nossa orgia de proximidade afetuosa quatro semanas antes. Eu emergia

350

daquelas orgias me sentindo machucado e irritado, com preocupantes crateras de bombas na memória, mas também com um desejo vago e doentio de repeti-las.

"Olhe", eu disse. "Você quer que nos encontremos? Quer que eu vá aí? Foi por isso que telefonou?"

"Não! Não quero que nos encontremos! Quero desligar se você me fizer o favor de deixar!"

"Normalmente, no passado, quando você me ligava, dizia no começo que não queria que nos encontrássemos, mas então, depois de algumas horas ao telefone, ficava claro que na realidade, por baixo de tudo, o tempo todo você queria mesmo era que nos encontrássemos."

"Se *você* quiser vir aqui e *me* ver", ela disse, "devia ter a decência de dizer ..."

"E então, naturalmente..."

"Como qualquer homem bem-educado que deseja ficar com uma mulher que respeita, em vez de transformar seu convite numa espécie repugnante de acusação..."

"E então, naturalmente", eu disse, "vai estar tarde, o que significa que quando de fato nos encontrarmos, que é o que você desejou em segredo desde o começo, já será muito tarde, e quando inevitavelmente nós formos para a cama..."

"Em vez de insidiosamente torcer as coisas", ela disse. "Para parecer que *minha* carência e não a sua, *minha* vida horrorosa e não a sua vida horrorosa..."

"Inevitavelmente formos para a cama..."

"Não quero ir para a cama com você! Não quero vê-lo! Não foi por isso que liguei! Liguei para dizer uma coisa simples..."

"Só lá pelas três ou quatro da manhã vamos chegar à parte propriamente de dormir de dormir juntos, o que, com três horas de viagem e um dia de trabalho pela frente, vem tendendo ultimamente a ser um desastre. É disso que estou querendo que você se lembre."

"Se quiser vir para dar uma caminhada comigo, isso seria muito simpático. Gostaria disso. Mas tem que dizer que você quer."

"Mas não fui eu quem telefonou."

"Mas foi quem falou de a gente se encontrar. Por isso, seja apenas honesto comigo agora."

"Isso é algo que você quer?"

"Não, a menos que você queira e diga que sim como um ser humano."

"Mas isso também reflete perfeitamente meus sentimentos. Por isso…"

"Olhe. Eu *telefonei*", ela disse. "Você podia pelo menos…"

"Podia fazer o quê?"

"Acha que vou *ferir* você se baixar sua guarda por um segundinho que seja? Afinal, o que pensa que eu vou fazer? Torná-lo meu escravo? Forçá-lo a se casar outra vez comigo? É uma caminhada, meu Deus, nada mais que uma caminhada!"

Apenas para evitar a versão de duas horas dessa conversa — na qual a Parte A tentava provar que a Parte B havia pronunciado a afirmação fatal que conduziu ao prolongamento da conversa, e que a Parte B contestou a versão dos eventos formulada pela Parte A, o que, por sua vez, não havendo um registro formal, obrigou a Parte A a reconstituir de memória a abertura da conversa e a Parte B a oferecer uma reconstituição que diferia da apresentada pela Parte A em certos pontos cruciais, o que então exigia um laborioso esforço conjunto para coligir e conciliar as duas reconstituições — concordei em ir a Nova Jersey para dar uma caminhada.

Anabel estava despoluindo a alma num terreno que pertencia aos pais de uma amiga mais jovem e sua única fã, Suzanne. Uma de minhas primeiras providências depois de pedir o divórcio foi trepar com Suzanne. Ela havia me convidado para jantar como uma espécie de emissária de Anabel, querendo me convencer a reconsiderar o pedido, mas estava tão cansada de ouvir as queixas de Anabel sobre mim e sobre o mundo artístico de Nova York, em telefonemas de duas horas a cada noite, que acabei convencendo-a a trair a amiga. Talvez eu estivesse tentando fazer com que Anabel desejasse o divórcio tanto quanto eu, mas as coisas não seguiram esse caminho. Ela rompeu a amizade com Suzanne e me acusou de não descansar enquanto não tivesse roubado ou conspurcado a última coisa que possuísse. No entanto, segundo seu curioso cálculo moral, tanto Suzanne quanto eu nos tornamos devedores dela. Continuei a receber telefonemas de Anabel e a me encontrar com ela, e Suzanne deixou que ela continuasse a morar na propriedade de Nova Jersey que seus pais, depois de se mudarem para o Novo México, procuravam vender por um preço irrealista.

O ônibus gelado me pôs para fora numa pequena encruzilhada em meio a um bosque. Por um segundo, meus globos oculares ficaram embaçados por causa da umidade. Uma espécie de toque de recolher atmosférico tinha sido imposto pelo calor — tudo dava a impressão de ser próximo e luxuriante. Uma estufa. Vi Anabel sair de detrás de algumas árvores, onde se mantivera escondida. Trazia um sorriso largo e, nas condições vigentes, inapropriado. Meu rosto reagiu com algo grotesco e inapropriado.

"Oi, Tom."

"Oi, Anabel."

Sua extraordinária crina de cabelos pretos, cujos complexos cuidados e pinturas cada vez mais frequentes provavelmente ocupavam um tempo maior que qualquer outra atividade exceto dormir e meditar, estava mais encorpada e mais esplêndida no calor do verão. Entre a parte mais alta da calça de veludo cotelê sem cinto e a parte mais baixa da blusa de manga curta aparecia uma faixa de pele da barriga que podia pertencer a uma menina de treze anos. Ela tinha trinta e seis anos. Eu faria trinta e quatro dentro de dois meses.

"Você tem a permissão de chegar mais perto de mim", ela disse no momento em que eu estava prestes a me aproximar.

"Ou não", ela acrescentou enquanto eu decidia não me aproximar.

Os eflúvios do ônibus pairavam no ar da estradinha.

"Estamos perfeitamente não sincronizados", eu disse.

"É mesmo? Ou só você? Não estou me sentindo nem um pouco fora de sincronia."

Tive vontade de explicar que, por definição, uma pessoa não podia estar sincronizada com outra que estivesse fora de sincronia com a primeira; mas havia uma árvore lógica a considerar. Todas as manifestações dela me ofereciam múltiplas opções de resposta, cada qual provocando uma manifestação diferente que, mais uma vez, me ofereceria múltiplas opções de resposta; e eu sabia muito bem com que rapidez podia ser levado, ao longo de oito ou dez passos, até um galho perigoso daquela árvore, e o trabalhão que teria para refazer meus passos de volta pelo galho até alcançar um ponto de partida neutro, uma vez que a própria tarefa de refazer os passos inevitavelmente propiciaria certa porcentagem de respostas complicadoras. Por isso, tinha aprendido a ser cuidadoso ao extremo com relação ao que dizia nos primeiros momentos em que estávamos juntos.

"Preciso ir logo dizendo que tenho que pegar sem falta o último ônibus de volta para a cidade hoje à noite. Na verdade, é um ônibus que passa bem cedo, lá pelas oito."

O rosto de Anabel se entristeceu. "Não sou eu quem vai impedir você."

No minuto em que saí do ônibus o céu começou a clarear. Estava suando por todos os poros, como se alguém houvesse ligado um forno.

"Você sempre acha que estou tentando detê-lo", disse Anabel. "Primeiro, trago você aqui quando não quer vir. Depois, faço com que fique quando quer ir embora. Você é quem sempre vem e vai, mas de algum modo põe na cabeça que sou eu quem manipula os cordéis. Se *você* se julga impotente, imagine o que eu sinto."

"Queria falar logo", eu disse cuidadosamente. "Ia ter que dizer em algum momento e, se deixasse para dizer depois, poderia dar a impressão de que estava escondendo isso de você."

Ela sacudiu a cabeleira, contrariada. "Porque, obviamente, isso ia me desapontar. Obviamente partiria meu coração se você tivesse que pegar o ônibus das oito e onze. E lá está você se perguntando qual a melhor hora para comunicar essa informação desoladora à sua ex-seja-lá-o-que-eu-for, tão dependente, tão sufocante."

"Bom, como você está de certa forma demonstrando agora mesmo, as duas abordagens têm seus próprios riscos."

"Não sei por que você acha que sou sua inimiga."

Carros se aproximavam na estrada principal. Fui para a estrada secundária, na direção de Anabel, e ela perguntou se eu achava que ela ia ficar *desapontada* caso não passasse a noite lá.

"Possivelmente, um pouquinho", respondi. "Mas só porque você mencionou que não tinha nada planejado para amanhã."

"Quando é que tenho alguma coisa planejada?"

"Bem, exatamente. E é por você ter chegado a mencionar isso…"

"Imediatamente se traduziu em sua mente numa possível recriminação caso você decidisse não passar também o dia de amanhã comigo."

Respirei fundo. "Há um elemento de verdade nisso."

"Muito bem. E de repente não estou segura nem mesmo de que quero ver você."

"Tudo certo, embora eu preferisse que você me dissesse isso antes de me convidar para vir até aqui e me fazer passar metade do dia dentro de um ônibus."

"Não convidei você. Aceitei seu oferecimento de vir aqui. Há uma grande diferença entre as duas coisas. Especialmente quando você chega com tamanha animosidade e a primeira coisa que sai de sua boca é que vai ter de ir embora daqui a pouco. A primeira coisa que sai de sua boca."

"Anabel."

"*Você* andou de ônibus o dia inteiro. *Eu* fiquei aqui sentada esperando por você. Quem levou a pior? Quem é mais patético?"

Era humilhante percorrer a lógica dela. Humilhante a minha disponibilidade para discutir a questão mais trivial, humilhante ainda estar fazendo aquilo que eu tinha feito um número infernal de vezes nos doze anos anteriores. Era como contemplar meu vício por uma substância que havia muito deixara de me dar o menor prazer. Era por isso que nossos encontros agora tinham que ocorrer no maior segredo. Em qualquer outro lugar que não o meio da floresta, teríamos muita vergonha de nós mesmos.

"Será que não podemos simplesmente dar uma caminhada?", perguntei, pendurando no ombro minha mochila.

"Vamos! Você acha que eu quero ficar de pé aqui falando desse jeito?"

A estradinha corria perto do limite da Floresta Estadual Stokes. Chovera bastante na primavera e o reino vegetal nas valas, nas campinas e nos bosques das encostas mais pedregosas estava fantasticamente verde. Havia no ar volumes obscenos de pólen, as árvores estavam sobrecarregadas com a poeira brilhante de sua própria fertilidade, com a tumescência das folhas. Nos esgueiramos entre as mandíbulas de um portão enferrujado e descemos por uma estrada de terra tão castigada pelas águas que mais parecia o leito de um riacho. Ervas daninhas passíveis de se arrependerem muito em breve de sua exuberância — ervas já maiores do que deveriam ser, ervas tratadas com esteroides, ervas prestes a se curvarem, encarquilharem e ficarem feias — se erguiam tão alto nos dois lados que precisávamos caminhar um atrás do outro.

"Não creio que eu tenha permissão para perguntar por que você tem que voltar hoje à noite", disse Anabel.

"Não, realmente não."

"Seria mesmo muito doloroso para mim ouvir que você vai tomar um brunch amanhã com a Winona Ryder."

Meu suposto interesse em sair com garotas bonitas e bem mais jovens, agora que estava divorciado, se tornara um tema constante para Anabel. Mas meu encontro no dia seguinte não era para um brunch, e sim para jantar; não com uma garota, e sim com o pai de Anabel, que ela odiava e com quem não falava havia mais de dez anos. Apesar do nosso bem conhecido padrão de recidivismo, eu me permitira crer que realmente nunca mais teria notícias dela, podendo assim ver seu pai sem medo de ser castigado por isso.

"Não é o que as mocinhas agora gostam de fazer?", perguntou Anabel. "Se encontrar para um 'brunch'? Acho que não há palavra mais repugnante. Os cheiros misturados de quiche lorraine e linguiça gordurosa."

"Tenho que voltar porque preciso dormir, coisa que não fiz na noite passada."

"Ah, sei. Acordei você. Ainda preciso ser punida por isso."

Consegui deixar de responder. Estava começando a lembrar de passagens que havia apagado da minha orgiástica visita anterior, mas a sensação foi mais de revivê-las que de relembrá-las. O passado e o futuro se mesclavam na terra de Tom e Anabel. O céu de Nova Jersey era um banho de vapor de nuvens baixas e em constante mutação, escurecendo e depois clareando em tons de amarelo aqui e ali, sem dar nenhuma pista acerca da localização do sol, de que horas eram ou onde ficavam os pontos cardeais. Minha desorientação cresceu quando Anabel me conduziu para dentro das matas antes dominadas pela tribo Lenape. Era ao mesmo tempo cinco, uma e sete horas, o mês passado, a tarde de amanhã.

Anabel continuou à minha frente, a traseira de veludo cotelê diretamente na minha linha de visão. Levou-me através de trilhas de veados, com suas pernas compridas como as de um cervo, evitando tudo que se parecia com sumagre-venenoso. Ela não estava mais perigosamente subnutrida como nos anos que antecederam nossa separação, porém continuava magra. Em volta de suas costelas e cintura havia curvas do tipo que o vento esculpe na neve acumulada.

Descíamos uma colina atapetada de agulhas de pinheiro cor de ferrugem e esponjosas quando notei que ela desabotoara a blusa. As abas esvoaçavam dos dois lados. Sem se virar, ela começou a correr colina abaixo. Como a mata era opressivamente quente em comparação com a estrada! Segui minha ex-mulher até uma pequena clareira junto a um lago que parecia ter secado não sem antes afogar todas as árvores que um dia tinham ocupado aquela área. Era uma floresta de grandes troncos cinzentos, da mesma cor metálica do céu. Uma garça prateada levantou voo.

"Aqui", disse Anabel. O chão coberto de musgo, pedras e terra. Desembaraçou-se da blusa e, dando meia-volta, se mostrou para mim. As aréolas eram grandes demais e de um vermelho tão vergonhosamente intenso que se tornava impossível contemplá-las. Como se sua pele fosse uma seda cor de creme sobre a qual o sangue tivesse escapado profusamente de dois furos idênticos. Afastei os olhos.

"Estou tentando me tornar menos acanhada com você", ela disse.

"Parece que hoje está evoluindo muito bem."

"Então olhe para mim."

"Muito bem."

Seu rubor acentuava a longa e fina cicatriz na testa — vestígio do mesmo acidente de montaria na infância que lhe custara a maior parte dos dois dentes da frente, cujo recapeamento, apesar de caro, não ficara imperceptível. Entre esses dois dentes havia um espaço que sempre me excitara sexualmente. O espacinho convidativo dela. Uma contínua sugestão de língua.

Ela sacudiu os seios para mim, estremeceu de modéstia e me deu as costas, abraçando o tronco de uma faia. "Olhe, estou defendendo a preservação da floresta", ela disse.

Era naquele ponto que devíamos mudar de direção e seguir às pressas o único sentido de sua lógica, todas as bifurcações de sim-não convergindo num assentimento: sim sim sim. Tirei as roupas e descobri que, embora divorciados, eu pusera seis camisinhas na pequena mochila.

Anabel, deitada sobre o musgo e a terra, oferecendo-se como uma legítima mulher Lenape, me disse que elas não eram necessárias.

"Como não são necessárias?"

"Simplesmente não são", ela respondeu.

"A ser discutido depois", eu disse, rasgando uma embalagem.

Eu ainda era tão magro em 1991 que praticamente não tinha um corpo, e sim uma armação de arame de cabide com alguns importantes pontos sensoriais presos a ela — um tanto de cabeça, uma razoável quantidade de mãos, uma ereção tirânica ou ausente, e nada mais. Era como algo desenhado por Juan Miró. Só ideias. Por seis vezes aquela estranha engenhoca se deslocara para a pitoresca região do vale do Delaware a fim de participar de uma má ideia que Anabel e eu, em conjunto, tínhamos sobre nós. Não era cômoda, não era agradável. Era uma questão de Anabel se deitar sobre alguma coisa dura ou suja e a engenhoca de arame pular furiosamente em cima dela.

Perguntei se a estava machucando.

"Não… me *ferindo* não… tanto quanto sei…"

Disse isso com um brilho irônico nos olhos. Havia uma pedra do tamanho de uma bola de futebol junto à sua cabeça. Me perguntei se ela havia se deitado de propósito ao lado da pedra para sugerir uma coisa que ainda ficava acanhada demais comigo para pedir. Quem sabe a ideia era que eu pegasse a pedra e arrebentasse seu crânio com ela.

"E agora?", perguntei, metendo com toda a força.

"Agora é possível que sim."

Só discutíamos sobre nada. Como se, multiplicando um conteúdo zero por uma conversa infinita, fosse possível transformá-lo em algo mais que zero. A fim de fazermos sexo de novo, tinha sido necessário nos separarmos; a fim de fazermos sexo compulsivo e frenético, tinha sido necessário nos divorciarmos. Era um modo de nos vingarmos do gigantesco nada que as brigas tinham feito para nos salvar. Era a única disputa que ambos podiam perder honrosamente. Mas então acabava, e de novo só restava o nada.

Anabel estava deitada de bruços com o rosto encostado nas pedras e na terra, chorando baixinho, enquanto eu lidava com a topologia das calças e da cueca. Sabia que não cabia lhe perguntar por que estava chorando. Ficaríamos ali até o cair da noite se perguntasse. Muito melhor começar a caminhar outra vez e avançar um bocado antes que conversássemos sobre por que eu não tinha perguntado a razão de seu choro.

Ela se levantou para vestir a blusa. "Então, agora que já teve seu petisco, pode voltar para a cidade."

"Por favor, não tente me dizer que também não queria isso."

"Mas era a *única* coisa que você queria", ela disse. "Por isso, já pode voltar. A menos que queira fazer de novo agora mesmo e depois ir embora."

Dando um tapa num mosquito no antebraço, olhei para o relógio e não fui capaz de entender o que ele mostrava claramente.

"Me diga por que nunca tivemos filhos", disse Anabel. "Não lembro qual foi sua explicação."

De repente me senti atordoado. Mesmo segundo os padrões de Anabel, tocar no assunto dos filhos parecia um preço exorbitantemente alto para eu pagar por alguns minutos de sexo. Além do mais, ela estava apresentando a fatura com uma rapidez brutal.

"Você se lembra?", ela perguntou. "Porque eu não me recordo de nenhuma discussão pra valer."

"Então tratemos de ter uma discussão de cinco horas sobre isso agora mesmo", respondi. "O lugar e o momento não podiam ser mais magníficos."

"Você disse 'a ser discutido depois'. E agora é depois."

Matei outro mosquito. "De repente estou sendo picado."

"Estou sendo picada o tempo todo."

"Não entendi que a discussão era sobre isso."

"Achou que eu me referia a quê?"

Dei um tapinha no preservativo cheio amarrado dentro do bolso da calça. "Não sei. Outros possíveis parceiros, uma coisa do tipo epidemiológico."

"É evidente que nem quero ouvir falar nisso."

"Um bocado de mosquitos por aqui", eu disse. "Devíamos ir andando."

"Você pelo menos sabe onde está? Conseguiria encontrar o caminho de volta?"

"Não."

"Então acho que, afinal de contas, precisa de mim. Se quiser pegar seu ônibus."

Era necessária uma estrita vigilância para não se perder na árvore lógica, porém o calor de Anabel, o calor de suas costas e de nossa úmida interface, além do aroma do xampu Mane 'n Tail em seus cabelos, sempre tênue mas nunca de todo ausente, haviam embrutecido minha mente. Eu tomara o ópio de Anabel com as consequências previsíveis. Disse, com certo desespero na voz: "Olhe, já sei que não há como você me deixar pegar aquele ônibus".

"Deixar você pegar. Muito engraçado."

"Não você. Quis dizer nós. Não há como nós deixarmos que eu pegue aquele ônibus."

Mas o erro tinha sido cometido. Ela enfiou os pés nos tênis. "Vamos voltar diretamente para lá e esperar. Só para me poupar um pouquinho de seu ódio uma vez na vida. Para que, por uma vez, eu não seja culpada por fazer você perder o ônibus."

Anabel se recusava a ver que simplesmente havia alguma coisa quebrada em nosso relacionamento, quebrada sem possibilidade de conserto e de atribuição de culpa. Durante nossa orgia anterior, havíamos conversado por nove horas sem parar, com pausas apenas para ir ao banheiro. Pensei que, por fim, tinha conseguido lhe mostrar que a única forma de escaparmos de nosso sofrimento consistia em renunciarmos um ao outro e nunca mais nos comunicarmos: que as conversas de nove horas eram elas próprias a doença que supostamente estariam tentando curar. Essa era a versão de nós que ela me telefonara para rejeitar naquela manhã. Mas qual a sua versão? Impossível dizer. Ela era tão moralmente segura de si, a todo momento, que eu tinha sempre a sensação de que chegávamos a algum lugar; só depois eu via que tínhamos nos movido num círculo enorme e vazio. Apesar de toda a sua inteligência e sensibilidade, ela não somente não fazia sentido, mas também se mostrava incapaz de reconhecer tal coisa; e era terrível ver isso numa pessoa a quem eu fora profundamente devotado e a quem prometera cuidar por toda a vida. Por isso tinha de continuar a trabalhar com ela para fazê-la compreender que não podia continuar a trabalhar com ela.

"Veja bem qual é a cagada", eu disse depois que tínhamos subido a colina para sair daquela área degradada e alcançar um local menos infestado de insetos. "Falo só por mim. Já se passou um mês, e estou me sentindo tão esquisito, deprimido e envergonhado por causa da última vez que estivemos juntos que mal consigo mostrar a cara para outro ser humano. E daí tenho que vir até aqui e quando eu estou aqui é *biologicamente* inevitável que eu termine ficando trinta e seis horas, criando todo tipo de falsas esperanças e expectativas..."

Anabel voltou-se rapidamente. "Cale a boca! Cale a boca! Cale a boca!"

"Quer que eu mate você?"

Ela sacudiu a cabeça enfaticamente, não, não, não queria ser morta.

"Então não me telefone."

"Não fui suficientemente forte."

"Não me faça vir até aqui outra vez. Não faça isso comigo."

"Não fui suficientemente forte! Pelo amor de Deus! Você precisa esfregar na minha cara como eu sou fraca?"

Ela caminhou percorrendo um pequeno círculo, os dedos curvados como garras perto do rosto, dando a impressão de que um enxame de vespas penetrara em sua cabeça e lhe picava o cérebro.

"Tenha pena de mim", ela disse.

Peguei sua cabeça e a beijei, minha Anabel. De nariz entupido, olhos marejados, hálito quente. Querida. Também seriamente perturbada e praticamente inempregável. Beijei-a para tentar fazer com que a dor parasse, mas segundos depois minhas mãos já haviam descido para a parte de trás de sua calça de veludo cotelê. Os quadris de Anabel eram tão estreitos que eu podia baixar sua calça sem desabotoá-la. Nós éramos pouco mais do que crianças quando nos apaixonamos. Agora tudo se transformara em cinzas, cinzas de cinzas queimadas às altas temperaturas em que as cinzas se queimam, porém nossa vida sexual sem amarras acabara de começar, e eu nunca deixaria de amá-la. Foi a perspectiva de mais dois, três ou cinco anos de sexo nas cinzas que me fez pensar em morte. Quando Anabel se afastou de mim, caiu de joelhos, abriu o zíper da minha mochila e pegou o canivete do exército suíço, achei que ela também estava pensando na morte. Mas, em vez disso, matou a facadas as cinco camisinhas restantes.

O apartamento na Adalbertstrasse era refém de um estômago. Quando Clelia fechava os olhos à noite, podia visualizá-lo pairando na escuridão acima de seu catre. Por fora rijo e lustroso, uma berinjela digestiva rosa-claro com veias escuras saindo dela, por dentro vermelho e estriado, banhado em líquidos cáusticos e passível de sofrer convulsões como um bebê irritado a qualquer hora, especialmente de madrugada. Esse órgão infeliz residia no corpo da mãe de Clelia, Annelie. Clelia dormia no canto da sala de visitas mais próximo do quarto da mãe, de modo que, quando ela pedia leite e torradas no meio da noite, não precisava acordar as crianças ou o tio Rudi nos quartos onde se encontravam.

O estômago estava bem sintonizado com a autocomiseração de Clelia. Podia ouvir quando ela chorava até cair no sono, mas, como não gostava que ela fizesse isso, jogava sangue e bile nos lençóis de sua mãe, que Clelia tinha de tirar da cama e lavar. Não havia como argumentar com o sangue. Por mais cruel que a mãe fosse com ela, Annelie tinha o trunfo sanguinolento de estar realmente doente.

Nem havia como discutir que Clelia precisava de um emprego. Mesmo se não tivesse sido impedida de cursar a universidade — a universidade em que seu pai se formara, a universidade fundada havia quatrocentos anos diante da qual passava todas as manhãs a caminho da padaria —, a família não teria condições financeiras de pagar o ensino em tempo integral. O tio Rudi trabalhava para a prefeitura pavimentando ruas, orgulhoso em seu macacão de um azul brilhante, o uniforme dos trabalhadores alemães, o verdadeiro uniforme da tirania no país dos operários socialistas, e contribuía para os cuidados com a irmã doente pagando o aluguel do apartamento. Mas, como ele bebia e tinha namoradas, cabia a Clelia pôr comida na mesa. Seu irmão tinha quinze anos e a irmã ainda era uma menininha.

Durante o dia atendia os fregueses na padaria, à noite atendia o estômago. Somente nos sábados à tarde e nos domingos tinha algumas horas para ela própria. Gostava de caminhar à beira do rio e, se o dia estivesse ensolarado, encontrar um pedaço de grama limpa para se deitar de olhos fechados. Não precisava ver mais gente, recebia dinheiro de centenas de pessoas na padaria, homens que a encaravam indecentemente, velhas que pegavam moedas em bolsas de pano como se apertassem um nariz com o polegar e o indicador. Quase todos os colegas da *Oberschule* estavam agora na universidade e haviam se tornado verdadeiros estranhos, enquanto o resto mantinha distância porque a família do pai dela era burguesa e Clelia de todo modo preferia ficar sozinha para sonhar com o homem que a levaria da Adalbertstrasse para Berlim, para a França, para a Inglaterra, para os Estados Unidos. Um homem como seu pai, de quem ela ainda se lembrava subindo as escadas do prédio onde moravam e dizendo gentilmente, através do relutante centímetro de porta aberta do vizinho do andar de cima: "Minha esposa está passando muito mal esta noite. É o estômago dela. Poderia fazer o favor de não falar tão alto?". Um homem assim.

Num sábado bem quente de junho, não muito depois de completar vinte anos, Clelia tirou o avental na padaria e disse ao gerente que sairia mais cedo. Já em 1954 os trabalhadores em Jena estavam aprendendo que nada aconteceria de mau se saíssem mais cedo; aquilo só significava que os fregueses teriam de esperar em filas mais longas, deixando de estar em seus próprios empregos na pior das hipóteses, onde também pouco importava sua ausência. Clelia correu para casa e pôs seu vestido de verão predileto, embora o tom lavanda já estivesse desbotado. O tio tinha levado seu irmão e sua irmã para pescar, deixando a mãe, que o estômago manteve a noite inteira acordada, dormindo na cama. Clelia preparou um bule com chá de amora-preta que, segundo a mãe, acalmava o estômago, apesar de conter ácido tânico e cafeína, e levou para o quarto dela com um prato de biscoitos. Sentou-se na beira da cama e acariciou os cabelos da mãe como o pai costumava fazer. Ela acordou e afastou sua mão.

"Trouxe um pouco de chá antes de sair", disse Clelia, pondo-se de pé.

"Aonde é que você vai?"

"Sair."

O rosto da mãe ainda era bonito quando o estômago estava de folga. Já sofrera por tempo suficiente para ser uma anciã, mas só tinha quarenta e três anos. Por um momento pareceu estar prestes a sorrir para Clelia, porém seus olhos desceram para o corpo da filha, e o rosto imediatamente assumiu a expressão costumeira. "Não com esse vestido, assim não vai não."

"O que tem de errado com o vestido? Está quente."

"Se você tivesse um pouco de juízo, a última coisa que faria era chamar a atenção para seu corpo."

"O que há de errado com meu corpo?"

"O defeito principal é que sobra corpo. Uma garota com um mínimo de inteligência tentaria chamar menos a atenção."

"Sou muito inteligente!"

"Não, na verdade é uma pata bobalhona. E tenho certeza quase absoluta de que vai se dar de presente ao primeiro estranho que lhe disser duas palavrinhas simpáticas."

Clelia corou e, ao fazê-lo, se sentiu inquestionavelmente uma pata bobalhona: peitos fartos, alta e absurda, com pés e boca grandes demais. Pata bobalhona que era, seguiu em frente: "Duas palavrinhas simpáticas é mais do que ouvi de você a vida toda!".

"Isso é injusto, mas não faz mal."

"*Adoraria* que algum estranho me dissesse coisas simpáticas. *Amaria* ouvir palavras carinhosas."

"Ah, sim, é muito bom", disse a mãe. "É muito raro, mas o estranho pode até ser sincero."

"Estou pouco ligando se ele é sincero! Só queria ouvir palavras carinhosas!"

"Preste atenção no que está dizendo." Sua mãe verificou a temperatura do bule de chá e encheu a xícara. "Você ainda não limpou o banheiro. Seu tio sempre deixa a privada suja. Posso sentir o cheiro daqui."

"Faço isso quando voltar."

"Vai fazer agora. Não admito essa coisa de 'primeiro o prazer, depois o dever'. Vá limpar o banheiro, lavar o chão da cozinha e depois, se sobrar tempo, pode mudar de roupa e sair. Não vejo como você pode se divertir sabendo que há coisas a fazer."

"Não vou demorar", disse Clelia.

"Por que a pressa?"

"O dia está tão quente e bonito."

"Vai comprar alguma coisa? Está com medo de que a loja feche?"

Annelie era boa em matéria de intuir a única pergunta que Clelia não desejava responder com a verdade.

"Não", disse Clelia.

"Me traga sua carteira."

Clelia foi até a sala de visitas e voltou com a carteira, que tinha algumas notas pequenas e moedas. Observou enquanto a mãe contava os *Pfennigs*. Embora Clelia não tivesse mais apanhado desde que se tornara o ganha-pão da família, sua expressão era a de um animal em alerta, de presa encurralada.

"Onde está o resto?"

"Não há mais nada. Eu lhe dei o resto."

"Está mentindo."

De repente, no bojo esquerdo do sutiã de Clelia seis notas de vinte e oito de dez começaram a se agitar como insetos alados se preparando para voar. Se ela podia ouvir o farfalhar das asas de papel, sua mãe, dona de uma audição excelente, também poderia. As pernas abrasivas e as cabeças duras dos insetos se cravavam na pele de Clelia, que se forçou a não olhar para baixo.

"É o vestido. Você quer comprar o vestido."

"Você sabe que não tenho dinheiro para comprar aquele vestido."

"Eles vão aceitar vinte marcos de entrada e deixar você pagar o resto à prestação."

"Não, para isso não."

"E como sabe disso?"

"Porque fui lá e perguntei. Porque quero um vestido bonito!" Clelia olhou para baixo em desespero quando sua mão direita, inteiramente por conta própria, se levantou do lado do corpo e foi pousar no bojo culpado do sutiã. Ela era um livro tão aberto, tão tola e ingênua, que sua mãe simplesmente disse:

"Me mostre o que tem aí."

Clelia tirou as notas do sutiã e as deu para a mãe. Nos fundos da loja de roupas da rua onde moravam havia um vestido de verão de estilo ocidental ou que passava por ocidental naquela longínqua Jena, sem dúvida ocidental demais para estar na vitrine. Clelia levou para a vendedora da loja doces fresquinhos, dizendo que eram velhos e precisavam ser logo comidos, e a senhora foi simpática com ela. Mas Clelia era tão bobalhona que descreveu o vestido para a irmãzinha como exemplo das coisas que se podiam encontrar no fundo das lojas numa república socialista, e sua mãe, embora não fosse nenhuma fã daquela república socialista, tomou nota. Ela era melhor em matéria de vigilância que a própria república. Calma na vitória, pôs as notas no bolso do penhoar, tomou um gole de chá e perguntou: "Você queria o vestido para algum encontro em especial? Ou só para andar nas ruas?".

O dinheiro não lhe pertencia de direito e, como nesse sentido era irreal para ela, Clelia sentiu que merecia a punição de vê-lo sendo tomado — na realidade, tinha apanhado as notas de dentro do sutiã com uma sensação de alívio penitente. Mas ver o dinheiro desaparecer no bolso da mãe o tornou de novo real. Tinha levado seis meses para poupá-lo sem ser apanhada. Ficou com os olhos marejados.

"Você é que faz ponto nas ruas", ela disse.

"O que é que você disse?"

Horrorizada consigo própria, tentou retirar o que falara. "Quer dizer, você gosta de passear pelas ruas. Prefiro passear no parque."

"Mas a expressão que você usou, qual foi?"

"Fazer ponto nas ruas!"

O chá quente atingiu em cheio o corpete do vestido cor de lavanda. Ela olhou para baixo, olhos esbugalhados, contemplando a destruição.

"Eu devia ter deixado você morrer de fome", disse a mãe. "Mas você comeu, comeu, comeu e agora ficou com esse corpo. Será que eu devia ter deixado meus filhos morrerem de fome? Não podia trabalhar, por isso fiz a única coisa que podia. Porque você comeu, comeu e comeu. Tem toda a culpa pelo que eu fiz. Foi seu apetite, não o meu."

Era verdade que sua mãe não tinha o menor apetite. Mas ela falou com tamanha crueldade, típica dos contos de fadas, num tom de voz tão preciso e controlado, que era como se ali não houvesse uma mãe: como se a pessoa na cama fosse apenas um manequim de carne e osso através do qual falava o estômago sedento de vingança. Clelia esperou para ver se algum vestígio humano de sua mãe poderia reconsiderar o que tinha dito e se desculpar, ou pelo menos suavizar as coisas, mas o rosto dela se distorceu com uma súbita con-

365

tração do estômago. Ela fez um gesto débil na direção do bule. "Preciso de chá quente", disse. "Esse não está bastante quente."

Clelia saiu às pressas do quarto e se atirou em seu catre.

"Você é uma… *puta* nojenta!", ela sussurrou. "*Uma puta nojenta!*"

Ao ouvir o que havia dito, imediatamente se sentou e tapou a boca com os dedos. Lágrimas em seus olhos deram asas trêmulas e diáfanas aos raios de sol que escapavam das pesadas cortinas que o estômago insistia em manter fechadas. Meu Deus, ela pensou. Como pude dizer uma coisa dessas? Sou uma pessoa terrível! E então, se atirando de volta sobre o estreito colchão, abafou mais palavras no travesseiro: "*Uma puta! Uma puta! Uma puta nojenta!*". Ao mesmo tempo, bateu na cabeça com o nó dos dedos. Sentia-se como a pessoa mais terrível do mundo, além da mais azarada e ridícula. Suas pernas eram tão compridas que, para dormir no catre, tinha que dobrá-las ou deixar os pés pendurados para fora. Tinha exatamente um metro e setenta e cinco centímetros de altura, uma ave ridícula na gaiola pequena demais que era seu catre, com o nome mais feio que qualquer garota tinha recebido até então. As pessoas na padaria achavam que ela era burra porque soltava risadinhas à toa e tendia a falar a primeira coisa que lhe vinha à cabeça.

Não era burra. Tirava notas excelentes na escola e poderia estar cursando a universidade se o Comitê tivesse deixado. A explicação oficial consistia em que seu pai era burguês, mas ele estava morto e sua mãe e o tio vinham da classe social correta. O verdadeiro estigma é que sua mãe havia concedido favores a um oficial de farda preta, e depois a outro, durante os piores anos. A irmã pequena de Clelia era filha do segundo. E, sim, Clelia tinha comido carne, manteiga e doces, mas era então uma criança que desconhecia o mal. Foi para o estômago maligno que um dos oficiais havia trazido uma caixa do verdadeiro *Pepto-Bismol*. Annelie se vendera por causa do estômago, não por seus filhos.

No relato muitas vezes repetido de minha mãe para mim, ela sempre enfatizava que, ao trocar o vestido arruinado e pôr na bolsa um pedaço de pão duro e dois livros, não tencionava abandonar os irmãos menores, não seguia um plano longamente contemplado. Queria apenas ter uma noite livre do estômago e um dia fora do apartamento que a fazia totalmente consciente do horror de ser alemã e absolutamente incapaz de se imaginar não sendo alemã. Até aquele sábado de junho, a pior coisa que planejara havia sido comprar um vestido de verão ocidental. Agora, nunca mais teria o vestido, mas ainda podia ir passear no Ocidente, pois era possível chegar de trem ao setor norte-americano.

Com trinta marcos na bolsa a tiracolo, caminhou apressadamente colina abaixo até o centro da cidade que, com a falta de pressa socialista, ainda estava sendo reconstruída da destruição que sofrera por abrigar durante a guerra fábricas de aparelhos de pontaria para bombas e fuzis. A passagem de ida e volta para Berlim custou quase tudo que tinha. Com o pouco que restava, comprou um saquinho de balas que a deixou ainda mais esfomeada quando o trem chegou a Leipzig. Como não tinha planejado fugir, um pedaço de pão seco era o que lhe sobrava para comer. Mas o que mais desejava naquele momento era respirar o ar livre. Dentro do vagão, o ar fedia a sovacos socialistas, o ar que entrava pela janela era quente e poluído pelos eflúvios da indústria pesada, o ar na estação da Friederichstrasse estava empesteado pela fumaça de cigarros baratos e pela tinta burocrática. Ela não tinha a menor pretensão de ser uma gota no balde de cérebros e talentos que vazava do país naqueles anos. Era simplesmente uma pata bobalhona correndo às cegas.

O lado ocidental estava ainda mais arruinado que o oriental, mas o ar era realmente um pouco mais fresco, pelo menos porque a noite caíra. A impressão que Clelia teve da Kurfürstendamm foi de um lugar que vivera um duro inverno, não um processo de derrocada socialista. Como os primeiros brotos verdes na primavera, como campânulas brancas ou açafrões, já surgiam ali os sinais vitais do comércio. Ela subiu e desceu a avenida sem parar porque assim podia não pensar sobre como estava faminta. Continuou a caminhar através de ruas mais escuras e vizinhanças mais arruinadas. Passado algum tempo, deu-se conta de que, de forma meramente intuitiva, estava procurando por uma padaria porque elas costumavam jogar fora os *Schrippen* velhos depois de fecharem as portas aos sábados. Mas por que será que, quando alguém procura um tipo específico de loja numa cidade desconhecida, sempre escolhe o melhor caminho para não encontrá-la? Cada encruzilhada representava uma nova oportunidade de erro.

De erro em erro, Clelia foi parar no bairro extremamente escuro e deserto de Moabit. Começou a cair uma chuva fina e, quando ela por fim parou sob uma tília mutilada, não tinha ideia de onde se encontrava. Mas a cidade parecia saber — parecia ter apenas esperado que ela parasse de andar. Um sedã preto, com as janelas abertas e o teto pontilhado de gotas de chuva, parou ao seu lado e um homem pôs a cabeça para fora no lado do carona.

"Oi, belezoca de pernas compridas!"

Clelia olhou em volta para ver se o homem estava se dirigindo a outra pessoa.

"Sim, é você mesma!", disse o homem. "Quanto é?"

"Como assim?"

"Quanto é para nós dois?"

Sorrindo educadamente, pois os dois homens também sorriam, simpáticos, Clelia olhou por cima do ombro e começou a andar outra vez naquela direção. Tropeçou e acelerou o passo.

"Ei, ei, espere, você é fantástica…"

"Volte…"

"Pernoca boa… pernoca boa…"

Ela sentiu que estava sendo indelicada embora os homens aparentemente tivessem se enganado confundindo-a com alguma prostituta. Era um erro honesto e compreensível naquelas circunstâncias. Eu deveria voltar, ela pensou. Deveria voltar para me certificar de que de fato foi um engano, e tentar imaginar a coisa certa a dizer, porque, de outro modo, eles vão se sentir embaraçados e envergonhados, apesar de que a culpa é minha por andar como uma idiota nesta rua… Mas as pernas continuavam a levá-la adiante. Ouviu que o carro dava a volta e vinha em sua direção.

"Desculpe o mal-entendido", disse o motorista, reduzindo a velocidade para acompanhar seus passos.

"Você é uma moça decente, não é?"

"E bonita", o outro afirmou.

"Este não é o tipo de bairro para uma moça decente andar. Vamos lhe dar uma carona."

"Está chovendo, querida. Não quer sair da chuva?"

Ela continuou a andar, atarantada demais para olhar na direção deles, mas também insegura porque de fato chovia e ela estava muito esfomeada; talvez sua mãe também tivesse começado assim, talvez sua mãe tivesse sido uma garota como ela era agora, perdida no mundo e precisando de alguma coisa de um homem…

Na calçada escura apareceu diante dela outro homem. Ela parou e o carro também. "Está vendo o que eu disse?", o motorista falou. "Não é seguro andar aqui sozinha."

"Venha, venha", o outro pressionou. "Venha conosco."

O homem na calçada não era fisicamente notável, porém tinha um rosto largo e honesto. E assim era meu pai: mesmo numa noite escura e chuvosa, na sinistra Moabit, ele se mostrava inequivocamente honesto. Não consigo visualizá-lo naquela rua senão usando, como de costume, roupas alegremente terríveis, sapatos baratos e confortáveis, as pernas da calça com as bainhas muito altas, e alguma camisa esporte da década de 1950 com as abas da gola bem abertas e achatadas. Depois de analisar a situação com a testa franzida, ele disse a Clelia num alemão de autodidata: *Entshooldig, fraulein. Con ick dick helfen? Ist allus o.k. here? Spreckinzee english?*

"Um pouco." Ela respondeu em inglês.

"Conhece esses caras? Quer que eles fiquem aqui?"

Depois de uma breve hesitação, ela indicou que não. Foi a deixa para o meu pai — que era fisicamente destemido, além de crer que se tratássemos as pessoas de maneira racional e amigável, elas nos tratariam da mesma forma, e que o mundo seria um lugar melhor se todos se comportassem assim — ir até o carro, apertar a mão dos homens, se apresentar em alemão como Chuck Aberant de Denver, Colorado, e lhes perguntar se moravam em Berlim ou se estavam apenas de visita, como ele; ouviu com genuíno interesse as respostas que deram e então lhes disse que não se preocupassem com a garota pois cuidaria pessoalmente de sua segurança. Era extraordinariamente improvável que voltasse a encontrar aqueles homens, mas, como papai costumava dizer, nunca se sabe. Sempre valia a pena tratar todos que a gente encontrasse como se eles pudessem se tornar nossos melhores amigos no mundo.

Mamãe, que aos vinte anos já testemunhara o bombardeio de Jena, a chegada do Exército Vermelho, sua própria mãe sendo encharcada com o conteúdo do urinol de uma vizinha, o cadáver de um bebê sendo comido por um cachorro, pianos quebrados a machadadas para fazer lenha e a ascensão do Estado do trabalhador socialista, gostava de me dizer que nunca vira na vida algo tão incrível quanto a simpatia com que o americano lidara com os dois imbecis no carro. Seu tipo de confiança e franqueza era inconcebível para um prussiano.

"Como é que você se chama?", papai perguntou quando ficaram a sós.

"Clelia."

"Opa, que nome bonito. Esse é um *grande* nome."

Mamãe sorriu feliz e então, certa de que sua bocarra se parecia à de um tiranossauro, tentou esticar os lábios para baixo a fim de cobrir as dezenas de dentes. Mas a tentativa de ocultá-los foi vã. "Acha mesmo?", ela perguntou, com um sorriso ainda mais aberto.

Papai não havia dito apenas duas palavras simpáticas, e sim umas dez. Ainda não eram muitas. No bolso de trás da calça cáqui havia um mapa de Berlim, do tipo que tem um sistema patenteado de dobras (papai adorava invenções, adorava ver os inventores compensados por melhorarem a condição humana), e foi capaz de levar mamãe à estação do zoológico para lhe comprar uma *Wurst* no quiosque de comida aberto durante toda a noite. Numa mistura de inglês e alemão, entendida só parcialmente por mamãe, explicou que aquele era seu primeiro dia em Berlim e, de tão excitado, poderia ter andado a noite inteira. Participava do 4º Congresso Mundial da Associação para o Entendimento Internacional (que não sobreviveria para realizar um quinto congresso depois de revelada, no outono seguinte, sua condição de instrumento comunista). Ele tinha deixado duas filhas pequenas, de seu primeiro casamento, sob os cuidados da irmã, voando para Berlim às suas próprias custas.

Sofrera alguns desapontamentos na vida e esperava dar uma contribuição maior ao mundo do que ser apenas professor de biologia no ensino médio, mas o que havia de maravilhoso em dar aulas era a possibilidade de ter o verão livre para *cair fora*, sair pelo mundo, curtir a natureza. Tinha imenso prazer em conhecer estrangeiros e descobrir pontos comuns; em certa época havia estudado esperanto. As filhas, que tinham apenas quatro e seis anos, já sabiam acampar muito bem e, quando crescessem, ele queria levá-las para a Tailândia, Tanzânia, Peru. A vida era curta demais para dormir. Não queria perder um minuto de sua semana em Berlim.

Quando mamãe contou que tinha fugido de Jena, o primeiro impulso de papai foi pensar em suas próprias filhas e insistir em que ela voltasse para casa de manhã. Mas, ao saber que ela tinha apanhado da mãe e nunca cursaria a universidade, reconsiderou. "Poxa, isso é duro", ele disse. "Deve haver alguma coisa errada com um sistema que põe uma menina inteligente e cheia de vida como você atrás do balcão de uma padaria. Gosto de acampar do jeito antigo — basta uma coberta e um pedaço de chão plano. Meu hotel não é nenhuma maravilha mas tem camas. Você pode dormir na minha e amanhã vemos o que acha da situação. Posso tirar uma boa soneca no chão."

Seus propósitos eram quase certamente benignos. Papai era um homem bom: professor incansável e marido leal, estimulava o espírito de independência em minhas irmãs, era vítima fácil de histórias de injustiça, concedia sempre o benefício da dúvida e erguia o braço quando se pediam voluntários para alguma tarefa desagradável. No entanto, sou perseguido pelo fato de que, ao longo de sua vida, ele só fazia o que queria. Se lhe desse vontade de levar os alunos a Honduras para cavar valas de saneamento, ou a uma reserva dos navajos para pintar casas ou marcar o gado, mesmo se isso significasse deixar minha mãe sozinha com as crianças semanas a fio, era o que ele fazia. Se queria parar o carro com toda a família dentro e caçar uma borboleta, era o que fazia. E, se desejava se casar com uma mulher bonita com idade para ser sua filha, era o que fazia — e isso ele fez duas vezes.

Nasceu em Indiana. Com a esperança de fazer uma contribuição à agricultura, estudou entomologia, porém é longa a estrada para um doutorado nessa área. Certos estágios no ciclo de vida dos tricópteros que vinha pesquisando só podiam ser coletados durante uma semana ou duas por ano e, para se sustentar, ele se empregou no Departamento de Agricultura do Colorado. Morava em Denver quando terminou a tese e enviou sua coleção ao comitê em Indiana, que não podia conceder o diploma sem ver os espécimes. O pacote, que representava oito anos de trabalho, desapareceu nos correios sem deixar vestígio. Sempre sonhara em dar aulas numa universidade e fazer pesquisa pura, mas, em vez disso, acabou como professor no sistema de ensino público de Denver.

No final da década de 1930, passou a proteger uma garota brilhante mas vulnerável cujo padrasto era um alcoólatra violento. Teve encontros com a mãe, conseguiu que a garota fosse viver com outra família e a encorajou a tentar a universidade. Mas ela mostrou que só estava pronta a ser ajudada por pouco tempo, enquanto seu namorado estava preso. Tão logo ele foi libertado, os dois fugiram para a Califórnia. Papai serviu quatro anos no Corpo de Sinaleiros do Exército, o último dos quais na Baviera; ao regressar para o emprego em Denver, soube que a garota estava de volta; o namorado se encontrava agora numa prisão militar por quase ter matado alguém numa briga de bar. Papai, que suspeito estava apaixonado por ela desde o começo, convidou-a para fazer longas caminhadas nas montanhas e, passado algum tempo, lhe propôs casamento. Buscando dar um jeito na vida e pressionada pela mãe, a garota deve ter achado que não tinha outra escolha senão aceitar. (Parecia um anjo na única foto que vi dela, mas havia certo vazio em seus olhos, algo morto, o desespero da disparidade entre sua aparência e o que sabia ser por dentro.) As filhas que teve com papai tinham um e três anos quando o namorado terminou sua pena e reapareceu em Denver. Papai nunca contou nem mesmo à minha mãe, muito menos a mim, o que aconteceu. Só sei que terminou ficando com a guarda exclusiva das minhas meias-irmãs.

Ele tinha mais que o dobro da idade de mamãe, embora ela fosse uns cinco centímetros mais alta, o que talvez tivesse ajudado a equalizar e normalizar as coisas. Em Berlim, ele jogou para o alto as sessões plenárias do 4º Congresso, que até pelos padrões internacionais do irrealismo bem-intencionado devem ter alcançado novos recordes de enfado e inutilidade, preferindo rodar pela cidade com mamãe. Fizeram os passeios de barco inevitáveis em Berlim, comeram em restaurantes que a ela pareceram de primeira categoria. Na quinta noite, ele a fez se sentar e pronunciou um pequeno discurso.

"Aqui está o que desejo fazer. Quero me casar com você e, não, não se preocupe, não estou tentando nada desonroso. Simplesmente tenho a sensação de que, se ficar aqui, vai se meter em encrencas e voltar para Jena rapidinho, jogando fora toda a sua vida. Por isso, vamos cuidar de obter um passaporte para você e tudo o mais. Volto aqui com minhas filhas na semana que vem e você dirá se quer ir para os Estados Unidos comigo. Se não quiser, continuamos amigos e anulamos o casamento. Acho que você é uma garota muito legal, com uma boa cabeça, e tenho a impressão de que vou ser feliz me casando com você. Acho que você é mesmo supimpa, Clelia."

"Minha mãe tinha razão", me disse mamãe muitos anos depois, quando papai já tinha morrido. "Eu era uma bobalhona ingênua. Tinha uma imensa sede de ser tratada com bondade, mas nunca imaginei que um homem podia ser tão carinhoso quanto seu pai. Pensei que tinha encontrado por sorte o homem mais carinhoso do mundo. Numa rua escura de Moabit! Um verdadeiro milagre! E você sabe como a carteira dele era grossa — todas aquelas coisas que nunca tirava de lá, cartões de visita de gente importante, recortes de publicações famosas, aquelas dicas de autoajuda, todas as receitas para um mundo melhor. E dinheiro. Bem, era mais do que eu tinha visto até então — mais do que arrecadávamos na padaria ao final do dia. Uma padaria comunista com preços subsidiados e uma única caixa registradora: essa era minha ideia de um monte de dinheiro! Nem sabia que nosso hotel era terrível, ele teve de me dizer que era terrível, e mesmo assim culpei o congresso, e não ele. O que sabia eu sobre dólar forte, moedas fracas? E nem conseguia entender tudo que ele dizia, por isso pensei que a cidade de Denver inteira o tinha elegido como seu representante num importante congresso mundial. Pensei que ele era rico! Nunca tinha visto uma carteira tão grossa. Não sabia que a Associação para o Entendimento Internacional possuía exatamente quatro membros pagantes no estado do Colorado. Não sabia nada. Em cinco minutos meu coração já estava nas mãos dele. Iria para os Estados Unidos de joelhos para ficar com ele."

Levou alguns anos para que a paixão de mamãe se desvanecesse e o casamento se polarizasse totalmente. Nos primeiros anos, ela estava mergulhada nos cuidados com crianças e na faculdade no período noturno, onde conseguiu, mais tarde, um diploma em farmacologia. Mas, na primeira eleição presidencial de que me recordo, votou em Barry Goldwater. Tinha suficiente conhecimento do socialismo para prever seu fracasso final e sabia que os soviéticos eram ladrões, violadores de mulheres e assassinos; além disso, nunca superou o choque de saber que papai só era rico em comparação com os cidadãos de Jena, quer dizer, era rico como a maioria dos norte-americanos é rica. Na sua decepção com ele, idealizou os ricos de verdade, atribuindo-lhes virtudes improváveis. Ela havia vendido sua juventude e boa aparência em troca de uma apertada casinha de três quartos em que vivia com um progressista de meia-tigela, muito bondoso e delicado demais para justificar um divórcio. Com raiva de sua própria tolice-ingenuidade, procurou homens de maior porte para admirar: Goldwater, o senador Charles Percy, mais tarde Ronald Reagan. A postura conservadora deles combinava bem com sua crença germânica de que a natureza era perfeita e todos os problemas do mundo tinham origem no homem. Durante as horas em que eu estava na escola, trabalhava na farmácia Atkinson, no Federal Boulevard, e o que via lá era um desfile infindável de seres humanos doentes que chegavam ao balcão para lhe entregar receitas e levar remédios. Seres humanos ocupados em se envenenar com cigarros, álcool e junk food. Eles não eram dignos de confiança, os soviéticos não eram dignos de confiança, e ela assumiu posições políticas em conformidade com isso.

Papai sabia que a natureza não era perfeita. Nos anos em que trabalhou para o Departamento de Agricultura, esteve em campos ressequidos cujas plantas morriam de sede por terem perdido água demais através de seus estômatos, pelo uso muito ineficiente do dióxido de carbono, porque a mão esquerda da molécula de clorofila não sabia o que a mão direita estava fazendo — a mão esquerda absorvia oxigênio e emitia CO_2, enquanto a mão direita fazia o contrário. Ele previa que, no futuro, os desertos floresceriam com plantas mais inteligentes, plantas aperfeiçoadas por seres humanos, plantas em que teria sido introduzida uma clorofila melhor, mais moderna. E, como sabia que Clelia havia estudado química, a desafiava a negar sua prova da imperfeição da natureza, e assim os dois discutiam sobre questões químicas na mesa de jantar, o tom das vozes subindo cada vez mais.

Infelizmente, ela não foi uma boa madrasta para minhas meias-irmãs. Ela própria era como uma planta num campo ressequido, desejosa de que a atenção de papai chovesse sobre ela tanto quanto sobre minhas irmãs. Mas era pior que isso: ela as criticava do mesmo modo que sua mãe costumava criticá-la, em particular com respeito às roupas. Isso tinha a ver em parte com a onda de rebeldia da década de 1960, anos difíceis para uma pessoa conservadora, e em parte com a rebelião de um de seus órgãos, o intestino grosso. Disseram-me que tive muitas cólicas quando bebê, mas, tão logo superou o estresse causado por isso, mamãe sofreu uma gravidez ectópica. Tensões físicas, decepções na vida, preocupações financeiras, predisposição genética, azar: instalou-se uma inflamação em seu intestino que a perseguiu pelo resto da vida. A doença repuxou os fios em seu rosto como o estômago da mãe repuxara no dela, e se tornou a voz de sua infelicidade com todo mundo, exceto comigo.

Quando penso em Anabel e nos sinais que ignorei na estrada que me levou ao casamento, retorno sempre à minha família polarizada: as irmãs fora de casa melhorando o mundo com papai, eu em casa com mamãe. Ela me poupava os pormenores vergonhosos de seu sofrimento (teria preferido, estou seguro, o estômago de sua mãe, que na pior das hipóteses só expelia sangue, e não algo sujo e fedorento, a própria origem do expletivo germânico, das piadas, do tabu). No entanto, eu naturalmente sentia que ela não era feliz, e papai sempre parecia estar participando de alguma reunião ou bem longe numa aventura. Passei mil noites sozinho com ela. Em geral, era muito severa comigo, mas fazíamos uma brincadeirinha estranha com as revistas chiques que ela assinava. Depois de examinarmos todo o conteúdo de *Town & Country* ou *Harper's Bazaar*, ela me obrigava a escolher a casa e a mulher que eu mais desejava. Logo aprendi a escolher a casa mais cara, a maior beldade, e cresci achando que poderia redimir sua infelicidade se as obtivesse para mim. Entretanto, o mais notável nessa brincadeira era como, ao folhear aquelas páginas, ela parecia uma irmã mais velha, entusiástica e esperançosa. Anos depois, quando me contava e recontava a história de sua fuga de Jena, nunca deixei de visualizar aquela garota que gostava de revistas de classe.

Traí Anabel antes mesmo de conhecê-la. No final de meu terceiro ano na Universidade da Pensilvânia, concorri ao cargo de redator-chefe do *Daily Pennsylvanian* defendendo uma plataforma de maior atenção ao mundo "real"; já estabelecido como editor executivo, depois de um verão passado em Denver com mamãe (papai morrera dois anos antes), criei o cargo de editor da cidade e encomendei artigos sobre a venda de bilhetes a preços exorbitantes no Spectrum, mercúrio e cádmio no rio Delaware, um triplo assassinato no oeste da Filadélfia. Achei que meus repórteres estavam rompendo a hermética bolha de autoindulgência que existia no campus durante a década de 1970, mas suspeito que, para as pessoas que eles infernizaram em busca de entrevistas, se pareciam mais com meninos que vendiam docinhos a preços inflados para poderem pagar uma temporada em algum acampamento de verão.

Em outubro, minha amiga Lucy Hill me alertou acerca de uma história interessante. Do outro lado do rio, em Elkins Park, o reitor da Escola de Arte Tyler descobriu certa manhã em seu escritório um corpo enrolado em papel de embrulho marrom, desses de açougue. Escrito no papel em letras vermelhas com lápis creiom as palavras: SUA CARNE. O corpo estava quente e respirava, embora se mantivesse imóvel. O reitor chamou os seguranças, que rasgaram o papel e revelaram o rosto de uma aluna do segundo ano, Anabel Laird. Os olhos estavam abertos, mas a boca estava fechada com uma mordaça de fita colante. Laird já era conhecida do reitor graças a uma série de cartas em que denunciava a pouca representatividade das mulheres no corpo docente e o número desproporcional de bolsas concedidas aos alunos homens que tencionavam obter um mestrado em belas-artes. Aberturas adicionais feitas com a necessária prudência pareciam indicar que Laird estava coberta unicamente pelas folhas de papel. Depois de um bocado de rebuliço coletivo, os seguranças carregaram o pacote até uma sala onde uma secretária desembrulhou a aluna, arrancou a mordaça e cobriu a nudez com uma manta. Laird recusou-se a falar ou se mover até o fim da tarde, quando outra aluna chegou com algumas roupas numa sacola de plástico.

Como Laird era uma velha amiga de Lucy, eu mesmo deveria ter editado a matéria, mas, estando atrasado nos trabalhos de classe, deixei o *DP* nas mãos do editor-gerente, Oswald Hackett, que era também meu colega de quarto e melhor amigo. A história de Laird, escrita por um aluno do segundo ano notavelmente amoral, era um misto de passagens libidinosas e grosseiramente críticas, com várias citações saborosas de colegas não identificadas de Laird ("ninguém gosta dela", "pobre menina rica", "uma triste tentativa de chamar o tipo de atenção que seus filmes não despertam"), embora o repórter tivesse cumprido seu dever ao acrescentar longas citações da própria Laird e uma declaração anódina do reitor. Oswald publicou na íntegra o artigo em nossa primeira página. Quando o li na tarde seguinte, tive apenas uma ligeira sensação de culpa. Só ao passar pelo *DP* e encontrar as mensagens telefônicas de Laird e Lucy me dei conta — de imediato, com uma pontada no coração — de que o artigo tinha sido realmente cruel.

Uma característica minha era o medo mórbido de ser repreendido, em particular por mulheres. Eu me convenci, sei lá como, de que podia escapar não respondendo às mensagens das duas. Nem toquei no assunto com Oswald; o meu medo de ser espinafrado era equivalente à minha aversão a infligir tal experiência a um amigo. Parecia possível que Lucy, que vivia fora do campus, já estaria mais calma quando eu voltasse a vê-la, e não me ocorreu que uma mulher suficientemente militante para se enrolar em papel de embrulho de açougue poderia aparecer em pessoa no *DP*.

Como redator-chefe eu ocupava um escritório de verdade que usava como sala de estudo. Se Anabel tivesse vindo de macacão, o uniforme das feministas militantes na universidade, eu poderia ter adivinhado quem era, porém a mulher que bateu à minha porta, no final de uma tarde de sexta-feira, usava roupas caras, uma blusa de seda branca e uma saia justa que ia até abaixo dos joelhos e me pareceu parisiense. Sua boca era um talho de batom escarlate; os cabelos, uma cascata negra.

"Estou procurando por Tom Aberrant."

"Aberant", corrigi.

A mulher expressou sua surpresa com os olhos esbugalhados de um enforcado.

"Você está cursando o *primeiro ano?*"

"Na verdade, o quarto."

"Meu Deus. Chegou aqui quando tinha treze anos? Imaginei alguém de barba."

Minha cara de bebê era um assunto desagradável. Meu companheiro de quarto no primeiro ano tinha sugerido que eu me envelhecesse arranjando uma cicatriz de duelo no melhor estilo do século XIX, me cortando com um sabre e pondo um fio de cabelo na ferida para impedir que se fechasse corretamente. Eu acreditava que meu rosto era a principal razão pela qual, embora fosse bom em matéria de fazer amizade com mulheres, não tinha relações sexuais com nenhuma delas. Só recebia alguma atenção sexual de meninas muito baixinhas ou de gays. Um deles tinha se aproximado de mim numa festa e, sem pronunciar uma palavra, enfiado a língua na minha orelha.

"Sou Anabel", disse a mulher. "A pessoa que você não respondeu a mensagem."

Senti um aperto no peito. Anabel fechou a porta às suas costas com um pé elegantemente enfiado numa bota e se sentou com os braços firmemente cruzados sobre o peito, como que para esconder o que a blusa queria revelar. Seus olhos eram grandes e castanhos, como os de uma corça, e o rosto bem comprido e estreito, também como o de uma corça; ela não devia ser tão bonita, mas, sabe-se lá como, era. Tinha pelo menos dois anos mais que eu.

"Sinto muito", disse com uma voz miserável. "Sinto muito não ter respondido à sua mensagem."

"Lucy me disse que você era uma boa pessoa. Disse que podia confiar em você."

"Sinto muito pelo artigo também. Na verdade, só o li depois de publicado."

"Você não é o editor?"

"A autoridade é delegada de várias formas."

Eu estava tentando evitar seus olhos, mas podia sentir que me fuzilavam. "Era necessário que seu repórter mencionasse o fato de meu pai ser presidente executivo e presidente do conselho da McCaskill? E que muita gente não gosta de mim?"

"Sinto *muito*", repeti. "Tão logo li o artigo me dei conta de que era cruel. Às vezes, quando a gente está envolvido em escrever uma história, esquece que alguém vai ler essa história."

Ela sacudiu sua crina negra. "Quer dizer que, se eu não tivesse lido, você não estaria sentindo nada? O que isso significa? Sente muito porque foi apanhado? Isso não é sentir coisa nenhuma. Isso é covardia."

"Não devíamos ter usado citações sem identificar a fonte."

"Ah, bem, serve para fazer uma brincadeira de adivinhação. Quem acha que sou uma garota rica e mimada, quem acha que sou maluquinha, quem tem tanta certeza de que minha produção artística é uma droga. Naturalmente, talvez não seja tão divertido sentar na mesma sala com as pessoas que disseram essas coisas e saber que continuam a pensar assim, sentir que estão me *olhando*. Ficam lá sentadas com os olhos grudados em mim. Ser assim tão visível."

Ela ainda não baixara os braços da frente da blusa.

"Você é que apareceu nua na sala do reitor", não pude deixar de observar.

"Só depois que rasgaram o papel que me cobria."

"Estou dizendo que você queria publicidade e teve."

"Ah, não é que eu esteja surpresa. Há alguma coisa mais interessante que o corpo nu de uma mulher? O que vende mais jornais? Você comprovou minha tese melhor do que eu poderia."

Essa foi a primeira de dez mil vezes em que tive a experiência de não seguir totalmente a lógica de Anabel. Porque era a primeira vez, e não a centésima milésima, e porque ela dava a impressão de ser ferozmente dona de si — me dói lembrar a ferocidade e a segurança que ela ainda tinha naquela época —, aceitei que a culpa era minha.

"Somos um jornal gratuito", disse, com uma voz débil. "Não estamos preocupados em vender."

"*As ações geram consequências*", ela disse. "Há comportamentos corretos e comportamentos incorretos, e você se comportou de forma vil. Você é o editor, pôs essas coisas em letra de fôrma, e eu as li. Você me feriu, vai ter que viver com essa lembrança. Quero que nunca se esqueça disso, como eu também não vou me esquecer do que você publicou. Nem teve a decência de responder ao meu telefonema! Pensa que, por ser homem e eu mulher, pode passar por cima de tudo." Fez uma pausa e vi um par de pequenas lágrimas dissolvendo sua maquiagem. "Talvez você não pense assim", ela disse num tom de voz mais suave, "mas estou aqui para dizer que você é um *cretino*."

Sua aparência e o fato de ser mais velha que eu deram à acusação uma força especial. Na verdade, porém, eu já estava predisposto a não me achar um cara legal. Numa Páscoa, quando eu cursava o sétimo ano, minha irmã mais nova, Cynthia, chegou da universidade transformada numa hippie, usando óculos de aros octogonais e trazendo um namorado com uma barba bíblica. Os dois demonstraram um interesse clínico por mim como um dos primeiros novos homens do futuro. Cynthia perguntou sobre minha espingarda de chumbinho, se eu gostava de atirar em meus inimigos para matá-los. Gostava de decapitar os inimigos? O que eu achava que as pessoas sentiam ao ser decapitadas? Era como uma brincadeira?

O namorado me perguntou sobre a coleção de borboletas que eu mantinha sem grande entusiasmo para agradar a papai. Eu gostava de borboletas? Realmente? Então por que as matava?

Cynthia me perguntou quais eram minhas ambições na vida. Eu queria ser um repórter ou um fotojornalista? Isso parecia legal. E que tal ser enfermeiro? Que tal ser professor no curso primário? Esses empregos eram para mulheres? Só para mulheres?

O namorado me perguntou se eu alguma vez tinha pensado em ser *cheerleader*. Não era permitido? Por quê? Por que um menino não podia ser *cheerleader*? Será que os meninos não sabiam pular? Não sabiam torcer?

Por causa deles, fiquei me achando um velho rabugento. Parecia maldade deles, mas eu também me sentia culpado, como se houvesse algo errado comigo. Uma tarde, alguns anos depois, cheguei da escola para me defrontar com uma emergência causada por roedores: minhas coisas espalhadas pelo chão do quarto, a porta do closet aberta, as pernas de papai visíveis numa escada de armar. Me permiti torcer para que ele não tivesse visto o surrado exemplar da revista *Oui* que eu tinha furtado nos fundos de um sebo e escondido no closet; no entanto, depois do jantar ele veio a meu quarto e me perguntou o que eu achava de ser uma mulher numa revista pornográfica.

379

"Nunca pensei nisso", respondi honestamente.

"Bem, você já tem idade suficiente para começar a pensar nisso."

Naquele ano, tudo em papai era repelente e embaraçoso para mim. Seus óculos típicos do filme *Mission Control*, seus cabelos petroquimicamente alisados, sua postura de pernas bem abertas como um caubói ao se preparar para um duelo à bala. Ele me fazia lembrar um castor, com uma oclusão dentária não corrigida e uma diligência insensata. *Por que* construir outra barragem? *Por que* roer outro tronco de árvore? *Por que*, exatamente, circular o tempo todo com aquele enorme sorriso estampado na face?

"O sexo é uma grande bênção", ele disse em sua voz professoral. "Mas o que você vê numa revista pornográfica é a miséria humana e a degradação. Não sei onde você conseguiu a revista, mas, pelo simples fato de possuí-la, participou concretamente na degradação de outro ser humano. Imagine o que sentiria se ali estivesse Cynthia ou Ellen…"

"Está bem, entendi."

"Entendeu mesmo? Compreende que essas mulheres são as irmãs de alguém? Filhas de alguém?"

Eu me senti ofendido moralmente ao ser tomado por uma pessoa pior do que era, já que, na verdade, eu não tinha participado concretamente na exploração de ninguém. Pelo contrário, ao furtar a revista, tinha *punido* financeiramente a livraria por haver comprado no atacado pornografia de segunda mão; na pior das hipóteses, era um louvável reciclador, e os usos particulares que fizera da *Oui* furtada eram um assunto que só dizia respeito a mim, podendo até mesmo serem vistos como um punição adicional aos exploradores, uma vez que, me valendo de artigos roubados, eu não comprava com dinheiro vivo novos materiais de exploração, sem mencionar o fato de estar poupando florestas virgens de serem derrubadas e transformadas em papel.

Alguns dias depois furtei mais revistas. Gostava da *Oui* porque as garotas que apareciam nela davam a impressão de ser mais reais — também mais europeias e por isso mais cultas, inteligentes e sofridas — que as da *Playboy*. Imaginei grandes conversas com elas, imaginei que se sentiam atraídas pelo modo compassivo como as ouvia, porém não havia como negar que meu interesse por todas morria no instante do orgasmo. Eu sentia que estava confrontado com uma injustiça estrutural; como se, pelo simples fato de ser homem, excitável por fotos por razões que escapavam a meu controle, eu incorresse inelutavelmente num ato condenável. Não queria fazer mal a ninguém, mas fazia.

Ficou pior. Com a ida iminente para a universidade, fiz um pacto — não de sangue, mas assim mesmo excitante — para trocar virgindades com Mary Ellen Stahlstrom, minha acompanhante no baile de formatura do ensino médio, cujas aspirações românticas estavam voltadas para alguém inalcançável. E foi assim que, no último fim de semana disponível do verão, numa cabana no Estes Park pertencente aos pais de um amigo comum, no momento crucial da penetração desfechei acidentalmente um forte golpe masculino no orifício mais sensível e vedado de Mary Ellen. Ela soltou um urro altissonante, recuando e me afastando com um coice. Meus esforços para consolá-la e me desculpar só serviram para alimentar sua histeria. Ela gemeu em voz alta, se debateu, resfolegou, ficou balbuciando uma frase que por fim decifrei, para meu imenso alívio, como um pedido para ser levada para casa em Denver de imediato.

O grito de Mary Ellen ao ser violada analmente ainda ressoava em meus ouvidos quando me matriculei na Universidade da Pensilvânia. Papai sugeriu que eu escolhesse uma universidade menor, mas lá me ofereceram uma bolsa, e mamãe, que tinha a maior admiração pela Ivy League, me seduziu com a conversa sobre as pessoas ricas e poderosas que eu encontraria. Nos meus três primeiros anos na universidade, não fiz um único amigo rico, mas meus pressentimentos sobre a culpa masculina receberam uma base teórica firme. Das lições que tive dentro e fora da sala de aulas, começando com uma semana de orientação sexual administrada por uma aluna do último ano vestida de macacão, aprendi que estava até mais profundamente implicado no patriarcado do que imaginava. Como resultado, em qualquer relação íntima com uma mulher, meus motivos eram objeto de suspeição a priori.

Não que as relações íntimas tivessem se provado um problema. Pelo jeito, eu só não dava a impressão de ser horrivelmente jovem para as garotas com mais ou menos um metro e meio de altura. Uma delas, colega minha no *DP* durante meu segundo ano, começou a me lançar olhares significativos, inclinando a cabeça para o lado, e por fim me passou um bilhete em que aludia ao "perigo" de ser "gravemente ferida" por mim. Certa noite lhe prestei o favor que desejava no centro do gramado da universidade, em parte graças à culpa por não estar tão interessado em fazer sexo com ela (na condição de macho que tratava as mulheres como objetos e, assim, só via nela sua baixa estatura) e, em parte, pelo vil motivo masculino de finalmente fazer sexo com alguém. Mas, incapaz de lhe conceder as promessas que ela então solicitou, ainda com a cabeça inclinada, terminei me sentindo culpado por feri-la sem querer. Ela se achou até obrigada a abandonar o jornal.

Refugiei-me na cerveja, nas mesas de sinuca do Houston Hall e no *DP*. Como jornalistas em atividade num corpo de estudante fazendo coisas frívolas de estudante, eu e meus amigos nos atribuímos uma importância pessoal que só voltei a encontrar quando conheci gente que trabalhava no *New York Times*. No fundo éramos uns tremendos inocentes, mas nos gabávamos de nossas aventuras sexuais dos tempos do ensino médio, e nunca me passou pela cabeça que, como eu mentia, meus amigos também podiam estar mentindo. A única pessoa a quem eu não enganava era Lucy Hill. Ela tinha sido bolsista na Choate Rosemary Hall e trabalhado por dois anos como garçonete antes de entrar na universidade. Tinha um namorado de quase trinta anos, um hippie e carpinteiro autoditata que se parecia muito com D. H. Lawrence, o autor predileto dela. O interesse clínico e amigável de Lucy por mim era mais explícito e piedoso que o de minha irmã Cynthia. Quando lhe confessei o que tinha feito com Mary Ellen Stahlstrom, ela riu e disse que Mary Ellen havia gritado porque eu estava lhe proporcionando o tipo de relação sexual que ela não podia admitir que desejava. Lucy estava agora empenhada em encontrar para mim alguém que *fodesse como coelhinhos*. Eu não gostava da expressão *foder como coelhinhos*, e me aborrecia vagamente com a condescendência implícita no projeto de Lucy; porém, como não tinha ninguém mais para falar sobre sexo, continuava a frequentar a casa dela fora do campus para tomar café fraco e comer sobremesas meio esponjosas do *Moosewood Cookbook.*.

Nem Anabel nem eu sabíamos disso quando ela saiu do escritório depois de passar a sentença sobre meu caráter, mas eu era exatamente o tipo que ela queria. Do lado de fora da janela, depois que o sol se pôs do seu jeito repentino de outubro, fiquei sentado na penumbra curtindo minha vergonha. Estava pronto a acreditar que era um cretino, mas odiava o fato de aquilo ter sido dito por uma mulher mais velha e muito bonita (e rica, não esquecer que ela era rica, isso estava presente desde o começo) que havia atravessado o rio Schuylkill especialmente para me denunciar. Eu não sabia o que fazer. Telefonar para Lucy simplesmente provocaria mais repreensões. Não conseguia tirar da cabeça o *você é um cretino*. A imagem mental do corpo nu de Anabel envolvido em papel de açougue também não me dava o menor descanso.

Parando rapidamente no refeitório para comer dois pedaços de frango e uma fatia de bolo, fui para meu quarto e disquei o número de Anabel, que copiara na palma da mão. Contei dez toques antes de desligar. Quando Oswald chegou após o jantar, me encontrou sentado no escuro.

"O sr. Tom está ruminando alguma coisa. Alguma coisa 'não caiu bem'. Alguma coisa está 'atravessada na garganta'." Ele citou, não pela primeira vez, um episódio de *Get Smart* sobre um malfeitor do Leste Asiático chamado Claw: "*Não 'the Craw'! The CRAW!*".

Queria dizer que ele tinha feito uma cagada e me exposto à humilhação, mas ele estava tão alegre, tão completamente ignorante de ter feito uma cagada, que não tive coragem de estragar sua noite. Em vez disso, despejei minha raiva no autor do artigo.

"Ele é realmente uma raposa de dentes afiados", Oswald concordou. "Se houvesse justiça no universo, ele não escreveria tão bem."

"As citações sobre Laird sem identificação foram mesmo muito maldosas. Estou pensando se não devemos publicar um pedido de desculpa qualquer."

"Ah, não faça isso", disse Oswald. "Você tem que proteger seu repórter, mesmo que ele seja uma raposinha bem safada."

Oswald e eu havíamos ficado amigos no *DP*, um desancando os textos do outro. Nenhum dos dois jamais caiu num estado de espírito tão sombrio que o outro não fosse capaz de reanimá-lo com uma boa conversa. Oswald em pouco tempo me fazia rir com sua imitação do *quarterback* reserva dos Broncos, Norris Weene (Oswald era de Nebraska e, como eu, um fã dos Broncos), assim como com a imitação ainda mais cruel dos colegas menos inteligentes e mais populares que nós. O talento de Oswald para o ressentimento era redimido pelos seus baixos níveis de autoestima, só comparáveis aos do Bisonho. Sua longa seca sexual tinha sido recentemente encerrada quando levou para a cama uma poetisa do segundo ano que obviamente iria despedaçar seu coração, mas ainda não chegara a esse ponto. Em respeito à minha própria seca, ainda em curso, era raro ele falar da garota; entretanto, quando me deixou sozinho de novo, eu sabia que iria se encontrar com ela e caí de volta no meu poço de remorso.

Por volta das dez horas consegui alcançar Anabel ao telefone.

"Olhe", eu disse, "estou me sentindo mesmo muito mal por não ter protegido você melhor. Quero fazer um esforço para consertar as coisas."

"O mal já foi feito, Tom. Você já fez sua escolha."

"Mas eu não sou a pessoa que você pensa que sou."

"O que você pensa que acho de você?"

"Que eu sou uma má pessoa."

"Só estou me baseando nas evidências", ela disse com um toque de humor no tom da voz, um possível abrandamento de sua avaliação.

"Quer que eu me demita? Nesse caso iria acreditar em mim?"

"Não precisa fazer isso por mim. Basta tentar ser um editor melhor no futuro."

"Vou ser. Vou ser."

"Então muito bem", ela disse. "Não vou perdoar você, mas fico agradecida por haver respondido ao meu telefonema."

A conversa deveria ter terminado ali, mas Anabel, mesmo naquela época, tinha uma incapacidade especial de desligar o telefone, e do meu lado eu não queria fazer isso antes de ser perdoado. Durante alguns segundos nenhum dos dois falou. À medida que se alongou, o silêncio, ao menos para mim, começou a pulsar com novas possibilidades. Me esforcei para ouvir o som da respiração de Anabel.

"Você exibe sua arte?", perguntei quando o silêncio se tornou insuportável. "Eu teria interesse em ver seus filmes."

"'Vem aqui em casa ver minha coleção de borboletas.' É por isso que me telefonou?" Outra vez o tom divertido. "Talvez você queira vir conhecer minha arte agora mesmo."

"Sério?"

"Pense um pouco e decida se acha que estou falando sério."

"Certo."

"Minha arte não fica pendurada numa parede."

"Certo."

"E no meu quarto só entro eu."

Ela disse isso como se fosse uma proibição, e não uma circunstância.

"Você parece uma pessoa interessante", eu disse. "Sinto muito tê-la magoado."

"A esta altura já devia estar acostumada. Parece ser o que as pessoas mais gostam de fazer."

A conversa também poderia ter terminado nesse ponto. Mas havia um fator em operação que jamais teria me ocorrido: Anabel estava se sentindo solitária. Ainda tinha uma amiga da Tyler, uma lésbica chamada Nola que havia sido sua cúmplice no episódio do papel de açougue, mas a pressão da paixonite não correspondida que Nola tinha por ela dificilmente podia ser suportada em altas doses. Todos os outros alunos, segundo Anabel, haviam se voltado contra ela. Tinham razão de se ressentir do status especial, como cineasta, que ela manobrara para obter numa escola que não tinha um programa de cinema, porém o verdadeiro problema residia em sua personalidade. As pessoas eram seduzidas por sua beleza, língua ferina e pela considerável possibilidade de que fosse um gênio artístico: ela tinha o dom de atrair todos os olhares. Mas era em essência bem mais tímida do que sua figura podia levar qualquer um a crer e afastava os que se aproximavam com seu absolutismo moral e sentimento de superioridade, que muitas vezes é o coração secreto da timidez. O professor que a encorajara a fazer filmes depois lhe passou uma cantada, o que: a) foi muito grosseiro; b) aparentemente nada raro: e c) destruiu sua confiança na avaliação que ele fizera de seu talento. Desde então ela entrara em guerra com a instituição, transformando-se em pária porque, a seu ver, os outros alunos só se importavam com a aprovação dos mestres, o assentimento dos mestres, o encaminhamento dos mestres a uma galeria.

Aprendi um pouco sobre isso e muitas outras coisas nas duas horas excitantes em que conversamos naquela noite. Embora não me considerasse uma pessoa interessante, era um bom ouvinte. Quanto mais eu ouvia, mais sua voz ficava suave em relação a mim. E então descobrimos uma coincidência curiosa.

Ela fora criada em Wichita, numa imponente mansão na College Hill. Pertencia à quarta geração de uma das duas famílias que possuíam integralmente o conglomerado de agronegócios McCaskill, a segunda maior empresa do país sem ações na Bolsa. Seu pai tinha herdado cinco por cento do capital, se casado com uma McCaskill da quarta geração e ido trabalhar para a empresa. Na infância, disse Anabel, ela fora muito ligada ao pai. Quando chegou a hora de mandá-la para a Rosemary Hall, onde sua mãe estudara antes da fusão com a escola Choate, Anabel disse que não queria ir. No entanto, como a mãe insistiu e o pai de forma pouco característica não cedeu a seus caprichos, ela chegou a Connecticut aos treze anos.

"Durante muito tempo troquei todas as bolas na minha cabeça. Pensava que minha mãe era terrível e papai maravilhoso. Ele é tremendamente inteligente e sedutor. Sabe como manipular as pessoas. E, quando começou a trair mamãe depois que fui para o internato, ela começou a beber após o café da manhã, e compreendi que só pensava em me proteger ao me mandar para longe. Nunca admitiu a mim, mas sei que foi por causa disso. Meu pai estava matando minha mãe, e ela não queria que ele me matasse também. Fui tão injusta com ela. E então ele a matou. Minha pobre mãe."

"Seu pai matou sua mãe?"

"Tem que entender como funciona a McCaskill. Como são obcecados pela ideia de manter a empresa nas mãos da família, ninguém de fora pode saber o que estão fazendo. Tudo gira em torno de guardar segredos e garantir o controle da família. Quando um Laird se casa com uma McCaskill, tem que ser para sempre por causa dessa fixação com a solidariedade familiar. Por isso, depois que fui para a escola e papai começou a trair mamãe, só restava a ela beber. É assim com os McCaskill. Isso, as drogas e passatempos perigosos, tipo pilotar helicópteros. Você ficaria surpreso de saber quantos parentes meus são viciados em alguma coisa. Pelo menos um de meus irmãos está agora mesmo em órbita. Ou você trabalha para a companhia e aumenta a riqueza da família — que é o que *eles* chamam de estilo dos McCaskill — ou se mata de hedonismo porque não há nenhum princípio de realidade que possa te segurar. Ninguém na família precisa ganhar a vida."

Perguntei o que tinha acontecido com a mãe dela.

"Se afogou", disse Anabel. "Em nossa piscina. Papai estava fora da cidade — não deixou impressões digitais."

"Há quanto tempo foi isso?"

"Pouco mais de dois anos. Em junho. Numa linda noite quente. O álcool no sangue dela daria para derrubar uma mula. Desmaiou na parte rasa."

Eu disse que sentia muito, e então contei que papai tinha morrido no mesmo mês da mãe dela. Havia se aposentado apenas duas semanas antes, depois de chegar aos sessenta e cinco anos sem nunca falar de "aposentadoria", apenas de "aposentadoria das aulas", porque ainda tinha grande energia. Estava ansioso para refazer sua coleção de tricópteros e obter finalmente o doutorado, estudar russo e chinês, receber em casa estudantes estrangeiros em programas de intercâmbio e comprar um trailer que atendesse às exigências de mamãe em matéria de conforto nas excursões. Mas a primeira coisa que fez foi se apresentar como voluntário para uma missão zoológica de dois meses nas Filipinas. Ele queria desfrutar de sua fascinação pelas viagens a locais exóticos enquanto eu era suficientemente jovem para passar os verões em casa a fim de que mamãe não ficasse sozinha. Quando o levei ao aeroporto de Denver, ele me disse que sabia o quanto mamãe podia ser difícil, mas, se eu ficasse impaciente com ela, devia me lembrar da infância dura que tivera e de seu estado de saúde. Foram palavras amorosas e as últimas que ouvi de sua boca. Um dia mais tarde, ele viajava num aviãozinho que se chocou contra a encosta de uma montanha. Um artigo de quatro parágrafos no *Times*.

"Em que dia isso aconteceu?"

"Era 19 de junho nas Filipinas, 18 de junho em Denver."

Anabel baixou a voz. "Isso é muito estranho. Mamãe morreu no mesmo dia. Nos tornamos semiórfãos exatamente no mesmo dia."

Agora me parece de algum modo crucial que *não* se tratava de fato do mesmo dia — a mãe dela morrera no dia 19. E, até aquela noite de sexta-feira, eu nunca tinha sido supersticioso. Papai lutara bravamente contra a valorização excessiva das coincidências: tinha um número de sala de aula, às vezes repetido em casa, no qual "provava" que mascar chicletes Juicy Fruit tornava os cabelos louros; era um jeito de ilustrar o método correto de inferência científica. Entretanto, quando Anabel falou aquelas palavras depois de uma hora e meia em que meu mundo vinha encolhendo até ficar do tamanho de sua voz no meu ouvido — e aqui, mais uma vez, parece crucial notar que tivemos nossa primeira conversa para valer ao telefone, que destila uma pessoa em palavras que penetram diretamente no cérebro —, senti um calafrio, como se eu estivesse sendo avassalado pelo meu destino. Seria possível que tamanha coincidência não fosse significativa? A pessoa interessante que me chamara de cretino menos de seis horas antes me fazia agora confidências, na sua voz adorável, durante uma hora e meia. Algo incrível, mágico. Passado o calafrio, tive uma ereção.

"O que você acha que isso significa?", perguntou Anabel.

"Não sei. Talvez nada. Isso é o que papai diria. Embora..."

"É muito estranho", ela disse. "Não estava nem planejando ir a seu escritório hoje. Estava voltando da Barnes Collection, o que é outra história, por que alguém ainda acha que é necessário ver as pinturas de Renoir *père*?, mas esse alguém existe na Tyler e eu tenho a desventura de ser aluna dele, já que não assisti a esse curso no ano passado quando era o que todo mundo estava fazendo. Imaginei que podiam abrir uma exceção, mas, sem a menor dúvida, ninguém está inclinado a abrir exceções para mim nas atuais circunstâncias. Estava na plataforma da estação de metrô da rua 30, mas fiquei tão aborrecida pensando no que você tinha feito comigo que deixei meu trem passar. E isso me pareceu um sinal de que eu devia procurar você. Porque perdi o trem. Nunca tinha ficado tão absorta em um pensamento a ponto de perder o trem."

"Isso parece mesmo um sinal", concordei, pressionado pela minha ereção.

"*Quem é você?*", ela perguntou. "Por que isso aconteceu?"

No estado em que sua voz me pusera, não achei que essas perguntas eram malucas, mas o tom sério me assustou. "Sou um cidadão norte-americano, nascido em Denver", respondi. E acrescentei, pomposamente: "Saul Bellow".

"Saul Bellow nasceu em Denver?"

"Não, Chicago. Você me perguntou quem eu era."

"Não perguntei quem era *Saul Bellow*."

"Ele ganhou o prêmio Pulitzer, e é isso que eu quero." Estava tentando me passar por uma pessoa um pouquinho mais interessante para ela, mas em vez disso me vi fazendo papel de idiota.

"Você quer ser um romancista?"

"Jornalista."

"Quer dizer que não preciso ter medo de que você pegue minha história e use num romance."

"Não vai acontecer."

"É minha história. Meu material. É daí que flui minha arte."

"Claro que sim."

"Mas, para os jornalistas, trair as pessoas é um meio de vida. Seu reporterzinho me traiu. Pensei que ele estava interessado no que eu tentava exprimir."

"Esse não é o único tipo de jornalista."

"Estou pensando se devia desligar agora. Se esses são *maus* sinais. Traição e morte, esses são maus sinais, não é mesmo? Acho que devia desligar. Estou lembrando que você me magoou."

388

Mas obviamente ela era incapaz de desligar.

"Anabel, por favor", eu disse. Foi a primeira vez que pronunciei seu nome. "Quero vê-la outra vez."

Vi-a outra vez, porém não antes de ir à casa de Lucy tomar café fraco com um doce marrom feito de farinha de aveia. A casa de Lucy era superaquecida e, para mim, cheirava a coelhinhos fodendo loucamente. "Você não devia se sentir mal por causa do artigo", ela disse. "Só telefonei para avisar que um furacão moral rumava em sua direção. Anabel precisa ler Nietzsche e superar esse troço do bem e do mal. O único filósofo sobre o qual ela fala é Kierkegaard. Você pode imaginar ir para a cama com Kierkegaard? Ele não ia parar de perguntar: 'Posso fazer isso com você? Está bem assim?'."

"Ainda me sinto mal", eu disse.

"Ela me ligou ontem para falar sobre você. Aparentemente vocês tiveram uma maratona de conversa." Lucy se serviu de outra porção do doce marrom. Não era gorda, mas estava ficando com certo jeitão Moosewood no rosto e nas coxas. "Me perguntou se você era Bom, com B maiúsculo, o que entendi como significando que ela quer trepar com você. Certamente você precisa trepar com alguém, mas não tenho certeza se ela é a pessoa adequada. Sei do que estou falando. Fiquei doida por ela em nosso último ano na Choate. Todos os professores tinham certo receio dela, porque sempre teve recursos e arranjou aqueles brotos fortíssimos que o pessoal está cultivando em plantações hidropônicas. Ela tinha dificuldade em se relacionar com as pessoas, mas não quando estava chapada. Chapava uma barbaridade nas festas, chapava de dar medo, e aí trepava com alguém, se levantava às seis da manhã e escrevia um ensaio de nível universitário. Eu queria comer a Anabel, mas ela jurou que havia abandonado as atividades sexuais quando fomos companheiras de quarto. Agora também abandonou a maconha. Transformou-se na santa Anabel. Ainda adoro ela, e me senti mal lendo o artigo, mas realmente foi culpa dela falar com seu repórter. Ela costuma se deixar cair nesse tipo de arapuca."

"Ela tem algum namorado?"

"Faz muito tempo que não. Perguntei com que frequência ela se masturba, e se mostrou horrorizada por eu ter perguntado isso. Como se não tivesse sido uma das garotas mais doidonas na história da Choate. Mas acho que aquilo a deixou meio confusa em matéria de sexo. Ela era muito jovem e também pegou uma doença venérea. Uma pena, mas o resultado é que ela não me parece uma boa candidata para você."

Ainda estava processando essa informação quando Lucy me tomou pela mão e me levou para fora da cozinha, para longe das torres de panelas com crostas de comida velha, e dali até o quarto que dividia com seu namorado, Bob. A cama estava desfeita, as roupas espalhadas pelo chão. "Tenho um novo plano", ela disse. Pressionou a testa contra a minha e me empurrou de costas sobre a cama. "Podemos começar devagarzinho e ver como a coisa vai. O que você acha?"

"E o Bob?"

"Problema meu e não seu."

Uma semana antes eu poderia ter topado o plano. Mas agora que Anabel entrara em cena, eu me senti decepcionado com a ideia de que o sexo, que assumira proporções assustadoras na minha mente, pudesse ser tão natural e doméstico quanto comer uma torta de maçã. Também não dava para fugir à conclusão de que Lucy estava tentando me manter afastado de Anabel. Só faltava dizer isso. Ficamos de esfregação por uns dez minutos em meio a seus lençóis de estampa *Paisley*, antes que eu me desculpasse.

"Mas é divertido, não acha?", Lucy perguntou. "Devíamos ter pensado nisso meses atrás."

"Muito divertido", respondi. Para ser educado, acrescentei que estava ansioso para fazer aquilo outra vez.

Como foi diferente minha tarde de domingo com Anabel! Nos encontramos no museu de arte debaixo de um céu frio e cinzento. Anabel apareceu munida com um casaco de caxemira escarlate com acabamentos pretos e opiniões incisivas. Pedi que me orientasse sobre questões artísticas, e ela desfilou pelas salas com impaciência, dando esnobadas gerais — "chatíssimo", "ideia errada", "blá-blá-blá religioso", "carne e mais carne" — até chegarmos diante dos quadros de Thomas Eakins, onde parou visivelmente à vontade.

"Esse é o cara", ela disse. "O único pintor em quem confio. Acho que não desgosto do Corot e suas vacas. Ele mostra a tristeza de ser uma vaca. E Modigliani, também, mas isso é só porque tive uma paixonite por sua obra e desejava que ele tivesse feito um retrato meu. Todos os outros, posso jurar, mentem sobre as mulheres. Mesmo quando não estão retratando mulheres, mesmo quando estão pintando uma paisagem: só mentiras sobre mulheres. Até Modigliani, não sei por que eu o perdoo, não devia. Talvez porque ele seja Modigliani. Provavelmente foi bom não tê-lo conhecido. Mais tarde vou lhe mostrar todas as pintoras nesta coleção — ah, espere." Ela bufou. "Não há pintora alguma. Toda a coleção ilustra o que acontece sem mulheres por perto para manter os homens honestos. Exceto por esse cara aqui. Meu Deus, como ele é honesto!"

Achei encorajador que ela gostasse de pelo menos um pintor homem, que fosse capaz de abrir uma exceção. Ela era uma péssima instrutora de história da arte, mas, se a pessoa quisesse ver um único artista naquele museu, Eakins não era uma má escolha. Ela chamou minha atenção para a geometria de um remador, do remo, do bote e do rastro por ele deixado, e como Eakins era honesto ao retratar a atmosfera das partes baixas do vale do Delaware. No entanto, para ela o mais importante eram os corpos de Eakins. "As pessoas vêm representando o corpo humano há milhares de anos", ela disse. "Você imaginaria que a esta altura já fizessem isso muito bem. Mas acontece que é a coisa mais difícil no mundo de fazer direito. Ver o corpo como realmente é. Ele não apenas via, mas transportava para a tela. Com todos os outros, até mesmo com fotógrafos, ou especialmente com fotógrafos, sempre surge alguma *ideia* para interferir. Mas não com Eakins." Voltou-se para mim. "Você também se chama Thomas, ou só Tom?"

"Thomas."

"Você me permite dizer que fico feliz por não ter seu sobrenome?"

"Anabel Aberant."

Ela refletiu sobre isso. "Na verdade, Anabel Abe*rr*ante não seria tão ruim. Mais ou menos a história da minha vida em duas palavras."

"Pode pronunciar como quiser."

Como se quisesse dissipar qualquer alusão codificada sobre um casamento no futuro, ela disse: "Essa sua cara de novinho chega a ser esquisita. Sabe disso, não?".

"Infelizmente, sim."

"Acho que era uma questão de caráter no caso do Eakins. Acho que, para pintar com tamanha honestidade, a pessoa tem que ter um bom caráter. Ele pode ter tido problemas sexuais, mas seu coração era puro. Todo mundo vive dizendo que Vincent tinha um coração puro, mas não creio nisso. O cérebro dele estava cheio de aranhas."

Eu começava a me sentir como o irmão menor e sem graça de alguém a quem Anabel fazia um favor em ver. Era difícil acreditar que tivesse telefonado a Lucy para falar de mim ou estivesse tentando me impressionar. Ao caminharmos para a porta de saída, comentei que ela e Lucy eram muito diferentes.

"Ela tem uma cabeça brilhante", disse Anabel. "Foi a única pessoa na Choate cuja ambição eu reconheci. Ia fazer documentários que mudariam o panorama do cinema norte-americano. E agora sua ambição é produzir bebês com o faz-tudo Bob. Eu vou ficar surpresa se ele ainda tiver um cromossomo bom depois de todas as drogas psicodélicas que tomou."

"Acho que ela e Bob talvez estejam tendo problemas."

"Bom, espero que isso não dure muito."

Flocos de neve, os primeiros do ano, caíam em diagonal nos degraus do museu. Em Denver, num dia como aquele cairiam de quinze a trinta centímetros. Mas na Filadélfia eu tinha aprendido a esperar que em breve começaria a chover. Enquanto caminhávamos pela Benjamin Franklin Parkway, a mais desolada das muitas avenidas deprimentes da cidade, perguntei a Anabel por que ela não tinha um carro.

"Quer saber onde está meu Porsche? É o que você quer saber, não? Ninguém me ensinou a dirigir. E talvez seja melhor que lhe diga, caso tenha alguma ideia errada sobre mim, que estou tratando de largar a teta da família. Meu pai está pagando pelo último semestre, e aí tudo vai terminar."

"As filhas não herdam?"

Ela ignorou a pequena temeridade. "O dinheiro já está arruinando meus irmãos. Não vou deixar que me arruíne. Mas essa nem é a verdadeira razão. A razão é que o dinheiro está manchado de sangue. Sinto o cheiro de sangue no meu talão de cheques, o sangue que vem de um rio de carne. É isso a McCaskill, um rio de carne. Eles também comercializam grãos, mas até mesmo uma boa porção deles serve para alimentar o rio. Você provavelmente comeu carne da McCaskill hoje no café da manhã."

"Eles têm aqui um troço chamado *scrapple*. Dizem que é feito com órgãos e globos oculares."

"Isso faz bem o gênero dos McCaskill, aproveite tudo."

"Acho que é um prato típico dos holandeses da Pensilvânia."

"Você alguma vez foi a uma fábrica onde processam carne de porco? Um abatedouro de aves? Um curral onde reúnem o gado que vai ser abatido? Um matadouro?"

"Senti o cheiro de longe."

"É um rio de carne. É sobre isso o filme que estou fazendo como minha tese."

"Gostaria de ver esse filme."

"Impossível de assistir. Todo mundo odeia, exceto Nola, que é vegana. Nola acha que eu sou um gênio."

"O que é mesmo um vegano?"

"Quem não come nenhum produto de origem animal. Sei que preciso adotar esse sistema, mas vivo praticamente só de torradas e manteiga, por isso não é fácil."

Tudo que ela dizia era motivo de fascinação para mim. Parecia que estávamos rumando para a estação de trens e eu temia que nos separássemos sem que eu mesmo a tivesse fascinado minimamente.

"Posso pautar um artigo sobre *scrapple*", eu disse. "Investigar de onde vem, do que é feito, como os animais são tratados. Eu mesmo poderia escrever a matéria. Todo mundo reclama do *scrapple*, ninguém sabe o que ele é. Essa é a definição de uma boa história."

Anabel franziu a testa. "Essa ideia é minha. Não é sua."

"Estou tentando compensar pelo que fiz."

"Primeiro preciso saber se a McCaskill faz *scrapple*."

"Já lhe disse, é coisa dos holandeses da Pensilvânia. Seja como for, fui eu quem tocou nesse assunto."

Ela parou na calçada e me encarou. "É isso que vamos fazer? Vamos competir? Porque não estou certa de que preciso disso."

Fiquei feliz por ela ter falado de nós dois como algo potencialmente em curso; e desanimado pela possibilidade de fazermos alguma coisa de que ela não precisava. De alguma forma, já então a decisão cabia a ela. Meu interesse por ela tinha sido tacitamente aceito como um fato.

"Você é a artista", eu disse. "Sou apenas um jornalista."

Seus olhos vasculharam meu rosto. "Você é bem *bonitinho*", ela disse, num tom nada carinhoso. "Não tenho certeza de que confio em você."

"Muito bem", retruquei, magoado. "Obrigado por ter me mostrado Thomas Eakins."

"Desculpe." Ela apertou os olhos com a mão enluvada. "Não fique chateado. Só que de repente fiquei com uma tremenda dor de cabeça e preciso ir para casa."

Quando voltei ao campus, pensei em ligar para ela a fim de saber como estava se sentindo, porém a palavra *bonitinho* ainda me incomodava, e nosso encontro tinha sido tão diferente do que eu havia desejado, tão distante da continuação de nossa conversa telefônica com que eu tinha sonhado, que a agulha de meu compasso sexual estava se movendo de volta na direção de Lucy e de seu plano. Minha mãe ultimamente vinha me alertando para não cometer o erro que ela havia cometido ao se apaixonar ainda muito jovem por alguém — para pensar primeiro em minha carreira, querendo dizer com isso que antes de mais nada eu devia ganhar algum dinheiro e *só então* escolher a casa mais cara etc. — e eu certamente não corria o risco de me apaixonar por Lucy.

No meu telefonema de domingo para Denver, mencionei que havia visitado o museu de arte com uma das herdeiras da fortuna dos McCaskill. Foi uma fraqueza da minha parte, porém eu achava que tinha decepcionado mamãe por não ter feito o tipo certo de amigos na Ivy League. Raramente dava notícias que a alegravam.

"Gostou dela?", mamãe perguntou.

"Na verdade, gostei."

"Jerry Knox, o amigo de seu pai, trabalhou a vida toda na McCaskill. Eles são conhecidos por seguirem os mais elevados princípios éticos. Só nos Estados Unidos existe uma companhia assim..."

Eu me acomodei para ouvir outra lição. Desde que papai morrera, minha mãe havia se transformado numa matraca, como se buscasse preencher com palavras o vazio em sua vida. Tinha também retocado o cabelo com uma tinta cinza-amarelado a fim de parecer mais velha, mais como uma viúva, embora só tivesse quarenta e quatro anos e eu acalentasse a esperança de que ela voltaria a se casar, escolhendo dessa vez alguém rico e politicamente de direita depois de transcorrido o período de luto que lhe parecesse apropriado. Não que houvesse demonstrado grande dor, pois cuidava de se queixar de papai e da maneira *sem sentido* como morrera. Coube a minhas irmãs e a mim ficarmos devastados com o acidente aéreo. Eu já começara a enxergar papai de forma mais generosa quando aquilo aconteceu e, ao chegar ao auditório da escola para a cerimônia em sua honra e ver a multidão de colegas e ex-alunos, senti orgulho de ser filho de um homem que nunca tinha encontrado uma pessoa de quem ele não desejasse gostar. Minhas duas irmãs fizeram discursos elogiosos cuja intensidade emocional parecia ser dirigida à viúva que, sentada a meu lado, mordia o lábio e olhava fixamente à frente. Ainda estava com os olhos secos quando o serviço fúnebre terminou. "Ele foi um *homem muito bom*", disse.

Desde então eu passara três verões crescentemente insuportáveis com ela. O emprego mais bem remunerado que consegui foi na sucursal da farmácia Atkinson em que ela própria trabalhava. Eu ficava na rua até tarde com amigos e voltava para casa depois da meia-noite direto para o cheiro ruim do nosso banheiro. Os intestinos de mamãe estavam infelizes não apenas comigo mas também com minhas irmãs. Cynthia abandonara a universidade para se tornar uma organizadora de ações trabalhistas no Vale Central da Califórnia; Ellen vivia em Kentucky com um tocador de banjo de barba grisalha e dava aulas de inglês para alunos atrasados. Ambas pareciam felizes. Mas tudo que mamãe conseguia ver era o desperdício de seus talentos, e ela matraqueava um bocado a respeito disso.

Eu devia o emprego a Dick Atkinson, o dono da cadeia de farmácias. Durante meu segundo verão com mamãe, sua irritação intestinal foi agravada porque Dick a cortejou. Como Dick era um bom sujeito e impávido membro do Partido Republicano, achei que mamãe, que sempre admirara sua capacidade empresarial, estava muito bem servida. Mas Dick já se divorciara duas vezes, e ela, que suportara o casamento com papai, era contrária ao descarte de esposas e não queria ser parte desse jogo. Dick considerava isso ridículo e acreditava que poderia convencê-la com o tempo. No final do verão, ela chegara a tal estado que seu gastrenterologista receitou prednisona. Meses depois, abandonou o emprego na farmácia. Agora trabalhava, ganhando o que eu suspeitava ser um salário ridículo, na campanha eleitoral de Arne Holcombe, um incorporador de escritórios no centro de Denver. Quando fui passar o terceiro verão com ela, vi que sua saúde tinha melhorado, mas a idealização de Arne Holcombe era tão excessiva e tão incessante e matraquentemente expressa, que temi por sua sanidade mental.

"Como estão indo as pesquisas de opinião?", perguntei quando ela esgotou o assunto das contribuições da McCaskill para a fibra moral da nação. "Arne tem alguma chance?"

"Arne vem conduzindo a campanha mais exemplar que o estado do Colorado viu até hoje", ela respondeu. "Estamos sofrendo ainda os efeitos de um presidente canalha, que pôs os interesses de seus amiguinhos canalhas acima do bem público. Foi um *presente* para esses democratas que servem como alcoviteiros para os espertalhões, e esse repugnante fazendeiro de amendoim, sempre com um sorriso na cara. É um mistério para mim como qualquer pessoa racional pode imaginar que Arne tenha algo a ver com Watergate, Tom, um verdadeiro mistério. Mas o outro lado só faz difamar e difamar, só intrigas e mais intrigas, Arne se recusa a entrar nesse tipo de disputa. Por que iria fazer intrigas? Será que é realmente tão difícil compreender que uma pessoa com vinte milhões de dólares e um negócio próspero só desce para a sarjeta da política do Colorado se é movida pelo senso de responsabilidade cívica?"

"Isso quer dizer não?", perguntei. "As pesquisas de opinião não são favoráveis?"

Eu não conseguia mais obter dela uma resposta direta. Ela matraqueava sobre a honestidade e a integridade de Arne, sua mente corajosa e independente, sua solução sensata de homem de negócios para o problema da estagflação — e desliguei o telefone sem saber o que mostravam as pesquisas.

Na noite do sábado seguinte, Lucy e Bob deram uma festa de Halloween na casa deles. Oswald e eu pusemos terno, óculos escuros e fones de ouvido e fomos de agentes secretos. Os numerosos amigos de Bob, que viviam fazia quase uma década a menos de dois quilômetros da universidade que tinham frequentado e para os quais investir todas as suas energias em coisas absurdas e triviais era uma espécie de tomada de posição política, optaram por desenxabidas fantasiais conceituais ("Sou o Cidadão Comum Marginalizado", fomos informados com seriedade na porta por um sujeito ensanduichado entre duas placas de isopor). O ambiente estava sendo empesteado pela fumaça de seus cigarros de maconha. O próprio Bob usava chifres de alce, representando Bullwinkle, e Lucy fazia seu companheiro Rocky. Ela havia pintado o nariz de preto e o restante do rosto com uma maquiagem teatral marrom e estava usando um pijama de tecido elástico marrom com a cauda verdadeira de algum animal presa na altura do traseiro. Ela se aproximou aos saltos de mim e de Oswald oferecendo sua cauda para ser tocada.

"Será que devemos?", perguntou Oswald.

"Sou Rocky, o esquilo voador!"

Ela dava a impressão de estar chapada. Já estava me sentindo mal por ter levado Oswald, que não tinha paciência com aquelas bizarrices da contracultura. Passei os olhos pela sala em busca de rostos mais jovens e excitáveis e me surpreendi ao ver Anabel de pé num canto, com os braços bem cruzados sobre o peito. Sua fantasia não tinha nada de fantasia — calça e casaco jeans.

Lucy reparou para onde eu olhava. "Sabe qual é a fantasia dela? 'Pessoa comum.' Entendeu? Ela só pode *fingir* que é comum."

"Aquela lá é Anabel Laird", expliquei a Oswald.

"Difícil de reconhecer sem o papel de açougue."

Anabel me viu e arregalou os olhos, daquele jeito que a fazia parecer uma pessoa enforcada. Era interessante vê-la de jeans — de fato parecia uma fantasia nela.

"Devia ir falar com ela", eu disse.

"Não, ela precisa aprender a se misturar", disse Lucy. "Isso aconteceu também na festa do dia da Queda da Bastilha. As pessoas percebem que vale a pena falar com ela, mas têm medo até de chegar perto. Não sei por que se dá ao trabalho de vir às festas em que acha que não há ninguém digno dela."

"Ela é tímida", eu disse.

"Chame do que você quiser."

Anabel, vendo que falávamos dela, nos deu as costas.

"Nos leve para onde mora a cerveja", disse Oswald.

Eu o seguia rumo à cozinha quando Lucy agarrou minha mão e disse que tinha algo para me mostrar. Subimos para seu quarto. Na luz crua do teto, ela se parecia com Lucy mas também com um animalzinho. Perguntei o que ela queria que eu visse.

"Meu rabo." Ela se voltou e sacudiu a cauda. "Não quer pegar no meu rabo?"

Quem não gosta de pegar numa coisa peluda? Passei a mão na cauda e ela se encostou em mim, apertando o traseiro contra minhas coxas, deslocando a cauda. Era excitante e também não excitante. Conduziu minhas mãos a seus seios, soltos dentro do pijama, e declarou: "Sou o esquilinho que adora foder!".

"Uau, está bem", eu disse. "Mas você, tipo, também não está dando uma festa?"

Ela deu meia-volta em meus braços, retirou meus óculos escuros e apertou o rosto no meu. A maquiagem tinha um forte cheiro de creiom. "Alguém já perdeu a virgindade com um esquilo?"

"Difícil saber", respondi.

"E isso importa?"

Enfiou a língua na minha boca e me levou para a cama. Sexo com um esquilo que tinha peitos excitantes debaixo do pijama de criança não deixava de ter seus atrativos, e eu estava me sentindo estranhamente despreocupado com relação a Anabel; tive a intuição de que ser atacado por outra pessoa poderia até ser um ponto positivo junto a ela. Mas quando Lucy conseguiu puxar minha mão para baixo do elástico na cintura do pijama, dizendo: "Veja só como eu sou um animalzinho peludo", não pude deixar de enxergar sua tolice na perspectiva horrorizada de Oswald, cuja personalidade me fez pensar na de Anabel, em suas opiniões, seus olhos de enforcado — e isso me levou a retirar a mão. Fiquei de pé e recoloquei os óculos. "Desculpe", falei.

Lucy era pragmática demais em matéria de sexo para demonstrar, ou talvez até mesmo sentir, qualquer mágoa. "Está bem", ela disse. "Não temos que fazer nada que você não esteja preparado para fazer."

Eu podia sentir o cheiro da maquiagem teatral em meu rosto. Devia estar com a cara lambuzada de quem comeu merda. Quando fui ao banheiro me lavar, descobri uma grande mancha marrom no colarinho da camisa, a única boa que possuía.

No andar de baixo, ouvia-se King Crimson, a banda predileta de Bob. Anabel não estava à vista. Oswald se encontrava próximo à porta da frente com o Cidadão Comum Marginalizado, que segurava um maço de panfletos presos por um elástico.

"Nosso amigo aqui publicou um livreto de poesia", Oswald me explicou.

"A poesia devia ser grátis", disse o Marginalizado, me entregando um folheto. "Este é um presente para você."

"Leia o primeiro poema para o Tom", Oswald pediu. "Eu adorei a *joie de vivre*."

"*Minhas solas nuas patinham na negra lama da primavera*", recitou o Marginalizado. "A *terra, OBA, OBA, É MINHA ALMOFADA!*"

"É isso aí", disse Oswald. "Um milagre de concisão poética."

"Viram Anabel?", perguntei. "Anabel Laird?"

"Acabou de sair."

"Aquela do casaco jeans?"

"Exatamente."

Corri para a rua. Chegando à esquina da Market Street, vi Anabel na esquina seguinte, esperando que o sinal abrisse. Senti que, na última meia hora, ela se tornara a pessoa no mundo que eu tinha mais vontade de ver. Ela deve ter ouvido quando eu me aproximava correndo, porém não olhou para mim nem quando cheguei a seu lado.

"Como você pôde ir embora?", perguntei, ofegante. "Não tínhamos conversado ainda."

Ela afastou o rosto. "O que lhe dá tanta certeza de que eu queria falar com você?"

"Fui atacado por um esquilo aloprado. Desculpe."

"Ainda pode voltar", disse Anabel. "Ela parece muito decidida a possuí-lo. Será que você não é o problema entre ela e o Faz-tudo? A fantasia de Bob com aqueles chifres ridículos é mais perfeita do que ele desconfia."

"Podemos ir a algum lugar?"

"Estou indo para casa."

"Certo. Está bem."

"Mas não posso impedi-lo de tomar o mesmo trem. Se me seguir até a porta e pedir educadamente, sou capaz de deixar você entrar na minha cozinha."

"Por que você foi à festa? Sabia que ia odiar tudo."

"Quer que eu diga que fui porque pensei que você estaria lá?"

"Foi essa a razão?"

Ela sorriu, ainda sem me olhar. "Não vou tirar conclusões por você."

O apartamento dela era no último andar de uma casa bem conservada, e não uma moradia de estudantes, com a cozinha mais limpa do mundo. Ela tirou os sapatos na porta e me pediu que fizesse o mesmo. Numa rústica tigela branca sobre a mesa havia três maçãs perfeitas, no peitoril da janela dois volumes do *Vegetarian Epicure*, no fogão uma frigideira reluzente de aço revestido de cobre. Havia também, na parede maior, o pôster de um açougue, o diagrama de uma vaca segmentada e rotulada com os cortes de carne. Estudei o pôster, me inclinando para ver mais de perto o acém e a paleta, enquanto Anabel saiu da cozinha e voltou com uma garrafa que parecia cara.

"Temos um Château Montrose", ela disse. "Do ano em que nasci. Meu pai me mandou uma caixa inteira como presente de aniversário, e eu faria um favor se dissesse a ele que isso não foi além do insensível e simbolicamente grotesco dada a maneira como mamãe morreu. Suspeito que seus verdadeiros motivos tenham sido mais sinistros. Mas não vou beber sozinha, por razões óbvias, e Nola é a única pessoa que vem aqui. Mas, como ela não pode beber vinho tinto por causa do remédio que toma, ainda tenho dez garrafas. É sua noite de sorte."

"O que aconteceu com as outras duas?"

"Levei para Lucy no dia da Queda da Bastilha. Ela é uma das minhas amigas mais antigas, queria levar algo especial. Mas ela ficou grata demais, se entende o que eu estou dizendo. Uma ou duas referências à minha *incrível generosidade* teriam sido suficientes. Depois disso se tornou um comentário hostil sobre minha situação privilegiada. Não apenas sobre o privilégio — sobre mim mesma. Embora saiba que você é amigo dela, tenho que dizer que Lucy chegou a um ponto que me dá vontade de vomitar."

"A mim também, um pouquinho", eu disse.

"Você sabe que tem esquilo no colarinho?"

"Não foi fácil me livrar dela."

"Você terá notado que não perguntei por que *você* foi à festa."

"Veja onde estou agora. Estou aqui, e não lá."

"Isso é inegável."

Fizemos um tim-tim e eu, com atraso, lhe desejei felicidades pelo aniversário. Isso nos levou a comparar as datas de nascimento. A dela era 8 de abril. A minha, 4 de agosto.

A simetria de 8 do 4 e 4 do 8 teve um efeito poderoso sobre Anabel. "Meu Deus", ela disse, me olhando como se eu fosse uma aparição. "Você inventou isso agora? Nasceu mesmo em 4 de agosto?"

Os sinais tinham mais importância para ela do que para mim. Para Anabel, eram um meio de fazer com que nosso relacionamento não fosse apenas uma questão de química, e sim algo a ver com as estrelas, enquanto, no meu caso, serviam sobretudo para confirmar a química do que eu sentia por ela. Depois que o vinho a esquentou e ela tirou o casaco, vi meu destino não nas coincidências de calendário, mas nos seus braços finos, no efeito que tiveram sobre meu coração.

Sob a influência do vinho e do sinal místico, ela cuidou de me aperfeiçoar naquela noite. Para ficar com ela, eu precisava ter ambições maiores. Quando soube que eu iria entrar para a faculdade de jornalismo, ela disse: "E depois o quê? Vai acompanhar as reuniões do conselho em Topeka durante cinco anos?".

"É uma tradição honrosa."

"Mas é o que você quer? O que é que você realmente *quer*?"

"Quero ser famoso e poderoso. Mas a gente tem que pagar o pedágio antes."

"E se pudesse criar sua própria revista? O que você faria com ela?"

Disse que tentaria servir à verdade em toda a sua complexidade. Contei-lhe sobre a casa politicamente polarizada em que tinha sido criado, o progressismo cego de papai, a fé de mamãe nas corporações, e com que competência cada um conseguia desqualificar a posição política do outro.

"Eu bem que poderia contar à sua mãe algumas coisinhas sobre as corporações", disse Anabel em tom sombrio.

"Mas a alternativa também não funciona. Veja a União Soviética, os conjuntos habitacionais, o sindicato dos caminhoneiros. A verdade está em algum ponto na tensão entre os dois lados, e é ali que o jornalismo deve viver, nessa tensão. É como se eu *tivesse* de ser um jornalista por haver sido criado naquela casa."

"Sei o que você quer dizer. Eu tinha que ser uma artista pela mesma razão. Mas é por isso que não consigo ver você gastando cinco anos em Topeka ou em outro lugar qualquer. Se já sabe que quer servir à verdade, trate de servi-la. Crie uma revista diferente de qualquer outra. Nem liberal nem conservadora. Uma revista que desqualifique os dois lados ao mesmo tempo."

"*O Complicador.*"

"Boa ideia! Devia se lembrar disso. Estou falando sério."

Em meio à euforia daquela aprovação vinda de Anabel, pareceu até possível que eu criasse uma revista chamada *O Complicador*. E ela estaria falando de meu futuro se não pensasse em ser parte dele? Movido pela perspectiva desse futuro, do amor que implicava, pensei em me inclinar sobre a mesa e tocar sua mão. Estava prestes a fazê-lo quando ela se pôs de pé.

"Também tenho um projeto." Ela caminhou até o diagrama dos cortes de carne. "Este é o meu projeto."

"Estava me perguntando por que uma vegetariana tinha o pôster de uma vaca na cozinha."

"Ainda não planejei tudo. E vou levar uns quinze anos para completar. Mas, se puder fazer isso, será como sua revista: algo que o mundo ainda não viu."

"Pode me contar o que é?"

"Vamos ver primeiro se voltaremos a nos encontrar."

Eu me ergui e cheguei perto do diagrama. "Vou ter que parar de comer carne?"

Ela se voltou para mim, surpresa. "É, agora que mencionou isso, vai, sim. Essa seria uma das exigências."

"E que tipo de coisa você abandonaria?"

"*Uma porção de coisas*", ela disse, recuando para a mesa. "Eu me acostumei a ficar sozinha. Esta cozinha cheira do jeito que eu quero que cheire. Tenho um problema com os cheiros, sinto cheiros que ninguém sente. Agora mesmo estou sentindo o cheiro da maquiagem em você. É bom poder controlar meu ambiente olfativo, e consigo me ouvir melhor pensando quando há silêncio à minha volta. Não é fácil se tornar uma pessoa que se sente bem sozinha num sábado à noite, mas trabalhei para *chegar lá*, e neste momento uma parte de mim deseja que eu não tivesse saído hoje de noite. Uma parte de mim deseja que você não estivesse aqui. Mas é como se você estivesse fadado a estar aqui." Ela respirou fundo e me encarou diretamente. "Esperei naquela esquina por você, Tom. Olhei no relógio e disse que esperaria cinco minutos. E você chegou dentro de quatro minutos. Quatro oito, oito quatro."

Meu coração começou a bater forte. Estava me tornando um sinal, perdendo minha identidade; e, embora obviamente estivesse excitado por saber que Anabel me esperara, a carga de sangue lá embaixo poderia ser a ereção que os homens supostamente têm no momento em que são executados. Foi como me senti.

Cheguei até ela e caí de joelhos. Não menos potente que meu desejo por ela era a vontade, agora prestes a ser atendida, de ter permissão de penetrar em seu mundo privado — significar alguma coisa na história que ela se contava. Quando pôs as mãos em meus ombros e se ajoelhou à minha frente, compreendi a seriedade com que fazia aquele gesto, ficando ainda mais excitado por causa dela do que por mim. Olhei no fundo dos olhos de Anabel.

Ela disse: "Este é o nosso quarto encontro, você sabe".

"Contando o telefonema."

"Você vai me beijar?"

"Estou com medo", respondi.

"Também estou. Com medo de nós dois."

Aproximei o rosto do dela

"Se quebrar, vai ter que pagar", ela sussurrou.

Poderia tê-la beijado a noite inteira. Beijei-a a noite inteira. Como tantas horas podem se passar com simples beijos hoje é algo tão imponderável para mim como o resto de minha juventude. E sem dúvida houve pausas. Houve trocas de olhares profundos, houve a agradável discussão sobre quando exatamente nossa relação se tornara inevitável. Houve a prodigalidade de seus cabelos, o cheiro puro de Anabel da sua pele, o espacinho entre seus dentes da frente, as redondezas físicas que eu precisava conhecer melhor antes de ir mais fundo. Houve novas desculpas e pequenas confissões. Houve o repentino, desvairado e divertido momento em que ela lambeu o linóleo para demonstrar como Anabel Laird mantinha limpo o chão de uma cozinha. Mais tarde, nos transferimos para o sofá na sala de visitas. Houve a porta fechada do quarto em que só Anabel entrava. Mas essencialmente só fizemos nos beijar até que o amanhecer nos deixou cara a cara com nossas vidradas pessoas.

Anabel se endireitou no sofá, se recompondo como um gato depois de um salto desajeitado. "Você precisa ir agora", ela disse.

"Claro."

"Não posso deixar você entrar na minha vida de uma vez. Pelo jeito você pode passar direto da Lucy para mim sem nenhum problema, mas eu estou fora de forma."

"Eu não diria que estou em forma."

Ela balançou a cabeça com uma expressão séria.

"Tenho uma coisa a confessar e uma pergunta a fazer", ela disse. "Preciso que saiba que Lucy me contou coisas sobre você. Queria gritar para que ela calasse a boca, mas ela me disse que você é virgem."

Como eu odiava aquela palavra. Soava como coisa antiquada, obscena e correta.

"Bem, esta é minha confissão: é importante para mim. Foi o motivo pelo qual esperei por você na esquina. Quer dizer, esperei porque queria ver você. Mas também porque pensei que você talvez fosse a pessoa com quem eu poderia começar tudo de novo. Será que você mesmo entende como é limpo?"

Minhas cuecas estavam pegajosas por causa das horas de vazamento contínuo, mas Anabel tinha razão: meu pau e eu não tínhamos uma relação amistosa. A melação, bem como o próprio pau, era um embaraço masculino e parecia ter pouco a ver com a ternura que eu sentia em relação a ela.

"Mas essa não é minha pergunta", ela disse. "Minha pergunta é o que Lucy lhe disse sobre mim."

"Ela me disse" — escolhi as palavras cuidadosamente — "que você teve algumas más experiências na escola e faz muito tempo que não tem namorado."

Anabel soltou um gritinho. "Deus *meu*, odeio ela! Por que continuei a ser amiga dessa pessoa?"

"Não me importa o que você fez na Choate. Não vou falar mais com ela sobre você."

"Odeio ela! Lucy é um bueiro sem tampa. Precisa puxar tudo para o nível dela. *Conheço* ela. Sei exatamente o que ela disse pra você." Anabel fechou os olhos bem fechados, fazendo escapar lágrimas que borraram sua maquiagem. "Você tem que ir agora, está bem? Preciso ir para o meu quarto."

"Eu vou, mas não compreendo."

"Quero que sejamos diferentes. Quero que nós dois não sejamos como os outros." Abriu os olhos e sorriu timidamente. "Não faz mal se você não quiser. Você só é uma pessoa muito boa, um cara de Denver. Vou compreender se não quiser nada disso."

Minhas linhas de comunicação com o pau talvez não fossem tão ruins, porque minha reação consistiu em puxar seu rosto para perto do meu, forçar seus lábios inchados contra os meus, também doloridos. Não posso deixar de pensar que, se houvéssemos feito a coisa sensata e fodido ali mesmo no chão, quem sabe viríamos a ser felizes juntos. Mas tudo naquele momento conspirava contra isso — minha inexperiência, a suspeita acerca de meus próprios motivos, as estranhas noções de Anabel sobre a pureza, seu desejo de ficar sozinha, meu desejo de não feri-la. Nós nos separamos, arquejantes, e ficamos nos olhando fixamente.

"Eu quero", falei.

"Não me machuque", ela disse.

"Não vou machucar você."

De volta ao campus, passei a manhã dormindo e fui ao refeitório a tempo de comer alguma coisa. Encontrei Oswald em nossa mesa preferida e fui recebido com manchetes.

"*Aberant a um amigo: divirta-se na festa.*"

"Sinto muito pelo que aconteceu."

"*Aberant se desculpa citando encontro secreto de cúpula com Laird.*"

404

Ri e disse: "*Hackett declarado culpado de agressão verbal a Laird*".

"Está *me* culpando daquilo?", perguntou Oswald, piscando.

"Não mais."

"Por favor me diga que entrou em cena algum papel de açougue."

O exemplar de segunda-feira do *DP* não exigia muito porque tínhamos todo o fim de semana para trabalhar. No final da tarde havíamos terminado tudo e pude telefonar para Anabel. Ela dormira até às três e não devia ter nada de novo para contar, mas a saudade amorosa torna os mais insignificantes pensamentos e fatos dignos de ser contados. Conversamos durante uma hora e depois discutimos se devíamos nos ver mais tarde porque eu só voltaria a ter uma noite livre na sexta-feira.

"Já começou", ela disse.

"Começou o quê?"

"Suas importantes responsabilidades, minha espera. Não quero ser a pessoa que espera."

"Eu é que vou esperar até a noite de sexta-feira."

"Você estará ocupado. Eu estarei esperando."

"Não tem algum trabalho para fazer?"

"Tenho, mas a noite de hoje é minha única chance de fazer *você* esperar. Quero que você tenha um gostinho do que vou ter que enfrentar."

Se a lógica pertencesse a qualquer outra pessoa, eu poderia me tornar impaciente, mas eu também queria que fôssemos diferentes de todo mundo. Prolongar um desacordo essencialmente semântico por meia hora, como então fizemos, não me frustrou. Me conduziu mais fundo rumo à singularidade de Anabel, à nossa futura singularidade conjunta. Significou manter sua voz em meu ouvido.

Quando finalmente chegamos a uma solução negociada para tomarmos uns drinques no Center City — de onde me imaginava seguindo-a de novo para sua casa e dessa vez ganhando acesso ao quarto de dormir, recebendo permissão para tocar nas partes mais radioativas de seu corpo, talvez até obtendo tudo que eu queria, desde que ela quisesse tanto quanto eu —, jantei às pressas e fui para meu quarto ler Hegel por uma hora. Mal acabara de me sentar, recebi um telefonema de minha irmã Cynthia.

"Clelia está no hospital", ela disse. "Foi internada por volta da meia-noite de ontem."

Eu estava num estado de espírito tão Anabel que meu primeiro pensamento foi: demos nosso primeiro beijo também por volta da meia-noite. Era como se mamãe de algum modo tivesse sabido. Cynthia explicou que ela havia ficado no banheiro durante quatro horas, com uma febre cada vez mais alta, incapaz de se afastar da privada. Por fim conseguiu telefonar para seu gastrenterologista, o dr. Van Schyllingerhout, que era suficientemente antiquado para ainda visitar os pacientes em casa e suficientemente afeiçoado a mamãe para fazer isso às onze da noite de um sábado. Seu diagnóstico não foi apenas de inflamação aguda dos intestinos, mas também de colapso nervoso absoluto — mamãe não cessava de defender delirantemente Arne Holcombe de alguma acusação ignorada.

"Por isso, acabo de falar no telefone com o gerente da campanha", disse Cynthia. "Aparentemente, Arne se exibiu para uma assistente."

"Meu Deus", comentei.

"Tentaram esconder a notícia da Clelia, mas alguém lhe contou. Ela pirou. Vinte e quatro horas depois não conseguia se levantar da privada o tempo suficiente para pedir ajuda."

Cynthia tinha a esperança de que eu pudesse pegar um avião e ir para Denver. Haveria um voto importante sobre a criação de um sindicato na sexta-feira e Ellen ainda estava furiosa com mamãe por alguma observação acerca dos tocadores de banjo. (A posição de Ellen então e para todo o sempre foi: Clelia me tratou muito mal, e não é de fato minha mãe.) Cynthia nunca deixara de ter dúvidas morais a meu respeito, embora de um modo amigável, e provavelmente já temia (com boas razões) que terminaria não podendo escapar dos cuidados emocionais básicos com a madrasta. Concordei em telefonar para o hospital.

Antes, contudo, liguei para Anabel, e por sorte ainda a peguei em casa. Expliquei a situação e perguntei se ela se importava de vir se encontrar comigo no quarto. A resposta foi um silêncio mortal.

"Desculpe", eu disse.

"Agora você entende o que eu falei sobre o fato de que tudo estava começando", retrucou Anabel.

"Mas essa é uma verdadeira emergência."

"Tente me imaginar no seu quarto. Todos os olhos em cima de mim. O cheiro daqueles chuveiros. Você pode me imaginar fazendo uma coisa dessas?"

"Minha mãe está no hospital!"

"Sinto muito", ela disse em tom mais ameno. "Só estou chateada com a hora em que essa coisa aconteceu. É como se tudo fosse um sinal entre nós. Sei que não é culpa sua. Mas estou frustrada."

Consolei-a durante quase uma hora. Acho que essa foi a primeira vez que realmente falei mal de mamãe; até então ela não passara de algo embaraçoso que guardava para mim mesmo. Devo ter querido mostrar a Anabel que minha lealdade estava a seu dispor. E Anabel, apesar de se identificar com os sofrimentos de sua própria mãe, não só nada disse em defesa da minha, mas ainda me ajudou a agudizar as queixas contra ela. Gemeu quando lhe contei que mamãe assinava a revista *Town & Country*, que considerava vulgares os guardanapos de papel e só usava os de pano envoltos em aros em todas as refeições, e que sua ideia de uma loja de classe era a Neiman Marcus. "Você precisa lhe dizer", comentou Anabel, "que a gente que ela admira vai a Nova York para fazer compras na Bendel's." Anabel talvez tivesse aberto mão de seus privilégios, mas ainda os defendia contra a invasão de arrivistas. Quando lembro do seu esnobismo, da inocente crueldade dele, Anabel me parece muito jovem, e eu ainda mais jovem por me sentir intoxicado por aquelas palavras e por usá-las contra minha mãe.

A voz em Denver era rouca, a fala mais lenta por causa dos sedativos. "A boba da sua mãe está no hospital", disse a voz. "O dr. Schan... *Vyllingerhout* deu uma olhada em mim... 'Vou levá-la ao hospital.' Homem mais marravilhoso, Tom. Largou partida de bridge por mim, joga bridge sábado de noite... Não fazem mais dotores como ele. Nem precisa trabalhar, sessenta e seis anos. Um verdadeiro arissocrata, acho que contei a você que a família... muito antiga, Bélgica. Ele larga jogo de bridge sábado de noite e vem direto ver essa boba aqui. Sábado de noite faz visita. Diz que vou ficar melhor, não desiste até eu melhorar. Sério, estou muito desanimada com esse corpo tão bobo... De verdade, foi ele quem me salvou."

De minha parte, fiquei mais animado ao ver que ela parecia já estar mudando o foco de Arne Holcombe para o dr. Van Schyllingerhout. Perguntei se queria que eu fosse vê-la.

"Não, meu querido. É uma gentileza você se oferecer para vir, mas você tem aí sua revista. Para editar... quer dizer, seu jornal. Tenho tanto orgulho de você ser o editor-chefe. Vai realmente impressionar... as faculdades de direito."

"E mais ainda as faculdades de jornalismo."

"Fico feliz de saber que você está na companhia de amigos tão educados, interessantes e ambiciosos... todas as suas possibilidades brilhantes. Não precisa vir aqui para ver uma velha bobona. Prefiro que não me veja neste estado. Não estou muito bem... pode vir quando eu estiver melhor."

Não me orgulho de ter tirado proveito de uma permissão concedida sob o efeito de sedativos para deixar de ir vê-la. Acho que ela genuinamente queria que eu vivesse minha própria vida, mas isso não diminui a ofensa de meu medo de estar perto dela, meu medo das implicações de sua doença e recuperação; e eu devia saber muito bem — de fato sabia, mas fingi que não — que Cynthia, uma pessoa tão boa quanto nosso pai, iria cobrir minha falta e dirigir seu minibus vw até Denver depois do voto sindical.

Não que eu tenha dado muita bola para isso. Minha cabeça era um rádio que tocava Anabel em todas as estações. Não havia revista no mundo em cujas páginas eu não teria apontado para o retrato dela e dito: é esta aqui. Não existiam palavras capazes de fazer meu coração parar como ANABEL LIGOU no meu quadro de mensagens da redação. (Nunca ANNABELLE. Orgulhava-se de seu nome e o soletrava para quem anotava o recado.) Conversávamos todas as noites, e comecei a me ressentir do *DP* por interferir. Parei de comer carne e quase tudo o mais; sentia uma espécie de náusea quase constante. Oswald ficava bem aflito comigo, mas a náusea se estendia a tudo, inclusive a meu melhor amigo. Eu só queria Anabel Anabel Anabel Anabel Anabel. Ela era bonita, inteligente, séria, engraçada, classuda, criativa, imprevisível e gostava de mim. Oswald chamou delicadamente minha atenção para os sinais de que ela poderia ser meio louca, porém também me mostrou um artigo na seção de negócios do *Times*: a McCaskill, ainda embalada pelos lucros nas vendas de grãos para a União Soviética, valia cerca de vinte e quatro bilhões de dólares, e seu dinâmico presidente, David M. Laird, estava expandindo agressivamente as operações no exterior. Fiz uns cálculos sobre David — cinco por cento, quatro herdeiros — e cheguei a uma cifra de *trezentos milhões de dólares* para Anabel, o que me fez me sentir ainda mais nauseado.

Tive de me encontrar com ela ainda mais três vezes antes que tivesse permissão de entrar em seu quarto. Ela estava sem dúvida consciente do número quatro, mas havia também uma circunstância peculiar da qual tomei conhecimento algumas horas depois de iniciado nosso terceiro encontro e depois de ter saído vitorioso de uma longa batalha contra o medo e a autoanálise feminista e ter ousado enfiar minha mão por baixo do vestido de veludo marrom que ela usava. Quando meus dedos por fim alcançaram sua calcinha e tocaram a fonte de calor entre suas pernas, ela respirou fundo e disse: "Não comece".

Afastei a mão imediatamente. Não queria magoá-la.

"Não, está bem", ela disse, me beijando. "Quero que me toque. Mas só por você, não por mim. Não espere que eu reaja."

Tirei a mão de debaixo do vestido e acariciei seus cabelos, deixando claro que não estava com pressa, que não era egoísta. "Por que não?", perguntei.

"Porque não vai funcionar. Não esta noite."

Ela se ajeitou no sofá, apertando os joelhos com as mãos enfiadas entre eles. Me fez prometer que, acontecesse o que acontecesse, nunca contaria a ninguém o que ela iria me dizer. Desde os treze anos, seus períodos tinham mantido uma sincronização perfeita com as fases da lua. Era uma coisa muito estranha: a menstruação começava invariavelmente nove dias depois da lua cheia. Ela disse que podia ficar presa numa caverna durante anos e ainda assim saberia que dia do mês lunar era. Mas havia uma coisa ainda mais estranha: desde que contraíra sua doença infeliz na escola (essa foi sua expressão, "minha doença infeliz"), só conseguia gozar nos três dias em que a lua estava mais cheia, por mais que tentasse nos outros dias do mês. "E, creia em mim, não foi por falta de tentar. Acabo sempre me frustrando no fim daquilo que você ia começar."

"Estamos na meia-lua."

Ela concordou com a cabeça e se voltou na minha direção com um olhar aflito, que entendi como a enternecedora preocupação de que eu a considerasse estranha ou avariada, ou mesmo a preocupação ainda mais enternecedora de que eu pudesse sentir repugnância dela. Mas não senti a menor repulsa. Fiquei excitado por ela haver confiado em mim e me querer o suficiente para ter medo de que eu pudesse ficar repugnado. Achei que nunca tinha ouvido nada mais maravilhoso e singular: em sincronia perfeita com a lua!

Ela deve ter se sentido aliviada pela forma ardente como a beijei e reconfortei porque sua verdadeira preocupação tinha a ver com o corolário óbvio da confissão: se eu me comprometesse, com uma reciprocidade absoluta, a não fazer nada de que ela não pudesse participar em condições de equivalência, treparíamos três vezes por mês na melhor das hipóteses. Ela presumiu que eu era capaz de enxergar tal corolário. Eu não o enxerguei. Mas, mesmo se tivesse enxergado, três vezes por mês teria parecido algo excelente na posição em que me encontrava naquela noite. (Mais tarde, depois de casados, isso de fato se mostrou excelente em retrospecto.)

Uma semana depois, chegando à estação de metrô da rua 30, tive vontade de comprar alguma coisa para Anabel em comemoração do nosso quarto encontro. Andei de um lado para o outro da livraria, na esperança de achar um exemplar de *Augie March*, que Oswald me ensinara a considerar o maior romance escrito por um autor norte-americano vivo, porém não encontrei. No entanto, meus olhos esbarraram num animal de pelúcia, um tourinho preto com chifres curtos e grossos de feltro e olhos sonolentos. Comprei-o e pus na mochila. No trem, cruzando o rio Schuylkill, vi lá para as bandas de Germantown a lua cheia deslizando, dourando as nuvens do tempo bom. Eu já tinha ido tão longe naquilo que a lua me pareceu uma propriedade privada de Anabel. Algo que eu podia tocar, e era o que eu estava a ponto de fazer.

Anabel, na cozinha, com um espetacular vestido preto, abriu outra garrafa de Château Montrose. "Esta é a última garrafa", ela disse. "Dei as outras oito aos bebuns que vivem atrás da loja de bebidas."

Oitos e quatros, por toda parte oitos e quatros.

"Devem ter pensado que você era um anjo."

"Não, na verdade me deram uma bronca porque eu não tinha um saca-rolhas."

Eu esperava que viveríamos uma noite maravilhosa do começo ao fim, mas de fato tivemos nossa primeira briga. Fiz de passagem uma alusão brincalhona à fortuna de seu pai e ela se aborreceu porque, onde quer que fosse, era odiada por ser a menina rica, *e não admitia que eu fizesse piadas sobre isso*, não poderia ficar comigo se eu pensasse nela naqueles termos, que tinha suficiente horror do dinheiro sem que eu precisasse lembrá-la daquilo, que já estava enfiada até os joelhos naquele sangue. Depois de meu décimo pedido inútil de desculpas, tomei vergonha na cara e me zanguei. Se ela não queria ser a menina rica, talvez devesse parar de usar um vestido diferente da Bendel's cada vez que a gente se encontrava! Ela ficou chocada com a minha raiva. Seus olhos de corça se esbugalharam. Derramou seu vinho na pia e depois toda a garrafa. *Para meu* governo, ela não havia comprado um vestido novo desde seu último ano na Brown, mas isso certamente não me interessava, eu já tinha ideias preconcebidas sobre ela e trouxera aquelas ideias erradas para estragar o que seria uma noite perfeita. Tinha arruinado tudo. Tudo. E por aí foi. Por fim, saiu furiosa da cozinha e se trancou no banheiro.

Sentado sozinho e ouvindo o som da água caindo no chuveiro, tive a oportunidade de repassar a briga na cabeça e me pareceu que todas as palavras que haviam escapado de minha boca eram típicas de um *cretino*. Fui invadido pelo velho sentimento de inelutável incorreção masculina. Minha única esperança de redenção consistiria em me dissolver em Anabel. Isso me pareceu claríssimo. Só ela poderia me salvar dos erros machistas. Quando saiu do banheiro, vestindo um lindo pijama de flanela branca com frisos azul-claros, eu estava tremendo e chorando.

"Ah, meu querido", ela disse, se ajoelhando diante de mim.

"Eu amo você, amo você. Me desculpe. É isso, eu amo você."

Fui miseravelmente sincero, porém meu pau estava ouvindo tudo às escondidas dentro da calça de veludo cotelê e se reanimou num salto. Ela pousou o rosto e o cabelo molhado sobre meu joelho. "Magoei você?"

"Foi culpa minha."

"Não, você tinha razão", ela disse. "Sou fraca. Adoro minhas roupas. Vou abrir mão de tudo, mas ainda não posso abrir mão de minhas roupas; por favor, não me queira mal por isso. Não quis ferir você. Simplesmente precisávamos ter uma briga hoje à noite, só isso. Era um teste que precisávamos vencer."

"Gosto muito de suas roupas", eu disse. "De como você fica bonita nelas. Estou tão apaixonado por você que me dá náuseas."

"Posso deixar de usá-las quando saio. Só vou usar quando estiver com você, e não vai significar nada porque você vai saber que isso é só porque eu ainda não sou forte o suficiente."

"Não quero ser a pessoa que lhe dirá o que você não pode fazer."

Ela beijou meu joelho, agradecida. Viu então o volume na minha calça.

"Desculpe", eu disse. "É vergonhoso."

"Não fique envergonhado. Os homens são assim mesmo. Só queria poder esquecer tudo que sei sobre isso por você."

Sugeriu então que eu tomasse um banho de chuveiro, o que parecia perfeitamente razoável, uma vez que ela própria acabara de tomar o seu. Depois que acabei de me secar com uma de suas luxuosas toalhas, voltei a vestir todas as roupas para não dar a impressão de ser atrevido. Saindo do banheiro, vi que o apartamento estava iluminado apenas pela lua. A porta de seu quarto, até então sempre fechada, estava agora aberta com uma fresta da largura de um dedo.

Me aproximei e parei diante dela, os ouvidos invadidos pelo som do meu coração, que parecia estar martelando em resposta à coisa impossível que acontecera comigo. Ninguém entrava no quarto de Anabel, mas ela deixara a porta aberta para mim. Para mim. Minha mente estava tão sobrecarregada que pensei que explodiria, assim como o mundo deveria explodir ao ser confrontado com uma impossibilidade. Era como se não existisse ninguém, nunca tivesse existido, exceto Anabel e eu. Abri a porta.

O quarto era um sonho de pureza no forte luar monocromático. A cama tinha um alto dossel e uma coberta de calicô sob a qual Anabel estava deitada de lado. Havia cortinas de tecidos finos cobrindo as lucarnas, um tapete Amish no chão, uma cadeira e uma escrivaninha de pernas finas e longas (o tampo da mesa exibindo apenas o relógio e os brincos que ela tinha usado) e uma cômoda alta e antiga tendo em cima um paninho rendado, um surrado ursinho de pelúcia e um igualmente surrado burrico de brinquedo sem os olhos. Na parede, um par de pinturas sem moldura, uma delas de um cavalo numa perturbadora perspectiva em close-up, e a outra de uma vaca em idêntica perspectiva, ambas parecendo inacabadas, com pedaços da tela à mostra como era do estilo artístico de Anabel. A simplicidade do quarto lembrava um aposento do interior do Kansas no século XIX, sobretudo por causa do luar. Os animais me lembraram que não tinha lhe dado o presente.

"Aonde você vai?", ela perguntou em voz alta e lamurienta quando fui buscar a mochila.

Voltei com o tourinho de pelúcia e me sentei na beira da cama como um pai com sua filha.

"Esqueci que tinha um presente para você."

Ela se sentou, de pijama, e pegou o touro. Pensei por um momento que ia odiá-lo, que ia ser a Anabel assustadora. Mas ela não era essa Anabel em seu quarto de dormir. Sorriu para o tourinho e disse: "Oi, seu bichinho".

"Gostou?"

"Ele é perfeito. Não tenho um animalzinho novo desde os dez anos." Olhou na direção da cômoda. "Os outros estão gastos demais para ainda conversar comigo." Acariciou o touro. "Qual é o nome dele?"

"Não é Ferdinand."

"Não, Ferdinand não. Só Ferdinand é Ferdinand."

Não sei por que o nome Leonard surgiu na minha cabeça, mas o pronunciei.

"Leonard?" Ela olhou no fundo dos olhos sonolentos do touro. "Você se chama Leonard?" Virou a cara de pelúcia na minha direção. "Ele é o Leonard?"

"Sim, eu me chamo Leonard", respondi com a pronúncia belga do gastrenterologista de mamãe.

"Você não é um touro americano", disse Anabel num vozinha afetada.

Leonard explicou, por meu intermédio, que descendia de uma família muito velha e aristocrática de vacas da Bélgica, e que uma série de desgraças o levara à estação da rua 30 em condições de grande penúria. Verificou-se que Leonard era um tremendo esnobe, chocado com a feiura da Filadélfia e a vulgaridade dos Estados Unidos, mostrando-se felicíssimo com a oportunidade de ficar a serviço de Anabel por se tratar de uma alma irmã.

Anabel ficou encantada, e eu encantado por encantá-la. Estava também com medo de pôr Leonard de lado, com medo do que viria depois, e agora vejo que não poderia ter encontrado melhor maneira de fazer Anabel se sentir segura do que brincar com um animal de pelúcia no seu quartinho de menina. Às cegas, tinha feito de mim alguém perfeito para ela. Quando por fim dispensei Leonard e Anabel me puxou por cima dela, havia algo de novo em seu olhar, o olhar indissimulável e infalsificável de uma mulher seriamente apaixonada. Não é uma coisa que um homem veja todos os dias.

Gostaria de poder relembrar a sensação de ser possuído por ela. Ou talvez seja mais correto dizer que gostaria de voltar àquele momento como a pessoa que sou hoje, estar trêmulo de fascínio, mas também ter suficiente experiência para apreciar o que significava penetrar uma mulher pela primeira vez: basicamente, para aproveitar ao máximo. Não foi porém como quando apreciei minha primeira cerveja ou meu primeiro charuto. A beleza de Anabel nua literalmente fez doer meus olhos; eu não passava de um amontoado de preocupações. Se recordo alguma coisa daquele momento, é a sensação, semelhante à de um sonho, de entrar num quarto onde duas figuras tinham estado ao longo de toda a minha vida, duas figuras que se conheciam bem e conversavam sobre coisas realistas de adulto sobre as quais eu não sabia nada,

413

duas figuras que me ignoraram quando cheguei com muito atraso. Essas figuras eram as coisas tão explicitamente *lá embaixo*, meu pau e a boceta de Anabel. Eu era o jovem e excluído terceiro, Anabel uma quarta e longínqua figurante. Mas isso pode ter sido algum sonho de verdade em outros tempos.

O que relembro nitidamente é o efeito que a lua teve sobre Anabel, como ela gozou e gozou. Eu era muito desajeitado para lidar com seu gozo apenas com o puro estilo das arremetidas que eu teria desejado, mas ela me mostrou formas variadas. Parecia inconcebível que aquela máquina de gozo total fosse incapaz de chegar ao êxtase em outros dias do mês, embora minha experiência posterior aparentemente tenha confirmado isso. Ela gozava quase em silêncio, sem gritinhos. Na luz mais quente da alvorada, me confessou que, durante seus anos agora encerrados de celibato, às vezes esperava por seu melhor dia para passar ele todo no quarto se masturbando. A visão de sua bela, infinita e solitária busca do prazer me fez desejar ser ela. Como não podia, tratei de fodê-la pela quarta e dolorosa vez. Dormimos depois até à tarde, e fiquei em seu apartamento por mais dois dias, me alimentando de torradas com manteiga, não querendo desperdiçar a lua cheia. Quando por fim voltei ao campus, pedi demissão do *DP* e deixei que Oswald assumisse o comando.

Mamãe me alertara de que seu rosto estava inchado por causa das altas doses de prednisona que o dr. Van Schyllingerhout receitara, mas mesmo assim fiquei chocado ao vê-la no aeroporto. Seu rosto era uma horrorosa caricatura gorda do que fora antes, uma triste bolacha de carne, as bochechas tão intumescidas que forçavam seus olhos a ficar semicerrados. Pediu desculpas patéticas, dizendo-se *envergonhada* de sua aparência para uma *festa de formatura da Ivy League* que ela tanto desejara.

Falei que não se preocupasse, mas também estava envergonhado. Por mais que a gente se diga que um rosto é apenas um rosto, que não tem nada a ver com o caráter da pessoa que o exibe, estamos todos tão acostumados a intepretar alguém por suas feições que é difícil ser justo com uma cara deformada. O novo rosto de mamãe vedava a própria simpatia que deveria me inspirar. Ela era como um segredo vexaminoso que eu guardava, um espantalho com cabeça de abóbora e calças quadriculadas quando atravessei em sua companhia o gramado central da universidade para ser recebido na Phi Beta

Kappa. Evitei olhar para qualquer pessoa e, depois que a levei a seu assento no College Hall, tive de fazer força para me afastar andando, e não correndo.

Depois da cerimônia, como se comprasse minha carta de alforria, lhe dei a chave da Phi Beta Kappa. (Ela a usou presa a uma corrente fina de ouro pelo resto da vida.) Deixei-a em seu quarto no dormitório para dar uma descansada — o dia estava ofensivamente quente e úmido —, enquanto Oswald e eu preparávamos uma festinha de queijos e vinhos em nosso quarto. Eu tinha pensado nessa festa como uma oportunidade de apresentar minha mãe a Anabel num ambiente informal. Anabel estava apavorada, porém mamãe não tinha razão para tal. Ela desaprovava Anabel sem nunca tê-la visto, e eu havia sido suficientemente covarde para não lhe dizer que Anabel estaria presente.

Em novembro, imaginara que mamãe ficaria contente por eu estar namorando uma herdeira da família McCaskill, mas ela ficara sabendo por minha irmã como havíamos nos conhecido. Cynthia tinha achado graça na história do papel de açougue, porém tudo que mamãe podia enxergar no episódio era a birutice, o feminismo radical e a nudez em público de Anabel. Em suas matraqueadas semanais, promulgou uma distinção nova e injusta entre a riqueza *empreendedora* e a riqueza *herdada*. Também supunha, com razão, que eu abandonara a posição de editor-chefe por causa de Anabel. Expliquei que queria me concentrar na capacitação como jornalista — eu estava escrevendo, com o beneplácito de Anabel, um artigo de peso sobre o *scrapple* —, mas mamãe era capaz de sentir o cheiro de nossas cópulas lá de Denver. Quando fui em casa no Natal e a informei de que me tornara vegetariano e voltaria para a Pensilvânia dentro de uma semana, seus intestinos tiveram outra terrível crise.

Não se pense que eu desconhecia o que me esperava com Anabel, ou que não fiz nenhum esforço para escapar. Durante três dias no mês lunar nós éramos um par de viciados que havia se apoderado da droga mais pura do mundo, mas nos outros vinte e cinco eu era obrigado a lidar com seus humores, suas cenas, suas sensibilidades, suas opiniões, seus sentimentos tão facilmente contrariados. Poucas vezes chegávamos a brigar ou discutir; era mais uma questão de processar, interminavelmente, o que eu ou alguém havia feito para magoá-la. Toda a minha personalidade se reorganizou para defender sua tranquilidade e para me defender de suas queixas. É possível descrever isso como uma emasculação, mas para falar a verdade foi mais uma dissolução das fronteiras entre nossos egos. Aprendi a sentir o que ela sentia, ela aprendeu a antecipar o que eu pensava — e o que poderia ser mais intenso que um amor sem segredos?

"Uma palavrinha sobre a privada", ela disse certo dia, logo no começo.

"Sempre levanto o assento", eu disse.

"Esse é o problema."

"Achei que o problema eram os caras que acham que podem mirar através do assento."

"Fico grata de você não ser um deles. Mas há também os pinguinhos."

"Também enxugo a beirada."

"Nem sempre."

"Tudo bem, preciso caprichar mais."

"Mas não é só na beirada. É também na parte de baixo da beirada e no chão. Pequenas gotas."

"Vou enxugar isso também."

"Não pode enxugar todo o banheiro a cada vez. E não gosto do cheiro de urina velha."

"Sou um homem! O que é que você espera que eu faça?"

"Quem sabe se sentar", ela sugeriu timidamente.

Eu sabia que isso não estava certo, não podia estar certo. No entanto, ela ficou magoada com meu silêncio e também se calou de um modo mais ferrenho, com um olhar duro. E seu sofrimento era mais importante para mim que minhas convicções. Disse-lhe que seria mais cuidadoso ou passaria a me sentar, porém ela sentiu que eu estava aborrecido, que me submetia de má vontade e que não poderia haver paz em nossa união a menos que *verdadeiramente concordássemos sobre tudo*. Começou a chorar, e eu iniciei a longa busca pelas causas mais profundas de sua infelicidade.

"*Eu* tenho que sentar", ela disse por fim. "Por que *você* não pode se sentar? É impossível não ver onde você respingou, e todas as vezes penso como é injusto ser uma mulher. Você nem consegue entender como é injusto, não tem ideia, a menor ideia."

Ela se pôs a chorar horrores. A única maneira de fazê-la parar consistia em me tornar, naquela hora mesmo, uma pessoa que sentia tão intensamente quanto ela a injustiça de eu poder urinar de pé. Fiz essa adaptação em minha personalidade — e uma centena de outras parecidas em nossos primeiros me-

416

ses juntos —, e daí em diante passei a mijar sentado sempre que ela era capaz de ouvir. (Só que, quando ela não estava por perto, eu mijava na pia. A parte de mim que fazia isso foi a que acabou arruinando nosso relacionamento e me salvando.)

Ela era mais leniente com respeito às diferenças no quarto de dormir. Foi sem dúvida um dia infeliz quando juntou os pontinhos para mim e explicou que não podíamos ter relações sexuais se apenas um de nós fosse capaz de ter prazer. Por sugestão minha, depois de horas de penosas discussões e silêncios, tentamos assim mesmo, e eu tive de suportar a culpa de ouvi-la soluçar quando gozei dentro dela. Perguntei se não tinha tido *nenhum* prazer, e ela soluçou que a frustração ultrapassava o gozo. Voltamos a debater toda a questão da injustiça, porém dessa vez pude assinalar que, segundo sua própria admissão, ela não era normal, isto é, não estávamos confrontados com um desequilíbrio estrutural entre os gêneros. No final, como me amava e provavelmente temia me perder para alguém mais normal, ela concordou em encontrar outras soluções para mim. Elas eram estranhas mas bastante criativas e, por algum tempo, satisfatórias. Primeiro, eu tinha de tomar um banho de chuveiro; depois conversávamos com Leonard para conhecer seus comentários precisos, no sotaque belga, sobre as notícias do dia; por fim — não dá para dizer de outro jeito — ela brincava com meu pau. Às vezes ele fazia o papel de uma câmera que passava lentamente por cima do corpo dela e disparava sobre as partes prediletas. Outras vezes, ela o enrolava em seus cabelos frescos e sedosos, ordenhando-o. Ou o esfregava com o rosto até que, como o bocal de um chuveiro, ele molhasse sua face. Ou ainda o punha na boca, sem deixar de encará-lo para olhar nos meus olhos até o momento em que engolia. Ela era tão carinhosa com o pau quanto com Leonard. Dizia que o pau era tão bonitinho quanto eu. Afirmava que meu sêmen tinha um cheiro mais limpo do que o de outros que tivera o infortúnio de cheirar. Em retrospecto, contudo, a coisa mais estranha é que ela sempre tratou o pau como se não fizesse parte de mim. Não gostava que eu a beijasse enquanto o tocava; preferia que eu nem a tocasse com as mãos até que terminasse as funções com o pau. E nunca, como descobri, perdia de vista sua contagem. Restaurada a normalidade graças ao retorno da lua cheia, ela me informava quando um orgasmo seu empatava o escore para aquele mês. Então tudo corria bem entre nós. Voltávamos a formar uma unidade.

Duas outras crises merecem registro. A primeira ocorreu quando fui aceito na faculdade de jornalismo da Universidade de Missouri. Mamãe me encorajara a me candidatar àquela excelente instituição porque era pagável e não ficava muito longe de Denver. Eu estava abobalhado por causa de Anabel e posso ter sufocado meus instintos de macho porque constituíam um obstáculo à união de nossas almas, porém a parte masculina de minha personalidade ainda estava intacta e bem consciente de que ela era estranha, de que eu era jovem e de que uma dieta vegetariana não combinava bem com meu estômago. Imaginei que me recuperaria em Missouri, me tornando um repórter durão e competente, provando outras mulheres antes de decidir se queria me comprometer por toda a vida com Anabel. Cometi o erro de dar a notícia sobre Missouri uma noite antes da lua cheia. Tentei animá-la para a gente ir para o quarto, mas ela ficou em silêncio. Somente depois de horas de amuo e estratégias de convencimento, horas que podíamos ter passado na cama, ela se prontificou a expor meus abjetos pensamentos machistas. Não deixou escapar nenhum detalhe. "Você vai viver sua maravilhosa vida de jornalista, *feliz* por não estar comigo, e eu vou ficar aqui esperando", ela disse.

"Você poderia ir comigo."

"Consegue me ver vivendo em Columbia, Missouri? Como sua companheirinha?"

"Você poderia ficar aqui e trabalhar em seu projeto. São só dois anos."

"E sua revista?"

"Como posso começar uma revista sem dinheiro e sem experiência?"

Ela abriu uma gaveta e pegou um talão de cheques.

"Eu tenho isto aqui", ela disse, apontando para uma cifra de uns quarenta e seis mil dólares no registro da poupança. Observei enquanto preenchia um cheque de vinte e três mil dólares em sua elegante caligrafia de artista. "Quer ficar comigo e ser ambicioso?" Destacou o cheque do talão e me entregou. "Ou quer ir para o Missouri com os outros focas?"

Não chamei a atenção dela para o fato de que a generosidade com o talão de cheques não é tão significativa quando vem da filha de um bilionário. Duvidar de sua promessa de não mais aceitar dinheiro do pai era uma ofensa tão horrorosa quanto duvidar de sua seriedade como artista. Ela já me treinara para nunca fazer isso. Esse assunto a deixava enlouquecida.

"Não posso aceitar seu dinheiro", eu disse.

"É *nosso* dinheiro e é o último. Tudo que eu tenho é seu. Use bem, Tom. Pode ir para a faculdade com isso se quiser. Se vai partir meu coração, essa é a melhor hora. Não lá do Missouri daqui a um ano. Pegue o dinheiro, vá para casa, entre na faculdade de jornalismo. Só não finja que estamos juntos nisso."

Trancou-se no quarto. Não sei quantas vezes tive de prometer que não iria embora até que ela me deixou entrar. Quando por fim abriu a porta, rasguei o cheque — "Não seja bobo, isso é dinheiro de verdade!", gritou Leonard de cima da cômoda — e tomei seu corpo com um novo sentimento de posse, como se, por pertencer mais a ela, eu a fizesse mais minha.

Mamãe ficou furiosa por causa de minha decisão. Viu que eu estava começando a trilhar o caminho da indigência que minhas irmãs já estavam percorrendo, o caminho do idealismo imbecil de papai, de nada me valendo citar o nome dos inúmeros jornalistas famosos que nunca haviam se formado. Ficou ainda mais indignada um mês depois, quando lhe disse que iria passar só uma semana em Denver naquele verão. Eu tinha ficado ao todo oito dias com mamãe desde sua hospitalização e achava que devia a ela (e a Cynthia) um mês em casa, porém Anabel esperava que passaríamos a viver juntos um minuto depois que eu recebesse o diploma. Considerou minha proposta de um mês separados como uma traição catastrófica a tudo que tínhamos planejado. Quando sugeri que se juntasse a mim em Denver, me olhou como se eu, e não ela, fosse maluco. É difícil saber por que não resolvi essa crise rompendo com ela. Aparentemente, meu cérebro já estava tão interligado ao de Anabel que, muito embora eu soubesse que ela estava sendo pouco razoável e insensível, não me importava com isso. Todas as drogas são uma fuga do eu; me livrar de mim mesmo em favor de Anabel, fazendo alguma coisa *obviamente errada* para torná-la mais feliz e colhendo o êxtase de seu renovado entusiasmo por mim, era minha droga. Mamãe chorou quando lhe contei meus planos de viagem, mas só as lágrimas de Anabel eram capazes de me fazer mudar de ideia.

Na festinha de formatura, o rosto inchado de mamãe irradiava seu rancor em relação a nós dois. Não havia um modo seguro de explicar a meus amigos ou a seus pais de aparência normal que ela nem sempre tivera aquela fisionomia. Todos suavam profusamente quando Anabel chegou, usando um fabuloso vestido de noite cor de anil, na companhia de Nola. Elas seguiram diretamente para onde estava sendo servido o vinho. E passou algum tempo antes que eu pudesse afastar mamãe dos pais de Oswald e levá-la até o canto onde Anabel estava sentada em meio à nuvenzinha de animosidade que pairava sobre Nola. Fiz as apresentações, e Anabel, rígida de timidez, se levantou e apertou a mão de mamãe.

"Sra. Aberant", ela disse corajosamente. "É um prazer enfim conhecê-la."

Minha pobre e deformada mãe, vestindo as calças quadriculadas, se viu confrontada com a visão daquele vestido de noite da cor do céu: Anabel nunca a desculpou pelo que ela fez, mas com o tempo eu desculpei. Algo semelhante a um sorriso condescendente surgiu no rosto intumescido. Soltando a mão de Anabel, ela baixou os olhos na direção de Nola, que usava um pretinho lamentável. "E você é...?"

"A amiga deprimida", respondeu Nola. "Não se importe comigo."

Anabel tinha desejado dar uma boa impressão a mamãe; só precisava de um pouquinho de incentivo para superar a timidez. Isso não lhe foi concedido. Mamãe deu meia-volta e me disse que queria mudar de roupa antes do jantar.

"Você precisa conversar com Anabel", eu disse.

"Talvez outro dia."

"*Mãe*. Por favor."

Anabel voltara a se sentar, os olhos esbugalhados de descrença machucada.

"Me desculpe, não estou me sentindo muito bem."

"Ela veio até aqui só para ver você. Não pode simplesmente dar as costas e ir embora."

Recorri a seu senso de boas maneiras, mas ela estava suada e infeliz demais para dar bola para isso. Acenei para Anabel, indicando que se juntasse a nós, porém ela me ignorou. Segui mamãe até o corredor.

"Basta me dizer como posso voltar para o meu quarto", ela disse. "Continue aí na sua simpática festinha. Fiquei muito contente de conhecer o casal Hackett. Gente boa, interessante, responsável."

"Anabel é extremamente importante para mim", eu disse, tremendo.

"Eu sei, e vejo que ela é muito bonita. Mas bem mais velha que você."

"Ela só é *dois anos* mais velha que eu."

"Parece muito mais velha, meu querido."

Quase cego de ódio e vergonha, levei-a para fora e até seu quarto. Ao voltar para a festa, Anabel e Nola tinham ido embora — um alívio, pois não estava com vontade de defender mamãe. Durante o jantar, na companhia dos Hackett, seu rosto foi uma presença paquidérmica a que ninguém se referiu, e me recusei a lhe dirigir uma só palavra. Depois, nas sombras úmidas do Locust Walk, informei-a de que não poderia passar a noite com ela porque o projeto que constituía a tese de Anabel seria projetado na Tyler às nove e meia. Eu tinha ficado apavorado de ter que dar a notícia, mas agora estava contente de fazer isso.

"Sinto muito que sua mãe lhe cause tanta vergonha. Essa minha estúpida doença está estragando tudo."

"Mamãe, você não está me envergonhando. Apenas gostaria que tivesse conversado com Anabel."

"Não posso suportar que você fique aborrecido comigo. É o pior que pode me acontecer. Quer que eu vá ver o filme dela com você?"

"Não."

"Se ela significa tanto para você a ponto de que não tenha nem falado comigo durante o jantar, talvez eu devesse ir."

"Não."

"Por que não? O filme dela é imoral? Você sabe que não suporto nudez ou linguagem de baixo calão."

"Não, simplesmente não vai fazer sentido para você. É sobre as propriedades visuais do filme como um meio puramente expressivo."

"Adoro um bom filme."

Nós dois devíamos saber que ela odiaria o trabalho de Anabel, mas me persuadi a lhe oferecer uma segunda chance. "É só me prometer que vai ser simpática com ela. Trabalhou o ano inteiro nisso, e os artistas são sensíveis. Você precisa ser muito, muito simpática."

Por sugestão minha, o projeto de Anabel tinha sido intitulado "Um rio de carne". Ela queria intitulá-lo "#8 inacabado", porque do seu ponto de vista o filme não estava terminado, porque nunca terminava nada, porque se entediava e procurava um novo desafio artístico. Eu lhe disse que ninguém mais saberia que o filme não tinha sido terminado. Ela obtivera dois vídeos curtos de dezesseis milímetros, um deles mostrando uma vaca sendo abatida com pistola pneumática num matadouro, o outro da Miss Kansas sendo coroada Miss América em 1966, e trabalhara durante a maior parte do ano para reproduzir, retocar à mão e interligar os dois. Os diretores que ela mais admirava eram Agnès Varda e Robert Bresson, mas o maior impacto no projeto vinha das hipnóticas tapeçarias musicais de Steve Reich. Ela alternava uma imagem com um negativo, uma imagem com dois negativos, duas imagens com um negativo, duas imagens com dois negativos, e assim por diante, além de introduzir outras variantes rítmicas graças à reversão das imagens, sua rotação em noventa graus, a apresentação de trás para a frente, o uso de coloração vermelha aplicada à mão. O filme de vinte e quatro minutos era radicalmente repugnante, uma violenta agressão ao córtex visual, mas também dava para enxergar talento naquilo se você olhasse direito.

O filme preferido de mamãe era *Doutor Jivago*. Durante os últimos minutos da exibição, pude ouvir seus resmungos raivosos. No momento em que as luzes se acenderam, ela correu para a porta.

"Vou esperar lá fora", ela disse quando a alcancei.

"Você antes precisa dizer alguma coisa simpática a Anabel."

"Dizer o quê? Essa é a coisa mais horrível e mais nojenta que vi em toda a minha vida."

"Um pouquinho mais simpático do que isso seria melhor."

"Se isso é arte, então há algo de errado com a arte."

Fui invadido por uma onda de raiva.

"Sabe de uma coisa?", perguntei. "Diga isso a ela. Diga que odiou o troço."

"Não sou a única pessoa que odiaria esse filme."

"Mamãe, está bem. Ela não vai ficar surpresa."

"Você *acha* que isso é arte?"

"Sem a menor dúvida. Acho impressionante."

Anabel estava de pé ao lado de Nola na frente da sala de exibição, sem olhar para nós, uma cena terrível comigo certamente já fermentando dentro dela. Os poucos alunos e professores na plateia tinham se escafedido rapidinho. Mamãe me falou em voz baixa.

"Nem reconheço você, Tom, de tanto que mudou nesses últimos seis meses. Estou muito incomodada com o que aconteceu com você. Incomodada com alguém que faz um filme como esse. Incomodada de ela ser a razão de você ter largado de repente a posição que tanto se esforçou para conseguir e por não continuar seus estudos universitários."

Da minha parte, eu estava incomodado com a feiura esteróidica de mamãe. Minha vida era a adorável Anabel, e eu só podia odiar a pessoa de cara inchada e olhinhos apertados que a questionava. Meu amor e meu ódio eram indistinguíveis; um parecia derivar logicamente do outro. Mas eu era ainda um filho dedicado e teria levado mamãe de volta para a universidade se Anabel não estivesse pisando duro pelo corredor.

"Foi sensacional", eu lhe disse. "Impressionante de ver na telona."

Ela estava olhando fixamente para mamãe. "O que é que *a senhora* achou?"

"Não sei o que dizer", mamãe respondeu, assustada.

Anabel, sua timidez agora dissipada pela afronta moral, riu para ela e se voltou para mim. "Você vem com a gente?"

"Acho que devo levar mamãe para a universidade."

As narinas compridas de Anabel se inflaram.

"Posso me encontrar com você depois", eu disse. "Não quero que ela tome o trem sozinha."

"E ela não pode pegar um táxi?"

"Só tenho comigo uns oito dólares."

"Ela não tem dinheiro?"

"Não trouxe a bolsa. Tem essas ideias sobre a Filadélfia."

"Certo. Todos esses negros assustadores."

Era errado falar de minha mãe como se ela não estivesse presente, mas ela tinha sido a primeira a maltratar Anabel — que pisou duro de volta pelo corredor, abriu a mochila e voltou com duas notas de vinte dólares. O que é que a gente ouve nas reuniões dos Narcóticos Anônimos? Que você promete para você mesmo que nunca vai descer tanto a ponto de fazer determinada coisa para comprar drogas e é justo essa coisa que acaba fazendo. Eu diria que, por oito razões diferentes, era errado receber dinheiro de Anabel e entregar à mamãe, mas foi o que fiz. Chamei então um táxi e esperei em silêncio com ela diante do President's Hall.

"Já tive alguns dias bem ruins", ela disse depois de algum tempo. "Mas acho que este foi o pior dia da minha vida."

A lua acima de nós, vista através da névoa da Filadélfia, era um esgarçado losango bege. Minha reação ao fato de estar cheia foi pavloviana, uma pulsação acelerada difícil de distinguir, naquele momento, do medo da dor que minha mãe sentia e da excitante crueldade do que eu estava fazendo com ela. O aperto no peito não me permitia dizer nada, nem mesmo que sentia muito.

Conheci o pai de Anabel mais tarde naquele verão. Durante dois meses, eu e ela brincamos de casinha com parte dos quarenta mil dólares que lhe restavam, dormindo até o meio-dia, comendo no café da manhã torradas com manteiga, circulando por lojas populares para melhorar meu guarda-roupa, fugindo do calor em sessões duplas no Ritz e aperfeiçoando nossas habilidades no uso do *wok*. No dia do meu aniversário, planejamos nos tornar mais sérios a respeito de nossos trabalhos. Comecei a escrever um manifesto de criação de O *Complicador*, enquanto Anabel embarcou nas leituras que deveria fazer durante um ano para o seu grande projeto cinematográfico. Ela passava as tardes na biblioteca municipal de segunda a sexta porque decidimos que era saudável ficarmos separados por algumas horas, além de que ela não queria ficar esperando por mim como uma dona de casa.

David Laird telefonou numa dessas tardes. Precisei explicar que Anabel tinha um namorado e que eu era essa pessoa.

"*Interessante*", disse David. "Vou lhe contar um segredinho. Fico feliz em ouvir uma voz masculina. Estava com medo de que o vento soprasse em favor daquela sapatão maluca que é amiga dela só para me chatear."

"Não creio que isso tenha sido uma possibilidade", eu disse.

"Você é preto?", ele perguntou. "Aleijado? Criminoso? Viciado em drogas?"

"Ah, não."

"*Interessante*. Vou lhe contar outro segredo: já estou gostando de você. Imagino que esteja apaixonado por minha filha."

Hesitei.

"Claro que está. Ela é um pedaço, hein? Dizer que ela é um pedaço é até brincadeira. Quebraram a fôrma depois que ela foi feita."

Já dava para entender por que Anabel o odiava.

"Mas, escute", prosseguiu, "se *ela* gosta de você, *eu* gosto de você. Porra, eu estava até preparado para gostar da louquinha, mas, graças a Deus, isso não foi necessário. Anabel é capaz de fazer quase tudo para me irritar, mas não vai chegar a ponto de arrancar o nariz, se entende o que eu quero dizer.

Conheço ela, conheço aquele nariz perfeito. E quero conhecer o sujeito com quem ela está vivendo. Que tal jantarmos no Le Bec-Fin na próxima quinta? Nós três. Telefonei porque tenho uma reunião de negócios em Wilmington."

Disse que teria de perguntar a Anabel.

"Ah, porra, Tom — é Tom, não? Você vai precisar de colhões de verdade se quiser viver com minha filha. Ela vai comer você vivo se não tomar cuidado. Basta dizer que vai jantar comigo. Pode dizer essas palavras para mim? 'Sim, David, vou jantar com você'?"

"Claro, quer dizer, sim", respondi. "Se ela topar."

"Não, não, não. Não são essas as palavras. Eu e você vamos jantar, ponto final, e ela pode ir se quiser. Acredite em mim, não há a menor condição de ela deixar nós dois jantarmos sozinhos. Por isso é que é importante você me dizer essas palavras. Se você tem tanto medo dela agora, só pode piorar mais tarde."

"Não tenho medo dela. Mas se ela não quiser vê-lo..."

"Está bem. Tudo bem. Aqui vai outro argumento. Outro segredo para você: ela quer mesmo me ver. Já se passou mais de um ano desde que me esculhambou pela última vez. É isso que ela faz. Não gosta de admitir, mas adora me esculhambar. Tem uma porção de queixas a fazer e só uma pessoa a quem pode culpar. Por isso, quando falar que não quer me ver, diga que vai se encontrar comigo de qualquer maneira. Nosso segredinho será o fato de estarmos fazendo isso por ela."

"Uau! Não estou certo de que esse seja um bom argumento."

David riu gostosamente. "Ah, esqueça, só estou brincando. Tratemos de comer muitíssimo bem no melhor restaurante da Filadélfia. Sinto saudade da minha Anabel."

Naturalmente, ela fez uma cena quando soube que eu havia falado com ele. Tratava-se de um *sedutor*, que, quando não conseguia seduzir, *intimidava*; e, quando não conseguia intimidar, *comprava*. Embora ela o conhecesse bem e houvesse construído suas defesas, não estava segura de que eu não seria seduzido ou intimidado ou comprado. E por aí foi. Tinha me sentido ofendido por muitas das coisas que ele dissera, porém não conseguia tirar aquilo da cabeça: afinal, com quem mais eu poderia conversar sobre Anabel? Para fins experimentais, deixei crescer um par de colhões e disse a Anabel como era dolorosa e ofensiva sua dúvida de que eu não a amasse e pudesse ser atraído por ele. E, exatamente como David previra, ela concordou em irmos juntos.

425

Provei minha primeira e última garrafa de vinho de três mil dólares no Le Bec-Fin. David passara a Anabel a lista de vinhos, e ela a estava estudando quando chegou o sommelier. "Dê a ela um minuto até que encontre sua garrafa mais barata", David disse ao sommelier. "Enquanto isso, Tom e eu vamos beber o Margaux de 1945."

Quando busquei a aprovação de Anabel para isso, ela abriu bem os olhos de um modo desagradável. "Vá em frente", disse. "Não me importo."

"É uma brincadeirinha que fazemos", David explicou. Ele era um homem alto, esbelto e vigoroso, de cabelos quase brancos, uma versão distinta e masculina de sua filha, bem mais bonito que a maioria dos bilionários. "Mas aqui está um fato interessante para suas referências futuras. Num lugar como este, a garrafa mais barata na lista é frequentemente sensacional. Não sei bem o motivo. Mas é o que marca um grande restaurante."

"Não estou procurando nada sensacional", disse Anabel. "Estou procurando alguma coisa que não me faça engasgar ao ver o preço."

"Para a sua sorte, você provavelmente vai ter as duas coisas", disse David. Voltou-se para mim. "Em geral, eu mesmo escolheria o vinho. Mas então ela e eu não poderíamos fazer nossa brincadeirinha. Compreende o que ela me obriga a fazer?"

"Engraçado como as mulheres sempre acabam culpadas pelo que os homens fazem a elas", observou Anabel.

"Ela contou a você como quebrou os dentes?"

"Contou."

"Mas será que contou a melhor parte? Voltou a montar o cavalo. O rosto coberto de sangue, a boca cheia de dentes quebrados, e ela sobe de volta no cavalo. E dá um puxão na rédea como se fosse arrancar a cabeça dele. Quase quebrou o pescoço do animal. Essa é a minha Anabel."

"Papai, cale a boca, por favor."

"Querida, estou falando bem de você para o seu namorado."

"Então não omita a parte de que nunca voltei a montar nenhum cavalo. Ainda me sinto mal com o que fiz com aquele pobre animal."

Dado o ódio de Anabel por David, fiquei surpreso com a intimidade com que se relacionavam. Era como observar um par de executivos de Hollywood se digladiando verbalmente — a pessoa precisa ser forte para receber uma ofensa sorrindo. Quando David mencionou de passagem que tinha se casado de novo, a reação de Anabel foi: "Com uma pessoa ou várias?".

David riu. "Só posso sustentar uma."

"Se tiver que matar mais duas, vai precisar de pelo menos três."

"Eu me casei com uma dipsomaníaca", David me explicou.

"Você *criou* uma alcoólatra", Anabel retrucou.

"De algum modo os homens sempre acabam culpados pelo que as mulheres fazem a eles."

"De algum modo é sempre verdade. Qual o nome da sortuda?"

"Ela se chama Fiona. Você vai gostar de conhecê-la."

"Não quero conhecê-la. Simplesmente quero legar para ela minha herança. Basta me mostrar onde devo assinar."

"Não vai acontecer", disse David. "Fiona assinou o que chamam de um acordo pré-nupcial. Você não vai se livrar tão facilmente de sua herança."

"Veremos", disse Anabel.

"Tom, você precisa tirar essa loucura da cabeça dela."

Eu estava tendo dificuldade para me encaixar nas provocações dos dois. Não queria que David pensasse que eu era muito subserviente ou devotado a Anabel, mas não podia me mostrar à vontade demais com ele sem parecer desleal a ela.

"Isso não faz parte das minhas atribuições", eu disse cautelosamente.

"Mas não concorda que é uma loucura?"

Meus olhos e os de Anabel se encontraram. "Não, não concordo", respondi.

"Deixe passar mais tempo. Vai concordar."

"Não, não vai", disse Anabel, olhando no fundo de meus olhos. "Tom não é como você. Tom é limpo."

"Ah, sim, o sangue em minhas mãos." David as mostrou para serem inspecionadas. "Engraçado, não estou vendo o sangue esta noite."

"Olhe com mais cuidado", disse Anabel. "Posso sentir o cheiro."

David pareceu desapontado comigo ao saber que eu não comia carne e abertamente indignado quando Anabel pediu apenas um prato de verduras e legumes, porém o foie gras e a costeleta de vitela restauraram seu bom humor. Pode ter sido tão somente uma forma de narcisismo típica dos bilionários, mas ele mostrou conhecer a revista *The New Yorker* de capa a capa, falou com propriedade sobre Altman e Truffaut, ofereceu-nos ingressos para *O homem elefante* em Nova York e pareceu de fato interessado em minhas opiniões sobre Bellow. Era claro que alguma coisa trágica havia acontecido na família Laird, pois Anabel e seu pai tinham tudo para ser grandes amigos. Será que ela era sua inimiga mortal, e os irmãos três desastres, não porque ele era um monstro, e sim fabuloso demais? Anabel jamais afirmara que ele não era simpático, apenas que seduzia as pessoas com sua simpatia. Ele me contou histórias sobre seus fracassos empresariais, a venda de uma usina de açúcar no Brasil um ano antes de ela se tornar extraordinariamente lucrativa, a ocasião em que liquidou uma associação com a Monsanto por achar que sabia mais sobre a genética das plantas que o chefe do departamento de pesquisas daquela companhia, tirando sarro da própria arrogância. Quando a conversa passou para meus planos profissionais, se ofereceu em primeiro lugar para me arranjar um emprego no *Washington Post* ("Ben Bradlee é um velho amigo meu") e então, depois de eu declinar a oferta, para financiar o lançamento de minha revista de oposição. Fiquei com a impressão de que ele estava me desafiando a ser tão incrível quanto ele.

Anabel entendeu de outra forma. "Ele simplesmente quer comprar você", ela disse ao voltarmos para casa no metrô. "É sempre a mesma coisa. Baixo um pouquinho a guarda e depois me odeio. Ele quer se meter em tudo que eu tenho, assim como a McCaskill se mete em tudo que o mundo come. Não descansa enquanto não tem tudo. Não basta ser o maior fornecedor do mundo de carne de peru, precisa ter Truffaut e Bellow. Você lisonjeia a vaidade intelectual dele. Ele pensa que, se puder possuí-lo, vai *me* possuir, e aí terá tudo."

"Você me ouviu dizendo sim a ele?"

"Não, mas você gostou dele. Se acha que vai deixá-lo em paz agora, está muito enganado."

Ela tinha razão. Pouco depois de nosso jantar, recebi, por sedex, um pacote com quatro primeiras edições (*Augie March* e obras de H. L. Mencken, John Hersey e Joseph Mitchell), dois ingressos para *O homem elefante* e uma carta de David com suas observações depois de reler *Augie March*. Mencionava também que falara no telefone com Ben Bradlee sobre mim e convidava Anabel e a mim para assistirmos peças de teatro em Nova York durante um fim de semana no mês seguinte. Quando acabou de rasgar os ingressos, Anabel apontou para as iniciais no canto inferior da segunda página da carta. "Não se ache muito importante. Ele ditou a carta."

"E daí? Acho incrível que tenha relido *Augie March* por minha causa."

"Ah, não acho mesmo."

"Mas você não está rasgando os livros."

"Não, pode ficar com esses se conseguir limpar o sangue. Mas, se alguma vez ganhar dele qualquer coisa além desse tipo de presentinho, você vai me destruir. E destruir aqui não é força de expressão."

Como ele continuou a me telefonar de vez em quando, pensei em não contar a Anabel, mas já estava mijando na pia e não queria ter mais segredos com ela. Em vez disso, relatava os feitos fabulosos dele e concordava com a condenação que ela fazia. Secretamente, porém, gostava dele, secretamente admirava o modo amoroso como ele falava de Anabel, e ela — como seu pai bem previra — secretamente se comprazia em ter novos feitos para condenar.

Meu manifesto para O *Complicador* não ia bem. Havia um excesso de retórica rebelde e poucos fatos. Se eu realmente queria criar uma nova revista, precisaria manter minhas velhas amizades do tempo do *DP* e cultivar relacionamentos com freelancers locais. Como O *Complicador* obviamente não tinha chance de nascer a menos que Anabel cedesse e deixasse David financiá-lo, eu passava os dias na vaga esperança de que ela ia ceder. Oswald, que voltara para Lincoln a fim de pagar sua dívida estudantil, me enviava cartas engraçadas que eu não tinha energia suficiente para responder. Tomava a decisão de dedicar uma tarde exclusivamente para lhe escrever uma carta e era incapaz de redigir uma única frase até cinco minutos antes de Anabel voltar da biblioteca. Eu não tinha nada para relatar a ninguém a não ser que estava aparvalhado por causa dela.

Tendo passado os dez meses anteriores adaptando minha personalidade à dela, limando os pontos mais salientes de fricção, me senti em geral muito feliz em sua companhia durante todo o outono. Estávamos desenvolvendo nossas rotinas, nossas opiniões compartilhadas, nosso vocabulário particular, nosso estoque de frases que tinham sido engraçadas na primeira vez em que foram pronunciadas e pareciam quase tão engraçadas na centésima vez. Todas as palavras e coisas de Anabel eram coloridas pelo sexo que eu tivera com ela e com mais ninguém.

No entanto, quando ficava sozinho no apartamento, me sentia deprimido. Anabel tinha recursos financeiros ilimitados mas se recusava a usá-los, eu estava doido pelo corpo dela mas só podia possuí-lo três vezes por mês, gostava de seu pai mas tinha que fingir que não, ele tinha contatos fabulosos mas não me era permitido aproveitá-los, tinha um projeto supostamente ambicioso mas sem a menor chance de realizá-lo. E, sempre que mamãe ousava indagar o que eu estava fazendo — continuava a telefonar para ela todos os domingos à noite —, tomava isso como uma crítica a Anabel e mudava raivosamente de assunto.

Nosso plano comum era sermos pobres, obscuros e puros, pegando o mundo de surpresa mais tarde. Anabel era tão convincente que eu acreditava em nosso plano. Só temia que se desse conta de que eu não era tão interessante quanto ela própria e me abandonasse por isso. Ela era a coisa maravilhosa que acontecera comigo, e eu queria apoiá-la e defendê-la de um mundo que não a compreendia. Assim, no aniversário da festa de Halloween de Lucy, retirei os últimos trezentos e cinquenta dólares de minha velha conta de poupança e comprei uma aliança com um melancólico diamantezinho do tamanho de uma ponta de agulha de vitrola. Quando Anabel voltou da biblioteca, prendi a aliança no pescoço de Leonard com uma fita branca e o coloquei no centro de nossa cama.

"Leonard e eu temos uma coisa para você", eu disse.

"Ahá, você saiu", ela disse. "Achei que estava com cheiro de cidade."

Levei-a ao quarto.

"Leonard, o que você tem para mim?" Ela pegou o tourinho e viu a aliança.

"Ah, Tom."

"Naturalmente, eu não sou um animal de carga", disse Leonard. "Sou um ornamento da sociedade, não um trabalhador braçal. Mas quando ele pediu que eu carregasse sua aliança não tive como recusar."

"Ah, Tom." Ela pôs Leonard na mesinha de cabeceira, passou os braços pelo meu pescoço e olhou no fundo dos meus olhos. Os dela reluziam de lágrimas e paixão.

"É nosso primeiro aniversário", eu disse.

"Ah, meu querido. Sabia que você ia se lembrar, mas não tinha certeza absoluta."

"Quer casar comigo?"

"Mil vezes!"

Caímos na cama. Não era a época certa do mês, mas ela disse que não fazia mal. Pensei que, agora que iríamos nos casar, Anabel poderia superar o problema, e creio que ela também pensou a mesma coisa, mas não era para ser. Ela disse que, de todo modo, estava feliz. Deitou-se de costas com o Tourinho entre os seios e desfez o laço da fita.

"Desculpe pelo diamante ser tão pequeno", eu disse.

"É perfeito", ela disse, pondo o anel no dedo. "Você o escolheu para mim, por isso é perfeito."

"Não consigo acreditar que vou me casar com você."

"Não, eu é que sou a sortuda. Sei que não sou uma pessoa fácil."

"Adoro sua dificuldade."

"Ah, você é perfeito, perfeito, perfeito!" Beijou todo o meu rosto e trepamos outra vez. A aliança em seu dedo tinha poderes mágicos. Eu estava fodendo minha *noiva*, havia uma nova dimensão na alegria que aquilo me dava, um abismo incomensuravelmente maior no qual me jogar e uma queda infinita. Mesmo quando terminei, continuei a cair. Anabel chorou baixinho — de pura felicidade, ela disse. O que vejo agora é um par de crianças que estavam cheirando cocaína por um ano, perdendo uma a uma suas conexões com a realidade e se tornando (ao menos no meu caso) deprimidas por fazer aquilo. Segundo a lógica do vício, como poderíamos deixar de ir até a agulha e a veia? No momento, contudo, eu só tinha consciência da prise da aliança. Enquanto durou, reuni coragem e pedi a Anabel que fosse comigo a Denver no Natal para anunciarmos o noivado e darmos uma nova chance a mamãe. Para minha imensa satisfação, Anabel não apenas não resistiu, mas me cobriu de beijos, dizendo que agora faria qualquer coisa por mim, qualquer coisa, qualquer coisa.

Do jeito dela, até que tentou. Estava pronta a gostar de mamãe se mamãe simpatizasse com ela. Chegou a comprar seus próprios presentes de Natal — um livro de Simone de Beauvoir, sabonetes com aroma de frutas, um adorável moedor de pimenta feito de cobre — e, quando chegamos a Denver, bondosamente se ofereceu para ajudar minha mãe na cozinha. Mas mamãe, traumatizada pelo "Rio de carne", rejeitou a oferta. Parecia decidida a desempenhar o papel da mãe trabalhadora martirizada — retomara o emprego na farmácia depois que Dick Atkinson se casou com outra mulher —, enquanto Anabel fazia a garota rica e indolente. Além disso, embora eu tivesse explicado durante meses, recusava-se a entender que Anabel se tornara uma vegana e eu um vegetariano. Para nosso primeiro jantar, vi que ela estava cozinhando peixe para mim e macarrão com queijo para Anabel.

"Nenhuma carne para mim, nenhum produto de origem animal para Anabel", tratei de lembrar.

Ela ainda exibia a cara de bolacha, mas estávamos nos acostumando com aquilo. "É um bom peixe", ela disse. "Não é carne."

"É um animal morto. E o queijo é um produto de origem animal."

"Então o que é ser 'vegano'? Ela come *pão*?"

"O macarrão está bem, o problema é a parte do queijo."

"Se é assim ela pode comer só o macarrão. Vou retirar a crosta."

Por sorte, minha irmã Cynthia também estava lá. Depois que a apresentei a Anabel, me puxou para o lado e sussurrou: "Tom, ela é *linda, é formidável*". Cynthia assumiu a defesa de nossas restrições alimentares e, quando anunciei o noivado na mesa de jantar, correu até a cozinha para pegar uma garrafa de champanhe rosé que mamãe comprara na expectativa da vitória de Arne Holcombe. Mamãe se limitou a olhar fixamente para seu prato e dizer: "Vocês são muito jovens para fazer isso".

Anabel perguntou calmamente quantos anos ela tinha quando se casou.

"Eu era muito moça, por isso sei", respondeu mamãe. "Sei o que pode acontecer."

"Não somos você", disse Anabel.

"Todo mundo pensa assim", disse mamãe. "Acham que não são iguais aos outros. Mas aí a vida ensina algumas lições."

"Mamãe, fique feliz", gritou Cynthia da cozinha. "Anabel é fantástica, essa é uma excelente notícia."

"Vocês não precisam da minha bênção", disse mamãe. "Tudo que posso dar a vocês é minha opinião."

"Foi registrada", retrucou Anabel.

Bem ou mal, conseguimos terminar o feriado de forma civilizada. Eu dormia no porão para que Anabel tivesse seu próprio quarto. Concordamos em manter as aparências para salvaguardar a paz, mas todas as noites, no porão, como se para mostrar a mamãe quem mandava, Anabel me fazia um boquete. Esse foi provavelmente o ponto máximo de sua sensualidade comigo, a única vez em que me lembro de vê-la ajoelhada. Mamãe estava a menos de cinco metros de nós, a distância percorrida pelo raio gama: ouvíamos seus passos, a descarga da privada, até os sons de seu intestino.

Depois que Cynthia partiu, Oswald veio de Nebraska por duas noites. E mamãe foi tão ostensivamente carinhosa com ele que Anabel comentou comigo: "Ela preferiria que você se casasse com Oswald".

No último dia a sós com mamãe, preparamos nossa *stir-fry* predileta para o jantar, e ela começou a matraquear sobre dinheiro. Podia compreender que vivêssemos dos recursos de Anabel e fizéssemos alguma coisa socialmente benéfica, como também podia compreender que procurássemos empregos responsáveis para nos sustentarmos, mas *não* podia compreender que vivêssemos numa pobreza voluntária e acalentássemos sonhos irrealistas.

"Ainda temos algumas economias", eu disse. "Se acabarem, vamos procurar empregos."

"Você alguma vez trabalhou?", mamãe perguntou a Anabel.

"Não, cresci sendo obscenamente rica", respondeu Anabel. "Teria sido uma piada arranjar um emprego."

"Trabalho honesto nunca é uma piada."

"Ela trabalha duríssimo nas atividades artísticas", eu disse.

"Arte não é trabalho," retrucou mamãe. "Arte é alguma coisa que a gente faz para si próprio. Não estou dizendo que precisa trabalhar, se tem a sorte de não precisar. Mas, se vai herdar algum dinheiro, deve aceitar as responsabilidades que vêm com ele. Tem que fazer *alguma coisa*."

"Arte *é* alguma coisa", eu disse.

"Parte da minha performance artística", disse Anabel, "consiste em não tocar em dinheiro que vem sujo de sangue. Ser a pessoa que rejeita esse dinheiro."

"Não compreendo isso", disse mamãe.

"Há uma coisa que se chama culpa coletiva", disse Anabel. "Pessoalmente não mantenho animais de corte em condições infernais, mas logo que soube dessas condições aceitei minha culpa e decidi que não teria nada a ver com isso."

"Não posso acreditar que a McCaskill seja pior do que qualquer outra companhia", disse mamãe. "Está ajudando a alimentar um mundo faminto. E o trigo? E a soja? Mesmo que você não goste do negócio de carnes, seu dinheiro não é de todo ruim. Podia pegar uma parte e fazer caridade com o resto. Não vejo o que ganha ao rejeitá-lo."

"Os nazistas melhoraram a economia da Alemanha e construíram uma enorme rede de rodovias", disse Anabel. "Será que eles também só foram maus pela metade?"

Mamãe se irritou. "Os nazistas foram um mal terrível. Não precisa me dizer nada sobre os nazistas. Perdi meu pai na guerra de Hitler."

"Mas você mesma não sente nenhuma culpa."

"Eu era uma criança."

"Ah, entendo. Quer dizer que não existe a tal culpa coletiva."

"Não fale comigo sobre culpa", retrucou mamãe, zangada. "Deixei para trás uma irmã, um irmão e uma mãe que precisavam de mim. Não sei quantas cartas escrevi me desculpando, mas nunca escreveram de volta."

"Suponho que seis milhões de judeus também nada escreveram de volta."

"Eu era uma *criança*."

"Eu também. E agora estou fazendo alguma coisa a respeito disso."

Minha própria espécie de culpa coletiva tinha a ver com o fato de ser homem, porém era capaz de compreender que mamãe estava certa na questão do trabalho. Quando Anabel e eu voltamos à Pensilvânia e mais uma vez me vi defrontado com a impossibilidade de criar *O Complicador*, um novo plano tomou conta de minha mente: escrever uma espécie de novela. Começá-la em segredo e surpreender Anabel com ela no dia do casamento. Isso representava uma nova tarefa, resolveria o problema do presente de casamento para Anabel, provaria a ela que eu era suficientemente interessante e ambicioso para que se casasse comigo e talvez até mesmo a reconciliasse com mamãe — isso porque a novela que eu visualizava consistia num tratamento *à la* Bellow da única boa história que conhecia: a fuga culpada de mamãe da Alemanha. Já tinha na cabeça a primeira frase: "O destino da família na Adalbertstrasse estava nas mãos de um estômago raivoso".

Havíamos escolhido o fim de semana que coincidia com o aniversário de Washington para nossa festa de casamento, para que os amigos de fora pudessem comparecer sem dificuldade. Além de Nola, Anabel ainda tinha três amigas razoavelmente boas, uma de Wichita, duas da Brown. (Acabaria com duas dessas amizades meses depois do casamento; a terceira ficou em estágio probatório até que um bebê foi o ponto final.) Uma vez que ela não estava convidando ninguém de sua família para a festa e mamãe nem gostava dela, Anabel achou que seria injusto convidar minha família, mas argumentei que Cynthia realmente gostava dela e que eu era filho único.

E então certa noite Anabel me trouxe uma carta que estava em nossa caixa do correio.

"É interessante que sua mãe ainda escreva só para você, não para nós dois."

Abri a carta e passei os olhos por ela: *Querido Tom... a casa parece tão vazia depois que você partiu... dr. Van Schyllingerhout... doses maiores de... me esforcei para não dizer nada, mas todos os nervos do meu corpo... comparar a infância dela de privilégios e luxos herdados com minha infância em Jena... a indizível carnificina da guerra com os métodos modernos de criação de animais... profundamente ofendida... não tenho alternativa senão abrir por inteiro meu coração a você...Você está cometendo um ERRO TERRÍVEL... muito atraente e encantadora para um jovem inexperiente...você É muito inexperiente... só vejo infelicidade em seu futuro com uma pessoa mimada, exigente e EXTREMADA, criada em condições extremadas de riqueza e privilégio... já tão magro e pálido por causa da dieta maluca que ela o obriga a seguir... quando uma pessoa é inexperiente às vezes o instinto sexual anuvia o bom senso... Suplico que pense bem e de forma realista sobre seu futuro... nada mais quero senão que você encontre uma pessoa amorosa, sensível, madura e REALISTA para viver uma vida feliz com ela...*

Com as mãos de repente frias, dobrei a carta e pus de volta no envelope.

"O que é que ela diz?", Anabel perguntou.

"Nada. O intestino entrou em crise outra vez, está realmente muito ruim."

"Posso ler a carta?"

"É só ela sendo ela mesma."

"Quer dizer que estamos nos casando dentro de seis semanas e não posso ler uma carta de sua mãe."

"Acho que os esteroides estão deixando ela meio maluca. Você não vai gostar de ler."

Anabel me lançou um de seus olhares assustadores. "Por aí a coisa não vai. Ou somos parceiros em tudo, ou nada funciona. Não há carta que alguém me mande que não vou querer que você leia. Nenhuma. Nunca."

Ela estava prestes a ter um acesso de fúria ou a chorar, e, como eu não podia suportar nem uma coisa nem outra, entreguei a carta e bati em retirada para o quarto. Minha vida tinha se tornado um pesadelo exatamente por causa do tipo de queixa feminina que eu me dedicara a evitar. Evitar o que vinha de mamãe significava atrair o que vinha de Anabel e vice-versa; não havia escapatória. Estava sentado na cama, esfregando as mãos, quando Anabel surgiu na porta. Não parecia magoada, só friamente enraivecida.

"Vou usar essa expressão uma vez na minha vida", ela disse. "Unicamente uma vez."

"Que expressão?"

"*Filha da puta.*" Tapou a boca com a mão. "Não, essa é uma coisa terrível, até para ela. Desculpe por ter falado isso."

"Sinto muito pela carta. Ela realmente não está bem."

"Mas você compreende que não vou vê-la mais. Não vou comprar presentinhos de Natal para ela. Ela não vem à nossa festa de casamento. Se tivermos filhos, não vai poder vê-los. Você entende isso, não?"

"Sim, entendo", disse com pressa, aliviado porque Anabel não tinha se voltado contra *mim*.

Ela se ajoelhou à minha frente e me tomou as mãos. "As pessoas reagem violentamente a mim", ela disse, agora mais suave. "Isso me fere, mas estou acostumada. O que não posso suportar é o que a carta diz de *você*. Ela não tem o menor respeito por seu gosto, seu bom senso ou seus sentimentos. Ainda acha que é dona de você e pode lhe dizer o que fazer. E isso me dá raiva. Ela se recusa a ver quem você é."

"Realmente acho que ela está muito infeliz por causa da doença."

"Os sentimentos dela a *fazem* ficar doente. Você mesmo falou isso."

"Ela foi gentil com você em Denver. Isso aí são os esteroides falando…"

"Não estou dizendo que você não pode voltar a vê-la. Você é uma pessoa amorosa. Mas eu não posso vê-la de novo. Jamais. Você compreende isso, não é mesmo?"

Fiz que sim com a cabeça.

"Ficamos semiórfãos no mesmo dia", ela disse. "E agora somos órfãos de pai e mãe. Vamos fazer isso juntos?"

No dia seguinte escrevi uma carta bem formal para minha mãe retirando o convite para nossa festa de casamento.

Casamo-nos no Valentine's Day, com duas senhoras do cartório servindo como testemunhas. Jantamos em casa, espaguete com espinafre, alho e azeite, a fim de simbolizar a frugalidade que pretendíamos seguir, mas Anabel

436

mencionara certa vez que gostava de champanhe Mumm e comprei uma garrafa para dar à ocasião um pequeno toque de luxo. Depois do jantar, recebi meu presente, uma máquina de escrever portátil Olivetti. No mesmo minuto me dei conta de um simbolismo mais perturbador: nossos dois presentes tinham a ver com *meu* trabalho, não com o dela. No entanto, minha novela havia sofrido uma inesperada mudança de rumo — a jovem em Jena pertencia à família mais rica da cidade e seu pai era um homem violento. Eu acreditava que Anabel seria capaz de reconhecer isso como uma homenagem carinhosa a ela. Por isso, entreguei-lhe corajosamente um envelope pardo no qual colara um laço branco.

Ela o abriu com o cenho franzido. "O que é isto?"

"A primeira metade de uma novela. Queria surpreender você."

Ela pegou o manuscrito, leu trechos da primeira página e depois simplesmente ficou encarando o papel sem ler; entendi então que havia cometido um erro terrível.

"Você está escrevendo ficção", ela disse, desanimada.

"Queria estar junto com você em tudo", eu disse. "Não quero ser um jornalista, quero estar *com* você. Parceiros…"

Tentei tomar sua mão, mas ela a afastou.

"Acho que preciso ficar sozinha agora", ela disse.

"O romance é uma homenagem a você. A nós dois."

Ela se levantou e caminhou para o quarto. "Realmente, agora preciso muito ficar sozinha."

Ouvi a porta ser fechada atrás dela. Nosso casamento, com quatro horas de vida, não podia estar indo pior, mas senti que a culpa era toda minha. Odiei minha novela por ter provocado tal reação. Mas eu tinha ficado feliz ao trabalhar nela, tinha ficado claramente menos deprimido nas últimas seis semanas desde que abandonara o plano *de Anabel* para mim, *O Complicador*. Me sentei durante uma hora à mesa da cozinha, envolvido num nevoeiro de depressão cada vez mais denso, esperando para ver se Anabel sairia do quarto. Não saiu. Em vez disso, comecei a ouvir os fortes ofegos dela ao resistir em vão às lágrimas. Cheio de pena por ela, entrei no quarto e o encontrei às escuras. Ela estava largada no chão nu perto das janelas.

"O que foi que eu fiz?", gritei.

Sua resposta veio aos poucos, em fragmentos pontuados por meus pedidos de desculpa e pelos soluços dela: eu mentira a ela. Tivera segredos. Os dois presentes de casamento se referiam a *mim*. Quebrara minhas promessas. Prometera que ela seria a artista, e eu o crítico. Prometera que não roubaria sua história, mas ela podia dizer, sem precisar ler mais que um parágrafo, que tinha sido roubada por mim. Prometera que não competiríamos, e eu estava competindo com ela. Eu a havia enganado e arruinara o dia de nosso casamento...

Cada queixa atingia o meu cérebro como um banho de ácido. Tinha ouvido falar que não existe dor pior que a da tortura mental, e agora acreditava nisso. Até mesmo a mais horrível de nossas cenas pré-conjugais não havia sido nada em comparação com essa; sempre tinha sido em linhas gerais eu o cara normal lidando com a temperamental Anabel. Agora eu estava sentindo a dor psíquica dela diretamente, como se fosse minha. O céu da comunhão de almas era um inferno.

Segurando a cabeça, fugi dela, me atirei no sofá da sala de visitas e fiquei lá durante algumas horas, sentindo a tortura mental enquanto Anabel fazia o mesmo no quarto de dormir. Pensava sem parar que aquela era a noite do nosso casamento, a noite do nosso casamento!

Já deviam ser duas da madrugada quando reuni suficiente ódio à minha novela para me pôr de pé e começar a queimá-la, página por página, no fogão da cozinha. Pouco depois Anabel sentiu cheiro de fumaça e chegou cambaleante, muito pálida, me observando em silêncio até que a última página foi queimada e eu caí no choro.

Ela no mesmo instante se atirou sobre mim, me consolando, desesperada de amor. Como eu ansiava por esse amor! Como ambos ansiávamos por ele! Melhor que a mais potente droga depois da agonia da abstenção forçada: o cheiro de seu rosto banhado em lágrimas, a doce avidez de sua boca, a morna solidez de seu corpo, o fato nu da sua pessoa. Era como se tivéssemos deliberadamente criado uma dor indescritível a fim de atingir aquele nível de beatitude na noite do casamento.

Sem perceber, contudo, eu havia cometido um segundo erro terrível que se revelou durante a festa, duas noites depois. A festa já estava desconfortavelmente desequilibrada do lado feminino, pois Nola não viera (tinha se mudado para Nova York em parte para vencer seus sentimentos por Anabel) e uma das amigas da Brown se desculpara na última hora, enquanto Cynthia, cinco de meus amigos da Universidade da Pensilvânia e três de Denver tinham vindo de longe ou de perto. Mas Oswald havia trazido boas fitas e parecia estar entrando num lance melhor-amigo-do-irmão com Cynthia, enquanto Anabel tinha bebido o suficiente para se divertir com as histórias que os outros amigos contavam sobre mim em vez de se sentir ameaçada por elas. Eu sentia orgulho de como ela estava bonita em seu vestido sem alças.

A campainha tocou quando eu abria espaço na sala para a gente dançar. Anabel, com a esperança de que fosse Nola, correu para o interfone na cozinha. Não podia ouvi-la por causa do barulho da festa, mas logo ela voltou pálida de fúria. Fez sinal para que a seguisse até o quarto com um movimento brusco da cabeça, fechando a porta atrás de nós.

"Como é que você pôde fazer isso?", perguntou.

"Fazer o quê?"

"É meu *pai*."

"Ah, não!"

"Ele só poderia saber se você tivesse contado. Você!" Seu rosto se contorceu. "Não acredito que isso esteja acontecendo comigo!"

Era verdade: num telefonema recente, David havia arrancado de mim a data da festa para nos mandar, foi o que ele disse, um presentinho de casamento. Eu tinha deixado claro que a festa era só para os amigos, não para a família.

"Eu expliquei que ele não estava convidado."

"Meu Deus, Tom, como você pôde ser tão idiota? Não aprendeu *nada* sobre ele?"

"Desculpe. Desculpe. Mas será que você não pode dar um jeitinho?"

"Não! A festa acabou. Estou caindo fora. Esse é meu maior pesadelo."

"Você deixou ele entrar?"

"E tinha outro jeito? Mas não vou sair deste quarto até ele ir embora."

"Deixe que eu cuido disso."

"Ah, certo, boa sorte."

Na sala de visitas, tendo descarregado uma porção de presentinhos e uma enorme garrafa de Mumm, David estava se apresentando jovialmente a nossos convidados. Seu rosto se iluminou ainda mais ao me ver. "Lá está ele! O noivo! Parabéns! Tom, você está com uma aparência ótima, e nem poderia ser de outro jeito." Me deu um aperto de mãos esmagador. "Queria ter chegado duas horas antes, tivemos um problema com o avião. Onde está minha menina?"

Tentei responder com frieza, mas meu tom foi apenas factual. "Ela não quer que você fique aqui."

"Não quer o pai dela na festa de casamento?" David olhou a seu redor, apelando para nossos convidados silenciosos. A vitrola estava tocando "Remote Control". "Ela é a pessoa de quem mais gosto no mundo. Como poderia perder sua festa de casamento?"

"Realmente acho melhor que você vá embora."

David se esquivou de mim e bateu na porta do quarto. "Anabel, querida? Venha se juntar a nós antes que o champanhe fique quente."

Para minha surpresa, a porta se abriu imediatamente. Anabel jogou a cabeça para trás e cuspiu na cara de David. A porta foi fechada com estrondo.

Todos viram a cena, ninguém abriu a boca. "Remote Control" continuou a tocar enquanto David enxugava o cuspe nos olhos. Quando baixou a mão, parecia ter envelhecido dez anos. Deu um sorriso fraco para mim. "Aproveite enquanto é tempo", ele disse, "antes que ela faça o mesmo com você."

Terminados os longos meses de leituras preliminares, Anabel deu início a seu ambicioso projeto. Tratava-se de um filme sobre o corpo. Ela considerava estranhíssimo que as pessoas pudessem viver cinquenta, setenta ou noventa anos e morrer sem ter um mínimo de familiaridade com o corpo, que é a soma da existência: que existissem tantas áreas do corpo — sem dúvida na cabeça e nas costas, que não podem ser vistas diretamente, mas até nos braços, pernas e torso — para as quais, ao longo de todos aqueles anos, as pessoas não iriam dar mais atenção que aquela que um açougueiro dá para seus cortes de carne.

Seu próprio corpo tinha uma superfície de dezesseis mil centímetros quadrados, e o plano de Anabel consistia em nele traçar uma grade de "cortes" de trinta e dois centímetros quadrados com um marcador preto de ponta fina. Com exceção dos pés, rosto e dedos da mão, esses "cortes" seriam quadrados de cinquenta e sete por cinquenta e sete milímetros. Os quinhentos cortes resultantes apareceriam em seu filme. Ela queria dedicar uma semana para se familiarizar com cada um deles — não descartando ou privilegiando nenhuma parte de trinta e dois centímetros quadrados de seu corpo; isso para ser capaz de dizer, ao morrer, que de fato conhecera tudo que podia ser visto de seu corpo. E se propusera o temível desafio de fazer algo novo e impactante com cada corte. As diferenças podiam ser apenas fílmicas, porém mais frequentemente envolveriam imagens relacionadas aos pensamentos e recordações que cada corte específico inspirava. Nesse sentido, o projeto estava mais próximo das artes performáticas do que do cinema. Se ela seguisse o programa, a performance duraria dez anos, com desafios crescentes. Ela não sabia qual a duração final do filme, mas tinha como meta vinte e nove horas e meia, uma hora para cada dia do mês lunar. A maior ambição de Anabel era retomar a posse de seu corpo, corte por corte, do mundo dos homens e da carne. Depois de dez anos, ela se possuiria por completo.

Adorei a ideia, e ela me adorou por adorá-la. Numa tarde quente de julho, deixou que eu fizesse a primeira marca preta em seu corpo, um quadrado que abrangia dois dedos do pé esquerdo e cuja superfície levara a metade de um dia para ser determinada com precisão. Limitei-me a unir os pontinhos pretos que ela marcara.

"Agora você tem que me deixar sozinha cuidando disso."

"Quero conhecer cada centímetro seu também."

"Sempre vou voltar para você", ela retrucou em tom sério. "Dentro de dez anos serei toda sua."

Beijei os dedos de seu pé e a deixei sozinha com eles. O que eram dez anos?

Se ela tivesse trabalhado mais rápido, se artistas como Cindy Sherman e Nan Goldin não tivessem ganhado tanto destaque, se a videoarte não tivesse quase aniquilado de repente o cinema experimental e se ela não tivesse ficado paralisada pelo ciúme de meus projetos jornalísticos menores mas realizáveis, seu filme poderia ter chegado a algum lugar. Mas um ano se passou e Anabel estava ainda no tornozelo esquerdo. Vejo agora que ela deve ter se entediado rapidamente com a superfície de seu corpo — há uma boa razão para a gente passar a vida sem lhe dar muita atenção —, porém para ela parecia que o mundo estava decidido a frustrar seus planos.

Naturalmente, fui eu quem pagou o pato. Uma palavra errada no café da manhã ou um cheiro dispersador de atenção de algo que eu estava cozinhando ("Os cheiros são um inferno", ela gostava de dizer) podiam arruinar um dia de trabalho. Até mesmo uma pequena nota jornalística sobre um "competidor" era capaz de deixá-la fora de combate uma semana. Com sua permissão tácita, passei a inspecionar a revista *The New Yorker* e a seção de artes do *Times* a fim de recortar itens potencialmente perturbadores antes que ela pudesse lê-los. Eu também atendia o telefone, pagava as contas e preenchia as declarações de renda. Quando nos mudamos para um apartamento maior, fiz um revestimento acústico nas janelas do quarto onde ela trabalhava no projeto; seis meses depois, quando ela decidiu que a Filadélfia a estava deprimindo e atrasando minha carreira, fui para Nova York e encontrei um apartamento no East Harlem para nós. Lá também fiz um revestimento acústico no quarto dela. E tudo isso sem nenhum ressentimento, tudo isso com fé inabalável, porque ela era o porco-espinho e eu a raposa. Mas foi mais que isso: assim como no caso do assento da privada, eu estava pagando o preço pela injustiça estrutural. Ela se sentia magoada por eu ter habilidades práticas e, como isso a magoava, também me magoava.

Minha maior habilidade consistia em ganhar dinheiro. Eu estava tão ansioso para progredir profissionalmente e tinha tanto tempo disponível (durante os sete dias da semana Anabel se trancava com sua Beaulieu de dezesseis milímetros) que me dei muito bem na revista *Philadelphia*. Poderia ter me tornado editor de notícias lá, ou mais tarde na *Voice*, porém não queria um emprego na redação porque em algumas manhãs, antes de se trancar, Anabel precisava passar várias horas discutindo um olhar incorreto que eu lhe lançara ou uma notícia inquietante que escapara à minha censura, e eu tinha que estar disponível. Por isso, trabalhava em casa e me tornei um repórter hábil. Como não competia criativamente com ela, Anabel me encorajava a ser ambicioso e dava boas notas para tudo que eu escrevia. Em retribuição, eu pagava o aluguel, os serviços públicos e a comida. Para cobrir as despesas com os filmes e as revelações, ela queimou a poupança restante e começou a vender joias dadas por seu pai e herdadas da mãe. Fiquei chocado ao saber quanto valiam essas joias e um pouco ressentido, mas a verdade é que eu não tinha entrado com joias minhas naquele casamento.

Preciso dizer que nossa vida sexual foi de mal a pior? O problema não era o tédio conjugal típico. Em parte, era o fato de que ela passava o dia inteiro contemplando cuidadosamente seu corpo e só queria ler algum livro ou ver televisão nas horas livres, mas o principal era que nossas almas tinham se confundido. É difícil se sentir como se você *fosse* outra pessoa e ao mesmo tempo *desejar* essa pessoa. Em meados de 1980, as relações sexuais minimamente decentes entre nós eram só as da variante volta ao lar, depois de alguma viagem minha a trabalho ou das visitas anuais a Denver no verão: por algumas horas, éramos suficientemente diferentes para nos reconectarmos. Nos anos posteriores, quando ela passava fome por vontade própria e se exercitava três horas por dia, Anabel simplesmente parou de menstruar. Assim, como nunca havia um tempo bom no mês para ela, guardamos Leonard para sempre numa caixa de sapatos. Tudo que fazíamos era falar e falar, como uma burocracia emocional de duas pessoas. A menor das perguntas ("Por que você esperou dez minutos para me contar sua boa notícia em vez de contar imediatamente?") dava origem a uma completa investigação formal, com todas as respostas arquivadas em três cópias e o prazo de revisão prorrogado mais de uma vez enquanto se fazia uma busca nos arquivos.

E estávamos isolados. Pôr uma roupa e nos misturar a outros seres sexuais poderia ter nos separado beneficamente. Mas Anabel se tornou mais e mais arisca e insegura, mais e mais envergonhada de falar sobre um projeto que ela e eu considerávamos genial mas que ninguém podia ver; e, inevitavelmente, uma vez que nossos amigos eram os *meus* amigos, ela se sentia diminuída pelo maior interesse deles por mim. Comecei a me encontrar sozinho com eles para almoçar ou tomar drinques no fim da tarde. Não falava absolutamente a ninguém sobre minha vida em casa, o que teria constituído uma traição a ela. Eu sentia vergonha de como meu casamento era estranho e, pior ainda, de como eu soava ao responder à pergunta educada de algum amigo acerca de Anabel e de seu trabalho. Eu soava como uma pessoa que se desculpasse por ela, alguém incapaz de ver que sua esposa não era de fato o gênio que estava convencido de que era. Eu continuava convencido, mas, curiosamente, não soava convincente.

Até David, que não tinha deixado de me telefonar, parecia ter se desinteressado de Anabel. Seus três filhos continuavam a encenar todos os clichês conhecidos do mau comportamento de meninos ricos, enquanto sua filha tinha cuspido na cara dele. Eu era o objeto mais plausível de seu orgulho paterno. David nunca cessou de me oferecer financiamento, contatos, um bom emprego na McCaskill, às vezes as três coisas. Sob sua liderança, a McCaskill expandia as operações na Ásia, comercializava farinha de peixe do Peru e óleo de linhaça da Alemanha, se diversificava ao executar serviços financeiros e produzir fertilizantes, alargava o rio de carne, empurrava carne e ovos garganta abaixo do McDonald's e peru no bucho da Denny's. Segundo os meus cálculos, a parte de David na empresa se aproximava de três bilhões de dólares.

E então, de repente, eu já tinha mais de trinta anos. Possuía dezenas de amigos de trabalho, mas ninguém com quem pudesse falar sobre Anabel exceto o zelador de nosso prédio, Ruben, que dobrava o expediente gerenciando um jogo de apostas clandestino, dirigido pelo dono do edifício e regulado pela Lotería Nacional da República Dominicana. A segurança do prédio era garantida pela presença constante de Ruben e de seus auxiliares — um alcoólatra desdentado apelidado de Low Boy e um par de prostitutas aposentadas. Ruben se mostrava cortês com Anabel e respeitoso para com o homem que se casara com ela: dizia que eu era um sortudo. A outra fã de Anabel era sua nova amiga, Suzanne, que conhecera numa aula de improvisação teatral que eu implorara que ela frequentasse depois que seu projeto havia ficado paralisado durante um outono inteiro. Por fim, ela conseguiu filmar a perna esquerda até em cima, porém não teve coragem de desenhar um "corte" na sua genitália. Seu consumo de alimentos havia sido reduzido a café com leite de soja pela manhã e um pequeno jantar à noite. Durante o dia, com frequência ficava inutilizada por causa dos gases e das câimbras no estômago, mas entrava em parafuso se alguma coisa (isto é, discussões longuíssimas comigo) a impedia de executar seu regime de exercícios entre as cinco da tarde e as oito da noite, o qual incluía fitas de aeróbica de Jane Fonda, corridas no Central Park e uma máquina de remar de segunda mão que agora dominava o espaço onde trabalhava.

Ela tinha tanta gordura quanto uma cadeira Shaker, suas menstruações eram coisa do passado e acontecia de por meses a fio eu só trepar com ela na imaginação de Ruben, o que, entretanto, não nos impedia de discutir a possibilidade de termos um filho. Ela queria criar uma família comigo, embora antes precisasse terminar o projeto, retomar seu corpo e alcançar um sucesso comparável ao meu ou ainda maior; de outro modo, ficaria presa em casa com as fraldas enquanto eu prosseguiria na minha esplêndida carreira de homem. Eu não via como podíamos esperar até que ela terminasse — Anabel nem tinha visto uma parte significativa das centenas de horas de filmes em estado bruto, isso para não falar da etapa da edição: no ritmo em que vinha seguindo, ainda estaria filmando aos setenta anos. Mas eu não podia chamar atenção

444

para isso sem alimentar seu pânico. Tudo que podia fazer era tentar acalmá-la a fim de que levasse adiante a contemplação e filmagem de sua genitália.

Para nosso oitavo aniversário de casamento, depois da venda de meu primeiro artigo à *Esquire*, convenci Anabel a ir à Itália comigo. Nunca havíamos tido uma lua de mel, e achei que a Europa poderia nos dar nova vida. A viagem foi um êxito turístico — pudemos apreciar sozinhos as esculturas góticas da Toscana e as antigas ruínas da Sicília —, mas Anabel sentiu dores de cabeça por fome todas as tardes, enquanto à noite eu tive de acompanhá-la em enérgicas caminhadas de três horas no escuro, nossas barrigas roncando, enquanto rodávamos em busca de algum restaurante cheio de gente do lugar, porque essa era nossa lua de mel e Anabel fazia questão de que sua única refeição do dia fosse extraordinária.

Voltamos para Nova York decididos a preparar nosso espaguete no estilo siciliano com berinjelas e tomates fritos, um prato tão delicioso que desejávamos comê-lo duas vezes por semana. Foi o que fizemos durante vários meses. E então aconteceu algo estranho. Não fui ficando enjoado de comer aquilo. Fiquei enjoado de repente, radicalmente e para sempre enquanto comia um prato cheio cujos primeiros bocados eu apreciara tanto quanto antes. Descansei o garfo e disse que precisávamos dar uma parada em matéria de berinjelas e tomates fritos. O prato estava perfeito e delicioso, a culpa não era dele. Eu o transformara num veneno por comê-lo demais. Demos um basta por um mês, mas, como Anabel ainda o adorava, numa noite muito quente de junho cheguei em casa e, pelo cheiro, me dei conta de que ela estava cozinhando aquele prato.

Tive ânsias de vômito.

"Abusamos disso", falei da porta da cozinha. "Não aguento mais."

O simbolismo nunca passava despercebido para Anabel. "Eu não sou um espaguete com berinjela, Tom."

"Vou vomitar de verdade se continuar aqui."

Ela pareceu assustada. "Está bem. Mas vai voltar depois?"

"Vou, mas alguma coisa vai ter que mudar."

"Concordo. Tenho pensado muito."

"Bom. Volto mais tarde."

Desci correndo cinco lances de escada e continuei correndo até a estação da rua 125 sem nenhum plano, nenhum amigo íntimo o bastante para ser meu confidente, precisando apenas ir para longe dali. Naquela época, uma banda esmolambada de músicos de funk tocava vez por outra na plataforma inferior da estação. Sempre um baixista e um guitarrista, frequentemente um baterista com um conjunto de peças que davam a impressão de terem sido apanhadas num lixão, às vezes uma cantora com dentes de ouro e um surrado vestido com lantejoulas. Só a cantora interagia com a plateia, os outros pareciam absortos em dolorosas histórias particulares para as quais a música representava um alívio momentâneo. O guitarrista sabia impor uma levada que sobrepujava o ribombar dos trens e a mantinha apesar de suar por todos os poros.

Naquela noite, compunham um trio. Como havia algumas notas de um dólar no estojo aberto da guitarra, depositei uma e me afastei na plataforma com o respeito devido por um branco no Harlem. Desde então procuro em vão pela música que eles tocavam. Talvez tivesse sido composta por eles mesmos, e nunca gravada. Tinha um riff simples de acordes menores com sétima que falava de beleza e de uma tristeza incurável; se não me engano, a tocaram durante vinte minutos ou meia hora, tempo suficiente para que muitos comboios paradores ou expressos passassem vindos das duas direções. Por fim houve uma tempestade perfeita de correntes de ar das duas extremidades da estação, um forte vento úrico e úmido que varreu a plataforma e depois mudou de direção e mudou de direção ainda mais uma vez, de modo que as notas de um dólar levitaram para fora do estojo da guitarra e flutuaram para um lado ou para o outro como folhas no outono, dando cambalhotas e deslizando, enquanto a banda continuava a tocar. Era perfeitamente bonito e perfeitamente triste, e todo mundo na plataforma sabia disso, e ninguém se curvou para tocar no dinheiro.

Pensei na minha tão sofrida Anabel sozinha no apartamento. Vi minha vida e subi de volta as escadas.

Ela estava de pé do outro lado da porta, como se estivesse esperando por mim. "Você pode me ajudar?", disse imediatamente. "Sei que alguma coisa precisa mudar, e não posso fazer isso sem você. Pode ver o que eu estou fazendo e me dizer o que não estou vendo?"

"É só não me obrigar mais a comer berinjela frita", eu disse.

"Estou falando sério, Tom. Preciso de sua ajuda."

Concordei em ajudá-la. Fomos para seu quarto de trabalho, que fazia muito tempo tinha sido vedado a mim, e ela timidamente me mostrou alguns vídeos impressionantes. O close-up em preto e branco subexposto de um "corte" em sua coxa esquerda que ela trabalhara à mão para dar a impressão de ondas escuras no mar. Um monólogo imperfeitamente sincronizado mas muito engraçado sobre as patelas dos joelhos. Uma perturbadora montagem de cenas de uma plataforma de estação de metrô entrecruzadas com o dedão de seu pé, branco como o de um cadáver e com uma etiqueta contendo seu nome, sugerindo que ela teria pensado em se jogar na frente de um trem. Fui tão efusivamente encorajador que ela me mostrou seus cadernos de notas.

Eles tinham sido sempre estritamente privados, e era uma boa medida de seu desespero me deixar vê-los porque não eram as páginas com letras elegantes e storyboards que eu imaginara. Eram um diário de tormento. Entradas e mais entradas começavam com uma lista de coisas a fazer e se perdiam em autodiagnósticos cada vez mais ininteligíveis. Ela então abria nova página com um diagrama claro das filmagens, preenchia apenas os primeiros quadrados, depois rabiscava revisões em cada um, depois riscava as revisões e anotava outras nas margens, com linhas que conectavam vários pensamentos e pontos-chave triplamente sublinhados. Ao final, traçava um grande X raivoso por cima de tudo.

"Sei que não parece", ela disse, "mas aqui há *boas ideias*. Dá a impressão de que as eliminei, mas não é verdade, continuo a pensar nelas. Tenho que deixar o X porque, senão, fico muito pressionada. O que realmente preciso fazer é examinar todos os cadernos de notas" — havia uns quarenta deles — "e então tentar manter tudo na minha cabeça para traçar um plano claro. O problema é que há *tanta* coisa! Não estou maluca. Só preciso de um jeito de organizar o material que não ponha pressão demais sobre mim."

Acreditei nela. Anabel era inteligente e tinha boas ideias. No entanto, folheando aqueles cadernos de notas, pude ver que ela não tinha a menor chance de terminar o projeto. Ela, que durante tanto tempo me parecera superpoderosa, não era forte o bastante. Eu me senti responsável por não ter entrado em cena antes, e agora, embora estivesse enjoado do casamento a ponto de sentir ânsias de vômito, não podia ir embora até que a ajudasse a sair do atoleiro em que a deixara cair. O casamento com que eu contara para me tirar da culpa só tinha me empurrado ainda mais fundo nela.

Entretanto, a culpa deve ser a mais monstruosa condição humana, pois o que fiz então para aliviar minha culpa — permanecer casado — foi precisamente aquilo que me fez me sentir mais culpado depois, quando o casamento acabou. Depois da noite do espaguete com berinjela, como se ela houvesse compreendido pela primeira vez que eu podia deixá-la, Anabel começou a falar de uma data, dali a dezoito meses, quando poderíamos tratar de ter uma filhinha (ela nunca imaginou um menino). A ideia consistia em fixar uma meta e um prazo fatal para fazer o projeto progredir acima de seu abdômen, mas ela também estava tentando me satisfazer sendo mais realista; não podíamos esperar para sempre para pensar numa gravidez. Eu me dava conta de que um bebê poderia ser justamente aquilo de que necessitávamos, um bebê poderia nos salvar, porém também me dava conta de que recairia sobre mim a maior parte dos cuidados com a criança enquanto seu projeto não estivesse terminado. Por isso, sempre que ela vinha com a questão do bebê, eu desviava a conversa para o projeto dela. Honestamente, não lembro se queria que ela corresse para terminar o projeto a fim de podermos dividir os cuidados com o bebê, ou se queria apenas que ela ficasse suficientemente bem para que pudesse me divorciar dela em segurança. Seja como for, sei que era capaz de evocar o cheiro enjoativo de berinjela frita só de pensar nele. Se eu houvesse acatado o que dizia meu estômago, abandonando Anabel, ela poderia ter tido tempo de encontrar outra pessoa para ter seu bebê.

"Tenho uma proposta ousada", eu disse em seu quarto de trabalho na manhã seguinte à noite do espaguete. "Aumente dez vezes o tamanho de seus 'cortes'. Posso ajudá-la a planejar o troço todo. Desenho para você, assim não fica só na sua cabeça. E então você trabalha dois anos e está tudo terminado."

Ela balançou a cabeça num gesto de negação. "Impossível mudar o tamanho dos quadrados no meio do caminho."

"Mas, se eles forem dez vezes maiores, você pode refazer toda a perna em dois meses. Pode selecionar as melhores imagens não corporais que já tem."

"Não vou jogar fora oito anos de trabalho!"

"Mas esse trabalho nem foi terminado." Apontei para as pilhas de caixas de filmes revelados porém ainda fechadas. "Você precisa tomar alguma providência para terminar."

"Você sabe que eu nunca terminei nada em toda a vida."

"Boa hora para começar, não acha?"

"*Eu sei o que estou fazendo*", ela disse. "A ajuda que preciso de você não é para jogar fora oito anos de trabalho. É para organizar as ideias que *já tenho*. E foi obviamente um erro pedir a você. Ah, sou tão burra!"

Bateu com os punhos na cabeça nociva. Levei duas horas para acalmá-la e outra hora para vencer meu aborrecimento por ela haver sugerido que eu tinha um senso estético vulgar. Depois disso, durante três horas ajudei-a a preparar um cronograma preliminar para que o projeto fosse terminado, e ao longo de mais uma hora, comecei a transferir os pensamentos importantes do primeiro dos quarenta e tantos cadernos de notas para um novo caderno, escrito por mim. Com isso chegamos ao momento em que ela iniciava suas três horas de exercício.

Tivemos muitos dias como esse no ano que se seguiu. Durante dez horas eu planejava sequências para ela, sequências que me pareciam perfeitamente factíveis, mas, quando chegava a hora de seus exercícios, ela dizia que nós estávamos fazendo *meu* filme, organizado jornalisticamente, e não o filme *dela*, o que conduzia a mais um dia de discussões em que Anabel tentava descrever as sequências que *ela* desejava; como eu não conseguia entender sua lógica fundamental, ela explicava tudo de novo, eu continuava a não entender, e chegava a hora de seus exercícios. Reduzi meu próprio trabalho, perdendo a oportunidade de acompanhar a campanha presidencial de Dukakis para a *Rolling Stone*, enquanto também perdia amigos do jeito que os viciados em drogas perdem, cancelando encontros no último minuto. Havíamos entrado na sórdida fase de manutenção de nosso vício, sem uma partícula de prazer pela manhã, apenas um sentimento doentio de problemas que não tinham sido resolvidos na véspera. A coisa foi indo, foi indo e ainda teria se prolongado mais se mamãe não tivesse recebido uma sentença de morte.

Coisa incomum, ela telefonou na tarde de um dia de semana. "Ah, este meu corpo terrível", ela disse. "Só me trouxe problemas, mas agora vai me matar. Tom, sinto muito mesmo. Estou decepcionando você, decepcionando Cynthia, decepcionando todo mundo. O dr. Van Schyllingerhout foi tão paciente comigo, se esforçou tanto, ele diz que eu sou uma das razões pelas quais não se aposenta. Tem quase oitenta anos, Tom, e ainda visita seus clientes. Sou uma decepção para todos vocês. Mas a boba de sua mãe está com *câncer*."

Até mais digna de pena que seu câncer era a compulsão de pedir desculpas por ele. Busquei entrever um fio de esperança em meio às suas notícias, mas não encontrei nenhum. Ela simplesmente tivera muito azar. Como os esteroides haviam aumentado seu risco de ter um câncer, o dr. Van Schyllingerhout recomendara que ela fizesse uma colonoscopia de dois em dois anos, porém o câncer deve ter surgido logo depois do exame anterior. Naqueles dois anos o tumor se espalhara além dos intestinos e provavelmente não era passível de ser removido cirurgicamente. Os médicos a abririam para aliviar o bloqueio, aplicar uma forte dose de radiação e executar intervenções exploratórias para ver o que podia ser salvo, mas o prognóstico era desfavorável.

"Vou para aí amanhã", eu disse.

"Tom, sinto muito. Odeio sobrecarregá-lo com isso. Quero viver para vê-lo feliz e com sucesso. Mas este corpo bobalhão, sempre a mesma idiotice…"

Entrei no quarto de trabalho de Anabel, sentei e chorei. Ela depois me disse que minhas lágrimas a haviam aterrorizado — temeu que eu tivesse ido lá para lhe dizer que não podia mais viver com ela —, porém, quando lhe contei tudo, me abraçou e chorou comigo. Ofereceu-se até para ir a Denver.

"Não. Fique aqui. Isso vai fazer bem a nós dois."

"É isso que me preocupa", ela disse. "Que eu trabalhe melhor sem você, e você fique mais feliz sem mim. E tudo vai acabar entre nós. Você vai se perguntar por que está com aquela mulher maluca que não consegue fazer o trabalho dela. E eu vou me lembrar de como trabalhava muito melhor sozinha o tempo todo." Começou a chorar de novo. "Não quero perder você."

"Não vai me perder", eu disse. "É só algum tempo separados."

O argumento que apresentei a ela, e a mim, foi que a gente precisava reconstruir nossas identidades próprias para continuar junto. Acreditava piamente nisso, mas as razões para acreditar eram ruins. Eu estava adiando por tanto tempo quanto podia a culpa de abandoná-la. Tinha também a esperança, irrealista, de que ela poderia me poupar de tal culpa tomando a iniciativa de ir embora.

Num corredor de hospital em Denver, enquanto mamãe estava no pós-operatório, conversei com o dr. Van Schyllingerhout. Ele era um homem careca de olhar piedoso, com nariz aquilino. Tinha sido muito bom com mamãe, mas estava claramente *puto* com o câncer dela. "O cirurgião está infeliz", disse ele num sotaque menos parecido com o de Leonard do que eu me recordava. "Queria retirar mais, mas sua mãe é irredutível em não querer um estoma. É uma escolha que tem a ver com qualidade de vida e precisa ser respeitada. Não quer carregar aquele saco. Mas a gente odeia atar as mãos de um cirurgião. As chances dela agora são piores."

"O quanto piores?"

Sacudiu a cabeça, puto. "Bastante."

"Agradeço ao senhor por ter respeitado os desejos dela."

"Sua mãe é uma batalhadora. Já tive pacientes menos doentes que ela que se entregaram e fizeram a colostomia. E, naturalmente, você conhece a história de como ela saiu da Alemanha. Estava sujeita a uma situação indigna, que se recusou a aceitar. Com a força de vontade que tem, poderia viver ainda mais trinta anos."

Assim começou minha admiração por mamãe. É estranho dizer isso, visto que ela estava doente daquele jeito, mas ela trouxe esperança para minha própria vida. Minha situação com Anabel era sem dúvida um tormento comparável ao que seu intestino representava para ela, e abandonar sua mãe e os irmãos não podia ter sido mais fácil que o que eu devia fazer a Anabel. Se mamãe tinha sido capaz de vencer sua batalha, eu também poderia vencer a minha.

A cirurgia pareceu ter extirpado de seu vocabulário a expressão *mãe bobalhona*, assim como outras similares. Voltou do hospital livre da autodepreciação. Sob a influência de Cynthia, que era agora uma mãe solteira e vivia em Denver com a filha, suas opiniões políticas também tinham se abrandado. "Estou começando a achar que dinheiro realmente está na raiz de todos os males", ela me disse certa noite. "Tão logo você tem dinheiro, atrai inveja. Este é o problema com os comunistas: eles têm inveja dos ricos, ficam obcecados pela ideia de redistribuir o dinheiro. E, sinto muito, mas olho para a família de Anabel e tudo que vejo é o mal que o dinheiro trouxe para eles."

"É por isso que ela rejeitou o dinheiro", eu disse.

"Mas rejeitar o dinheiro é só outra maneira de estar obcecado por ele. É exatamente como os comunistas. Os trabalhadores eficientes são explorados pelos colegas preguiçosos. Sinto dizer isso, mas não é correto que Anabel não trabalhe — que *você* tenha que pagar pela obsessão dela. Ela estaria melhor se nunca tivesse tido dinheiro."

"A família dela é mesmo um desastre. Mas ela não é preguiçosa."

"Quando eu me for, você vai receber um dinheirinho por esta casa. E não quero que isso seja usado para sustentar Anabel. Esse dinheiro é para *você*. Não é muito, mas seu pai trabalhou duro, eu trabalhei duro. Prometa por favor que não vai dá-lo para a filha de um bilionário."

Pensei em meus pais, que trabalharam duro. "Está bem", eu disse.

451

"Promete?"

Prometi, mas não tinha certeza de que manteria a promessa.

Naquele verão, voltei a comer carne. Fui para Nevada e escrevi uma matéria para a *Esquire* sobre o depósito de rejeitos nucleares que pensavam construir na montanha Yucca. Também cuidei de mamãe, que sofria os efeitos da radioterapia, além de passar longas horas com Cynthia e sua filhinha. Agora era para Anabel que eu telefonava nas noites de domingo. Ela afirmava estar tendo pensamentos positivos, e só quando dizia coisas como "Não se esqueça de mim, Tom" era menos gostoso ouvir sua voz. Ela não poderia imaginar que eu tinha voltado a comer carne, e eu não abri a boca.

Mamãe continuou a me surpreender. Depois de se recuperar de sua segunda e definitivamente desencorajadora cirurgia, em outubro, me pediu que a levasse à Alemanha antes de morrer. Vinha acompanhando a evolução política lá, o crescente êxodo de alemães-orientais através da Tchecoslováquia, e pela primeira vez em muitos anos tentara enviar outra carta para a família no velho endereço. Três semanas depois, recebeu uma longa carta do irmão. Ele e a mulher ainda viviam lá, a mãe morrera em 1961, a irmã menor se divorciara duas vezes, seu filho mais velho entrara para a universidade. Pelo menos na tradução feita por mamãe, a carta não refletia nenhuma mágoa, como se o desaparecimento dela fosse apenas mais um fato numa infância difícil que ele deixara para trás. Não havia menção às muitas cartas anteriores que não respondera. Imaginei que ele talvez nunca tivesse sentido mágoa, e sim medo de que a Stasi não visse com bons olhos sua correspondência com uma fugitiva. E agora as pessoas tinham perdido o medo da Stasi.

Apoiado nos meus três semestres de alemão na universidade e na história de mamãe, contratei com a *Harper's* a empreitada de escrever um relato em primeira mão do colapso do comunismo. Mamãe perdera muito peso e tinha de fato a aparência de um espantalho, mas seus intestinos ainda funcionavam bem ou mal e ela não tinha feito uma colostomia. Certa noite, enquanto a ajudava a organizar seus poucos negócios, ela descansou a caneta e me disse: "Acho que vou morrer na Alemanha".

"Não diga isso", falei.

"Acabei o que tinha que fazer aqui. Cynthia é uma boa mãe, uma ótima pessoa, e você está iniciando uma excelente carreira. Acho que Denver e eu estamos fartos um do outro. A vida é uma coisa engraçada, Tom. As pessoas falam em lançar raízes, mas não são árvores. Se eu tenho alguma raiz, ela não está aqui."

Ela se preocupava com a possibilidade de ter esquecido o alemão, mas era tão boa em matéria de idiomas, aprendera inglês tão bem, que eu considerava isso improvável. Na nossa última noite em Denver, Cynthia veio nos visitar sem a filha. Quando chegou a hora de elas se dizerem adeus, tentei deixá-la a sós com mamãe.

"Não, fique conosco", disse mamãe. "Quero que ouça o que tenho a dizer." Voltou-se para Cynthia. "Quero pedir desculpas por não ter sido uma mãe melhor para você em sua juventude. Inventei desculpas por ter agido como agi, mas isso é tudo que elas eram, desculpas, e não mereço nada do que você fez por mim desde então. Você tem sido a melhor filha que uma mãe poderia desejar. Foi o grande presente que seu pai me deu. Se não tive sorte em nada mais, fui muito sortuda em ter você e Tom. Quero que saiba que sou profundamente grata por tudo que você fez, e como sinto tê-la maltratado um dia. Você é uma pessoa maravilhosa, mais maravilhosa do que mereço."

O rosto de Cynthia se desfez, mas mamãe permaneceu com os olhos secos, a expressão digna. Alemã. À sombra da morte, não era mais a pessoa que eu conhecera. Transformara-se na que eu não tinha conhecido, na pessoa alemã. As décadas de infelicidade, os anos de matraqueado, agora pareciam um longo fracasso na tentativa de encontrar uma boa maneira de ser americana.

Ao partirmos para Berlim, o Muro já havia caído. (Reordenei mentalmente minha matéria não escrita, como fazem os jornalistas, para que ela fosse antes de tudo sobre Clelia quando jovem.) Depois de descansar um dia em Berlim, seguimos de trem para Jena. Olhando pela janela para uma cidade envolta em fumaça de carvão, mamãe comentou: "Tiveram trinta e cinco anos para tornar tudo ainda mais feio. Trinta e cinco anos, meu Deus, de feiura para fabricar coisas. As pessoas vão esquecer, mas não quero que você esqueça: esta parte da Alemanha pagou por seus pecados".

Anotei isso num caderno. A Alemanha Oriental tinha sido uma gigantesca penitenciária administrada pelos russos; a Stasi incorporara os piores excessos da autoridade e exatidão burocrática germânicas. Qualquer pessoa com inteligência e ânimo provavelmente escapou do país antes que o Muro fosse erguido, porém os detentos que tinham ficado para trás a fim de expiar a culpa coletiva da nação haviam sido, paradoxalmente, liberados de suas características germânicas. Os que conheci em Jena eram humildes, pouco pontuais, espontâneos e generosos com o pouco que possuíam. A economia do país tinha sido um embuste desde o começo e, embora os prisioneiros tenham dançado conforme a música, frequentando as reuniões de educação política, passando cuspe nos selos de frequência e colando em livrinhos que me faziam lembrar dos Green Stamps de minha infância, sua verdadeira lealdade era de uns com os outros, e não com o Estado. Meu tio Klaus e sua esposa limparam o quarto que um dia fora de Annelie e lá instalaram mamãe. Tinham um telefone, porém poucas vezes o usavam. Os amigos apareciam na porta e eram convidados a participar da festa de uma semana para comemorar a volta de minha mãe. Foram servidos incontáveis litros de cerveja, um mau vinho branco e bolinhos com creme. Minha presença era um estorvo porque eu não entendia a maior parte das conversas, e fiquei aliviado quando, no final da semana, mamãe propôs que a deixasse sozinha com o irmão e voltasse para visitá-los apenas nas noites de sábado e nos domingos. "Você precisa escrever seu artigo", ela disse. "Eles se ofereceram para cuidar de mim, mas quero que tenham um descanso todas as semanas."

"Tem certeza de que quer isso?"

"É assim que se fazem as coisas aqui. Uns cuidam dos outros."

"Você está falando como uma velha comunista."

"Foram quarenta anos jogados fora", ela disse, "um país inteiro de vidas perdidas. É um país habitado por crianças grandes, fazendo careta pelas costas do professor, se denunciando mutuamente, ganhando estrelinhas idiotas por serem bons socialistas. A coisa toda foi uma asnice, uma mentira. Mas não são arrogantes, não se fazem de sabichões. Dão o que têm e me aceitam como sou."

Quanto mais perto da morte, mais segura de si ela ficava. Tinha concluído que o significado da vida estava na forma que se dava a ela. Não havia como saber por que nascera: cabia apenas lidar com que lhe havia sido dado e tentar chegar a um bom fim. Queria morrer no quarto de sua mãe, na companhia do irmão e do único filho dele, sem a indignidade de uma bolsa de colostomia.

Voltei para Berlim, me juntei a dois jovens jornalistas franceses que conheci lá e terminei ocupando com eles um apartamento em Friedrichshain cujos moradores tinham simplesmente ido embora e não mostravam sinais de que retornariam. Durante um mês fiz a viagem semanal até Jena, com uma ida extra no Natal, enquanto mamãe ficava cada vez mais magra e cinzenta. Misericordiosamente, sua dor era em geral tolerável. Quando sobrevinha uma crise, esfregava nas gengivas a morfina que o dr. Van Schyllingerhout lhe dera para trazermos às escondidas.

Minha última refeição com ela foi o café da manhã no segundo domingo de janeiro. Ela se levantara algumas vezes durante a noite para fazer coisas que sua dignidade impedia que eu testemunhasse, e seus olhos estavam fundos, os contornos de seu crânio nitidamente visíveis sob a pele; mas era ainda a enérgica Clelia, o coração continuava a bater forte, o cérebro estava oxigenado e cheio de vida. Fiquei feliz de vê-la comer um pãozinho inteiro com manteiga.

"Preciso saber o que você e Anabel vão fazer."

"Não estou pensando nisso agora."

"Eu sei, mas logo vai ter que pensar."

"Ela precisa terminar seu projeto, e depois ainda temos a esperança de criar uma família."

"É isso o que você quer?"

Refleti sobre a pergunta e disse: "Quero vê-la feliz de novo. Ela era incrível e agora está um caco. Acho que, se ela ficar feliz e se der bem, vou ser feliz com ela."

"Sua felicidade não deveria depender da dela", disse mamãe. "Você era um menino feliz mesmo não tendo os pais mais fáceis, mas não creio que isso o prejudicou. Você tem o direito de ser feliz por conta própria. Se está com alguém que não consegue ser feliz, precisa pensar no que vai fazer."

Prometi que pensaria, e mamãe foi se deitar no quarto de sua mãe enquanto eu lutava para ler um jornal em alemão. Meia hora depois, ouvi-a entrar no banheiro. Passado algum tempo, ouvi seu grito. Esse grito não me abandona, ainda hoje posso acioná-lo na minha cabeça como o ouvi naquele momento.

Ela estava sentada no vaso, encurvada e se debatendo de dor. Já sofrera sentada na privada incontáveis vezes ao longo da vida, mas, curiosamente, essa era a primeira vez em que eu a via em tal situação. Ela teria preferido que não a visse assim, e até hoje sinto muito, por ela, que isso tenha acontecido. Levantou os olhos agoniados para mim e disse num arquejo: "Tom, meu Deus, estou morrendo".

Levantei-a pelas axilas e a carreguei até o quarto, deixando para trás um vaso cheio de sangue e coisas piores. Sua respiração era curta e rápida. Alguma parte de seus intestinos mal remendados havia se rompido, e ela estava morrendo de septicemia. Esfreguei morfina em suas gengivas e acariciei a frágil cabeça, que ainda estava bem quente; me perguntei o que se passava dentro dela, mas mamãe não voltou a falar comigo. Eu disse que estava tudo bem, que a amava, que não se preocupasse comigo. Sua respiração se tornou mais lenta e mais penosa, até que, depois do meio-dia, cessou de vez. Encostei o rosto em seu peito e a abracei por um bom tempo, sem pensar em nada, sendo tão somente um animal que perdeu a mãe. Por fim me levantei e liguei para o número que meu tio me dera para deixar uma mensagem a ser entregue por alguém em sua casinha de campo.

Klaus e eu achamos que nada de funeral era preferível a um funeral diminuto. Depois da cremação, caminhamos pelos gramados à beira do rio em que mamãe tomara sol quando mocinha e espalhamos metade das cinzas por ali. A outra metade guardei para espalhar em Denver junto com Cynthia. Pela manhã parti de Jena, agradecendo a Klaus, em meu precário alemão, por tudo que fizera. Deu de ombros e disse que mamãe teria feito o mesmo por ele. Ocorreu-me perguntar como ela tinha sido quando moça.

"*Herrisch!*" Ele riu. "Agora você entende por que eu tinha de ajudá-la."

Mais tarde procurei o significado da palavra que desconhecia. *Mandona*.

No trem de volta para Berlim, fiquei de pé nos fundos do último vagão o tempo todo, observando os sinais das cancelas que iam ficando para trás passarem do vermelho para o verde. Não me sentia muito mal como órfão. Era como o primeiro dia de longas férias, um dia tão vazio quanto o céu de janeiro, límpido e ensolarado. A única nuvem, Anabel, estava em outro hemisfério. Minha sensação de liberdade era em parte financeira — Cynthia, Ellen e eu dividiríamos uma propriedade que valia mais de quatrocentos mil dólares —, mas ia além. Meus pais tinham saído de cena, deixando todo o campo para mim, e eu podia ver que estava arrastando os pés por causa de Anabel, pelo receio de ficar muito à frente dela.

Prometera lhe telefonar naquela tarde, mas, ao espalhar as cinzas de mamãe, eu me dera conta de algo infantil e fundamentalmente irrelevante no projeto de filmagem do corpo e fiquei com medo de revelar isso se a gente se falasse. Meu próprio corpo me parecia tão vital, tão distante da morte, que resolvi caminhar, refazendo o percurso trilhado por mamãe tantos anos antes, me misturando aos turistas estrangeiros que observavam o Muro em Moabit para depois chegar à Kurfürstendamm.

Perto de sua extremidade ocidental, parei num café para comer uma salsicha e registrar num caderno minhas impressões jornalísticas. Em certo momento, notei um homem sozinho na mesa ao lado, um jovem alemão de testa alta e cabelos encaracolados. Ele estava vendo a televisão do café com os braços pousados nas costas das duas cadeiras que o ladeavam. Sua postura relaxada, a sensação de posse que ela irradiava, continuou a atrair minha atenção. Por fim, ele reparou em meus olhares e sorriu para mim. Como se me convidasse a participar de uma piada, apontou para a tela da televisão.

Seu rosto estava estampado na tela. Ele estava sendo entrevistado na rua, acima de uma legenda que dizia ANDREAS WOLF, DDR SYSTEMKRITIKER. Eu não entendia muito do que ele dizia, porém pesquei as palavras *luz do sol.* Quando o noticiário exibiu uma imagem do que reconheci como sendo o quartel-general da Stasi, voltei a olhá-lo e vi que abrira os braços ainda mais. Me levantei com meu caderno de notas e passei para sua mesa. *"Darf ich?"*

"Sem dúvida", ele disse em inglês. "Você é americano."

"Isso mesmo."

"Os americanos têm o direito de se sentar onde quiserem."

"Não sei disso. Mas estou curioso para saber o que você estava dizendo na televisão. Meu alemão não é grande coisa."

"Seu caderno de notas. Você é jornalista?"

"Sou."

"Excelente." Estendeu a mão. "Andreas Wolf."

Apertei-lhe a mão e me sentei à sua frente. "Tom Aberant."

"Posso lhe oferecer uma cerveja?"

"Deixe eu lhe oferecer."

"Sou eu quem está celebrando alguma coisa. Nunca tinha aparecido na televisão, nunca tinha estado no lado ocidental, nunca tinha conversado com um americano. Minha noite de sorte."

Peguei umas cervejas para nós e o estimulei a falar. Me contou que participara da invasão do quartel-general da Stasi, se transformando no porta-voz *de facto* da Comissão de Cidadãos que exigia a abertura dos arquivos, e tinha se dado como prêmio a primeira viagem para fora do lado oriental. Mal dormira nas últimas sessenta horas, mas não parecia cansado. Eu me sentia igualmente eufórico. A sorte de encontrar um dissidente da Alemanha Oriental em suas primeiras horas no Ocidente, antes que qualquer outro jornalista pudesse abordá-lo, fazia com que meu estado de espírito na viagem de trem de Jena parecesse profético.

Bebemos as cervejas e saímos para a rua. Andreas não caminhava, e sim *se pavoneava*, de calça jeans apertada e jaqueta militar, com os ombros jogados para trás. A atmosfera da cidade ainda guardava um quê festivo, e ele se exibia para os estrangeiros e berlinenses do lado oriental na Kurfürstendamm como se os desafiasse a não reconhecê-lo. Quando passávamos por mulheres bonitas, ele se voltava ostensivamente para observá-las enquanto se distanciavam. Tive a impressão de que Anabel não gostaria dele, nem um pouquinho, e que eu estava avançando em minha libertação simplesmente por caminhar a seu lado.

Num quarteirão mais tranquilo, ele parou diante de uma revendedora de carros BMW. "O que você acha, Tom? Será que eu deveria querer um desses carros? Agora que não há um lado oriental, é tudo Ocidente?"

"É seu dever como consumidor desejá-los."

Ele contemplou aqueles veículos maravilhosos. "Nunca vi nada tão aterrorizante em toda a minha vida. Todos os outros estavam ansiosos para vir aqui. Todos os outros eram imbecis demais para ficarem aterrorizados."

"Que tal se eu escrevesse o que você está dizendo?"

"É o que você quer fazer?"

"Você parece ter histórias para contar."

Ele riu. "*E que ao mundo que o ignora eu possa dizer como isso aconteceu. E vão ouvir de ações carnais, sanguinolentas, antinaturais...* Quem eu estou citando?"

"Creio que é a última fala de Horácio."

"Muito bem!" Deu um bom tapa em meu ombro. "É só você, ou vou gostar de todos os americanos?"

"Provavelmente algum ponto entre os dois extremos."

"Você riria se soubesse qual a imagem que faço dos Estados Unidos. Arranha-céus e uma classe baixa miserável. Exploração brechtiana. Profundezas à la Górki, Mick Jagger no papel do demônio. *Puerto Rican girls just dyin' to meetchoo.*"

458

"Recomendo que modere suas expectativas."

"Devo ir para lá?"

"Para Nova York? Claro. Posso lhe mostrar a cidade."

Eu percebia a vantagem, aos olhos dele, de ser americano; percebia também a vergonha que sentiria se ele fosse a Nova York e conhecesse o tipo de vida que levava com Anabel. Ele fez um gesto obsceno na direção dos lustrosos BMWS e manteve o dedo em riste acima do ombro quando retomamos a caminhada.

O que já tinha me dito — que com vinte e poucos anos era um cidadão reconhecidamente antissocial, vivendo fora da redoma socialista, no porão de uma igreja — ia entrar direto no meu artigo para a *Harper's*. No entanto, o jornalismo era a menor das razões pelas quais, quando nos despedimos na Friedrichstrasse, eu lhe pedi que nos encontrássemos outra vez lá na tarde seguinte. Andreas não se parecia nem um pouco com Anabel, exceto pelo fato de ser muito magro, mas sua autoconfiança era tão insolente que dava a impressão de haver algo perturbado ou angustiado por baixo dela, algo que me fazia lembrar a carismática garota perturbada por quem me apaixonara. Ou talvez ele só me lembrasse do que era sentir atração por alguém.

Querendo ou não, eu tinha que telefonar para Anabel no dia seguinte. Isso só podia ser feito da cabine de alguma agência de correios e, enquanto Andreas me mostrava o centro de Berlim Oriental — indicando a igreja onde aconselhara adolescentes em situação de risco, a *Oberschule* privilegiada que frequentara, o clube de jovens onde tocavam as bandas malvistas pelo governo, os bares onde os *Asoziale* se congregavam —, fiquei procupado de não encontrar uma agência de correios. Por fim confessei isso a ele.

"O que vai acontecer se você não telefonar para ela?"

"Mais problemas do que se telefonar."

"Está bem. Uma pergunta importante: casamento é isso?"

"Por quê? Está pensando em se casar?"

Seu rosto assumiu uma expressão séria. Estávamos numa rua em Prenzlauer Berg cheia de móveis vagabundos que as pessoas atiravam pela janela desde que o Muro tinha caído. "Casar, não", ele disse. "Mas tem uma garota. Muito jovem, espero que você a conheça. Se a conhecer, vai entender por que estou perguntando."

O fato de que senti ciúme quando mencionou a garota era uma boa medida de como eu estava gostando dele. Não tinha dúvida de que ela era incrivelmente bonita e, ao contrário de Anabel, sedenta de sexo. Invejei-o por isso. Mais estranho ainda, e sugestivo do território selvagem onde a morte de minha mãe me lançara, também invejei a garota pelo acesso que tinha, como mulher, à intimidade dele.

"Telefone para sua mulher", ele disse. "Espero por você."

"Não, foda-se. Telefono amanhã."

"Tem um retrato dela?"

De fato tinha na carteira um instantâneo feito na Itália, uma foto em que ela aparecia muito bem. Andreas examinou-a e aprovou com um aceno de cabeça, mas vi ou imaginei ver que se tranquilizara, como se soubesse agora que possuía a melhor mulher, que ganhara aquela competição. Senti pena de Anabel mas também de mim, por ter de defendê-la.

Devolveu a foto. "Você é fiel a ela?"

"Até agora."

"Onze anos — fantástico."

"Uma promessa é uma promessa."

"Não será fácil para mim seguir seu padrão de comportamento."

Aparentemente, ele também já parecia pensar em nossa futura amizade. Enquanto continuamos a caminhar pelas ruas mal iluminadas, ele comentou a poluição em seu país, a poluição literal e a espiritual, e sua própria poluição pessoal. "Você nem sabe como é limpo."

"Não tomo um banho há três dias."

"Você se preocupa em telefonar para sua mulher. Cuida de sua mãe quando ela está morrendo. Essas coisas parecem óbvias para você, mas não são óbvias para todo mundo."

"É mais um senso de dever morbidamente superdesenvolvido."

"Sua mãe — qual era a idade dela?"

"Cinquenta e cinco."

"Que merda. Boa mãe?"

"Não sei. Sempre pensei que ela era um problema, e agora não consigo imaginar uma única coisa má que tenha feito a mim."

"Como ela era um problema?"

"Não gostava de minha mulher."

"E você era fiel a sua mulher."

"Você me interpretou mal", eu disse. "Estou cansado de ser limpo. Estou cansado do meu casamento. Estou jogando minha vida fora."

"Sei o que é isso."

"Estou com um baita cansaço de ser quem eu sou."

"Também sei o que é isso."

"Quer tomar uma cerveja?"

Ele parou de andar e olhou o relógio. Feria meu orgulho ser tão suplicante, mas estava decidido a ser seu amigo. Ele exercia um magnetismo irresistível e tinha um ar de tristeza secreta, de conhecimento secreto. Anos depois, quando se tornou internacionalmente famoso, não me surpreendi. Todo mundo parecia sentir o que eu sentira por ele, e nunca tive inveja de seu sucesso porque sabia que por baixo dele, dentro dele, havia alguma coisa quebrada.

"Está bem, boa ideia uma cerveja", ele disse.

Fomos para um bar com o nome apropriado de Buraco, onde tratei de me dilacerar. Falei a Andreas como havia desprezado as advertências de minha mãe sobre Anabel e praticamente a abandonara durante onze anos. Como desprezara as advertências de seu pai bilionário, desprezara minha própria simpatia instintiva por ele e jurara lealdade a uma mulher lunática. Traía Anabel com cada palavra que pronunciava, e o mais terrível era o prazer que me dava a traição. Era como se eu necessitasse apenas de uma alternativa plausível a ela, um amigo em potencial por quem eu sentisse algo parecido com uma atração, para admitir a mim próprio a raiva que sentia dela, a raiva que talvez tivesse sempre sentido.

Minha confissão não foi menos sincera por ter um componente tático. Nunca havia falado a uma fonte sobre meu casamento, porém a franqueza era meu método, meu jeito de estimular as fontes a se abrirem. Não que eu fosse manipulativo, era só que eu tinha uma personalidade feita sob medida para o jornalismo. E, a julgar pela absoluta atenção de Andreas, era capaz de dizer que meu estilo americano se revelava eficaz com um alemão. Tinha sido também o estilo de meu pai, e mamãe, aos vinte anos, fora indefesa contra ele.

"Então, o que é que você vai fazer?", perguntou Andreas quando terminei.

"Tudo que não significa voltar para o Harlem me soa bem."

"Você deve telefonar para ela amanhã. Se realmente não vai voltar."

461

"É, certo. Talvez."

Estava me olhando fixamente. "Gosto de você", ele disse. "Gostaria de ajudá-lo a escrever a verdade sobre meu país. Mas temo que, se conhecer minha própria história, não vai gostar de mim."

"Por que não me conta e deixa que eu seja o juiz?"

"Se você pudesse conhecer Annagret, talvez compreendesse. Mas ainda não estou autorizado a vê-la."

"Verdade?"

"Sim, é verdade."

O bar estava cheio de fumaça de cigarro, de homens com aparência de doentes de câncer e de mulheres com cortes de cabelo que um dia antes eu teria considerado pavorosos. Mas então, quando me permitia imaginar levar para a cama um daqueles cortes de cabelo, parecia alguma coisa que eu faria em breve caso não fosse embora de Berlim.

"É bom falar sobre as coisas", eu disse.

Ele sacudiu a cabeça. "Não posso lhe contar."

Estávamos num território conhecido para um jornalista. As fontes que mencionavam histórias que não podiam contar quase sempre terminavam por contá-las. O importante era falar sobre qualquer coisa que não tivesse a ver com a história não contada. Comprei outra rodada de cerveja e fiz Andreas rir atacando a literatura britânica do século XX, que ele parecia conhecer de alto a baixo, ficando chocado com minhas críticas ferozes. Depois defendi os Beatles enquanto ele elogiava os Stones, e nos pusemos de acordo ao ridicularizar os adoradores de Dylan, americanos e alemães. Conversamos durante três horas enquanto o Buraco se esvaziava e a história não contada pairava ali por perto. Por fim, Andreas cobriu o rosto e apertou com força os olhos fechados. "Está bem", ele disse. "Vamos dar o fora daqui."

Em retrospecto, é curioso como eu me identificava pouco com meu pai e havia me aliado inteiramente a minha mãe. Mas agora ela estava morta e, ao entrar no Tiergarten às escuras com Andreas, eu podia ser meu pai na noite em que a conhecera. Um encontro casual, uma garota alta da Alemanha Oriental, uma cidade plena de possibilidades. Ele deve ter se sentido maravilhado de tê-la a seu lado.

Nos sentamos num banco.

"Isso não pode ser publicado", disse Andreas. "É simplesmente para ajudá-lo a compreender."

"Estou aqui como amigo."

"Um amigo. Interessante. Nunca tive um amigo."

"Nunca?"

"Quando estava no colégio, as pessoas gostavam de mim. Mas eu os achava desprezíveis. Covardes, chatos. E aí virei um rebelde, um *dissidente*. Nenhum deles confiava em mim, e eu confiava ainda menos neles. Também eram covardes e chatos. Uma pessoa como você não poderia ter existido naquele país."

"Mas agora os dissidentes venceram."

"Posso confiar em você?"

"Você não tem como saber, mas sim, pode confiar inteiramente."

"Veja se ainda quer ser meu amigo depois de ouvir o que tenho para lhe contar."

No escuro, no centro de uma cidade difusa e pouco povoada demais para encher o céu de ruído, ele me contou como seus pais tinham ocupado posições de destaque. Como ele próprio havia sido privilegiado até pôr tudo a perder com um ato de desafio político. E como, após ser expulso da universidade, se deixou cair numa vida de galinhagem digna de um Milan Kundera; como então conheceu uma garota que mudou sua vida, uma garota cuja alma ele amava, e como tentara salvá-la de um padrasto que abusava sexualmente dela. Como o padrasto os seguira até a datcha de seus pais. Como ele matara o padrasto em legítima defesa, com uma pá que por acaso estava a seu alcance, enterrando o corpo nos fundos da datcha. Me contou sobre sua paranoia subsequente e sua sorte ao recuperar suas fichas policiais e de vigilância dos arquivos da Stasi.

"Fiz isso para protegê-la", ele disse. "Minha vida não vale ser protegida, mas a dela sim."

"Mas foi em legítima defesa. Por que você simplesmente não relatou à polícia?"

"Pela mesma razão por que ela não tinha procurado as autoridades. A Stasi protege sua gente. A verdade é aquela que interessa a eles. Nós dois teríamos sido presos."

No passado eu tinha entrevistado homicidas já condenados. Todos me haviam amedrontado um pouco, de um modo totalmente instintivo, como se a história deles pudesse se repetir comigo. Mas, no estado em que me encontrava, depois de tanta cerveja e tanta conversa, me senti curiosamente invejoso de Andreas por causa da amplitude e do exacerbamento da vida que levara.

Ele começou a chorar sem fazer nenhum som.

"Foi ruim, Tom", ele disse. "Nunca vai embora. Não queria matá-lo. Mas matei. Matei..."

Passei o braço por seus ombros, e ele se voltou na minha direção e me abraçou.

"Tudo bem", eu disse.

"Nada disso. Não está nada bem."

"Não, não. Está tudo bem."

Ele chorou por muito tempo. Acariciei sua cabeça e o abracei bem apertado. Se eu fosse uma mulher, teria beijado seus cabelos. Mas limites estreitos de intimidade são o fardo do homem hétero. Ele se afastou e se recompôs.

"Aí está, essa é a minha história."

"Você escapou."

"Ainda não. Ela não pode me ver até que eu saiba que estamos a salvo. Estamos quase lá, mas ainda há um cadáver no quintal dos meus pais."

"Meu Deus."

"Pior do que isso. Eles podem estar vendendo a casa para especuladores. Está correndo uma conversa de escavar o terreno. Se quiser vê-la de novo, preciso remover o cadáver."

"Sinto não poder ajudá-lo nisso."

"Não, você é limpo. Nunca o envolveria."

Havia uma nota de ternura em sua voz. Perguntei o que ele planejava fazer com o corpo.

"Não sei. Podia aprender a dirigir, mas isso tomaria tempo. Estou com medo de perdê-la. Acho que daria para fazer isso com duas malas, viajando de trem."

"Taí uma viagem de trem altamente estressante."

"Tenho que vê-la outra vez. Farei o que for necessário. Este é meu único plano, vê-la de novo."

Mais uma vez senti uma pontada de ciúme. De exclusão, de competição com a garota. O que mais poderia explicar o que disse a seguir? "Posso ajudá-lo."

"Não."

"Acabei de cremar minha mãe. Estou pronto para fazer isso."

464

"Não."

"Sou americano. Tenho carteira de motorista."

"Não. É um negócio sujo."

"Se o que você me contou é verdade, vale a pena."

"Tenho que fazer sozinho. Não tenho como compensá-lo."

"Não preciso de compensação. Estou me oferecendo como amigo."

À distância, em meio às árvores e arbustos escuros a nossas costas, um gato miou debilmente. Depois chegou outro som, um pouco mais alto, não de um gato. De uma mulher gozando.

"E os arquivos?", perguntou Andreas.

"Qual o problema com eles?"

"A Comissão vai voltar à Normannenstrasse na sexta-feira. Eu podia fazer você entrar ali."

"Não imagino que deixem um americano fazer isso."

"Sua mãe era alemã. Você representa as pessoas que fugiram. Elas também eram fichadas."

"Não precisa ser uma troca de favores."

"Não é nenhuma troca. Amizade."

"Sem dúvida seria um furo jornalístico."

Andreas se ergueu do banco num salto. "Vamos lá! As duas coisas." Inclinou-se sobre mim e me deu um tapa nos braços. "Vamos mesmo?"

A mulher à distância estava soltando gritinhos de novo. Pensei que poderia possuir aquela mulher, ou qualquer outra como ela, se ficasse com Andreas em Berlim.

"Sim", eu disse.

Cedo na manhã seguinte, em Friedrichshain, acordei com uma sensação de remorso. Os lençóis na minha cama já não eram limpos quando cheguei e eu nunca os lavara, tinha simplesmente me acostumado com a imundície. Se a pessoa por quem eu havia me encantado fosse uma mulher e estivesse deitada ao meu lado, nua, talvez eu tivesse conseguido bloquear os pensamentos sobre Anabel. Nas circunstâncias reais, só pude voltar a dormir quando decidi lhe telefonar mais tarde e tentar me redimir do que dissera a Andreas sobre ela.

No entanto, ao me levantar por volta do meio-dia, a perspectiva de ouvir sua voz com o trêmulo de quem se sentia ofendida me repugnou. A voz que eu queria ouvir e o rosto que queria ver pertenciam a Andreas. Fui a Berlim

465

Oriental e aluguei um carro, me certificando de que tinha permissão de ultrapassar os limites da cidade. Quando voltei, encontrei um telegrama endereçado a mim no chão do hall de entrada.

ME LIGA.

Eu me deitei na cama imunda, o telegrama a meu lado, a fim de esperar que a fumaça de carvão virasse escuridão e as portas das agências de correio fossem fechadas.

Rumando para os subúrbios protegido pela noite, contornei um bonde parado e quase atropelei os passageiros que saíam apressados pelas portas. Eles gritaram raivosos e acenei com as mãos num pedido de desculpas tipicamente americano. Com a ajuda do velho mapa de papai, com seu sistema de dobras patenteado, naveguei pelos bairros infindáveis da penitência alemã. As ruas perto do Müggelsee tinham mais casas e um tráfego mais intenso do que eu imaginara; fiquei aliviado ao encontrar a casa de verão dos Wolf isolada por densas coníferas.

Apaguei os faróis e, entrando pelo gramado coberto de geada, fui até os fundos da casa como Andreas me instruíra. De lá podia ver o lago com a superfície congelada, manchada de branco sob a abóbada de uma nuvem urbana, além de um barracão de ferramentas no canto do terreno. Andreas estava de pé ao lado do barracão com uma pá e um pedaço de lona.

"Algum problema?", perguntou jovialmente.

"Fora um acidente quase fatal, nada de mais."

"Você é um sujeito muito bom para fazer uma coisa dessas por mim."

"Me agradeça depois."

Ele me conduziu até o bosque atrás do barracão. Lá havia um monte de terra e um buraco.

"Minhas mãos estão arrebentadas. A terra por cima estava congelada. Mas agora acho que podemos levantar o troço pelas roupas. Já puxei para fora as duas pontas."

Olhei para dentro do buraco. A luz era suficiente para ver que o macacão, agora impregnado de lama e areia, tinha sido azul. A roupa dava aos ossos o formato e até algo do volume de um corpo. Ainda havia fiapos de pele nos ossos das mãos. O cheiro não era ruim, um ligeiro odor de coisa apodrecida, como queijo mofado. Só faltava uma coisa.

"Onde está a cabeça?"

Andreas fez um gesto por cima do ombro. "Numa sacola de plástico. Você não precisa ver isso."

Fiquei grato pela consideração. Estando ainda recentes minhas horas ao lado do corpo de mamãe, eu estava numa zona de insensibilidade com a morte. Mas um crânio, talvez com tufos de cabelo, teria sido uma visão ruim. Os ossos eram mais abstratos e inócuos sem a cabeça. Senti que, ao me obrigar a encará-los, eu me certificava de que jamais voltaria para Anabel.

Entretanto, meu queixo tremia, e não apenas por causa do frio. Andreas abriu a lona, descemos para o buraco e puxamos o macacão. Devia estar podre por baixo, pois se rompeu ao meio, deixando cair ossos e vários pedaços de uma substância não identificável.

"Puta merda!", eu disse.

"Está bem, deixe comigo."

Fui para a margem do lago enquanto Andreas retirava com as mãos e a pá coisas de dentro do buraco. Só voltei depois que ele tinha enrolado a lona e já estava cobrindo o buraco de novo com terra. Ajudei-o nisso para acelerar as coisas.

"Trouxe uns sanduíches para nós", ele disse quando pusemos a lona e seu conteúdo no porta-malas do carro.

"Não estou lá com muito apetite."

"Trate de se forçar. Temos uma longa viagem pela frente."

Lavamos as mãos com uma garrafa de água mineral e comemos os sanduíches. Voltei a sentir frio e então me dei conta, o que sabe-se lá por que não tinha acontecido antes, de que eu estava prestes a cometer um sério crime. Senti uma pontada, não muito forte, mas sem dúvida uma pontada de saudade de Anabel. Por pior que nossa vida tivesse se tornado, era caseira, previsível, monogâmica, não criminosa. Num canto de minha mente, passou correndo a ratazana de um pensamento: eu me encontrara com Andreas fazia quarenta e oito horas, não o conhecia para valer e ele talvez não houvesse me contado toda a verdade; de fato, ele poderia ter me manipulado o tempo inteiro como seu bilhete de volta para Annagret.

"Me tranquilize a respeito da polícia", eu disse. "Já estou vendo uma blitz de rotina. *Por favor, abra o porta-malas do carro.*"

"A polícia tem coisas mais importantes para se preocupar no momento."

"Quase matei seis pessoas no caminho para cá."

"Você preferiria que eu dissesse que estou morrendo de medo?"

"E está?"

"Um pouquinho, sim." Deu um tapa no meu braço. "E você?"

"Já tive noites mais divertidas."

"Não vou esquecer o que está fazendo por mim, Tom. Nunca."

No carro, com o aquecimento a toda, me senti melhor. Andreas me contou mais sobre sua vida, os termos curiosamente literários em que a entendia e sua ânsia por uma vida mais limpa e melhor com Annagret. "Vamos encontrar um lugar para viver. Você pode ficar com a gente pelo tempo que quiser. É o mínimo que podemos fazer por você."

"E você vai viver do quê?"

"Ainda não deu tempo para pensar nisso."

"Jornalismo?"

"Talvez. Como é ser jornalista?"

Falei como era, e ele pareceu interessado. Mas senti um desagrado tênue e tácito, como se ele tivesse ambições maiores que delicadamente se eximia de mencionar. Foi a mesma sensação que eu tivera ao lhe mostrar o retrato de Anabel: estava feliz em observar o que eu tinha desde que o que ele possuía fosse ainda melhor. Isso talvez não fosse um bom prenúncio para uma amizade futura entre iguais, porém no começo, no carro bem aquecido, era compatível com minha experiência de paixonites — o sentimento de inferioridade, a esperança de, apesar disso, não ser considerado indigno de atenção.

"A Comissão de Cidadãos se reúne amanhã de manhã", ele disse. "Você devia ir comigo para que saibam quem é na sexta-feira. Como está seu alemão?"

"Ora."

"*Sprich. Sprich.*"

"*Ich bin Amerikaner. Ich bin in Denver geboren...*"

"O 'r' está errado. Pronuncie ele mais na garganta. *Amerikaner. Geboren.*"

"O 'r' é o menor dos meus problemas."

"*Noch mal, bitte: Amerikaner.*"

"*Amerikaner.*"

"*Geboren.*"

"*Geboren.*"

Durante uma boa hora trabalhamos no meu sotaque. Fico triste ao pensar nessa hora. Pelo seu comportamento arrogante na rua, nunca poderia ter imaginado que ele era assim tão paciente como professor. Já estávamos dando de barato que eu ficaria em Berlim, mas também podia sentir que ele gostava tanto de mim quanto de sua língua e queria que eu e ela nos déssemos bem.

"Vamos trabalhar na sua pronúncia em inglês", eu disse.

"Minha pronúncia é impecável! Sou filho de uma professora de inglês."

"Mas você soa como a BBC. Tem que mudar seu 'a'. Não terá vivido realmente antes de pronunciar 'a' como um americano. É uma das glórias da nossa nação. Diga *can't* para mim."

"*Can't.*"

"*Aaaaa. Caaaan't.* Como um bode balindo."

"*Caaaaan't.*"

"Melhor assim. Os ingleses não sabem o que estão perdendo."

Nas cercanias de uma cidadezinha qualquer, paramos num posto de gasolina fechado para que Andreas enfiasse o crânio bem no fundo de uma lata de lixo. Esperando no carro, tive a certeza de que participava de uma boa ação. Caso mamãe não houvesse emigrado e eu tivesse nascido num país sob a sombra da Stasi, quem sabe teria matado um rato da organização em legítima defesa. Ajudar Andreas me parecia um modo de expiar minhas vantagens por ser americano.

"Você não deixou o motor ligado", ele observou ao voltar para o carro.

"Não queria chamar atenção."

"É uma questão de eficiência. Agora você tem que esquentá-lo de novo."

Passei a primeira e sorri por estar mais bem informado. "Para começo de conversa", eu disse, o que aquece um carro é o excesso de calor do motor. O uso de combustível adicional é zero. Você saberia isso se já tivesse dirigido algum carro. No nosso caso, nunca é eficiente manter o calor num ambiente frio."

"Isso é totalmente falso."

"Não. É a mais pura verdade."

"Totalmente falso." Ele parecia ansioso para começar uma discussão. "Se está aquecendo uma casa, é muito mais eficiente manter uma temperatura de dezesseis graus durante a noite do que fazê-la subir a partir de cinco graus pela manhã. Papai sempre fez isso na datcha."

"Seu pai estava errado."

"Ele era o principal economista de uma grande nação industrializada!"

"Compreendo melhor por que a nação fracassou."

"Confie em mim, Tom. Você está errado nisso."

Acontece que meu pai havia me explicado a termodinâmica do aquecimento de casas. Sem tocar no nome dele, disse a Andreas que a taxa de transferência calórica é proporcional ao diferencial de temperatura — quanto mais quente a casa, mais profusamente ela emite calorias numa noite fria. Andreas tentou lutar contra mim usando o cálculo integral, mas disso também eu ainda guardava algumas noções. Discutimos enquanto eu dirigia. Ele recorreu a argumentos cada vez mais esotéricos, se recusando a admitir que seu pai estivesse errado. Quando por fim o derrotei, pude sentir que alguma coisa mudara entre nós, um vínculo de amizade tinha sido criado. Ele parecia ao mesmo tempo perplexo e admirado. Até então, não acho que me julgava um adversário intelectual à altura dele.

Já passava da meia-noite quando chegamos ao delta do rio Oder. Atravessamos uma decrépita ponte de madeira para atingir uma ilhota só ocupada no verão por fazendeiros que plantavam feno. A neve compacta nas represas entre pântanos congelados estava intocada. Não gostei das marcas de pneus que estávamos deixando para trás, mas Andreas disse que a previsão era de chuva e tempo mais quente. Na extremidade da ilha havia um bosque cerrado onde ele se lembrava de ter feito uma caminhada quando frequentou uma colônia de férias de verão para filhos da elite.

"O máximo do privilégio", ele disse. "Éramos acompanhados por guardas de fronteira."

O que quer que o exército da Alemanha Oriental estivesse fazendo agora, estava sendo feito em outros lugares. Levamos a lona enrolada e duas pás para uma ravina onde nossas pegadas não seriam visíveis. De lá, abrimos caminho com dificuldade entre espinheiros sem folhas até chegar ao bosque.

"Aqui", ele disse.

O trabalho foi duro, mas também serviu para me aquecer. Eu estava pronto para parar quando cavamos uns trinta centímetros, porém Andreas insistiu em que fôssemos mais fundo. Uma coruja piava ali perto, mas, fora isso, o único som vinha de nossas pás e das raízes de árvores que íamos quebrando.

"Agora me deixe aqui sozinho", ele disse.

"Não me importo de ajudar. Deixar de ajudar não vai diminuir meu crime."

"Estou enterrando o que eu era antes de conhecer Annagret. Isso é pessoal."

Eu me afastei da cova e lá fiquei até que ele começou a cobrir os restos com terra. Ajudei-o então a terminar a sepultura e disfarçá-la com folhas e neve suja. Quando voltamos à estrada, o nevoeiro baixara, mais claro para o leste, onde a noite acabava. Guardamos as pás no porta-malas do carro. Depois que Andreas o fechou com estrondo, soltou um grito de satisfação em falsete. Deu alguns pulinhos e gritou de novo.

"Porra, cale a boca", eu disse.

Ele me pegou pelos braços e olhou no fundo dos meus olhos. "Obrigado, Tom. Obrigado, obrigado, obrigado."

"Vamos embora daqui."

"Você tem que entender o que isso significa para mim. Ter um amigo em quem posso confiar."

"Se disser que entendo, podemos cair fora?"

Seus olhos tinham um brilho estranho. Inclinou-se na minha direção e, por um momento, pensei que poderia me beijar. Mas era apenas um abraço. Retribuí, fazendo com que ficássemos por alguns instantes unidos por um abraço desajeitado. Eu podia sentir sua respiração, a umidade do suor escapando por baixo da jaqueta militar. Pôs uma das mãos atrás da minha cabeça, seus dedos agarrando meus cabelos como Anabel poderia fazer. Então, de repente, se afastou de mim. "Espere aqui."

"Aonde é que você vai?"

"Um minuto", ele disse.

Ouvi-o voltar correndo à ravina e chutar os espinheiros. Não gostara de seus gritos e gostei ainda menos daquele atraso adicional. Perdi-o de vista entre as árvores, embora pudesse ouvir gravetos sendo quebrados e o atrito da jaqueta nos galhos. Seguiu-se um profundo silêncio rural. Depois o estalido, tênue mas inconfundível, do fecho de um cinto. O som de um zíper. Para evitar ouvir mais, subi a estrada na direção das marcas de nossos pneus. Tentei me colocar na posição de Andreas, tentei imaginar o alívio e a exultação que ele estava sentindo, mas simplesmente não havia como conciliar seu proclamado remorso com o fato de se masturbar em cima da sepultura de sua vítima. Resolveu o troço em poucos minutos. Subiu a estrada correndo e pulando. Quando chegou a meu lado, percorreu um círculo completo com os braços erguidos e o dedo médio de cada mão em riste. Emitiu outro grito de guerra.

"Podemos ir embora?", perguntei friamente.

"Claro! Pode dirigir duas vezes mais rápido agora."

Ele parecia não notar que meu estado de espírito mudara. No carro, se comportou com uma volubilidade maníaca, saltando de um assunto para outro — como poderia funcionar minha vida na companhia dele e de Anna-gret, exatamente como me daria acesso aos arquivos, como nós dois poderíamos colaborar, ele destrancando as portas proibidas, eu escrevendo as histórias. Insistia para eu andar mais rápido, ultrapassar caminhões em curvas sem visibilidade. Recitava velhos poemas de sua autoria e depois explicava o que queriam dizer. Declamava longas passagens de Shakespeare em inglês, assinalando o ritmo dos versos brancos com pancadas no painel do carro. Vez por outra fazia uma pausa para soltar outro grito de guerra ou socar meu braço com os dois punhos cerrados.

Quando por fim chegamos à sua igreja na Siegfeldstrasse, em Berlim, eu estava morto de exaustão. Ele queria tomar um café da manhã rápido e seguir direto para a reunião da Comissão de Cidadãos, mas eu disse que, honestamente, precisava me deitar.

"Então deixe comigo", ele disse.

"Está bem."

"Nunca vou esquecer isso, Tom. Nunca, nunca, nunca."

"Não foi nada."

Acionei a abertura do porta-malas e desci do carro. Vendo Andreas retirar as pás em plena luz do dia, me perguntei, com atraso, qual delas tinha sido a arma do crime. No meu estado de falta de sono, me pareceu péssima a possibilidade de eu ter usado justo aquela pá.

Ele me deu um tapinha no ombro. "Você está bem?"

"Estou ótimo."

"Trate de dormir. Me encontre aqui às sete. Vamos jantar juntos."

"Boa ideia."

Nunca voltei a vê-lo. Quando acordei em meio a meus lençóis sujos, faltava uma hora para a locadora fechar. Devolvi o carro e voltei no escuro para o apartamento do qual eu havia me apossado. Ainda tinha vontade de ver o rosto de Andreas e ouvir sua voz — tenho essa vontade agora, enquanto escrevo —, mas a tristeza da qual eu estava fugindo me pegou com tanta violência que eu mal conseguia me manter de pé. Me deitei na cama e chorei por mim, e por Anabel, e por Andreas, mas acima de tudo por minha mãe.

A aproximação da tempestade de raios e trovões estava tornando o céu de Nova Jersey tridimensional — uma abóbada com diversas camadas de nuvens de coloração diferente, cinzentas, brancas e de um verde hepático — quando Anabel me guiou para fora dos bosques e, subindo uma pastagem, até a casa dos pais de Suzanne. Alegou que queria me mostrar algo rapidamente antes de me levar de volta para pegar o ônibus, mas eu sabia que a possibilidade de tomar o das oito e onze era uma fantasia tão absoluta quanto a de a gente encontrar um meio de viver junto de novo, entre outras coisas porque o processo de escapar de Anabel, de fazer valer meu direito de ir embora, era tão doloroso que eu tentava evitá-lo como um animal que foi maltratado. Tudo o mais era preferível, e havia também a perspectiva de mais sexo, o que prometia um alívio temporário da consciência.

E mesmo assim me refuguei na entrada da casa. Era uma construção moderna da década de 1960, um refúgio de veraneio com vista para as montanhas e macieiras no quintal. Anabel entrou imediatamente, mas eu parei na soleira da porta, meu estômago de repente tão revolto quanto o céu, o coração acelerado com o que hoje acho que era uma crise de estresse pós-traumático pura e simples.

"Você não vai entrar comigo?", ela perguntou num tom cuja própria doçura era insana.

"Pensando bem, talvez não."

"Você se lembra de que deixou a escova de dentes aqui na última vez?"

"Meu dentista me mantém bem suprido."

"O homem que 'esquece' sua escova de dentes na casa de uma mulher é porque quer voltar."

Meu pânico cresceu. Olhei por cima do ombro e vi um fractal de relâmpago cortando o topo da cordilheira; esperei pelo trovão. Ao olhar de novo para dentro da casa, Anabel não estava à vista. Considerei, com toda a seriedade, estrangulá-la no meio de uma foda e depois me jogar na frente do ônibus das oito e onze. A ideia tinha certa lógica e atração. Mas cabia levar em conta os sentimentos do motorista do ônibus...

Entrei na casa e fechei a porta de tela atrás de mim. Com minha ajuda, ela retirara a mobília da sala de visitas, deixando apenas um tapete para ioga e meditação. Não havia abandonado formalmente o projeto cinematográfico; ele só estava em suspenso enquanto ela buscava retomar a calma e a concentração. Anabel se mantinha com a metade da minha herança, que eu havia lhe dado como parte de nosso acordo de divórcio. Ao voltar de Berlim, eu não tinha levado mais de um dia com ela para reconhecer que minha saudade se baseara numa fantasia. Ela havia dito que não era espaguete com berinjela, mas para mim realmente era. E por isso construí para nós dois uma nova fantasia de divórcio como única esperança de reunião.

Anabel estava convencida de que eu havia sido infiel em Berlim — esse seria o motivo de eu não ter telefonado. Para me defender dessa acusação infundada, contei-lhe mais sobre Andreas do que devia. Não sobre o assassinato, não sobre eu ter sido um acessório depois do fato consumado, mas o suficiente acerca de sua personalidade e trajetória para explicar por que razão ele me atraíra e por que razão eu escapara dele. Ela concluiu que Andreas era um cretino que tinha feito aflorar o cretino que havia em mim, o cretino que voltara de Berlim e pedira o divórcio. Mas na verdade eu havia sido um cretino com Andreas. Faltara ao nosso encontro para jantar e esperei dois meses para lhe enviar uma carta empolada de desculpas, declarações de amizade e votos de "tudo de bom".

Podia ouvir Anabel no chuveiro. Na falta de onde sentar na sala de visitas, me sentei na cama dela. Do lado de fora, o céu assumira a solidez negra de uma encosta de montanha pela qual a gente poderia subir. Todos os livros na mesa de cabeceira eram de autoajuda e espiritualidade, coisas de que Anabel teria zombado poucos anos antes. Senti muita pena dela.

Ela saiu nua do banheiro, os cabelos envoltos numa toalha. "O chuveiro é bom", ela disse. "Você também devia tomar um banho."

"Vou esperar até voltar para casa hoje à noite."

"Não precisa ter medo de mim. Não vou trancá-lo no banheiro." Aproximou-se de mim, os pelos púbicos tomando conta de meu campo de visão. "Se gosta de mim", ela disse, "vá tomar uma chuveirada."

Não gostava mais dela, porém ainda não encontrara uma maneira de dizer isso. "Você tem algum meio de contracepção que não destruiu com um canivete?"

"Primeiro tome uma chuveirada, depois conto se tenho."

Houve um estrondo de trovão bem em cima da casa.

"Você disse que tinha uma coisa para me mostrar. Essa foi a única razão pela qual entrei."

"Mas agora está chovendo e tem raios."

"Ser atingido por um raio não me parece um mau negócio no momento."

"A escolha é sua. Tome uma chuveirada ou seja atingido por um raio."

A posição intermediária estava sendo excluída, e ela nada mais era que a realidade. Tomei um banho de chuveiro ouvindo os trovões e me vesti de novo. Quando voltei ao quarto de dormir, Anabel estava sentada de pernas cruzadas na cama, vestindo o velho penhoar de seda chinesa que deixara mal fechado com um intuito sedutor comovedoramente óbvio, um dos seios quase à mostra. A seu lado uma caixa de sapatos.

"Olhe o que encontrei", ela disse.

Abriu a caixa e de lá tirou Leonard. Tinham se passado cinco ou seis anos desde que o vira pela última vez. Cortinas de chuva se rasgavam ao bater nas macieiras do lado de fora da janela.

"Vem falar alô para ele", disse Anabel rindo amorosamente para mim.

"Alô."

Pegou o tourinho e olhou seu rosto. "Quer falar alô para o Tom?"

Eu não conseguia respirar, muito menos falar.

Anabel franziu a testa para Leonard num arremedo de repreensão. "Por que não está dizendo alô?" Olhou para mim. "Por que ele não está falando?"

"Não sei."

"Leonard, fale alguma coisa."

"Ele não fala mais."

"Deve estar aborrecido porque você não mora mais com a gente. Acho que quer que você volte para casa."

Abraçou o touro. "Gostaria que você dissesse alguma coisa para mim."

Não me fale de ódio se você nunca se casou. Só o amor, só uma longa empatia, identificação e compaixão podem enraizar uma pessoa em seu coração tão profundamente que não há escapatória para o ódio que você sente dela, jamais; sobretudo quando aquilo que mais odeia nela é sua capacidade de ser ferida por você. O amor persiste, e junto com ele o ódio. Nem mesmo odiar seu próprio coração traz alívio. Não acho que algum dia a odiei mais do que quando ela se expôs à vergonha da minha recusa a falar com a voz de Leonard.

"Amanhã vou ver seu pai", eu disse.

"Essa não é a voz do Leonard", ela retrucou, assustada.

"Não. É a minha voz. Ponha isso de lado."

Ela pôs o brinquedo de lado. Depois voltou a pegá-lo. Pôs de lado outra vez. Seu medo e indecisão eram terríveis de ver. Ou talvez meu próprio poder é que era terrível.

"Não quero saber nada sobre isso", ela disse. "Pode simplesmente fazer o favor de me poupar?"

Eu estava querendo poupá-la, mas agora a odiava demais. "Ele vai me trazer um cheque."

Ela gemeu e caiu de lado como se eu tivesse batido nela. "Por que está fazendo isso comigo?"

"Uma grande quantia", continuei.

"Cale a boca! Pelo amor de Deus! Tento ser legal com você e você me cospe na cara!"

"Ele está me dando dinheiro para lançar uma revista."

Ela voltou a se sentar, os olhos agora em fogo. "Você é um *cretino*", ela disse. "Isso é o que você é. Um cretino! Sempre foi e sempre será!"

Pensei que nada poderia ser pior que a imagem de Anabel sendo ferida e envergonhada por mim. Mas na verdade a odiei ainda mais por ela me odiar.

"Talvez doze anos sejam o bastante para me sentir assim", eu disse.

"Não é o que você sente, é o que você *é*. Você é um cretino, Tom. É uma porra dum jornalista filho da puta e cretino. Arruinou minha vida e agora está cuspindo em mim, *cuspindo* em mim."

"Foi você que andou cuspindo, como deve se lembrar."

Em favor dela, não vou negar que sua honestidade e moralidade ainda estavam funcionando. Ela disse, mais calma: "Você tem razão. Eu era jovem e ele arruinou nossa festa de casamento, mas você tem razão, literalmente cuspi em alguém". Sacudiu a cabeça. "E agora você está me fazendo pagar por aquilo. Vocês dois. Agora os homens estão cuspindo porque fui fraca. Sempre fui fraca. Sou fraca agora. Um fracasso. Mas a pessoa em quem cuspi tinha *tudo*, enquanto você está cuspindo em quem está no chão. Há uma diferença nisso."

"Uma diferença óbvia é que não estou realmente cuspindo", eu disse friamente.

"Estou tão por baixo, Tom. Como você pode fazer isso comigo?"

"Estou sempre procurando um meio de fazer com que você nunca mais me telefone. Sempre penso que descobri uma maneira, mas não, a porra do telefone toca."

"Bem, talvez finalmente você tenha encontrado um jeito. Receber o dinheiro dele vai resolver para você. Acho que nunca mais você vai receber um telefonema meu. Havia uma coisa na minha vida que você não tinha pervertido, roubado ou destruído. Agora não tem nada. Estou totalmente sozinha com nada. Missão cumprida."

"Odeio você", eu disse. "Odeio até mais do que amo. E isso não é dizer pouco."

Depois de alguns instantes, seu rosto ficou vermelho e ela começou a chorar de causar dó, como uma menininha, e de nada importava o fato de odiá-la, eu não suportava ver Anabel sofrer tanto. Sentei na cama e a abracei. A chuva passara, deixando para trás uma cortina azul-cinza de nuvens que pareciam quase invernais. Pensei no inverno enquanto a abraçava, me cansei de tanto abraçá-la. O inverno da minha vida sem Anabel.

Como se sentisse isso, ela começou a me beijar. Nós sempre havíamos contado com a dor para aumentar o prazer que vinha depois, e me pareceu que tínhamos chegado ao limite da dor psíquica que éramos capazes de infligir. Quando ela se deitou de costas e abriu o penhoar, olhei para seus seios e odiei tão intensamente a beleza deles que belisquei um mamilo e o torci com força. Ela gritou e me deu um tapa na cara. Eu estava letalmente excitado e mal senti a pancada. Ela me bateu de novo, na orelha, e me encarou. "Vai me bater de volta?"

"Não", respondi. "Vou botar no seu cu."

"Não, isso eu não quero."

Nunca tinha falado com ela com tamanha violência. Havíamos chegado ao fim da estrada de nosso casamento feminista. "Você destruiu as camisinhas", eu disse. "Então vamos fazer o quê?"

"Me dê um bebê. Me deixe com alguma coisa."

"De jeito nenhum."

"Acho que pode acontecer hoje de noite. Tenho um sexto sentido sobre essas coisas."

"Acho melhor me matar do que topar um troço desses."

"Você me odeia."

"Odeio."

Ela ainda me amava. Eu podia ver em seus olhos o amor e a decepção pura e inconsolável de uma criança. Como eu tinha todo o poder, ela fez a única coisa de que dispunha para apunhalar meu coração: se virou de bruços, suspendeu o penhoar e disse: "Então está bem. Faça isso".

E fiz, não apenas uma, mas três vezes antes de fugir da casa na manhã seguinte. Depois de cada ataque, ela corria para o banheiro. Meu estado de espírito era equivalente ao de um viciado em crack se arrastando pelo chão à cata de migalhas. Não estava violentando Anabel, mas poderia estar. O prazer era algo pouco relevante para o que nós dois buscávamos. Eu buscava o que ela buscara com seu filme, uma liquidação completa e definitiva do assunto do corpo. O que ela buscava, me pareceu, era o coroamento de sua vitimização moral.

Nas primeiras horas da manhã, acompanhado por um coro de passarinhos, me levantei e vesti as roupas sem me lavar. Anabel estava de bruços na cama molhada de suor, tão imóvel quanto um cadáver, mas eu sabia que não estava dormindo. Amei-a terrivelmente, amei-a ainda mais pelo que fizera com ela. Meu amor era como o motor de um carro de cem dólares, que não se espera que pegue, mas, sabe-se lá como, continua a funcionar. O assassinato e o suicídio que imaginei não eram figurados. Eu voltaria em outras ocasiões e seria pior a cada nova vez, até que por fim fôssemos levados à violência que libertaria nosso amor para a eternidade à qual pertencia. De pé ao lado da cama, contemplando o corpo de minha ex-mulher, pensei que isso podia acontecer na próxima vez em que a visse. Pensei que podia acontecer até mesmo naquele momento, se eu lhe dissesse qualquer coisa. Por isso peguei a mochila e saí da casa.

A lua cheia se punha no oeste, um mero disco branco, seu poder de irradiar luz derrotado pela manhã. A meio caminho da estradinha, fui envolvido pela luz dourada do sol e vi um pássaro de um vermelho vibrante copulando com uma fêmea amarela no galho de uma árvore seca. O casal estava ocupa-

478

do demais para reparar na minha aproximação. As penas da cabeça do macho, totalmente eriçadas, um moicano escarlate, pareciam transpirar pura testosterona. Terminada a função com a fêmea, ele voou diretamente em minha direção, como um camicase, passando rente à minha cabeça. Pousou em outro galho e seus olhos me fuzilaram numa explosão de agressão.

O dia estava ainda mais quente que o anterior, e o ar-condicionado no ônibus não funcionava. Quando por fim cheguei à rua 125, a calçada fervilhava com mulheres e crianças brilhando de suor ao saírem de igrejas. Havia um odor de melão podre no ar, gástrico e enjoativo, combinado com os vapores emitidos pelo sistema de exaustão de ar de um Kennedy Fried Chicken. O chão reluzia com uma mistura enegrecida e vulcanizada de gordura de frango, catarro, Coca-Cola derramada e vazamentos da lata de lixo.

"E aí, Sortudo", disse Ruben no lobby do prédio, que estava coberto de talões de aposta dos domingos de manhã. "Você está com uma cara de merda requentada", ele me disse. Minha secretária eletrônica registrava uma mensagem. Temi que fosse de Anabel, porém era de uma mulher com sotaque jamaicano me pedindo que dissesse a Anthony que o marido dela morrera na noite anterior e que o enterro seria na tarde de terça-feira, numa igreja do West Harlem. Repetiu que eu devia comunicar a Anthony que seu marido morrera. Foi essa a única mensagem, uma jamaicana me informando, com voz calma e muito cansada, que seu esposo havia morrido.

Telefonei para o Hotel Carlyle e deixei uma mensagem para David Laird. Depois caí no sono e sonhei que estava numa casa com muitos cômodos onde se realizava uma festa. Eu iniciara uma conversa altamente sedutora com uma mulher jovem de cabelos pretos que parecia gostar de mim e toparia sair da festa comigo. O único obstáculo àquela fácil felicidade com ela era algo que eu talvez tivesse dito ou não, algo que a fizera me considerar um *cretino*. Felizmente, fui capaz de lhe mostrar que aquilo havia sido dito por outro homem. Andreas Wolf. Tinha certeza disso, e ela acreditou em mim. Ela estava se apaixonando por mim. E, quando comecei a me dar conta de que ela devia ser Annagret, a garota de Andreas, compreendi que, em vez disso, era Anabel — uma Anabel mais moça, mais doce, ao mesmo tempo maleável e jovial, imbuída da melhor espécie de conhecimento a meu respeito, um conhecimento carinhoso e magnânimo. Só que não podia ser Anabel, porque a verdadeira Anabel estava de pé na soleira da porta, observando meu flerte. O

terror que senti de seu julgamento, e da punição de interagir com sua maluquice, vinha diretamente da vida. Ela parecia chocada e ferida com a traição.
Pior ainda, a garota vira Anabel e desaparecera.

David retornou meu telefonema no fim da tarde.

"Não posso aceitar", eu disse.

"Oito horas no Gotham? Está brincando comigo? Claro que pode ir."

"Não posso aceitar o dinheiro."

"O quê? Isso é o máximo do ridículo. É uma tolice criminosa. Você pode
dedicar cada número da revista a manchar o bom nome da McCaskill, e
mesmo assim ainda quero que receba o dinheiro. Se está preocupado com
Anabel, simplesmente não conte a ela."

"Já contei."

"Tom, Tom. Não pode dar atenção ao que ela fala."

"Não estou dando atenção. Ela vai pensar que aceitei o dinheiro, e não
me importo com isso. Apenas não quero aceitá-lo."

"A maior idiotice que ouvi até hoje. Você tem que vir ao Gotham e tomar uns martínis. Esse cheque aqui na minha pasta já está me dando nos
nervos."

"Não vou."

"O que é que mudou?"

"Não posso ter nada que se relacione a ela", respondi. "Fico muito grato
por você ter sido bom…"

"Vou ser bastante franco", disse David. "Estou muito decepcionado com
você. Pensei que finalmente tinha desistido de ser mais Anabel que a Anabel,
agora que se divorciou. Mas tudo que você está me dizendo é uma babaquice."

"Olhe, eu…"

"Babaquice", ele repetiu, e desligou na minha cara.

Voltei a ter notícias de David quatro meses depois através de um intermediário, um policial aposentado de Nova York que trabalhava como detetive
particular. Chamava-se DeMars e certa tarde bateu na minha porta de impro-
viso, depois de dar um chega pra lá em Ruben. Tinha um bigode de morsa e
um ar intimidador. Disse que a coisa mais simples seria eu lhe mostrar minha
agenda e os recibos dos últimos quatro meses. "É pura rotina."

"Não vejo nada de rotina nisso", eu disse.

"Esteve no Texas recentemente?"

480

"Desculpe, quem é você?"

"Trabalho para David Laird. Estou especialmente interessado nas duas últimas semanas de agosto. O melhor para você é me comprovar que não esteve no Texas nessa época."

"Se você não se importa, vou telefonar para David agora mesmo."

"Sua ex-mulher desapareceu", disse DeMars. "Mandou para o pai uma carta que parece autêntica. Mas não sabemos as circunstâncias em que foi escrita e, nada de pessoal nisso, você é o ex-marido. É a pessoa que precisamos ouvir."

"Não a vejo desde fins de maio."

"Fica mais fácil para nós dois se puder demonstrar isso."

"Difícil provar uma negativa."

"Faça o possível."

Já que não tinha nada a esconder, deixei que ele visse meus recibos e contas do cartão de crédito. Quando observou que agosto era fartamente documentado — eu estivera em Milwaukee com metade dos jornalistas do país escrevendo sobre Jeffrey Dahmer para a *Esquire* —, DeMars se tornou menos desagradável e me mostrou cópias de um envelope com o carimbo dos correios e o bilhete manuscrito que viera dentro dele.

Para David Laird: não sou sua filha. Você não ouvirá mais falar de mim. Morri para você. Não me procure. Não serei achada. Anabel.

"Postado em Houston", disse DeMars. "Preciso que me diga quem ela conhece em Houston."

"Ninguém."

"Tem certeza disso?"

"Tenho."

"Bom, veja por que eu fui chamado. David diz que não a vê faz mais de dez anos. Se ele já estava morto para ela há tanto tempo, qual o motivo da carta? Por que agora? E por que ela está em Houston? Pensei que você poderia trazer alguma luz."

"Terminamos há pouco um divórcio complicado."

"Coisa violenta? Com medidas cautelares e tudo?"

"Não, não. Só muito doloroso emocionalmente."

DeMars concordou com um gesto de cabeça. "Está bem, então foi um divórcio normal. Ela quer limpar a área, começar vida nova, e por aí vai. Mas, no meu entender, está com medo de que as pessoas pensem que alguém deu cabo dela. Essa é a única razão para escrever o bilhete: 'Não se preocupem, não estou realmente morta'. Mas, para começo de conversa, por que alguém haveria de pensar isso? Entende aonde eu quero chegar?"

Anabel era tão pouco prática e tão reclusa que eu mal podia imaginá-la em Houston. Porém alguma coisa claramente mudara nela, ou ela não teria passado quatro meses sem me telefonar.

"Sabemos que ela estava em Nova York no dia 22 de julho", continuou DeMars, "quando sacou cinco mil dólares em dinheiro vivo do banco. No mesmo dia, deixou as chaves, sem nenhum bilhete, só as chaves, no prédio onde mora sua amiga Suzanne. Você não a viu em Nova York nesse dia, viu?"

"Não temos contato de espécie alguma desde maio."

"Mas, veja, se não mandasse aquele bilhete, ninguém ia procurar por ela. Minha impressão é que não se trata exatamente de uma Miss Simpatia. Podiam se passar anos antes que alguém notasse seu sumiço."

"Sem querer me fazer de importante, acho que ela escreveu o bilhete como uma mensagem para mim."

"Como assim? Por que não escrever logo uma carta para *você*? Ela lhe mandou alguma carta?"

"Não. Está querendo provar que é capaz de não ter nenhum contato comigo."

"Jeito meio radical de provar isso."

"Bem, ela é radical mesmo. É possível também que estivesse tentando me proteger, caso alguém como você tratasse de procurá-la."

"Bingo." DeMars estalou os dedos. "Estava esperando que fosse você a dizer isso. Porque esse é o meu problema com o bilhete. Divórcio doloroso, diferenças irreconciliáveis — e, no entanto, lá está ela tendo a delicadeza de proteger você? Não entendo. A típica ex-mulher furiosa ia querer mesmo que as pessoas pensassem que você a havia matado."

"Anabel não é assim. Tudo com ela tem que ser moralmente impecável."

"E você? Tem amigos no Texas?"

"Ninguém que mereça ser chamado de amigo."

"Pode me mostrar seu caderno de endereços e contas telefônicas?"

"Posso. Mas você lhe faria um favor se parasse de procurá-la."

"Não é ela quem me paga."

DeMars queria mais de mim — queria as coordenadas de todas as pessoas que Anabel tinha conhecido —, e fiquei com medo de atrair alguma suspeita se me recusasse a fornecê-las. Mas havia um quê de formalidade, de não querer ir mais fundo, em suas perguntas. Como se houvesse concluído que Anabel era maluquinha e um pé no saco, que tudo aquilo não passava de uma bobagem de família. Ele me telefonou umas duas vezes para esclarecer algum ponto, e depois nunca mais ouvi falar dele, nunca soube se teve êxito em encontrá-la. Para o bem dela, tive a esperança de que não houvesse conseguido, pois realmente achava que o bilhete enviado a David era uma mensagem para mim. Eu abandonara o casamento antes dela, mas Anabel estava decidida a ganhar a parada e ser a desertora radical. Odiei-a pelo ódio implícito nessa manobra, porém ainda me sentia culpado por deixá-la, e minha culpa se reduzia, um pouquinho de nada, ao imaginar que ela obtivera sucesso em alguma coisa, nem que fosse no ato de desaparecer. Eu escapara do casamento, mas a vitória moral era dela.

Só voltei a ouvir falar de David em 2002, um ano antes de sua morte. Dessa vez o intermediário foi um advogado, que me escreveu informando que eu fora designado como único curador de um fundo fiduciário *inter vivos* que David criara em nome de Anabel. Liguei para o telefone que aparecia na carta e fiquei sabendo que ela continuava desaparecida, doze anos depois, e que David desejava que Anabel, apesar de tudo, ficasse com um quarto da herança, visto que ela ainda podia dar as caras e reivindicar sua parte.

"Não quero ser o curador", eu disse.

"Bom, vejamos", disse o advogado com um delicioso som nasal do Kansas. "Talvez o senhor queira conhecer primeiro as condições."

"Negativo."

"O senhor vai complicar minha vida se não aceitar, por isso faça o favor de me ouvir. O fundo consiste apenas de ações da McCaskill. Setenta por cento delas não têm liquidez, os outros trinta podem ser colocados no mercado por meio do plano de participação dos empregados no capital da companhia, embora isso não seja obrigatório. Considerando o valor contábil, estamos falando de quase um bilhão de dólares. A média dos dividendos nos últimos cinco anos foi de quatro vírgula dois por cento, índice que a empresa tem o compromisso de aumentar. Com base unicamente nessa média, os dividendos anuais em dinheiro somariam cerca de quarenta e dois milhões de dólares. A comissão do curador equivale a um e meio por cento desse montante. Isso quer dizer que estamos falando de cerca de setecentos e cinquenta mil dólares por ano para o curador, provavelmente um milhão muito em breve. Uma vez que as ações não podem ser vendidas ou não precisam ser vendidas, as responsabilidades do curador são insignificantes. Nada mais que as responsabilidades de qualquer proprietário de ações. Em outras palavras, sr. Aberant, o senhor ganhará um milhão por ano para não fazer nada."

Na época, meu salário como editor executivo da *Newsday* era menos de um quarto disso. Ainda estava pagando a hipoteca do apartamento de um quarto em Gramercy Park, que comprara ao conseguir meu primeiro emprego de editor na *Esquire* e mantivera durante os anos em que trabalhei na revista *Times* e no jornal *Times*. Se eu ainda acreditasse que um veículo opinativo chamado *O Complicador* era capaz de mudar o mundo, se em vez disso já não tivesse me convencido de que cobrir as notícias diárias de forma responsável era uma causa mais válida e mais combatida, talvez tivesse criado uma boa revista trimestral com um milhão de dólares por ano. Mas David tinha razão: eu estava tentando ser mais Anabel que a própria Anabel. Tentando me manter limpo caso ela viesse a saber o que eu estava fazendo desde que a havia abandonado. Tentando provar que ela estava errada sobre mim. Repeti ao advogado em Wichita que não queria saber do fundo.

Nunca consegui entender David inteiramente. Tinha uma capacidade fabulosa de ganhar dinheiro e de fato amava Anabel por muitas das razões pelas quais eu a amava, porém dar para ela um bilhão de dólares indesejados e designar como curador a pessoa que ela mais detestava tinha uma crueldade e uma vingança inequívocas. Eu não conseguia decidir se ele desejava continuar a puni-la no além-túmulo ou acalentava a esperança sentimental de que ela pudesse regressar um dia e fazer valer seus direitos. Talvez as duas coisas. Sei que o dinheiro era a língua que ele falava e na qual pensava. Um ano depois do contato com seu advogado, ele morreu e me deixou vinte milhões de dólares, limpinhos, "para a criação de uma revista nacional de alto padrão". O propósito do legado parecia ser mais me premiar do que punir Anabel — ou, pelo menos, foi assim que escolhi interpretar a coisa —, e dessa vez não recusei.

484

Os obituários de David diziam apenas, sobre Anabel, que seu local de residência e profissão eram desconhecidos, mas a cobertura de imprensa da família Laird podia ainda ser seguida por quem tivesse alguma curiosidade e tempo para procurar. Os três irmãos de Anabel tinham desabrochado como fracassos em escala mais ampla. O mais velho, Bucky, apareceu por poucos dias nos jornais ao tentar em vão comprar os Minnesota Timberwolves e levá-los para Wichita. O do meio, Dennis, despejou quinze milhões de dólares numa campanha para o Senado pelo Partido Republicano e conseguiu uma derrota de dois dígitos. O mais moço, Danny, que fora viciado em drogas, tinha ido trabalhar na Wall Street, onde se especializou em investir em empresas à beira do precipício. Três anos depois da morte de David, presumivelmente usando o dinheiro herdado, entrou como sócio num fundo de hedge que logo depois foi para o precipício. Nessa época, por acaso encontrei Bucky Laird numa conferência idiota sobre liderança na Califórnia. Conversamos um pouco e ele me disse, em tom factual, que ele e os irmãos sempre supuseram que eu havia assassinado Anabel e escapado incólume. Quando neguei, ele não pareceu acreditar em mim nem se importar muito com a questão.

Nunca deixei de me perguntar onde está Anabel, se continua viva. Sei que, se estiver viva, extrai satisfação da minha ignorância — uma satisfação grande o suficiente, suspeito, para mantê-la viva mesmo se ela não tiver outros motivos para viver. Guardo ainda a convicção de que a verei outra vez, mesmo se isso nunca acontecer. Ela é eterna em mim. Somente uma vez, e apenas porque eu era muito jovem, pude fundir minha personalidade com a de outra pessoa, e nesse tipo de singularidade é que está a eternidade. Eu não poderia seguir em frente e ter filhos com outra mulher porque a impedi de tê-los. Eu não poderia construir uma vida com qualquer mulher substancialmente mais jovem do que eu porque isso seria a prova de que esse desejo foi o que me levou a abandoná-la. Ela também me deixou com uma alergia permanente a mulheres irrealistas, uma alergia que tendia a se tornar mais e mais virulenta porque, no instante em que percebia uma gota de fantasia numa mulher e sentia a reação alérgica se instalar, eu tornava irrealista qualquer esperança que ela pudesse ter em mim. Não queria nem saber de gente como Anabel, e mesmo quando encontrei alguém verdadeiramente diferente dela, uma mulher com quem é uma bênção indizível compartilhar uma vida, a tristeza de Anabel e seu absolutismo moral continuaram a colorir meus sonhos noturnos. O desaparecimento e a negação que ela perpetrou se tornam mais significativos e lancinantes, e não menos, a cada ano que passa sem um sinal de sua existência. Ela pode ter sido mais fraca que eu, mas conseguiu me superar. Seguiu em frente enquanto eu fiquei parado. Sou obrigado a lhe conceder isto: ela me deu um xeque-mate.

O ASSASSINO

Quando o walkie-talkie deu um estalido e emitiu a voz gutural de Pedro, isso pareceu despertar Andreas de um sonho que tinha a consciência de haver durado tempo demais e tentava se dar por terminado. *"Hay un señor en la puerta que dice que es su amigo. Se llama Tom Aberant."*

Na mesa, a seu lado, havia um sanduíche com um pedaço mordido. Ele não saberia dizer qual era o dia da semana. O sistema que o pusera em prisão domiciliar ocupava sua mente. Ouvir o nome de Tom Aberant quase não provocou nenhuma reação. Ele parecia se lembrar de ter investido uma enorme energia obsessiva em Tom Aberant durante meses, talvez anos, mas a recordação era tênue e insossa. Agora não odiava ou temia Tom mais do que qualquer outra coisa. Só tinha uma ansiedade intolerável, que lhe esmagava o peito. Isso, e uma pálida percepção da crueldade de ser visitado, qualquer que fosse a razão, por um jornalista. Ele não mais preenchia o requisito fundamental de uma pessoa que vai ser entrevistada, que é gostar de si própria.

"Hacelo pasar", ele disse a Pedro.

Antes de parar de dar entrevistas, no outono anterior, ele começara a usar a palavra *totalitário*. Jovens entrevistadores, para quem a palavra significava vigilância total, controle mental absoluto, soldados em uniformes cinzentos desfilando ao lado de mísseis de médio alcance, haviam entendido que ele dizia algo injusto sobre a internet. Na verdade, referia-se apenas a um sistema do qual era impossível escapar. A velha República sem dúvida se destacara em matéria de vigilância e paradas militares, porém a essência de seu totalitarismo tinha sido alguma coisa mais corriqueira e sutil. A pessoa podia cooperar com o sistema ou se opor a ele, mas o que jamais podia fazer, quer estivesse levando uma vida segura e agradável, quer se encontrasse na prisão, era não manter alguma relação com ele. A resposta a todas as perguntas, grandes ou pequenas, era o socialismo. Substituindo *socialismo* por *redes* tem-se a internet. Suas plataformas, embora competindo entre si, estão unidas pela ambição de definir todos os componentes da existência de alguém. No caso dele, quando começou a ficar realmente famoso, Andreas reconhecera que a fama, como fenômeno, migrara para a internet, e que a arquitetura da rede tornava fácil para seus inimigos moldar uma narrativa para Wolf. Como na velha República, ele podia ignorar os inimigos e sofrer as consequências, ou então aceitar as premissas do sistema, por mais pueris que lhe parecessem, e aumentar seu poder pessoal e influência participando dele. Tinha escolhido a segunda alternativa, mas a escolha específica não importava. De um modo ou de outro, ele era parte da Revolução.

Na sua experiência, poucas coisas eram tão semelhantes entre si quanto as revoluções. Na verdade, contudo, ele só vivera aquela espécie que bravateia ser uma revolução. A característica de uma legítima revolução — por exemplo, a científica — é que ela não faz bravatas de sua condição revolucionária; simplesmente acontece. Só os fracos e os temerosos, os ilegítimos, precisam recorrer à bravata. O refrão de sua infância, sob um regime tão fraco e temeroso que precisou construir um muro de prisão para conter o povo que alegava haver libertado, consistia em que a República era abençoada por representar a vanguarda da história. Se seu chefe tinha merda na cabeça e seu próprio marido a espionava, a culpa não era do regime, porque o regime servia à Revolução, e a Revolução era ao mesmo tempo historicamente inevitável e terrivelmente frágil, cercada de inimigos. Essa ridícula contradição era um acessório das revoluções bravateiras. Nenhum crime ou efeito colateral imprevisto era tão grave que não pudesse ser desculpado por um sistema que *tinha de existir* mas podia *facilmente fracassar*.

Os *apparatchiks* também eram um tipo eterno. O tom dos novos, nas suas palestras públicas, nos lançamentos em estilo Power Point de novos produtos, nos depoimentos feitos em parlamentos e congressos, nos livros com títulos utópicos, era um xarope pegajoso de convicções convenientes e de rendição pessoal que ele lembrava bem dos tempos da República. Não conseguia ouvi-los sem pensar na letra da banda Steely Dan: *So you grab a piece of something that you think is gonna last.** (A estação de rádio do Setor Americano tinha martelado essa canção para os jovens ouvintes no Setor Soviético.) Os privilégios possíveis na República tinham sido insignificantes — um telefone, um apartamento com algum ar e luz, a importantíssima permissão para viajar —, mas talvez não tão insignificantes quanto ter *n* seguidores no Twitter, um perfil muito curtido no Facebook, uma aparição ocasional de quatro minutos na CNBC. O verdadeiro barato de ser um *apparatchik* reside na segurança de pertencer. Do lado de fora, o ar cheirava a enxofre, a comida era péssima, a economia moribunda, o cinismo galopante, mas, dentro, *a vitória sobre a classe inimiga estava assegurada.* Dentro, *o professor e o engenheiro estavam aprendendo aos pés do operário alemão.* Fora, a classe média desaparecia mais rápido que as calotas polares, os xenófobos ganhavam as eleições ou aumentavam seus estoques de fuzis de assalto, tribos agressivas se digladiavam religiosamente, mas, dentro, *novas tecnologias revolucionárias estão tornando obsoleta a política tradicional.* Dentro, comunidades descentralizadas e formadas espontaneamente estão *reescrevendo as regras da criatividade*, pois a Revolução *premia quem assume riscos e compreende o poder das redes.* O Novo Regime até mesmo reciclou os jargões da velha República, tais como *coletivo, colaborativo.* Axiomático, em ambos os casos, era o conceito de que estava surgindo uma *nova espécie de humanidade.* Nesse ponto, os *apparatchiks* de todas as colorações concordavam. Nunca pareceu que se preocupassem com o fato de que as elites que os governavam eram constituídas da velha espécie brutal e voraz de humanidade.

Lênin tinha assumido riscos. Trótski também, até que Stálin fez dele o Bill Gates da União Soviética, o réprobo criptorreacionário. Mas o próprio Stálin não precisou assumir tantos riscos porque o terror funcionava melhor. Sem exceção, os novos revolucionários afirmavam idolatrar o risco — de

---

* "Por isso você agarra um pedaço de alguma coisa que pensa que vai durar."

qualquer forma um termo relativo, já que o risco em questão era o de perder *venture capital* ou, na pior das hipóteses, o de perder alguns anos de vida com financiamento paterno, e não o de, por exemplo, ser fuzilado ou enforcado. Mas os mais bem-sucedidos tinham seguido o exemplo de Stálin. Tal como os velhos Politburos, o novo Politburo se declarava inimigo da elite e amigo das massas, dedicado a *oferecer aos consumidores o que eles queriam*, mas, para Andreas (que, reconhecidamente, nunca aprendera a desejar coisas materiais), parecia que a internet era governada mais pelo medo: o medo da impopularidade e da jequice, o medo de perder o bonde da história, o medo de ser trolado ou esquecido. Na República, as pessoas tinham pavor do Estado; sob o Novo Regime, o que as apavorava era o estado de natureza: matar ou ser morto, comer ou ser comido. Em ambos os casos, o medo era inteiramente razoável; na verdade, era o *produto* da razão. O nome completo da ideologia da República tinha sido socialismo científico, uma designação que apontava no passado para *la Terreur* (os jacobinos, com sua guilhotina maravilhosamente eficaz, podem ter feito execuções, porém se apresentaram como executores da racionalidade do Iluminismo) e no futuro para os terrores da tecnocracia, que buscava liberar a humanidade de sua condição humana mediante a eficiência dos mercados e a racionalidade das máquinas. Esse era o verdadeiro acessório eterno da revolução ilegítima, a impaciência com a irracionalidade, o desejo de se ver livre dela de uma vez por todas.

O dom de Andreas, talvez o maior deles, consistia em encontrar nichos especiais nos regimes totalitários. A Stasi tinha sido seu melhor amigo — até ele encontrar a internet. Descobrira um meio de usar as duas enquanto se mantinha à parte delas. O comentário de Pip Tyler sobre a Laticínios Luar o ferira por fazê-lo lembrar da semelhança que tinha com sua mãe, mas era a mais pura verdade: apesar de todo o bom trabalho feito pelo Projeto Luz do Sol, ele agora funcionava principalmente como uma extensão de seu ego. Uma fábrica de fama se fazendo passar por uma fábrica de segredos. Ele permitia que o Novo Regime o exibisse como um exemplo inspirador de sua *abertura*. Em retribuição, quando era impossível evitar, ele protegia o regime das críticas na imprensa.

Há uma porção de Snowdens em potencial dentro do Novo Regime, empregados com acesso aos algoritmos que o Facebook usava para lucrar com a privacidade de seus usuários e o Twitter para manipular memes supostamente gerados espontaneamente. Mas o pessoal esperto tinha na verdade muito mais pavor do Novo Regime que das coisas que o regime fez com que os menos espertos temessem, tal como a NSA e a CIA. Em estrita obediência aos ensinamentos totalitários, isso significava negar seus próprios métodos de terror imputando-os ao inimigo e se proclamando a única defesa contra eles. A maioria dos Snowdens em potencial ficou de bico calado; no entanto, por duas vezes gente de dentro havia procurado Andreas (curiosamente, ambos trabalhavam para o Google), oferecendo e-mails internos e software em algoritmos que revelavam claramente como a empresa acumulava dados pessoais dos usuários e filtrava ativamente a informação que ela alegava refletir passivamente. Nos dois casos, temendo o que o Google pudesse lhe infligir, Andreas havia se recusado a fazer o upload dos documentos. Para salvaguardar seu respeito próprio, tinha sido honesto com os vazadores: "Não posso fazer isso. Preciso do Google do meu lado".

Contudo, somente nesse aspecto específico ele se considerava um *apparatchik*. Fora disso, nas entrevistas menosprezava a retórica da revolução, e se arrepiava quando seus assistentes falavam em fazer do mundo um lugar melhor. Com base no exemplo de Assange, percebera a loucura que era atribuir ares messiânicos à sua missão e, embora experimentasse um prazer irônico em ser famoso por sua pureza, não tinha ilusões sobre sua real capacidade de ser puro. A vida com Annagret o curara disso.

Três dias depois de Tom Aberant ajudá-lo a enterrar os ossos e as roupas podres do padrasto dela no delta do Oder, Andreas foi procurar por ela em Leipzig. Até tinha pensado em ir antes, mas já havia muitos pedidos de entrevista de jornalistas ocidentais. Ele já passara a ser conhecido como RENOMADO DISSIDENTE DA ALEMANHA ORIENTAL por haver publicado alguns poemas atrevidos na *Weimarer Beiträge*, por ter vivido no porão de uma igreja e saído aos trambolhões da sede da Stasi na hora certa. Também já se ouviam reclamações dos velhos rebeldes da Siegfeldstrasse, murmúrios de que ele fizera pouco mais que trepar com adolescentes enquanto os outros arriscavam ser perseguidos. Mas nenhum deles tinha um pai no Comitê Central, nenhum deles tinha um portfólio tão atraente quanto os poemas em acróstico; e, ao conceder dezenas de entrevistas, uma atrás da outra, sempre com o rótulo de renomado dissidente (e sempre tendo o cuidado de reconhecer a bravura de seus companheiros da Siegfeldstrasse), ele se tornou muito mais real que os

493

rebeldes, a ponto de eles próprios serem obrigados a aceitar a versão da mídia. Sua fama logo mudou até as lembranças que tinham dele.

Annagret não vivia com a irmã em Leipzig, porém ela lhe deu o endereço de uma casa de chá frequentada por feministas, até bem pouco tempo um grupo mais desmoralizado que os ambientalistas; poluído como era, o céu de Leipzig era menos cinzento que a liderança masculinamente cinzenta da República. Eram duas da tarde quando ele abriu a porta rangente da casa de chá. Annagret saiu da cozinha nos fundos, enxugando as mãos numa toalha de prato.

Sorria, Andreas pensou.

Ela não sorriu. Passou os olhos pela sala, que estava vazia. Nas paredes havia um retrato de Rosa Luxemburgo, um pôster celebrando as Operárias da Indústria Pesada e imagens ligeiramente mais audaciosas de musicistas e ativistas ocidentais. Tudo desbotado e marcado pela tristeza que antes ele tinha confundido com ridículo. Uma fita de Joan Baez tocava baixinho.

"Não precisamos falar agora", ele disse. "Só queria que você soubesse que estou aqui."

"Agora está bem", ela disse, sem olhar para ele. "Talvez não tenhamos muito a nos dizer."

"Eu tenho coisas a dizer."

Ela soltou um risinho pálido. "'Boas notícias.'"

"Sim, boas notícias. Devo voltar mais tarde?"

"Não." Ela se sentou a uma mesa. "Trate de me dar suas boas notícias. Acho que já conheço parte delas. Vi você na televisão."

"Eu sei", ele disse, se sentando, "virei uma sensação da noite para o dia. E você não acreditou quando eu disse que era a pessoa mais importante do país. Lembra-se disso?"

"Lembro." Ela se recusava a olhar para ele. "Lembro tudo. Você também?"

"Sim."

"Então, por que está aqui?"

"Porque agora estamos a salvo. Estamos a salvo e amo você."

Ela contemplou por algum tempo a toalha sobre a mesa. Depois balançou a cabeça.

"Quer saber por que estamos salvos?"

"Não", ela respondeu.

494

"Tenho as fichas do caso e removi o que precisava ser removido."

Ela balançou a cabeça de novo.

"Não está feliz de ouvir isso?"

"Não."

"Por que não?"

"Por causa do que fizemos."

"Annagret. Por favor, olhe para mim."

Ela fez que não com a cabeça, e Andreas compreendeu que o problema nunca fora o fato de não estarem a salvo. O problema é que ele a lembrava daquilo que a forçara a fazer.

"É melhor que você vá embora", ela disse.

"Não posso ir. Não posso me imaginar vivendo sem você."

Antes que ela respondesse, a porta da frente se abriu com um rangido e duas mulheres entraram, falando sobre o Novo Fórum. Annagret se levantou de um salto e desapareceu na cozinha. Logo chegaram outras frequentadoras assíduas, nenhum homem. Embora elas não parecessem abertamente hostis, Andreas teve a impressão de ser um corpo estranho num organismo que tentava se livrar dele sem espalhafato. Um cisco num olho lacrimejante.

Uma garota que ele reconheceu, a amiga que vira com Annagret em Berlim dois meses antes, chegou e passou a ajudá-la a servir às mesas. A amiga lhe perguntou se queria alguma coisa.

"Nada. Muito obrigado."

"Não quero ser mal-educada", disse a amiga. "Mas talvez você devesse ir embora agora."

"Está bem."

"Não é nada pessoal. Simplesmente o tipo de lugar em que estamos."

O cisco ficou tão aliviado de ser posto para fora quanto o olho lacrimejante ao expeli-lo. Do lado de fora, sob uma chuvinha fria, ele considerou a possibilidade de voltar para Berlim e reassumir seu papel como O RENOMADO DISSIDENTE DA ALEMANHA ORIENTAL, concedendo mais tempo a Annagret para pensar. Se Tom Aberant não tivesse lhe dado um bolo, ele talvez fizesse isso. Ter ao menos um amigo de verdade, um amigo que conhecia seu segredo e se oferecera voluntariamente para auxiliá-lo a enterrar esse segredo para sempre, poderia amenizar a necessidade urgente que sentia de Annagret. Mas Tom não comparecera ao encontro para jantar. Andreas esperara horas por ele. No dia seguinte, ao voltar de uma série de entrevistas, perguntou a todos na igreja se um americano o estivera procurando. Não lhe parecera nem um pouco que Tom o seduzira apenas com propósitos jornalísticos. Mesmo se tivesse sido esse o caso, não faria sentido desaparecer antes que Andreas lhe desse acesso aos arquivos da Stasi. A única explicação é que Tom voltara para a esposa: ele não tinha gostado de Andreas tanto quanto gostava da mulher de quem se dizia mortalmente farto. A dor dessa rejeição era uma boa medida da prontidão e da profundidade dos sentimentos que Andreas tinha desenvolvido com relação a Tom. Ser rejeitado também por Annagret simplesmente não era uma opção.

Foi para a estação ferroviária de Leipzig, pescou alguns jornais da lata de lixo e os leu, se sentindo fortalecido ao ver seu nome. Quem seria capaz de resistir à tentação de acreditar na sua própria imprensa? À noite, retornou à casa de chá e esperou do lado de fora até escurecer, quando Annagret e a amiga começaram a baixar as portas de ferro.

"Vá embora", disse a amiga. "Ela não quer ver você."

"Isso está me parecendo mais pessoal", ele retrucou.

"Sim, agora é mesmo pessoal."

"Tenho que voltar para Berlim. Há muita coisa acontecendo lá e preciso participar. Aliás, meu nome é Andreas."

"Sei quem é. Vimos você na televisão."

"Annagret. Tenho que voltar. Será que você não pode pelo menos dar uma caminhada comigo?"

"Ela não quer", disse a amiga.

"Uma caminhadinha. Temos assuntos de família particulares para tratar. Nós três podemos nos encontrar mais tarde."

"Está bem", disse Annagret de repente, se afastando da amiga.

"Annagret…"

"Ele não é como os outros. E tem razão… há uma coisa de família."

Andreas reparou, não pela primeira vez, que ela tinha certa habilidade para mentir. Quando os dois se viram a sós, caminhando debaixo dos guarda-chuvas, ela pediu desculpas pela amiga.

"Birgit é mesmo muito protetora."

"Ela parece especialmente boa em matéria de manter os homens à distância."

"Posso fazer isso eu mesma. Mas se torna cansativa essa atenção constante. É bom ter alguma ajuda."

"A atenção é assim tão constante?"

"É nojenta. Na verdade, ficou pior em Leipzig. Ontem um sujeito parou ao meu lado, de bicicleta, e perguntou se eu queria me casar com ele."

Embora Andreas tivesse vontade de quebrar o nariz do sujeito, não podia deixar de se sentir orgulhoso com aquela prova da beleza de Annagret. "Deve ser duro. Muito duro", ele disse. "Duro ser quem você é."

"Ele nem me conhecia."

Caminharam em silêncio por algum tempo.

"A coisa que fizemos", ela disse. "Fiz aquilo por você."

Ele ficou triste em ouvir isso, mas também o oposto de triste.

"Eu estava fora de mim", ela continuou. "Louca por você. E fiz uma coisa que arruinou minha vida, e agora é tudo em que consigo pensar quando te vejo. A coisa que fiz por você."

"Mas eu fiz o que fiz também por você. E faria de novo agora mesmo. Faria qualquer coisa para proteger você."

"Hum."

"Venha para Berlim comigo. Leipzig é uma bosta."

"Você não vai me deixar sozinha, vai?"

"Não há outra maneira. Estamos fadados a ficar juntos."

Ela parou de andar. Não havia mais ninguém na calçada, e ele já perdera a noção de onde estavam. "Sabe qual é a coisa mais terrível de todas?", ela perguntou. "Gosto que você seja um assassino."

"Acho que sou mais que isso."

"Mas essa é a razão de eu ir com você, se é que vou. Não é terrível?"

Parecia um pouco terrível porque, só então, quando ela o chamou de assassino, Andreas sentiu um desejo incontrolável por ela. Forçou-se a não ceder ao impulso de tomá-la nos braços.

"Precisamos nos redimir do que fizemos", ela disse. "Precisamos fazer coisas boas."

"Sim."

"Uma porção de coisas boas. Nós dois."

"É isso que eu quero. Ser bom junto com você."

"Ah, meu Deus." Ela deixou escapar um soluço. "Por favor, volte para Berlim. Por favor, An..."

Ela estava prestes a dizer o nome dele. Ele se deu conta de que nunca a ouvira pronunciá-lo.

"Você pode dizer meu nome?", ele perguntou, movido pelo instinto.

Ela fez que não com a cabeça.

"Trate de olhar para mim e dizer meu nome. Aí eu volto para Berlim. Senão, vou esperar o tempo que for necessário."

Ela se afastou correndo. De repente, a toda a velocidade, apertando o guarda-chuva contra o corpo. Ele perdeu alguns segundos decidindo se corria atrás dela. E era tão jovem e veloz, a sua judoca, que nunca a alcançaria se ela não tivesse encontrado um sinal vermelho e mudado de direção rápido demais na esquina. Escorregou e ele ficou assustado ao vê-la cair.

Annagret ainda estava no chão, segurando o quadril, quando ele a alcançou.

"Você está bem?"

"Não. Ou melhor, estou. Estou bem." E lá estava ele — o sorriso que ele queria tanto ver. "Você me disse para não fazer drama. Lembra-se disso?"

"Lembro."

"Lembro de tudo. De cada palavra."

Andreas se agachou e tomou as mãos frias dela, deixando que ela olhasse no fundo dos olhos dele. Viu que podia tê-la para si. Mas, em vez de uma sinfonia de alegria e gratidão, ouviu a vozinha horrorosa da dúvida: *Tem certeza de que a ama? Ela acabou de se repreender por fazer drama e já está dizendo que se lembra de cada palavra que você lhe disse! Ela não tem o menor senso de humor — não acha que isso pode se tornar opressivo?* Ele tentou tapar o ouvido para não escutar o que aquela voz dizia. Afinal de contas, ela era extraordinariamente bonita. Dois anos antes, quando ele lhe oferecera um cardápio de opções que incluía o assassinato, ela escolheu o assassinato. Era uma boa moça, embora também suja e mentirosa. O interesse de outros homens a repugnava, mas de algum modo não o dele. Ela sabia que ele tinha se comportado mal e o queria assim mesmo; estava oferecendo a ele uma vida melhor.

"Vamos até sua casa fazer as malas", ele disse.

"Birgit vai me odiar."

"Não tanto quanto me odeia."

Durante dois ou três anos Andreas foi feliz com ela. Annagret era muito jovem e não sabia nada de nada, certamente não sabia como compartilhar a vida com um homem; e, embora ele próprio nunca houvesse compartilhado a vida com uma mulher, era mais velho e achava que sabia tudo. Annagret tinha um jeito de olhar solenemente no fundo dos olhos de Andreas quando ele estava por cima dela, dentro dela, possuindo-a completamente, e a mera recordação de tal olhar o excitava por razões que desconhecia. Enquanto durou o ardor idealístico dela, Andreas a deixou comprar pequenas coisas, roupas de cama, canecas de barro, abajures, que sabia que eram bem feias. Elogiava os deprimentes pratos indianos que ela aprendeu a cozinhar. Ele gostava de observar o jeito como ela se entrosava em Berlim, fazendo novos amigos e reencontrando os antigos, participando de ações coletivas, indo trabalhar num centro que prestava ajuda a mulheres. Quando saíam juntos, ele se sentia orgulhoso, não oprimido, pelo fato de que ela o pegava pelo braço e nunca olhava para nenhum outro homem. Em casa, ela se mostrava comovedoramente desejosa de agradar. Parecia ter a ideia de que, quanto mais tivessem relações sexuais, mais se confirmava que estavam predestinados a formar um casal, e que ela não tinha agido mal em sucumbir ao assassino de seu padrasto. Durante dois ou três anos, ele foi o feliz beneficiário dessa ideia na maior parte das noites.

Mas o problema do sexo como ideia é que as ideias podem mudar. Com o correr do tempo, Annagret desenvolveu uma ideia diferente e muito mais sombria, a da total honestidade na cama, com grande ênfase na discussão. De início, ele cedeu, tentando ser um bom homem, tentando se mostrar à altura de uma imagem ideal que ele também tinha de si próprio, porém finalmente não houve como escapar: discussões intermináveis com uma mulher de vinte e três anos sem o mínimo de humor o entediavam. Durante o dia, quando estavam separados, ele visualizava o olhar solene dela, porém, ao voltar para casa, encontrava alguém que em nada se assemelhava ao objeto que desejara. Ela estava cansada, tinha câimbras, planos para a noite, alguma mulher carente precisando de um ombro em algum lugar, alguma causa sem futuro em nome da qual organizar nova manifestação de protesto. Ou, pior, ela queria discutir seus sentimentos. Ou, pior que tudo, queria discutir os sentimentos *dele*.

Para fugir da chatice doméstica, ele participava de conferências no exterior, em Sydney, São Paulo, Sunnyvale. Além de seu trabalho na Comissão Gauck, administrando os arquivos da Stasi, serviu como consultor nas iniciativas de justiça de transição em diversos países do Bloco Oriental, passando horas em salas de conferência excessivamente iluminadas e idênticas em tudo menos as línguas nos rótulos das garrafas de água mineral bebidas pelos antagonistas irreconciliados. Como os repórteres e as câmeras gostavam muito dele, Andreas começou a ser procurado diretamente por delatores de empresas e do governo na Alemanha reunificada; e porque o trabalho em comitês não se adequava à sua personalidade (ele jogava individualmente, e não em equipe), Andreas pensou em se estabelecer como uma central de segredos, passando por cima dos órgãos coletivos e lidando diretamente com a mídia. Mas seu problema doméstico, a disparidade entre o objeto noturno que ele desejava e a realidade à luz do sol de Annagret, o perseguia por toda parte. Mesmo sozinho num quarto de hotel em Sydney, excitado pela recordação do olhar solene dela, bastava telefonar e ouvir sua voz por dois minutos para se sentir entediado. O tédio era imediato e acachapante. O que quer que conversassem era *totalmente* irrelevante, intoleravelmente irrelevante, para o que ele queria.

Andreas viu que caíra em sua própria armadilha. Tinha construído uma vida não com uma mulher, e sim com um conceito idealizado de si próprio como um homem capaz de viver feliz para sempre com uma mulher. E agora se entediara com o conceito. Embora nunca levantasse a voz com Annagret, começou a se amuar e se ofender com coisas triviais. Fazia comentários sutilmente zombeteiros sobre o trabalho dela, era injusto com suas amigas, que ele considerava perdedoras, ressentindo-se do fato de que elas exploravam o elo fraco de Annagret para se aproveitar da fama dele. Dava desculpas esfarrapadas para evitá-las e, quando um programa social era inevitável, ele se mostrava ou frio ou calado ou agressivo. Comportava-se como um cretino e pagava um preço por isso em termos de autovalorização, mas persistia na atitude, esperando que ela a reconheceria como um clássico sinal de problemas no relacionamento e que, talvez, em algum momento ele fosse capaz de fugir da armadilha.

Porém ela era incansavelmente boa com ele. Quando se aborrecia, poucas vezes era por muito tempo. Ela, que era em todos os sentidos uma feminista aguerrida, cercada de mulheres que não confiavam nos homens, continuava a abrir uma exceção para ele. Levava a sério o trabalho dele e lhe dava conselhos úteis. Lavava as roupas e pratos sujos que ele se acostumara a espalhar pelo apartamento. E, quanto mais legal ela era com ele, mais ele ficava preso na armadilha. Preso por causa da gratidão que sentia pela admiração de Annagret por ele e por causa do medo de perder essa admiração; preso também pelas promessas que fizera no começo, o combustível que inflamara o idealismo dela (e, por algum tempo, o seu próprio). E, como havia pouquíssimas mulheres capazes de superar sua combinação de beleza e juventude, nenhuma das quais de quem ele não fosse obrigado a esconder o fato de ser um assassino, e porque de todo modo já estava tão famoso que o rumor de um caso dificilmente deixaria de chegar a Annagret e destruir a idealização que fazia dele, as outras mulheres pareciam estar interditadas para Andreas.

Para completar a armadilha, havia a amizade entre Annagret e a mãe dele. Em 1990, depois que haviam se instalado em Berlim e se acostumado a aparecer juntos em público, esquecendo o medo de se incriminarem por isso, ele a levara para conhecer seus pais. Para agradar ao pai, a quem se sentia grato e cuja aprovação tinha importância, ele correu o risco de que sua mãe tivesse ciúme de Annagret e fosse cruel com ela. Mas Katya se revelou encantadora. Acolheu a beleza de Annagret, que a tornava um ornamento adequado para a família Wolf, e sua maleabilidade juvenil, que fez a hostilidade de Andreas parecer perversa. Queria que Annagret voltasse a estudar e, quando ela objetou, dizendo que preferia arregaçar as mangas e ajudar outras pessoas, Katya deu uma piscadela e disse: "Tudo bem. Desde que você me prometa que vai frequentar minha universidade. Pode estudar comigo em seu tempo livre, vamos melhorar seu inglês, e tudo que você vai aprender será interessante. Creia em mim, sei onde estão as coisas chatas". Deu outra piscadela.

Instintivamente alarmado com a proposta, Andreas levou Annagret para casa e contou as piores histórias de Katya, aquelas que guardara para si com medo de que revelassem uma enfermidade familiar que não o poupava. Annagret ouviu com atenção e disse que gostava de Katya apesar de tudo. Gostava dela por ter trazido Andreas ao mundo. Gostava dela — não importava o que ele dissesse — por obviamente amá-lo tanto quanto ela própria. E ele ainda era tão pouco acostumado ao milagre de possuir o corpo de Annagret, o milagre de se sentir capaz de amar, que concordou com a proposta. Conseguiu imaginar que poderia resolver o problema de Katya terceirizando-o para Annagret.

Já a mãe de Annagret foi um desastre. Tal como ameaçara, forçou a polícia a investigar o desaparecimento do marido, mas, sendo conhecida como ladra e viciada, quase recém-saída da prisão, causou má impressão. A polícia disse honestamente que a ficha do caso tinha sumido e havia pouco que pudesse fazer além de divulgar a fotografia de seu marido. Ela tentou ter a ajuda da mãe do marido, já viúva, e soube que a Stasi, dois anos antes, lhe dissera que seu filho havia fugido para o Ocidente; ainda aguardava notícias dele. Logo a mãe de Annagret voltou ao vício, procurando Annagret e Andreas para forçá-los a lhe dar dinheiro. Annagret sugeriu friamente que ela parasse de se drogar e fosse trabalhar num país estrangeiro onde houvesse carência de enfermeiras. O ódio que Annagret tinha dela era ao mesmo tempo genuíno e conveniente, pois a protegia da culpa de ter feito com que o marido da mãe fosse assassinado. Mas ela continuou a incomodá-los, aparecendo na porta de onde moravam para discursar sobre a ingratidão de Annagret, até que conseguiu trocar sua bela aparência por drogas e foi viver com um carpinteiro polonês que também era viciado.

Katya, em comparação, era um anjo para Annagret. Depois da morte do pai de Andreas, em 1993, ela manteve o velho apartamento na Karl-Marx-Allee. Pedira demissão da universidade e suportara um intervalo decente de reabilitação, que durou dois anos, antes de voltar a trabalhar como *Privatdozent* e publicar um longo estudo sobre Iris Murdoch, recebido com resenhas elogiosas. Caminhava oito quilômetros todas as manhãs e viajava com frequência para Londres com sua lhasa apso, chamado Lessing. Annagret a via ao menos uma vez por semana quando ela estava em Berlim. O arranjo que Andreas imaginara, segundo o qual Annagret assumiria o papel repugnante de manter as aparências familiares, estava satisfazendo suas melhores expectativas — exceto pelo ciúme insano que a proximidade entre as duas mulheres gerou nele.

Não havia previsto isso. A dedicação de Annagret nunca foi tão insuportável para ele, o equívoco dos dois como casal nunca tão evidente como nas noites em que ela ia visitar a mãe dele. Ele culpava Annagret porque ela gostava de Katya e porque Katya gostava dela. E não tinha nenhuma válvula de escape aceitável para sua raiva ciumenta. Mesmo quando brigavam, sua voz se tornava apenas gelidamente racional. Annagret detestava aquela voz, mas ela era eficaz em contraste com os arroubos que ela própria tinha, com a cara toda vermelha: ele era um homem bom, mantinha o controle e tudo o mais. Entretanto, quando acontecia de ela ficar na casa de Katya meia hora além do esperado, ele mergulhava num estado de tamanha ira, com os olhos esbugalhados e o coração acelerado, que, para não estourar, só lhe restava ficar sentado com os braços bem apertados contra o corpo. A sensação era tão extrema que ele começou a suspeitar que havia algo dentro dele, um outro ser sempre presente, que não existia em outras pessoas. Algo muito raro, doentio e específico dele.

Essa coisa, que ele passou a identificar como o Assassino, era como um neutrino ou algum bóson esotérico, somente detectável por inferência. Observando esse ego subatômico com rigorosa honestidade, investigando a estrutura profunda de sua infelicidade, anotando certas fantasias estranhas e efêmeras, Andreas aos poucos elaborou uma teoria do Assassino, assim como as paradoxais curvaturas do tempo e equivalências que a caracterizavam. O tédio e a raiva ciumenta, por exemplo, eram equivalentes. Ambos tinham a ver com a frustração do Assassino por não dispor do objeto desejado. O Assassino ficava furioso com Katya por privá-lo do objeto, e não menos furioso com a própria Annagret. E qual era esse objeto? De acordo com sua teoria, era a garota de quinze anos por quem ele tinha matado. Acreditara ter sido atraído pela bondade dela, por seu potencial de redimi-lo, mas, para o Assassino, ela era outra assassina, mentirosa e sedutora. Seu olhar solene o excitava porque o levava de volta à noite nos fundos da datcha de seus pais, ao corpo do homem que ela havia seduzido e a quem mentira, ajudando Andreas a matá-lo. Quanto mais ela se tornava dona de si e se tornava amiga de sua mãe e de muitas outras mulheres, mais difícil era ver Annagret como aquela menina de quinze anos.

Sendo-lhe negada tal satisfação, ele ficava exposto às fantasias patrocinadas pelo Assassino, algumas delas tão ofensivas à sua autoimagem (por exemplo, a fantasia de esporrar em cima de Annagret enquanto ela dormia) que se fazia necessário um grande esforço de honestidade para registrá-las antes de reprimi-las. Todas as fantasias, sem exceção, envolviam o negror da noite, o negror da datcha dos pais, o negror de um corredor no qual ele eternamente caminhava na direção de um quarto de dormir. No seu ego subatômico, nenhuma cronologia era estável. O objeto desejado antecedia os piercings, os cabelos picotados, os sáris de tecidos leves que ela passara a usar, e não porque "secretamente" preferia meninas de quinze anos (se alguma vez preferiu, isso tinha ficado para trás), mas porque Annagret, a judoca socialista, é quem o havia ajudado a matar. *Fizera* com que ele matasse, era *equivalente* a matar. A Annagret mais velha, que estava fazendo incríveis esforços altruísticos para expiar sua culpa, não se adequava nem um pouco aos propósitos do Assassino, motivo pelo qual, em suas fantasias, ele mudava a direção da seta do tempo e a levava de volta aos quinze anos. Mais que isso: quando estudava de perto certas fantasias, às vezes não era ele, e sim o padrasto dela que caminhava pelo corredor escuro rumo ao quarto onde Annagret estava dormindo. Era ao mesmo tempo o homem que ele matara e o homem que o matara; e, como existia outro corredor às escuras em sua memória, o que ligava seu quarto de dormir quando criança ao de sua mãe, ocorria outra inflexão na cronologia, segundo a qual sua mãe tinha dado à luz o monstro que era o padrasto de Annagret, mas ele era esse monstro e o havia matado para se transformar nele. No mundo sombrio do Assassino, ninguém estava morto para sempre.

Ele teria adorado não acreditar em sua teoria, teria adorado amontoar tudo no patoá da física contemporânea e jogar no lixo, porém o que mais gostava nele próprio era a recusa de mentir a si mesmo. E, por mais ocupado que estivesse e por mais que viajasse, sempre chegava outra noite em que se encontrava sozinho em casa, possuído por uma ira homicida que não tinha outra maneira de explicar.

Numa dessas noites, Annagret voltou da casa de Katya com uma expressão particularmente séria. Ele estava sentado no sofá, nem mesmo fingindo ler alguma coisa. Fazia imenso esforço para não esmurrar a parede — a coisa era mesmo ruim.

"Achei que você voltava às nove", conseguiu dizer.

"Começamos a falar sobre muitas coisas", disse Annagret. "Perguntei a ela sobre a década de 1950, como o país era então. Ela me contou um bocado de coisas interessantes. Mas aí... isso foi muito estranho. É importante. Se importa de conversar comigo agora?"

Sentindo que ela o observava, se forçou a repuxar os lábios para cima, num arremedo de sorriso. "Claro que não."

"Já comeu?"

"Estou sem fome."

"Vou fazer *noodles* pra gente depois." Sentou-se no sofá ao lado dele. "Sua mãe estava falando sobre a carreira de seu pai, como ele era brilhante, como era ocupado. E de repente parou e disse: 'Eu tive um amante'."

A raiva dentro dele era titânica. Como evitar uma explosão? Que alívio seria explodir! Como devia ter sido excelente para ele esmagar o crânio de um homem com uma pá! Se ele ao menos pudesse relembrar — voltar a experimentar — o alívio de fazer aquilo! Era incapaz de relembrar. Mas a simples ideia o acalmou um pouco, lhe deu algum ponto de apoio.

"Isso é interessante", ele murmurou.

"Eu sei. Não podia acreditar que ela estava me contando. Você disse que ela sempre negou que isso tinha acontecido. Fiquei com muito medo de perguntar, e ela não disse mais nada. Só 'Eu tive um amante'. E aí mudou de assunto. Mas ficou me olhando, sei lá, como se quisesse ter certeza de que eu tomara nota do que tinha dito."

"Sei."

"Mas, escute, Andreas. Sei que não podemos contar a ninguém nosso segredo. Sei disso. Porém a vejo com tanta frequência, ela já tem mais de setenta anos, é sua mãe. Tive um impulso de contar a ela, e senti que era um impulso certo. Ela nunca contaria a ninguém, tenho certeza. Você acha que eu faria bem se contasse a ela?"

Não, ele achava que não, nem pensar. Incrível que Annagret pudesse até mesmo pensar em contar para Katya! Paisagens antes insuspeitadas de amizade entre mulheres se abriram diante de seus olhos mentais. Katya se aproximando mais dele por intermédio da maleável Annagret. Annagret tão crédula, tão sincera, tão pronta a traí-lo. Voltando para casa às dez e meia quando prometera chegar às nove — tantas horas com Katya. Conversando, conversando, conversando. Vadias, vadias, vadias. Ele estava fora de si.

"Você está fora de si?", ele perguntou.

"Não, não estou", ela respondeu, pondo-se imediatamente em guarda. "E ela também não está. Na verdade, acho que está melhor. Sei que ela foi bem difícil quando você era criança, mas isso já faz muito tempo."

Sabia? *Difícil*? Não sabia. Ninguém podia saber o que tinha sido ter Katya como mãe. O que era ser fodido psiquicamente dia após dia, e ser não apenas fraco e jovem demais para brigar mas até para ficar com raiva, porque ela o persuadira a querer aquilo. Annagret tinha querido aquilo do padrasto durante uma semana ou duas, no máximo um mês. Andreas tinha querido ao longo de toda a sua infância. E no entanto, mais uma vez, ele estava preso numa armadilha porque, ao contrário de Annagret, não fora abusado fisicamente. Era obrigado a viver com a possibilidade de nunca ter existido algo tão monstruoso com relação a Katya. A versão dela da realidade era irretocável, em especial na velhice, com os pecadilhos da juventude esquecidos ou tornados inofensivos com uma simpática palavra francesa como *amante*. Sempre insistira que a perturbação residia nele, não nela; que era doentio, da parte dele, não acreditar que ela tivesse sido uma boa e amorosa mãe. E na verdade ele é que estava ali fazia horas com um ataque de raiva ciumenta, aguardando que as madames terminassem sua conversinha íntima.

"Pode ser um alívio confessar alguma coisa", ela disse. "Às vezes acho que você esquece que pôde se confessar a seu pai. Eu ainda não me confessei a *ninguém*."

PODERIA MATÁ-LA COM MINHAS PRÓPRIAS MÃOS NESTE MOMENTO

"Depois que se começa a confessar…", ele disse com a voz gélida.

"O quê?"

"Onde é que a coisa vai parar?"

"Estou falando para contarmos a *uma* pessoa. Sua própria mãe. Não quer contar? Seu pai foi muito compreensivo e você se sentiu melhor. Aposto que sua mãe seria ainda mais compreensiva porque sabe o que significa cometer erros."

De repente, a temperatura de seu cérebro mudou, como costuma acontecer. Mais frio, ele imaginou sua mãe sabendo do que eles tinham feito. Katya era realmente a última pessoa no mundo diante da qual ele tinha razão de se sentir envergonhado, Katya que ele via como a vileza personificada, e no entanto se imaginou envergonhado de ser um assassino. Envergonhado de tudo, de todas as partículas de seu corpo, até aquele momento. Estrangular sua doce judoca para silenciá-la? O que havia de errado com ele?

Sem encará-la, virou-se na direção dela e enfiou o rosto entre seus seios. Girou as pernas e as pôs sobre o colo de Annagret, passando os braços por seu pescoço. Lembrava a fotografia ridícula de John Lennon nos braços de Yoko, mas… e daí? Precisava ser amparado. Ela era mais do que boa, porque nem sempre fora boa. Tinha conhecido a maldade e escolhido a bondade.

"Desculpe", ela sussurrou, acariciando-lhe os cabelos, ninando-o. "Não queria aborrecer você."

"Shh."

"Você está bem?"

"Shh, shh."

"O que foi?"

"Não podemos contar a ela", ele disse.

"Podemos, sim. Devemos."

"Por favor, não. Não podemos."

Ele começou a chorar. O Assassino acordou dentro dele, sentindo uma oportunidade em suas lágrimas, sua regressão. O Assassino gostava de regressão. O Assassino gostava de quando tinha quatro anos e Annagret quinze. Cegamente, com os olhos bem fechados, ele procurou os lábios dela com os seus. Por um momento, os de Annagret estavam abertos e disponíveis, mas então, como se fosse uma presa, pressentindo instintivamente um Assassino que não podia ver, ela afastou o rosto. "Temos que acabar de discutir isso", ela disse.

Discutir, discutir, discutir. Falar, falar, falar. Ele a odiava. Precisava dela, a odiava, precisava dela, a odiava. Com os olhos ainda cerrados, tentou beijá-la de novo.

"Estou falando sério", ela continuou, tentando se pôr de pé. "Saia do meu colo."

Ele saiu do colo e abriu os olhos. "Vá procurar um padre", ele disse.

"O quê?"

"Se quer confessar. Encontre uma igreja católica, vá para o confessionário, diga o que tiver de dizer. Vai se sentir melhor."

"Não sou católica."

"Não posso impedir você de ver minha mãe, mas não gosto disso."

"Ela idolatra você! É praticamente o Jesus dela."

"'Ela idolatra o que vê num espelho. Somos apenas objetos úteis para ela. Quanto mais coisas você lhe disser, mais ela poderá nos usar."

"Sinto muito, mas acho que você está bastante errado."

"Ótimo. Estou errado. Mas não posso continuar a viver com você se contar pra ela o que fizemos."

Ela ficou vermelha. "Então talvez a gente não deva mais viver junto!"

"Talvez não. Talvez você devesse ir viver com ela."

"Estou tentando ter uma relação íntima com sua mãe porque você é incapaz disso. Estou lhe fazendo um grande favor, e você agora ficou com ciúme!"

"Não estou com ciúme."

"Acho que está."

"Não é verdade. Não é verdade."

Tudo que ela disse era correto, todas as palavras dele eram mentirosas. E, no entanto, ele era um bem remunerado consultor de justiça de transição e, em todos os lugares aonde ia, as pessoas ficavam felizes em vê-lo. Batiam palmas para sua honestidade e franqueza, riam com seu humor irreverente, tiravam belas fotografias dele. Estava cercado por todos os lados.

Enquanto isso, os vazamentos continuavam a chegar, em envelopes pardos ordinários e pacotes sem endereço do remetente. Como alemão, e ainda por cima alemão-oriental, ele era tecnologicamente conservador, pensando ainda em termos de documentos escritos e discos rígidos. Até o verão de 2000, compartilhava um computador pessoal e um e-mail com Annagret. Ela, com a organização de comunidades, com as causas das minorias, era a perita em matéria de tecnologia. Com crescente frequência, ele chegava em casa para encontrá-la digitando freneticamente, sentada numa postura que revelava incrível flexibilidade, os joelhos quase tocando o queixo, os braços estendidos em volta deles, uma caneca de chá ao lado do mouse. Nesses momentos pensava: *Meu Deus, será assim pelo resto da minha vida?* Para o Assassino dentro dele, parecia que ela se armara com a internet a fim de se defender da pessoa que ele era de fato. Não havia como desgrudá-la do computador.

Mas então ela lhe fez um favor supostamente vital. Obrigou-o a comprar seu próprio computador de alta potência e usá-lo ao máximo. Coisa que ele fez. De noite organizava uma rede de descontentes e hackers e criava o Projeto Luz do Sol; de dia, enquanto Annagret estava pegando a mão de alguma mulher em seu centro comunitário, via pornografia. Na verdade, as ações diurnas, mais que as noturnas, foram o que o atraiu para a internet e lhe revelaram seu potencial de modificar o mundo. A repentina disponibilidade da pornografia, o anonimato do acesso, a total irrelevância do copyright, a gratificação instantânea, a dimensão do mundo virtual dentro do mundo real, a dispersão global das comunidades que compartilhavam arquivos, a sensação de domínio propiciada pelo mouse e pela digitação: a internet ia ser gigantesca, em especial para quem se encarregasse de trazer a luz do sol.

Só muito depois, quando a rede passou a significar *morte* para ele, deu-se conta de que também estava entrevendo *morte* na pornografia on-line. Todas as compulsões — sem dúvida seu próprio consumo de imagens digitais de sexo, que em pouco tempo se tornou compulsivo, devorando todo o seu dia — tinham um gosto de morte ao gerar um curto-circuito cerebral, ao reduzir cada pessoa a um mecanismo de estímulo e reação. Mas, no tempo dos protocolos de transferência de arquivos e grupos "alternativos" de jornalistas, também já havia a sensação de uma amplitude incomensurável que iria caracterizar a internet madura e a mídia social que veio em seguida; nas imagens da esposa de alguém nua e sentada num vaso sanitário, a obliteração típica entre os domínios público e privado; no número inconcebível de esposas sentadas nuas em vasos sanitários, em Mannheim, em Lübeck, em Rotterdam, em Tampa, um prenúncio da dissolução do indivíduo na multidão. O cérebro reduzido pela máquina a circuitos de retroalimentação, a personalidade privada transformada em generalidade pública: os indivíduos já podiam muito bem estar mortos.

E a morte, naturalmente, era um chamariz para o Assassino. Como as imagens na tela de seu computador o distraíam de pensamentos sobre corredores escuros e torpezas secretas, durante algum tempo ele acreditou que encontrara um modo de fazer a vida com Annagret suportável no longo prazo. Ele poderia preservar a imagem idealizada que fazia de si mesmo mantendo-se consciente da exploração a que os homens submetiam as mulheres em sua tela, deplorando tal exploração ao mesmo tempo que era por ela estimulado. E então, depois de descarregar suas ânsias, podia preservar o ideal também aos olhos de Annagret. Parafraseando Frank Zappa, ela pensou que queria um homem, mas na verdade queria um *muffin*. Talvez o estivesse punindo por impedi-la de confessar o crime a Katya, ou talvez fosse política de gêneros ou o curso natural das coisas, mas ela não parecia se importar se nunca voltassem a ter relações sexuais. O que ela queria — pedia explicitamente em seu estilo pomposo — era *proximidade* e *companheirismo*. Isso podia ser obtido com abraços carinhosos, e Andreas, tendo suas necessidades satisfeitas de outra forma, era bom em matéria de abraços carinhosos. A internet tornara mais fácil que os dois se comportassem como crianças.

Ele levou meio ano para entender que, longe de escapar, se enredara ainda mais na armadilha. Acreditava que, se fosse incapaz de viver uma vida razoável com a bela Annagret, estando unido a ela pelo segredo de ambos e por suas velhas fantasias de redenção, ele nunca voltaria a mobilizar esperança suficiente para viver com ninguém uma vida razoável. Deixá-la significaria admitir que sempre houvera algo de errado com ele. Mas havia algo de errado com ele. Era agora um onanista ainda mais compulsivo que na adolescência. A repetição era objetivamente tediosa, porém ele não conseguia parar. Já não exerciam mais efeito as fórmulas cabalísticas em defesa do bom comportamento que haviam funcionado por algum tempo, assim como seus esforços escrupulosos de imaginar as circunstâncias pelas quais uma adolescente permitia que três russos com jeitão de bandidos ejaculassem em sua cara diante de uma câmera e sentir compaixão por ela. O que acontecia no mundo virtual, onde a beleza existia com o propósito de ser odiada e conspurcada, era mais irresistível do que aquilo que acontecia no mundo real, onde a beleza parecia não ter nenhum propósito. Começou a temer ser tocado por Annagret. Respirava fundo para não se encolher na hora. A proximidade e o companheirismo eram precisamente o que agora ele era incapaz de suportar, e se tornava mais desesperadoramente importante que ela não descobrisse isso e fosse embora enojada. Sem a idealização dela, não havia esperança para ele. Passou a se indagar se o suicídio, sua própria morte, era o que o Assassino de fato desejava.

Embora soubesse que o Assassino era seu inimigo, nunca foi capaz de odiá-lo. Sempre que tentava se dizer que o odiava, sua mente dava um passo atrás e via que ele estava mentindo: com toda a honestidade, Andreas queria ser exatamente o que era. Isso estava ainda mais claro na falta de culpa que sentia por haver matado Horst Kleinholz. Nunca foi capaz de desejar não ter feito aquilo. Na verdade, quando estava sendo totalmente honesto consigo próprio, se sentia imensamente feliz pelo que tinha acontecido. E o mesmo valia para as tardes que passava tocando punheta diante de seu potente computador. Condenava o que estava fazendo pelos princípios nos quais gostaria de crer, porém nunca conseguia odiar o ato no momento em que o executava. Em vez disso, se ressentia de Annagret, se ressentia de suas próprias considerações morais e de suas outras responsabilidades por serem um obstáculo à sua compulsão. E, no entanto, era complicado porque, quando seu ego observador se afastava do computador sobre o qual estivera curvado com as calças em volta dos tornozelos, ele detestava o que via. Ele não tinha sido feito para se odiar subjetivamente, mas de fato odiava o objeto que era no mundo, o objeto vergonhoso e desprezível em que havia algo de muito errado. E estava começando a lhe ocorrer que Annagret e sua mãe poderiam ficar bem melhor sem aquele objeto, que ele deveria ter procurado uma ponte mais alta da qual saltar quando era adolescente.

Num estado bem próximo do desespero, escreveu uma carta para Tom Aberant. Ao longo dos anos, ele e Tom haviam mantido uma correspondência por cartões-postais. Os cartões de Tom refletiam o tom sardônico típico dos norte-americanos que Andreas tanto apreciara nele, embora não exibissem o calor confessional que o incitara a fazer sua própria confissão. Na carta, tentou ressuscitar esse calor. Disse que agora entendia o que se passara no casamento de Tom; mencionou, com o que esperava ser um humor autodepreciativo, que estava excessivamente preocupado com a pornografia na internet; sugeria que algum negócio poderia levá-lo em breve a Nova York. Não deveria ser difícil para Tom ler nas entrelinhas e discernir um pedido de ajuda. Mas o cartão enviado em resposta era sardônico e distante, não contendo nenhum convite para que fosse a Nova York.

Por incrível que pareça, a salvação veio de sua mãe. Convidado para almoçar no seu apartamento numa sexta-feira chuvosa de setembro, quatro dias antes do golpe de mestre da Al Qaeda, Andreas chegou atrasado porque lhe pareceu necessário, antes de sair de casa, ter mais um orgasmo a fim de se rebaixar ao máximo. A depressão podia ser um tipo de narcótico, entorpecendo o impulso de discutir com Katya e contradizê-la. Quanto menos lhe falasse, melhor. O ideal mesmo seria não almoçar com ela, mas sua mãe havia dito que precisavam discutir o futuro de Annagret em privado. Insinuou que tinha a ver com seu novo testamento.

Naturalmente, isso se revelou uma mentira. No apartamento, enquanto ela servia a comida comprada na Galeria, Andreas lhe perguntou, entorpecido, sobre o testamento.

"Não chamei você para vir aqui conversar sobre meu testamento. Isso é coisa que só interessa a mim."

Ele suspirou. "Só perguntei porque você mencionou o testamento quando me telefonou."

"As duas coisas não estão relacionadas. Sinto muito que você tenha pensado que estavam."

O narcótico estava funcionando. Ele não discutiu.

"Você parece muito cansado", ela disse.

"A vida na Era do Computador."

Quando se sentaram para comer, a cachorrinha se aproximou dela. Katya sorriu para Andreas. "Temos que fazer esse teatro em cada refeição."

"Que teatro?"

"O teatro da recusa e da disciplina."

"Lembro disso muito bem."

"Lessing", ela disse para a cadela. "Não fica bem para você suplicar."

A cachorrinha latiu e pôs as patas na coxa revestida de linho de Katya.

"É terrível. Como se eu fosse o animal de estimação dela, não o contrário." Deu à cadela um pedaço de batata cozida. "Trate de ficar feliz com essa batata", ela disse. "É tudo que vai ganhar."

"Muito bem", disse Andreas. "Não estou com muita fome e tenho um bocado de coisas para fazer."

"Está bem, bobagem minha imaginar que você poderia passar algumas horas com sua mãe."

"Você sabe que prefere ler sobre mim a provar da minha pessoa em carne e osso. Por que fingir?"

A cachorrinha pousou as patas sobre a coxa dela outra vez. Ganhou novo pedaço de batata.

"Vou direto ao ponto", ela disse. "Estou preocupada com Annagret."

Entorpecido como estava, exausto como estava, ocorreu-lhe que, se o almoço não fosse muito longo, ainda poderia ter algumas horas livres com o computador antes que Annagret voltasse. Certamente não havia nada que o fizesse gostar do mundo real onde habitava.

"Andreas", disse Katya, "acho que ela vai ter que abandonar você."

"O quê?"

"Você sabe que eu sempre gostei dela — quase como se fosse minha própria filha. Em certo sentido, ela *tem sido* minha filha. Realmente não tem outra mãe."

"Então... como é? Tenho dormido com minha irmã?"

"Deixo para você ter um pensamento desses e a ideia de expressá-lo em voz alta. Você sabe muito bem que eu não quis dizer isso. Quis dizer que nos tornamos muito próximas."

"Notei."

"E também conheço *você* melhor que qualquer outra pessoa no mundo."

"É o que você gosta de dizer."

"Nunca me preocupo com o que vai acontecer com você. Você é uma pessoa dominante, nascido para dominar, e todos podem sentir isso. Pode fazer o que quiser, e de algum modo o mundo vai encontrar um jeito de amá-lo pelo que você fez. Você foi extraordinário desde o dia em que nasceu."

Ele visualizou aquela pessoa extraordinária e dominante quarenta e cinco minutos antes, com as calças arriadas, tocando uma bronha. "É o que você gosta de dizer."

"Bem, Annagret não é como você. É inteligente, mas não brilhante. Admira você, porém não é como você. E estou achando — isso é só uma suposição — que ela decidiu que não está à altura de alguém tão brilhante e dominante. Não há outra explicação. E…" O rosto de Katya se endureceu. "Odeio dizer isso, mas acho que ela tem razão."

"Continue", disse Andreas.

"Estamos falando em confiança."

"Claro."

"Lessing…" Deu uma costeleta de porco inteira para a cadela, que saiu correndo. "Está feliz agora?", perguntou em tom zombeteiro para o animal que se afastava.

"Agora estou começando a entender por que você continua tão magra", disse Andreas.

"Annagret me confessou uma coisa."

Ele se sentiu como se estivesse prestes a desmaiar.

"Prometi a ela que não falaria nada para você. Estou quebrando agora a promessa e não peço desculpas por isso. *Those that betray them do no treachery.*"* Katya estava citando alguma coisa em inglês. "Além disso, acho que ela sabia que eu iria contar a você. Disse que estava pesando na consciência dela… mas por que contar para *mim*? Ela sabe muito bem que sou sua mãe."

Ele franziu a testa.

"Ela não é a pessoa certa para você, Andreas. Pensei que seria a última pessoa a dizer isso. Mas ela não é a pessoa certa, e estou muito aborrecida com ela agora. Em certo sentido, ela também me traiu."

---

* "Trair nesse caso é ser honesto." Cena III, ato 5 da peça de William Shakespeare *As esposas alegres de Windsor*.

"Sobre o que exatamente estamos falando?"

"Tenho certeza de que há tensões na vida de vocês dois. Nenhum casal pode viver dez anos sem tensões. Mas olhe só para você!" Ela o encarou de alto a baixo com um brilho fanático no olhar. "Ela não devia amar mais ninguém além de você!"

Sua mãe pelo jeito tinha incontáveis maneiras de perturbá-lo. Sempre pensava que já tinha visto todas, que ela por fim esgotara seu estoque. Mas sempre havia algo mais.

"Annagret tem uma opinião de mim melhor do que a que mereço", falei baixinho. "Não sou uma pessoa tão boa assim."

"Só posso imaginar o que ela pensa, mas me parece que ela está numa espécie qualquer de relacionamento com uma mulher no centro comunitário dela. Não sei quão longe foi, mas é claro que o suficiente para que precisasse confessar — e *a mim*. Bem, fiquei sem saber o que falar. Perguntei se ela achava que era lésbica. Ela disse que não. Não fez muito sentido o que estava dizendo, mas entendi que a mulher é mais velha e elas têm um tipo de amizade-que-é-mais-que-só-amizade. Ficou usando a expressão *uma forma especial de proximidade*, o que quer que isso signifique. E queria que eu — eu! — lhe dissesse o que isso significa."

Ele conhecia a pessoa em questão. "O nome da mulher é Gisela?"

"Andreas, estudei literatura a vida inteira. Sei umas coisinhas sobre a psicologia humana. O que estou vendo é que Annagret não serve para você, e ela sabe disso. Mas não vou ser eu quem vai dizer isso a ela. Na verdade, não estou segura de que preciso voltar a vê-la."

Se dava para acreditar em Katya (reconhecidamente uma bela dúvida), Annagret havia lhe dado um presente maravilhoso, um deus ex machina, uma saída da armadilha. No entanto, ele tinha suas suspeitas. Parecia que Annagret o conhecia mais do que Andreas imaginara e, enojada, tinha procurado conscientemente alguém que lhe desse o que ele não dava. Será que ela se sentiria culpada o bastante para manter a boca fechada depois de se livrar dele?

"As pessoas têm casos o tempo todo", ele disse. "Você teve casos e continuou casada. Não precisa significar nada de importante."

"Se fosse você que estivesse tendo um caso", disse Katya, "não seria necessariamente importante. Você tem uma alma de artista, acima do bem e do mal. Mas ela é pequena demais para você. E sabe disso. Ela própria me disse como é difícil viver à sua sombra."

"Não vi nenhum sinal disso."

"Ela não diria a você. Disse a mim. E buscou alívio nessa amiga especial e me disse isso também. Você, que é tão bom em matemática, me diga quanto é dois mais dois."

"Isso é tão doentio. Estarmos tendo esta conversa."

"Sinto muito. Sei como você se importa com ela. Mas realmente não acho que preciso voltar a vê-la. Minha lealdade é para com você, não para com a pessoa que crê que é necessário traí-lo."

Ele se pôs de pé e se afastou da mesa. Se dava para acreditar em Katya, Annagret se culpava e ainda o idealizava. A porta de saída estava escancarada. Porém, de repente, ele sentiu uma pena terrível dela. Ela ainda o reverenciava e se considerava pequena em comparação a ele, estava tão sozinha a ponto de rastejar até Gisela: voltou a sentir a doce compaixão que experimentara no santuário da igreja de Siegfeldstrasse, e com ela toda a esperança que investira em Annagret, a inocência de seu desejo de ser uma pessoa melhor, antes de mergulhar na sujeira e na dúvida. Sua adorada judoca perdida.

"Andreas", sua mãe falou baixinho.

Ele se virou para ela, lutando para não chorar. "Foi *errado* você me contar."

"Nada que uma pessoa faça por amor pode ser errado."

"Errado! Errado!"

Fugiu pela porta da frente, passou pelo elevador e desceu pelas escadas, onde podia soluçar sem medo de ser descoberto por sua mãe. Havia anos que não tivera um único fiapo de prova de ser feliz com Annagret. Tudo em sua existência miserável depunha contra os dois, inclusive, naquele momento, o pau recentemente esfolado dentro da cueca. Ele não poderia ser mais infeliz sem ela do que já era, e ela também ficaria mais feliz sem ele. Nada disso, porém, diminuía seu sofrimento. Nunca sentira tamanho sofrimento. Parecia que, afinal de contas, ele a amava.

No entanto, o sofrimento passou. Antes de chegar em casa já conseguia vislumbrar seu futuro. Nunca voltaria a cometer o erro de tentar viver com uma mulher. Por qualquer motivo (provavelmente sua infância), não estava preparado para tal, e só lhe cabia ter a força de aceitar isso. O computador o tornara um fracote. Tinha também uma recordação tênue e vergonhosa de haver deitado no colo de Annagret, querendo ser o bebê dela. Fraco! Fraco! Mas agora sua mãe, a intrometida, lhe oferecera o pretexto de que necessitava para se livrar dela e de Annagret. Um deus ex machina duplo, a sorte de um homem destinado a dominar. Naturalmente, era irônico que justo Katya tivesse conseguido fazer com que ele reassumisse sua força e encarasse a própria fraqueza. Irônico que, embora ela fosse uma mentirosa, Andreas houvesse reconhecido a verdade da descrição que fizera dele. Irônico que ficaria devendo sua nova liberdade a ela. Mas isso não tornava sua intromissão menos infame. Ela conseguira torpedear o relacionamento futuro entre os dois.

Em casa, ele limpou o disco rígido de todos os downloads obscenos. Seu novo senso de propósito e sobriedade parecia valer a esbórnia compulsiva por que tivera de passar antes de alcançá-lo. Lavou os pratos na pia e os secou. Viu que em breve estaria levando outras mulheres para onde quer que fosse morar, uma depois da outra — a repetição de um homem forte —, e que esse novo lugar teria de ser limpo e arrumado para demonstrar seu autodomínio.

Estava sentado com as costas retas diante do computador, aplicando seu autodomínio à lista de e-mails não lidos, quando Annagret voltou para casa com alguns deprimentes legumes orgânicos numa sacola de barbante.

"Só vim para trocar de roupa", ela disse. "Temos uma manifestação contra os aluguéis."

"Ótimo", ele disse. "Mas antes se sente aqui um minutinho."

Ela entrou na sala de visitas, sentou na beirada de uma cadeira e cravou os olhos no chão. Parecia irradiar culpa. Interessante como não percebera isso antes. Ele havia planejado cuidadosamente as palavras que usaria, mas, agora que devia pronunciá-las, hesitou. Ainda sofria, e se perguntou se não deveria dizer algo muito diferente com seu renovado senso de comando: *Chega dessa merda, chega desses abracinhos. Tire a roupa. Agora vamos fazer as coisas de outro jeito.* Era possível que ela gostasse; era possível que isso os salvasse. Mas o mais provável era ela recusar, o que o feriria e envergonharia, e em todo caso não faltariam muitas outras mulheres com quem ele poderia falar assim. E essas mulheres eram atraentes para ele como não tinham sido antes.

"Não estamos felizes juntos", ele disse.

Ela curvou a cabeça e se mexeu, desconfortável. "Tem sido difícil ultimamente, eu sei. Não estamos muito próximos. Sei disso. Mas…"

"Sei sobre você e Gisela."

Ela ficou muito vermelha, e ele sentiu nova onda de compaixão mas também, pela primeira vez, de raiva. Ela o traíra, exatamente como Katya havia dito. Até então, não sentira a menor raiva.

"Vá para ela", ele disse friamente. "Fique com ela. Vou arranjar outro lugar para morar."

Ela curvou ainda mais a cabeça. "Não é o que você pensa…"

"Não me interessa o que seja. De qualquer forma, não passa de um pretexto. Não devíamos estar juntos."

"Mas quem contou pra você?"

"As pessoas chegam a mim com todo tipo de sujeira. Meu trabalho é saber das coisas."

"Katya contou?"

"Katya? Não. De um modo ou de outro, não interessa. Você gosta de viver comigo, no duro?"

Ela demorou um pouco para responder. "Antes era melhor, quando a gente se sentia mais unido… Acho que você é uma boa pessoa… Um grande homem. Só que…"

"O quê?"

"Às vezes me pergunto por que mesmo você quis ficar comigo."

Ouvindo isso, o Assassino entrou em estado de alerta.

"Foi você que disse que a gente tinha que ficar junto", ela disse. "No fundo do coração, eu sabia que estava errado. Pensei que havia um modo de a gente não sentir tanta culpa, se a gente ficasse separado, mas quando a gente ficou junto isso significou que a culpa estava ali desde o começo."

"Eu estava apaixonado por você. Cometi um erro."

"Eu também estava apaixonada por você. Mas nunca foi certo, não é?"

"Não."

Ela começou a chorar. "E agora nunca vamos superar o que fizemos."

"Não enquanto continuarmos juntos."

"Estou tão cansada de viver com isso. Sinto muito ter feito outra coisa ruim, nem é o que você imagina. Acho que pensei: 'Como sou mesmo culpada, que importa o que eu faça ou não faça?'."

"É bom que tenha feito. Eu não teria coragem."

Pensou se não devia ir em frente e mencionar agora o computador, pôr às claras suas próprias transgressões e oferecer a ela uma consoladora companhia na culpa. Mas o Assassino disse não. No momento, o Assassino só tinha um objetivo: certificar-se de que ela não teria uma justificativa moral para traí-lo contando a alguém sobre o assassinato. Embora ele sofresse por vê-la

517

chorando e pedindo desculpas, isso também lhe dava mais segurança. Ela ainda se sentia indigna por haver desejado Horst, por ter sido vítima de um abuso sexual; e, apesar de sentir pena dela, Andreas estava ao mesmo tempo saboreando sua iminente liberdade. A doce liberdade de escapar de tudo, de nunca mais ter de ver as amigas molambentas e dedicadas de Annagret, de nunca mais ter outra discussão.

"A gente poderia ter passado dez anos na prisão", ele disse. "Em vez disso, passou dez anos junto. Talvez essa tenha sido nossa prisão. Talvez a gente tenha cumprido nossas sentenças. Você só tem vinte e oito anos — pode fazer o que quiser agora."

"Você tem razão. Tinha começado a parecer uma prisão. Tinha... Ah! Sinto muito!"

"As coisas vão melhorar quando você estiver livre da prisão."

"Sinto muito!"

"Não sinta muito. Vá. Vá a seu protesto."

O sofrimento voltou quando ela partiu. Ele saudou esse sofrimento, quase se deleitou nele, porque era uma emoção real, não maculada pela dúvida com respeito a seus motivos secretos. Como a compaixão que lhe dava origem, esse sentimento sugeria que, afinal, talvez não houvesse algo tão errado com ele. Talvez, se tivesse o cuidado de nunca mais viver com outra mulher, poderia justificar o alto conceito que as outras pessoas tinham dele. Quem sabe o Assassino era apenas um produto de sua imaginação, uma projeção de seu senso moral avariado mas ainda fundamentalmente sólido, um artefato do infortúnio de o amor de sua vida ser também a pessoa com quem havia cometido um assassinato. Um infortúnio, sem dúvida. Porém talvez fosse suficiente para explicar seus sentimentos malignos, sua raiva, seu ciúme, sua dúvida radical, suas ânsias doentias. Talvez, com o autodomínio, ele agora pudesse deixar tudo isso para trás.

Depois que os aviões atingiram Nova York e Washington, Annagret correu para casa a fim de ver se ele estava bem. Isso era irracional, mas não incomum naquele dia; havia uma sensação de que, com coisas loucas acontecendo nos Estados Unidos, elas também poderiam estar acontecendo em outros lugares, com qualquer pessoa. No entanto, ele e Annagret vinham se distanciando por tanto tempo que, quando o fio que os unia foi rompido, eles elasticamente saltaram ainda mais longe um do outro, sem quaisquer amigos ou interesses em comum. Na verdade, só lhe restara a convicção sentimental e por vezes penosa de que ela tinha sido o amor de sua vida.

Cortar o cordão com Katya não foi tão fácil. Ele apagava suas mensagens telefônicas sem ouvi-las e, quando ela foi procurá-lo pessoalmente, fechou a porta na cara dela e passou o ferrolho com estrondo; uma semana mais tarde, se mudou para um apartamento novo e mais seguro em Kreuzberg. Mas não era difícil achar seu número de telefone e, mais adiante no outono, depois que ele aparecera nos noticiários por haver denunciado a venda de computadores alemães para Saddam Hussein, um de seus maiores vazamentos na internet, Andreas recebeu a chamada de um homem que disse ter um documento que lhe interessaria.

"Se é papel, ponha no correio", disse Andreas. "Se é digital, mande por e-mail para mim."

O interlocutor tinha um sotaque berlinense e cordas vocais que pareciam flácidas pela idade. "Prefiro levá-lo em pessoa."

"Não. Como pode imaginar, atualmente temo pela minha segurança pessoal."

"Não vou lhe levar uma bomba. É só um documento. E se refere a você pessoalmente."

"Mande pelo correio."

"Não creio que entendeu bem. As revelações neste documento dizem respeito a você em particular."

Andreas não sabia quem, além de Tom Aberant, ainda seria capaz de revelar seu velho crime. O capitão Wachtler, que lhe levara as fichas na sede da Stasi, tinha morrido fazia tempo — Andreas se valeu de sua posição na Comissão Gauck para traçar a curva descendente do estado de saúde dele; porém, na velha cadeia de comando, existia um número indeterminado de funcionários anônimos acima e abaixo de Wachtler. Seriam todos velhos com sotaque berlinense. Era possível que estivesse falando com um deles agora.

"O que exatamente você quer?", ele perguntou no tom mais tranquilo possível.

"Quero que me ajude a publicar o documento."

"Muito embora ele se refira a mim."

"Sim."

Andreas concordou em se encontrar com o indivíduo na biblioteca da Amerika Haus, onde a segurança era rígida. O homem que o esperava lá, na tarde seguinte, tinha uma bela, arruinada e lisa cara de bêbado. Parecia ter sessenta e muitos anos e vestia roupas surradas dos tempos dos beatniks, uma camisa vermelha de gola rulê, um paletó de veludo cotelê com proteção de couro nos cotovelos. Claramente não se tratava de um ex-membro da Stasi. Havia uma pasta à sua frente, sobre a mesa da biblioteca.

"Então voltamos a nos encontrar", ele disse, com um sorriso, quando Andreas se sentou diante dele.

"Já nos encontramos?"

"Eu era mais moço. Usava barba. Passei uma semana dormindo embaixo de uma ponte."

Andreas nunca o teria reconhecido.

"Como vai, meu filho?", seu pai perguntou.

"Não muito mal, até este momento."

"Venho seguindo suas façanhas. Espero que não se importe se lhe disser que sinto orgulho de você. Orgulho e alguma satisfação maliciosa, já que, na última vez em que nos encontramos, você não tinha o menor interesse em conhecer nenhum segredo. Como o mundo dá voltas, não é mesmo? Agora seu negócio são os segredos."

"Estou sacando a ironia. O que você quer?"

"Algum contato vez por outra com você não seria ruim."

Como explicar a aversão que ele sentia diante de tal perspectiva? Não era apenas a camisa vermelha de gola rulê, as proteções para os cotovelos. É que ele tomava o partido da memória de seu outro pai. "Não estou interessado."

O sorriso de seu pai ficou mais forçado. "Claro que você é um filho da puta arrogante. Cresceu cercado de privilégios, tudo correu sempre a seu favor. Como poderia ser alguém diferente?"

"É um bom resumo."

"Suponho que ainda se dê bem com sua mãe."

"Nem um pouco."

"É chocante ver como ela quase não mudou nada."

"Você a viu?"

"Da porta, por um instante."

"O que você quer?"

Seu pai abriu a pasta e de lá retirou um manuscrito com três dedos de grossura. "Você não tem curiosidade de saber. Mas posso lhe dizer que nem tudo correu bem para mim. Fui mandado de volta para a prisão. Saí e dirigi um táxi até que a Stasi acabou. Casei com uma moça simpática mas alcoólatra. Também passei a beber um bocado. Estou sóbrio agora — obrigado por perguntar. Tive um filho — outro filho — com sérios problemas congênitos. Minha mulher cuidou dele até morrer, dois anos atrás. Nosso menino está atualmente numa instituição, não muito boa, mas a melhor que consegui. Depois das mudanças, arranjei um emprego como professor de inglês a alunos da oitava e nona séries. Tenho agora uma pequena pensão por causa disso, mas vivo basicamente da caridade do governo."

"História triste", disse Andreas com honestidade. "Sinto muito."

"Você não tem nenhuma responsabilidade por isso. Não vim aqui para acusá-lo. Estou certo de que não foi fácil ter Katya como mãe. Fui destruído depois de apenas seis anos com ela. Ou, não, isso não é justo. O tempo todo eu fiquei louco por ela. O lado que ela nunca mostraria a uma criança realmente não era de jogar fora."

"Acho que vi um pouco desse lado."

"Ela é sublime do jeito dela. Mas, naturalmente, também me destruiu."

"E então…"

Com a mão trêmula, seu pai empurrou o manuscrito por cima da mesa. "Depois de aposentado, comecei a escrever. Estas são as minhas memórias. Dê uma olhada."

O crime do amor. De Peter Kronburg. Andreas ficou triste ao ver o nome do pai. Sem um nome, a existência dele fora convenientemente fantasmagórica.

"Quero que o leia", disse Peter Kronburg. "Não vai exigir um grande esforço — sou um bom escritor, estilo limpo. Sua mãe sempre disse isso."

"Sem dúvida. E imagino que há cenas detalhadas de sexo com ela? O próprio título promete que sim."

Peter Kronburg ficou um pouco vermelho. "Só quando pertinente numa história mais ampla sobre a vida privada do Comitê Central."

"Minha mãe não fazia parte dele."

"O marido fazia. As descrições de sexo se mantêm dentro dos limites do bom gosto e, de toda forma, isso é só metade do livro. O resto é sobre a prisão e a 'justiça' socialista."

"E eu. Você disse que se referia a mim."

Peter Kronburg ficou mais vermelho. "No final, conto sobre nosso primeiro encontro, e admito que mencionei esse aspecto nas consultas aos editores. Me disseram que é importante descrever um plano de publicidade na carta-consulta."

"A *história ainda não contada das sórdidas origens de Wolf*. E você quer minha ajuda?"

"Acho que, com seu nome ligado ao plano de publicidade, o livro pode ser um sucesso de vendas. Tenho um filho excepcional para ser cuidado depois que eu morrer. O livro ao mesmo tempo compartilha da *Ostalgie** e representa uma crítica feroz a ela. Estamos num momento histórico perfeito para publicá-lo."

"É incrível que você não tenha provocado uma guerra de ofertas."

Peter Kronburg balançou a cabeça. "Sempre recebo a mesma resposta. Parece que todas as editoras já têm no prelo muitas memórias de alemães-orientais. Uma única editora pediu para ver o manuscrito, e uma mulher com voz de garota mandou de volta dizendo que não tinha coisas suficientes sobre *você*."

Andreas se sentiu triste por seu pai. Por sua pequenez diante da grandeza do filho. Por sua tentativa de fazer um negócio da China a partir de uma posição marginal, por sua conversa sobre um *plano de publicidade*. Era doloroso ver velhos Ossis tentando macaquear o comportamento de Wessis,** tentando dominar a gíria da autopromoção capitalista.

"*Encontrei meu filho uma segunda vez na biblioteca da Amerika Haus*", disse Andreas. "Esse encontro podia ser a coda de seu livro."

Peter Kronburg balançou de novo a cabeça. "O propósito do livro não é envergonhá-lo. Não tenho raiva de você. De sua mãe, de seu pai, da Stasi, sim. Mas não de você. A menos que se importe em proteger Katya, o livro não vai feri-lo em nada. Pelo contrário, acho eu."

"Como assim?"

"Tal como entendo, seu próprio plano de publicidade é a luz do sol. Se você endossar o livro, se me ajudar a apresentá-lo outra vez às editoras — aos

---

* *Ostalgie* é uma fusão das palavras *Ost* (Oriente) e *Nostalgie* e alude à nostalgia por certos aspectos da vida na Alemanha Oriental.

** *Ossi* e *Wessi* são os termos que designavam os cidadãos, respectivamente, das Alemanhas Oriental e Ocidental.

chefões, e não a menininhas assustadas com vinte e três anos de idade —, vai demonstrar que nenhum segredo é tão sagrado que você não o revelará. Vai ser até mais famoso. Sua lenda só vai crescer."

E a sua junto, Andreas pensou. Talvez seu pai não fosse tão bobo quanto imaginara. Não tão diferente dele. Talvez em nada diferente, só menos sortudo.

"E se eu não ajudar você? Vai procurar a *Stern* e lhes dizer que sou um hipócrita?"

"Estou fazendo isso por meu filho — meu outro filho — e pela justiça. E nem estou certo de que a justiça seja tão importante neste momento. Não é novidade para ninguém que a Stasi e gente como seus pais eram maus. Mas, no mundo que veio depois deles, o dinheiro é muito importante."

"Não tenho dinheiro para você."

"Suspeito que, com o tempo, terá."

Andreas folheou as páginas do manuscrito produzido por uma impressora de computador. Seus olhos bateram na frase: *De quatro, ela era uma gata selvagem.* Não havia necessidade de ler mais do que isso. Mas ele estava curioso, um pouquinho, sobre o indivíduo de camisa vermelha de gola rulê do outro lado da mesa. Será que sempre tinha sido interesseiro? Tinha imaginado que podia se agarrar à saia de Katya, como o amante dela, para obter poder e prestígio no sistema socialista? Ser mandado para a prisão como subversivo não era uma *injustiça* se a pessoa queria de fato subverter o regime. Injustiça era ter sido um *apparatchik* e não receber a recompensa prometida.

"Não vou lhe dar dinheiro", ele disse. "Também não quero vê-lo outra vez. Enterrei meu pai e não preciso de outro. Mas vou ler o livro e ver o que posso fazer."

Com evidente emoção, Peter Kronburg estendeu a mão trêmula por cima da mesa. Andreas a apertou como um presente de despedida. Pegou depois o manuscrito e saiu sem mais uma palavra.

Uma década antes, ele lera cuidadosamente sua ficha na Stasi. No geral ela era tediosa, porque ele nunca fora objeto de alguma operação relevante, porém havia algumas surpresas. Pelo menos duas das cinquenta e três garotas "em situação de risco" com quem trepara tinham sido colaboradoras não oficiais, negando sua teoria de que a Stasi raramente empregava mulheres e nunca tão jovens. Uma das informantes tinha reportado que ele fazia piadas inapropriadas sobre o Estado, propagava o desrespeito pelo socialismo científico junto às garotas que aconselhava e explorava sua autoridade na igreja para tirar proveito sexual delas; que, depois de *se esforçar para ganhar sua confiança absoluta se sujeitando a ter relações com ele* e descobrir que Andreas tinha *tendências sexuais anormais* (com o que presumivelmente se referia ao fato de que ele preferia chupar sua boceta subversora do Estado a beijar sua boca sancionada pelo Estado), ela fingiu ter grande interesse no ativismo ambiental; e ele havia rido e dito que *a única coisa verde que lhe interessava eram os picles*. Verificou que essa informante tinha vinte e dois anos; lembrava-se apenas de seu nome, não de seu rosto. A outra, de quem se lembrava melhor, tinha realmente dezessete anos. Havia reportado que ele *não confraternizava com outros elementos antissociais na igreja, não encorajava o questionamento dos princípios fundamentais do pensamento marxista-leninista e se apresentava como um exemplo admonitório das consequências de um comportamento contrarrevolucionário frívolo*. Não por coincidência, também nada tinha contra o sexo.

A outra pequena surpresa em sua ficha foi que, até setembro de 1989, sua mãe recebeu uma visita da Stasi na primeira sexta-feira de cada mês simplesmente para confirmar que não tivera nenhum contato com o filho. Os relatórios sobre essas visitas, somando mais de cem, eram breves e basicamente idênticos, exceto que nos três primeiros anos incluíam anotações, datilografadas em uma máquina de escrever diferente, confirmando que o grampo no telefone do escritório dela não acusava nenhuma ligação com AW. No primeiro relatório sem tais anotações, alguém havia escrito *monitoramento telefônico de KW suspenso a pedido do Subsec. W.*

Andreas, a contragosto, havia se emocionado ao ver como a própria Katya tinha sido oprimida pela Stasi. Ele nunca conseguia passar por alto as muitas formas como ela era uma vítima — de sua própria instabilidade mental, de pais que a tinham arrastado de volta para a República em vez de a deixarem na Inglaterra, de uma polícia secreta que havia exilado e possivelmente matado aqueles pais, de um marido a quem não amava mas a quem precisava obedecer, de um sistema que sufocava seu brilho natural, de um amante que voltava a Berlim para atiçar seu filho contra ela e, por fim, daquele próprio filho. Em geral ele a odiava, embora o potencial para a compaixão continuasse à espreita dentro dele. Compaixão pela garota quebrada, perdida e vitimizada que ela fora. Às vezes até mesmo se perguntava se não havia visto uma Katya na Annagret de quinze anos; se essa era a ideia real por trás da imagem que fazia dela.

Ao levar para casa o manuscrito de Peter Kronburg, sua compaixão estava ativa. Embora pudesse entender que Kronburg estava certo, que encontrar um meio de publicar *O crime do amor* poderia ajudar sua carreira, também podia ver que não o leria. Em parte por escrúpulo, mas sobretudo pela disposição de proteger a mãe. Os poucos amigos atuais de Katya eram ingleses e velhos Wessis — ela não queria nem saber da *Ostalgie* —, e provavelmente os perderia se lessem o livro. Mesmo numa era de esquecer e perdoar, sua colaboração para pôr na cadeia por dez anos um homem inocente, como devia ter ocorrido, não poderia, uma vez relembrada, ser esquecida com facilidade. A orgulhosa mãe do Portador da Luz do Sol se transformaria na mãe desonrada.

Por isso, ao contrário do que tinha jurado a si mesmo, foi vê-la mais uma vez. Quando Katya chegou à porta, estava amuada por ele a ter evitado ao longo de três meses, porém o amuo se transformou em raiva quando Andreas a fez se sentar e explicou a situação.

"É porque me recusei a vê-lo de novo", ela disse. "Deve ter voltado para casa e se vingado da única forma que podia."

"Até onde eu vejo, ele está atrás de dinheiro."

"Já tentou me morder antes, agora está fazendo isso outra vez."

"*It takes two to tango*", Andreas citou em inglês.

"Não vou discutir isso com você. Tenho arrepios só de pensar em você lendo a versão dele."

"A verdade é uma coisa complicada, não é mesmo?"

"Ele mantinha contatos subversivos com o Ocidente. Estava apaixonado pelos Estados Unidos, em especial pela música. Está mentindo se disser que houve qualquer outra razão para sua pesada sentença."

"Ah, mamãe!"

"O quê?"

"Conta outra! Ele mereceu dez anos de cadeia porque era fã do Elvis?"

Katya jogou a cabeça para trás. "Foi uma época muito assustadora, e ele se mostrou desleal. Queria sair do país comigo e, quando levantaram o Muro, ficou desesperado. Tentou me destruir, *nos* destruir, a seu pai e a mim. Não imagino que você leia nada disso na versão dele."

Mais uma vez, entre tantas, sua desonestidade era o ácido que dissolvia a compaixão. Ele a procurara desejando protegê-la de uma situação embaraçosa. Se ela tivesse sido autêntica por um instante ao menos, admitindo que tinha cometido um erro e lamentando o que havia feito com Peter Kronburg, ele a teria protegido.

"Você o amava o bastante para ter um filho dele", ele sugeriu.

"Não diga 'filho dele'. Você foi meu filho, não dele."

"Essa é boa. Se eu tivesse podido renunciar a essa posição, teria feito num piscar de olhos."

"Você está numa boa. Você é magnífico. Será que sua infância foi assim tão má?"

"Bom ponto. Sou uma demonstração famosa de sua competência materna. Mas, se não o ajudar a publicar as memórias, ele pode me fazer parecer um hipócrita. Você gostaria disso?"

Ela negou com a cabeça. "É uma ameaça inócua. Ele não faria isso. Trate de queimar o manuscrito e esquecê-lo. As pessoas perderam o interesse em nossas roupas sujas. Isso vai passar."

"Talvez. Mas vamos fazer uma experiência mental: você prefere que eu seja malvisto a que você seja malvista? Pense com cuidado antes de responder."

Ela ficou olhando fixamente para a frente, as mandíbulas contraídas.

"Probleminha embaraçoso, não é mesmo?"

Ela se deixou cair sobre as almofadas do sofá, o olhar ainda vazio. Era como se ele pudesse observar sua pergunta criando um curto-circuito no cérebro conturbado da mãe. Imaginou a sequência: *Uma mãe amorosa sempre põe em primeiro lugar o bem-estar do filho, e ser uma mãe amorosa é legal, mas nesse caso pôr em primeiro lugar o bem-estar do meu filho acarretaria que as pessoas iam me ver de um jeito não legal, e o importante é não parecer não legal, porém ao ficar com medo de parecer não legal não estou pondo em primeiro lugar o bem-estar do meu filho, e uma mãe amorosa sempre põe em primeiro lugar o bem-estar do filho... Um círculo desse tipo.*

"Nenhuma resposta já é uma resposta", ele disse, pondo-se de pé. "Estou indo agora."

Ela não o deteve nem falou nada. A última expressão que viu em seu rosto foi de tamanha desolação que Andreas não se surpreenderia se ela pulasse da janela. Mas a diferença entre os dois era a capacidade de Katya de se autoenganar. Não se matou. Em vez disso, depois que ele se valeu de suas conexões nas revistas e encontrou uma editora para *O crime do amor*, e depois que o livro passou doze semanas na lista de mais vendidos da *Spiegel* e ele recebeu elogios universais por promovê-lo, ela se mudou para Londres e alugou um apartamento perto da casa da irmã viúva. Mais tarde publicou — na *London Review of Books*, ela não faria por menos — um longo ensaio autojustificativo e nojentamente desonesto sobre o pouco crédito a que faziam jus as memórias escritas por alemães-orientais. Continuou viva, bem viva.

Ele também. Havia muitas mulheres que gostavam realmente de sexo e queriam fazê-lo com ele, além da fama global a ser conquistada. Eram duas compulsões, porém não patológicas. Durante longo tempo, enquanto jovens talentosos vinham em bandos para o Projeto Luz do Sol, enquanto ele aplicou seus dotes matemáticos e lógicos para se tornar um tecnólogo excepcional e excelente criador de códigos, enquanto a excitação dos vazamentos aumentava com a expansão da internet, até que ele precisou de um guarda-costas para protegê-lo de maluquinhos e de uma equipe de advogados que trabalhavam de graça para defendê-lo dos governos e corporações que ele vivia para atazanar, seus dez anos de prisão com Annagret e o Assassino lhe pareceram como um longo pesadelo do qual despertara. Nunca mais viu a mãe, mas na grandiosa década que se seguiu à de 1990, enquanto saboreava a facilidade da monogamia em série e a alegria de ganhar sempre no jogo da fama, ele às vezes pensava na pergunta retórica que ela lhe fizera: sua infância havia sido realmente tão ruim? Mesmo quando escapou de ser preso na Alemanha Oriental e escapou à extradição da Dinamarca, encontrando refúgio precário em Belize, a sorte nunca o abandonou.

E então, certo dia em Belize, o Assassino voltou. Provavelmente jamais fora embora, mas Andreas só se deu conta dele quando estava saindo da mansão de praia de Tad Milliken depois de um almoço delicioso. Tad Milliken era o rei do *venture capital* do Vale do Silício que se aposentara em Belize a fim de evitar os inconvenientes de uma ação por estupro de menor na Califórnia. Era doido de pedra, um seguidor de Ayn Rand* que imaginava ser um

---

* Ayn Rand (1905-82) foi uma romancista, filósofa, dramaturga e roteirista norte-americana mais conhecida por dois romances (*The Fountainhead* [A nascente] e *Atlas Shrugged* [A revolta de Atlas]) e por criar um sistema filosófico chamado Objetivismo. Sua obra enfatiza as noções de individualismo e livre-iniciativa dentro do sistema capitalista.

*Übermensch** e "o avatar eleito da Singularidade",** mas era surpreendentemente uma ótima companhia se a conversa se limitasse a tênis e pescaria. Ele considerava Andreas a segunda pessoa de maior expressão na história mundial que morava em Belize, um outro *Übermensch*, e queria ser seu amigo, mas isso era meio complicado. Andreas precisava muito de dinheiro e esperava que Tad pudesse lhe dar algum, e Tad ainda tinha apologistas na internet que lembravam dele com carinho como o pai da Revolução e insistiam em que ele possuía uma imbatível alegação de insanidade no processo por estupro, mas Tad recentemente voltara aos noticiários por ter matado a arara de estimação de uma vizinha com o Colt 45 prateado que carregava por toda parte, e Andreas não podia se permitir ser visto em sua companhia. Bizarrices sexuais já haviam manchado a reputação de Assange. Andreas visualizou as pessoas digitando no Google "tad milliken" e vendo as palavras "Andreas Wolf" e "estupro de menor" na primeira página dos resultados da pesquisa, misturando os cabelos louros e a ocupação profissional dada a infeliz proximidade ortográfica de "Andreas" e "Assange", e recebendo a impressão subliminar de que ele tinha uma queda por meninas de quinze anos. O que não era mais verdade. Por isso, fazia esforços socialmente contorcionistas para esconder de Tad seu desejo de só encontrá-lo na mansão de praia ou no seu barco de pesca. Era ajudado pela circunstância de que, sempre que iam se encontrar, Tad mandava um motorista buscá-lo num Escalade com vidros escuros nas janelas.

Tad tinha mania de se autodocumentar. Carregava uma câmera acionada automaticamente no boné dos Yankees que nunca tirava da cabeça, além de um diminuto aparelho de vídeo preso por um cordão de lã em torno do pescoço. Durante o almoço, servido à beira da piscina por uma beldade descalça chamada Carolina, ao que parecia com não mais que dezesseis anos, Andreas havia perguntado se Tad, uma vez na vida, podia desligar as câmeras. Tad, que usava uma camisa havaiana desabotoada a fim de exibir sua barriga

---

* *Übermensch* é o termo alemão para "super-homem" e, tal como usado por Nietzsche no livro *Assim falou Zaratustra*, significa o indivíduo capaz de desenvolver a condição humana em sua plenitude.

** A Singularidade, como conceito tecnológico, é um evento hipotético relacionado ao desenvolvimento da inteligência artificial, quando um computador ou robô for capaz de se redesenhar criando máquinas cada vez mais potentes e uma superinteligência que os seres humanos serão incapazes de compreender.

528

de tartaruga marinha com abdominais bronzeados e bem trabalhados, riu e disse: "Você tem alguma coisa a esconder hoje?".

"Só estou pensando para onde vai toda essa informação."

"Deixe o sol brilhar, meu caro. Você está no programa *Candid Camera*." Tad riu de novo.

"Não é que não confie em você. Mas se alguma coisa acontecer com você..."

"Quer dizer, se eu morrer? Nunca vou morrer. Esse é o motivo de documentar toda a minha vida."

"Certo."

"As informações estão na nuvem, e a nuvem se renova sozinha eternamente. Qual a taxa de erro comparada com a replicação do DNA? Cinco ordens de magnitude menor. Tudo estará lá, preservado perfeitamente, quando reiniciarem meu sistema. Quero lembrar desse almoço. Quero lembrar dos dedinhos do pé de Carolina."

"Posso entender o que você tem a ganhar. Mas, do meu ponto de vista..."

"Você não se interessa pela nuvem."

"Não muito."

"Ela ainda está na infância. Você vai adorar quando reiniciarem o seu sistema."

"Já passo todos os dias pescando coisas repugnantes dentro dela."

"Ah, falando de peixe..."

Carolina tinha aparecido com uma travessa de peixes fritos em cima de folhas de bananeira. Ela empurrou a arma prateada de Tad e descansou a travessa, enquanto ele a puxava para o colo e lhe dava um beijo no lado do pescoço. O sorriso dela parecia algo forçado. Afastando o decote do vestido, Tad apontou a câmera de vídeo para dentro da roupa dela. "Também vou querer me lembrar disso", ele disse. "Especialmente disso aqui."

Carolina desviou o aparelho com um leve tapa e se soltou dos braços de Tad sem dizer uma palavra.

"Ainda está zangada comigo por causa do pássaro", disse Tad vendo-a se afastar.

"A repercussão na imprensa também não está nada boa."

"Ah, não é que ela gostasse do pássaro. Era pior do que viver ao lado de uma serraria, aquele bicho gritando. Ela simplesmente não acha certo eu ter matado sem usar uma espingarda. É um troço quase religioso, supersticioso. Não usarás um revólver para matar um pássaro. Não aceitou meu argumento de que um revólver é mais digno."

Andreas comeu um pedaço de peixe. "Falemos sobre a Bolívia."

"O país não tem costa marítima", disse Tad. Talvez a coisa mais repugnante nele fosse a maneira afetada com que apunhalava a comida com o garfo e a enfiava na boca, como se o contato com o alimento fosse um mal necessário. "Tinha uma saída para o mar, mas o Chile roubou. Seja como for, não posso viver lá. Preciso do mar. Mas há um lugar nas montanhas, Los Volcanes. O dono era um alemão que faz pesquisa ecológica. Contratei o sujeito quando estava pensando em dominar o mercado mundial de lítio. Ele me contou que estava voando num aviãozinho quando viu esse pequeno vale que era um Shangri-lá e se disse: 'Porra, por que não?'. Comprou por trinta e cinco mil dólares, incrível. Gastei um dia para ir lá e ver, e ele tinha razão. O lugar não é deste mundo. Ofereci um milhão, ele bateu o martelo em um e meio. Há coisas que você vê e simplesmente têm que ser suas."

"Tem eletricidade? Cabo?"

"Nada. Mas o país tem um presidente com quem se pode fazer negócio. Ele presidia a associação dos plantadores de coca quando foi eleito. Pensa que deixou de ser presidente dessa associação? Nunquinha! É isso que chamo de estilo. Presidente da Bolívia *e* da associação de plantadores de coca. Ele me enrabou na questão do lítio, mas para um cara como ele era a coisa certa a fazer. Porém agora me deve um favor. Posso fazer a apresentação. Posso arrendar Los Volcanes para você por um dólar por ano. E gastar uns dez milhões para melhorar a infraestrutura e cobrir as despesas operacionais — você vai precisar de uma linha de fibra óptica."

"Por que você faria isso por mim?"

"Você precisa de uma base segura. Eu preciso de um refúgio de última instância. Belize está funcionando bem para mim agora, adoro a polícia local, mas ainda estamos numa era pré-Singularidade. Se gente como eu e você vai recriar o mundo, precisamos de um lugar onde possamos enfrentar as disrupções da transição. Além disso, não vejo a Groenlândia derretendo antes da Singularidade, mas, se isso acontecer, as armas nucleares podem ser utilizadas. Já vai longe o risco de um inverno nuclear, mas ainda pode ocorrer um outono nuclear, um novembro nuclear, quando então você vai querer estar na linha do equador, num vale isolado no centro de um continente que não é alvo de ninguém. Certifique-se de que vai ter uma mulherada bonita, peças sobressalentes, cabras e galinhas. O lugar pode ficar muito acolhedor. Eu odiaria ter que me juntar a você lá, mas isso pode acontecer."

Tad parou de falar para arpoar seus pedaços de peixe e consumi-los com arrancos bruscos e desconfiados da boca. Depois afastou o prato, como se negasse algo vergonhoso.

"Não sei como dizer isso sem ser de um jeito meio brusco", disse Andreas, "ou por que estou me dando a esse trabalho com suas câmeras mandando esta conversa para a nuvem. Mas seria importante para mim que ninguém conhecesse a fonte do dinheiro."

Tad franziu a testa. "Eu sou motivo de embaraço para você?"

"Não, claro que não. Acho que a gente se entende bem. Mas tenho minha própria identidade no mundo e… como dizer isso? Seus problemas jurídicos não combinam bem com ela."

"Meus problemas jurídicos não são nada quando comparados aos seus, meu amigo."

"Eu violei a lei de segredos oficiais da Alemanha e a lei anti-hacking dos americanos. Isso é bem-visto até pela grande mídia. Certamente é melhor que uma acusação de caráter sexual."

"A velha mídia vive para me esculhambar. Sou o Disruptor Número Um, e eles sabem disso."

"Também sofro com isso. Razão pela qual…"

"De todos os sistemas antenimbusianos, o jurídico é para mim o mais intelectualmente ofensivo. 'O mesmo tamanho para todos' — meu Deus! É pior até que as construções com tijolo e argamassa. Quando temos o poder da computação para fazer qualquer coisa sob medida, por que cargas-d'água as pessoas ainda pensam que a lei deve se aplicar igualmente para todos? Nem todas as meninas de quinze anos são iguais, creia em mim. E eu sou exatamente igual a todos os homens de sessenta e quatro anos?"

"É um argumento interessante."

"E a questão das provas — não é a busca pela verdade, é uma afronta à verdade. Eu *tenho* a verdade, está registrada. E os advogados tapam os ouvidos com as mãos, dizem que não querem me ouvir. É possível que algum sistema seja mais fodido que esse? Estou esperando o dia em que um 'julgamento' consista unicamente em se sentar e estudar a verdade digital."

"Mas, até lá…"

"Tudo bem", disse Tad, algo contrariado. "Pode manter meu nome fora do troço. O lugar, Los Volcanes, está em nome de uma companhia boliviana que criei para driblar a babaquice sobre o controle por estrangeiros. Há três níveis de proteção lá. A firma boliviana pode desembolsar o dinheiro."

"Você realmente não se importa?"

"Nós dois somos gente que conta as verdades, mas eu sou o mais radical. Tenho coragem de olhar no fundo dos seus olhos e dizer que sua forma de dizer a verdade é inferior à minha. Mas você é mais simpático. Tem condições de ser nossa face pública mais amigável."

"Me parece bom", disse Andreas.

O incidente ruim ocorreu depois que ele e Tad foram até o portão principal da mansão. Não vendo o Escalade lá, Tad telefonou para o motorista, que disse estar voltando de um posto de gasolina. Minutos depois, quando o portão estava se abrindo para dentro e o Escalade entrando por ele, um homem careca com uma câmera, um gringo usando um colete cáqui com muitos bolsos, pulou de detrás de uma palmeira do outro lado da rua. Tirou automaticamente umas dez fotografias de Andreas e Tad, com a casa dele como pano de fundo, antes que Andreas se escondesse atrás do Escalade.

Como ele podia ter sido tão idiota a ponto de ficar inteiramente exposto? Era ruim e ficou pior. Tad assumiu a postura de quem vai atirar e apontou o revólver para o fotógrafo, cujo obturador continuava a clicar. "Jogue a câmera no chão, seu puto", Tad gritou. "Acha que não sou capaz de atirar? Acha que estou com medo?"

A arma estava surpreendentemente instável nas mãos de Tad. O motorista pulou para fora do Escalade, parecendo pasmo. Ouviu-se o som de passadas rápidas na rua. Tad baixou o revólver e correu para os canis que ficavam junto ao muro, perto do portão, soltando dois de seus rottweilers.

Assim termina minha boa sorte, pensou Andreas.

Ele e o motorista seguiram Tad ao atravessar o portão e observaram os dois cães disparando pela rua para pegar o fotógrafo. Nesse ponto, o Assassino se fez notar. O fotógrafo tropeçou e foi bater numa minivan estacionada, onde os cães o alcançaram, atacando sem hesitação, um deles mordendo o braço, o outro, a perna. Andreas se viu desejando que os animais o matassem.

Tad corria pela rua com o revólver.

Andreas entrou no Escalade e disse ao motorista que fizesse o mesmo. Ao cruzarem o portão, os cães ganiam, cambaleantes — o fotógrafo devia ter jogado spray de pimenta neles —, e a minivan vinha na direção de Tad, que parecia haver perdido o interesse na confrontação. Caminhava para a calçada com ar desatento, a arma pendendo da mão. O motorista precisou dar um puxão com força no volante do Escalade para não colidir com a minivan.

"Dê a volta e vá atrás dele", disse Andreas.

O motorista concordou com um gesto de cabeça, não muito feliz e sem se apressar. Quando terminou a manobra, a rua estava vazia. "Foi embora", ele disse, como se isso resolvesse a questão.

Aparentemente nada mudara. O Assassino não tinha ido para lugar nenhum. Andreas se sentiu como se despertasse de um sonho para ser confrontado com uma realidade que se tornara muito mais desesperadora durante a década que atravessara num sono feliz. Em vez de amor, tinha fama. Em vez de uma mulher ou filhos ou amigos de verdade, como Tom Aberant poderia ter sido, tinha Tad Milliken. Estava sozinho com o Assassino.

Instruiu o motorista a levá-lo à clínica mais próxima. A minivan do fotógrafo estava estacionada do lado de fora. Gotas de sangue fresco no asfalto levaram a uma mancha vermelha no linóleo dentro da porta. Duas mulheres de Belize e quatro crianças doentes estavam na sala de espera.

"Preciso ver meu amigo", Andreas disse à recepcionista. "O que foi mordido."

Como estavam em Belize, foi conduzido imediatamente a uma sala de exames onde um jovem médico limpava uma dentada, a primeira de várias, no braço do fotógrafo. "Por favor, espere lá fora", disse o médico sem levantar os olhos.

O fotógrafo, deitado de costas, virou a cabeça na direção de Andreas. Seus olhos se arregalaram.

"Sou um amigo", disse Andreas. "Quero ajeitar tudo isso."

"O seu *amigo* tentou me matar."

"Sinto muito. Ele é maluco."

"Você acha?"

"Por favor, espere lá fora", o médico insistiu.

A câmera estava sobre uma cadeira. Seria fácil sair andando com ela, mas as fotografias eram apenas parte do problema. Algum dinheiro teria ajudado com o resto do problema, porém ele era famoso por não ter nenhum. Famoso pela simplicidade gandhiana de sua existência, a mala e a pasta em que cabiam todas as suas posses terrenas. Em geral, isso funcionava a seu favor, mas não agora.

No estacionamento, sob um sol inclemente, telefonou para sua ex-namorada Claudia. O Projeto Luz do Sol vinha operando na casa de praia da família dela, cuja paciência estava se tornando perigosamente curta pela privação do acesso ao próprio local de veraneio e pelas contas a pagar do projeto. Mas a lealdade de Claudia ainda era sólida e só exigia que ele se submetesse a suas gozações. Era apenas meia-noite em Berlim. Ela se encontrava numa boate no lado do Spree quando Andreas a alcançou e a instruiu para cobrir as despesas médicas do fotógrafo. "Vou mandar uma mensagem com o número", ele disse.

Claudia riu. "Quer que eu pegue um avião e leve para você um *latte* enquanto cuido disso?"

"Leite semidesnatado, café meio descafeinado."

"Não que eu estivesse jantando com amigos ou coisa parecida."

Andreas sabia muito bem que a única coisa que a fazia brilhar aos olhos de seus amigos ainda mais do que quando recebia um telefonema dele à meia-noite era ela ter de sair da boate para fazer algo importante para ele. Ninguém desconhecia que ela tinha sido sua namorada durante seis meses, no meio da doce década que agora estava terminada, a década em que a fama só trazia coisas boas e nenhuma ruim. Claudia lhe oferecera sexo bom, além de outros favores calculados em pelo menos duzentos mil euros, e mesmo assim era ela quem se sentia mais agradecida, porque Andreas era o famoso herói rebelde. Que tempo bom!

O fotógrafo, que se chamava Dan Tierney, saiu da clínica uma hora depois. Sua cabeça raspada o fazia parecer mais velho do que provavelmente era. Os curativos em seu braço e sua perna não indicavam nada de muito sério. "Alguém em Berlim cuidou da minha conta", ele disse.

"Uma amiga minha", disse Andreas. "Como está se sentindo?"

"A coisa pior para mim é ser picado na pálpebra por um escorpião. Nessa escala, estou talvez com quatro num máximo de dez."

"Posso lhe oferecer um drinque?"

"Não. Vou para o meu quarto de hotel tomar um Percocet."

"Rum vai bem com Percocet."

"Quer dizer que agora você é meu amigo? Eu me pergunto onde estava quando a Pessoa Maluca estava apontando um revólver para mim."

"Escondido atrás de um SUV."

"O drinque fica para outro dia. Desculpe."

"Você se importa de me dizer para quem trabalha?"

Tierney caminhou mancando na direção de sua minivan. "Varia. O *Times* está preparando outra matéria sobre Milliken. O troço da arara, a polícia local. O maior escrotoide do universo tech etc. É difícil ver como a imagem dele apontando um revólver para mim vai mudar a opinião de qualquer um."

"Suponho que não poderei persuadi-lo a apagar minhas imagens e não dizer a ninguém que me viu na casa dele."

"Por que eu faria isso?"

"Para ajudar o Projeto Luz do Sol."

Tierney riu. "Você não quer que eu deixe o sol iluminar o fato de que você é amiguinho da Pessoa Maluca. Isso é ironia, hipocrisia ou contradição? Nunca tenho certeza de qual é o termo adequado."

"Pode usar os três, se quiser", disse Andreas.

"*Chutzpah*. Esse é um quarto termo."

"Acontece que não sou amiguinho de Tad. Você estaria usando uma luz falsa."

"Realmente. Não sabia que essa coisa existia."

"É o que a internet irradia o tempo todo."

"Estou surpreso de ouvir você dizer isso." Tierney destrancou o carro e entrou. "Ou meio surpreso. Não é que não goste do que você faz. Sua média de acertos é bastante boa em termos de ir atrás das pessoas certas. Mas tenho que admitir que sempre achei que você era um filho da mãe."

Ouvindo isso, o Assassino voltou a acordar dentro de Andreas. Se Tierney achava que ele era um filho da mãe, era provável que muitas outras pessoas também achassem. Ele sentiu uma forte e repentina ânsia de encontrar um computador e descobrir quem eles eram e exatamente o que estavam dizendo.

"Não tenho nada para lhe oferecer", ele disse a Tierney, "exceto a verdade. Posso lhe oferecer um drinque e contar a verdade?"

Era sua melhor fala, a fala que tinha usado incontáveis vezes na década anterior. Usava até quando não era necessário porque, mesmo depois que uma mulher já havia sinalizado que estava no papo, ele adorava ver o efeito daquelas palavras. Todo mundo queria ouvir a verdade dita por ele. Observou enquanto Tierney refletia.

"Admito que você é um sujeito que nunca imaginei encontrar pessoalmente", disse Tierney. "Há um bar no meu hotel."

No bar, Andreas começou com seu discurso-padrão sobre o Projeto Luz do Sol, a lista de governos para os quais criara embaraços e a lista ainda mais longa de empresas e indivíduos que abusavam do poder. Passou rápido pelos últimos, pois reparou que Tierney parecia impaciente. "Por isso, a verdade tem duas partes", ele disse. "A primeira é que o projeto vive ou morre pela percepção que o público tem de mim. A razão pela qual ainda estamos prosperando enquanto o Wikileaks afunda é que as pessoas acham que Assange é um tarado sexual, autista e megalomaníaco. Sua capacitação tecnológica não mudou. O que mudou foi que as pessoas que querem entregar alguma sujeira não procuram alguém sujo. As pessoas que revelam a sujeira fazem isso porque estão famintas por limpeza. Se você não me ajudar, corremos o risco de seguir a trajetória do Wikileaks."

"Ah, espere aí", disse Tierney. "É a foto de dois titãs da internet dentro de uma mansão cercada de muros. A menos que você esteja me dizendo que isso é apenas a ponta do iceberg…"

"Essa é a segunda parte da verdade. É aqui que você realmente tem que acreditar em mim. Não há nenhum iceberg. Levo uma vida limpa. Fiz umas doideiras quando tinha vinte anos, mas vivia num país doente e era jovem. Dado o nível de escrutínio a que venho sendo submetido desde aquela época, você acha que, se alguém soubesse de alguma sujeira minha, isso já não estaria espalhado por toda a internet?"

"Acho que, se alguém soubesse, seus hackers conheceriam a melhor maneira de enterrar a informação."

"Fala sério?"

"Está bem, você é limpo. Seja o que for. Só prova meu ponto. Uma fotografia não é tão importante."

"Eu ser visto com Milliken é um desastre para o projeto. É como ter uma meia vermelha numa pilha de roupas brancas. Uma meia vermelha, e nada mais vai voltar a ser branco."

Tierney se mexeu na cadeira e fez uma careta. "Tenho certeza de que não preciso lhe dizer isso. Mas você é um cara estranho. Quem se importa se seus lençóis estão um pouquinho rosados? Os lençóis de todo mundo são um pouquinho rosados. As pessoas ainda assistem aos filmes de Hugh Grant. Gostam do Bill Clinton mais do que nunca."

"O negócio deles não é serem limpos. O meu é."

"Então o que você estava fazendo na casa de Milliken?"

"Implorando por dinheiro."

"Se é assim, de fato não vejo como a culpa de tudo isso pode ser atribuída a outra pessoa."

"Tem razão, a culpa é minha. Estava desesperado e deu merda. Você tem poder absoluto sobre mim."

"É nesse ponto que você me oferece dinheiro?"

"Se eu tivesse dinheiro, não estaria na casa de Milliken. E sou menos hipócrita do que você pensa. Não lhe ofereceria dinheiro nem que tivesse. Isso seria uma verdadeira traição aos princípios do projeto."

Tierney balançou a cabeça, como se estivesse perplexo com a estranheza de Andreas. "Provavelmente posso ganhar uns dois mil dólares por uma foto de vocês dois juntos. Também fui atacado pelos rottweilers."

"Se estamos falando de uma simples compensação, e não de um cala a boca, minha amiga em Berlim pode lhe pagar um valor de mercado justo."

"Boa amiga."

"Ela acredita no projeto."

"Apesar desse seu discurso, você quer que eu não faça com você o que você faz com as outras pessoas."

"É verdade."

"O que significa que você é um filho da mãe."

"Sem dúvida. Mas não sou Tad Milliken. Não possuo nada. Vivo com o que carrego numa mala. Os governos repressivos me odeiam. Só há uns dez países no mundo que posso visitar com segurança."

Isso soou bem, as palavras fluíram, Tierney suspirou. "Me arranje cinco mil dólares", ele disse. "Eu faria uma ação contra seu amiguinho Tad se achasse que ia poder ganhar alguma causa em Belize. Ainda vou fazer uma queixa contra ele na polícia. Vão me perguntar quem mais estava lá. Quer que eu minta?"

"Sim, por favor."

"Claro que quer." Tierney ligou a câmera e deixou Andreas vê-lo apagar, uma a uma, as imagens em que seu rosto era visível. Andreas se recordou do dia, numa década diferente, numa vida diferente, quando tinha varrido a pornografia de seu computador, assim como uma de suas falas favoritas de Mefistófeles: *Acabado! Uma palavra idiota. Acabado como? Acabado e puro nada: totalmente a mesma coisa!* "*Agora acabou!*" *O que se deve entender por isso? É como se nunca tivesse existido.*

Mas não era como se nunca tivesse existido. Bastava Tierney mencionar o incidente em qualquer lugar on-line e ficaria na nuvem para sempre. Nas semanas que se seguiram, enquanto Andreas fechava a casa de praia e trocava e-mails fortemente encriptados com Tad Milliken, sua paranoia deitou raízes e floresceu. Ao entrar em qualquer servidor digitando uma palavra-chave junto com seu nome, não se contentava mais em ler a primeira ou as duas primeiras páginas de resultados. Ficava imaginando o que haveria na próxima página, a que ainda não tinha lido; e, depois de examinar a outra página, encontrava outra mais. Repetir, repetir. Parecia não haver limite para a tranquilização de que necessitava. Estava tão imerso e enrolado na internet, tão emaranhado no totalitarismo do sistema, que sua existência on-line dava a impressão de ser mais real que a da pessoa física. Os olhos do mundo, mesmo os de seus seguidores, não eram importantes por si próprios, no mundo físico. Que importância tinham os pensamentos privados de qualquer pessoa sobre ele? Pensamentos privados não existiam da forma recuperável, disseminável e legível em que as informações digitais estavam disponíveis. E, já que uma pessoa não podia existir em dois lugares ao mesmo tempo, quanto mais ele existia como a imagem que a internet fazia dele, menos sentia sua existência como ser de carne e osso. A internet significava morte e, ao contrário de Tad Milliken, ele não podia se refugiar na esperança de uma vida posterior na nuvem.

O objetivo da internet e das tecnologias a ela associadas consistia em "liberar" a humanidade de muitas tarefas — fazer coisas, aprender coisas, lembrar coisas — que no passado haviam dado significado à vida e, assim, constituíam a vida. Agora parecia que a única tarefa que significava qualquer coisa era a otimização dos mecanismos de busca. Uma vez instalado e operando na Bolívia, ele criou uma pequena equipe de hackers e assistentes femininas, todos fervorosamente crentes na missão que os unia e se valendo de meios legítimos e ilegítimos para executar o trabalho. O sonho de Tad de uma reencarnação luxuosa podia ser tecnologicamente irrealista, mas era uma metáfora de algo real: se — e apenas se — alguém tivesse suficiente dinheiro e/ou capacitação tecnológica, poderia controlar sua persona na internet e, desse modo, seu destino e vida virtual além da morte. Otimizar ou morrer. Matar ou ser morto.

Durante um ano ele buscou "tierney andreas milliken" duas a três vezes por dia. Monitorou Tierney no Facebook e no Twitter de forma igualmente compulsiva. Sua paranoia era sem dúvida constante. Se a suprimisse num lugar, ela pipocava em outro. Quando Tierney por fim deixou de preocupá-lo tanto — se o sujeito tivesse a intenção de pôr no ventilador, já teria feito isso e Andreas saberia —, ele não se tornou nem um pouco menos ansioso. Preocupou-se, em sequência, com ex-namoradas, ex-empregados insatisfeitos, funcionários da Stasi ainda vivos, até chegar à mãe de todas as preocupações: Tom Aberant.

Durante muito tempo, por vinte anos, supôs que o segredo de seu passado homicida estava seguro com Tom. Ao ajudar a remover o corpo, Tom também havia cometido um sério crime e, numa carta que enviou a Andreas alguns meses depois, de Nova York, se desculpara por "lhe dar um bolo" e lhe assegurara que nada do que ele havia dito em Berlim jamais veria a luz do dia, nem na *Harper's* nem em lugar algum, além de expressar o desejo de que a "pequena aventura" de ambos permitisse a Andreas levar a vida que queria com sua namorada. Embora magoado com o tom distante dos cartões-postais que se seguiram, especialmente o que veio em resposta à sua carta confessional, Andreas não se *preocupara* com aquilo. Não se preocupara nem mesmo quando fizera uma derradeira tentativa de ressuscitar a amizade, em 2005, ao telefonar para Tom em Denver e oferecer um vazamento importante para o *Denver Independent*, recusado por Tom. Na pior das hipóteses, pensou, Tom estava competindo profissionalmente com ele. Era o tipo de coisa que podia acontecer em amizades abortadas.

Mas então, certa manhã, no estábulo de Los Volcanes, lendo a compilação diária de notícias sobre ele, deu de cara com a entrevista que uma jornalista do *Denver Independent*, Leila Helou, tinha dado à *Columbia Journalism Review*.

Os vazadores só despejam. É preciso ser um jornalista para cotejar, condensar e colocar em contexto o que eles despejam. Talvez nem sempre nos pautemos pelo melhor dos motivos, mas ao menos temos um investimento na civilização. Somos adultos tentando nos comunicar com outros adultos. Os vazadores são mais como selvagens. Não me refiro aos primeiros, como Snowden ou Manning, eles realmente não passam de fontes excepcionais. Refiro-me a instituições como o Wikileaks e o Projeto Luz do Sol. Eles têm essa ingenuidade selvagem, como o menino que pensa que os adultos são hipócritas por filtrar o que sai de suas bocas. Filtrar não é falsificar — é uma prova de civilização. Julian Assange é tão cego e surdo com respeito às funções sociais básicas que come com as mãos. Andreas Wolf é um homem tão tomado por seus próprios segredos sujos que vê o mundo todo como um amontoado de segredos sujos. Basta jogar tudo na parede, como uma criança de quatro anos joga cocô, e ver o que cola.

Segredos sujos? Andreas releu a passagem ofensiva com um frio terror. Quem era essa porra dessa Leila Helou? Uma rápida busca mostrou fotos dela com Tom Aberant em eventos profissionais, assim como observações maldosas, em blogs de fofocas, sobre como dormir com o editor do *Denver Independent* tinha feito maravilhas pelo talento dela. Leila Helou era a namorada de Tom.

Segredos sujos? Jogar cocô na parede? Onde é que estava o filtro *disso*?

Pensou no telefonema que havia dado para Denver em 2005. Os Halliburton Papers tinham sido o mais importante vazamento internacional do Projeto Luz do Sol até então. Ele poderia ter ido direto ao *New York Times*, mas sabia que Tom tinha iniciado um serviço de notícias on-line e provavelmente agarraria aquela chance de ganhar notoriedade da noite para o dia. Embora seu motivo para contatá-lo não fosse tão puro — ele apreciava a ideia de que Tom agora precisava de alguma coisa do amigo que abandonara, o amigo que era agora mais famoso e poderoso que ele —, o velho desejo de contar com sua amizade estava presente. Imaginou que o *Denver Independent* poderia ser o porta-voz norte-americano do Projeto; que ele e Tom finalmente trabalhariam juntos, embora em continentes afastados. E Tom, ao telefone, mostrara interesse. Sim, fora quase efusivo — já haviam se passado quinze anos desde que se falaram pela última vez. Ele tinha pedido a Andreas uma hora para discutir o vazamento com um "conselheiro de confiança".

Isso soou como mera formalidade. Mas, quando Tom telefonou de volta depois de uma hora e quinze minutos, seu tom de voz mudara. "Andreas", ele tinha dito, "agradeço muito o oferecimento. É muito importante para mim, e foi uma decisão difícil. Mas acho que tenho de me ater à minha missão fundamental, que é a de promover o jornalismo investigativo. Jornalismo que vai a campo. Não estou dizendo que não há lugar para o que você está fazendo. Mas, sinto muito, o lugar não é aqui."

Ao desligar, Andreas jurou que nunca voltaria a se deixar magoar por Tom. Mas só agora, oito anos depois, ao ler a entrevista de Helou, compreendeu que Tom não era apenas indiferente a ele. Tom era uma ameaça existencial.

O que entendeu de imediato: Tom tinha entrevisto o Assassino. Na luz da madrugada, no delta do Oder. A ereção monstruosa provocada pelo abraço em Tom não era, como ele havia imaginado, a liberação natural da libido que suprimira desde a noite do assassinato. Nem era o tesão de um cara gay, não em nenhum sentido relevante. Mas, seja como for, era um pau duro *por Tom*. E tinha acontecido do mesmo jeito que tinha acontecido com a Annagret de quinze anos: porque Tom se tornara parte do assassinato. Homem, mulher — o Assassino não se preocupava com tais distinções. E o que fizera então? Não se recordava de modo preciso, talvez houvesse sido um sonho. Mas, se fosse um sonho, foi muito vívido. De pé sobre a cova, segurando o pau duro: teria isso realmente acontecido? Deve ter acontecido, porque, de outra forma, como explicar o motivo de Tom se afastar dele a partir de então? Tom tinha testemunhado o que o Assassino o obrigara a fazer. Tom prometera jantar com ele, porém, em vez disso, voltou correndo para casa em Nova York, se refugiando na mulher. E Andreas passara a persegui-lo com uma falta de orgulho absolutamente atípica, enviando-lhe cartões-postais, escrevendo uma carta em que se expunha e por fim lhe telefonando. Não porque os dois estavam destinados a ser amigos, mas porque o Assassino nunca abria mão daquilo que desejava uma vez que o tivesse desejado. Não havia nada como o amor.

O "conselheiro de confiança" mencionado por Tom ao telefone: quem poderia ser, senão Leila Helou? Tom havia perguntado a essa nova mulher o que fazer acerca dos Halliburton Papers, ela tinha vetado, e agora, oito anos depois, era perfeitamente óbvio por quê: porque Tom lhe havia falado sobre o assassinato de Horst Kleinholz. A que mais ela poderia se referir com *segredos sujos*? Praticamente acusara Andreas de assassinato a sangue-frio.

Relendo mais uma vez as palavras dela, o Assassino saiu à luz do dia sob a forma do desejo de esmagar o crânio de Tom com um objeto rombudo. Caso houvesse uma forma de driblar o serviço de imigração norte-americano, ele teria ido a Denver e matado Tom. Porque ele tinha entrevisto o Assassino. Porque ele tinha rejeitado os mais sinceros oferecimentos de amizade que Andreas havia feito em toda a sua vida. Porque ele o tinha rechaçado seguidas vezes, pela vergonha que isso representava. E porque ele tinha se submetido à sua mulher e acatado a opinião de sua namorada. Porque tinha seduzido Andreas para depois traí-lo com a namorada; porque não tinha fechado sua boquinha bonita. Mas, acima de tudo, por sua *santimônia* de americano: "Não estou dizendo que não há lugar para as coisas repugnantes e criminosas que você faz, correndo atrás da fama, jogando merda nos ventiladores, profanando sepulturas. Mas temo que minha casa limpa não é o lugar certo para elas". Ele quase tinha dito isso ao telefone.

"Não posso acreditar que você fez isso comigo", Andreas resmungou. "Não posso acreditar que você fez isso comigo..."

Foi racional o bastante para reconhecer que Tom provavelmente não iria se autoincriminar revelando o crime de Andreas. O que inflamava sua paranoia era o pensamento de que Tom havia visto nele o Assassino. O pensamento era como um eletrodo em seu cérebro. Não podia parar de apertar o botão, o que lhe dava, a cada vez, um choque idêntico de terror e ódio.

Depois de se desculpar com seus assistentes alegando doença, se enfurnou no quarto e procurou coisas ruins sobre Tom e Helou. A blogosfera e as redes sociais já estavam fervendo com os repúdios à entrevista que ela dera à *CJR*. No mundo dos supostos adultos, Helou era uma jornalista respeitada, mas no mundo on-line estava sendo atacada com tanta ferocidade quanto Andreas era defendido. De algum modo, em vez de lhe dar segurança, isso fez com que odiasse ainda mais a dupla Aberant/Helou: eles haviam deliberadamente provocado os próprios blogueiros e tweeteiros que ele gastava mais e mais tempo de sua vida para apaziguar. Mais uma vez a santimônia patente, mais uma vez a mensagem: *Somos o que você não poderá ser jamais. Desdenhamos não somente você, mas o mundo virtual em que você existe cada vez mais. Somos capazes do amor que você foi incapaz de dar a Annagret...*

Segundo o Google, Helou era casada com um romancista aleijado, que provavelmente era traído por ela. No entanto, se aparecia em público com

Tom, eles não deviam se importar com o que as pessoas diziam. Uma pergunta mais promissora era o que tinha acontecido com a mulher de Tom. Depois de 1991, não havia um único registro contemporâneo de ninguém com seu nome e data de nascimento. Andreas foi tomado pela esperança de que Tom a tivesse matado e escapado incólume. Isso parecia fantasticamente improvável, porém de certo modo também não tanto. Afinal, Tom havia falado que era incapaz de viver com Laird ou sem ela. E, de todo modo, ajudara Andreas a enterrar um cadáver.

Seguindo seu instinto, concentrou a atenção em Laird e descobriu que seu pai, bilionário, havia criado um fundo em benefício dela: o jornal *Wichita Eagle* tinha comentado as declarações para fins fiscais. Havia indícios também de que Tom tinha fundado o *Denver Independent* com dinheiro do pai dela. Mas não um monte de dinheiro. Não o tipo de dinheiro que Anabel valeria se ainda estivesse viva. Estaria viva? Ou, melhor ainda, seria um cadáver? O instinto disse a Andreas que, morta ou viva, ela podia ser um meio de infligir à distância dor e caos em Tom.

Procurou seu principal hacker, Chen, e perguntou se seria fácil roubar um bom volume de capacidade de processamento em computadores.

"Quanto?", Chen indagou.

"Tenho duas boas fotos de uma mulher de vinte e quatro anos que hoje deve ter quase sessenta. Quero realizar uma pesquisa de reconhecimento facial em todas as bases de dados fotográficos a que possamos ter acesso."

"No mundo todo?"

"Começando com os Estados Unidos."

"É um bocado. Se tentarmos fazer muito depressa, eles nos pegam. Em muitas dessas bases só se pode entrar por poucos minutos de cada vez. Temos umas muito boas, mas não queremos perdê-las."

"O que seria menos do que depressa?"

"Semanas, talvez mais. E isso só para os Estados Unidos."

"Veja o que pode fazer. Tome o máximo de cuidado."

O software de reconhecimento facial deles era quase equivalente ao da NSA, porém não funcionava muito bem. (O da NSA também não.) Todos os dias, durante semanas a fio, Chen enviava a Andreas retratos de mulheres de meia-idade que não se pareciam muito com Anabel Laird. Todavia, estudar as fotos lhe dava algo para fazer, transmitia a sensação de que a trama avançava, acalmava sua paranoia. E então, nem pela primeira nem pela última vez, a sorte o ajudou.

Ele sempre havia considerado a sorte um direito de nascença — sua própria mãe dissera: o mundo se adaptava ao que ele tinha vontade de fazer —, porém seu azar com Dan Tierney tinha abalado sua fé. A resolução da imagem de uma funcionária grisalha num supermercado em Felton, na Califórnia, era muito baixa para mostrar a cicatriz visível na testa de Laird nos velhos retratos e, como a mulher não estava rindo, ele não pôde confirmar o afastamento nos dentes da frente. Mas, ao ver seu nome, Penelope Tyler, e ao ligá-lo aos anos que ela passara na Escola de Arte Tyler, Andreas sentiu que sua boa fortuna retornara. Saiu do prédio dos tecnólogos e olhou o sol boliviano, abriu os braços e se encharcou de luz quente.

Penelope Tyler sem dúvida era uma pessoa que tentava desaparecer. A foto da funcionária foi sua única imagem em qualquer banco de dados, e sua pegada oficial era impressionantemente tênue. Andreas levou quase uma hora para descobrir que ela tinha uma filha. Essa filha, Purity, tinha uma documentação relativamente farta, com perfis no Facebook e no LinkedIn, além de um retrospecto financeiro bastante precário. Estudou fotos dela e também fotos recentes de Tom, comparando as sobrancelhas de ambos, a boca de ambos, e concluiu que ela tinha de ser sua filha. Não havia, contudo, nenhum sinal de contato entre os dois, não nas redes sociais, não em seus registros escolares ou de saúde, nada em lugar algum. Como ela tinha nascido não muito depois do sumiço de Laird, era inevitável concluir que Tom desconhecia sua existência. Por que outro motivo Laird mudaria de identidade?

A garota valia indiretamente uma porrada de dinheiro, uma quantia para lá de um bilhão de dólares, e era quase certo que não sabia disso. Estava pagando sua dívida estudantil, vivendo numa casa que parecia quase abandonada no Google Street View e trabalhando como "assistente de contatos externos" numa *start-up* de energia alternativa. O dinheiro interessava a Andreas na medida em que poderia tornar sua vida mais fácil caso pudesse se valer de parte dele. Não era, porém, a razão pela qual continuava a clicar as fotografias que tinha de Purity Tyler. Nem se devia à sua aparência, embora bem agradável, o desejo assassino que concebeu por ela. O que importava era que ela pertencia a Tom.

Estabeleceu uma conexão segura e chamou Annagret. Ao longo dos anos, tinha se esforçado para não perder totalmente o contato com ela. Mandava uma mensagem no dia do aniversário e por vezes enviava links referentes a alguma das causas que ela apoiava. Diante de toda a energia que ela investira no projeto de proximidade, era notável como se sentia distante dela. Como tinha sido aleatório que — sem contar a beleza da garota — ele um dia tivesse podido manter um relacionamento com ela. Annagret não apenas tinha ambições pequenas, mas parecia perfeitamente feliz em ser pequena. Mudara-se de Berlim para Düsseldorf. Mas suas mensagens para ele eram sempre cordiais e marcadas pela admiração, com muitos pontos de exclamação.

Ao telefone, depois de se certificar de que ela estava sozinha, Andreas explicou o que precisava que ela fizesse.

"Considere isso umas férias pagas nos Estados Unidos", ele disse.

"Odeio os Estados Unidos. Pensei que Obama ia mudar as coisas, mas ainda é só armas, drones, Guantánamo."

"Guantánamo é lamentável, concordo. Não estou pedindo que você goste do país, só estou pedindo que vá lá. Eu mesmo faria isso se pudesse, mas não posso."

"Também não tenho certeza se posso", ela disse. "Sei que você sempre me achou uma boa mentirosa, mas não gosto mais desse gênero de coisas."

"O que não quer dizer que tenha perdido seu dom."

"E, talvez… Bem. É mesmo tão terrível se essa pessoa disser ao mundo o que fizemos? Eu ainda penso naquilo quase todos os dias. Não posso assistir a nenhum filme com cenas de violência. Vinte e cinco anos depois, ainda me causa ataques de pânico."

"Sinto muito por isso. Mas Aberant está tentando desacreditar tudo que eu fiz."

"Compreendo. O Projeto é muito importante. E sempre desejei que houvesse alguma maneira de recompensá-lo pelo que fiz com você. Mas… como levar a filha para a Bolívia vai ajudá-lo?"

"Deixe isso por minha conta."

Fez-se um silêncio. Preocupante.

"Andreas", ela disse finalmente. "Você se sente mal com relação ao que fizemos?"

"Claro que sim."

"Está bem. Não sei o que estou pensando. Talvez sobre o tempo em que vivemos juntos. Às vezes me sinto realmente mal ao pensar nisso. Sei que fui um desapontamento para você. Mas não é por esse motivo que me sinto mal. Há alguma outra coisa... não consigo explicar."

Ele ficou alarmado, porém falou com calma. "O que é?"

"Não sei. Vejo sua vida agora, todas as suas namoradas, e... Às vezes me pergunto por que você não teve nenhum caso enquanto estava comigo. Se você teve, tudo bem. Pode me contar agora."

"Nunca tive. Estava tentando ser bom com você."

"Você *é* bom. Conheço todas as coisas fantásticas que fez. Às vezes nem acredito que vivi com você. Mas, mesmo assim... Você realmente se sente mal por causa do que fizemos?"

"Sinto!"

"Está bem. Não sei sobre o que estou pensando."

Ele suspirou. Tantos anos, e ainda precisavam ter *discussões*.

"Eu me sinto mal sobre o sexo", ela disse de repente. "Sinto muito, mas esse é o problema."

"Qual problema?", ele conseguiu perguntar.

"Sei lá. Mas tenho mais experiência agora, mais possibilidade de comparação. E, ouvindo sua voz... sei lá. Está trazendo de volta alguma coisa em que não gosto de pensar. Um sentimento de fato muito ruim que não sei descrever. Está me causando pânico, um pouquinho. Agora mesmo. Estou em pânico."

"Estava tudo misturado com a coisa que fizemos. Talvez por isso não pudemos continuar juntos."

Deu para ouvir um grande suspiro dela. "Andreas, essa garota... por que quer que eu a leve a você?"

"Para fazê-la acreditar no Projeto. Essa é nossa melhor proteção. Se ela estiver no nosso lado, o pai dela não vai fazer nada."

"Entendi."

"Annagret, é só isso mesmo."

"Está bem, entendi. Mas ao menos posso levar Martin comigo?"

"Quem é Martin?"

"Um homem de quem me sinto próxima. Segura."

"Sem dúvida. Melhor assim. Só que, é claro...", ele deu uma risada estridente, "não conte nada para ele."

546

Segura: essa palavra apertou o botão ligado ao eletrodo. Todos aqueles anos, e ele ainda estava pensando em matá-la. Quanto de sua vida subatômica ele devia ter deixado escapar sem querer durante aqueles dez anos com ela! Dera sorte de Annagret ser jovem demais para entender o que se passava. Mas tinha vivido com aquilo e em retrospecto tomava conhecimento de tudo. A ideia de sua recente compreensão, o fato de ficar pavorosamente exposto aos olhos de alguém que não era ele próprio foi quase tão ruim quanto o pensamento do que Tom tinha entrevisto.

Enquanto esperava por notícias dela de Oakland, fez um balanço honesto de si próprio e viu quanto terreno tinha perdido na batalha com o Assassino. Como sua velha preocupação com a pornografia on-line agora lhe parecia risivelmente venial; como o plano de matar Horst era repleto de boas intenções. Sua vida interior praticamente se resumia agora à obsessão por sua imagem numa internet que para ele era a morte; a odiar Tom e conspirar para se vingar dele. Da forma como iam as coisas, dentro em breve o Assassino tomaria conta dele inteiro. E mais uma vez sentiu que seria um homem morto, literalmente morto, quando o Assassino assumisse o pleno controle. Que era efetivamente ele que o Assassino estava determinado a matar.

Por isso, recebeu com certo alívio a notícia de que Annagret havia fracassado em seu esforço de convencer Pip Tyler e se distanciado da garota. Como um condenado que tivesse obtido a suspensão da pena capital, dedicou-se ao trabalho menos insano de colaborar no filme que o diretor norte-americano Jay Cotter estava rodando sobre sua vida com base no livro *O crime do amor*. Encafuou-se no Hotel Cortez durante duas semanas com Cotter e seu produtor de arte; conversou longamente ao telefone com Toni Field, instruindo-a sobre o jeito de Katya. Ao voltar a Los Volcanes, outro projeto, não menos gratificante, estava entrando em fase de execução: uma esplêndida carrada de e-mails e acertos secretos entre a gigantesca empresa russa de petróleo Gazprom e o governo de Putin. Embora o Projeto agora funcionasse na prática em regime de piloto automático, Andreas havia negociado pessoalmente o vazamento da Gazprom e ditado os termos da entrega do material para o *Guardian* e o *Times*. A origem do vazamento exigira uma complexíssima operação, com um labirinto impenetrável de falsas pistas eletrônicas para proteger a fonte. Andreas também detestava Vladimir Putin pessoalmente por causa de sua colaboração com a Stasi na juventude, e estava decidido a infligir o máximo de embaraço a seu governo por estar abrigando Edward Snowden, cuja pureza de motivos já tinha sido proclamada on-line vezes sem conta. No vídeo de doze minutos com que lançou a história na internet um dia antes de sua publicação no *Times* e no *Guardian*, ele estava em plena forma ao fustigar Putin e sutilmente recriminar as vozes on-line que tinham permitido que Snowden, o astro de um sucesso só, desviasse as atenções dos vinte e cinco anos de façanhas dele, Andreas. Sua permanente capacidade de continuar a se mostrar à altura das grandes ocasiões, combinada à perspectiva de ser o herói de um filme de médio orçamento com distribuição global, era uma distração diante do problema com Tom Aberant.

O e-mail que Pip Tyler então enviou a ele, do nada, aumentou seu sentimento de suspensão da pena. Na verdade, ela nada tinha a ver com a figura presente em suas elucubrações vingativas. Parecia jovial, inteligente, imprudente de um jeito divertido. O humor e a hostilidade de seus e-mails eram um bálsamo para seus nervos. Como ficara enojado da sabujice desde que tinha sucumbido à paranoia! Como era refrescante ser criticado por sua desonestidade! À medida que foi se interessando pelas mensagens de Pip, ele imaginou uma rota de fuga que o Assassino não fora capaz de prever, um lapso providencial: que tal se ele pudesse revelar a uma mulher, pouco a pouco, o quadro completo de sua depravação? E se ela gostasse dele assim mesmo?

Inconvenientemente, a filmagem principal tinha começado em Buenos Aires, e Toni Field caíra de amores por ele. Pela primeira vez, Andreas reconheceu o árduo trabalho dos astros dos filmes pornô e a utilidade do Viagra. Como se não fosse ruim o suficiente o fato de Toni ter quase sua idade e estar fazendo o papel de sua mãe, ele não conseguia deixar de compará-la mentalmente a Pip Tyler. Mesmo assim, por uma série de razões estratégicas, em particular a necessidade de manter feliz a estrela do filme, era essencial que ele desse a impressão de estar entusiasmado com o caso. Durante o tempo que passou na Argentina, e até mais depois de voltar à Bolívia e conhecer Pip, ele se dedicou à exaustiva gestão de Toni. Se não tivesse sido tão incômodo, teria sido hilário observar como Toni ficou parecida com sua mãe antes que ele conseguisse se livrar dela.

Apaixonou-se por Pip. Não havia outro modo de descrever a situação. De início seus motivos eram inteiramente malignos, e a parte sombria de seu cérebro nunca deixou de pulsar com maquinações, mas o amor verdadeiro não podia ser um ato de vontade. Sim, ele se esmerou na manipulação para criar um vínculo de confiança com ela, confessando o assassinato, persuadindo-a a servir como espiã. No entanto, quando no Hotel Cortez, para sua surpresa maravilhada e delícia, ela permitiu que ele a desnudasse, Andreas não estava pensando no pai dela; estava simplesmente grato por Pip ser uma garota tão boa e doce. Grato por havê-lo atraído a seu quarto mesmo depois de ele ter confessado o crime; grato porque ela não o repeliu depois que ele disse o que queria fazer com ela. E, quando Pip castamente se recusou a ir adiante, houve por certo um momento em que teve vontade de estrangulá-la. Mas foi só um momento.

Ele começou a pensar que Pip era a mulher pela qual esperara a vida inteira. A esperança que ela lhe dava era mais doce do que aquela que Annagret lhe dera no passado porque já tinha revelado a Pip mais de sua verdadeira personalidade do que jamais o fizera com Annagret, e porque, vinte e cinco anos antes, quando acreditou que Annagret poderia salvá-lo, nem tinha consciência do Assassino de quem precisava ser salvo. Agora conhecia bem o que estava em jogo e que nada tinha a ver com Tom Aberant. Estava em jogo a possibilidade de que não precisasse estar a sós com o Assassino. Que por fim pudesse ter o que havia buscado de forma irrealista em Annagret. Viver com uma mulher jovem, inteligente e bondosa que possuísse senso de humor, o aceitasse como ele era e não se parecesse minimamente com sua mãe. Seria possível, agora que já tinha mais de cinquenta anos, construir uma vida com uma mulher sem ficar entediado? Toda a sorte que sempre tivera não era coisa alguma quando comparada à sorte de amar espontaneamente a pessoa que imaginara usar por razões doentias. Sonhava acordado em se casar com ela numa manhã ensolarada em pleno pasto das cabras.

Mas a rota de fuga então se fechou. Pouco tempo depois de Pip dar a impressão de estar apaixonada por ele, pouco mais de uma semana após receber seu *olhar ardente*, viu-se num quarto do Hotel Cortez onde, desde o primeiro momento, nada funcionou direito. Andreas não podia entender por que ela não desejava estar lá, mas era evidente que não desejava. Tentou uma coisa, depois outra. Desajeitado, emocionado. Nada deu certo. Ela não gostava dele. Não queria estar lá. Mas o que lhe pareceu é que o Assassino não gostava *dela*; não queria que *ela* estivesse lá; que o Assassino o fizera cometer o erro de trazê-la às pressas de volta a um quarto de hotel antes que ela de fato o amasse porque ele tinha medo dela.

Quando ficou sozinho, ajoelhado no chão, ele não chorou ao ver seu amor frustrado. Não derramou uma só lágrima. Três meses de amor evaporaram num segundo. Ele vinha se esforçando para escapar do abismo subindo por uma corda que ela segurava e, ao chegar suficientemente perto para que ela pudesse ver seu rosto, Pip recuara enojada e largara a corda. O que qualquer um sentiria pela mulher que lhe fizesse isso não era amor.

Arrebentou o quarto. Durante alguns minutos, muitos minutos, foi ao mesmo tempo o Assassino e a pessoa enfurecida com o Assassino por tê-lo privado do amor. Atirou comida nas paredes, quebrou pratos, arrancou o cobertor e os lençóis da cama, revirou o colchão, bateu com uma cadeira no assoalho até despedaçá-la. Andreas se agarrara à sua esperança até o momento em que Pip fechou a porta atrás de si. Só então entendeu que ela era tão má quanto o pai — demasiado *pura* para gente como Andreas Wolf. Era uma putinha hipócrita de merda. Arrebentou o quarto de hotel para descarregar a raiva de haver esperado coisa melhor dela. Da esperança nascera o engano que o impedira de mandar que ela fodesse com ele (o que ela teria feito! Tinha dito que faria!) até ser tarde demais. Arriscara tudo e não ganhara nada.

Só não se machucou naquele dia e naquela noite, além de ferir a mão ao esmurrar uma parede, por causa de algo que lhe veio à mente depois que a raiva já tinha passado. Ocorreu-lhe que ainda possuía uma informação que só ele conhecia e podia ser usada para se vingar simultaneamente de Pip e Tom. Embora não tivesse trepado com ela, era possível que Tom o fizesse. A possibilidade não era menos apetitosa por ser remota. E aí veríamos como Tom poderia continuar a esfregar santimônia na cara dele. Aí veríamos Pip tentar dizer que não lamentava ter rejeitado Andreas.

Foi um alívio parar de lutar contra o Assassino e se submeter à maldade de sua ideia; ficou tão excitado que voltou ao ponto no quarto onde Pip tinha ficado de pé nua e usou as calcinhas que ela havia deixado para trás a fim de se ordenhar, esporrando três vezes a substância que não derramara dentro dela. Isso permitiu que atravessasse a longa noite. Bem cedo pela manhã, passou em vários caixas eletrônicos e retirou dinheiro suficiente da conta do Projeto para pagar o estrago feito no quarto. Tomou um banho de chuveiro, barbeou-se, e já estava aguardando no vestíbulo quando Pedro chegou para levá-lo ao aeroporto. O avião de Katya aterrissou quinze minutos antes da hora. Ela saiu do controle da alfândega usando um vestido Chanel ou no estilo Chanel, puxando uma malinha forrada de brocado e trazendo a tiracolo uma pasta antiquada; seus movimentos eram menos fluidos que no passado, ela com certeza parecia mais velha e usava uma peruca menos maravilhosamente vermelha — mas ainda era bonita vista à distância. Andreas forçou passagem em meio à multidão para se aproximar dela. Abraçou-a e ela encostou a cabeça em seu peito. A primeira coisa que ele falou foi: "Eu amo você". "Sempre amou", ela disse.

Ele devia se sentir bem ao caminhar estrada acima para se encontrar com Tom Aberant, exercitando músculos enrijecidos depois de uma semana de inatividade. Na parte mais baixa do vale, perto de onde o rio corria entre pedras sempre úmidas, um grande pica-pau martelava uma árvore oca. Um gavião alçou voo rente ao paredão vermelho. As correntes de ar quente do fim da manhã agitavam as árvores ao longo da estrada, criando uma tapeçaria de luz e sombra tão delicada e caótica em seus movimentos que nenhum computador no mundo poderia copiá-la. A natureza, mesmo na escala mais local, dava um banho na tecnologia da informação. Mesmo incrementado pela tecnologia, o cérebro humano era insignificante, infinitesimal, em comparação com o universo. Mesmo assim devia ser bom possuir um cérebro e caminhar numa manhã ensolarada na Bolívia. Os bosques eram infinitamente complexos, mas não sabiam disso. A matéria era informação, matéria de informação, e somente no cérebro a matéria se organiza a ponto de tomar consciência de si própria; somente no cérebro a informação da qual o mundo é constituído pode ser processada. O cérebro humano era um caso muito especial. Andreas devia se sentir grato pelo privilégio de possuir um cérebro, de ter desempenhado seu pequeno papel no autoconhecimento do ser. Mas havia algo de muito errado com seu cérebro em particular. Ele agora só parecia capaz de conhecer o vazio e o absurdo de existir.

Uma semana se passara desde que o aparelho de espionagem em Denver havia parado de funcionar. Ele poderia ter feito Chen desinstalá-lo depois que Pip assim pediu, poderia ter evitado a detecção se houvesse agido com rapidez, porém a mensagem final de Pip o deixara tão ansioso que ele mal conseguia respirar, e muito menos se comunicar com Chen. *Quero deletar tudo isso e ter uma vida aqui*: em algum lugar dentro dele seu amor e esperança por ela tinham persistido em forma fragmentária até que ele leu essas palavras enviadas por ela. Agora só sentia dor e medo. Não desejava vê-la outra vez, não se importava com o que ela ou qualquer um pensasse dele. Nada que qualquer um fizesse em qualquer lugar fazia agora a menor diferença para ele.

Ou quase nenhuma. Em Londres, sua mãe tinha sobrevivido ao tratamento de câncer e se recuperava bem. Se tivesse podido fazer alguma coisa durante os dias que passara deitado no quarto, teria pedido que ela viesse visitá-lo de novo. Ela sempre gostara de tudo a respeito dele. Ela, a maior merda de mãe do mundo, era a melhor mãe do mundo para ele. Prostrado na cama, teria aceitado o amor e os cuidados dela nas condições em que desejasse lhe oferecer. Na verdade, essa quase parecia ser a essência de seu estado.

Estava se aproximando da ponte de concreto sobre o rio, seguindo por um dos sulcos deixados pelos pneus de Pedro para evitar a lama da chuva que caíra na noite anterior, quando ouviu a marcha do Land Cruiser sendo reduzida ao fazer a curva à sua frente. A única coisa boa que se podia dizer de seu estado era que a aproximação do Land Cruiser não o deixou mais ansioso. Já atingira o nível máximo de ansiedade. O pior que Tom podia fazer com ele era matá-lo.

Mas tal pensamento, a ideia de ser morto por Tom, era como a expectativa de chuva num deserto. Não um alívio em si, mas uma razão para seguir adiante. A morte, por qualquer meio, poria um fim a seu sufocante medo dela; o meio preciso não faria diferença. Porém, ser o assassino e o assassinado era possivelmente a forma mais estreita de intimidade humana. Em certo sentido, ele fora mais íntimo de Horst Kleinholz que de qualquer outra pessoa desde que deixara o útero da mãe. E morrer sabendo que Tom também era capaz de matar — deixar o mundo sabendo que afinal não fora tão solitário — parecia igualmente uma espécie de intimidade.

Algo a ser pensado. Acelerou um pouco, ergueu a cabeça e endireitou os ombros. A cada passo correspondiam alguns segundos. Saber que o número de passos que faltavam era cada vez menor fazia com que o esforço de caminhar se tornasse mais suportável. Quando o Land Cruiser dobrou a curva, ele sorriu ao ver seu velho amigo.

"Tom", disse com efusividade, estendendo a mão para dentro da janela do carona.

Tom franziu a testa ao ver a mão, mais por surpresa, pareceu, do que por raiva. Usava a camisa cáqui de um típico jornalista americano. Andreas tinha visto fotografias recentes dele, mas, em carne e osso, suas mudanças físicas — a gordura, a calvície — o fizeram lembrar quantos anos haviam se passado.

"Ah, vamos lá. Aperte minha mão."

Tom a apertou sem olhar para ele.

"Por que não desce e caminha comigo? Pedro pode seguir com suas coisas."

Tom saiu do veículo e pôs os óculos escuros.

"Que bom vê-lo", disse Andreas. "Obrigado por ter vindo."

"Não vim para fazer um favor."

"Sei disso muito bem. No entanto... vamos andar?"

Saíram caminhando e ele decidiu entrar logo no assunto. O abrandamento de sua dor mental era tão libertador que ele teve a sensação de ser o time que está perdendo nos minutos finais da prorrogação — mandar o goleiro para o ataque, qualquer coisa valia.

"Os meus parabéns atrasados", ele disse, "por você ter uma filha."

Tom ainda não havia olhado para ele.

"Já sei disso há mais de um ano", disse Andreas. "Suponho que a coisa honrada a fazer teria sido informá-lo imediatamente."

"E Brutus é um homem honrado."

"Bem, peço desculpas. Ela é impressionante em vários sentidos."

"Como você a descobriu?"

"Reconhecimento por fotografias. O software é bastante primitivo, não devia nem funcionar. Mas, como você sabe, as coisas sempre trabalham a meu favor."

"Você escapou com uma morte nas costas."

"Exatamente!" Ele se sentiu pairando acima do corpo, estranhamente leve. Tom era de fato a única pessoa no mundo que conhecia todos os seus segredos. "Você também se deu muito bem. Excelente matéria sobre a bomba nuclear que sumiu. Ainda está tendo impacto?"

"Publiquei faz uma semana."

"Dei pra você de presente. Devíamos estar colaborando o tempo todo."

Num impulso meio coquete, deu um soquinho no braço de Tom. Tagarelou, explicando com orgulho as características de Los Volcanes, ao conduzir

Tom através do pasto até a varanda do prédio principal. Seu pai, o marido de Katya, não tinha vivido para ver o que ele construíra com o presente de liberdade que ele lhe dera, mas, se tivesse visitado Los Volcanes, Andreas poderia ser igualmente coquete, igualmente exibido, enumerando suas conquistas mesmo sabendo que nada poderia alterar a opinião negativa de seu pai sobre ele.

Na varanda, Teresa trouxe cerveja para os dois. Algumas abelhas sem ferrão voejavam ao redor deles. Tom se mantivera paternalmente silencioso durante alguns minutos.

"E então, o que o traz à Bolívia?", Andreas perguntou.

"Quer dizer, além de você ter hackeado meus computadores?" A voz de Tom soou estrangulada pelo autocontrole. "Além de você ter mexido com a cabeça de uma jovem que por acaso é a minha filha?"

"Reconheço que é um quadro sombrio", disse Andreas. "Mas, será que posso chamar sua atenção para o fato de que não resultou nada de ruim disso tudo? E que foi você quem começou?"

Tom se voltou para ele, incrédulo. "*Eu* comecei?"

"Combinamos de jantar. Lembra-se? Em Berlim. Você não apareceu."

"É por essa razão que fez isso comigo?"

"Pensei que éramos amigos."

"Diante do que está dizendo, pode me culpar por não querer ser seu amigo?"

"Bom, seja o que for, agora estamos quites. Estou pronto a começar do zero, barra limpa. Tenho certeza de que possuímos outros vazamentos que lhe interessariam."

"Não foi por isso que vim aqui."

"Não, suponho que não."

"Vim aqui", disse Tom sem olhar para ele, "para ameaçá-lo. Vou escrever uma matéria sobre você. Eu mesmo vou escrever. E levarei a polícia ao local da cova."

A dureza em sua voz era compreensível, mas magoou Andreas. Parecia uma falha da imaginação de Tom não ter se emocionado com o que confessara implicitamente — que havia gostado mais de Tom do que Tom gostara dele, e que sua saúde mental não era das melhores.

"Então está bem", ele disse. "Veio aqui para me ameaçar. Imagino que haja um *a menos que*."

554

"É simples", respondeu Tom. "Duas coisas simples. Primeiro, você nunca mais se comunicará com minha filha, nunca, sob nenhum pretexto. E, segundo, vai destruir digitalmente tudo que pegou nos meus computadores. Não vai ficar com cópia alguma nem comentar o que viu lá. Se fizer isso, eu me mantenho calado."

Andreas assentiu com a cabeça. O Tom de que se lembrava dos tempos de Berlim era mais suave e compreensivo, mais maternal. Sua severidade agora fazia com que Andreas se sentisse como um menininho malcomportado.

"Vou fazer o que você disser."

"Bom. Então estamos acertados."

"Se era só isso o que queria, bastava ter me telefonado."

"Achei que merecia um encontro cara a cara."

Perguntou-se o que Tom desejava tanto que fosse destruído. Na verdade, não examinara com atenção o material roubado. Tendo se assegurado de que Leila Helou não estava conduzindo uma vendeta contra ele, havia se desinteressado do esquema de espionagem e, nas últimas semanas, tinha estado incapacitado demais pelo medo e pela dor para se importar com a sujeira que podia encontrar no computador da casa de Tom.

"Não me interessa o que você sabe sobre mim", disse Tom, como se lesse seus pensamentos. "Mas me importa o que Pip sabe. Se ela descobrir alguma coisa vinda de você, vou destruí-lo."

"Parto do princípio de que você não revelou que é pai dela."

"Prefiro que não saiba. Também prefiro que não saiba sobre o dinheiro."

"Não quer que sua própria filha saiba que tem direito a um bilhão de dólares de herança."

"Você não iria entender."

"Ela é uma moça sensata. Não acho que o dinheiro a arruinaria."

"Não vou atrapalhar a Anabel. Nem você."

"Quer dizer que você se importa mais com sua ex-mulher do que com sua filha. Acho que eu não deveria estar surpreso. Era a mesma coisa em Berlim."

"É apenas o que é."

"E onde sua namorada fica nisso tudo? Se eu posso perguntar."

"Não tem nada a ver com a Leila."

"Presumivelmente você lhe disse quem era Pip, não disse?"

"Sim."

"Belo choque, sem dúvida."

Tom se voltou e lhe deu um sorriso. Andreas levou um segundo para reconhecer o que tinha de crueldade.

"Quer saber de uma coisa?", disse Tom. "Foi bom para mim e para a Leila. Essa sua famosa luz do sol. Foi boa para nós."

Andreas fechou os olhos. Criar a escuridão era simples assim. Mergulhou mentalmente nela, desejando que ela fosse ainda mais funda. "Continue", murmurou.

"Você nos mandou Pip."

"Entendo."

"Foi duro para Leila. Finalmente tive que contar tudo para ela, inclusive o que você e eu fizemos em Berlim."

"Mas você contou isso a ela faz muito tempo."

"Negativo. Só depois que descobri o que você tinha feito comigo."

"Você contou a ela."

"Não se preocupe. Seu segredo está seguro desde que deixe Pip em paz. Leila é um cofre fechado, igual a mim. Mas, fique sabendo, você nos fez um favor."

"Ajudei vocês…"

"Ela e eu estávamos atolados. Nada de muito grave. Mas precisávamos de um empurrão."

"Eu ajudei vocês…"

"Não me entenda mal. O que você fez com Pip é imperdoável. Não vim aqui para lhe agradecer. Estou simplesmente dando crédito onde crédito é devido."

A escuridão em que Andreas caía era tão densa que ele teve a sensação de estar girando, o que lhe provocava náuseas. Bem ruim ter fracassado em arruinar a vida de Tom. Mas inadvertidamente fazê-la mais feliz…

Abriu os olhos e se pôs de pé.

"Tenho um trabalho urgente", ele disse. "Por que você não almoça e tira uma soneca? Vamos dar um passeio quando estiver mais fresco. Que tal às quatro horas?"

"Obrigado, mas não quero", respondeu Tom. "Já disse o que tinha para dizer quando decidi vir."

"Pelo menos passe a noite aqui. Sua filha gostava de caminhar pelas trilhas."

Tom consultou o relógio. Obviamente calculava em quanto tempo podia se livrar de Andreas e voltar para sua mulher. Nada mudara em vinte e cinco anos.

"Você já perdeu os voos da tarde", disse Andreas. "Há muita coisa para ver aqui. E nada na cidade."

"Teria que sair bem cedo de manhã."

"Claro. Arranjamos isso."

No andar de cima, sozinho no quarto, abriu uma cópia do disco rígido da casa de Tom. Buscou "andreas" e "anabel", conseguindo alguns emparelhamentos, nada interessante. A segurança de Tom se revelou péssima — a senha de log in, registrada pela digitação das teclas, era leonard1980, sem maiúsculas, sem caracteres especiais — e o computador, penosamente bem organizado, continha pastas e pastas de PDFs de terceiros, fotografias tediosas e cartas comerciais que ele não se dera ao trabalho de proteger com alguma senha. Entretanto, havia uma subpasta denominada X em sua pasta principal de documentos. Essa subpasta continha um único arquivo, intitulado um rio de carne.doc e protegido por uma senha. Andreas tentou leonard1980 e teve o acesso negado.

O arquivo era substancial, quase meio mega. Usou diversas variantes óbvias de leonard1980 antes de desistir e mergulhar no registro de teclas digitadas, cujo pequeno tamanho era tanto uma vantagem (menos dados para examinar) quanto uma grave desvantagem, uma vez que Tom talvez não tivesse usado todas as suas senhas desde que o sistema de espionagem fora ativado. Havia um leonarD1980 e um leonard198019801980. Nenhum dos dois abriu um rio de carne.doc. Repassou o registro de digitação de teclas, mantendo a vista menos focada a fim de melhor observar as sequências repetidas, e então notou um le1o9n8a0rd, seguido de números que sugeriam operações bancárias on-line. Essa senha, um pouco menos ordinária, abriu o documento.

Parecia um romance ou memórias. Buscou seu próprio nome e o encontrou perto do fim. Tudo no documento indicava se tratar de memórias, uma tentativa de recordação precisa e honesta, porém, quando alcançou o ponto onde Tom dizia que gostara muito dele, Andreas não acreditou numa única palavra. A narrativa só se tornou de novo verdadeira depois que o narrador se voltou contra ele. A partir daí tudo fez sentido mais uma vez. Foi exatamente como ele sempre soubera: ninguém que o conhecesse poderia amá-lo. E tinham razão, como ele tivera razão. Havia algo de muito errado com ele.

Passou os dedos pelo rosto como se fossem garras. O tempo corria. Fixou os olhos na tela do computador pelo que lhe pareceu um milissegundo, mas deve ter sido meia hora, porque o arquivo estava fechado e ele sabia como a história terminava. Estava digitando le1o9n8a0rd como assunto de um e-mail. Selecionou andtylertoo@cruzio.com em seus contatos e anexou um rio de carne.doc. A razão pela qual não conseguia sentir a passagem do tempo era que sua mente funcionava mais rápido do que nunca, movendo-se sem ele, deixando-o para trás. Apertou Enviar.

Tom o esperava na varanda. Andreas não era capaz de encará-lo, mas palavras amistosas escapavam de sua boca, o número de hectares de Los Volcanes, o estatuto de área de proteção ambiental do parque nacional ao norte. Desceram até o rio, atravessaram pela ponte de tábuas e subiram pela primeira trilha que levava ao cume mais baixo. À medida que a trilha se tornava mais íngreme, Tom começou a bufar.

Ele deveria moderar o passo por causa de Tom, porém lhe parecia urgente chegar ao topo o mais cedo possível. Como se tivesse um encontro marcado com uma mulher que poderia ir embora. Tinha algo glorioso para dedicar a ela. Era essencial que ela não fosse embora. Ou morresse — sim, era isso. Ela podia morrer antes que ele chegasse ao topo. Nem estava lá ainda, mas poderia morrer antes que ele chegasse. Muito embora não a tivesse convidado para vir visitá-lo, ele a odiava por não vir. Odiava aquela mulher, precisava dela, a odiava e precisava dela. Tudo agora era efeito, nada era causa. Tinha uma vaga recordação de ter sido uma pessoa de sorte. Sem dúvida, foi sorte ela ter sobrevivido aos tratamentos de câncer. Ela ainda podia receber o que ele tinha para lhe dedicar, bastava para isso que chegasse lá em cima a tempo.

No ponto mais alto havia um mirante com um banco rústico de madeira. O sol poente abrasava os picos do outro lado do vale, mas o lado em que se encontravam já estava na sombra. A beira da encosta era curva e escorregadia devido ao cascalho de arenito. Ali se abria um precipício de centenas de metros, um paredão de rocha lisa com alguns poucos cactos resistentes agarrados à sua superfície.

Tom chegou ofegante ao alto da trilha, o rosto vermelho, a camisa manchada de suor. "Você está em melhor forma do que eu", ele disse, se deixando cair no banco.

"A vista compensa, não acha?"

Tom obedientemente levantou a cabeça para apreciar a paisagem. Diversos bandos de periquitos guinchavam no vale. Mas a beleza da rocha vermelha, da folhagem verde e do céu azul não passava de uma ideia. O mundo, o seu próprio ser, cada átomo dele, era um horror.

Quando Tom recuperou o fôlego, Andreas voltou-se na direção dele e abriu a boca. Gostaria de dizer: *Tudo é um horror para mim. Não quer voltar a ser meu amigo?* Mas, em vez disso, uma voz disse: "A propósito, vi sua filha nua".

Os olhos de Tom se contraíram.

Ele gostaria de dizer: *Você não vai acreditar nisso, mas eu a amei.* "Disse para ela ficar nua e ela tirou todas as roupas para mim. Tem um corpo espetacular."

"Cale a boca!", disse Tom.

Mal a conhecia, mas a amei. Também amei você. "Passei a língua na boceta dela. Foi muito bom. Muito *lecker*, para usar a palavra alemã certa. Ela também gostou."

Tom se pôs de pé num salto. "Cale essa porra dessa boca! O que há de errado com você?"

Por favor, pode me ajudar?

"Ela não fez nada que você também não quisesse fazer. A única diferença é que ela fez."

"Que merda há de errado com você?"

Alguém por favor me ajude. Mamãe. Mamãe.

"Estava pensando em mim quando enrabou sua Anabel?"

Tom agarrou-o pelo colarinho. Parecia prestes a esmurrá-lo.

"Achei que Pip ia gostar daquela cena deliciosa. Por isso é que mandei seu documento para ela. Agora mesmo, enquanto você tirava uma soneca. Incluí a senha."

Tom apertou mais o colarinho. Alguém pegou seus pulsos.

"Não me estrangule. Há maneiras melhores de fazer isso. Maneiras que permitirão que você escape."

Tom largou o colarinho. "O que você está fazendo?"

Alguém chegou mais perto da beira do precipício. "Estou dizendo que você pode me empurrar."

Tom olhou fixamente para ele.

559

Isto me deixa indizivelmente triste.

"Conspurquei sua filha. Só porque era sua filha, só para me divertir. Ela disse que foi o melhor orgasmo da vida dela. Não estou inventando. É a mais pura verdade — ela vai admitir se você perguntar. E então lhe mandei seu documento para ter certeza de que ela sabe como é suja. Você não prometeu me destruir se eu fizesse isso? Se eu fosse você, me mataria."

Tom agora demonstrava medo, e não raiva.

Por favor, me ajude. Coisa que ninguém nunca fez.

"Sente no chão, assim você não cai. E então me dê um empurrão forte com os pés. Não parece uma boa ideia? Especialmente se eu... aqui está." Alguém tirou uma caneta do bolso. "Vou escrever um bilhete absolvendo você de qualquer responsabilidade. Vou escrever no meu braço. Olhe, veja, estou escrevendo no meu braço."

A escrita, na pele úmida de suor e com pelos atrapalhando, foi lenta, mas sua mão estava firme. O texto estava pronto em sua mente sem que precisasse pensar nele.

VOCÊS SABEM COMO SOU HONESTO. NENHUMA AMEAÇA ME OBRIGARIA A ESCREVER UMA INVERDADE. CONFESSO QUE ASSASSINEI HORST WERNER KLEINHOLZ EM NOVEMBRO DE 1987. SOU O ÚNICO RESPONSÁVEL PELO ATO QUE COMETI HOJE. ANDREAS WOLF

Alguém mostrou as palavras a Tom, que agora voltara a se sentar no banco, segurando a cabeça nas mãos.

"Isso deve bastar, não acha? A própria confissão fornece o motivo. Se necessário, você pode corroborar a confissão. Mas creio que ninguém vai questioná-la." Alguém estendeu a mão para Tom. "Você faz isso?"

"Não."

"Estou pedindo a você como amigo. Preciso implorar?"

Tom balançou a cabeça.

"Preciso arrastar você comigo?"

"Não."

"Não minta pra mim, Tom. Você sabe o que é querer matar alguém."

"A diferença é que não matei."

"Mas agora pode. E quer. Admita ao menos que quer."

"Não. Você é um psicótico, e não pode entender isso porque é psicótico. Você precisa…"

O som da voz de Tom cessou. De modo curioso e abrupto. A boca de Tom continuava a mover-se, e ainda havia o ruído distante das águas correndo, os guinchos dos periquitos. Só a fala humana deixara de ser audível. Era muito desorientador, de algum modo devia ser obra do Assassino. Mas alguém era o Assassino. Será que o Assassino sempre teria sido surdo à fala?

No misterioso silêncio seletivo, ele se afastou de Tom rumo à beira do abismo. Ouviu o arrastar de pés no cascalho e se voltou para trás a tempo de ver Tom se pondo de pé, gesticulando para ele, aparentemente gritando. Mais uma vez encarou o despenhadeiro e viu, lá embaixo, as copas das árvores tropicais, os grandes fragmentos de rochas caídas, a onda verde de vegetação baixa se quebrando contra elas. Quando tudo começou a derivar pouco a pouco mais perto dele, e depois se aproximou rápido, ele manteve os olhos bem abertos porque era honesto consigo próprio. Um segundo antes de tudo acabado e puro nada, ele ouviu todas as vozes humanas do mundo.

CHEGA A CHUVA

O nevoeiro escorria das colinas de San Francisco como o líquido que quase era. Nos melhores dias, se espalhava para o outro lado da baía e invadia Oakland rua após rua, algo que você via se aproximar, uma mudança que sentia acontecer em você, uma estação do ano em movimento. Onde encontrava sequoias, caía a mais localizada das chuvas. Onde achava espaços abertos, sua passagem leve e pálida parecia tão interminável quanto o final de todas as coisas. Era uma tristeza temporária, mais bonita por ser triste, mais preciosa por ser temporária. Era a canção lenta em tom menor que o sol do rock and roll então expulsava.

Ao subir a colina para trabalhar na manhã de domingo, Pip não estava se sentindo tão temporariamente triste. Domingo de manhã, cedinho, as ruas vazias. Carros que, sob a luz do sol, poderiam parecer apenas estacionados, em meio ao nevoeiro davam a impressão de terem sido abandonados. De algum lugar e a certa distância, um corvo crocitava. A névoa intimidava os outros pássaros, mas tornava os corvos mais falantes.

No Peet's, encontrou o subgerente, Navi, arrumando os doces no mostruário. Navi tinha discos de madeira do tamanho de fichas de pôquer nos lóbulos das orelhas e era pouco mais velho que Pip, mas se mostrava totalmente à vontade no mundo das corporações e do comércio varejista. Era seu primeiro dia de trabalho após o treinamento, e o modo como Navi a supervisionava, enquanto ela ligava a caixa registradora e enchia os receptáculos com líquidos variados, era pragmático e em nada indulgente. Ela quase chorou de gratidão por ter um chefe que não passava de um chefe, que a deixava em paz.

Três fregueses esperavam no nevoeiro quando destrancou a porta da frente. Depois de servi-los, houve uma calmaria em meio à qual entrou uma pessoa que ela reconheceu. Era Jason, o rapaz com quem havia tentado trepar em vão um ano e meio antes, o rapaz cujas mensagens tinha lido. Jason Whitaker com seu *Times* de domingo. Ela havia pensado nele, suas manhãs de domingo, quando procurou emprego no Peet's. No entanto, imaginara que a essa altura ele tinha encontrado outro café que o entusiasmasse.

Aguardou, atrás do balcão, até que ele demarcasse sua mesa predileta com o jornal e viesse escolher o doce. Para ela própria, ela não era mais a pessoa que o deixara esperando para sempre no quarto e depois o cobrira de insultos, porém ele não tinha como saber disso porque, é óbvio, ela ainda era também aquela pessoa. Quando ele se aproximou da caixa registradora, viu a tal pessoa e ficou vermelho.

Ela fez um pequeno aceno de mão irônico. "Oi."

"Puxa, você trabalha aqui?"

"Meu primeiro dia de verdade."

"Levei um instante para reconhecê-la. Você agora está de cabelo curto."

"É mesmo."

"Fica bem em você. Está com uma aparência ótima."

"Obrigada."

"Puxa, veja só." Olhou por cima do ombro, não havia ninguém atrás dele. Seus cabelos também estavam mais curtos, o corpo ainda magro porém menos do que antes. Ela se lembrou por que o tinha desejado.

"O que você vai querer?", ela perguntou.

"Provavelmente ainda se lembra. *Bear claw* e um cappuccino triplo, copo alto."

Ela se sentiu aliviada de lhe dar as costas e preparar o café. Navi estava ocupado nos fundos com um grande barril de plástico.

"Quer dizer que você está trabalhando aqui meio período?", Jason perguntou. "Ainda está naquela companhia de energia alternativa?"

"Não." Pegou com uma pinça o *bear claw* de dentro do mostruário do balcão. "Estive fora. Acabo de voltar."

"Onde é que andou?"

"Bolívia e depois Denver."

"Bolívia? Verdade? O que é que foi fazer lá?"

Ela fez o vaporizador de leite soltar um guincho para não ter de responder. "Este é por minha conta", ela disse ao terminar. "Não precisa pagar."

"Ora, nada disso."

Empurrou na direção dela uma nota de dez dólares. Ela empurrou de volta. Ficou lá em cima do balcão. Sem tirar os olhos da nota, ela disse: "Nunca pedi desculpa a você. Deveria ter me desculpado".

"Meu Deus, nada disso, está tudo bem. Eu é que devia ter pedido desculpa."

"Você pediu. Recebi suas mensagens. Eu estava tão envergonhada de mim mesma que não fui capaz de responder."

"Sinto muito."

"Acho que não tanto quanto eu."

"Foi como uma tempestade perfeita de coisas erradas, aquela noite."

"Foi mesmo."

"O tal sujeito para quem eu estava escrevendo, nem sou mais amigo dele."

"Estou falando sério, Jason, não é você quem tem de se desculpar."

Ele deixou o dinheiro no balcão ao voltar para sua mesa. Ela registrou a venda e pôs o troco na caixinha de gorjetas. Um ano e meio antes, poderia ficar aborrecida pela forma arrogante como ele tinha largado a nota para trás, mas deixara de ser aquela pessoa. Em algum lugar ela tinha perdido sua capacidade de se aborrecer, e também a de ser hostil, e assim, até certo ponto, de ser engraçada. Essa era uma perda real, porém não havia nada que pudesse fazer sobre isso exceto ficar triste. Estava segura de que a perda precedia o conhecimento de que sua mãe era uma bilionária.

Durante algum tempo o fluxo de fregueses foi constante. Navi foi obrigado a apagar uns incendiozinhos: os desperdícios acidentais de café e laticínios estavam correndo soltos. Aproveitando nova calmaria, Jason voltou ao balcão. "Estou indo", ele disse.

"Foi bom vê-lo. Quer dizer, apesar da minha imensa vergonha."

"Ainda venho aqui todos os domingos. Mas agora você pode pensar: 'Ah, é só o Jason'. E eu posso pensar: 'Ah, é só a Pip'."

"Isso é alguma coisa que eu disse?"

"É uma coisa que você disse. Vou vê-la no domingo que vem?"

"Provavelmente. Este turno não é o preferido de ninguém."

Quando já estava saindo, Jason se virou para ela. "Desculpe", disse. "Isso pode parecer uma coisa que eu não pretendi dizer. Perguntar se você estaria aqui na semana que vem."

"Só pareceu simpático."

"Bom. Quer dizer... Estou saindo com outra pessoa. Não quis passar a mensagem errada."

Ela sentiu uma pequena pontada, mas nenhuma surpresa. "Mensagem simpática recebida."

Jason já se afastava quando ela se viu rindo. Ele olhou para trás.

"O que foi?"

"Nada. Desculpe. É outra coisa."

Quando ele foi embora de vez, Pip soltou nova risada. Uma camisinha idiota! Haveria alguma coisa mais engraçada que uma camisinha? Se ela não tivesse deixado Jason para buscar uma no andar térreo, um ano e meio antes, talvez nunca tivesse respondido ao questionário de Annagret, e tudo que acontecera com ela desde então não teria acontecido. Se tivesse um namorado, não ia querer sair da cidade. Nunca teria sabido das *outras* camisinhas, *daquela* comédia. A comédia da sua própria existência. Navi lhe lançou um olhar de repreensão, mas ela não conseguiu parar de rir.

À tarde, depois de encerrar o expediente, desceu a colina. O céu estava claro como se nunca tivesse existido o nevoeiro. Em teoria, deveria trabalhar agora numa matéria encomendada pelo *Express*, um relato da vida como participante no Projeto Luz do Sol. No entanto, por mais longo ou melhor que fosse o artigo, não receberia por ele mais que uns duzentos dólares, e ainda tinha que pagar sua dívida estudantil; por isso o trabalho em tempo integral no Peet's. Também não sabia como escrever sobre Andreas. Talvez levasse um ano, ou uma década, antes que fosse capaz de organizar seus pensamentos sobre a morte dele — e já tinha tanta coisa para organizar na cabeça, um monte de coisas embaralhadas, que tudo que conseguia fazer depois de suas horas no café era jogar bolas de tênis murchas contra a porta da garagem de Dreyfuss.

Dreyfuss estava refestelado no sofá da sala de visitas vendo uma partida do time de beisebol de Oakland. Recuperava-se de um parasita intestinal provavelmente causado pelo freeganismo de seus companheiros de casa, Garth e Erik. Os dois estavam temporariamente na cadeia do condado de Alameda. Três dias antes haviam "agredido" um agente imobiliário que tentava mostrar a casa de Dreyfuss a compradores em potencial e o *crowdfunding* organizado por seus amigos anarquistas não tinha ainda levantado o dinheiro para pagar as fianças.

"Chega alguém com cheiro de café", disse Dreyfuss.

"Trouxe *scones* para você", disse Pip abrindo o zíper da mochila. "Quer leite para acompanhar? Também trouxe leite para casa."

"O duelo entre um *scone* dormido e uma boca perpetuamente seca pode ser insuperável sem o leite."

Dreyfuss descansou o saco com *scones* sobre a barriga menos acentuada mas ainda convexa, de lá tirando um. Pip pôs a garrafa de plástico em cima da mesinha de centro. "O prazo de validade venceu ontem, só para você saber. Ouviu mais alguma coisa do banco?"

"Até Perseguição Incansável descansa no shabat."

"Vai correr tudo bem. Não podem fazer nada até que você tenha a audiência na Justiça."

"Nada que consegui saber sobre o juiz Costa estimula o menor otimismo. Ele parece ter parado de estudar na oitava série e demonstra um respeito canino pelos direitos das grandes empresas. Revi minha apresentação e cortei no osso, mas ela ainda contém cento e vinte e dois elementos narrativos discretos. Suspeito que a atenção do juiz vai para o espaço depois do terceiro ou quarto."

Pip já não tinha tanto receio de Dreyfuss, e infelizmente o banco também não. Deu uma palmadinha numa de suas mãos pesadas e quase sem pelos. Não esperava que ele reagisse de modo algum, e foi o que aconteceu.

No segundo andar, em seu velho quarto, vestiu um short e uma camiseta regata. Metade do cômodo estava entupida com as coisas de Stephen e porcarias apanhadas no lixo, que ela empilhou a fim de abrir espaço para seu colchão e sua mala. Duas semanas antes, do apartamento de Samantha, depois de emergir do estupor em que se pusera com o Ativan da amiga, ela tinha telefonado para Dreyfuss para dar um alô e dizer que ele tinha razão sobre aqueles alemães. Dreyfuss lhe disse que Stephen estava rodando pela América Central com uma garota de vinte anos bancada pelos pais. No momento, Garth e Erik eram os únicos moradores, além dele; Pip seria bem-vinda em seu antigo quarto se assim quisesse. A sujeira masculina da casa era ainda mais repugnante do que ela imaginava, mas limpá-la havia ocupado sua mente por algum tempo.

Na pilha de trastes de Stephen, achou uma velha raquete de tênis Pro Kennex. A porta da garagem de Dreyfuss estava bamba e enfraquecida pelos carunchos. Até mesmo uma bola batida com toda a força voltava com a falta de agressividade de um cãozinho recém-nascido. Atrás da garagem havia uma parede de pinheiros que servia como rede de proteção. As bolas que ela lançava para além dali eram facilmente substituídas fuçando nos arbustos do Mosswood Park. Quanto mais murcha a bola, melhor para seus fins, que consistiam em dar em cada uma delas as maiores porradas até ficar fisicamente exausta. Pensou que era bem provável que aquilo era a coisa mais gratificante que tinha feito na vida.

Com base nas aulas de tênis que tivera na escola durante algumas semanas, sabia que precisava manter os olhos fixos na bola e bater com o corpo de lado. Seu backhand ainda era um desastre, mas o forehand — ah, o forehand! Sua batida normal já tinha *topspin*, a raquete executando um rápido movimento circular e ascendente. Ela era capaz de encaixar *forehands* por quinze minutos, disparando para lá e para cá para pegar os ricochetes e, antes mesmo de tomar novo fôlego, se reposicionar como um gato com sua bola-rato. Cada raquetada era mais um pedaço arrancado de um fim de tarde longo demais.

Ela ainda se encontrava em Denver, dormindo por algumas noites com as antigas companheiras no apartamento em Lakewood, quando chegou a mensagem intitulada le1o9n8a0rd. Sentiu de imediato que o documento anexado vinha do computador de Tom, que prometera nunca violar. No entanto, mais tarde no mesmo dia, depois de uma sofrida viagem de ônibus até o aeroporto de Denver, recebeu dois curtos e-mails do próprio Tom.

> Andreas morto. Suicídio. Estou em choque mas achei que você devia saber.
>
> P. S.: Estou na Bolívia, testemunhei a morte dele. Se ele lhe mandou alguma coisa, por favor destrua sem ler. Ele estava mentalmente doente.

Mais do que choque, medo ou dor, o que a golpeou no estômago e a deixou nauseada foi a *culpa*. E isso era estranho: culpa de quê? Mas ela sabia o que sabia. O sentimento que lhe dava náuseas era sem dúvida culpa. Mecanicamente, porque havia sido chamado o número de seu grupo, ela seguiu em frente e embarcou no voo barato da Frontier Airlines para San Francisco. Havia soldados no avião, convidados a embarcar antes, e ela se sentou ao lado de um deles.

Ele estava mentalmente doente. Ela tinha ao mesmo tempo sabido disso e não sabido. Tinha visto isso e também feito o que ele lhe pedira que não fizesse: havia projetado. Projetado sua própria sanidade nele. Se Andreas agora estava realmente morto, a salvação dele poderia ter estado ao alcance dela. Essa ideia era, obviamente, uma forma de se autolisonjear, mas, quando repassava as recordações dos tempos em que haviam estado a sós, lhe parecia que Andreas tinha pedido que ela o salvasse. Achou que fazia a coisa moralmente correta ao rejeitá-lo; no entanto, e se aquilo tivesse sido a coisa moralmente errada? Falta de compaixão? Encolheu-se em seu estreito assento no avião e chorou da forma mais discreta que pôde, mantendo os olhos fechados como se isso a tornasse invisível para o soldado fardado que estava do seu lado.

Quando chegou ao apartamento de Samantha, estava consciente de um conflito de lealdades. De um lado, sua promessa de respeitar a privacidade de Tom, além do evidente alerta de que Andreas não se encontrava mentalmente são: Tom parecia insinuar que havia doença na simples posse do documento. Entretanto, enviar-lhe aquele e-mail tinha sido um dos últimos atos de Andreas na terra. Poucas horas haviam transcorrido entre as mensagens dele e de Tom. Por mais doente que estivesse, tinha pensado *nela*. Imaginar que isso importava era, sem dúvida, outra forma de se autolisonjear — falta de compaixão por uma pessoa tão atormentada a ponto de se suicidar, falta de respeito com o pouco valor que teria qualquer coisa para ele em meio à dor que sentia. Mesmo assim, o fato de ele haver mandado o e-mail tinha de significar alguma coisa. Temia que pudesse significar que ela era parte da razão de Andreas haver se matado. Se de alguma forma fosse responsável por sua morte, o mínimo que podia fazer para aceitar a culpa era ler a mensagem que ele se dera ao trabalho de lhe enviar. Raciocinou que poderia ler o documento e ainda assim honrar sua promessa a Tom nunca lhe contando isso. Parecia algo que ela devia a Andreas.

Mas o documento era como uma caixa que ela não conseguia voltar a tampar, como o segredo da fissão nuclear, como a chamada caixa de Pandora. Quando chegou à descrição da ex-mulher de Tom, com a cicatriz na testa e os dentes da frente reconstruídos, um terrível calafrio percorreu seu corpo. O calafrio tinha a ver com Andreas e consistia num misto de estranha gratidão e culpa redobrada: em sua última hora de vida, ele tinha dado o que ela mais desejava, a resposta à sua pergunta. Porém, agora que a tinha, não a queria. Viu que havia feito algo de muito ruim tanto à sua mãe quanto a Tom ao obtê-la. Ambos tinham sabido, e nenhum dos dois queria que ela soubesse.

Sem ler mais, se deitou na cama de armar de Samantha. Desejou que Andreas aparecesse e lhe dissesse o que fazer. A ordem mais tresloucada dele seria melhor do que nenhuma ordem. Perguntou-se se Tom poderia de algum modo ter se enganado sobre sua morte. Não podia admitir o fato de Andreas estar morto; sentia uma falta insuportável dele. Pegou seu celular e viu que o *Denver Independent*, que normalmente não transmitia notícias tópicas, já divulgara a história.

pulou de uma altura de pelo menos cento e cinquenta metros

Desligou o telefone e soluçou até que uma ansiedade transbordante venceu seu sofrimento, e ela precisou acordar Samantha e implorar pelo Ativan. Contou à amiga que Andreas se suicidara. Samantha, que tinha dificuldade de entender qualquer coisa que não se relacionasse de alguma forma a ela própria, comentou que tinha tido um colega na escola que se enforcara e que só tinha superado o trauma depois que compreendeu que o suicídio era o maior dos mistérios.

"Não é um mistério", disse Pip.

"Claro que é", retrucou Samantha. "Lutei para superar aquilo. Fiquei pensando que poderia ter impedido, que poderia tê-lo salvado..."

"Eu podia tê-lo salvado."

"Também pensei isso, mas estava errada. Tive que aprender a compreender que não tinha nada a ver comigo. Não precisava me sentir culpada por uma coisa que não tinha nada a ver comigo. Fiquei meio puta quando soube. Eu não era nada para ele. Não podia salvá-lo porque não tinha importância para ele. Entendi que era muito mais saudável ficar com raiva..."

Samantha seguiu por aí, uma enxurrada de frases declaratórias sobre si própria, até que o Ativan bateu e Pip precisou se deitar. Pela manhã, sozinha no apartamento, leu lentamente o resto do documento de Tom. Queria a informação básica, porém teve de fazer muitas manobras, até leitura na diagonal e meia-volta, para chegar até ela sem ler demais sobre a vida sexual de seus pais. Não por ser cheia de não me toques em matéria de sexo: o problema, na verdade, é que a esquisitice de seus pais na questão do sexo era tão distante dela, tão antiquada, tão intoleravelmente triste...

Havia muitas outras coisas no documento que a perturbaram, mas, chegando ao final, pôde sentir que o problema maior era o dinheiro. Certamente era interessante imaginar ter Tom e Leila como segundos pais. Mas não podia telefonar para Tom e dizer: "Oi, *papai*" sem admitir que quebrara sua promessa, lera seu documento e o traíra mais uma vez. Realisticamente, a menos que sua mãe lhe revelasse a identidade dele de modo espontâneo, não haveria nem Tom nem Leila em sua vida. E ela estava pronta a viver com isso, ao menos naquele momento. Mas um fundo de *um bilhão de dólares*? Quantas vezes sua mãe dissera que a amava mais do que qualquer outra coisa no mundo? Se ninguém ou nada era mais importante para ela, como podia ter tanto dinheiro e ainda deixar que Pip sofresse por causa da dívida estudantil e de suas oportunidades limitadas? O documento de Tom era um atestado de frustração com sua mãe, e ela estava se sentindo infectada por ele. Entendeu por que sua mãe tivera medo de que Tom a tirasse dela e pusesse uma contra a outra. Podia sentir que estava ficando contra a mãe naquele exato instante.

Engoliu outro Ativan e mandou novo e-mail para Colleen. Dessa vez, em menos de uma hora, teve uma resposta depois de oito meses de silêncio.

> Tapeada outra vez. Pensei que ele não tinha mais nenhuma maneira de me ferir.

A resposta veio de um número de telefone com o código de área 408, para o qual Pip ligou imediatamente. Ficou sabendo que Colleen estava na Califórnia, do outro lado da baía, em Cupertino, onde trabalhava como chefe do departamento jurídico de uma companhia de tecnologia relativamente nova. Não desligou o telefone na cara de Pip, mas apenas retomou, no ponto em que a interrompera oito meses antes, sua queixa sobre a merda que o mundo era.

"Todas as mulheres dele estão tuitando loucamente", ela disse. "Toni Field disse que ele era o ser humano mais honesto que pisou na terra até hoje

— em outras palavras, '*Eu* fodi com esse homem, ai, ai, ai'. Sheila Taber disse que o espírito hegeliano da história universal estava presente nele — em outras palavras, 'Fodi com ele antes da Toni, e por mais tempo'. Você talvez também queira tuitar. Afirme seu direito de posse com relação ao herói santificado."

"Não fodi com ele."

"Desculpe. Esqueci. O dente quebrado."

"Não seja má comigo. Estou realmente triste com isso tudo. Preciso falar com alguém que entenda."

"Sinto muito, mas acho que no momento estou uma bola de fogo de mágoa e de raiva."

"Talvez devesse parar de ler os tuítes."

"Vou pegar um avião para Shenzhen amanhã, isso deve ajudar. Os chineses nunca entenderam o porquê de toda essa idolatria, Deus os abençoe."

"A gente pode se encontrar quando você voltar?"

"Acho que você sempre fez uma ideia errada de mim. De certo modo, isso me incomoda, mas também é simpático. Podemos nos encontrar se você quiser."

Pip sabia que deveria telefonar para sua mãe e dizer que se encontrava de volta em Oakland. Entendia agora por que sua mãe suspeitara dos motivos que a levaram a Denver: uma olhada no site do *DI*, usando o computador de sua vizinha Linda, teria mostrado o retrato do ex-marido e seu comentário semanal no alto da página. Deve ter sido uma tortura para ela pensar que Pip estava lá com ele. Isso explicava seus silêncios e a recalcitrância desde então: ela acreditava que Pip descobrira seu pai e escondia esse fato. Pip queria lhe dar pelo menos a certeza de que não mentira sobre *isso*. Mas não via como fazê-lo sem revelar o que passara a saber naquele meio-tempo e como ficara sabendo. Sua mãe morreria de vergonha, literalmente poderia morrer por se tornar *visível* demais, caso soubesse o que Pip havia lido sobre ela. Claro que Pip podia simplesmente continuar a mentir; continuar a fingir que seu emprego em Denver não passara disso. Mas lhe causava raiva a ideia de ter de mentir para sempre, sem nunca mencionar o dinheiro, abrindo mão de Tom e Leila, e de modo geral se submetendo às fobias e proibições irracionais de sua mãe. Embora Andreas não tivesse sido obviamente a pessoa mais honesta que pisara na terra, ela achava que sua mãe era a mais difícil. Pip não sabia o que fazer com relação a ela e, por isso, durante algum tempo tinha feito Ativan.

Bater com toda a força numa bola de tênis era o Ativan dos pobres. O sol do domingo se pusera atrás do elevado da autoestrada num céu ainda livre do nevoeiro. A Califórnia vinha atravessando uma grave seca havia meses, porém só agora, depois do solstício (ela tinha enviado um cartão de não aniversário para a mãe, dizendo apenas "o amor de sempre, Pip"), estava dando para sentir o tempo seco. Se o nevoeiro tivesse voltado, ela poderia ter se sentido segura para deixar as bolas de lado e entrar em casa, mas isso não aconteceu. Tentou trabalhar o backhand, isolou duas bolas no quintal do vizinho por cima da cerca vegetal, e voltou ao forehand. Seria possível imaginar um objeto manufaturado mais bem-feito que uma bola de tênis? Peluda e esférica, apertável e quicante, duas línguas de material perfeitamente unidas, sua voz no momento do impacto um *poc* melodioso. Como os cães sabiam o que era bom, amavam as bolas de tênis — e ela também.

Quando por fim entrou, toda suada, Garth e Erik estavam sentados à mesa da cozinha com duas garrafinhas de cerveja que um bom samaritano comprara para eles no longo caminho de volta à casa depois de pagas as fianças.

"O *crowdfunding* está bombando", disse Garth.

"Até porque na verdade é um empréstimo", Erik completou.

"Ainda estão mantendo a acusação?", Pip perguntou.

"Por enquanto", Garth respondeu. "Se Dreyfuss levar a melhor na audiência, o agente se transforma num invasor que estaríamos no direito de expulsar."

"Não acho que ele vá ganhar." Pip pegou uma das garrafas cheias até a metade. "Posso?"

Garth e Erik hesitaram pelo tempo suficiente para que ela pusesse a garrafa de volta na mesa. "Posso ir comprar mais."

"Seria muito legal", disse Erik.

"Vou voltar com uma porção de garrafas."

"Ia ser muito legal mesmo."

No caminho para comprar cerveja, procurou por Dreyfuss e o encontrou sentado na cama com as mãos cobrindo o rosto. Sua situação era legitimamente crítica. Conseguira ressuscitar sua velha hipoteca, mas a expansão das empresas de tecnologia tinha pressionado o mercado e elevado o valor de sua propriedade em trinta por cento ou mais durante o ano em que Pip estivera ausente. Isso dera origem a uma série de novas safadezas: como tinham lhe

575

oferecido cifras diferentes para o pagamento da hipoteca, ele naturalmente escolhera a mais baixa; mas a funcionária que a ofereceu havia desaparecido e o banco dizia desconhecê-la, apesar de Dreyfuss haver anotado cuidadosamente seu nome e local de trabalho. Entretanto, sem a contribuição de Marie e sem a pensão por invalidez de Ramón, ele não conseguia pagar nem mesmo a cifra mais baixa todos os meses. Tudo o que tinha a seu favor no âmbito legal era a meticulosa litania sobre o comportamento pernicioso e provavelmente criminoso do banco. Pip havia tentado ler aquela litania, mas eram quase trezentas mil palavras.

"Ei, escute aqui", ela disse, se agachando aos pés dele. "Tenho uma amiga que é advogada de uma companhia de tecnologia. Talvez ela conheça algumas firmas que façam trabalhos *pro bono*. Quer que eu pergunte a ela?"

"Agradeço sua preocupação", disse Dreyfuss. "Mas já testemunhei o efeito que minha causa exerce nos advogados que não cobram honorários. De início, há uma atmosfera agradável de camaradagem, de isso-é-uma-injustiça-
-e-vamos-consertar-isso, por-que-você-não-procurou-a-gente-antes. Uma semana depois, estão esmurrando a janela, gritando: *Me deixem sair daqui!* Suponho que... ah, deixa pra lá."

"O quê?"

"Me ocorreu que, se pudéssemos encontrar um advogado maluco, um indivíduo já pré-medicado... É uma ideia tola. Esqueça que a mencionei."

"Na verdade, não é uma má ideia."

"Não. Melhor rezar para que o juiz Costa caia de uma escada entre hoje e a terça-feira, sem ser essa, a outra. Você acredita na eficácia da oração, Pip?"

"Para falar a verdade, não."

"Tente", disse Dreyfuss.

No domingo seguinte, Jason estava entre os fregueses que aguardavam enquanto ela destrancava a porta da frente do Peet's. Sabendo que ele tinha uma namorada, Pip resistiu a superinterpretar sua chegada naquele horário, mas ele de fato parecia ter esperança de conversar com ela. Fazendo hora no balcão, atualizou-a acerca do progresso de seu novo manual de estatística e as apresentações que vinha fazendo para professores céticos com relação a um método tão simples e intuitivo. "Eles dizem: 'Está bem, a geometria funciona nesse único caso especial'. Daí eu mostro outros exemplos. Peço que me deem seus próprios exemplos, incrivelmente complicados. O método *funciona sempre*, mas eles mesmo assim não acreditam. É como se suas carreiras todas dependessem de que a estatística continue a ser uma matéria impossivelmente não intuitiva."

"É o que eu sempre ouvi falar", disse Pip. "Não faça esse curso!"

"E você? Não me contou o que andou fazendo na Bolívia."

"Ah, bem. Trabalhei no Projeto Luz do Sol. Você sabe... Andreas Wolf."

Engraçado ver como os olhos de Jason se esbugalharam. O endeusamento de Andreas estava no auge, com cerimônias à luz de velas em Berlim e Austin, em Praga e Melbourne, e sites de homenagem que chegavam a terabytes de extensão com mensagens de gratidão e tristeza; era como o fenômeno de Aaron Swartz,* só que cem vezes maior.

"Está brincando comigo?", Jason perguntou.

"Hã, não. Estive lá mesmo. Não quando ele morreu... saí no fim de janeiro."

"Isso é incrível."

"Eu sei, estranho, não?"

"Você realmente esteve com ele?"

"Claro. Todo mundo lá esteve. Ele ficava sempre ali por perto."

"Isso é incrível."

"Não fique repetindo isso, senão vou começar a me sentir mal."

"Não é o que eu quis dizer. Sei que você é muito inteligente. Só não sabia que estava interessada nesse troço da net."

"É, não estava. Aí estava. Aí deixei de estar."

Embora ver Jason tão embasbacado quanto o resto do mundo pudesse decepcioná-la, ela esperava que ele não deixasse o assunto morrer. Mas deixou. Perguntou quais eram agora seus planos. Ela confessou que não iam muito além de voltar para casa depois do trabalho e bater numa bola de tênis. Ele disse que recentemente começara a jogar tênis. Comentou que um dia desses poderiam jogar juntos, mas foi uma observação vaga, neutralizada pelo

---

* Aaron Hillel Swartz (1986-2013) foi um programador norte-americano e ativista político na internet, preso em 2011 por usar a rede do MIT para baixar sem cobrança artigos de uma revista científica. Dois anos depois, Swartz foi encontrado enforcado em seu apartamento no Brooklyn, num aparente suicídio.

fato já sabido de que ele tinha uma namorada, e ele recuou para sua mesa predileta com o *Times* de domingo.

Fosse qual fosse a química que existira entre ela e Jason, ela ainda estava lá, no mínimo sob a forma de um pesar por ela não ter dado em nada de concreto. Pip se deu conta, com maior pesar, de que ele era provavelmente o rapaz mais doce e bonito que se interessara por ela. Arrependia-se de não ter valorizado isso quando podia ter sido importante. Esperava que ele também sentisse algum pesar adicional, agora que sabia que Andreas Wolf tinha gostado dela.

Depois de uma longa pausa, Pip voltou ao Facebook. Era uma maneira de deixar que seus velhos amigos soubessem que estava na cidade sem ter necessariamente de vê-los, porém seu motivo principal era defensivo. Uma de suas amigas no Facebook era Linda, vizinha de sua mãe, que lhe assegurou que nada mudara na vida dela e pareceu contente em lhe transmitir as saudações mornas de Pip. Sua esperança era que Linda mostrasse a página do Facebook para sua mãe ou pelo menos relatasse o que vira — isto é, quase nada. Pip estava morando na velha casa em Oakland e trabalhando no Peet's, fim da história. Queria poupar a mãe do tormento de imaginá-la ainda em Denver, reunida com o pai. Linda era a tagarelice em pessoa e, por isso, um meio confiável.

Depois do trabalho e depois de bater bola, tomar um banho de chuveiro e caminhar até a estação do metrô, ela não pôde resistir à tentação de dar uma olhada na página de Jason no Facebook. A capacidade dele para o entusiasmo estava por todo lado. Mas, naturalmente, o que Pip queria saber era se a namorada dele era bonita. Encontrou dados positivos e negativos. A garota tinha um belo rosto, um jeitão assustadoramente *hipster* e um nome assustadoramente francês, Sandrine, porém parecia ser pelo menos trinta centímetros mais baixa que Jason; ficavam esquisitos juntos. Com um estremecimento de nojo pelo que fazia e pelo Facebook, Pip desligou o celular.

Rumava para um restaurante peruano em Bernal Heights, muitíssimo fora de mão para ela, porque Colleen parecia ter pretensões *foodie* e desejava experimentar a comida do lugar. Isso depois de desmarcar dois encontros no último minuto alegando excesso de trabalho. Se o que ela queria era continuar a punir Pip e fazê-la se sentir diminuída, vinha tendo bastante êxito.

O tempo estava coberto em Bernal Heights. Uma barulhenta garotada de vinte anos, empregada nas empresas de tecnologia, enchia o restaurante. Colleen ocupava uma pequena mesa mal situada junto a um ponto de serviço;

deixara para Pip a cadeira que ficava no caminho dos garçons. Pip se impressionou com a maquiagem desnecessária que Colleen estava usando e com o evidente luxo de seu casaquinho de seda e das joias. Lembrou-se de que a ambição declarada de Colleen era fazer coisas chatas e seguras.

"Desculpe pelo atraso", ela disse. "É puxado vir lá de Oakland."

"Pedi umas comidinhas", disse Colleen. "Vou ter que voltar para o escritório mais tarde."

Já estava claro para Pip que Colleen tinha sido algo como uma amiga de acampamento de verão, nunca uma amiga de verdade, e que não deveria ter continuado a lhe mandar mensagens. Mas, como não tinha mais ninguém para falar sobre Andreas, pediu uma sangria e falou. Começou com uma bomba — que ele tinha matado um homem na Alemanha e a levara para Los Volcanes numa tentativa insana de ocultar o crime — a fim de que Colleen pudesse ver que o que acontecera no Hotel Cortez não era pessoal.

"Acho que ele era realmente doente", disse Pip para concluir. "Mais doente do que todo mundo imaginava."

"Isso não está me fazendo exatamente me sentir melhor por ter gastado três anos desejando esse homem."

"Também desejei o Andreas. Mas o lado de sua personalidade que me mostrou era assustador demais."

"Você realmente acha que ele matou alguém."

"Foi ele quem disse. Acreditei nele."

"Você sabe, tenho lido mais sobre ele do que seria saudável. É puro masoquismo. Mas não encontrei nada sobre um assassinato."

"Mesmo se ele deixou uma confissão ou algo assim, tenho certeza de que abafariam. É difícil ver Willow ou Flor deixando de proteger a marca."

"Você devia contar ao mundo", disse Colleen. "Só para sacanear a porra da Toni Field e todas as outras. 'O herói santinho de vocês era um psicopata.' Você vai me fazer esse favor?"

Pip balançou a cabeça. "Mesmo se quisesse divulgar isso, quem iria acreditar em mim? De todo modo, tenho outros problemas. Ele me disse quem é a minha mãe."

"Quer dizer, além de ser sua mãe?"

"Ela é uma *bilionária*, Colleen. Tem um fundo no nome dela que vale, sei lá, um bilhão de dólares. É como uma herdeira renegada. Não consigo nem começar a pensar como vou lidar com isso."

Colleen franziu a testa. "Um bilhão de dólares? Você me disse que ela era pobre."

"Mudou de identidade. Fugiu da fortuna. O pai dela era o presidente da McCaskill, a empresa de alimentos."

"Essa é a sua *mãe*?" Colleen lhe lançou um longo olhar de dúvida, como se a própria Pip fosse uma pilha de dinheiro e ela decidisse se devia ou não acreditar no que via. "Foi isso que o Querido Líder disse pra você?"

"Mais ou menos."

"Dá para entender por que ele gostou de você."

"Muito obrigada. Ele não ligava para dinheiro."

"Ninguém deixa de ligar para um bilhão de dólares."

"Bom, mamãe não ligou. Nem tenho certeza se ainda está lá."

"Deve tentar descobrir."

"Só quero que tudo vá embora."

"Você definitivamente deve procurar saber." Colleen esticou o braço por cima da mesa e tocou a mão de Pip. "Não acha?"

Quando voltou para a casa de Dreyfuss, bem tarde, encontrou um longo e-mail de Colleen em sua caixa de entrada. O estranho não era seu conteúdo. Colleen pedia desculpa a Pip por obrigá-la a ir até Bernal Heights; na próxima vez em que se encontrassem, que esperava ser em breve, Colleen iria a Oakland; que bom ver Pip de novo; realmente, o novo corte de cabelo... Seguiam-se vários parágrafos da Colleen vintage sobre a merda que era a advocacia, a merda que era a China, a merda que era o perito em tecnologia com quem saíra durante dois meses antes de descobrir a paixão dele pela sonegação de impostos. Estranho mesmo era o timing do envio. Ao longo de oito meses Pip aguardara algumas palavras gentis de Colleen. Só agora, duas horas depois de pronunciar a palavra *bilionária*, ela as recebia.

Será que Colleen tinha consciência de como estava sendo óbvia? Pip achou que não. Por outro lado, talvez ela estivesse paranoica. Lembrava o que Andreas tinha dito sobre a fama, a solidão que a acompanhava, a impossibilidade de confiar em que as pessoas gostavam da figura famosa por suas próprias qualidades. Suspeitava que, nesse sentido, ser uma bilionária traria ainda mais solidão.

No dia seguinte, segunda-feira, chegou outro longo e-mail de Colleen, além de duas afetuosas mensagens telefônicas. Na terça, Dreyfuss teve a audiência com o juiz Costa, que lhe concedeu dez minutos para apresentar sua defesa e depois passou à sentença: quinze dias para desocupar a casa. Na quarta, Jason deixou uma mensagem no Facebook para Pip, perguntando se queria bater bola com ele. Essa não era uma mensagem que um rapaz namorando sério enviaria inocentemente para uma garota com quem quase trepara no passado. Pip poderia ficar alegre com o convite, ou ao menos lisonjeada, caso Colleen não tivesse se tornado tão amigável de repente. Agora, só conseguia pensar que sua vinculação com Andreas havia espicaçado o interesse de Jason. Será que isso agora se transformaria numa reação normal? Já tivera muitos problemas por confiar nas pessoas; agora tinha pela frente uma vida inteira em que não poderia confiar em ninguém. Respondeu a Jason: A ser conversado no Peet's. Fez então uma pesquisa e deu alguns telefonemas. Cedo, na manhã seguinte, quinta-feira, pegou um avião para Wichita.

Na saída do aeroporto, do banco de trás do táxi viu o nome McCaskill em campos da Little League, num grande pavilhão no centro, numa creche e num depósito de distribuição de alimentos na degradada zona leste da cidade, em cartazes em que se afirmava que A MCCASKILL SE IMPORTA. O sol do meio-dia era tão intenso quanto em qualquer dia quente da Bolívia. Os gramados tinham sido esturricados até ficarem quase brancos, as árvores pareciam prestes a deixar cair suas folhas três meses antes da hora.

Graças ao ar-condicionado, os escritórios da firma James Navarre & Associates eram bem frios. Pip mal havia aberto a boca quando a recepcionista a levou para uma ampla sala forrada de madeira onde o sr. Navarre a esperava à porta. Baixo, de cabelos brancos, era aparentemente um desses homens que só se sentiam confortáveis usando roupas amarrotadas. "Meu Deus", ele disse, olhando fixamente para Pip. "Você realmente é a filha dela."

Pip apertou a mão dele e o seguiu para dentro do escritório. A recepcionista trouxe uma garrafa de água gelada e os deixou a sós. O sr. Navarre continuou a olhá-la atentamente.

"Muito bem", ela disse. "Obrigada por me receber."

"Obrigado por ter vindo aqui."

"Tenho fotografias de mamãe, se o senhor estiver interessado."

"Claro que sim. Tenho também a obrigação de estar interessado."

Pip lhe passou o celular. Tinha selecionado fotos noturnas tiradas dentro da cabana a fim de não trair sua localização. O sr. Navarre as examinou e balançou a cabeça, como se estivesse perplexo. Numa das paredes de seu escritório havia várias fotografias, gente do Meio-Oeste em roupas e cenários exoticamente triviais, a ideia que certas pessoas fazem dos Estados Unidos. Pip reconheceu o avô David Laird, um dos objetos de sua pesquisa, sentado num carrinho de golfe com um amarrotado e mais jovem sr. Navarre.

Ele devolveu o telefone. "Ela está viva?"

"Ah, sim."

"Onde?"

"Não posso lhe dizer. Ela não sabe que estou aqui e não ficaria feliz se soubesse. Só quer ser deixada em paz."

"Tínhamos desistido de procurar", disse o sr. Navarre. "O pai dela tentou encontrá-la mais de uma vez na década de 1990. Depois que ele morreu, fui obrigado a tentar de novo. David sempre achou que ela continuava viva. Eu, nem tanto. As pessoas morrem o tempo todo. Mas, a menos que pudesse provar que ela não estava mais entre nós e não tinha deixado herdeiros, estava impedido de dissolver o fundo."

"Quer dizer que continua. O fundo."

"Perfeitamente. Administrá-lo me transformou num homem muito rico. Tenho todas as razões para insistir em que me diga onde está sua mãe. Bastará que ela aponha sua assinatura no recibo que acompanha uma carta registrada. Pode continuar a não fazer nada, mas precisa saber que é a beneficiária."

"Não. Sinto muito."

"Sandrine…"

"Esse não é meu nome verdadeiro."

O sr. Navarre assentiu com a cabeça. "Entendo."

"Não quero que mude nada. Só vim aqui lhe pedir um favor."

"Ahá. Vou arriscar um palpite. Você está precisando de dinheiro."

"Nem isso. Quer dizer, preciso, mas não vim por causa disso. Posso explicar?"

"Sou todo ouvidos."

"Tenho vivido em Oakland, na Califórnia. Há uma casa lá cuja hipoteca está sendo executada e o sujeito que é dono dela tem que desocupá-la em menos de duas semanas. Ele é um cara legal, o banco está tentando roubar a propriedade dele. Por isso, pensei, há um dinheirão no fundo e o senhor decide como ele será investido. Entendo que o senhor não faz muito mais do que emitir cheques bem substanciosos para o senhor mesmo."

"Bem, na verdade…"

"O dinheiro está quase todo investido em ações da McCaskill. O senhor é obrigado a deixá-lo lá. Que trabalho isso dá? E recebe coisa de um milhão de dólares por ano para fazer isso."

"Como sabe disso?"

"Sabendo."

"Está em contato com o ex-marido de sua mãe. Ele lhe contou."

"Talvez."

"Sandrine. Veja bem."

"Sou neta do cara. Do David. Isso faz com que eu seja uma Laird, e estou pedindo um pequeno favor que pessoalmente não lhe custará nada. A quantia é insignificante quando comparada com o que está no fundo. Quero que o senhor compre a casa do meu amigo, imediatamente, e depois lhe cobre um aluguel que ele seja capaz de pagar. Não será um aluguel significativo e, por isso, não será um grande investimento. Mas o senhor pode investir o dinheiro como quiser, não é verdade?"

O sr. Navarre formou uma tenda com os dedos. "Tenho a responsabilidade fiduciária de investir o dinheiro sabiamente. Precisaria, no mínimo, de uma autorização escrita de sua mãe. Admito que provavelmente ela não questionará minhas decisões no futuro imediato, porém preciso me precaver contra tal eventualidade."

"Consta no fundo que eu sou a herdeira?"

"Sim, há uma cláusula *per stirpes*."

"Então me deixe assinar."

"Com o conhecimento que tenho, não posso deixá-la assinar sob um nome falso. Mesmo se estivesse inclinado a fazer esse investimento específico."

Pip franziu a testa. Pensara em muita coisa durante os dois voos que fizera para chegar a Wichita, mas não tinha pensado nisso. "Se lhe der meu nome verdadeiro, o senhor o usará para tentar encontrar mamãe, mesmo que eu peça que não faça isso."

"Vamos devagar aqui", disse o sr. Navarre. "Veja isso da minha perspectiva. Acredito realmente que Anabel esteja viva e você seja sua filha. Trata-se de uma situação altamente incomum, mas creio que está me dizendo a verdade.

No entanto, se voltar aqui no próximo mês e disser que quer outro investimento, por alguma outra razão, onde isso vai terminar?"

"Não vou fazer isso."

"É o que diz agora. Mas se tudo que você precisa fazer é pedir?"

"Bem, então teríamos essa discussão outra vez. Mas não teremos. Não vai acontecer de novo."

O sr. Navarre diminuiu o ângulo da tenda formada por seus dedos. "Não sei o que aconteceu naquela família. Sua família. Nunca entendi sua mãe nem o pai dela. Mas as decisões que ele tomou sobre o quinhão dele na McCaskill criaram um tremendo mal-estar. Tendo em vista o que teve de pagar em impostos, foi obrigado a pôr quase todo o resto em fundos de caridade. Sei que você acha que ganho dinheiro para não fazer nada, mas liquidar o número suficiente de ações a fim de pagar os impostos de transmissão deu trabalho. E, enquanto isso, os irmãos de Anabel só receberam oitenta milhões cada um em dinheiro. O resto está em fundos que eles controlam mas que não lhes dão grandes lucros. Tudo isso para fazer com que a filha que odiava David recebesse a parte dela por inteiro. Dizer que nunca entendi isso é um eufemismo. E agora você nem me deixa contar para ela que o dinheiro está disponível?"

Exatamente, Pip pensou. *Todo mundo tem que continuar a conspirar para proteger minha mãe da realidade.*

"Posso trabalhar nisso", ela disse. "Mas tem que ser eu. Não quero que ela receba nenhuma carta registrada do senhor. Se eu concordar em trabalhar nisso, o senhor compra essa casa em Oakland?"

"Por que eu deveria fazer isso?"

"Porque eu sou a herdeira e estou pedindo!"

"Quer dizer que você também é maluca."

"Não."

"Você poderia falar com sua mãe e ser uma bilionária, mas, em vez disso, me pede que compre em favor de uma terceira pessoa uma casa que está sendo retomada pelo banco. Por acaso essa pessoa seria seu namorado?"

"Não. É um esquizofrênico em tratamento com quarenta anos de idade."

O sr. Navarre balançou a cabeça. "Você não quer erradicar a malária. Não quer mandar crianças pobres para a universidade. Não quer fazer uma viagem particular ao espaço. Não quer nem ser uma viciada em cocaína."

"Não é verdade que todos os membros das famílias Laird e McCaskill se deram mal por ter dinheiro demais?"

"Mais ou menos metade, sim."

"Um dos meus tios não tentou comprar um time da NBA?"

"Mais que isso. Queria que o Fundo de Caridade David M. Laird Jr. o comprasse."

"Então parece que minha esquisitice está totalmente dentro dos parâmetros normais."

"Escute aqui." O sr. Navarre se endireitou na cadeira e encarou Pip. "Nunca vou ter que prestar contas a você. Sou mais velho que sua mãe e muito chegado às carnes vermelhas com bastante gordura. Não é por lhe dever nenhuma cortesia que faço a seguinte proposta. Você vai me dizer seu nome verdadeiro e assinar uma autorização. Depois que sair daqui, vai visitar o médico da família Laird e deixar uma amostra de sangue. Seis meses a contar de hoje, se não me procurar antes, vou contratar um detetive para localizar sua mãe. Em troca, o fundo vai comprar a casa de seu amigo. Dou isso para você, você me dá sua mãe."

"Mas vai ter que comprar a casa imediatamente. Hoje ou amanhã. No mais tardar segunda-feira."

"Concorda com as condições? Tem seis meses para acertar as coisas com sua mãe."

Pip pôs na balança seu desejo de ajudar Dreyfuss e a aversão a ter uma conversa com a mãe. Deu-se conta de que, sem a conversa, sua mãe não saberia com certeza se tinha sido culpa dela que o sr. Navarre a houvesse encontrado. Poderia imaginar que era culpa de Tom ou de Andreas. Assinaria o recibo da correspondência registrada, queimaria a carta sem lê-la e continuaria a negar a realidade.

"Meu nome é Purity Tyler."

Eram quatro e meia quando, tendo assinado a autorização e colhido uma amostra de sangue no consultório do médico, o táxi a deixou no aeroporto. Os jatos na pista reluziam em meio à descarga das turbinas sob o sol acachapante, mas algo estava acontecendo com o céu, a premonição de que seu azul infinito em breve se transformaria num cinza mais local. O voo de conexão para Denver estava atrasado quarenta e cinco minutos. Tinha que estar no trabalho na tarde do dia seguinte, mas lhe ocorreu que poderia perder a conexão em Denver e remarcar o voo para a manhã seguinte. Tivera a coragem de pedir ao sr. Navarre que a reembolsasse pelas passagens aéreas e despesas com os táxis, de modo que a viagem não havia lhe custado um único centavo.

Não podia ver Tom sem admitir que lera suas memórias e, embora desejasse ardentemente ser perdoada por Leila, preocupava-se com a possibilidade de que ela ainda a considerasse uma ameaça e não ficasse feliz em vê-la. Usando o celular, procurou em vez disso por Cynthia Aberant e a encontrou como professora assistente num programa de estudos comunitários. A única pessoa impecavelmente bondosa e bem-comportada em todos os escritos de Tom era sua irmã. Pip digitou o número de seu escritório e a alcançou.

"Aqui quem fala é Pip Tyler", ela disse. "Sabe quem eu sou?"

"Desculpe. Pode repetir seu nome?"

"Pip Tyler. Purity Tyler."

Houve um silêncio absoluto. Então Cynthia disse: "Você é a filha do meu irmão".

"Certo. Será que daria para eu falar com você?"

"Você devia falar com Tom, não comigo."

"Estou neste momento a caminho de Denver. Se pudesse me dar nem que seja uma hora, hoje à noite... Você é a única pessoa com quem posso falar."

Depois de novo silêncio, Cynthia concordou.

Driblando tempestades com raios e trovões num jato pequeno demais, o voo curou Pip do desejo de fazer futuras viagens aéreas. Esperou pela morte o trajeto inteiro. O interessante é a rapidez com que esqueceu tudo, como um cachorro para quem a morte é literalmente inimaginável, ao seguir de táxi para a casa de Cynthia. Os cachorros, mais uma vez, tinham razão. Não se preocupavam com mistérios que, de todo modo, nunca poderiam ser solucionados.

A casa de Cynthia ficava no mesmo bairro da casa do marido de Leila. Ela veio à porta trazendo um copo de vinho tinto. Era uma mulher corpulenta, com longos cabelos louros já meio grisalhos e um rosto agradável. "Eu precisava de um empurrãozinho", ela disse, erguendo o copo. "Você bebe?"

Sua sala de visitas era uma versão acadêmica da sala de Dreyfuss, os objetos artísticos, livros e até mesmo os móveis encharcados de esquerdismo. Pip se sentou perto de um armário com camponeses latinos retratados em cores fortes e primitivas. Cynthia ocupou uma poltrona cujas almofadas mostravam as marcas dos amplos contornos de seu corpo. "Quer dizer que você é minha sobrinha."

"E você minha tia."

"E por que você está aqui, e não na casa do meu irmão?"

Pip foi bebendo seu vinho enquanto contava a história. Ao terminar, Cynthia lhe serviu mais vinho e disse: "Sempre pensei que Tom guardava dentro de si um romance para ser escrito".

"Ele diz isso nas memórias. Queria ser um romancista, mas mamãe impediu."

A expressão de sua tia se endureceu. "Ela só fazia impedir."

"Você não gostava dela?"

"Não, no começo gostava. Queria que tivéssemos um bom relacionamento. Mas, por algum motivo, era impossível se aproximar dela."

"Continua igual. No fundo, é muito tímida."

"Não gostei de como tratou minha madrasta. Mas a própria Clelia era opiniática, por isso dei um desconto à sua mãe. Mas depois... isso provavelmente aparece nas memórias..."

"A coisa do cuspe?"

"Eu estava lá na sala, vi quando aconteceu. Tom depois me explicou, e até entendi... Não sou fã do agronegócio e do capitalismo selvagem. Mas não conseguia parar de pensar que Tom havia cometido um erro. Pensei: 'Essa mulher é *despirocada*'. E então, durante anos, mal o vi e nunca mais estive com ela... Eu estava criando minha filha. Mas, mesmo de longe, tinha a sensação de que ele estava envolvido numa relação tóxica. Ele era tão leal a ela, nunca se abriu enquanto estavam juntos. Mesmo mais tarde, não conseguia falar mal dela. Eu achava que ele devia ter muito mais raiva do que tinha. Com o passar do tempo, as coisas se ajeitaram para ele. É extraordinário no que faz, e Leila... bem, você sabe. Todo mundo adora a Leila. Ele devia ter sido casado com ela desde o começo."

"Verdade. Todo mundo vê que ela é mais maravilhosa que mamãe."

"Ela é ótima. Não entendo por que você veio falar comigo, e não com ela."

"Parece que ela achava que eu queria tirar Tom dela."

"Não me preocuparia com isso. Ultimamente parecem estar mais unidos do que nunca." Cynthia encheu de novo seu próprio copo. "Mas ei-la aqui. Me conte outra vez por quê."

"Porque não sei o que fazer."

"Quer meu conselho."

"Sim, por favor."

"Talvez não goste dele."

"Me dê assim mesmo."

"Acho que você devia ter muita, muita raiva."

Pip fez que sim. "Mas é duro. Sinto como se tivesse traído Tom por ler suas memórias, e agora estou traindo mamãe ao ir a Wichita e saber coisas pelas costas dela."

"Me perdoe, mas isso é uma bobagem."

"Bobagem por quê?"

"Fiquei muito zangada com Tom quando ele me contou sobre você. Você morou na casa dele por um tempão, durante semanas, e ele sabia que você era filha dele e não lhe disse nada. Não acha que tinha direito a essa informação?"

"Acredito que ele estava respeitando a privacidade de mamãe."

"É mesmo? Essa não é a mais tremenda idiotice? Por que ele deveria protegê-la? Por que se curvar à ex-mulher às suas custas? Ela ficou grávida sem dizer nada a ele. Nunca lhe contou que tinha uma filha. Ela o usou… usou *você*… para continuar uma briga interminável que tinha com ele. Ele poderia ter tido uma filha, você poderia ter tido um pai, mas ela 'impediu'. Em que planeta ele deve alguma coisa a ela?"

"Taí um insight útil."

"Em que planeta *você* deve alguma coisa a ela? Com base no que Tom me falou, você passou a infância inteira abaixo da linha de pobreza. Sua mãe a pariu para satisfazer os propósitos egoístas dela…"

"Não, isso é cruel", disse Pip. "Você também não criou uma filha sozinha?"

"Não por escolha minha. O pai de Gretchen sabia da existência dela, ela sabia da existência do pai. Os dois agora se relacionam. E fiz tudo que pude por Gretchen. Parei de organizar protestos e voltei a estudar por causa dela, para que não tivesse de sofrer por causa das *minhas* escolhas pessoais. De que escolha pessoal sua mãe alguma vez abriu mão por sua causa?"

Os olhos de Pip se encheram de lágrimas. "Ela me amou."

"Tenho certeza disso. Certeza de que ela amou você. Mas, como você mesmo diz, ela não tem mais ninguém na vida. Criou-a para ser o que ninguém mais pode ser para ela. *Fico com raiva* do egoísmo disso tudo. Fico com raiva de que ela seja o tipo de 'feminista' que torna o feminismo uma palavra feia. Dá vontade de ir à casa do Tom neste minuto e dar uns tapas na cara dele. Porque ele alimentou as fantasias dela. Ela tinha talento... é um imenso desperdício. Não compreendo como você não está louca de raiva."

"Não sei explicar. Ela é realmente uma pessoa perdida."

"Está bem, assim seja. Não posso fazê-la sentir raiva se não pode. Mas me faça um favor e procure manter uma ideia na cabeça: você não deve nada a essa gente. Eles devem a *você*, e um montão. Agora chegou a sua vez de tomar conta do jogo. Se esboçarem a menor resistência, você tem o direito de jogar uma bomba atômica em cima deles."

Pip fez que sim, mas estava pensando em como o mundo era terrível, na batalha eterna pelo poder. Os segredos eram poder. O dinheiro era poder. Ser necessário era poder. Poder, poder, poder: como pode o mundo ser organizado em torno da luta por algo cuja posse era tão solitária e opressiva?

Cynthia preparou para elas um jantar simples, abriu uma segunda garrafa e falou sobre o mundo tal como o via: a concentração de capital nas mãos de uns poucos, a demolição calculada da fé no governo, a abdicação de responsabilidade pelas mudanças climáticas em toda parte, as decepções com Obama. Oscilou entre raiva e desespero, e Pip ao mesmo tempo compartilhou e não compartilhou de sua raiva. Certamente parecia injusto ter herdado de seus pais um mundo de merda. Eles a haviam posto numa situação pessoal impossível, e pertenciam à geração que não tinha tomado nenhuma providência com respeito aos armamentos nucleares e menos que nenhuma com respeito ao aquecimento global; ela não tinha culpa disso. No entanto, era curiosamente tranquilizador saber que, mesmo se fosse capaz de identificar a coisa eticamente correta para fazer com um bilhão de dólares, e tratasse de fazê-la, nunca alteraria o rumo de merda do mundo. Pensou no Endeavor espiritual de sua mãe, seu esforço para se manter meramente consciente. Para o bem ou para o mal, ela era sem dúvida a filha de sua mãe.

Continuou a pensar na mãe depois de se deitar para dormir no quarto de Gretchen. O que Cynthia não podia saber é como ela tinha feito sua mãe sorrir. O amor puro e espontâneo naquele sorriso cada vez que via Pip. E o que nele havia de timidez, a visível preocupação de que Pip não a amasse tanto quanto ela amava a filha. Sua mãe tinha um coração infantil. Pela leitura das memórias, Pip suspeitava que ela nunca deixara de amar Tom, até mesmo nos dias de hoje. Ah, a dor daquela cena com o tourinho de pelúcia: Pip conhecia perfeitamente a expressão boba e infantil de esperança que deve ter ficado estampada no rosto da mãe. Na sua infância também tinha havido bichos de pelúcia em sua cama, um pequeno zoológico, com quem ela e a mãe brincavam durante horas a fio, dando-lhes vozes, inventando crises morais a serem resolvidas. A pequena criança e a grande criança, aquela cujo cabelo estava ficando grisalho, aquela cujos olhares tímidos de soslaio a pequena às vezes captava. Sua mãe precisara dar amor e receber amor. Por isso tinha tido Pip. O que havia nisso de tão monstruoso? Não era antes alguma coisa milagrosamente engenhosa?

No domingo, Jason estava lá esperando de novo quando ela destrancou a porta do Peet's. Ficou de bobeira no balcão, ignorando o olhar pouco amigável de Navi, até que Pip pôde lhe falar.

"Peça que eu feche o bico se estiver sendo enxerida", ela disse. "Mas posso perguntar por que você não está com sua namorada num domingo de manhã?"

"Ela acorda tarde", respondeu Jason. "Tipo depois do meio-dia. Fica grudada no computador até as quatro da madrugada."

"Vocês moram juntos?"

"Não é esse tipo de coisa."

"Mas é o tipo de coisa em que não é problema jogar tênis com uma garota com quem você costumava sair."

"Exatamente. Tenho o direito de ter amigas."

"Jason, escute." Pip baixou a voz. "Mesmo que sua namorada não se importe que sejamos amigos, não acho uma boa ideia."

Ele pareceu inocentemente perplexo. "Não quer nem bater bola comigo? Não sou tão bom quanto um paredão de tijolo. Mas estou melhorando."

"Se você não tivesse uma namorada, ficaria feliz em bater bola com você. Mas, como tem…"

"Está me dizendo que tenho de *romper* com minha namorada antes de você bater bola comigo? É um baita investimento inicial só para poder brincar com uma bola de tênis."

"A cidade está cheia de gente com quem você pode fazer isso sem nenhum investimento. Não sei por que está tão interessado de repente em bater bola comigo. Por que de repente eu deixei de ser a garota anormal que faz coisas assustadoras."

Ele ficou vermelho. "Porque tive duas semanas para ficar sentado aqui vendo você atrás do balcão?"

"Hum."

"Não, você tem razão", ele disse, erguendo as mãos. "Eu não devia ter perguntado."

Ela se sentiu mal ao vê-lo se afastar, o elogio implícito dele ecoando em seus ouvidos. Mas andava se sentindo ainda pior com a ideia de trair as pessoas.

Ao voltar para casa, sob um céu impiedosamente claro, descobriu que não tinha vontade de bater bola. Era como o espaguete com berinjela nas memórias de Tom: de uma hora para outra, não tinha mais satisfação com aquilo. Ao mesmo tempo que desejava jogar com alguém de carne e osso, com uma pessoa simpática, com Jason, se sentia aliviada por não poder. Outra lição das memórias de Tom era que devia haver uma lei contra as relações entre homens e mulheres com menos de trinta anos.

A televisão estava ligada na sala de visitas, mas Dreyfuss parecia totalmente absorto enquanto digitava no computador.

"Estou fazendo uma queixa de má conduta judicial", ele explicou a Pip. "Há um claro padrão de parcialidade nas decisões do juiz Costa. Estudei mais de trezentos casos relevantes, creio que as provas são inteiramente convincentes."

"Dreyfuss", Pip disse com doçura. "Você pode parar de fazer isso."

"Desde a terça-feira reuni um grande volume de novas informações sobre Costa. Hesito em usar a palavra *conspiração*, mas..."

"Não use. Vinda de você, é uma palavra preocupante."

"Pip, algumas conspirações são reais. Você mesma viu isso."

Ela puxou uma cadeira para perto dele. "Devia ter dito isso a você antes. Alguém vai comprar a casa. Alguém que eu conheço. Alguém que vai nos deixar continuar a viver aqui."

Uma emoção real, preocupação ou tristeza, despontou por um momento no rosto de Dreyfuss. "Sou dono desta casa. É um patrimônio meu. Comprei com o dinheiro da minha falecida mãe. Não vou perdê-la."

"O banco tomou a casa antes que o mercado se recuperasse. Você perdeu a casa e não vai receber de volta. Fiz a única coisa que consegui pensar em fazer."

Dreyfuss apertou os olhos. "Você tem dinheiro?"

"Não. Mas algum dia vou ter. Quando tiver, você receberá a casa de volta como um presente meu. Confia em mim? Tudo vai dar certo se confiar em mim. Prometo."

Ele deu a impressão de se refugiar dentro de si mesmo, numa atitude mais habitual de falta de afeto. "Experiências amargas", ele disse, "me forçaram a nunca confiar em ninguém. Você, por exemplo. Sempre me pareceu uma pessoa responsável e generosa, mas quem sabe de fato o que se passa em sua cabeça? E pior ainda, em sua cabeça no futuro?"

"Acredite em mim, sei como é difícil."

Ele se voltou mais uma vez para o computador. "Vou entrar com meu recurso."

"Dreyfuss", ela disse. "Você não tem outra escolha senão acreditar em mim. É isso ou terminar sendo posto na rua."

"Vai haver outras ações judiciais."

"Ótimo, mas nesse meio-tempo a gente trata de conseguir um aluguel que você possa pagar."

"Tenho medo de ser impedido de levar adiante a alegação de fraude", disse Dreyfuss, digitando. "Pagar aluguel ao suposto proprietário confirma a legitimidade da venda."

"Então me dê o dinheiro. Eu emito os cheques. Não precisa confirmar nada. Você pode…"

Ela parou. Uma lágrima rolava pelo rosto de Dreyfuss.

A luz da tarde banhava as árvores do Mosswood Park quando Pip chegou de bicicleta às quadras de tênis. Ao lado de Jason havia um cachorro marrom com proporções absurdas, cabeçorra, corpo baixo e muito longo. O animal sorria, como se orgulhoso por causa do montinho de bolas de tênis surradas sob suas patas. Jason viu Pip e fez um aceno desnecessário e boboca para ela. O cachorro sacudiu a cauda peluda e incomodamente pesada.

"Esse cachorro é *seu*?"

"Desde a semana passada. Herdei da minha irmã. Ela está indo para o Japão por dois anos."

"Como se chama?"

"Choco. Como a cor dele, chocolate."

O cachorro presenteou Pip com uma bola suja e gosmenta, empurrando a cabeça entre os joelhos nus dela. Do focinho ao rabo, havia um bocado de Choco.

"Eu não tinha certeza se podia cuidar de um cachorro", disse Jason, "mas ele tem mania de morder limões. Anda para todo lado com eles na boca, comidos pela metade, babando litros. Parece que está sempre dando um enorme sorriso idiota e amarelado. Minha inteligência prática disse não, mas meu coração disse sim."

"O ácido não pode fazer bem aos dentes dele."

"Minha irmã tinha um limoeiro nos fundos do apartamento. Ele agora entrou numa dieta de redução de cítricos. Como você pode ver, não perdeu os dentes."

"Excelente cachorro."

"E um campeão em matéria de achar bolas de tênis."

"A melhor coisa depois dos limões."

"É isso aí."

Quatro noites antes, Jason mandara para Pip uma linha no Facebook: verifique meu status atual de relacionamento. Ela tinha obedecido e ficara algo chateada. A última coisa que desejava era ser de alguma forma responsável por um rompimento. Entre outras coisas, isso parecia implicar que ela devia justificar o rompimento se tornando disponível. No entanto, é claro, ela havia literalmente exigido isso. Podendo se recusar a jogar tênis de mil maneiras, ela escolhera condicionar tudo ao namoro de Jason. Não apenas não se podia confiar em ninguém — ela própria não era digna de confiança! Havia feito uso da ética no relacionamento quando seu motivo real era afastar Jason de Sandrine. E trepar com ele? Certamente estava seca para trepar com alguém; já nem se lembrava quando tinha feito isso pela última vez. Mas gostava de Jason um pouco demais para pensar que era uma boa ideia trepar com *ele*. Imagine se começasse a gostar dele ainda mais? Dor e horror no relacionamento pareciam prováveis. Ela escrevera de volta:

> Obviamente dizendo isso tarde DEMAIS, mas... Estou enfrentando muitos problemas no momento e não posso lhe prometer nada além de devolver bolas com meu forehand. Eu deveria ter sido MUITO mais clara sobre isso no domingo. Peço desculpa (de novo, de novo, de novo). Por favor, não pense que está obrigado a ir em frente e bater bola comigo.

Ao que Jason respondera sem demora: só bater bola está bem para mim.

Assim que entraram na quadra, Pip descobriu que Jason era ruim de tênis, até pior que ela. Ele tentava bater nas bolas com toda a força, às vezes errando por completo, mais frequentemente mandando-as na rede ou acima da cabeça dela, enquanto as boas jogadas eram canhonaços indefensáveis. Depois de dez minutos, ela pediu para dar uma parada. Choco, amarrado pela coleira do lado de fora da cerca, se levantou animado.

"Não sou nenhuma treinadora de tênis", ela disse, "mas acho que você está forçando muito os golpes."

"É *fantástico* quando acerto."

"Eu sei. Mas estamos tentando jogar juntos."

O rosto dele ficou triste. "Sou uma droga, não é?"

"Por isso estamos treinando."

Depois dessa conversa, ele bateu com menos força e a troca se tornou mais satisfatória, mas, ao longo de uma hora, o rally mais longo foi de seis trocas. "A culpa é do paredão", disse Jason ao saírem da quadra. "Agora ficou claro que eu devia ter pintado uma linha representando o topo da rede. E talvez uma mais alta representando a linha do fundo."

"Eu mais ou menos faço isso mentalmente", disse Pip.

"Imagino que não queira ouvir como se calcula a probabilidade de um rally de seis trocas tomando como base uma taxa de erro de cinquenta por cento. Ou, o que seria um pouquinho mais interessante, como calcular nossa taxa conjunta de erro dada a frequência empírica de rallies de quatro trocas."

"Quem sabe algum outro dia", disse Pip. "Mas preciso voltar para casa."

"Sou droga demais para a gente repetir isso?"

"Não. Tivemos uns rallies divertidos."

"Eu devia ter contado para você que sou uma tremenda droga."

"Seja lá o que for que você não contou para mim, não é nada comparado ao que eu não contei para você."

Jason se curvou para desatar a coleira de Choco. Havia algo humilde e paciente no corpo baixo do cachorro, no jeito como inclinava a grande cabeça. Ele tinha um esgar tolo, possivelmente por timidez, sugerindo que tinha consciência de sua tolice mais geral de cachorro.

"Desculpe se confundi você", disse Jason. "Quer dizer, por causa do rompimento. Já estava para acontecer. Só não quero que pense que sou o tipo de sujeito que, você sabe… sai com duas garotas ao mesmo tempo."

"Entendo", disse Pip. "A lealdade é uma coisa boa."

"Também não quero que pense que você foi a única razão."

"Está bem. Não vou pensar isso."

"Embora tenha sido sem dúvida *uma* razão."

"Também entendi isso."

Não voltaram a tocar no assunto, não na vez seguinte em que jogaram, três dias mais tarde, nem em nenhuma das muitas outras vezes em que bateram bola em agosto e setembro. Jason era tão compulsivo quanto Pip, e durante muito tempo a intensidade da concentração mútua na quadra constituiu um substituto adequado para os tipos de intensidade fora da quadra que ela ainda evitava e que Jason, apesar de sua personalidade ávida, era sensível o suficiente para não exigir. No entanto, ela gostava muito dele e amava Choco. Acontecesse o que acontecesse, queria um cachorro em sua vida. Em retrospecto, depois de ler as memórias de Tom e conhecer a grande preocupação de sua mãe com os animais, era uma surpresa que ela nunca houvesse tido um bichinho de estimação. Imaginou que ela própria tinha sido um. Havia também a estranha cosmologia de animais de sua mãe, uma trindade simplificada que consistia de pássaros (cujos olhinhos como contas a amedrontavam), gatos (que representavam o Feminino, mas lhe provocavam forte alergia) e cachorros (que corporificavam o Masculino e, por isso, apesar de seus encantos, não tinham permissão para perturbar a cabana com as energias truculentas do princípio masculino). Em todo caso, Pip estava tão faminta por um cachorro que teria se apaixonado por um bem menos excelente que Choco. Choco era *estranho*, bem pouco carente para alguém de sua espécie, um tipo de cachorro zen, ligado nos seus limões e malandramente consciente do próprio ridículo.

Jogando duas ou três vezes por semana, ela e Jason melhoraram — o bastante para se sentirem deprimidos ou aborrecidos quando voltavam a piorar. Nunca disputavam uma partida, apenas batiam bola, trabalhando em conjunto para manter as sequências vivas. No correr das semanas, a luz começou a mudar, suas sombras se alongando nas linhas de fundo, o lusco-fusco com cheiro de outono chegando mais cedo. Era a estação mais seca e com menos nevoeiro em Oakland, mas Pip ligava menos para isso agora que significava tempo sempre bom para jogar tênis. Em todo o estado os reservatórios e poços estavam ficando secos, o gosto e a limpidez da água da torneira pioravam, os fazendeiros sofriam, os californianos do norte economizavam água enquanto o condado de Orange batia novos recordes de consumo mensal. Porém nada disso importava durante a hora e meia em que ela ocupava uma quadra com Jason.

Por fim houve uma tarde fresca e azul de domingo, um dia depois do fim do horário de verão, quando se encontraram no parque às três horas e bateram bola por tanto tempo que começou a escurecer. Pip estava acertando seus forehands com perfeição, Jason corria de um lado para o outro atingindo sua menor taxa de erros — e, embora seu cotovelo doesse, ela não queria parar nunca mais. Houve rallies impossivelmente longos, de lá para cá, *pá* e *pá*, rallies tão compridos que ela ria de felicidade quando terminavam. O sol se pôs, o ar estava deliciosamente fresco, e eles continuavam a jogar, a bola quicando num arco baixo, os olhos dela fixados na bola, certificando-se de vê-la, simplesmente ver e não pensar, o corpo fazendo o resto, por conta própria. Aquele instante da conexão, a alegria de reverter a inércia da bola, o *sweet spot* da raquete. Pela primeira vez desde os primeiros tempos em Los Volcanes ela sentia um contentamento absoluto. Sim, um tipo de céu: longos rallies num começo de noite de outono, o exercício da habilidade esportiva sob a luz ainda boa para jogar, o *poc* fiel de uma bola de tênis. Era suficiente.

Depois, na quase escuridão e do lado de fora da cerca, ela passou os braços em volta de Jason e apertou o rosto contra o peito dele. Choco aguardou pacientemente, a boca aberta, sorrindo.

"Está bem", ela disse. "Está bem."

"Já era tempo", ele disse.

"Tenho algumas coisas para contar a você."

A chuva veio três semanas depois. Nada despertava em Pip mais saudade do vale do San Lorenzo do que aquilo que passava por chuva na East Bay. A chuva em Oakland era trivial, raras vezes muito forte, sempre suscetível de ceder espaço a um céu claro entre os tentáculos caóticos de uma nuvem tempestuosa do Pacífico. Só nas montanhas de Santa Cruz, que aprisionavam as nuvens, a chuva podia continuar por dias a fio, nunca menos que moderadamente pesada e com frequência atingindo mais de dois centímetros por hora, a noite toda, o dia todo, o rio subindo até lamber as bordas inferiores das pontes, a autoestrada 9 invadida por uma camada de lama e galhos caídos, postes derrubados por toda parte, as luzes dos caminhões da companhia de eletricidade piscando na penumbra torrencial do meio-dia. Isso era chuva de verdade. No passado, antes da seca, caíam mais de dois mil litros por metro quadrado a cada inverno.

"Talvez eu precise passar algum tempo lá em casa, em Felton", disse Pip a Jason certa noite enquanto, debaixo de guarda-chuvas, desciam a colina ao saírem da St. Agnes Home. Ela visitava Ramón na instituição quase todo mês, embora as coisas entre os dois já fossem diferentes. Ele era agora totalmente o filho adotivo de Marie, e não de Stephen. Tinha novos amigos, incluindo uma "namorada", e levava muito a sério as funções de zelador que aprendera a executar. Pip queria que Jason o conhecesse antes que ela se afastasse de vez da vida de Ramón.

"Quanto tempo é algum tempo?", perguntou Jason.

"Não sei. Talvez semanas. Mais tempo do que tenho de folgas acumuladas. Tenho a impressão de que as coisas vão ser complicadas com a minha mãe. Acho que vou precisar abandonar o emprego."

"Posso ir ver você lá?"

"Não, eu venho aqui. É uma cabana de menos de cinquenta metros quadrados. Além do que me dá medo de você sair correndo quando encontrar a minha mãe. Vai pensar que escondi o fato de que sou igual a ela."

"Todo mundo tem um pouco de vergonha dos próprios pais."

"Mas eu tenho razões verdadeiras para isso."

Pip era o mais recente entusiasmo de Jason, mas felizmente não o único: ela era capaz de fazer com que ele pensasse em coisas que não eram as qualidades dela puxando assuntos como matemática, tênis, programas de televisão, video games, escritores. A vida dele era muito mais cheia de coisas que a dela, e o espaço para respirar que isso lhe dava era bem-vindo. Caso desejasse voltar a ter a atenção total de Jason, bastava pôr as mãos dele em seu corpo; nesse sentido, ele não era muito diferente de um cão. Caso desejasse algo mais, tal como visitar Ramón na companhia dele, ele concordava com entusiasmo. Tinha um jeito de transformar qualquer coisa que estivessem fazendo naquilo que mais desejava fazer. Ela o vira comer rapidamente quatro biscoitos comuns com recheio de baunilha e contemplar um quinto, segurando-o à altura dos olhos e dizendo: "Eles são *fantásticos*".

Se ela ficasse rica — e já começava a ver isso chegar sentindo o peso mentalmente deformador da palavra *herdeira* —, Jason seria o último rapaz que gostara dela quando ainda não era ninguém. Ele havia admitido que seu trabalho com Andreas Wolf "confirmara" a avaliação que tinha de sua inteligência, mas jurou que isso não tivera nada a ver com o rompimento. "Foi só você", ele disse. "Você atrás do balcão do Peet's." Ela confiava em Jason de um modo que bem poderia se provar único, porém não desejava que ele soubesse disso. Tinha consciência de como seria fácil estragar tudo com ele, e ainda mais consciência, graças às memórias de Tom, dos riscos do amor. Sentia o desejo de se entregar a Jason, depositar toda a sua confiança nele, muito embora tivesse provas de que a entrega total e níveis absurdos de confiança podiam ter efeitos tóxicos. Por isso, vinha se permitindo ser temerária apenas em matéria de sexo. O que provavelmente também era arriscado, mas ela não tinha como evitar.

Fizeram mais sexo assim que voltaram para o apartamento de Jason. Começar a se apaixonar por alguém tornava o sexo maior, quase metafísico; um poema de John Donne que estudara na universidade e não conseguira apreciar, um poema sobre o Êxtase e como ele nos dá nexo, agora fazia sentido para ela. Mas, passado o Êxtase, voltava se sentir ansiosa.

"Acho melhor telefonar para minha mãe", ela disse. "Não posso adiar mais."

"Faça isso."

"Você se incomoda de ficar deitado aí enquanto telefono? Com o braço lá? Preciso que me pegue caso eu sinta que estou sendo tragada pelo rodamoinho."

"Estou visualizando alguém ser chupado para fora de um avião quando há um rombo na fuselagem", disse Jason. "Dizem que é surpreendentemente difícil segurar alguém quando isso acontece. Ou talvez não seja tão surpreendente quando se pensa nos diferenciais de pressão que mantêm um avião de cem toneladas no ar."

"Trate de fazer o possível", ela disse, pegando o telefone.

Ela adorava ter um corpo agora que Jason adorava que ela o tivesse. Estava apertando o braço dele quando sua mãe atendeu.

"Oi, mamãe." Preparou-se para ouvir o *queridinha!*

"Sim", disse sua mãe.

"Olhe, sinto muito por não telefonar há tanto tempo, mas estou pensando em ir aí ver você."

"Muito bem."

"Mamãe?"

"Pode vir e ir embora quando quiser. Se quer vir, venha. Obviamente, não posso impedi-la. Obviamente, vou estar aqui."

"Mãe, realmente sinto muito."

Houve um clique, a linha caiu.

"Puta merda", disse Pip. "Ela desligou na minha cara."

"Oi, oi."

Nunca lhe ocorrera que sua mãe poderia estar zangada com ela; que até mesmo aquele caso extremo de acaso moral poderia ter limites. Mas agora, refletindo melhor, toda a história de sua mãe, segundo as memórias de Tom, era de abandono e traição seriais, seguidos de um devastador juízo moral. Pip sempre ficara a salvo desse juízo, mas, graças ao fato de que Tom ainda tinha medo dele depois de vinte e cinco anos, era capaz de entender como seria pavoroso enfrentá-lo. Ela própria passou a sentir medo, e por isso também se sentiu mais próxima de Tom.

No dia seguinte, anunciou sua saída do Peet's e telefonou para o sr. Navarre a fim de dizer que teria a conversa com sua mãe e lhe pedir cinco mil dólares. O sr. Navarre poderia ter se mostrado reticente ou irônico com relação ao dinheiro, mas aparentemente ficou impressionado por ela ter esperado quatro meses e meio antes de pedir um tostão. Pip gostou da sensação de haver passado num teste, de haver excedido alguma norma.

Os microclimas do San Lorenzo: a calçada estava quase seca na estação de ônibus de Santa Cruz, porém a apenas três quilômetros dali, no topo da Graham Hill Road, o motorista teve de ligar os limpadores de para-brisa. Caíra a noite de inverno. A estradinha que levava à casa da mãe de Pip estava esponjosa por causa das agulhas das sequoias derrubadas pelo vento e encharcadas pela chuva, cujo som a envolvia com ritmos diversos, um tamborilar incessante como pano de fundo, gotejamentos mais pesados, gorgolejos soluçantes. O cheiro bolorento da madeira empapada da umidade do vale a afogou em memória sensorial.

A cabana estava às escuras. Dentro havia o som de sua infância, o tamborilar da chuva num telhado feito apenas com ripas e tábuas nuas, sem teto ou isolamento. Ela associava esse som ao amor de sua mãe, tão confiável quanto a chegada das chuvas na estação certa. Acordar durante a noite e ouvir a chuva ainda tamborilando da mesma maneira que tamborilava quando ela tinha ido dormir, ouvi-la noite após noite, tinha lhe transmitido com tamanha intensidade a sensação de ser amada que a chuva poderia ser o próprio amor. A chuva tamborilando no jantar. A chuva tamborilando enquanto ela fazia os deveres de casa. A chuva tamborilando enquanto sua mãe tricotava. A chuva tamborilando no Natal com a triste arvorezinha que a gente apanhava de graça na véspera. A chuva tamborilando enquanto ela abria os presentes comprados com o dinheiro que sua mãe economizara ao longo de todo o outono.

Sentou-se por algum tempo à mesa da cozinha, no escuro e no frio, enquanto ouvia a chuva cair e deixava suas emoções virem à tona. Depois acendeu a luz, abriu uma garrafa e acendeu o fogão à lenha. A chuva não cessou um instante.

A pessoa que era ao mesmo tempo sua mãe e Anabel Laird chegou em casa às nove e quinze com uma sacola de pano com coisas para o jantar. Parou na porta e olhou para Pip sem falar. Debaixo da parca impermeável, estava usando um velho vestido que Pip amava e, na verdade, cobiçava. Era um vestido justo, de um tecido marrom já desbotado, com mangas compridas e muitos botões, um tipo de vestido de operária soviética. No passado, sua mãe provavelmente teria dado o vestido para ela caso pedisse, mas ela tinha tão poucas posses dignas de cobiça que se tornava impensável privá-la até mesmo de uma única delas.

"Como você vê, voltei para casa", disse Pip.

"Estou vendo."

"Sei que você não gosta de beber, mas esta pode ser uma boa noite para abrir uma exceção."

"Não, obrigada."

A pessoa que era tanto sua mãe quanto Anabel deixou a parca e a sacola perto da porta e foi para os fundos da cabana. Pip ouviu a porta do banheiro se fechar. Passaram-se dez minutos antes que se desse conta de que sua mãe estava escondida no banheiro, que não tinha intenção de sair de lá.

Foi até lá e bateu à porta, que não passava de tábuas presas por outras tábuas na diagonal.

"Mamãe?"

Não houve resposta alguma, porém sua mãe não usara o gancho que servia como chave. Pip entrou e a encontrou sentada no chão de cimento do pequeno boxe do chuveiro, olhando fixamente para a frente, os joelhos puxados até o queixo.

"Não fique sentada aí", disse Pip.

Agachou-se e tocou no braço da mãe. Sua mãe a afastou com um repelão.

"Sabe de uma coisa?", disse Pip. "Também estou muito zangada com você. Por isso, não vá pensando em fugir da raia ficando zangada comigo."

Sua mãe respirava pela boca, o olhar fixo. "Não estou zangada com você", ela disse. "Estou…" Balançou a cabeça. "Sabia que isso ia acontecer. Por mais cuidadosa que eu fosse, sabia que algum dia isso tinha que acontecer."

"O *que* ia acontecer? Eu voltar para casa e querer falar com você, ser honesta e fazer parte de nós duas de novo? Porque é isso que estou fazendo."

"Sabia tanto quanto sei meu próprio nome."

"Qual é o seu nome? Talvez a gente possa começar por aí. Vem sentar comigo na cozinha?"

Sua mãe balançou a cabeça de novo. "Estou me acostumando a viver sozinha. Tinha esquecido como é difícil. Muito difícil, mais difícil desta vez, muito mais — você me trouxe tanta alegria. Mas não é impossível abrir mão dos desejos. Estou reaprendendo. Progredindo."

"Isso quer dizer o quê? Devo ir embora imediatamente? É o que você quer?"

"Você já foi embora."

"Sei, muito bem, mas também voltei, não é mesmo?"

"Por dever", disse sua mãe. "Ou por pena. Ou porque está zangada. Não estou culpando você, Purity. Estou dizendo que vou ficar bem sem você. Tudo que temos é temporário. A alegria, o sofrimento, tudo. Tive a alegria de sentir sua bondade por muito tempo. Foi bastante. Não tenho o direito de pedir mais."

"*Mamãe*. Pare de falar assim. Preciso de você na minha vida. Você é a pessoa mais importante no mundo para mim. Preciso que deixe de ser budista e tente manter uma conversa de adultos comigo."

"Ou então o quê?" Sua mãe deu um sorrido tênue. "Vai embora outra vez?"

"Ou então, não sei, puxo seus cabelos, arranho você."

A incapacidade de sua mãe de achar graça não tinha nada de novo. "Já não sinto tanto medo de você ir embora", ela disse. "Durante muito tempo, essa perspectiva era como a morte para mim. Mas não é a morte. Em certo momento, tentar me agarrar a você se tornou a verdadeira morte."

Pip suspirou. "Está bem, francamente… você me chamando de queridinha, eu incapaz de terminar um telefonema para você… ficaria feliz de aposentar tudo isso. Estou bem mais velha do que era. Você não iria acreditar o quanto estou mais velha. Mas será que não quer saber como sou agora? Não quer conhecer a pessoa em que me transformei? Sou a mesma mas também não sou. Quer dizer, não sou interessante para você? Você ainda é interessante para mim."

Sua mãe se virou na direção de Pip e lhe lançou um olhar vazio. "Que tipo de pessoa você é agora?"

"Sei lá. Tenho um namorado de verdade… essa é uma coisa. Estou meio que apaixonada por ele."

"Isso é ótimo."

"Está bem, outra coisa. Uma coisa grande. Sei qual é seu nome de verdade."

"Tenho certeza de que sabe."

"Você fala para mim?"

"Não. Nunca."

"Tem que falar. Tem que me contar tudo porque sou sua filha e não posso estar debaixo do mesmo teto que você se tudo que fazemos é mentir."

Sua mãe se levantou de forma elegante, com a flexibilidade aprimorada pelo Endeavor, mas bateu com a cabeça na cestinha de xampu e derrubou o vidro no chão. Jogou-se com raiva para fora do boxe, tropeçou em Pip, saiu correndo do banheiro.

"Mamãe!", exclamou Pip, indo atrás dela.

"Não quero saber dessa parte sua."

"Que parte minha?"

Virou-se para trás num rodopio, uma expressão de puro tormento no rosto. "*Saia! Saia! Me deixe em paz! Vocês dois! Pelo amor de Deus, me deixe em paz!*"

Pip observou horrorizada enquanto a pessoa que agora parecia ser totalmente Anabel caiu na cama, puxou a coberta por cima da cabeça e lá ficou se embalando, chorando de dor a plenos pulmões. Pip esperara alguma dificuldade, mas isso estava fora de qualquer medida. Foi à cozinha e bebeu de um gole um copo de vinho. Voltou para a cama, arrancou a coberta, se deitou ao lado de sua mãe e a abraçou. Aninhou a cabeça nos fartos cabelos dela, sentindo seu cheiro, o cheiro mais especial de todos, o cheiro sem comparação. O algodão do vestido marrom era macio por causa das centenas de vezes que fora lavado. Aos poucos os soluços foram se abrandando até se transformarem num quase gemido. A chuva tamborilava no telhado da varanda que servia como quarto de dormir.

"Sinto muito", disse Pip. "Sinto muito por não poder simplesmente ir embora, sei como é difícil. Mas você me criou e agora vai ter que lidar comigo. Esse é o meu objetivo. Sou sua realidade."

Sua mãe nada disse.

Vocês dois?

Pip baixou a voz para um sussurro. "Você ainda o ama?"

Sentiu que o corpo da mãe se enrijecia.

"Acho que ele ainda ama você."

Sua mãe respirou fundo e manteve o ar nos pulmões.

"Se é assim, ainda deve haver um meio de avançar", disse Pip. "Tem que haver um modo de perdoar e seguir em frente. Não vou embora antes que você faça isso."

Conseguiu extrair a história de sua mãe na manhã seguinte fazendo-a crer que Tom lhe passara a versão dele; Pip imaginou, corretamente, que ela consideraria isso intolerável. Sua mãe omitiu os detalhes da concepção, dizendo apenas que ocorrera na última vez em que tinha estado com Tom, mas se mostrou surpreendentemente calma e precisa sobre os outros pormenores. A data de aniversário de Pip era 21 de fevereiro, e não 11 de julho. Ela tinha nascido naturalmente, com a ajuda de uma parteira, num abrigo para mulheres em Riverside, Califórnia. Até os dois anos, tinham vivido em Bakersfield, onde a mãe se empregara como arrumadeira num hotel. Então, por azar (porque Bakersfield ficava bem fora de mão), sua mãe esbarrou numa colega de universidade que fez perguntas demais. Uma nova amiga do abrigo sabia de uma cabana que podia ser alugada nas montanhas de Santa Cruz, e para lá se mudaram.

"Ouvi coisas terríveis nos abrigos", disse sua mãe. "Tantas mulheres que eram sacos de pancada. Tantas histórias de homens cujo conceito de amor era perseguir e apunhalar suas ex-esposas. Eu devia me sentir culpada de apresentar uma imagem falsa, mas não foi o caso. A crueldade emocional dos homens pode ser tão dolorosa quanto a violência física. Meu pai era cruel e meu marido ainda mais cruel."

"Realmente", disse Pip.

"Sim, realmente. Eu lhe disse que aceitar dinheiro do meu pai me mataria, e ele aceitou. Com o propósito específico de me ferir. Trepou com minha amiga para me ferir. Ouviu meus conselhos e encorajamentos, e os usou para construir uma carreira de sucesso; e então, quando eu estava lutando com minha própria carreira, me abandonou. A gente só é jovem uma vez, e dei para ele minha juventude porque eu acreditava nas promessas dele; e então, quando eu não era mais jovem, ele quebrou as promessas. E eu sabia o tempo todo. Sabia que ele me trairia. Disse isso a ele o tempo todo, mas nada o impediu de me fazer promessas em que acreditei porque era fraca. Eu era realmente como as outras mulheres nos abrigos."

Pip cruzou os braços numa atitude de advogado de acusação. "E por isso parece correto ter uma filha com ele sem lhe dizer. Era a coisa moralmente certa a fazer."

"Ele sabia que eu queria um filho."

"Mas por que dele? Por que não o esperma de um doador qualquer?"

"Porque eu cumpro minhas promessas. Prometi que seria dele para sempre. Ele podia quebrar a promessa dele, mas eu não iria quebrar a minha. Nós dois devíamos ter um filho, e tivemos. E então, logo depois, você se tornou tudo para mim. Precisa acreditar que nem me importei mais com quem era seu pai."

"Não acredito em você. Vocês dois tinham uma espécie de competição moral. Quem era melhor em matéria de manter promessas."

"As coisas tinham se tornado tão violentas e sujas entre nós! Queria que dali saísse algo puramente bom. E saiu. Você."

"Estou longe de ser puramente boa."

"Ninguém é mesmo perfeito. Mas para mim você era perfeita."

Esse pareceu a Pip o momento certo para tocar na questão do dinheiro como forma de demonstrar sua imperfeição. Contou a história da visita a

Wichita e explicou que sua mãe precisava entrar em contato com o sr. Navarre. O modo como ela balançou a cabeça era mais perplexo do que categórico.

"O que eu faria com um bilhão de dólares?", perguntou.

"Podia começar providenciando para que o Sonny limpasse a fossa séptica. Fico acordada de noite preocupada com o que tem lá dentro. Foi esvaziada *alguma vez*?"

"Não é realmente uma fossa séptica. Acho que o proprietário fez o troço com tábuas e cimento."

"Muito tranquilizador."

"O dinheiro não significa nada para mim, Purity. É tão sem importância que nem é o caso de recusá-lo. É apenas... nada para mim."

"Minha dívida estudantil está longe de ser nada para mim. E foi você quem me disse para não me preocupar com dinheiro."

"Então, ótimo. Pode pedir ao advogado que pague sua dívida. Não vou impedi-la."

"Mas o dinheiro não é meu. É seu. Você tem que se envolver."

"Não posso. Nunca quis aquilo. É dinheiro sujo. Arruinou minha família. Matou mamãe, transformou meu pai num monstro. Por que traria tudo isso para minha vida agora?"

"Porque é real."

"Nada é real."

"Eu sou real."

Sua mãe concordou com a cabeça. "Isso é verdade. Você é real para mim."

"Então, aqui está o que preciso." Pip enumerou as exigências contando nos dedos. "Dívida estudantil paga por inteiro. Quatro mil a mais para pagar o que devo no cartão de crédito. Oitocentos mil para comprar a casa de Dreyfuss e devolver para ele. Além disso, caso você insista em continuar aqui, a gente deveria comprar a cabana e realmente dar um jeito nela. Pagamento da pós-graduação se eu decidir voltar a estudar. Despesas mensais de custeio se você quiser largar o emprego. E então talvez outros cinquenta mil para me sustentar enquanto tento começar uma carreira. Tudo soma menos de três milhões. Uns três por cento dos dividendos a cada ano."

"Mas isso vem da McCaskill. Da McCaskill."

605

"O negócio deles não é só com animais. Há pelo menos uns três milhões que você pode pegar sem peso na consciência."

Sua mãe estava ficando perturbada. "Ah, por que você não pega isso? Tudo! Pegue tudo e me deixe em paz!"

"Porque não tenho permissão. Não está no meu nome. Enquanto você estiver viva, tudo isso não passa para mim de uma grande expectativa." Pip riu. "Afinal, por que você começou a me chamar de Pip? Isso foi outra coisa que você 'sabia o tempo todo'?"

"Ah, não, não fui eu", disse sua mãe depressa. A infância de Pip era seu assunto predileto. "Foi no jardim de infância. A srta. Steinhauer deve ter dado esse apelido a você. Algumas das criancinhas tinham dificuldade em pronunciar seu nome verdadeiro. Imagino que achou que 'Pip' combinava bem com você. É um nominho alegre, e você sempre foi uma menina feliz. Ou quem sabe ela perguntou para você e você deu a sugestão."

"Não me lembro disso."

"Nem sabia que seu apelido era esse até termos um encontro entre pais e professores."

"Bom, seja como for. Um dia você não estará aqui e o problema vai ser meu. Mas agora o dinheiro é seu."

Sua mãe a olhou como um filho que pede orientação. "Não posso simplesmente dar tudo?"

"Não. O principal pertence ao fundo, não a você. Só pode dar os dividendos. Podemos achar alguns bons grupos que cuidam do bem-estar dos animais, grupos que defendem métodos responsáveis de criação pecuária, as coisas em que você acredita."

"Sim, isso parece bom. Como você quiser."

"Mamãe, não interessa o que eu quero. Esse problema é seu."

"Ah, não me interessa, não me interessa nem um pouco", sua mãe gemeu. "Só quero que desapareça!"

Pip entendeu que trazer sua mãe de volta a um contato sólido com a realidade exigiria um longo processo, talvez inútil. Apesar disso, achou que tinha conseguido avançar um pouco, pelo menos na disposição de sua mãe de receber ordens dela.

A chuva foi embora, voltou, foi embora de novo. Sozinha na cabana, Pip lia livros, passava mensagens para Jason e falava com ele ao telefone.

Gostava de se sentar à mesa da cozinha a fim de ver o casal de tentilhões marrons no quintal do lado enquanto ciscavam em meio às folhas úmidas caídas no chão ou pousavam nos esteios da cerca por nenhum motivo aparente senão mostrar como eram esplêndidos. Para Pip, nenhum pássaro ultrapassava em excelência os tentilhões marrons; em matéria de aves, eram tão excelentes quanto Choco. Tinham um tamanho perfeito, mais substancial que o de outros tipos de tentilhões e mais modesto que o dos corvos. Não eram nem ariscos demais nem atrevidos demais. Gostavam de estar por perto das casas, mas se escondiam sob os arbustos caso fossem incomodados. Só assustavam pequenos insetos e sua mãe. Preferiam saltitar a voar. Tomavam banhos longos e enérgicos. Exceto sob a cauda, onde as penas eram cor de pêssego, e em volta da face, onde havia listas cinzentas sutis, a cor da plumagem era semelhante à do vestido marrom desbotado de sua mãe. Possuíam a beleza que só se percebe no segundo olhar, a que somente se revela graças à intimidade. Tudo que Pip ouvira um tentilhão marrom dizer foi *tiiik!* Porém diziam isso com frequência. O pio era forte e alegre, como o guincho de um tênis numa quadra de basquete. Não podia ser mais simples, e no entanto parecia expressar não apenas tudo que um tentilhão marrom jamais precisaria dizer, mas tudo que qualquer pessoa precisava dizer. *Tiiik!* Segundo a internet, os tentilhões marrons eram raros fora da Califórnia e pouco comuns por serem monógamos e constituírem um casal por toda a vida. Supostamente (Pip nunca testemunhara isso), o macho e a fêmea executavam um canto mais complicado na estação de acasalamento, um dueto que anunciava a outros tentilhões marrons que os dois estavam comprometidos. Na verdade, onde se via um tentilhão marrom, logo se via o outro. Ficavam juntos em determinado lugar durante todo o ano. Eram californianos. Em matéria de aspiração existencial, Pip era capaz de imaginar muitas opções piores que aquela.

À medida que os dias iam passando e a realidade do dinheiro era digerida, Pip começou a entrever, em sua mãe, lampejos da jovem sobre quem lera nas memórias de Tom, a garota rica cuja arrogância vestigial voltava a se manifestar. Certa noite, a encontrou fazendo uma careta diante dos vestidos surrados no pequeno armário da varanda coberta. "Suponho que não morreria se comprasse algumas roupas novas", ela disse. "Você disse que nem todo o dinheiro está em ações da McCaskill, não é mesmo?"

607

E numa manhã, contemplando o galinheiro do vizinho da janela da cozinha: "É, e ele nem sabe que eu poderia comprar não apenas o galinheiro, mas toda a casa dele".

E de novo certa noite, voltando do trabalho na New Leaf: "Eles pensam que não tenho condições de pedir as contas. Mas, se pegar a Serena me olhando mais uma vez daquele jeito, sou capaz de largar o emprego. Quem é ela para me olhar como se eu fosse uma débil mental? Acho que ela nem toma banho há uma semana".

Mas então, pensativa, falando com Pip na mesa de jantar: "Quanto do dinheiro do meu pai Tom pegou? Você sabe? Esse teria que ser nosso limite máximo. Nem mesmo para você vou pegar mais do que ele pegou".

"Acho que foram vinte milhões de dólares."

"Sei. Agora que disse isso, estou tendo outra ideia. Receio que não serei capaz de pegar nada, queridinha. Até um dólar é demais. Um dólar, vinte milhões de dólares, é a mesma coisa do ponto de vista moral."

"Mamãe, já discutimos tudo isso."

"Talvez o advogado possa pagar sua dívida. Ele certamente se deu muito bem."

"Você tem pelo menos que comprar a casa do Dreyfuss. Esse também foi um crime moral. Ainda mais grave, na minha opinião."

"Não sei. Não sei. Não há uma vida depois da morte, mas meu pai... A ideia de que ele possa de algum modo *saber*... Preciso pensar mais sobre isso."

"Não, não precisa. Só precisa fazer o que eu disser."

Sua mãe lhe lançou um olhar inseguro. "Você sempre teve um bom senso moral."

"Herdei de você", disse Pip. "Por isso, confie nele."

Jason estava implorando para que ela voltasse, mas havia prazer na chuva das montanhas e o prazer a isso relacionado de ter estabelecido uma relação nova e mais honesta com a mãe. Ao amor que sempre estivera presente em Pip somava-se agora a sensação inesperada de *gostar* dela. Anabel tinha sido gostável, ao menos para Tom, ao menos no começo, e agora que era permitido à sua mãe ser de novo Anabel, admitir seu antigo privilégio, ter um pouquinho de *fibra*, Pip era capaz de imaginar como as duas podiam de fato ser amigas.

Restava ainda uma tarefa tão intimidadora que ela sempre encontrava um inconveniente nos momentos em que poderia executá-la. Levou duas semanas para admitir que, na realidade, nenhuma hora em dia nenhum era um bom momento para se comunicar com Tom. Por fim escolheu uma segunda-feira às cinco horas da tarde em Denver.

"Pip!", Tom exclamou. "Fiquei com medo de que você não me ligasse nunca."

"Verdade? Por quê?"

"Leila e eu pensamos em você o tempo todo. Sentimos sua falta."

"Leila sente minha falta? Sério? Não é um problema eu ser sua filha?"

"Desculpe, espere um pouco. Vou fechar a porta."

Ouviu o som de algo caindo, um baque, um farfalhar, uma batida seca.

"Pip, desculpe", disse Tom. "O que é que você estava me dizendo?"

"Estou dizendo que sei tudo."

"Ulalá! Está bem."

"Não é o que está pensando. Não li seu documento."

"Ah, bom. Muito bem. Excelente." O alívio de Tom era audível.

"Destruí o documento. Mas Andreas me disse quem você era antes de morrer. Isso facilitou a pesquisa, e depois mamãe me contou tudo."

"Deus meu! *Ela* contou a você! É incrível que esteja até mesmo falando comigo."

"Você é meu pai."

"Tremo só de pensar na versão dela."

"Melhor do que nenhuma versão, que foi o que você me deu."

"Esse é um bom ponto. Embora às vezes eu tenha a esperança de que você me dará uma chance de contar as coisas tais como vistas do meu lado."

"Você teve essa chance."

"Verdade. Tinha minhas razões, mas você está certa. E suponho que é por isso que me telefonou? Para me dizer que meti os pés pelas mãos com você?"

"Não. Telefonei porque quero que você venha aqui e se encontre com minha mãe."

Tom riu. "Seria melhor cair de paraquedas no meio da guerra civil no Congo."

"Você se importava o bastante com ela para guardar o segredo dela."

"Acho que... em certo sentido..."

"Ela obviamente ainda é importante para você."

"Pip, escute, sinto muito não ter dito nada para você. Leila estava insistindo para eu lhe telefonar. Eu devia ter ouvido os conselhos dela."

"Muito bem, agora estou dizendo como você pode acertar as contas comigo. Pegue um avião e venha até aqui."

"Mas para quê? Por que eu faria isso?"

"Porque não vou querer saber de você se não vier."

"Posso lhe dizer que, do nosso lado, isso seria uma perda."

"De todo modo, você não gostaria de ver mamãe de novo? Só uma vez, depois de todos esses anos? Tudo que estou pedindo é que vocês dois se perdoem. Quero poder me dar bem com você e com ela, mas não posso fazer isso se sinto que estou traindo um quando vejo o outro."

"Você não precisa se sentir assim comigo. Não tenho nenhum sentimento de posse com relação a você."

"Mas eu tenho com relação a *você*. E você nunca teve de fazer nada por mim. Essa é a primeira coisa que eu peço."

Tom suspirou fundo através dos fusos horários. "Suponho que não haja nenhuma bebida na casa da sua mãe."

"Vou providenciar para que tenha."

"E estamos falando… de quando? Mês que vem?"

"Não. Esta semana. Talvez na sexta-feira. Quanto mais tempo vocês tiverem para pensar, pior vai ser."

Tom voltou a suspirar. "Posso ir na quinta. Minhas noites de sexta-feira são para a Leila."

Pip sentiu uma pontada de ressentimento e ficou tentada a insistir na sexta-feira. Mas a estrada que levava de volta à amizade com Leila já estava parecendo bem longa.

"Mais uma coisa", ela disse.

"Sim."

"Tenho visto o *DI* todas as semanas. Fico pensando que você vai publicar uma matéria importante sobre Andreas."

"Ele não estava bem, Pip. Vi Andreas no fim, vi quando se jogou no precipício. Só sinto tristeza. Leila se aborrece com a adulação póstuma, mas tenho dificuldade em criticá-lo. Foi a pessoa mais notável que conheci."

"O *Express* ainda está esperando que eu escreva alguma coisa sobre ele. Sinto o mesmo que você, tristeza. Mas também acho que alguém devia contar a história verdadeira."

"Sobre o assassinato? Fica por sua conta. Um dos custos seria a garota, a que o ajudou. Ainda poderia ter consequências jurídicas para ela."

"Não tinha pensado nisso."

"Mas ele deixou uma confissão, que o pessoal dele abafou. Sem dúvida há uma história a ser contada se você quiser ir atrás dela."

Estaria Tom também preocupado com a possibilidade de que sua própria cumplicidade no assassinato viesse à tona? Provavelmente não, se ele acreditava que Pip não havia lido suas memórias.

"Está bem", ela disse. "Obrigada."

Quando sua mãe voltou do trabalho, Pip explicou o que estava por vir. Ficou aliviada por ela não ter explodido imediatamente. Mas isso só não aconteceu porque toda a ideia não fazia o menor sentido para ela.

"O que é que *eu* fiz algum dia que precisa ser perdoado?"

"Que tal ter uma filha e não dizer nada para ele? É uma coisa bem grandinha."

"Como ele pode me culpar por isso? Foi ele quem me abandonou. Nunca mais quis saber de mim. *E eu lhe concedi isso.* Como tudo o mais. Ele sempre teve tudo que quis. Igual ao meu pai."

"Mesmo assim, em algum momento você devia ter deixado que ele soubesse da minha existência. Quando fiz dezoito anos, sei lá. Foi errado você não falar nada. Foi vingativo."

Sua mãe reagiu indignada, mas por fim concordou com a cabeça. "Se é o que você diz", ela disse. "E só porque é você que está dizendo."

"As pessoas fracas é que guardam rancores, mamãe. Os fortes perdoam. Você me criou sozinha. Disse não para o dinheiro a que ninguém de sua família conseguiu resistir. E foi mais forte do que Tom. Acabou com a coisa — ele não foi capaz de fazer isso. *Você* teve tudo que quis. Você ganhou! E é por isso que tem condições de perdoá-lo. Porque ganhou. Certo?"

Sua mãe franziu a testa.

"E é também uma bilionária", disse Pip. "Mais uma vitória."

Na manhã seguinte, foram de ônibus para Santa Cruz. Era uma manhã clara e fria entre duas tempestades. Os sem-teto usavam seus sacos de dormir como xales, os laços de Natal tremulavam nos postes, o céu estava coalhado de gaivotas voando em círculos. Uma cabeleireira no Jillz's aparou os cabelos da mãe de Pip deixando uma porção de pontas duplas. Depois Pip a levou para uma manicure, e foi Anabel, não sua velha mãe, quem instruiu a moça vietnamita a não cortar as cutículas, Anabel quem explicou a Pip que cortar as cutículas era um assalto porque elas cresciam rapidamente e precisavam ser cortadas de novo. Foi Anabel quem de forma rápida e enérgica examinou vários cabideiros de vestidos numa loja atrás da outra, rejeitando todos muito depois que a paciência de Pip já se esgotara. O vestido que por fim ela considerou "adequado" era vintage, de saia larga, sexy no estilo professorinha do interior, com linhas paralelas de botões na parte de cima. Pip teve de admitir que era o vestido mais apropriado que tinham visto durante toda a manhã.

Ela havia pedido a Jason que alugasse um carro e pegasse Tom no aeroporto de San Jose a fim de que pudesse tomar conta de sua mãe e tentar mantê-la calma. "Traga o Choco também", ela disse.

"Ele só vai atrapalhar", Jason retrucou.

"Quero ele atrapalhando. Senão minha mãe vai se concentrar nas doideiras dela. Ela vai conhecer você, vai conhecer Choco, e, ah, sim, aqui está o ex-marido que não viu nos últimos vinte e cinco anos."

Outra tempestade chegou na manhã de quinta-feira. No final da tarde a chuva martelava com tanta força o telhado da cabana que Pip e sua mãe tiveram de falar mais alto. A escuridão chegou cedo, as luzes piscaram diversas vezes. Pip havia preparado uma sopa de feijão e separado outras coisas, inclusive os ingredientes para um manhattan. Depois que sua mãe tomou um banho de chuveiro, Pip aplicou um secador em seus cabelos e os escovou para deixá-los fofos. "Vamos fazer também a maquiagem."

Sua mãe resmungou: "Por que tenho que me embonecar assim?".

"Você está pondo uma armadura. Quer ficar forte."

"Eu mesma posso aplicar a máscara."

"Deixe eu fazer isso. Foi uma coisa que nunca fiz com você."

Às cinco horas, enquanto Pip acendia o fogão à lenha, Jason telefonou para anunciar que ele e Tom estavam presos no tráfego perto de Los Gatos. Sua mãe, sentada no sofá, tinha uma ótima aparência em seu vestido vintage, tal qual a antiga Anabel, mas vinha se balançando de um lado para o outro num movimento algo autista. "Você devia tomar uma taça de vinho", disse Pip.

"Eu me sinto traída pelo Endeavor. Na hora em que mais preciso dele… onde estará?"

"Trate de beber um pouco de vinho."

"Vai subir direto para a cabeça."

"Ótimo."

Quando o carro de aluguel finalmente subiu a estradinha, os limpadores de para-brisa trabalhando para valer, os faróis transformando o aguaceiro numa fúria branca, Pip saiu da varanda lateral, onde estava esperando, e correu debaixo de um guarda-chuva para receber Jason. Ele parecia um pouco aflito com a viagem, mas seu primeiro pensamento foi também o primeiro pensamento dela: um longo beijo. Depois Choco latiu e Pip abriu a porta da traseira do carro e deixou que o cão lambessse seu rosto.

Tom saiu do carro com cautela, o guarda-chuva primeiro. Pip lhe agradeceu por ter vindo e beijou sua bochecha gorducha. De algum modo, nos cinco metros entre o carro e a porta da frente, Choco conseguiu não apenas ficar empapado até os ossos, mas também se cobrir de agulhas de sequoia. Contornou Pip e correu para dentro. Sua mãe levantou os braços, como se desejasse repeli-lo, e contemplou com horror as agulhas e as pegadas lamacentas das patas no assoalho.

"Desculpe, desculpe", disse Pip.

Encurralou Choco e o levou para a varanda lateral, onde Tom esfregava as solas dos sapatos. "Esse é o cachorro mais engraçado que vi em toda a minha vida", ele disse.

"Gosta dele?"

"Adoro ele. Quero ele para mim."

Entraram, seguidos por Jason. Sua mãe, ao lado do fogão à lenha, esfregando as mãos, levantou os olhos timidamente para encarar Tom. Era claro para Pip que ambos lutavam para não sorrir. Mas não puderam se negar um sorriso; um largo sorriso, de parte a parte.

"Oi, Anabel."

"Oi, Tom."

"Mamãe", disse Pip, "esse é o Jason. Jason, minha mãe."

Como num transe, sua mãe afastou o olhar de Tom e cumprimentou Jason com um aceno de cabeça.

"Oi."

Jason fez uma espécie de gesto de vaudeville com as duas mãos para ela e disse: "Oba".

"Bom, agora foi uma parada rapidinha, só para se conhecerem. Vamos voltar depois do jantar."

"Tem certeza de que não vai ficar?", perguntou Tom com ar ansioso.

"Não, vocês dois precisam conversar. Se sobrar alguma coisa para beber depois, ajudamos a acabar com a garrafa."

Antes que pudesse surgir qualquer complicação, Pip apressou Jason em direção à porta. Choco era tão comprido e a varanda tão estreita que ele não podia virar para deixá-los passar, precisando dar marcha à ré. "Será que podemos deixar ele aqui?", ela perguntou a Jason.

"Trouxe a tigela dele e os limões."

Pip tinha planejado deixar que seus pais ficassem a sós por duas horas, mas no fim foram umas quatro horas. Primeiro, ela e Jason foram para o parque estadual e treparam no banco de trás do carro. Depois, quando conseguiram pôr as roupas de volta, tiveram de tirar as roupas e trepar de novo. Em seguida, jantaram no Don Quixote, onde a banda de covers local, Shady Characters, estava tocando. Já estavam para sair quando a banda atacou a hiperdançante "Hey, Soul Sister".

"Odeio a letra", disse Jason, dançando. "Odeio eles terem usado essa música num anúncio de carro. Nem por isso…"

"Grande música", disse Pip, dançando.

Dançaram durante meia hora enquanto a chuva caía e o nível do rio San Lorenzo subia. Jason era um dançarino medíocre, um dançarino pensante, e Pip amava o fato de que ele era capaz de fazer o que fazia enquanto ela era capaz de fazer o que fazia, no seu caso não pensar e apenas se deixar levar, ser feliz com o corpo. Quando por fim saíram, a chuva cessara e não tinha vivalma nas ruas. Subindo a estradinha da mãe de Pip, viram Choco de pé na varanda lateral da cabana, um limão na boca, a cauda se movendo do jeito complexo dela. Jason deixou o carro ir parando aos poucos.

"Muito bem", disse Pip. "Lá vamos nós."

"Tem certeza de que não posso simplesmente ficar no carro?"

"Você tem que conhecer meus pais. Esses são os meus pais."

Mas, assim que abriu a porta, ela ouviu as vozes. Os gritos. O som do ódio em carne viva. Atravessava as paredes finas da cabana.

Eu não disse isso! Porra, se está querendo me citar, trate de fazer isso direito! O que eu disse foi…

Estou relatando a COISA NOJENTA *que havia nas entrelinhas do que você disse. Você se esconde atrás daquilo que todo mundo concorda que é normal, traz todo mundo para o seu lado, mas sabe, no fundo do coração, que há uma verdade mais profunda...*

A verdade profunda de que eu estou errado e você está certa? Essa é a única verdade profunda que você jamais conheceu!

Você sabe muito bem!

Você acabou de ADMITIR *que não tem argumentos! Que não há ninguém no mundo que pensa que você tem argumentos...*

Mas tenho, e você sabe disso! Você sabe!

Pip fechou a porta de novo, para bloquear aquelas palavras, mas mesmo assim podia ouvir a briga. As pessoas que haviam lhe dado de herança um mundo partido estavam gritando uma para a outra furiosamente. Jason suspirou e tomou a mão dela. Ela apertou com força a mão dele. Tinha de ser possível fazer melhor do que seus pais, mas não tinha certeza se faria. Só quando os céus se abriram de novo, a chuva vinda do imenso oceano escuro do ocidente golpeando o teto do carro, o som do amor abafando o outro som, ela acreditou que poderia.

ESTA OBRA FOI COMPOSTA EM ELECTRA PELO ACQUA ESTÚDIO E IMPRESSA
PELA GEOGRÁFICA EM OFSETE SOBRE PAPEL PÓLEN SOFT DA SUZANO PAPEL
E CELULOSE PARA A EDITORA SCHWARCZ EM MAIO DE 2016